D1464412

3 0116 01902627 5

Une mort absurde

Laura Wilson

Une mort absurde

ROMAN

*Traduit de l'anglais
par Valérie Malfoy*

Albin Michel

COLLECTION « SPECIAL SUSPENSE »

À Freeway,
chien basset et ami fidèle, 1998-2008

« L'alter ego d'un homme n'est rien de plus que son image favorite de lui-même. »

Frank W. Abagnale,
Attrape-moi si tu peux

« La version de nous-mêmes que nous affichons ne ressemble en rien à la vérité. Nul ne peut se permettre d'être pincé. Vivre, c'est cela : s'efforcer de ne pas être percé à jour. »

Journal de Willie Donaldson

PREMIÈRE PARTIE

1

Juin 1944, Fitzrovia : la nuit était claire – un clair de lune pour bombardiers –, mais les avions étaient loin. À l'autre bout de Londres, songea l'homme. Il jeta un coup d'œil aux ruines. Cinq ou six baraques avaient dû être soufflées, vu les cloisons croulantes au papier peint lacéré, les cheminées brisées dont l'âtre, refroidi pour toujours, était colonisé par les mauvaises herbes, et les chambranles de fenêtres retenant parfois des lambeaux de rideaux grisâtres. Les bords de bâches mal fixées claquaient au vent et des orties s'efforçaient de pousser parmi les monceaux de plâtre, de verre et de morceaux de charpente. Il pouvait même distinguer la silhouette trapue de l'hôpital Middlesex, en face.

Le temps était venu de mourir une nouvelle fois. Pour lui, c'était cela : mourir et renaître. À ces moments-là, il se sentait toujours un peu en deuil, sans bien savoir de qui. Car cela avait été un soulagement – une joie – de délaisser sa première existence, de cesser d'être l'inutile, le raté qu'on méprise. Ensuite, ses personnalités successives, les ego de son choix s'étaient mieux débrouillés, mais ce n'était jamais assez. Cette fois, ce serait différent… Depuis l'enfance, il avait rêvé de devenir « docteur », et voilà que ce nom – cette existence – s'offrait à lui. Bon, ce n'était pas tout à fait l'occasion qu'il avait imaginée, mais quelle importance… ?

Il contempla le cadavre à ses pieds. Le sang sur le visage avait coagulé. Ce corps avait, tout simplement, cessé de fonctionner. Depuis qu'il travaillait à la morgue de l'hôpital, il en

13

avait vu des cadavres, mais la plupart avaient été exhumés des ruines et amenés sur une civière ; ils n'étaient pas tout frais. Cela lui avait heureusement permis d'étudier l'anatomie en direct, même si beaucoup de spécimens étaient sacrément mutilés – écrabouillés, amputés ou même, dans certains cas, décapités. Chaque puzzle humain lui avait permis de forger sa connaissance de l'anatomie. Il était déjà bien préparé, mais beaucoup restait à accomplir. Il s'y mettrait dès ce soir.

Autant ne pas traîner. Si on l'apercevait, sa nouvelle existence s'achèverait avant même d'avoir commencé, et celle-ci, il l'aurait parié, serait la plus réussie. « Au revoir », dit-il au cadavre dans un murmure. Ce n'était plus un homme, un être humain – seulement un vide, un creux à combler. Son premier usager n'en avait plus besoin, pas plus – point essentiel – qu'il n'avait besoin de son boulot. Donc, ce n'était pas exactement du vol, mais récupérer un truc abandonné. Certes, cet « abandon » n'avait pas été volontaire, mais trop tard pour s'en soucier. Après tout, on ne pouvait pas ramener ce type à la vie, n'est-ce pas ? Néanmoins... « Merci, Reynolds, marmonna-t-il dans un élan de gratitude gênée. C'est chouette de ta part, mon vieux. »

Puis, il s'en alla, parfaitement insensible à tout, sauf à cette bouffée d'adrénaline et à cette conviction qu'il était de nouveau – conformément à son programme – seul maître de son destin. Ragaillardi, il traversa aussi vite que possible les décombres et descendit la rue éclairée par la lune. Au loin – quelque part au nord-est – des bombes tombaient.

2

T OTTENHAM : la sirène ulula à presque deux heures du matin. Stratton, réveillé en sursaut, se redressa trop vite et se flanqua la tête contre le plafond de l'abri Morrison – une sorte de cage – installé dans le salon.

– Chut…, fit Jenny, son épouse.

– Pardon, chérie, je ne voulais pas…

– Non, chut… Silence ! Recouche-toi. Écoute…

C'était bien le *teuf-teuf* – celui d'un moteur deux-temps à bout de course – caractéristique des nouvelles bombes volantes.

– Ça vient par ici…, murmura-t-elle en lui broyant la main. C'est juste au-dessus de nous… Va-t'en, va-t'en…

Stratton retint son souffle. *Teuf-teuf-teuf* – et là, plus rien. « Oh, Seigneur ! » chuchota Jenny. Il lui serra la main très fort et se tourna pour lui faire un rempart de son corps – protection illusoire, mais quitte à mourir ensemble…

Le choc – titanesque – ébranla portes et fenêtres tandis que la maison semblait trembler, basculer, puis reprendre son aplomb. Il y eut un fracas dans la cuisine – des assiettes ? – après quoi, il vit comme une brume blanche, un brouillard automnal, envahir la pièce : c'était le plâtre qui pleuvait du plafond.

Ils restèrent là, silencieux, pendant encore quelques minutes.

– Une chance…, déclara Stratton, en lui caressant la joue. Apparemment, on est encore en vie !

15

– *Nous*, oui..., répondit Jenny, lugubre.

Puis elle lui saisit l'épaule.

– Et Doris ? C'est peut-être tombé là-bas !

– Attends. (Doris était la sœur préférée de Jenny.) Je vais voir...

Il se glissa hors de l'abri et chercha à tâtons sa torche dans le noir, avant de s'avancer vers la porte. Dehors, il faisait assez clair et, non loin, on pouvait voir une colonne de fumée s'élever dans le ciel.

– Ça doit être Larkin Avenue...

– Tout près de chez eux. Allons voir...

Jenny se leva et se mit à se cogner partout, dans ses efforts pour retrouver son pull et son pantalon.

– Mets un froc, au moins ! Par-dessus ton pyjama, si tu veux. Et prends ton manteau...

Ils s'habillèrent dans un silence tendu avant de sortir. On entendait les secours arriver – galopades et véhicules, lointains tintements de cloches. L'air était plein de cette âcre, brutale odeur de destruction – mélange d'explosifs puissants, de gaz de houille, de brique pulvérisée et de terre brûlée.

Stratton prit Jenny par la main et ils marchèrent aussi vite que possible, guidés par le faisceau de la torche, jusqu'au bout de la rue. Tournant à l'angle, ils poursuivirent leur chemin...

– Tu avais raison, déclara Jenny.

Les deux maisons à l'extrémité de Larkin Avenue avaient disparu. À la place, il y avait une montagne de décombres et un cratère de trois mètres de diamètre qui débordait jusque sur la chaussée où étaient éparpillées des mottes de terre mêlées à du macadam, et, çà et là, des morceaux de trottoir. La troisième maison effondrée ne se composait plus que d'une porte d'entrée et d'une moitié de couloir, d'une hotte de cheminée sinistre, réduite à l'essentiel, et de chevrons sans tuiles qui semblaient désigner le ciel. Un abri Anderson avait été arraché partiellement du sol et son toit arrondi en tôle ondulée était fendu : avec ses bords déchiquetés on eût dit une énorme boîte de sardines ouverte. Devant, une conduite de gaz rompue flambait, projetant des ruisselets de feu sur le sol.

– Regarde où tu mets les pieds, dit Stratton en rejoignant

16

avec elle la bande de curieux refoulés par des préposés de la défense passive.

Le bruit de cloches s'intensifia, puis cessa tout à coup au moment où le véhicule des pompiers arrivait. Les volontaires sautèrent à terre et se mirent à escalader les décombres. Ils s'interpellaient tout en cherchant à localiser l'origine de la fuite de gaz.

– Ted !

Doris, la sœur de Jenny, et Donald son mari venaient d'apparaître, tout débraillés.

– Ça va, vous deux ?

– Oui. C'est pas passé loin. On a eu peur pour vous...

– Et réciproquement, dit Stratton. C'est tombé sur qui ?

– J'ignore qui habite au 1 ou au 5, dit Doris, mais au milieu, ce sont les Lightoller. Tu la connais, Jen... Cette forte femme, qui travaille à la boulangerie.

– Oui, et ils ont un fils. Il était...

– Tais-toi, je t'en prie !

Tous les bavardages cessèrent à la vue de l'équipe des secouristes qui se mirent à grimper sur le monceau de gravats en tapant doucement ici et là, interrompant leur ascension pour tenter de capter les voix de rescapés. L'un d'eux avait un chien qui grattait, zigzaguait à travers les ruines, cherchant à flairer des cadavres tout en traînant son maître qui le suivait d'un pas mal assuré. Reconnaissant un flic local, Stratton se présenta et demanda s'il pouvait se rendre utile.

– Mieux vaut attendre que le chien ait fini, inspecteur, répondit l'autre. Espérons qu'il fera vite, ajouta-t-il, maussade.

Stratton, qui en avait vu des cadavres mutilés, brisés, asphyxiés, opina.

– Combien sont-ils, là-dessous ?

– Quatre. Celle-ci (l'homme montra la ruine) était vide. Pour le reste, on vérifie...

Il désigna, un peu plus loin, deux préposés de la défense passive, reconnaissables au reflet du clair de lune sur leur casque blanc, occupés à frapper aux portes et à marquer les murs à la craie si les occupants étaient sains et saufs. Stratton s'interrogea sur l'utilité de cette procédure – la plupart des riverains semblaient réunis autour du cratère – mais ne dit rien. Donald se matérialisa à son côté.

17

– Apparemment, c'est une certaine Mme Ingram, au bout... D'après un voisin, elle avait emménagé depuis peu. Qu'est-ce qu'on peut faire ?

– Il faut attendre le chien, paraît-il...

À ce moment précis, l'animal jappa.

– Là-dessous !

– Ils ont trouvé quelqu'un. Va falloir creuser un puits, dit l'agent. Et vite !

Le chien fut emmené et les secouristes allèrent chercher des paniers pour faire la chaîne. Certains, les plus éloignés, ne s'encombraient pas de paniers, mais se contentaient de jeter les gravats derrière eux, entre leurs jambes, tels des lapins. Il régnait un silence tendu, seulement interrompu par le bruit sourd des briques heurtant la terre, les respirations haletantes et les jurons des travailleurs.

Stratton alla trouver Jenny, qui était auprès de Doris.

– Mme Ingram, tu connais ?

Jenny fit non de la tête.

– Les gens là-dessous, chuchota-t-elle. Ils vont mourir, n'est-ce pas ? Écrasés...

– Tais-toi, Jen... (Doris toucha le bras de sa sœur.) On va les sauver, n'est-ce pas, Ted ?

– Si on fait vite..., répondit Stratton. Et toi, Doris, tu la connais, cette Mme Ingram... ?

Sa belle-sœur fit signe que non.

– Pourtant, il y a forcément quelqu'un qui la connaît...

Derrière eux, une petite vieille corpulente qui avait un châle sur les épaules et, bizarrement, un chapeau de paille sur la tête, déclara :

– Cela fait seulement deux mois qu'elle habitait là. Son mari est un combattant... Très discrète – c'est à peine si je la voyais...

– Donc, il n'est pas ici, lui... ?

– Ça m'étonnerait. À dire vrai, je l'ai jamais vu. Elle était toute seule quand elle a emménagé...

Donald, qui s'était faufilé à travers la foule, lui donna une claque sur l'épaule.

– Tu viens donner un coup de main ? On a besoin d'élargir le trou au sommet, expliqua-t-il, comme ils allaient chercher

18

des pioches dans le camion des secouristes, pour éviter l'effondrement...

S'attelant sérieusement à la tâche, Stratton se battait courageusement avec l'étrange amalgame de briques et morceaux de plâtre, solives et poutres fracassées, fragments de meubles et faïence brisée, tapis et rideaux – qui étaient ensuite évacués à la pelle. Tâche facile au début, et ils progressaient bien, jusqu'à ce qu'ils tombent sur la terre glaise – soulevé par l'explosion, le sous-sol s'était mêlé au reste, rendant plus difficile le déblaiement. Stratton, qui ne se représentait que trop bien ce qui était là-dessous – les fragiles cages thoraciques cédant sous le poids écrasant, et perforant les poumons – redoubla d'efforts. Bientôt, il se mit à éprouver une douleur cuisante aux reins et aux bras et à apprécier les courtes pauses, chaque fois que l'homme, au fond du puits, réclamait le silence absolu.

Enfin, il entendit un cri :

– Ça suffit ! Y a quelque chose. Arrêtez d'agiter cette torche – j'y vois rien !

La foule, qui jusque-là bavardait, se tut.

– Bon, reprit l'homme. Celui-ci a son compte, mais j'entends quelqu'un... plus loin. C'est très faible, mais...

Stratton posa sa pioche et alla regarder au fond du puits. Celui-ci faisait environ deux mètres cinquante de profondeur et, à la lueur de la torche, il comprit qu'il aurait été impossible de se servir d'une pioche ou d'une pelle à cet endroit – il n'y avait pas assez de place, l'espace exigu était occupé par un enchevêtrement de poutrelles et autres poteaux.

Le type qui s'était glissé jusque-là était à genoux et désignait ce qui semblait être l'extrémité d'une rampe d'escalier.

– T'es sûr ? demanda le chef d'équipe, qui se trouvait au côté de Stratton.

– Je veux, oui !

Là, Stratton comprit que ce qu'il prenait pour une boule de verre était en réalité, sous une couche de plâtre, un poing et un bras, nu jusqu'au coude, qui dépassaient des décombres.

– Bon, commence à creuser le tunnel.

Le chef se tourna vers Stratton et le toisa.

19

– Toi qui as de grands bras... va aider Smithie à déblayer.

Apparemment, il n'avait pas vu qu'il ne faisait pas partie de son équipe – ou bien il s'en fichait.

Acceptant le casque offert, Stratton entendit crier et vit en se retournant Jenny escalader les gravats, les yeux agrandis par la panique.

– Ted ! Je t'en prie...

– T'en fais pas, chérie...

– Et si tout s'écroulait ? Tu pourrais être enseveli, tu pourrais...

Elle fut réduite au silence par une gueulante, poussée depuis le fond du puits, ses pieds ayant déclenché une petite avalanche.

– Mais non, tout ira bien. Te bile pas.

Jenny secoua la tête vigoureusement, clignant des yeux, et il comprit qu'elle s'efforçait de ne pas pleurer.

– Te bile pas, répéta-t-il. Ce ne sera pas long. Il y a des gens là-dessous, chérie...

De nouveau, elle secoua la tête. Puis, se dressant sur la pointe des pieds, elle l'agrippa farouchement par la nuque et, l'embrassant sur la joue, lui chuchota :

– Fais attention. Je t'en prie... fais attention.

Sur ce, elle alla rejoindre la chaussée d'un pas prudent, sa chemise de nuit flottant sous son manteau.

Stratton l'observa un instant avant de s'enfoncer à l'intérieur du puits éclairé du haut par des lampes torches, et un panier fut introduit à sa suite. Les deux hommes grattaient à mains nues, s'efforçant de dégager le corps prisonnier des gravats, râlant quand des mottes de terre leur tombaient sur la tête. Stratton entassait les morceaux dans les paniers qu'il soulevait en direction des secouristes, tout en tâchant d'esquiver les constantes avalanches de saletés qui lui brûlaient les yeux. Lentement, du trou ainsi aménagé, une tête, puis des épaules, émergèrent.

– Un jeune garçon ! déclara l'homme, dans ce qui ressemblait à une horrible parodie de scène d'accouchement.

– Un garçon ! hurla Stratton au chef d'équipe. Un adolescent...

– Ses jambes sont bloquées, dit Smithie. Demande une torche...

Quand Stratton en braqua le faisceau sur l'étroite tranchée qu'ils avaient creusée tout autour du cadavre, il vit, couché sur les jambes du gamin, le dos d'un chien. L'animal était roulé en boule, comme endormi. En le palpant, il découvrit sous la couche de plâtre un pelage noir et localisa un long museau.

– On devrait arriver à le dégager...

Smithie brailla ses instructions et une corde fut descendue. Ils réussirent à ficeler l'animal comme un colis et à l'extraire. C'était un épagneul aux pattes brisées et à la cage thoracique défoncée.

– Pauvre bête, déclara Smithie. J'espère qu'elle n'a pas souffert...

Stratton ayant tiré sur l'extrémité de la corde, les hommes en surface hissèrent l'animal et l'évacuèrent. Ensuite, libérer le jeune homme ne s'avéra pas trop difficile, et quand ce fut fait, il y eut assez d'espace – horizontalement, en tout cas – pour accueillir un troisième homme. Comme ce dernier se glissait, gauchement, à l'intérieur du trou, il entraîna avec lui un tombereau de terre qui aveugla Stratton. Il y eut des hurlements et des jurons à l'extérieur, et il entendit des cris de femmes.

– Merde, alors ! beugla Smithie, furieux, en se frottant la figure. Fais gaffe !

– C'est pas ma faute ! protesta l'homme d'une voix plaintive.

– T'occupe, brailla Smithie. Creuse, c'est tout ce qu'on te demande. Si on sort pas tout ça, ils vont tous y passer...

S'essuyant les yeux, Stratton découvrit qu'il était dans les décombres jusqu'à la taille, quasi paralysé. Toussant et crachant, les trois hommes se remirent à creuser, remplissant les paniers. Smithie ne cessait de les engueuler.

– Magnez-vous, mes salauds – le temps presse...

Chaque fois qu'il relevait la tête, Stratton pouvait voir la figure crispée du chef d'équipe.

– Toujours rien... ? leur lança-t-il.

– T'occupe, vieux...

– Ted !

C'était la voix de Jenny, angoissée, qui provenait de la chaussée.

– Ça va ?

– Oui, chérie ! T'en fais pas !

Enfin, ils eurent déblayé assez pour pouvoir se remettre à ramper. Smithie ne cessait de suspendre le travail pour prêter l'oreille ; tout d'abord, Stratton crut qu'il se faisait des illusions quand il déclara entendre quelque chose – lui-même n'entendait que ces constants, et inquiétants, petits éboulements. Mais lorsque, un peu plus tard, il passa en tête, il perçut un râle, très faible, comme émis par un animal – un chat peut-être – blessé. Il se tourna vers Smithie et acquiesça.

– Qu'est-ce que je te disais ? Allez, grouille ! Je t'éclaire par-derrière...

Stratton, qui avançait en rampant dans une quasi-obscurité car son corps occultait la maigre lueur émanant de cette torche, réalisa soudain que sa main s'était posée sur quelque chose qui n'était pas des décombres. C'était à la fois mou et plus ferme.

– Oh, merde !

– T'as marché dessus... ?

Stratton se retourna, avec difficulté.

– Fais pas cette tête ! On est bien forcés... Allez, jetons un œil...

– Tu crois, demanda Stratton, en tâchant de laisser passer son compagnon, que le survivant est derrière celui-ci ?

– *Ceux-ci* ! Y en a deux. Chut !

De nouveau, ils prêtèrent l'oreille et captèrent la faible plainte.

– On peut pas creuser un autre puits... trop risqué. Faut continuer...

Devant Smithie, Stratton aperçut deux cadavres recouverts de poussière, aux membres entrelacés. Leurs pyjamas décolorés se confondaient avec les gravats.

– Un homme et une femme..., déclara Smithie.

Aux yeux de Stratton, on aurait dit des mottes de terre à formes humaines. « Tu es né poussière et tu redeviendras poussière... », comme disait l'Ancien Testament.

– Qu'en sais-tu ?

Smithie haussa les épaules.

– L'expérience, mon vieux. D'ailleurs... (il lui fit un petit clin d'œil) c'est bien ce qu'on nous a dit. Un jeune garçon, un homme et deux femmes. Allez...

Il s'empara du membre le plus proche – un bras – et tira dessus non sans mal.

– Presque raide... Ils ont dû mourir avant le jeune. Puisqu'on peut pas les séparer, faut les sortir avant qu'ils soient complètement rigides... Demande des cordes – il nous en faut plein...

Stratton transmit le message et reçut un rouleau. Il le tendit à Smithie et admira comment, malgré l'exiguïté de l'endroit et une aide modeste de sa part, ce dernier réussissait à confectionner une sorte de harnais. Quand on hissa les victimes, on les eût dites contraintes à une relation charnelle. L'homme avait un pied en moins et, la tête de la femme ballottant en arrière, Stratton put voir, sous le plâtre qui lui faisait une figure de clown, qu'elle avait saigné de la bouche. Les cadavres débouchant à l'air libre, il perçut le malaise de la foule, puis une clameur – unique – suivie d'une rumeur fiévreuse.

– Sans doute les Lightoller, déclara Smithie, tout en déblayant. Donc, maintenant, c'est Mme Ingram qu'on cherche...

De nouveau, il s'interrompit pour guetter un bruit, mais secoua la tête.

– Ça va, là-dessous ? lança-t-il. On n'en a plus pour longtemps...

Une fois de plus, ce gémissement.

– Elle n'aurait pas un mari, quelqu'un pour lui parler ? dit Smithie. Parfois, ça aide...

– Il n'est pas là, répondit Stratton. Je ne vois pas qui d'autre... à part le pasteur...

– Surtout pas ! Enfin...

Il tendit à Stratton un panier rempli.

– Tu te grouilles, hein ?

– D'ac !

Après encore une vingtaine de minutes de labeur, Stratton avait le bout des doigts à vif et ses phalanges pissaient le sang. Ses bras et ses épaules étaient en feu, ses reins en marmelade, mais juste au moment où il se sentait au bout du rouleau, Smithie déclara :

– Là, je la vois ! Préviens-les...

Stratton obéit, puis, se glissant vers lui, il demanda :

– Où ?

– Là... Attention, t'es dessus – recule...

Stratton se recula brusquement, épouvanté, se cogna le front et pesta.

– Ça doit pas être sa tête. Elle doit être allongée dans l'autre sens. Vous pouvez parler, ma petite dame ? Vous nous entendez ?

Silence.

– Cesse de t'agiter. J'entends pas...

Stratton, affligé d'un torticolis et souffrant de cette position accroupie, s'efforça au silence absolu. Sans prévenir, Smithie se pencha pour gratter la terre avec énergie, tel un chien qui recherche un os.

– Je crois qu'elle vit encore, dit-il, hors d'haleine. Allez, encore un petit effort...

Au bout de dix minutes de travail, ponctué par des craquements de plus en plus forts au-dessus de leurs têtes – que Stratton s'efforça d'ignorer –, un corps frêle, qui semblait celui d'une jeune fille, apparut. Elle avait une main derrière la tête et les jambes relevées, formant un S gracieux. Elle était toute grise – tel un bas-relief, songea Stratton. Un bas-relief paisible, comme ceux qu'on peut voir sur une pierre tombale.

Smithie prit la main inerte et chercha le pouls.

– Toujours vivante, mais à peine. Pas de place pour un médecin. Tirons-nous avant que tout s'écroule. Prends les pieds – je m'occupe du reste.

Stratton le regarda, dubitatif.

– Allons, qu'on en finisse ! T'as envie de te prendre tout le bazar sur la cafetière ? Estime-toi heureux qu'elle soit si légère...

Ramper à reculons dans ce noir absolu, en tirant cette femme par les chevilles, tandis que Smithie poussait, et cela jusqu'à la base du puits, lui parut durer une éternité. Mme Ingram gémissait légèrement, mais ne reprit pas connaissance, en dépit des cahots.

Enfin, Stratton entendit :

– OK, terminus ! Dégageons…

Alors, avec un énorme soulagement, il redressa le dos, cligna des yeux, aveuglé par le faisceau des torches braquées sur eux.

– Bouche pas le passage ! cria Smithie derrière lui. Faut un médecin…

Stratton se releva non sans mal et se plaqua sur le côté tandis qu'on faisait descendre le médecin – vision incongrue avec son pyjama qui dépassait du pardessus, son casque et sa sacoche noire. Ce n'était pas le Dr Makepeace, mais le médecin à la retraite, celui qui avait la tremblote. Il s'agenouilla pour prendre le pouls de la femme, tâta les membres et les cheveux qui, poisseux de poussière et de sang, formaient une pâte rose. Il grimaça, secoua la tête puis, avec une dextérité surprenante, planta une seringue hypodermique dans la chair grisâtre, incrustée de terre.

– C'est tout ce que je peux faire… Rien de cassé, à première vue. Sortez-la d'ici…

La chemise de nuit étant déchirée jusqu'aux cuisses, le médecin réclama des couvertures, dont on réussit à envelopper la malheureuse. Après quoi, celle-ci fut ficelée et hissée à l'extérieur.

Smithie se redressa à son tour, se servant de Stratton comme d'un tuteur, et ils remontèrent par l'échelle branlante qu'on avait installée. Stratton se sentait poussé par son compagnon, qui répétait comme une litanie : « Allez, bouge tes fesses ! »

Juste au moment où ils arrivaient au sommet, il y eut un grand fracas et plusieurs tonnes de gravats dégringolèrent, bouchant complètement le puits.

– Et merde ! hurla Smithie, encore plié en deux. On l'a échappé belle !

– Ça va ?

Stratton l'aida à se mettre debout. L'autre faisait une tête de moins que lui.

– Mince alors ! dit ce dernier, surpris. Comment t'as fait pour pas rester coincé ? T'es trop balèze pour ce boulot, mon vieux. Qui t'a envoyé ?

– Le responsable.

– C'est pas régulier, ça ! Enfin, peu importe...

Le docteur les scruta à travers ses lunettes poussiéreuses et dit :

– Inspecteur Stratton, n'est-ce pas ?

– C'est bien moi...

La figure de Smithie valait le coup d'œil – ses yeux s'agrandirent sous l'effet de la consternation.

– Un policier, toi ? Et moi qui te donnais des ordres...

– T'excuse pas, dit Stratton. Tu savais ce que tu faisais... pas moi.

– Bon, alors si tu m'en veux pas... On a fait le boulot en tout cas, pas vrai ? Barrons-nous, avant qu'il arrive un nouveau malheur...

Une fois sur la chaussée, Stratton – qui avait l'impression d'avoir avalé un bout de couverture moisie – fut heureux d'avoir une bouteille de lait pleine d'eau pour se rincer la bouche. Comme il recrachait la dernière gorgée, il vit Jenny fendre la foule. Fougueusement, sans un mot, elle l'étreignit – si fort que, lorsque enfin elle le lâcha, il s'aperçut qu'elle était toute couverte de plâtre elle aussi.

– Ça va, dit-il. On rentre à la maison ?

Elle acquiesça en lui broyant le bras. Ils saluèrent la compagnie, puis repartirent dans les premières lueurs de l'aube, en silence. Tout en marchant, Stratton se sentait gagné par une étrange allégresse. À cause de tous ces événements, bien entendu, mais c'était un peu comme un état d'ivresse – une ivresse légère. Il y avait bien longtemps qu'il n'avait pas connu ça. Une fois devant chez eux, il s'arrêta, prit Jenny par les épaules et vit à son regard pétillant qu'elle ressentait la même chose.

– Nous sommes en vie, dit-il en l'attirant contre lui.

– Oui... Je m'en suis fait du souci... ! Toute cette terre qui dégringolait... les gens n'arrêtaient pas de dire que ça allait s'effondrer sur vous... Doris essayait de me rassurer, mais sans conviction, et on a bien cru... Vous êtes sortis juste à temps ! Et là-dessous, c'était horrible, hein ? Ce qu'on a retiré...

– Mmm...

Stratton tenta de l'embrasser, mais elle le repoussa.

– Pas dans la rue ! Et si on nous regardait ?

– Et puis après ? dit-il en l'enlaçant.

– Bon, dit Jenny, une fois la porte refermée derrière eux, je vais te faire couler un bain...

Son ton était grave, mais son expression pleine de malice.

– On a sonné la fin de l'alerte pendant que tu étais sous terre, donc on ne risque rien à aller là-haut...

– Bonne idée, déclara Stratton en lui prenant la main, mais à condition de le prendre avec toi. Tu as bien besoin de te débarbouiller, toi aussi !

Jenny lui lança un regard scandalisé, puis éclata de rire.

– Tu crois vraiment que c'est le moment... ?

– Pas de trêve pour les braves !

Il lui donna une tape sur les fesses.

– Fais couler ce bain !

Quand Stratton arriva au premier, Jenny se tenait à côté de la baignoire et vérifiait que l'eau ne dépassait pas la ligne des treize centimètres inscrite sur la porcelaine. Quand il vint se planter derrière elle et l'enlacer, elle poussa un petit cri.

– Désolé, chérie. Je ne voulais pas te faire peur.

– Non, ce n'est pas ça... tes pauvres mains. Ça pique !

– C'est à force de déblayer. Tu me mettras de la pommade plus tard. Et laisse donc couler, bon sang... ! Il va falloir me décaper... et puis...

Il lui bécota la nuque.

– Tu vas devoir me savonner. Je ne peux pas le faire moi-même.

– Je suppose, déclara-t-elle en prenant une voix sévère, qu'il faut que je te déshabille, par-dessus le marché ?

– C'est pas une mauvaise idée, ça !

Elle se mit à rire et se tortilla pour se retourner.

– D'accord ! Tiens-toi tranquille.

Elle se glissa dans la baignoire derrière lui – c'était juste, mais on y tenait à deux –, lui lava les cheveux, lui savonna le dos. En dépit du froid ambiant, il sentait le contact chaud de ses seins...

– Et devant... ? dit-il.

– Patience ! Je m'occupe d'abord du haut...

– Je te ferai remarquer que certaines choses se sont rappro-
chées du « haut », depuis tout à l'heure...

Elle se mit à glousser.

Quand ils sortirent du bain, l'eau était devenue toute
noire. À ce moment-là, ils étaient déjà trop occupés à batifoler pour réintégrer l'abri au rez-de-chaussée. Soulevant Jenny
dans ses bras et ignorant ses protestations, Stratton la porta
dans le lit conjugal.

3

S TRATTON était épuisé, et il n'était que sept heures du matin… Ça n'avait rien d'étonnant, puisqu'il avait passé une bonne partie de la nuit debout, et ses phalanges lui faisaient sacrément mal, mais se traîner jusqu'à la salle de bains avait été aussi exténuant qu'escalader une montagne.

Encore une matinée pluvieuse et l'endroit était glacial, comme d'habitude. Dire que c'était l'été… Torse nu devant le lavabo, il se déforma une joue et entreprit de se racler la peau avec sa lame émoussée – en vain. Puis, renonçant, il lâcha le rasoir dans l'eau grisâtre et se dévisagea dans la glace : avec ces poches sous ses yeux bleus et son marcel archi-reprisé, il n'était pas joli-joli à voir. Bon, il n'avait jamais été un Adonis, même jeune ; ses traits étaient taillés à la serpe et ce nez, qui avait été jadis cassé, gâchait à jamais ses chances de paraître distingué. Avec son mètre quatre-vingt-dix, il était plus grand que la moyenne, plus baraqué, et, grâce à son hérédité et à tout ce boulot qu'il abattait dans le potager, musclé. Pourtant… « Trente-neuf ans, songea-t-il, et déjà je commence à faire vieux. » Heureusement – l'idée le fit sourire béatement –, Jenny n'avait pas l'air de s'en plaindre. D'une main, il se ratissa les cheveux – encore fournis et toujours noirs, enfin dans l'ensemble, ce qui était une chance – puis se pencha pour ôter la bonde et nettoyer le lavabo avant de retourner dans la chambre pour passer sa chemise.

À la réflexion, il ne se rappelait pas quand, pour la dernière fois, sauf durant ces vingt minutes consécutives au sau-

29

vetage, à l'aube – de nouveau, il eut un sourire – il s'était senti frais et dispos. Cette fatigue était en partie physique, mais surtout mentale, engendrée par l'inconfort quotidien, la crasse, les pénuries : les vêtements râpés, raccommodés ; les meubles branlants, cabossés, les maisons – celles qui étaient toujours debout – croulant faute d'entretien, les bus et les rames de métro bondés de passagers aux yeux battus, au teint de papier mâché... Même les jeunes filles avaient l'air minable, cheveux cachés sous des foulards, en pantalon ou jambes nues – des jambes qui, par temps froid, étaient marbrées comme de la viande bouillie. Les arbres aussi, en dépit de leur feuillage vert, semblaient las et sales.

Sauf ceux de Larkin Avenue, bien entendu. Il ne devait plus leur rester le moindre feuillage. Les V1 avaient cet effet-là. Ils avaient aussi la sale manie de remplacer les feuilles par des lambeaux de chair humaine... En quatre ans et demi, il en avait vu, des horreurs : maisons éventrées, mutilées et exposant leurs entrailles, bus projetés contre des façades, membres et têtes coupés, enrobés d'une épaisse couche de plâtre. Quant à la nuit dernière...

L'estomac barbouillé, il descendit prendre son petit déjeuner. L'appétit lui manquait – hormis cette nausée, il n'était pas assez réveillé – mais Jenny s'inquiéterait s'il ne mangeait rien. Au moins, les poules qu'il l'avait convaincue d'élever dans le jardin pondaient de façon satisfaisante, même si, comme elle s'en plaignait souvent, ça attirait les mouches. Enfin, il ne lui en voulait pas de râler – elle aussi, elle était fatiguée à force de travailler au Centre d'accueil jusqu'à point d'heure, de faire la queue chez les commerçants et de jongler avec les tickets de rationnement, en plus du ménage. En outre, elle souffrait encore plus que lui de l'absence des enfants : après avoir passé un an à la maison, Monica (aujourd'hui, treize ans) et Pete (onze) avaient été réévacués dans le Suffolk depuis les attaques des V1.

Il s'installa dans la cuisine et accepta une tasse de thé. Jenny, en robe de chambre, mit un œuf dans une casserole d'eau bouillante et prit place en face de lui. Il aimait l'air qu'elle avait le matin, avec ses cheveux châtains ébouriffés et son joli minois pas encore poudré, rose et frais, malgré le manque de sommeil. Cela, il ne le lui aurait jamais dit – elle ne l'aurait pas cru.

– Ça vient..., dit-elle. Et tes mains ?

– C'est mieux, merci.

Il lui lança un clin d'œil.

– Oh, j'allais oublier... D'après Doris, M. Bolster attendrait une livraison de papier toilette.

– À la bonne heure.

M. Bolster, et ce qu'il pouvait avoir ou pas dans sa boutique, alimentait largement leurs conversations, comme sans doute celles des voisins. Sachant que sa belle-sœur était une source plutôt fiable d'informations en ce domaine, il ajouta :

– Et pour les lames de rasoir, elle n'a rien dit ?

– Hélas, non. Mais je me renseignerai...

Stratton, qui s'attendait à une suite – cette phase de la conversation durait au moins cinq minutes –, fut surpris de la voir se mettre à tripoter ses couverts sans mot dire. Puis, devinant à quoi elle pensait, et voulant éviter ce sujet-là, il se demanda – les illusions ont la vie dure – s'il ne pourrait pas s'y soustraire en ignorant ce changement d'humeur, mais finit par craquer.

– Euh... quoi de neuf ? lança-t-il.

– Rien, seulement...

Jenny reposa son couteau, avant de dire :

– Je pensais à cette pauvre femme, hier...

– Je sais, chérie. Mais au moins, elle est vivante, et on va s'occuper d'elle. Et...

Il se pencha au-dessus de la table et lui prit la main.

– Nous deux, hier, c'était pas si mal, hein ?

– Eh bien...

Son épouse pencha la tête de côté et fit mine de réfléchir.

– C'était... passable.

– *Passable* ? Je veux, mon neveu !

Jenny se fendit d'un sourire, puis prit un air soucieux et, après une brève hésitation, demanda :

– Tu crois que c'est bientôt la fin, Ted ?

Stratton soupira. Cette question, elle la lui avait posée avec l'obstination pleine d'espoir d'un enfant depuis le début du Débarquement en Normandie, deux semaines plus tôt. En son for intérieur, il n'était pas d'accord avec ceux qui préten-

31

daient que la guerre serait finie dans un mois, mais pas question d'en informer Jenny. Bizarrement, il avait eu l'impression qu'elle s'apprêtait à dire tout autre chose. Quoi ? Il l'ignorait, mais pas ça. Peut-être était-ce son imagination... En tout cas, il était trop fatigué pour creuser la question.

– Franchement, je ne sais pas, répondit-il, mais de toute façon, on se débrouillera. On est nettement mieux lotis que d'autres – comme cette pauvre femme... Et après la guerre, les enfants rentreront. Pas trop tôt, hein ?

– Oh, oui !

Le visage de Jenny s'illumina, avant de se rembrunir.

– Mais j'ai peur qu'ils soient déçus, maintenant qu'ils ont...

Stratton, qui connaissait la suite, se maudit d'avoir orienté la conversation sur ce terrain-là. Même si Mme Chetwynd, la dame qui hébergeait les enfants, était très gentille et aux petits soins pour eux, c'était aussi une personne fortunée, de la bonne société, et quand les enfants étaient rentrés après la fin du Blitz, ils avaient mis un certain temps à reprendre leurs habitudes. À présent qu'ils étaient retournés dans le Suffolk à cause des V1, ils étaient un peu plus grands et on pouvait prédire que la réadaptation serait tout aussi dure, sinon plus. Jenny, qui les avait revus plus récemment que lui, se tracassait sans cesse à ce sujet.

– Ils causent même comme elle, à présent ! Comme s'ils n'étaient plus à nous. Ils sont habitués à cette grande maison, à tout cet espace, et... oh ! (Jenny lui lança un regard désespéré)... tout.

– Ce sont toujours nos petits, dit Stratton. Surtout Monica. C'est tout ton portrait, de l'avis général...

– En apparence, oui. Mais elle ne pense plus comme nous. Pete non plus.

– Ils s'habitueront. Ce sont de braves gosses. Ils vont grandir, nous faire honneur et nous donner plein de petits-enfants, et on aura plus de temps pour faire des trucs ensemble...

S'apercevant qu'elle le regardait drôlement, il ajouta :

– Si l'idée ne t'est pas trop insupportable, évidemment. Allons, ma chérie, souris ! Ce n'est pas ton style de bouder...

Plus pour lui changer les idées que parce qu'il avait faim, il ajouta :

– Et cet œuf... ça vient ?

– Oh, misère...

Elle sauta sur ses pieds et, attrapant un torchon, s'approcha de sa cuisinière.

– Ma casserole ! Ce serait le bouquet, si je faisais cramer le fond – c'est la seule en aluminium qui nous reste. Doris a entendu dire qu'ils en avaient chez Tooley, mais quand j'y suis passée, c'était fini...

Après le petit déjeuner, Stratton embrassa Jenny et alla rejoindre son arrêt d'autobus, tête basse, sous la pluie battante. Depuis qu'elle travaillait au Centre, il ne l'en appréciait que plus. Non qu'il ne l'eût pas appréciée auparavant à sa juste valeur – du moins l'espérait-il. Les repas qu'elle lui laissait sur la table n'étaient pas mauvais, mais sans elle ce n'était pas pareil et il détestait dîner seul.

À l'heure où il descendit du bus à Piccadilly, la pluie s'était apaisée, même si – Stratton cligna des yeux vers le ciel – ce ne serait sûrement que temporaire. Il huma l'odeur désormais familière de fumée mêlée de poussière. Ça avait dû tomber aussi par ici. Il fallait espérer que ce n'était pas encore sur le commissariat. Quand West End Central avait été bombardé, en 1940, on avait mis des mois à reprendre un semblant de vie normale. Il avançait sur le trottoir glissant, passant devant les vitrines consolidées et leurs pitoyables étalages.

Puis il descendit Vigo Street, s'engagea dans Savile Row et trouva en entrant dans le commissariat trois femmes bien en chair, en train de se crêper le chignon. Cudlipp, le chef de poste, criait « Mesdames ! Mesdames ! », les bras en l'air, tel un arbitre de boxe tâchant vainement de cadrer un combat.

– De quoi s'agit-il ? demanda-t-il à l'agent Ballard qui l'attendait dans son bureau, perché sur un coin de la table.

– Désolé, chef !

Ballard, un grand et beau brun d'une inconsciente élégance – que Stratton lui enviait en secret, sans pouvoir lui en vouloir car c'était un brave type, pas crâneur – souleva ses fesses du bureau et se mit au garde-à-vous.

– Relax...

Stratton le salua d'un geste vague et s'installa dans son fauteuil.

– Oui, chef ! Elles sont toutes trois mariées au même bonhomme... et viennent seulement de le découvrir.

– Il les aime girondes...

– Oui, chef. C'est un soldat. Il touchait un peu d'argent de chacune. C'est ce qui les énerve...

– On les comprend. Quoi d'autre ?

– Un type qui fabrique des bons d'essence – quand on l'a arrêté, il essayait d'en faire disparaître cinq cents aux chiottes, apparemment... D'autres infos sur les vols dans les entrepôts de l'intendance, à Brighton... Quelqu'un avec une cave pleine de pneus de l'armée... Gnôle, encore – cette fois, un club dans Coventry Street. Cinq victimes paralysées, une aveugle. Provient d'un alambic à Dagenham... Bagarres avec les GI à Rainbow Corner – *encore* –, cette fois, ils ont brisé une vitrine en balançant un type à travers. Oh... et des nouvelles sur ces deux cambriolages de la semaine dernière... Tout est là, chef !

Ballard déposa une liasse de papiers sur le bureau et se retira.

Stratton se mit à lire les détails de la fraude aux bons d'essence. C'était rare qu'on parvienne à remonter les filières, les bandes protégeant bien leurs sources. Beau travail. Examinant l'échantillon, il s'aperçut qu'il aurait été incapable de distinguer le vrai du faux. Merde, comme il était fatigué... Ce dont il avait besoin, c'était une bonne journée pépère, histoire de récupérer. Mais il ne fallait pas rêver.

Comme de bien entendu, dix minutes plus tard, Ballard passait la tête.

– Un message, chef. Cadavre sur un site bombardé. Au bout de Berners Street, près de l'hosto. Pour le préposé à la défense passive, ce serait suspect...

– Et merde !

– Quoi ?

– Pardon, Ballard, ce n'était pas contre vous. Des V1 sont tombés pas loin de chez moi, cette nuit. On n'a pas beaucoup dormi.

34

– Désolé, chef. J'avais remarqué vos mains. L'air frais vous requinquera peut-être...

Stratton considéra le jeune homme et songea que ce n'était pas seulement sa bonne bouille, mais aussi son optimisme et sa gentillesse innée qui le rendaient si populaire auprès des filles.

– J'en doute, répondit-il en attrapant son chapeau et son manteau. Je me sens sur le point de dormir debout, comme un cheval. Ou Arliss...

Arliss, un vieux de la vieille, était le plus incompétent des policiers du poste.

Ballard eut un sourire en coin.

– Je pourrais toujours vous soutenir, chef !

– Vous y serez peut-être bien forcé, répondit Stratton, l'air sombre. Allez, venez... Après tout, ajouta-t-il en désignant le bureau couvert de paperasse, on n'a pas grand-chose d'autre à faire, pas vrai ?

4

I LS N'AVAIENT PRIS aucune précaution. Installée devant le miroir de sa coiffeuse, Jenny plongea la tête entre les mains. Comment peut-on être aussi stupide ? En plus, elle ne s'en était rendu compte qu'au moment où Ted avait fait cette remarque, dans la cuisine, à propos de leurs petits-enfants. Avec tout ce qui s'était passé cette nuit, elle n'avait pas pensé à... Et il n'avait pas demandé – quoi de plus normal ? C'était sa responsabilité à elle, pas celle de Ted, depuis toujours. Si seulement elle y avait pensé, si seulement elle lui avait demandé de faire attention...

Elle ne *devait* pas avoir d'autre enfant. Ils s'étaient toujours dit qu'ils en auraient deux, pas plus, et ils avaient eu un garçon et une fille – le « choix du roi ». Elle n'aurait pas le courage de revivre tout cela, surtout actuellement. Enfin, comme c'était exceptionnel... Bien sûr, il suffisait d'une fois, mais tout de même... ce serait si injuste. S'il y avait une justice en ce monde – ce dont, à vrai dire, elle doutait, en tout cas en ce moment –, elle ne serait pas enceinte.

Comme elle avait eu ses règles la semaine dernière, elle ne serait pas fixée avant très longtemps... À quoi bon s'inquiéter ? Si elle était enceinte, eh bien, on n'y pourrait rien. Enfin si, mais ce serait illégal et, de toute façon, elle ne se croyait pas capable d'en passer par là. La question ne se poserait peut-être pas... À la réflexion, c'était bien de n'avoir rien dit à Ted. À quoi bon l'alarmer à l'avance ? Espérons – elle croisa les doigts – qu'elle s'en faisait pour rien.

36

Ils avaient passé un bon moment à batifoler dans la baignoire. Vraiment, c'était une chance qu'après quinze ans de mariage, Ted la désire toujours autant... et c'était réciproque. Vierge à son mariage, Jenny n'avait pas trop su à quoi s'attendre – malgré les explications allusives de sa mère – et elle avait été heureuse de découvrir que – sauf la première fois – ce n'était pas seulement réconfortant, mais agréable aussi. Toutefois, la perspective d'avoir à dormir dans l'abri Morrison, enceinte de huit ou neuf mois, et si jamais un raid commençait juste au moment où... « *Arrête,* se dit-elle. Sois positive. »

Fichant entre ses dents deux des précieuses épingles à cheveux qui lui restaient, elle souleva sa chevelure et commença à l'enrouler autour d'une serviette pour se faire un genre de chignon. Bien qu'épais et (Dieu merci) naturellement ondulés, ses cheveux châtains étaient à présent raides et ternes, durs à coiffer – rien d'étonnant puisqu'il n'y avait plus de shampooing, et depuis hier soir la coupelle dans la salle de bains ne contenait plus qu'une lamelle de savon presque translucide qui devrait leur faire encore au moins quatre jours.

Elle ouvrit le tiroir qui renfermait sa petite réserve de poudre et de rouges à lèvres. C'était mal d'acheter des produits de beauté au marché noir – Ted aurait été furieux d'apprendre qu'elle transgressait la loi –, mais ce n'était pas juste de lui demander de s'en passer complètement. Même si ça n'embêtait qu'elle-même quand son nez brillait... Alors il avait beau dire, Ted n'aurait pas apprécié qu'elle se néglige. Elle avait l'air déjà assez fatiguée comme cela... Et elle serait jolie à voir, enceinte ! Ce serait épuisant de faire la queue chez les commerçants, surtout vers la fin...

« Arrête ! se dit-elle encore. Tout ira bien. »

Elle appliqua le strict minimum de sa précieuse poudre et tapota une dernière fois sa coiffure avant de prendre la photo des enfants pour l'essuyer avec sa manche et l'embrasser.

– Bonne journée ! murmura-t-elle. À tout à l'heure...

Tout de même, mis à part ses soucis actuels, Ted avait raison : ils avaient de la chance. Leur maison – à la différence de celle de Mme Ingram – était toujours là, les enfants étaient à l'abri, et, même si l'écriture de Pete devenait de moins en moins lisible à chaque lettre, il était heureusement trop jeune pour être mobilisé.

Elle mit son manteau et un foulard sur sa tête, et quitta son domicile. Marchant d'un pas vif dans les rues désolées en direction du Centre d'accueil, elle passa devant des fenêtres condamnées, des vitres fêlées et des maisons aux murs lépreux. Au niveau de Larkin Avenue, elle examina l'énorme cratère au contour déchiqueté, là où le V1 était tombé, anéantissant la maison de Mme Ingram et celle d'à côté. En face, un hêtre avait été déraciné et plus loin un autre, déchiré par l'explosion, perdait sa sève comme du sang. Près de ses pieds, elle aperçut un abat-jour cassé qui avait soit roulé, soit été projeté au bord de la montagne de gravats et, juste à côté, ce qui ressemblait au coin d'un échiquier. Curieusement, ces modestes reliques lui semblèrent plus émouvantes que tout le reste et elle se sentit sur le point de pleurer. Se ressaisissant, elle se moucha, eut une pensée pour Mme Ingram et se hâta en direction du Centre.

Elle suspendit son manteau dans un étroit vestibule tapissé d'avis sur les restrictions d'eau, de mises en garde contre le gaspillage de charbon ou de papier et d'exhortations à manger des légumes (patates faisant les folles et carottes rigolotes). Pliant son foulard pour le mettre à l'abri dans son sac, elle surprit des bribes de conversation filtrant de la pièce voisine. « Ça nous a estomaqués... on l'attend à la maison à tout instant... Quand il s'agit d'héberger des réfugiés français, on trouve très vite, mais pour les Anglais... Il m'a mis la tête sous l'oreiller, mais le lit était jonché de verre... C'est tombé tout près de chez vous, hein, cette nuit... ? »

Le Centre d'accueil était une école réquisitionnée quatre ans plus tôt et hâtivement pourvue de tables à tréteaux, de couvertures râpeuses, de seaux d'aisance et d'une modeste pharmacie. La situation s'était bien améliorée grâce au Service des femmes volontaires, à la Croix-Rouge et au Conseil du Comité de Londres. Il y avait une bourse aux vêtements et du lait pour les bébés, même si la nourriture – soupe, pain et margarine, plus parfois de la confiture – était toujours digne d'une cantine d'hospice et si le processus pour reloger les familles sinistrées par un bombardement n'était qu'un brin moins chaotique qu'en 1940.

Évitant les bavardages, Jenny passa la matinée à aider des gens à remplir des formulaires de déclaration de sinistre concernant des biens immobiliers, des meubles, des effets personnels. Au cours d'un de ces épuisants échanges – toujours pareils – « Vous pouvez avoir une allocation pour remplacer votre dentier, madame Clayton. – *Che* veux pas mendier. – Ce n'est pas mendier, on vous le déduira de vos dommages de guerre. – Ah bon, moi *che* me fais l'effet de mendier. » – elle releva la tête et aperçut Doris, sa sœur, debout derrière la pauvre femme aux joues creuses. Elle avait l'air survoltée et lui faisait signe – frénétiquement – de la rejoindre à l'extérieur. Doris était sa sœur préférée. Elle lui ressemblait bien plus, physiquement – même si Doris était plus grande et plus brune – et moralement, que Lilian, leur sœur aînée.

– Voulez-vous m'excuser, madame Clayton... ? Un détail à régler... Ce ne sera pas long.

Elle se leva prudemment, ajustant sa jupe ; l'absence d'élastique signifiait que sa culotte pouvait tomber à tout moment. Laissant la petite vieille marmonner toute seule, elle suivit Doris dans la cour de récréation.

– Pendant que j'y pense, chuchota celle-ci, j'ai du papier toilette. Quatre rouleaux pour chacune ! M. Bolster a bien voulu me les céder. Et il t'a gardé un peu de savon.

– Comment as-tu fait... ?

– Mon charme naturel ! dit Doris en prenant une pose dédaigneuse de mannequin. Passe plus tard, je te donnerai ça... Enfin, ce n'est pas pour ça que je suis ici – mais pour Mme Ingram. J'ai tellement pensé à elle que je n'ai pas pu dormir. Pauvre femme, toute seule... Bref, ce matin, je suis allée prendre de ses nouvelles à l'hôpital. On m'a dit qu'elle pouvait sortir, mais est-ce que je savais où était son mari ou si elle avait de la famille dans le coin ? J'ai demandé pourquoi on ne lui posait pas la question. On m'a répondu qu'elle n'était pas encore en état de parler, mais qu'on ne pouvait pas la garder parce qu'elle n'était pas blessée et qu'on avait besoin du lit...

– Où est son époux ?

– Mobilisé, tu ne te souviens pas ? Bref, je n'ai pas l'impression qu'elle ait des relations dans le quartier – elle n'y est pas depuis longtemps, et j'ai pensé que c'était un peu dur de la

39

lâcher dans la nature, vu son état, alors j'ai proposé de
l'héberger.

– Il y a des lits, ici...

– Je sais, mais d'après eux, il faut s'occuper d'elle. Elle
n'est pas en grande forme.

– Où est-elle ?

– Toujours à l'hôpital. Je suis venue prendre des vêtements
afin de pouvoir la ramener chez nous.

– Ah oui, elle n'avait que sa chemise de nuit, n'est-ce pas ?
Tu es si bonne...

– Bah...

Doris haussa les épaules.

– J'espère qu'on en ferait autant pour moi s'il le fallait.
Bon, je me sauve – il faut lui procurer sa nouvelle carte
d'identité, son carnet de rationnement et je ne la vois pas se
débrouiller toute seule...

Jenny laissa Doris fouiller dans des tas de linge à l'odeur
âcre et retourna affronter le problème du dentier d'Ivy Clayton. Ensuite, Ivy fut remplacée par un homme qui avait l'air
bizarrement hilare, comme s'il fêtait son anniversaire tout
seul. Il ne cessait de rire et d'agiter les bras.

– J'ai tout perdu, déclara-t-il. La baraque, les carnets de
rationnement, ma carte d'identité, les extraits de naissance
des gosses. J'ai même perdu ma femme. Voilà pourquoi je
suis là. Vous l'auriez pas vue ?

Grâce à ce boute-en-train, et à plusieurs autres personnes
qui avaient besoin d'une aide urgente, elle resta bien occupée pendant presque quatre heures d'affilée et n'eut le
temps de penser à rien d'autre.

En allant chez Doris, elle se demanda s'il faudrait aborder
le sujet de son « imprudence » avec sa sœur. Doris était toujours de bon conseil sur ces sujets-là... Toutefois, il lui semblait que le simple fait d'exprimer sa peur d'être enceinte lui
donnerait une certaine consistance. Même si c'était absurde,
cette idée-là avait la puissance nébuleuse et paranoïaque des
superstitions...

5

L'HOMME, Sam Todd, tira le scalpel – fauché à la morgue – de sa poche. Trop exalté pour dormir, il en testa le tranchant avec son pouce avant de le déposer sur le napperon bordé de dentelle de la petite table, dans sa chambre triste. Juste à côté, il y avait une chose enveloppée de papier journal, ayant la taille et la forme d'un gros chou, qu'il déballa soigneusement, révélant les circonvolutions luisantes, grises et jaunâtres, d'un cerveau humain, sauvé de l'incinérateur de l'hôpital.

Afin de protéger le napperon, il aplatit le journal tout autour. Bizarrement, ce n'était plus à présent qu'un simple mécanisme obsolète qui avait été autrefois commandé par une force consciente. Ça n'avait pas plus d'importance que, par exemple, une ampoule grillée, et pourtant ce cerveau avait été la tour de contrôle, l'endroit où les décisions avaient été prises et les défis relevés. Il y avait eu là-dedans des goûts et des dégoûts, et tout ce qui avait fait de son précédent propriétaire – un certain Bernard Henry Porteus, pompier auxiliaire, tué par la chute d'un ouvrage en pierre – ce qu'il était. « Voilà ce qui nous détermine, pensa-t-il. Voilà ce qui meurt quand nous mourons. » Il n'avait pas de temps à perdre avec Dieu, l'âme, enfin tous ces trucs-là – ce n'étaient que des inventions pour contenter les imbéciles.

Ce cerveau, il l'avait rapporté en douce chez lui afin de l'étudier à sa guise. Il tira le manuel de dissection – volé à la librairie – de sa besace et trouva la bonne page. D'autres

41

jours, il avait barboté des foies, des reins, des cœurs et des utérus afin de les disséquer, mais c'était son premier cerveau. Il le toucha du bout du doigt, délicatement, comme s'il s'attendait à une réaction.

– Bonjour, monsieur Porteus... Tâchons de découvrir ce qui vous faisait fonctionner.

Il prit le scalpel et le planta dedans.

– Ça te plaît pas, mon vieux ? Tu sais, tu ne devrais pas te plaindre. Dis-toi bien – il ricana – que tu contribues aux progrès de la science... !

Après avoir passé deux heures à étudier, découper et prendre des notes, il flanqua ce qui restait du cerveau dans la cuvette, puis se rassit et considéra son environnement. Cette chambre, il l'habitait depuis qu'il avait commencé à vivre la vie de Sam Todd, assistant à la morgue, en avril dernier (le véritable Sam Todd, un enfant de deux ans qui avait succombé à la grippe espagnole en 1918, gisait dans un cimetière à Gravesend). Elle ne contenait guère d'affaires personnelles. Le peu qu'il possédait – la valise d'occasion avec les étiquettes indiquant des voyages à l'étranger, le luxueux étui à cigarettes et la belle provision de papier à lettres – n'étaient que des accessoires. Quant au reste, il y avait un lit haut et étroit, au sol du lino marron éraflé, une table et une chaise cabossées ainsi qu'une table de toilette avec un broc et une cuvette en porcelaine de médiocre qualité. Ce n'était pas un foyer, juste un logement, le dernier d'une longue série depuis sa « mort » à l'âge de dix-sept ans, en 1932, alors qu'il était en vacances à Camber Sands. Il avait laissé ses vêtements en tas sur la plage et disparu aussi totalement que si son corps avait été réellement englouti par les vagues froides et grises. Jusqu'à présent, cela avait été le plus beau moment de son existence : s'éclipser de la pension en pleine nuit, déposer sur la grève les habits qu'il portait la dernière fois que sa mère l'avait vu, avec sa montre, son canif et son portefeuille, puis endosser ceux qu'il avait soigneusement préparés et se fondre dans les ténèbres, après s'être dépouillé de son vieux Moi comme d'une peau devenue indésirable.

Il lui avait fallu des années, mais à présent, il touchait au but. Son cœur s'emballa, il se sentit inondé de chaleur, tout ému. L'assistant de la morgue, comme tous ses personnages précédents, n'était qu'un marchepied pour accéder à mieux. Au terme de sa première semaine de travail, il avait pris tous ses coupons d'habillement pour s'acheter une tenue de médecin – veston noir et pantalon rayé – qu'il portait sous une blouse blanche. Un stéthoscope au cou, il était allé se promener dans l'hôpital Middlesex après sa journée de travail, afin d'étrenner son nouveau Moi. Tout en se baladant d'un pas vif mais régulier, l'air calme et résolu, il avait apprécié la déférence des jeunes infirmières et les regards respectueux des surveillantes générales. Aux toilettes, il avait admiré son splendide nouveau Moi dans la glace.

Il n'avait osé se montrer ainsi qu'une seule fois. Le risque d'être reconnu était mince, mais vu l'enjeu, il n'avait pas voulu tenter le diable une seconde fois... Là, il s'approcha du fragment de miroir fixé par un clou au-dessus de la table de toilette. Sa surface lui faisait penser au fleuve d'une ville industrielle et donnait à ses cheveux blond-roux, à ses traits quelconques, un air brouillé.

– Qui es-tu ? se demanda-t-il à lui-même, avant de se reculer pour allumer une cigarette.

Il n'en restait que six et cela devrait lui faire les deux prochains jours, mais il l'avait bien mérité. Se scrutant à travers la fumée, il vit une fois de plus en lui-même un docteur, un homme éduqué, pétri de dignité et d'autorité, digne de l'estime et de la considération de ses pairs. Un homme qui s'imposerait, marquerait les mémoires. Il sentit une impulsion, tel un courant électrique, le traverser alors qu'il s'écriait, en réponse à sa propre question :

– Je suis ce que j'ai envie d'être !

Il resta là un moment, à se regarder fumer, après quoi il se pencha au-dessus de la table de toilette et, d'un geste sûr, il écrasa le mégot en plein dans ce qui restait du cerveau de Bernard Henry Porteus.

6

Dès le début, Todd avait aimé l'ambiance à l'hôpital : l'organisation rationnelle, l'empressement régulé du personnel, le professionnalisme. Les couloirs dallés, les portes battantes et les rangées de patients sagement bordés dans leurs lits, tout cela appartenait à un univers magnifiquement ordonné. Même les intitulés des services – Radiographie, Physiothérapie, Consultation de nourrissons – semblaient poétiques. Début mai – ayant passé un mois à la morgue et s'estimant satisfait de son niveau d'études –, il avait décidé de faire un nouveau pas vers la création de son plus beau Moi. Pour cela, il fallait intervenir auprès de la mère de James Dacre, un garçon qu'il avait connu à l'école et qui, cinq ans plus tôt, dans les premiers jours du black-out, avait été mortellement blessé par une voiture un mois après avoir obtenu son diplôme de médecine. Lorsque Todd l'avait appris, il avait saisi l'importance de cette information et l'avait mise de côté en attendant d'avoir l'occasion de l'exploiter. C'est ainsi que, un soir de mai, il entreprit de rédiger un brouillon de lettre au dos d'une vieille enveloppe.

Chère Madame Dacre,

J'ignore si vous vous souvenez de moi, mais je suis un ancien camarade de votre fils. Je garde un excellent souvenir de lui et j'ai été désolé d'apprendre, tardivement, son décès.

On s'était perdus de vue, ce qui explique que cette lettre ne vous arrive qu'aujourd'hui. Je le répète, ce n'est que récemment que j'ai

*appris cette tragédie. Quel dommage qu'un jeune homme aussi pro-
metteur ait été fauché dans la fleur...*

Jusque-là, rien que la vérité – ou presque... Mais à présent,
il fallait réfléchir... ne pas forcer au niveau des compliments.
Si sa mémoire était bonne, ce n'était qu'un élève falot, quelconque, qui aurait sans doute fait un médecin acceptable,
mais sans plus. Donc... une phrase sur ses qualités humaines,
une référence pleine de tact au Tout-Puissant, suggérer qu'il
pourrait venir la voir, la prochaine fois qu'il serait dans la
région – c'est-à-dire la semaine prochaine. Mme Dacre était
veuve depuis longtemps et n'avait pas eu d'autre enfant. Si
elle vivait seule, elle apprécierait d'avoir de la visite. Sinon,
elle saisirait sans doute de toute façon avec joie cette occasion
d'évoquer son fils. Il mit la dernière main à sa lettre, puis,
dans sa provision de papier à lettres de luxe, sélectionna un
feuillet et passa un moment à tester ses stylos à plume.
Ensuite, il recopia le texte avec soin, ajouta son adresse en
haut et fit une pause. Trop risqué de signer de son nom véritable – elle avait dû apprendre sa « mort » dans la gazette
locale. Même s'il l'avait rencontrée brièvement quelque-
fois – goûters après des activités sportives – et conservait le
vague souvenir d'une femme bien en chair en robe à fleurs,
il ne croyait pas qu'elle le reconnaîtrait. Après tout, les petits
garçons se ressemblent tous...
Il était prêt à parier qu'elle n'avait jamais fréquenté sa
propre mère qui, habituée comme elle le disait à une
« meilleure société », aurait cru déchoir en se liant avec une
femme comme elle. Les Dacre avaient beau être plus riches,
c'était néanmoins – aux yeux de sa mère – des petits-bour-
geois vulgaires et jamais celle-ci n'aurait transigé avec ses pré-
jugés de classe.
Quel nom se donner ? Rien de trop original – ni de trop
banal – l'un comme l'autre pouvant se révéler faciles à
mémoriser. Un nom prêtant à confusion, qui soit aussi un
prénom, peut-être ? Il réfléchit, martelant ses dents de la
pointe de son stylo : Oliver ? Thomas ? Norman ? Il nota : Oliver, Thomas, Norman. Thomas Norman ? Non, Norman
Thomas. Le genre de nom qu'on oublie... Parfait.

Il trouva une enveloppe assortie et libella l'adresse – trouvée dans l'annuaire – après quoi, il coinça la lettre derrière la pendule de la cheminée. Allumant une cigarette, il alla se reposer sur sa chaise avant de s'atteler à son autre projet : une carte d'identité au nom de James Dacre. C'était l'essentiel : le carnet de rationnement pouvait attendre. Sa logeuse gardait le sien – ou plutôt, celui de Todd – et il n'y avait aucune raison que ça change. Quant aux vêtements, il avait tout ce qu'il lui fallait pour le moment. La carte d'identité, ce serait facile. Il avait veillé à cela au début de la guerre, quand il avait réussi – cette fois, sous le nom de « John Watson » – à se faire embaucher comme humble employé à l'Office national de l'état civil. Au fil des mois, il avait dérobé une liasse de cartes d'identité vierges, ce qui s'était révélé très pratique, et savait comment les remplir de façon à leur donner un air authentique. Il éteignit sa cigarette, alla rechercher sous son lit la malle où étaient rangés les documents les plus importants et défit le paquet brun renfermant les cartes vierges. Choisissant un stylo à grosse plume, il remplit la cartouche et allait se mettre à écrire quand il s'avisa qu'il ignorait si James Dacre avait un second prénom. Il ne pouvait pas se permettre de faire des erreurs idiotes – il faudrait attendre d'avoir vu Mme Dacre.

Il glissa la carte sous le buvard du secrétaire. En un sens, la paperasse rendait la vie plus difficile, mais pour certaines choses, c'était pain bénit. Depuis toujours, du simple papier gaufré pouvait dispenser de posséder de vrais diplômes et, aujourd'hui, une carte d'identité suffisait à attester d'une existence. Ses diplômes en médecine devraient attendre ; à quoi bon user de faux s'il pouvait s'en procurer des vrais ? En outre, il fallait savoir dans quelle université Dacre avait étudié. Afin de créer une fiction plausible, il importait de rester au plus près de la vérité. Son intuition lui disait que Dacre avait dû étudier à St-Andrews, en Écosse. Si c'était vrai, ce serait formidable – le plus loin possible de Londres.

Il ouvrit la bouteille de bière qu'il avait conservée et fixa du regard l'enveloppe qui dépassait de la pendule, priant pour que Mme Dacre n'ait pas été évacuée de Norbury. Plus vite il lancerait la machine, mieux ce serait. En attendant, il continuerait à tirer parti de son temps libre. Apprendre, avait-il découvert, était facile dès lors qu'on avait un but, et il avait toujours eu de la mémoire. N'en déplaise à sa mère et aux professeurs qui s'étaient moqués de ses ambitions et aptitudes. « MB, ChB », marmonna-t-il tout bas. Bachelier en médecine, bachelier en chirurgie. « MB, ChB. » Sonorités agréables, évocatrices, pleines de promesses, mais, pour le moment, cela, et tout ce à quoi il aspirait, était derrière une porte qui lui restait fermée. La vie ne lui en ayant pas donné la clé, il devrait forcer le passage par n'importe quel moyen. C'était aussi simple que cela.

7

LES QUATRE JOURS qui suivirent l'envoi de cette lettre lui semblèrent une éternité mais, au cinquième jour, il découvrit en rentrant une enveloppe qui l'attendait sur le guéridon du petit vestibule miteux. Beatrice Dacre (Mme) l'invitait à prendre le thé à la date qu'il avait proposée.

Une semaine plus tard, le train l'emmenait jusqu'à Norbury. Il avait mis un pantalon de flanelle (repassé sous le matelas), un veston et une cravate, s'était peigné avec soin. Après avoir beaucoup réfléchi à un cadeau approprié, il avait réussi, grâce à la chance et surtout un paquet de pognon, à se procurer une savonnette Elizabeth Arden datant d'avant guerre.

Ce voyage était risqué – à sa connaissance, sa propre mère vivait toujours à Norbury. Et s'il tombait sur elle ? En croirait-elle ses yeux ou se bornerait-elle à remarquer, avec tristesse, que ce jeune homme ressemblait à son malheureux fils ? Comme on était samedi, elle était peut-être au Tennis-Club – s'il existait encore, la zone ayant été durement touchée par les bombardements. L'idée l'effleura alors – étrangement, pour la première fois depuis le début de la guerre – qu'elle était peut-être morte. Après tout, il ne l'avait pas revue depuis douze ans.

Quel âge aurait-elle aujourd'hui ? Cinquante et quelques... soixante ans ? Il n'avait jamais très bien su. Aucun remords en lui – elle aurait gâché sa vie s'il l'avait laissée faire, avec la sinistre satisfaction qu'elle tirait du constat de leur « déchéance ».

Le train stoppa à Streatham Common. Il considéra la gare, avec ses vitres consolidées et les sacs de sable entassés sur le quai, et le désir de retourner à Londres fut si violent qu'il dut se retenir pour ne pas descendre en catastrophe. Ce n'était pas le risque – par le passé, il avait toujours pris un malin plaisir à jouer avec le feu – mais le fait d'être près, bien trop près de l'endroit qu'il avait jadis appelé « la maison ».

À première vue, la ville de Norbury était restée la même. Moins reluisante, mais tout était encore là : le cinéma, la crémerie, son ancienne école et la confiserie où l'on vendait des chocolats fins dans des boîtes enrubannées qu'ils ne pouvaient jamais s'offrir (aujourd'hui, avec une pièce montée en carton et des ballotins vides en vitrine).

Il gravit la colline en direction de ces minables maisons jumelées toutes identiques, typiques de l'architecture de banlieue des années vingt – enduites de stuc, avec leurs portillons traités à la créosote. Elles étaient encore plus minuscules que dans son souvenir, et tout à coup il arriva à l'angle de son ancienne rue. Il tendit le cou pour mieux voir. Apparemment, toutes les baraques étaient encore là.

Il resta immobile, cloué sur place. Comme il détestait la vulgarité de ces petits cubes aux espaces étriqués, aux cloisons trop fines ! Sa famille avait dû emménager ici, quittant la demeure de maître avec son allée circulaire, la voiture, la cuisinière, la bonne. Il eut une moue en repensant au jour où son père l'avait présenté à ses associés comme la « troisième génération ». « Un jour, mon fils, tout ceci sera à toi », marmonna-t-il en l'imitant d'un ton désabusé. Quand il avait eu huit ans, la seconde génération avait réussi à perdre l'entreprise familiale et avec elle la maison, la voiture, les domestiques et toute leur fortune.

Se souvenir de son père lui annonçant leur ruine lui donnait toujours la nausée. Il n'avait pas compris. « C'est ici chez nous, avait-il protesté, on ne peut pas nous chasser ! » Mais, apparemment, si. « Je vais trouver de l'argent, avait dit son père. On reviendra. » D'une voix froide, dure, sa mère avait dit : « Ne lui mens pas. La vérité, c'est que nous ne sommes plus à notre place ici. » Le silence ensuite avait été pénible, comme une note suraiguë, stridente, dans ses oreilles, qui lui avait fait avaler sa salive et s'enfuir en courant.

Dans la petite maison non plus, ils n'avaient pas été à leur place. Ils n'étaient pas doués pour être pauvres – même si ce n'était pas la véritable pauvreté, comme quand on vit dans un taudis, mais une sorte de médiocrité désespérante. Leurs meubles étaient trop volumineux pour ces pièces exiguës, mais on ne pouvait pas en acheter d'autres ; en conséquence, le grenier et l'une des chambres à l'étage en étaient bourrés à craquer, alors que lui-même avait été relégué dans un quasi-cagibi dont la petite fenêtre donnait sur une mince bande de jardin où il n'y avait même pas assez de place pour un vrai arbre. Il songea aux carafes vides sur le buffet, à côté des rangées de verres inutilisés, et le feu pitoyable qui ne prenait jamais vraiment mais enfumait la pièce.

Sa mère ne leur avait jamais laissé oublier qu'ils avaient descendu l'échelle sociale de plusieurs barreaux, et son père, de plus en plus voûté et malheureux, avait tenté, sans succès, de « ne pas se laisser abattre ». Finalement, il avait réussi à se faire embaucher, sur la recommandation d'un des amis qui lui restaient, comme employé de bureau. Et puis, il était mort – d'un ulcère perforé – alors que son fils unique n'avait que quinze ans. À cette époque, le vœu de Todd de faire médecine avait déjà été écarté tant par sa mère que par son professeur.

Au souvenir du fin sourire maternel plein de mépris et de la moue condescendante de Mlle Dunster (« Pense à moins ambitieux, mon petit. Pourquoi ne pas apprendre un vrai métier ? »), une fureur brûlante, ignoble, lui donna un haut-le-cœur. Rien n'est plus exaspérant au monde que constater qu'on prévoit votre échec. Comment avaient-elles osé, ces garces ? « Jamais je n'ai été à ma place ici, se dit-il, *jamais.* » Il devait aller chez Mme Dacre ; prendre ce qu'il lui fallait et partir pour ne plus revenir. Il cracha par terre, farouchement, et tourna les talons.

Il avait encore un goût de bile dans la bouche quand il fut devant la porte de Mme Dacre, la main sur le heurtoir décoratif, qu'il laissa retomber par deux fois, vivement. Entendant des pas, il redressa son chapeau, puis la porte s'ouvrit et elle apparut : plus empâtée que dans son souvenir, les rondeurs s'étant solidifiées pour former une masse tubulaire, les sourcils arqués exprimant une surprise ravie.

– Entrez, entrez ! Votre lettre m'a fait tant plaisir !

Durant le temps qu'elle mit à le pousser dans le couloir avant de le remorquer quasiment dans le salon, Todd jugea que la clé du succès, ici, serait un innocent badinage.

Il plongea la main dans sa poche et en sortit la savonnette avec un air timide.

– Je vous ai apporté ceci. Ce n'est pas grand-chose...

– Du savon ! Comme c'est gentil ! Je n'ai pas vu cette marque depuis une éternité. C'est vraiment trop aimable...

Elle battit des paupières et, sur le moment, il eut l'impression horrible qu'elle allait pleurer.

– Oh, Seigneur...

Tirant un mouchoir de la manche de son cardigan, elle se tamponna les yeux.

– Quelle sotte je fais ! Mais c'est si rare qu'on... vous savez, c'est si agréable de pouvoir...

– Je comprends, dit-il. Je vais m'en aller si vous... si c'est trop...

Il la regarda dans les yeux pendant le temps nécessaire, puis considéra les lèvres, puis un peu plus bas – façon élégante de montrer qu'il voyait la femme séduisante en elle.

– Madame Dacre... je suis navré. Je ne voulais pas vous bouleverser...

– Non, pensez-vous, dit-elle, légèrement troublée et vaguement rougissante, conformément à ce qu'il avait voulu. Ne faites pas attention. Voulez-vous vous asseoir, tandis que je vais préparer du thé ?

Autre coup d'œil judicieux – yeux et lèvres, lèvres et yeux.

– Bien volontiers...

Elle s'en alla d'un air affairé, le laissant seul. Ce qui attira son attention en premier, ce fut une photo dans son cadre d'argent, trônant sur la cheminée : James, avec la toge et la toque carrée des étudiants, ses traits de jeune homme de vingt-sept ans se figeant déjà dans une molle complaisance. Pendant un moment, il l'observa – ces bons yeux innocents présentaient une ressemblance frappante avec ceux de Mme Dacre – puis il regarda ailleurs. Il nota le seau à charbon bien astiqué, les accessoires de cheminée sur leur support, près de l'âtre, les fauteuils tapissés de chintz, les petites tables, les bergers et bergères en porcelaine, dans la vitrine. Il y avait même aux murs une hideuse sélection de devises – Bénis Ce Foyer, etc. – réalisées en pyrogravure. Il les lut avec une moue dégoûtée et eut tout juste le temps de reprendre une expression polie lorsque son hôtesse revint avec le thé et un petit cake.

– Il ne fallait pas vous donner tout ce mal ! protesta-t-il.

– Pensez donc ! Il me restait des fruits confits et c'est si agréable à faire, la pâtisserie ! James adorait mes cakes...

Comme il faisait mine de lui prendre le plateau, elle ajouta avec un petit gloussement, comme surprise de sa propre audace :

– Allons, pas de chichis ! Je pose tout ici, qu'on soit bien à notre aise...

Et elle le déposa sur le pouf, à côté de lui.

Lorsqu'il fut installé, pas trop confortablement, avec sa tasse et sa part de cake sur les genoux, et qu'ils eurent parlé pendant une vingtaine de minutes de James et de l'école, elle dit en désignant le buffet :

– Tout ce qu'il me reste de lui est là... Photos et souvenirs. Voulez-vous les voir ?

Ce serait encore plus facile qu'il ne l'avait espéré.

– Oui, s'il vous plaît...

Beatrice Dacre sortit une boîte du buffet, puis, prenant une petite clé sous un berger de porcelaine, l'inséra dans la serrure. Après quoi, elle reprit sa place, la boîte sur les genoux, et en souleva le couvercle. Apercevant les diplômes, Todd but son thé en vitesse et tendit le cou.

– Vraiment, ça ne vous ennuie pas ?

Masquant difficilement son impatience, il lança :

– Non, bien sûr que non ! J'ai tant de souvenirs heureux de lui...

– Ah oui ? Vous savez, j'ai réfléchi depuis que j'ai reçu votre lettre et je ne me rappelle pas qu'il m'ait jamais parlé de vous. D'autres garçons, oui, mais pas de vous.

Il fallait s'emparer de cette boîte.

– Vraiment ?

Il lui adressa un sourire détendu, comme si c'était un détail sans importance.

– Eh bien, c'est si vieux...

Mme Dacre sortit une grosse liasse de papiers.

Sous prétexte de se pencher en avant pour reposer sa tasse sur le plateau, Todd aperçut le nom de James Walter Dacre sur un diplôme. Le second prénom de Dacre était le même que le sien ! De mieux en mieux, se dit-il, se forçant à regarder Mme Dacre bien en face.

– Ça, ce ne sont que des diplômes ou autres..., dit-elle. Rien d'intéressant pour vous. J'ai des photos de classe. Vous devez être sur certaines...

– J'aimerais beaucoup les voir, beaucoup... si ça ne vous ennuie pas.

Il se pencha vers elle, lui effleurant le bras comme par inadvertance. Bien que l'ayant forcément remarqué, elle ne broncha pas.

– Moi-même, je n'ai plus rien, dit-il.

– Ah oui ?

Mme Dacre s'écarta légèrement, l'air surprise.

– Les bombardements..., expliqua-t-il.

– Oh, naturellement. Quelle pitié... Ah, les voici...

Se rapprochant de lui, elle lui passa une photo au format carte postale montrant un bambin en barboteuse boutonnée à l'épaule, les joues et les lèvres coloriées en rose, qui souriait devant la toile peinte d'une boutique de photographe. Sur celle-ci, comme sur les photos de groupe qui suivirent – les grands debout à l'arrière, les petits assis en tailleur au premier plan – on retrouvait ce côté poupin et ce regard franc, naïf, dont il avait gardé le souvenir. Il jeta un regard à son hôtesse à la dérobée, s'attendant à des larmes, mais elle avait les yeux secs et regardait d'un air soucieux les rangées de garçons à casquette et en blazer.

– Vous, je ne vous vois pas... Où êtes-vous ?

Il s'aperçut, trop tard, qu'elle avait sorti une photo de groupe montée en passe-partout, sur lequel les noms des enfants avaient été notés au crayon. Il n'avait pas prévu ça.

– Je ne vois pas de Thomas..., ajouta-t-elle.

– Voyons...

Todd lui prit la photo et se creusa la cervelle. Il se voyait lui-même – convenablement légendé, bien entendu, avec son nom véritable – au second rang, à moitié caché par le garçon devant, sa casquette rabattue sur la figure.

– Vous savez, elle a dû être prise à l'époque où je m'étais cassé la jambe. J'ai été absent une bonne partie de l'année. Maman n'était pas très contente. Voyons si je suis ailleurs... Vous permettez ?

Il prit un autre cliché sur les genoux de Mme Dacre – un sans légendes –, en se gardant de la toucher.

– Là ! dit-il en survolant le document. Me voici !

Il se trouvait au bout d'une rangée, légèrement à l'écart des autres, avec l'air d'essayer de sortir du cadre.

– Vraiment ? dit Mme Dacre en se penchant. Parce que... – elle désigna la nouvelle photo – celui-ci ressemble plus à celui-là...

Elle désignait Todd, à moitié caché dans la photo légendée.

– Et ça ne peut pas être cela, puisqu'il s'appelle...

– Ils ont peut-être fait une erreur !

Espérant que sa réponse n'avait pas trop trahi son irritation, il se leva et alla se camper le dos à la cheminée. La situation commençait à devenir délicate. Pourquoi cette grosse vache ne laissait-elle pas tomber ? La voyant occupée à comparer les deux photos, il fléchit légèrement les genoux et, tendant la main, décrocha le tisonnier de son support et le cacha derrière ses jambes.

– Ce n'est pas possible, disait Mme Dacre. Je suis certaine que c'est l'enfant qui s'est noyé...

Il en eut comme un coup au cœur et, la main moite, affermit sa prise sur la poignée de fer forgé.

– Bien sûr, je ne me rappelle plus ses traits... mais je suis bien certaine que c'était ce nom-là.

– Noyé ? demanda Todd, qui avait l'impression que son visage s'était figé et que son sourire y resterait fixé à tout jamais.

Mme Dacre acquiesça.

– Oui, vous ne vous souvenez pas ? C'est arrivé pendant les vacances, je crois. Le malheureux... James devait avoir... oh, une vingtaine d'années, à l'époque.

– Où est-il ?

– Ici, regardez...

Elle se pencha en avant pour lui donner la photo.

– Celui que vous disiez être vous...

Cette fois, son ton était manifestement accusateur.

Todd s'avança d'un pas, le tisonnier toujours derrière son dos, et saisit le passe-partout. Il savait que ses gestes devaient avoir un air emprunté, mais arrivé à ce point, il ne voulait pas courir de risque... Un ou deux coups violents – il faudrait se placer derrière elle pour ne pas voir son visage. Ayant passé un moment à contempler la photo, il déclara :

– C'est bien moi, vous savez. Celui qui a noté les noms s'est trompé.

– C'est James.

– Oh, la confusion était facile. Il avait peut-être oublié mon nom... Sûrement.

– Possible, mais si vous étiez de si grands amis...

Subrepticement, Todd soupesa le tisonnier dans sa main. Pourquoi ne la bouclait-elle pas ? Qu'est-ce que ça pouvait bien lui faire ? De toute façon, sa mémoire était défaillante. Pour l'amour du ciel, l'adjura-t-il intérieurement, crois-moi sur parole. Laisse tomber. *Sauve ta peau.*

– Une erreur est vite commise..., poursuivit-il, comme si elle n'avait rien dit. Surtout quand on essaie de se rappeler les noms de tous ses amis à quelques années de distance...

Hélas, ce salon donnait sur la rue, même si avec les voilages il y avait peu de chances pour qu'on les aperçoive. De nouveau, il modifia légèrement la position du tisonnier, tâchant d'essuyer sa main moite sur son pantalon.

– Probablement...

Mme Dacre le regarda d'un air dubitatif, puis, passant à une autre photo – sans légende, elle non plus, Dieu merci – elle déclara, d'une voix plus catégorique :

– Ici, on vous reconnaît mieux. Vous êtes juste à côté de James.

Il se décontracta un peu.

– À la bonne heure. Je n'aurais pas voulu... (là, il lui adressa l'un de ses sourires ravageurs) passer pour un imposteur...

– Oh !

Mme Dacre se mit à rire – mais à rougir, aussi.

– Quelle idée ridicule !

Ayant repris l'avantage, Todd jugea plus prudent d'abandonner le tisonnier, ce qu'il fit avec une petite flexion des genoux tandis qu'elle remplissait de nouveau les tasses.

– Zut ! dit-il, comme un bruit de métal lui faisait relever la tête. Quel maladroit ! J'ai marché sur le pare-feu...

– Ce n'est rien. (Elle lui tendit sa tasse.) Tenez !

Il la rejoignit, se penchant de nouveau vers elle.

– Seigneur ! dit-il en survolant du regard la photo sur ses genoux – il était trop tôt pour rétablir la confiance par un quelconque contact physique, même prétendument fortuit. On dirait que j'avais vraiment le soleil dans les yeux, n'est-ce pas ?

– En effet. Vous n'aimiez pas être photographié ?

– Pas trop, non.

Elle semblait complètement rassurée, à présent – amicale, presque maternelle.

Il lui lança un regard timide, puéril.

– Pourquoi donc ? Vous êtes très à votre avantage quand vous souriez...

– Trop aimable, répondit-il, modeste.

– Pas du tout ! Regardez, c'est Billy Powell, dit-elle en désignant un autre élève sur le même rang. Vous vous souvenez de lui ? Il venait goûter ici. Qu'il était drôle – toujours à faire des grimaces...

Tandis qu'elle radotait, le regard de Todd erra sur le tas de papiers sur le plateau et il eut des visions tentatrices d'armoiries et d'impressions en relief. Voilà ce qu'il voulait : des documents qui validaient une vie.

– Vous n'avez pas fini votre cake, déclara Mme Dacre. J'espère qu'il n'est pas trop sec. Vous voulez du thé, avec ? Je suis sûre qu'il en reste la valeur d'une tasse...

– Merci.

Il tendit sa tasse tandis qu'elle ôtait le couvre-théière au crochet.

– Vous êtes trop aimable.

– C'est gentil à vous de le dire, mais en fait, ça m'est bien agréable...

Mme Dacre servit le lait.

– C'est vous qui êtes gentil d'écouter mes radotages. Je n'ai pas si souvent l'occasion... Vos parents vivent toujours ici ?

Il fit non de la tête. Autant commencer par la vérité.

– Hélas, mon père est mort il y a quelques années, et ma mère est dans le Worcestershire. Elle a déménagé avec l'arrivée des V1 – trop éprouvant pour elle, et comme nous avons de la famille là-bas...

Rester vague, songea-t-il, c'était le mieux.

– On ne peut pas lui en vouloir, affirma Mme Dacre avec conviction. Quelle horreur, ces V1... Pour votre père, je compatis...

– Ce fut très soudain, dit-il. Un ulcère perforé. Depuis quelque temps, il n'était pas bien, mais on ne se doutait pas...

Le souvenir le rendit incapable d'achever sa phrase. Dans les dernières semaines, son père avait été de plus en plus déprimé et replié sur lui-même, mais Todd avait attribué cela à l'effet démoralisant de l'échec, sans plus y penser. Quand il s'était écroulé sur le tapis du salon en poussant un cri, la première réaction de sa mère avait été de le gronder pour avoir renversé le cendrier et d'aller chercher en vitesse la balayette dans la cuisine. Il revoyait la main tendue de son père cherchant désespérément à atteindre les pieds de sa femme qui, accroupie, balayait les cendres avec des gestes brusques, ignorant sa douleur. En dépit de ses protestations, elle avait tenu à le mettre au lit, à l'étage, avant d'appeler le médecin. Il avait hurlé tandis qu'ils le hissaient dans l'escalier, et il était mort une semaine plus tard, à l'hôpital, d'une pneumonie contractée après l'opération.

– Quel malheur...

La voix de Mme Dacre avait une résonance particulière dans ce silence chargé.

– J'espère qu'il n'a pas trop souffert.

– Ce fut très rapide.

Comme il disait cela, l'image insoutenable de son père se tordant de douleur se présenta à lui avec une telle netteté qu'il lui fallut tout son sang-froid pour ne pas flancher.

– C'est ce que le docteur a dit pour James, dit Mme Dacre. Il ne s'est rendu compte de rien.

Il lui adressa un sourire consolateur.

– C'est une chance...

– Oui… Je ne pourrais pas supporter l'idée qu'il ait souffert. Oh, mon Dieu…

Portant son mouchoir une fois de plus à ses yeux, elle se leva – « Si vous voulez bien m'excuser un instant » –, et quitta la pièce.

Très vite, il rafla les papiers sur le plateau et les glissa dans la poche intérieure de son veston. Rassemblant les photos, il les remit dans la boîte et la referma. Sa part de cake étant presque intacte, il la partagea en deux, et, se levant, en glissa une moitié dans chaque poche, les émiettant avec ses doigts pour ne pas faire de bosse. Puis il finit son thé et alla dans le couloir juste à temps pour voir Mme Dacre redescendre l'escalier, le nez repoudré.

– Désolé, dit-il. Je ne voulais pas vous bouleverser.

– Non, dit-elle en lui touchant le bras. C'est ma faute.

– J'ai tout remis dans la boîte. Je l'ai refermée. Autant ne pas…

– Vous avez raison. Je vais la ranger. Mais je vous remercie de votre visite. Maintenant, je devrais m'y être habituée, non ?

Elle esquissa un sourire.

– C'est idiot, mais la guerre rend la chose encore pire. Toutes ces mères qui perdent leurs fils…

– Mais non, ce n'est pas idiot, dit-il chaleureusement, mettant la main sur la sienne.

– Vous êtes très gentil, dit-elle, et je suis heureuse que vous soyez venu…

Il prit congé et se hâta de retourner à la gare, ricanant tout seul. À vrai dire, Mme Dacre aurait dû se réjouir qu'on fît si bon usage de l'identité de son fils. Tout en attendant le train, il tapota sa veste au niveau du cœur, là où sa nouvelle vie attendait.

Et maintenant, assis dans sa chambrette, il prenait la mesure de la situation. Un poste vacant, celui du Dr Reynolds, et une nouvelle identité, celle du Dr Dacre. À présent, il avait besoin d'arranger une rencontre avec des médecins de l'hôpital, d'entrer dans la place. On verrait cela et, en attendant, il allait s'amuser. Il avait besoin d'un public élogieux, admiratif, en plus d'amour : une fille, mais il fallait que ce soit la bonne. Une infirmière, ce n'était que justice. Il faudrait chercher, sélectionner une cible appropriée. Une fois docteur, il aurait l'embarras du choix, non ? Cela valait la peine d'y songer, pensa-t-il en se massant l'entrejambe, plein d'impatience, mais en attendant... Il sélectionna un visage et un corps dans le harem de sa mémoire (des filles inaccessibles, celles-ci, jamais des filles qu'il avait eues) défit sa braguette et entreprit de se satisfaire lui-même.

8

E N QUITTANT le commissariat pour aller voir le cadavre qu'on lui avait signalé, Stratton entendit les ratés caractéristiques évoquant un moteur de moto, et il leva les yeux pour voir – c'était la première fois – l'un de ces avions sans pilote. Jusqu'à présent, il avait pu observer les ravages qu'ils causaient, mais pas les engins eux-mêmes. Il poussa Ballard sous un porche, s'y planqua aussi, puis, tendant le cou, comprit que la chose s'éloignait. Un long panache de flammes, rouge vif et orangé, lui faisait un sillage – un pet de dragon, songea Stratton, se rappelant les livres d'images de son enfance. Petit et diabolique, le V1 se mit à planer – du côté de Baker Street, semblait-il – puis le bruit cessa et il disparut. Quelques secondes plus tard, ils entendirent une explosion violente.

– Nom de Dieu ! s'écria Ballard, presque aussi fort.

– Espérons que c'est tombé dans le parc, pas sur des gens...

– Vous savez comment on les appelle, chef ?

– Comment ?

– Des « doodlebugs ». Ça fait joujou, pas vrai ?

Stratton fit la moue, songeant à sa nuit.

– Tu parles d'un joujou...

Ils continuèrent à marcher vers l'hôpital Middlesex et enjambèrent les gravats détrempés du terrain vague pour rejoindre le préposé de la défense passive, qui était accroupi près d'une forme humaine enveloppée d'une couverture terreuse. Il fumait et chassait les mouches qui, malgré la pluie récente, avaient commencé leur manège.

– Quésaco ? demanda Stratton.

Le bonhomme, la figure crasseuse et l'air épuisé, pinça le bout de sa cigarette entre le pouce et l'index et la balança d'une pichenette en direction d'un tas de briques.

– Macchabée, inspecteur. Je suis tombé dessus en rentrant chez moi – c'est un raccourci – et j'ai préféré alerter la police.

– Voyons cela...

Le préposé souleva la couverture, révélant un visage bien rasé aux traits affirmés, à moitié recouvert d'une poussière de plâtre humide et rosâtre. Du sang, songea Stratton, en grande partie délavé par la pluie.

– Était-il sur le dos quand vous l'avez trouvé ? demanda-t-il en le découvrant davantage.

C'était un homme bien bâti, vêtu d'un costume – certes trempé et malpropre, mais de qualité. Les mains n'étaient que superficiellement sales et les ongles semblaient soignés.

– On dirait qu'il n'est blessé qu'à la tête.

– Il était couché sur le côté. Je l'ai retourné pour voir et... voilà.

Oui, voilà, songea Stratton, avec lassitude.

– Était-il raide ?

– Non, j'ai pas eu de mal à le bouger.

Stratton renifla le cadavre, espérant flairer des relents d'alcool – si ces plaies à la tête pouvaient être attribuées à une chute d'ivrogne, l'affaire serait gentiment classée. Ne détectant rien, il se redressa.

– Ça date sûrement de cette nuit, déclara le préposé. Comme je passe toujours par ici, j'aurais remarqué, sinon... Dans ce boulot, on voit de ces trucs, concéda-t-il. Certains n'ont pas de marques, mais celui-ci m'a paru louche. Il n'y a pas eu de bombardements ici, ni cette nuit, ni celle d'avant. Ce pâté de maisons – il désigna du pouce les alentours – a dégringolé il y a six mois, et il n'est pas là depuis six mois – à supposer qu'il soit remonté tout seul à la surface, je veux dire. Parce que ça arrive..., ajouta-t-il, vaguement. Que ça bouge...

61

Stratton resta un moment immobile, indécis. D'ordinaire, pareil fait aurait piqué sa curiosité, mais aujourd'hui... Il secoua la tête, tâchant de ranimer ses méninges.

– Bon... Ballard... puisqu'on est tout près de l'hôpital, je vais aller voir le Dr Byrne. Prenez des notes, et vous – il se tourna vers le préposé – rentrez chez vous.

– Oui, inspecteur.

Laissant son brigadier sortir son calepin, il entreprit de se frayer un chemin à travers les décombres en direction de l'hôpital.

Depuis qu'il travaillait avec le Dr Byrne, Stratton, quoique impressionné par le sens de l'observation de ce dernier, ne s'était toujours pas habitué à sa manière d'être avec les vivants, une brusquerie confinant à la grossièreté. Ses façons étaient assorties à son environnement professionnel, qui était glacial en permanence et sentait à la fois le cadavre et le désinfectant. La réfrigération – jamais suffisante après une attaque aérienne, quand les corps attendaient dans le couloir – mais aussi le sol en ciment mouillé et la vision des tables en porcelaine blanche, des instruments métalliques, des combinaisons en caoutchouc, en plus du contact fuyant des chairs mortes fraîchement lavées, rendaient toutes choses froides au toucher. Tout était impersonnel, hygiénique, clinique et baigné d'une dure lumière blanche.

L'odeur de décomposition le frappa dès qu'il ouvrit la porte. Il n'y avait personne dans la salle principale, hormis trois cadavres étendus sur les tables et dissimulés sous des draps. Venant de la salle à côté, on entendait de grands coups de marteau et des jurons et, quand il appela, Higgs l'assistant du Dr Byrne, ratatiné et fluet comme un jockey, apparut, l'air énervé.

– C'est quoi ce boucan ?

– Un petit souci, inspecteur...

Il ouvrit la porte de la chambre froide et Stratton vit alors, calé contre le mur, un plateau métallique auquel adhérait une grosse femme, enveloppée d'un linceul en papier : elle semblait en lévitation. Un vieux bonhomme, en redingote noire et chapeau haut de forme de croque-mort, attaquait ses

62

flancs au marteau et au burin, aidé par un autre assistant de morgue.

– Elle est congelée, monsieur Stratton. Collée. On a essayé de la faire glisser, mais rien à faire...

– Nom de nom ! s'exclama Stratton, révolté. On ne peut pas attendre qu'elle dégèle ?

– Sûrement pas, répondit le croque-mort. On l'attend à Cricklewood. Les obsèques sont à midi et il va falloir l'arranger un peu...

– Je vous laisse, alors... (Stratton leva les yeux au ciel.) Bon courage. Où est le Dr Byrne ? demanda-t-il à Higgs.

– Là-haut, au labo. Je vous y mène...

– Ça arrive souvent ? lui demanda Stratton en se dirigeant vers l'escalier.

– Non. Elle était fringuée comme une qui cherche l'aventure quand elle est arrivée, et aucune marque sur elle. Rien pour l'identifier. On a eu un mal de chien à trouver quelqu'un pour la réclamer, donc elle a passé un certain temps ici, et...

La figure de Higgs, qui évoquait ce bébé en conserve qu'on voyait dans une comédie de Will Hay, se plissa de dégoût.

– Comme si on n'avait pas assez de boulot... On a des cadavres par-dessus la tête. Enfin, maintenant qu'on a un assistant...

– Celui que j'ai vu ?

– Oui...

Stratton essaya de se rappeler de quoi le type avait l'air, mais à part une vague impression – taille moyenne et cheveux blond-roux –, n'y parvint pas.

– Si ça ne vous fait rien, dit Higgs, on va prendre l'escalier. L'ascenseur n'arrête pas de tomber en panne.

Au bout de trois volées de marches, ni l'un ni l'autre n'avaient envie de parler, ce qui convenait à Stratton, mais au bout de la cinquième, il haletait et dut s'arrêter pour reprendre haleine avant de pénétrer dans le laboratoire. Le Dr Byrne, juché sur un tabouret, était en train d'observer quelque chose au microscope au milieu d'un assortiment de bocaux renfermant un fœtus malformé, une main coupée, un ténia, et ce qui ressemblait affreusement à une tumeur. Byrne lui-même avait tout d'un spécimen, avec son crâne chauve et ses sourcils, les plus fins que Stratton eût jamais vus, sans parler de son teint verdâtre qui donnait l'impression que sa tête avait été conservée dans le formol.

– Stratton… (Byrne le regarda d'un air agacé par-dessus son microscope.) Que voulez-vous ?

– J'ai un cadavre à vous montrer avant qu'on ne l'emmène. Trouvé ce matin sur le terrain vague, en face. Je m'interroge à son sujet.

– On s'invente des histoires de détective, hein ?

Stratton, piqué au vif, répondit d'un ton pince-sans-rire :

– Je serais étonné que ça nous mène à Jack l'Éventreur, si c'est ce que vous voulez dire. Pour être honnête, j'espère que vous allez me dire que c'est un accident…

– Ah…

Byrne réussit à produire tout un arc-en-ciel de sous-entendus dans cette monosyllabe, dont le moindre n'était pas que ce manque de zèle était déplorable.

– Excusez-moi, dit Stratton, irrité. Je n'ai pas beaucoup dormi, cette nuit.

– V1 ? s'enquit Byrne, et Stratton fut ébahi de voir comme une lueur de sympathie passer sur son visage.

– Hélas, oui…

– La famille n'a rien, j'espère ?

C'était touchant de voir que, l'espace d'un instant, Byrne paraissait inquiet.

– Non, merci.

– Tant mieux.

La figure du légiste reprit son habituelle expression réprobatrice.

– Bon…

Il ordonna à Higgs d'aller chercher une civière, et descendit d'un pas martial chercher sa sacoche, Stratton sur ses talons.

Le préposé à la défense passive était parti quand ils arrivèrent sur place. Stratton s'attendait à voir le Dr Byrne se mettre aussitôt au travail une fois la couverture soulevée, mais il se recula, les mains aux hanches, secouant la tête. Higgs, à son côté, secoua aussi la tête, même si c'était apparemment plus par flagornerie qu'autre chose.

– Qu'est-ce qu'il y a ? dit-il.

– Il y a, déclara Byrne, que c'est le Dr Reynolds.

Il fronça les sourcils à l'intention de Stratton et hocha de nouveau la tête. Higgs, dont l'expression, aussi étonnée que celle de Stratton, avait d'abord montré qu'il n'avait pas reconnu le cadavre, prit aussitôt un air soupçonneux pour imiter son chef et y ajouta un bruit de bouche – sa touche personnelle.

Reportant son attention sur Byrne, Stratton eut l'impression que ce dernier considérait tout cela comme une blague de mauvais goût – une blague manigancée par lui-même et Ballard à ses dépens.

– Donc, vous le connaissez ? dit-il.

– Évidemment que je le connais !

Byrne paraissait outré. Pointant sèchement le doigt sur le corps, il déclara :

– C'est un *médecin*. De l'*hôpital*.

Aucun regret dans sa voix, seulement la suggestion que, d'une certaine façon, Reynolds leur avait fait faux-bond en cassant sa pipe.

– Eh bien, ça nous donne un avantage – au moins, on sait qui c'est. Vous allez l'examiner ?

– Oui, oui, dit Byrne, bourru, en le chassant comme on chasse une mouche. Poussez-vous.

Stratton et Ballard allèrent se placer à une distance respectable.

– Quelle surprise, murmura Stratton.

– Et comment, chef !

– Vous avez tout ?

– C'est peu, chef… Le nom du préposé est Prior. Poste C. J'ai tout noté. À votre avis, que faisait le Dr Reynolds dans ces parages, chef ?

– Il devait rentrer chez lui.

– Ça doit être dangereux, de traverser un lieu bombardé dans le noir.

– Il s'était peut-être égaré… Ou bien il était bourré.

– Pas s'il sortait de l'hôpital !

Ballard semblait scandalisé.

– C'est vrai. Mais il n'était peut-être pas de service. Enfin, inutile de spéculer. On va attendre que M. Le Comique nous en dise plus.

Dix minutes à peine s'étaient écoulées que Byrne, ayant fini de prendre notes et croquis, recouvrait le corps, se redressait et lui faisait signe d'approcher.

– Blessure à la tête, dit-il.

« Tu m'étonnes... », songea Stratton, qui demanda :

– Causée par quoi ?

– Je ne sais pas encore. Comme j'ai fait tout ce qui était possible, ici...

À son signal, Higgs se précipita avec la civière.

– Allez chercher Todd, lui ordonna Byrne.

Avant qu'il puisse s'en aller, Stratton lança :

– Mon brigadier peut l'aider...

Byrne considéra Ballard avec dégoût, comme si ce dernier était du genre violeur de cadavres.

– Todd, répéta-t-il à son assistant. Et au trot !

Higgs s'en alla, cavalant tant bien que mal sur ce terrain accidenté, et Byrne se tourna de nouveau vers Stratton :

– Vous aurez mon rapport demain, dit-il.

Stratton décida d'ignorer le caractère définitif de cette déclaration.

– Il est mort depuis longtemps ?

– Impossible à dire pour le moment.

– Une estimation ?

– Six heures, peut-être plus.

– Croyez-vous à un accident ?

– Pas sûr. Je vous suggère de faire fouiller le coin par vos hommes. Il faudra ramasser toutes ces briques, et cetera... – Byrne indiqua les environs de la tête – et envoyer le tout à l'analyste du ministère de l'Intérieur.

« Ben voyons... », songea Stratton. À haute voix, il déclara :

– C'est nécessaire, à votre avis ?

Byrne croisa les bras et fit la moue. Fin de la conversation. Dans l'esprit de Stratton, cela faisait tellement penser à un transat qu'on replie qu'il fut surpris de ne pas entendre le claquement.

– Eh bien, dit-il, si c'est tout...

– C'est tout.

– Dans ce cas, au revoir.

Byrne le salua d'un coup de menton. S'arrêtant seulement pour dire à Ballard de rester sur place et d'empêcher les gens d'approcher, Stratton partit aussi vite que possible sans se fouler une cheville. S'il s'étalait devant Byrne, ce serait le bouquet. Tout le monde croirait que c'était sa faute, si le Dr Reynolds avait été retrouvé mort. *Je vous suggère de faire fouiller le coin par vos hommes.* Si seulement il n'avait pas été aussi crevé... Ce serait déjà assez difficile de réunir une équipe, sans compter que ce qu'on trouverait serait complètement délavé par la pluie, donc pas très exploitable, et si jamais ce décès s'avérait accidentel, il devrait rendre des comptes au commissaire Lamb par la suite. Mais si ce n'était pas accidentel, et s'il n'avait rien fait, alors il se ferait étriper... « Et merde », bougonna-t-il.

Arrivé en bordure du site, il vit Higgs et le nouvel assistant se précipiter vers le Dr Byrne, crapahutant au milieu des gravats. Stratton les observa pendant quelques secondes sans grande curiosité, puis il vit Ballard dissuader deux jeunes filles de traverser le secteur. Les entendant glousser, il passa les premières minutes de son retour au commissariat à se demander ce que son brigadier avait bien pu leur dire, ou si ce n'était que l'effet de son chaleureux regard brun. Tout de même, s'il s'agissait d'un meurtre, ce serait bien plus intéressant qu'enquêter sur la fraude aux coupons d'essence – affaire dont il devrait s'occuper aussi, quand il se sentirait d'attaque.

9

Todd n'oublia pas Stratton aussi facilement que Stratton l'avait oublié. Même s'il avait passé toute la matinée à redouter la visite de la police, quel choc, tout de même ! Alors qu'il s'efforçait de dégager Mme Lubbock de sa provisoire « dernière demeure » – avec le boucan des marteaux et burins, il n'avait pas entendu s'ouvrir la porte –, il avait relevé la tête, et là... L'homme n'avait pas dit être de la police – mais ça tombait sous le sens. Un colosse. On aurait dit un ancien boxeur poids moyen – buriné, viril, rude. Pas d'uniforme – un inspecteur. Quand il avait levé les yeux, avec ces outils dans les mains, en voyant ce grand type au regard horrifié, il s'était senti coupable et cela avait dû se voir. Le policier n'avait pas semblé le remarquer ; trop indigné de les voir, lui et le croque-mort, décoller au burin les fesses de cette malheureuse, sans aucun doute. Mais il paraissait intelligent. Perspicace. Il n'était resté que le temps de demander où était le Dr Byrne, mais tout de même, il faudrait s'en méfier...

Après son départ, le croque-mort avait pris un air méprisant et dit : « Un flic. Je me demande bien ce qui l'amène... », avant de repartir à l'assaut des cuisses de Mme Lubbock sans attendre de réponse. Todd avait placé son burin sous la tête et frappé avec une telle férocité que l'autre s'était écrié : « Du calme, vieux ! Tu veux lui faire sauter les yeux ? »

Se concentrant pour s'empêcher de penser à ce que le

policier pouvait être en train de faire, il s'était remis à l'ouvrage. À l'heure où ils étaient parvenus à détacher Mme Lubbock et à l'arranger, il était en nage, malgré le froid ambiant, et si flageolant qu'il avait dû s'asseoir de peur de tourner de l'œil. Il était en train de s'asperger la nuque d'eau, quand Higgs avait fait irruption dans la salle, hors d'haleine.

– Amène-toi !

– Quoi ?

– Le pâté de maisons bombardé – y a un cadavre – le Dr Reynolds.

Il garda un visage parfaitement impassible.

– Qui est le Dr Reynolds ?

– Il travaille ici. En haut. Le Dr Byrne l'a reconnu.

Quel choc. Si Byrne avait reconnu Reynolds, ce dernier avait donc plus de rapports avec l'autre équipe hospitalière qu'il ne l'avait cru. Il n'avait jamais vu Byrne dans la partie principale de l'hôpital, et pourtant... Pas bon, ça. Réorientant ses pensées sur le problème actuel, il dit – jouant les idiots :

– Tu veux dire qu'il est mort ?

– Oui.

– Mais qu'est-ce qu'il fait là-bas ?

– Il admire le paysage... Allez, au trot !

– Figure-toi, fit Higgs en haletant, tandis qu'ils couraient dans le couloir, qu'il a pris un coup sur la tête. Le Dr Byrne est très contrarié. Il a dit que les flics devaient fouiller l'endroit.

Todd ralentit.

– Fouiller l'endroit ? Pourquoi ?

– À ton avis ?

– On l'a frappé ?

– Qu'est-ce que j'en sais, moi ? Tu te magnes ou quoi ?

Reynolds avait beau être recouvert, Todd garda le visage détourné pendant qu'ils déposaient le corps sur la civière et l'emportaient. Le Dr Byrne marchait en silence à leur côté, et Todd se demanda où il avait connu le Dr Reynolds. Dans une réunion, peut-être ? Un quelconque comité hospitalier ? Reynolds avait un visage particulier – d'épais sourcils bruns et un nez proéminent. Il était trop jeune pour avoir fait ses études de médecine avec Byrne. Peut-être ce dernier avait-il été son professeur – mais le bonhomme n'était pas du genre à se souvenir de ses anciens étudiants, et encore moins à se lier d'amitié avec eux. Certes, reconnaître quelqu'un n'impliquait pas qu'on avait été son ami, bien entendu... Mais cela pouvait indiquer que Byrne avait plus à faire avec les autres activités de l'hôpital qu'il ne l'aurait cru. Et s'il mettait James Dacre au frais pendant quelque temps ? Mais cela signifierait : ennui, frustration, et il était prêt – archiprêt –, à passer à l'action. C'était la plus audacieuse de ses machinations ; pour cette raison justement, il estimait ses chances de réussite encore plus grandes, car personne ne croirait cela possible.

– Sur la table, je vous prie ! déclara Byrne comme ils arrivaient à la morgue. Je vais m'occuper de lui tout de suite.

Higgs s'empressa d'aller chercher les instruments, laissant son chef contempler la forme dissimulée sous son linceul.

– Vous le connaissiez bien ? demanda Todd.

– *Bien...* ?

Byrne parut perplexe, comme si l'idée d'avoir plus que des contacts épisodiques avec quelqu'un ne l'avait jamais effleuré.

– Higgs m'a dit que vous l'aviez reconnu, alors j'ai cru... mais j'ai peut-être tort de demander. Je ne voudrais pas...

– On, non ! On s'est rencontrés en... (il s'interrompit, ses lèvres remuant silencieusement, comme s'il cherchait le mot juste) en certaines *occasions.*

Il se détourna pour retirer sa veste.

Todd ôta le linceul et commença à déshabiller le cadavre, avec difficulté car les sous-vêtements étaient en partie incrustés de poussière de plâtre mouillé. Certaines *occasions,* songea-t-il en tirant sur le pantalon au niveau des hanches. Par exemple l'autopsie d'un des patients de Reynolds – si on l'avait soupçonné de négligence, peut-être ? Et si cela s'était produit plus d'une fois... ?

Higgs arriva d'un air affairé avec les instruments et l'aida à finir de déshabiller le corps.

– Faisons une liste des vêtements, dit-il. La police en aura besoin.

Todd contempla ce cadavre nu – une simple enveloppe de chair. L'éclairage vertical et cru lui donnait une teinte jaunâtre ; on aurait dit un mannequin de cire sale.

Le Dr Byrne prit place au bord de la table, et sa grande perche d'assistante, Mlle Lynn (« Miss Rabat-Joie ») approcha une chaise et se pencha au-dessus de ses notes à la façon d'un vautour. Ayant la permission de disposer, Todd alla respirer un peu d'air frais et fumer dans la courette du sous-sol. Un brin de curiosité, songea-t-il, n'éveillerait pas les soupçons – après tout, on lui avait parlé du coup à la tête et de la fouille policière. Il pourrait interroger Higgs plus tard, pendant qu'ils nettoieraient la salle. Et puis, il faudrait essayer de jeter un coup d'œil aux notes de Byrne – mais cela devrait attendre demain, quand elles seraient dactylographiées, la sténo de Mlle Lynn étant indéchiffrable. Le bureau de Byrne, au fond du couloir, n'étant fermé que la nuit, ça ne serait pas trop difficile.

Une fois de plus, le spectre du policier surgit dans son esprit. « Rien ne te relie à Reynolds, se dit-il, et on n'a aucune raison de s'intéresser à toi. » Si on l'interrogeait, il pourrait répondre, sans mentir, qu'il n'avait pas connu cet homme. Il l'avait vu, tandis qu'il étrennait sa tenue de médecin, à l'étage, et avait tenu à découvrir qui il était – voilà comment il avait été capable de le reconnaître, malgré la pénombre relative. En outre, c'était à l'accusateur de prouver votre culpabilité, fût-ce un policier. Ne pas perdre de vue cela. Il serait un bon médecin, sûrement. Meilleur que Reynolds, surtout si, comme il le soupçonnait, ce type avait fait quelques boulettes... Quand Byrne s'en irait, il satisferait sa curiosité sur ce sujet en fouillant dans les dossiers pour voir s'il avait raison. Lorsque l'autopsie concernait un patient de l'hôpital, Byrne notait toujours le nom du médecin, donc ce serait un jeu d'enfant.

Il écrasa sa cigarette et s'adossa au mur, les yeux clos et le visage tourné vers les maigres rayons de soleil. « Bachelier en médecine, bachelier en chirurgie », se murmurait-il à lui-même, se rappelant le moment où, bien à l'abri dans sa chambre, il avait tiré les papiers de Dacre de ses poches pour les éparpiller sur le lit : extrait de naissance, diplômes – il avait eu raison pour St-Andrews. Il y avait même certaines des

71

lettres que le jeune homme avait écrites à sa mère, de la fac. Pratique, puisque lui-même ne connaissait ni St-Andrews ni Dundee, qui était apparemment le siège de cette école de médecine. Ce serait utile pour la touche pittoresque, si jamais la conversation s'orientait sur ce terrain. Il n'est rien qu'un diplômé aime autant que tailler une petite bavette sur cette chère vieille fac avec un autre diplômé. Il s'était fait prendre sur le fait un beau jour et ne reproduirait pas la même erreur. Pour plus de tranquillité, il se ferait envoyer une brochure.

La carte d'identité au nom de Dacre était déjà prête. À présent, il fallait ouvrir un compte en banque à son nom, après quoi, il y aurait la question de l'attestation médicale justifiant sa réforme. L'hôpital allait forcément demander pourquoi il n'avait pas été appelé sous les drapeaux – ce qui était drôle, dans la mesure où la véritable raison, c'était qu'il était officiellement mort... et on ne pouvait avoir de meilleure raison. Comment faire ? Il entendit un grincement et, rouvrant les yeux, il vit, venant des blocs opératoires des urgences en traînant les pieds, la silhouette replète d'un garçon de salle.

– Pardon pour le dérangement, mon pote. T'as pas du feu ?

– Voilà...

Comme l'autre inclinait la tête pour allumer sa cigarette, Todd comprit que la réponse à sa question était toute trouvée. En fait, elle avait toujours été là, juste sous son nez.

– Ça cogite dur, hein ? T'avais l'air plongé dans tes pensées.

– C'est bon d'avoir un peu la paix, c'est tout.

– Tu bosses là-dedans ?

Le garçon de salle indiquait la morgue.

– Oui.

– Mince ! J'aimerais pas, moi... Qu'est-ce qui est arrivé à ta main ?

Il désigna la cicatrice rose qui faisait le tour du pouce droit de Todd, à la base.

– Un macchabée s'est redressé et t'as mordu ?

Todd secoua la tête.

– Un chien, quand j'étais gosse... C'est pas si dur, là-bas, tu sais. On s'habitue vite.

– Faut bien. Là où je suis non plus, c'est pas drôle tous les jours, note bien. J'ai été debout toute la matinée...

S'ensuivit un chapelet de doléances, et Todd opinait pour exprimer sa sympathie, tout en réfléchissant à toute vitesse. Ce garçon joufflu, avec ce gros nez en patate, lui avait tout de suite rappelé le fils de sa logeuse, Jimmy, un feignant de vingt ans qui – d'après sa mère – avait une faiblesse cardiaque l'empêchant de combattre (ou plutôt, comme tout le monde pouvait le voir, de faire autre chose que traîner ses fesses jusqu'au pub du coin). Jimmy devait avoir un certificat médical, si seulement il pouvait mettre la main dessus... Pour Todd, cela n'avait pas été nécessaire, le service administratif ayant bien voulu accepter son explication d'une mobilisation différée pour raisons familiales – ils étaient si contents de ne pas avoir affaire à un idiot avec la bave aux lèvres, ni un type vieux comme Mathusalem, que la vague évocation d'un frère déficient mental avait suffi, renforcée par la promesse d'une lettre de confirmation dont, en dépit du fait qu'ils ne l'avaient jamais reçue, on ne lui avait plus reparlé.

– ... donc je lui ai dit, continuait le garçon de salle, c'est pas mon boulot de faire le con avec du gaz hilarant. Ces jeunes médecins croient tout savoir.

– Qui ça ?

– Betterton. Mais ils se valent tous...

– Alors, ils sont nombreux ? Je les croyais à l'armée.

– Juste trois – le Dr Unwin, un autre, et le Dr Wemyss – enfin, à la réflexion, il est pas mal, lui. Il a du fric mais l'étale pas. Les infirmières lui tombent dans les bras – il pourrait choisir celle qu'il veut... Bon, j'y retourne. C'était sympa de causer avec toi.

– Oui, à plus tard...

Todd marqua une pause devant la porte de la salle principale. Il entendait des gens s'affairer et la voix monocorde de Byrne dictant ses notes à Mlle Lynn. Il s'efforça d'écouter pendant une minute, puis il renonça et alla nettoyer la chambre froide. Betterton, Unwin, Wemyss... Il allait les guetter. Son premier objectif était de trouver où ils buvaient. En attendant – par la porte entrebâillée, il vit passer dans le couloir un groupe d'infirmières qui rejoignaient leurs quartiers, appréciant ou rejetant discrètement des visages, des seins et des jambes – il fallait choisir la fille adéquate.

10

Au commissariat, Stratton se tenait devant le bureau du commissaire Lamb, tandis que ce dernier, qui ressemblait plus que jamais à George Formby, l'humoriste, subissait une série de crispations faciales. N'importe qui aurait cru, songea Stratton avec ironie, qu'on lui avait demandé de résoudre un insoluble problème philosophique, et non de fournir quelques types pour un travail d'enquête.

– Ceci (Lamb frappa du doigt son bureau) n'est pas officiellement une enquête criminelle, Stratton.

– Non, commissaire.

– Nous sommes très occupés en ce moment.

– Oui, commissaire, répondit Stratton, très las.

– Il y a beaucoup (tic) à faire et je (tic) ne (tic) veux (tic) pas (tic) qu'on néglige d'autres dossiers.

– Non, commissaire, mais le Dr Byrne semble penser que ce n'est pas un accident.

– Il *semble* penser ?

Stratton se dit qu'il ferait aussi bien de faire porter le chapeau à un autre.

– C'est lui qui a suggéré ces recherches sur le terrain, commissaire.

– Et vous, qu'en pensez-vous ?

– Je ne sais pas trop. Il faut attendre les résultats de l'autopsie.

– Oui, mais quel est votre sentiment à vous (tic) ?

– Difficile à dire, commissaire, en l'état actuel de nos

connaissances. Peut-être aimeriez-vous aller voir par vous-même, pour nous faire profiter de votre opinion... ?

C'était pousser le bouchon un peu loin et Lamb le regarda avec méfiance pendant ce qui parut durer cinq bonnes minutes. Stratton, qui se retenait pour ne pas l'envoyer paître, s'efforça de le fixer droit dans les yeux avec ce qu'il espérait ardemment être l'expression sincère et sans fard d'un individu en quête d'une approbation.

– J'espère qu'on peut se fier à votre jugement, déclara Lamb. Je pense qu'on peut se passer d'un ou deux éléments, si vous croyez que c'est important...

L'idée sous-jacente que Stratton aurait du souci à se faire, si jamais cela *ne s'avérait pas* important, bourdonna entre eux dans les airs telle une guêpe agressive.

– Merci, commissaire.

– Prenez Watkins et Piper – deux réservistes, bon d'accord – oh, et... (le commissaire lui lança un regard de pure méchanceté) Arliss doit être quelque part...

Son cœur se serra. Arliss avait tellement le don de tout foirer que, s'il y avait quelque chose à trouver, il ne le verrait pas et Lamb le savait fort bien.

– Merci, commissaire, on va s'y mettre tout de suite.

– Vous n'avez pas encore parlé à la famille ?

– Non, commissaire.

– Faites-le vous-même, si c'est possible. Et attention à ce que vous direz – il ne faut pas les alarmer si ce n'est pas utile. Où sont-ils ?

« Merde », se dit Stratton.

– Je me renseignerai à l'hôpital.

– Bien. S'ils n'habitent pas Londres, vous laisserez les gars du coin s'en charger. Sinon... (il eut un geste vague de la main) vous connaissez la musique. Prenez une voiture si nécessaire. Il faudra éclaircir cette affaire au plus vite – si affaire il y a...

– Oui, commissaire. Merci.

Watkins et Piper partirent d'un bon pas en direction du site, Arliss suivant à une distance attestant son manque d'entrain. Stratton les accompagna et leur donna pour consigne de passer le secteur au peigne fin, à la recherche de tout élément suspect. Comme la plupart des gens, sans doute,

75

il détestait les hôpitaux. Il ne pouvait entrer dans un établissement sans revoir son père debout, dans une situation humiliante – lui-même avait six ans et sa mère était morte – en train d'expliquer à l'assistance sociale qu'il ne pouvait payer la note, tout en pétrissant sa casquette de ses grosses mains de paysan.

Chassant ce souvenir avec difficulté, il alla au service administratif où il parla à une femme qui avait des lunettes rondes, épaisses, et qui ne cessait de répéter « Mort ? Mort ? » sur un ton indigné, comme si le fait de mourir représentait une violation particulièrement révoltante du serment d'Hippocrate.

Elle l'emmena voir le chef de clinique, un homme à la voix si distinguée qu'on aurait dit qu'il était lentement étranglé par une corde à piano, et qui avait sur son bureau une carafe à sherry vide et un sabot d'antilope avec un couvercle à charnières (peut-être une tabatière) pour signaler sa position hiérarchique éminente. Ayant expliqué la situation à quatre reprises en des termes légèrement différents, Stratton réussit à lui arracher que le Dr Reynolds était marié et vivait à Finchley.

Sur le chemin du commissariat, il s'arrêta pour parler avec Ballard (rien à signaler) et, une fois à West End Central, demanda au chef de poste de trouver une voiture. Après quelques minutes d'agitation et de raclages de gorge, une Railton Saloon et son chauffeur firent leur apparition, et Stratton se laissa transporter dans la banlieue nord de Londres en compagnie de la jeune Harris, choisie pour son joli minois et son humanité.

Le domicile de feu le Dr Reynolds était plus vaste et plus coquet qu'il ne s'y attendait, et Stratton se demanda s'il avait une fortune personnelle en plus de son traitement de médecin. Mon Dieu, comme il détestait cet aspect de son boulot : cette fraction de seconde précédant la déclaration, quand l'interlocuteur devinait à votre expression l'objet de votre visite, et qu'on aurait tout donné pour ne pas avoir à parler, et puis le déni perplexe, la compréhension progressive, l'instant redouté où le visage se contractait douloureusement et les larmes... Le pire, c'était d'avoir à jouer le rôle du participant involontaire en même temps que du témoin professionnel, de compatir tout en sondant cette douleur pour en vérifier l'authenticité. *Ah, Seigneur...*

Tressaillant intérieurement, il appuya sur la sonnette. Pendant qu'il attendait, Harris à son côté, il procéda au nécessaire ajustement mental, se réglant, tel un poste de radio, sur le niveau de spontanéité et de compassion adéquat. Un rapide coup d'œil à Harris, qui contemplait ses souliers, lui apprit qu'elle en faisait autant.

Mme Reynolds était une blonde assez massive. Ses yeux bleu pâle s'écarquillèrent à leur vue, et sans lui laisser le temps de se présenter, elle bredouilla :

– C'est Duncan, n'est-ce pas ? Il m'a téléphoné pour me prévenir qu'il rentrerait tard – après vingt-deux heures –, mais il n'est pas rentré. J'étais morte d'inquiétude – j'ai appelé l'hôpital hier soir, mais ils n'étaient pas au courant. Qu'est-ce qui lui est arrivé ?

– Hélas, madame Reynolds, nous avons une mauvaise nouvelle...

11

VINGT HEURES TRENTE. Planté devant la porte du Swan, à Tottenham, Stratton consulta sa montre. La partie supérieure s'ornait d'un panneau de verre gravé multicolore, renforcé par du ruban adhésif. Entre la tête d'un chardon et les feuilles d'une fleur rouge, il scruta la salle, espérant ne pas y voir la silhouette rondouillarde de Reg, son beau-frère. Il avait bien besoin d'un verre après cette journée, mais endurer cette compagnie aurait été trop cher payer. Les relations avec Reg, qui étaient revenues plus ou moins à la normale depuis que Johnny, son fils, avait frisé l'incarcération dans une prison pour mineurs, étaient à nouveau délicates ces derniers temps. Cela, en partie parce que Reg – qui avait dix ans de plus que Stratton et Donald, le mari de Doris – s'obstinait à jouer le maître d'école, l'expert, le maréchal, ou toute autre figure d'autorité qu'il lui plaisait d'incarner, mais aussi à cause de la réaction des deux hommes le jour où ils avaient appris qu'il s'était fait transpercer la fesse droite par une baïonnette au cours d'un entraînement des Volontaires pour la défense du territoire. Dans leur effort pour contenir leur hilarité, ils avaient failli s'étouffer, au point que, sous les regards réprobateurs de Jenny, de Doris, du blessé et de Lilian, sa patiente épouse, ils avaient dû sortir de la maison pour pouvoir rire à gorge déployée.

« Il fallait que ça tombe sur lui ! » songea Stratton, tout en scrutant la pénombre. Il ignorait l'identité du responsable, mais Reg était si exaspérant qu'on pouvait soupçonner que

ce n'était pas – contrairement à ce que d'aucuns préten-
daient – un accident.

– Il est là ?

Stratton se retourna vers la haute silhouette anguleuse de
Donald qui regardait par-dessus son épaule.

– Oh, tu m'as fait peur ! Je ne le vois pas, mais...

– On tente le coup ? L'union fait la force...

Stratton haussa les épaules.

– Pourquoi pas ?

– Alors, viens, avant qu'il n'y ait plus rien à boire. Je vais au
bar...

Stratton entra et trouva une table à l'écart. Quelques
minutes plus tard, Donald le rejoignait, l'air contrit, avec les
bières.

– Plus que des demis, hélas. On est jeudi...

Les stocks de bière – les livraisons étaient devenues de plus
en plus irrégulières – étaient en général épuisés avant la fin
de la semaine.

– Tant pis. On fera durer. À la tienne !

Il ne servait à rien de demander à Donald s'il n'aurait pas
une lame de rasoir en trop. Son beau-frère ayant la peau plus
claire que lui, son menton avait à présent l'aspect d'une sau-
cisse crue.

– Coupé d'eau, si tu veux mon avis..., déclara ce dernier,
en regardant dans son verre d'un air soupçonneux.

Stratton, qui avait souvent entendu cette réflexion, se
demanda si c'était la vérité ou l'expression d'une nostalgie
diffuse concernant l'époque où l'indispensable et le superflu
n'étaient pas rationnés ou tout bonnement supprimés.

– Journée difficile ? demanda Donald.

Songeant à Byrne et au commissaire Lamb, au visage de
Mme Reynolds et à l'infructueuse fouille du lieu bombardé,
Stratton déclara :

– J'ai connu mieux. On n'arrête pas de me pisser sur la tête
en me disant qu'il pleut.

– Moi, itou...

Donald, exempté de l'armée à cause d'un tympan perforé
– séquelle d'une scarlatine, enfant –, avait fermé son magasin
d'appareils photo l'année précédente et travaillait à présent
pour une société de petite mécanique. Reg, trop vieux pour

être mobilisé, commençait une phrase sur trois par un : « Bien entendu, durant la dernière… » au cas où ils auraient oublié qu'il avait fait la Première Guerre mondiale.

– Tiens…

Stratton sortit ses cigarettes. Comme il ne lui en restait que deux, il faudrait donc – sauf si Donald en avait – se priver de la dernière avant d'aller au lit, son petit plaisir, mais la compagnie de Donald valait bien ce sacrifice.

Donald regarda à l'intérieur du paquet.

– Ça va, dit-il en sortant le sien. Il m'en reste…

Voyant combien Stratton avait l'air soulagé, il déclara, avec une sorte de satisfaction lugubre :

– Hé oui… C'est affreux.

Ils fumèrent dans un silence complice. Donald, qui était tourné du bon côté, surveillait la porte d'un œil, au cas où Reg ferait son apparition. Au bout de deux minutes, il jeta un regard au bar et dit :

– C'est sans doute trop tard, maintenant. On ne le servirait plus à cette heure-ci… Donc, si jamais il vient, il se cassera tout de suite…

– On ne devrait pas le servir, de toute façon, grommela Stratton. C'est pas son fief.

Reg habitait à deux pâtés de maisons de là et, en général, il fréquentait le Marquis de Granby, mais il venait au Swan juste assez souvent pour justifier une vigilance constante.

– Je ne m'attendais pas à te voir, toi…

– C'est un peu la révolution, à la maison, expliqua Donald avec une grimace.

– Que se passe-t-il ?

– Cette femme que tu as sauvée hier – Mme Ingram – Doris l'a ramenée de l'hôpital. On l'héberge.

– Pourquoi ?

– Apparemment, elle n'a pas de famille, et son mari fait la guerre. Elle est dans un triste état : Doris n'arrive pas à en tirer quoi que ce soit.

– Traumatisme… ?

– Et comment ! D'après Doris, elle n'a pas parlé de tout l'après-midi, et n'a pas paru comprendre un traître mot de ce qu'on lui disait. Le docteur l'a examinée – recommandant du repos. Puis, elle s'est mise à radoter…

– C'est-à-dire... ?

– Eh bien, Doris lui a proposé du thé – j'étais là – et elle... son visage s'est crispé, comme si elle s'efforçait de comprendre, et elle a répété « Du-thé, du-thé » comme un perroquet. Doris lui a demandé si elle voulait s'allonger, et elle a répété « allonger-allonger-allonger ». Et quand elles sont montées à l'étage, elle est allée dans la salle de bains et s'est mise à récurer le lavabo avec la brosse à ongles. C'est dingue...

– Le choc. Chacun réagit à sa manière. C'est terrible de perdre sa maison comme ça – et elle est toute seule. Enfin, elle s'en remettra, avec un peu de repos... Et Madeleine, son job lui plaît ?

La fille de Donald et Doris, une adolescente de seize ans qui avait été évacuée en province, venait de rentrer et s'était mise à travailler dans une usine de fabrication de sièges pour les bombardiers Lancaster.

– Elle adore. Jusqu'à présent, de toute fa... Oh, merde !

– C'est lui... ? demanda Stratton, qui tournait le dos à la porte.

– Il vient d'entrer. Il est seul.

Leur beau-frère, boudiné dans son uniforme beige de garde territorial, se dirigeait vers le bar.

– Regarde, dit Stratton, qui surveillait le bar. On ne le sert pas...

Donald suivit son regard.

– Pourtant, elle n'a pas mis l'écriteau...

Il s'agissait d'une planchette qui n'était que trop souvent suspendue au-dessus du bar, avec cette mention à la craie : « Désolé, Pas de Bière. »

– Baisse les yeux...

Stratton sortit hâtivement un bout de crayon et un morceau de papier, et tous deux se penchèrent, feignant de l'étudier.

– Tu crois qu'il nous a vus ? marmonna-t-il.

– Qui sait... Il va peut-être nous ignorer, maintenant qu'elle a refusé de le servir, déclara Stratton, croyant que cette petite brimade pourrait entraîner une retraite précipitée. Relève pas la tête, bon sang !

– Il va peut-être venir nous piquer une sèche... Il en est bien capable.

– Eh bien, il en sera...

– 'Soir tout le monde !

La face rougeaude de Reg, avec sa moustache grise et molle, apparut entre eux, et Stratton reçut l'habituelle – un peu-trop-forte-pour-être-cordiale – claque sur l'épaule. Il subtilisa le papier et le fourra dans sa poche en espérant que le nouveau venu n'avait pas remarqué qu'il était vierge.

– Alors, ça boume ?

– Mais oui, merci. On parlait jardin...

Donald, qui le regardait d'un air furieux, lui demanda de but en blanc :

– T'as pas pu te faire servir ?

– Y a plus rien. Ils n'ont pas eu le temps de mettre la pancarte.

– Humm...

Donald eut une moue qui pouvait signifier soit « Pas de chance » ou « Je ne te crois pas ». Naturellement, Reg choisit la première interprétation et dit :

– Probable que si elle avait su que je viendrais...

– Probable, marmonna Stratton, sarcastique.

– Bref, je ne vais pas m'attarder. Je n'ai vraiment pas le temps, à vrai dire, mais j'avais envie de bavarder avec vous...

Dans la mesure où Stratton et Donald avaient choisi de venir dans ce pub par hasard et sans le consulter, c'était de toute évidence faux, mais ni l'un ni l'autre ne souhaitèrent prolonger cette rencontre en protestant. Reg usa alors du dernier raffinement choisi dans sa panoplie de tics, tous horripilants. Il avait commencé l'an passé, ayant sans doute vu un truc analogue au cinéma : c'était un regard particulièrement intense, comme s'il s'interrogeait sur l'opportunité de vous confier un secret ou toute autre information capitale, après quoi – à regret – il décidait que vous n'étiez pas encore vraiment mûr. Cette fois, il alla même jusqu'à ouvrir la bouche, puis la referma vivement avant de dire avec une décontraction feinte :

– Au fait, vous n'auriez pas une cigarette ? J'en ai plus.

– Désolé, dit Stratton, moi non plus.

– Moi *idem*, dit Donald. J'ai fumé ma dernière.

S'ensuivit un silence, durant lequel il observa d'abord Stratton, puis Donald, comme s'il s'essayait à quelque technique de divination à laquelle ils opposèrent des regards d'une ostensible neutralité.

– Eh bien, messieurs, déclara Reg, voyant qu'aucun ne craquerait, je vous souhaite une bonne nuit, dans ce cas...

– Bonne nuit, Reg.

– Bonne nuit.

Ils tinrent bon tandis qu'il marchait lentement jusqu'à la porte et, pivotant sur lui-même, leur lançait un ultime regard blessé, avant de disparaître.

Après une courte pause, Donald dit :

– Tu sais ce qui m'énerve le plus ? C'est cet air de reproche alors qu'on sait très bien qu'il a une demi-douzaine de clopes dans sa poche.

– Allons, finis ton verre et rentrons à la maison. Doris a dû border Mme Ingram dans son lit, à l'heure qu'il est.

– Bonne idée. J'ai bien besoin de dormir, moi aussi... comme ça, j'aurai peut-être les idées claires demain.

12

E N SE RENDANT au travail, Todd s'arrêta pour regarder les policiers qui marchaient lentement et attentivement parmi les décombres, s'arrêtant de temps en temps pour examiner le sol. Leur présence signifiait qu'ils n'avaient rien trouvé de notable depuis la veille, ce qui était une bonne chose. De toute façon, ils ne trouveraient aucune trace de sa présence dans les parages – il avait été trop prudent. Tant mieux, puisque le Dr Byrne avait déclaré que la mort – causée par des coups au crâne – était suspecte. Et la police, visiblement, était d'accord.

De l'autre côté de la rue, un troupeau d'infirmières bavardaient et riaient entre elles. Leurs coiffes rouges et blanches se voyaient de loin – seules choses propres et colorées dans ce paysage tout en gris et marron poussiéreux. Il les observa en tant qu'entité, pas comme des individus, à peu près comme il aurait observé des vaches au pré, jusqu'au moment où une silhouette légèrement à gauche attira son attention. Il ne savait pas exactement pourquoi mais comprit au bout de – quoi ? Trente secondes ? Une minute ? – que c'était elle, l'*élue*. Cette constatation le frappa tel un coup de tonnerre. Et pourtant, ce n'était pas de l'amour qu'il ressentait, juste la conviction qu'elle lui était destinée. Ça ne s'expliquait pas. Et à présent qu'il la regardait mieux, il voyait combien elle était ravissante. Cheveux bruns, yeux en amande, teint laiteux, jolies jambes, et dans la mesure où ça pouvait se deviner sous la cape, une silhouette bien proportionnée. Et elle donnait l'impression d'être gentille – pas à la façon des infirmières – artificielle, professionnelle – non, vraiment gentille.

Il ne la dévisagea pas. C'eût été grossier et, d'ailleurs, il ne voulait pas attirer l'attention sur lui-même. À présent qu'elle était repérée, elle pouvait attendre. Quand il serait le Dr Dacre, il l'aurait. Il avait besoin de son nom, cependant. Important, ça : savoir qui c'était. Il se rapprocha, faisant mine de passer devant elles, dans l'espoir de voir de plus près et de glaner des renseignements. Comme il traversait la rue, le groupe commença à se disloquer, laissant la jeune fille seule sur le trottoir. Elle considéra les maisons bombardées, comme perdue dans son rêve. Une autre se retourna et cria : « Allons, Marchant ! On va être en retard ! » puis, exaspérée : « Fay ! »

Fay Marchant. Ma petite Fay. Il la vit rejoindre en courant ses collègues et, juste au moment où il allait se détourner, il entendit une autre voix féminine, légèrement essoufflée, s'écrier : « Docteur Wemyss ! » Se rappelant que c'était le nom d'un des jeunes médecins dont on lui avait parlé, il s'arrêta. Une infirmière – cheveux cuivrés et mine rusée, qui évoquait une renarde – s'était écartée du groupe allant vers l'hôpital et rebroussait chemin pour aller parler (et flirter, à en juger par ses gestes et toute son attitude) avec un homme grand qui avait à peu près son âge, des cheveux carotte et l'air décontracté. Peut-être se sentit-elle observée, car elle tourna soudain la tête et regarda Todd droit dans les yeux. L'espace d'un instant, leurs regards se rencontrèrent et il crut voir comme une lueur de reconnaissance étonnée. Très vite, il se détourna. L'avait-il déjà vue ? S'étaient-ils parlé ? Et où ? Sa mémoire, d'ordinaire fiable, était vide. Ce n'était sans doute pas important, mais... enfin, pour le moment, il n'y pouvait rien.

Ainsi, lui, c'était le Dr Wemyss ? Très commode. C'était ce qui s'appelait « faire d'une pierre deux coups ». Todd jeta un coup d'œil en arrière – l'infirmière avait repris sa conversation et ne le regardait plus – afin de pouvoir le reconnaître ultérieurement, puis il se rendit à la morgue.

Allongé sur un chariot dans la salle principale, il y avait un énorme cadavre recouvert d'un linceul.

– Que je vous présente..., dit Higgs. M. Albert Corner...

Comme il dévoilait le corps, Todd vit tout d'abord de fins cheveux blancs, puis le visage d'un homme âgé avec le teint violacé et la couperose du soûlard, ensuite le gros ventre, et enfin, une ample culotte de soie rose pâle, qui laissait dépasser des bourses pendantes.

– Comment... ?

Higgs haussa les épaules.

– Me demande pas. Espérons qu'on va le réclamer avant qu'il finisse congelé comme Mme Lubbock. On n'arriverait jamais à le décoller du plateau et il mettrait bien une semaine à dégeler...

– Qui voudrait de *ça* ?

– J'en sais foutre rien. C'est sa logeuse qui l'a trouvé. Pauvre femme – tu parles d'un choc. Divorcé, apparemment.

– Pas étonnant. Un taré...

La figure du Dr Byrne apparut par l'entrebâillement de la porte de son bureau, et il fronça les sourcils en entendant ces derniers mots.

– Pas encore prêt ?

– Désolé, docteur.

– Veillez à avoir ôté ces trucs avant l'arrivée de Mlle Lynn.

Il se retira et ferma la porte.

– Allons, fit Higgs. Toi, tu prends la tête.

Ils transportèrent l'obèse sur la table, sa tête reposant sur un bloc en bois et, après avoir beaucoup soufflé et haleté, ils réussirent à ôter la culotte en soie. Todd essayait, autant que possible, de garder les yeux clos tout en pensant à la fille, mais le cadavre n'arrêtait pas de se métamorphoser – ô horreur – en celui de Reynolds. Cela, ajouté au fait de manier ces bourrelets flasques, glacials, lui donnait envie de vomir.

– Pour l'amour du ciel, s'exclama Higgs. Je sais que ce n'est pas une pin-up, mais tu devrais t'y être fait, maintenant !

– J'ai dû bouffer une saleté, marmonna Todd entre ses dents.

– Ben, t'es tout vert, et je ne veux pas qu'il soit couvert de vomi... alors, barre-toi si t'as envie de dégobiller.

– Merci.

Laissant Higgs siffloter un petit air, Todd partit en chancelant dans la cour juste à temps pour se délester de son modeste petit déjeuner dans une bouche d'égout.

L'autopsie terminée, et tandis que le Dr Byrne ôtait ses gants de caoutchouc d'un air tendu suggérant qu'il était en train de s'écorcher les mains, Todd revint. La cause de la mort était une crise cardiaque. Pendant qu'ils rafistolaient le corps avec de la ficelle et nettoyaient avant la prochaine autopsie, Higgs évoqua le sujet du Dr Reynolds.

– C'est peut-être bien un vrai meurtre. T'en as encore jamais fait, hein ?

– Quoi ?

– Un vrai meurtre. Pas un type qui tue sa femme. Du sérieux. Ça ne peut pas être un vol, ajouta Higgs, pensif, sinon on aurait pris son portefeuille. Ou bien, ils ne voulaient pas le tuer et ont paniqué en voyant ce qu'ils avaient fait. Le Dr Byrne a trouvé un hématome à l'arrière de la tête, tu te rappelles ? Il a pu être poussé en arrière et tomber, mais pour moi, il a plus probablement reçu un coup de matraque par-derrière...

– Tu peux dire ça, toi ?

– Pas toujours... Remarque, on a eu de drôles de cas. Il y a environ six mois, on nous a envoyé un type renversé par une voiture. Il était encore en vie en arrivant à l'hosto. Comme il n'avait rien, apparemment, on l'a laissé sortir et il est mort le lendemain. Quand le Dr Byrne a ouvert le corps, il a trouvé une rupture d'un rein. Le médecin qui l'avait examiné aurait dû s'en apercevoir, mais non... Tiens, d'ailleurs, c'était le Dr Reynolds. Le Dr Byrne n'a pas paru étonné – il a dit qu'on ne l'avait pas bien examiné, mais qu'en l'absence d'hématome on n'y avait pas pensé...

L'intérêt de Todd augmenta.

– C'est terrible, d'avoir renvoyé ce type chez lui, comme ça...

Higgs prit un air sombre.

– Ce n'était pas l'unique fois, d'ailleurs. Je n'aime pas médire des défunts, mais...

Il secoua la tête.

Donc, c'était bien ce que Todd avait pensé : Reynolds avait l'habitude de rater son affaire – et ce, malgré la formation appropriée. Lui, il ferait mieux, bien mieux. Et il aurait sa copine. Certes, il n'avait pas encore entendu le son de sa voix, mais une aussi jolie fille parlait forcément comme il fallait...

Il écouta d'une oreille distraite les diverses hypothèses de Higgs sur la mort du Dr Reynolds et s'interrogea sur le certificat médical d'exemption qu'il était allé piquer dans la chambre du fils de sa logeuse, la veille au soir. S'il pouvait se procurer le bon papier, le formulaire vert serait assez facile à fabriquer, maintenant qu'il savait à quoi ça ressemblait. Les timbres qui le validaient, c'était une autre paire de manches – il faudrait décoller ceux du certificat de Jimmy et les trafiquer de façon à les rendre acceptables. Cela signifiait, bien entendu, qu'il ne serait pas en mesure de remettre le certificat dans la chambre du garçon, mais il n'y avait pas de raison pour qu'on le soupçonne de ce vol. Tant pour sa logeuse que pour le fils de cette dernière, lui-même – enfin, Sam Todd – avait un certificat bien à lui, car il avait pris soin de le leur dire dès son arrivée.

La « faiblesse cardiaque » de Jimmy était en fait de la « cardiomégalie ». Renseignements pris, cela signifiait une augmentation du volume du cœur, état pouvant être pathologique (lié à une maladie cardiaque grave), physiologique (lié à l'exercice ou toute autre activité physique), ou idiopathique (sans cause connue). Ce détail-là était de bon augure, tout comme le fait que ça se détectait grâce à des radios, et non au vu d'un simple examen superficiel ou des tests. De plus, cela ne s'accompagnait que parfois de troubles du rythme cardiaque – ou plutôt, se corrigea Todd – d'arythmie, et de palpitations. Et c'était vraiment une chance car, à sa connaissance, son rythme était normal. D'autres symptômes, apparemment, pouvaient être un souffle court et des vertiges, phénomènes faciles à feindre si nécessaire. Le traitement consistait surtout à adopter une bonne hygiène de vie et à faire vérifier sa tension artérielle régulièrement, ce qui ne poserait aucun problème. En somme, c'était bien mieux qu'avoir une vue défaillante ou les pieds plats.

À la fin de la journée, lorsque le Dr Byrne lui donna les clés de son bureau à remettre au concierge, Todd les glissa dans sa poche. Seul dans la morgue – cette nuit-là, il était de garde –, il attendit que la voie fût libre, puis alla jusqu'au

bureau de Byrne pour chercher ses notes sur Reynolds qui
– coup de chance ! – étaient au-dessus de la pile dans le tiroir.

Après le préambule usuel – *Nom, âge, taille poids probable...* –
venaient l'étendue et l'emplacement de l'hypostase ; c'est-à-
dire la décoloration due à l'accumulation du sang dans les
parties inférieures – à ne pas confondre avec les contusions.
L'hypostase était importante, les bleus et blessures externes
étant limités à la tête. *Trois plaies lacérées – trois centimètres
quatre-vingts de long... Hématomes aux bords et contusion au
niveau des tissus profonds du cuir chevelu... dommage crânien...
fracture... indices de matière étrangère... peu concluant quant à
savoir si les blessures ont été causées par une arme ou une chute. Le
sujet a pu être blessé ailleurs et s'écrouler à la suite d'efforts ultérieurs.*

Il prit place dans le fauteuil. Ce n'était pas exactement
gagné d'avance, mais personne ne l'avait vu, n'est-ce pas ? Et
quand bien même, on n'aurait pas pu être certain dans l'obscurité de son identité, sinon on l'aurait déjà dénoncé. Pourtant, il faudrait garder l'œil sur ce policier qui allait
forcément revenir...

Il referma la porte et alla porter les clés au concierge, puis,
de retour à la morgue, il se rendit à la chambre froide, sortit
le plus petit, le plus léger des cadavres – une adolescente maigrichonne, morte étouffée sous les décombres – et la coucha
sur l'une des tables de dissection. Ce soir, ce serait elle, son
sujet d'étude. Les autres nuits où il était seul, il s'exerçait à
examiner ses « patients » et à pratiquer sur eux des interven-
tions ne laissant pas de traces, ou à disséquer des organes
qu'il aurait dû jeter, mais ce soir, c'était la leçon d'anatomie
hebdomadaire qu'il s'était imposée. Il ôta le linceul et le
brandit à la façon d'un toréador avant de le mettre en boule
et de le jeter dans un coin. Tout en l'observant, nue, sur le
dos, il superposa mentalement au visage de petite souris sous-
alimentée les traits de Fay Marchant et au corps maigre *ses*
formes. Négligemment, il appliqua sa main sur le sein le plus
proche et en massa le mamelon avec le pouce. La chair était
inerte, froide et fuyante au toucher. « Oh, Fay, chuchota-t-il.
Fay... » Quand il serait devenu le Dr Dacre, il l'aurait ainsi, à
sa disposition, offerte à son bon plaisir – enfin, pas à la morgue, bien sûr... Tirant une pièce de monnaie de sa poche, il
dit : « Pile ou face ? » et la lança en l'air.

– Face, dit-il à la jeune morte. Si tu n'y vois pas d'inconvénient, je vais commencer par tes pieds. Les muscles. La première couche, et ensuite... *Extensor brevis digitorum, abductor pollicis, flexor brevis digitorum...*

Il travaillait lentement, méthodiquement, consultant parfois le manuel de dissection quand il avait oublié quelque chose. Au bout d'une heure environ, il était remonté jusqu'à la tête. Région épicrânienne, un muscle, *occipito-frontalis...* région auriculaire, trois muscles... Il s'interrompit pour réfléchir, tapotant la joue de la jeune fille du bout des doigts, les sourcils froncés. La compagnie des morts ne l'ennuyait pas – en fait, il se sentait curieusement des affinités avec les cadavres. Après tout, n'était-il pas mort lui-même, d'une certaine façon ? La seule différence, c'était qu'il habitait toujours le même corps.

Peut-être devrait-il se procurer un livre sur la psychiatrie ? Pour trouver quelque chose sur lui-même ? Cette idée le fit rire. Comme si ces pontes auraient pu savoir ou deviner quelque chose sur son compte ! Même s'ils l'avaient interrogé, il les aurait roulés. Enfin, la psychiatrie était une intéressante – relativement nouvelle et assurément sous-estimée – branche de la médecine, et il n'était pas bête, n'est-ce pas ? Qui sait s'il ne pourrait pas remporter un prix, un jour, pour avoir fait progresser la connaissance de l'esprit humain...

Entendant du brouhaha dans le couloir, il recouvrit Maisie Lambert avec un autre grand geste de toréador et alla accueillir ceux qui apportaient les premiers cadavres de la nuit. Peut-être s'agirait-il de reconstituer des corps en morceaux – une occasion concrète d'exercer ses connaissance en anatomie. Il l'espérait.

13

S TRATTON consulta sa montre – dix-sept heures – et gratta distraitement son menton irrité. La journée avait été parfaitement stérile et très frustrante – à présent qu'il avait eu une bonne nuit de sommeil, il aurait voulu progresser. Mais ceux des collègues de Reynolds à qui il avait parlé s'étaient montrés aussi ahuris que sa veuve – les larmes en moins. L'hôpital avait été coopératif en ceci qu'on l'avait laissé occuper un cabinet de consultation pour y mener ses auditions, mais aucun médecin ne lui avait rien dit d'intéressant, à part que Reynolds était un professionnel estimé. Ce n'était pas seulement pour ne pas médire d'un mort : les gens du milieu médical se serraient forcément les coudes. On ne pouvait les blâmer – des flics en feraient autant. Demain peut-être, quand il verrait les infirmières, les résultats seraient-ils meilleurs. L'autre problème était que, le Dr Byrne ayant passé le plus gros de sa journée hors de la morgue, Stratton était complètement dans le noir quant aux conclusions de l'autopsie. Après deux jours de fouilles sur le terrain, Ballard et les autres étaient revenus bredouilles et l'analyste du ministère de l'Intérieur passerait plusieurs jours sur les briques et autres bidules, mais au moins, s'il savait *comment* ce type était mort, cela l'aiderait.

À dix-sept heures trente, Byrne était de retour dans son bureau et il insista pour lire à haute voix un tas d'idioties sur des températures rectales et l'état des orifices naturels avant de lui livrer l'info essentielle, qui était – une fois qu'on avait sucré toute la terminologie médicale – qu'il ne savait comment, ni même où, Reynolds était mort, mais qu'il n'avait pas d'alcool dans le sang.

– En résumé, vous ne savez pas si on lui a foutu un coup sur le crâne ou s'il s'est simplement assommé en tombant ?

– Pas précisément. Mais je dirais qu'il a été frappé – il y a, après tout, trois plaies distinctes, et il semble improbable qu'il soit tombé trois fois en arrière selon pratiquement le même angle.

– Et si on l'avait poussé ? Ou si on lui a cogné la tête contre le sol ?

– C'est en effet possible, mais très improbable.

– Les blessures ont-elles pu être causées par une brique ? Je veux dire : si on l'a frappé avec cela.

– Eh bien, l'assassin aurait manqué d'élan. Ce n'est pas comme une matraque ou une barre de fer... On peut assurément assommer quelqu'un avec une brique, mais tuer – ce serait très difficile... un adulte, en tout cas. Toutefois, c'est une éventualité. Je crois savoir que vous n'avez pas eu les résultats de l'analyse de la matière trouvée derrière la tête ?

– Pas encore, non.

– Si l'arme était une brique, ou si on a cogné sa tête violemment contre une brique, on devrait trouver des cheveux dessus...

Stratton, qui avait déjà réfléchi à cela, demanda :

– Quelle force faudrait-il ?

– Difficile à dire... Une femme aurait pu le faire, si c'est ce que vous voulez savoir.

– Mais elle devrait être plutôt grande, non ? À supposer qu'ils aient été debout tous les deux. Les blessures sont à la tête et Reynolds mesurait... quoi ? Un mètre quatre-vingt-deux ?

Byrne consulta ses notes.

– Un mètre quatre-vingts, mais tout dépend de l'endroit où elle se serait trouvée. Le sol est très inégal.

– Pas facile de garder son équilibre, surtout s'il y a eu bagarre... Mais vous avez dit qu'il n'a pas forcément été tué sur place. Si quelqu'un l'avait traîné jusque-là, il y a de fortes chances pour qu'on les ait repérés, même malgré l'obscurité. Enfin... (Stratton soupira.) Et l'heure du décès ?

92

– À en juger par la température, je dirais, compte tenu des conditions durant la nuit, qu'il devait être mort depuis un temps compris entre quatre et huit heures quand nous l'avons vu.

– Ce qui donne... (Stratton fit un rapide calcul.) Entre deux et six heures du matin.

– Exact.

– Cela réduit les possibilités. Il a fait jour à, quoi... six heures moins le quart ?

– À peu près.

– Bizarre qu'on ne l'ait pas repéré plus tôt. Mon brigadier affirme que l'alerte a été donnée à... (Stratton feuilleta son calepin) huit heures vingt-cinq. S'il est tombé ou a été agressé ailleurs – au moment où le jour se levait – et qu'il a réussi à arriver tout seul jusqu'à l'endroit où on a découvert son corps, quelqu'un l'a peut-être vu tituber ?

– Il ne titubait pas forcément, déclara Byrne sur le ton du reproche. Il marchait peut-être normalement jusqu'au moment où les effets de ces efforts se sont fait sentir.

– Mais il aurait eu du sang sur lui, non ? Il n'avait pas de chapeau pour cacher cela et mes gars n'ont pas trouvé...

Un coup à la porte du bureau l'interrompit.

Byrne soupira.

– Entrez !

La femme à lunettes du service administratif apparut, apparemment au bord de la crise de nerfs.

– Inspecteur, Dieu soit loué, vous êtes encore là ! C'est terrible, effroyable...

– Qu'y a-t-il, mademoiselle Crombie ?

– L'une de nos infirmières, docteur Byrne – Leadbetter – on vient de la trouver dans l'une des salles d'opération à l'étage. C'est un brancardier qui l'a trouvée. Il est venu me chercher. Je lui ai dit de ne laisser entrer personne jusqu'à ce que vous ayez vu...

– Que lui est-il arrivé ? demanda Stratton doucement.

– Elle est morte, inspecteur !

L'espace d'un instant, l'impatience l'emporta sur la détresse.

– Le brancardier affirme qu'elle est toute froide, et son visage est bleu... Venez tout de suite...

93

– Les salles d'opération à l'étage ne servent pas pour le moment, déclara Mlle Crombie en montant l'escalier. Tout a été déménagé au sous-sol quand les bombardements ont commencé. Sinon, on l'aurait trouvée immédiatement.

– Que faisait ce type là-haut ?

– Il était allé chercher un paravent, et elle était derrière. La pièce sert de garde-meubles, voyez-vous...

Un vieux au visage grisâtre, l'air ébranlé, se trouvait devant la porte, plié en deux, les mains sur les cuisses.

– Ça m'a fichu un coup, de la voir allongée là...

– Pas étonnant, dit Stratton. Et si vous alliez prendre une tasse de thé ? Mais pas trop loin ; j'aurai besoin de vous parler tout à l'heure.

L'autre parut soulagé.

– Bonne idée.

– Peut-être, mademoiselle Crombie, déclara Byrne, pourriez-vous aller chercher un chariot ?

Un air tout aussi soulagé effleura le visage de l'administratrice.

– Bien sûr, docteur Byrne, tout de suite.

Mlle Crombie ayant disparu, les deux hommes entrèrent dans la salle. C'était plein de matériel médical et la victime ne fut pas immédiatement visible.

– Sûrement par là...

Byrne désignait un paravent de bois pliant dans l'angle. Stratton écarta tout un bazar pour se frayer un chemin à travers la pièce.

Ce furent d'abord les pieds qu'ils aperçurent, puis une paire de jambes longues et fines. Elle était allongée sur le dos, les bas déchirés et l'uniforme retroussé au-dessus des genoux, taché au niveau de l'entrejambe, là où la vessie s'était vidée toute seule. Il y avait une écharpe rouge autour de son cou et sa figure était violacée, congestionnée ; la langue pendait de façon obscène. Exorbités, ses yeux marron gros comme des soucoupes contemplaient le plafond et de petites mèches s'étaient échappées de sa coiffe qui était de travers. Elle n'avait guère plus de dix-sept ans, songea Stratton – l'âge de sa propre fille. Il retourna le cadavre, saisi par le mélange de colère, de douleur et de dégoût qui menaçait toujours de l'engloutir à ces moments-là.

– Strangulation par ligature, déclara Byrne en s'agenouillant. Et toute jeune avec ça, pauvre petite...

Une fois de plus, Stratton fut interloqué par cette compassion inattendue. Byrne lui avait paru toujours si sec... « L'aurais-je mal jugé ? » se demanda-t-il.

– Espérons, ajouta le légiste, qu'on n'a pas abusé d'elle, en plus.

Tout doucement, il dénoua l'écharpe.

– Abrasions. On voit les sillons – horizontaux, pas très profonds, mais assez uniformes... des contusions.

– D'après vous, elle est morte depuis longtemps ?

Stratton s'attendait à se faire rembarrer, mais Byrne répondit :

– Elle est froide, et il y a de la rigidité cadavérique au niveau de la face et du cou, mais... (le légiste palpa les bras et la poitrine) pas tellement plus bas. Donc, pas depuis plus de six heures, probablement.

– Donc... (Stratton regarda sa montre) peu après midi.

– En effet. Je vais faire des croquis, mais ce sera tout pour le moment. Voulez-vous aller voir si le chariot arrive ?

– Tout de suite. Je peux me servir de votre téléphone ? Il faudra boucler la pièce et poster un policier à la porte pour cette nuit. Et puis, je vais devoir parler au service Dactyloscopie. Bien que, à vrai dire... (il jeta un coup d'œil au bric-à-brac) si tous les employés de l'hosto ont déplacé tout ça, je n'ai guère d'espoir...

– Bien entendu, dit Byrne. Faites comme vous l'entendez.

La dernière chose que vit Stratton avant de s'en aller, ce furent les doigts de Byrne effleurant délicatement le visage de la jeune fille, lui fermant les yeux.

– Voilà, murmurait-il. Pauvre, pauvre petite...

« Comme on connaît mal les gens... », songea Stratton.

Il trouva le chariot et téléphona, puis retourna avec Mlle Crombie au service administratif, où ils vérifièrent que le prénom de Leadbetter était Marian et que c'était une orpheline dont le frère combattait outre-mer. Ensuite, il passa dix minutes parfaitement vaines avec le vieux et une demi-heure tout aussi infructueuse à fouiller dans les affaires de la défunte au foyer des infirmières, au sous-sol, avant de retourner au commissariat pour y passer une très désagréable demi-heure avec le commissaire Lamb, qui semblait le tenir pour personnellement responsable de ce décès.

Dans chacun des trois bus qui le ramenèrent chez lui – déviations causées par des V1 –, il retourna le problème dans sa tête et se demanda si ces deux morts pouvaient être liées. Un homme, une femme, lui frappé violemment avec une brique, elle étranglée, peut-être violée ; l'un hors de l'hôpital, l'autre à l'intérieur. Cela semblait peu probable, mais il ne fallait pas avoir d'œillères... L'épouse de Reynolds affirmait l'avoir attendu aux alentours de neuf heures du soir, mais elle ne s'était pas inquiétée au début, car il faisait souvent des heures supplémentaires et dormait même parfois sur place. Rendez-vous ? Liaison ? Et s'il s'agissait d'une liaison, était-ce avec la jeune infirmière ? Vivante, elle avait dû être jolie – ou du moins présentable. Reynolds avait-il abusé de cette malheureuse ? Ou était-ce une chose absurde, insensée – un patient devenu fou furieux sans raison précise mais, en ce cas, on l'aurait sans doute repéré dans les couloirs... De toute façon, il fallait interroger tout le personnel soignant, aller frapper aux portes des gens habitant près du lieu où on avait retrouvé Reynolds, donc mettre encore plus d'hommes sur le coup et par conséquent mécontenter le commissaire Lamb. Il passa un triste moment à réfléchir à l'idée qu'il allait forcément hériter de cet imbécile d'Arliss que le simple fait de se tenir debout mettait en nage. C'était bien sa veine de se retrouver à patauger ainsi, sans rien de précis à quoi se raccrocher. Et il devrait interroger de nouveau tous les médecins, cette fois au sujet de Mlle Leadbetter, tandis que Ballard en ferait autant avec le personnel non hospitalier... Il se passa la main sur le visage, déprimé. Pauvre, pauvre gosse. Quel gâchis... Si seulement quelqu'un – hormis les cinglés habituels et autres personnes qui vous font perdre votre temps – pouvait se présenter pour leur dire quelque chose d'utile...

14

T ODD, qui s'était arrêté de travailler avant la découverte de ce nouveau cadavre, s'était installé au bar du Black Horse, dans Rathbone Place, élégamment vêtu d'un veston et d'une cravate. Son idée était d'aller dans quelques-uns des pubs du secteur pour découvrir, en enquêtant, lequel était fréquenté par le Dr Wemyss (et par conséquent ses amis). Avec un signalement – par chance, étant grand et roux, Wemyss était du genre à se remarquer dans une foule –, il aurait juste l'air d'essayer de retrouver une vieille connaissance et, si on insistait, il pourrait donner un pseudonyme. C'était là sa première tentative.

La barmaid, qui avait la quarantaine dodue, la peau d'une pâleur malsaine et des yeux de prédatrice – son rouge à lèvres sanglant lui donnait des airs de vampire –, n'avait pas réagi à sa description.

– Bon, dit-il, je vais attendre un peu et voir si jamais il passe par ici. Je suis certain qu'il m'a parlé de ce pub.

Fatigué – il n'avait eu que quelques heures d'un sommeil agité sur l'une des tables de dissection –, il songea qu'il avait tout intérêt à passer de la pommade à cette femme au cas où cela lui vaudrait un second whisky avant de poursuivre sa quête. Tirant son livre de psychiatrie récemment acquis (ou plutôt, volé) de son sac, il le posa sur le comptoir.

– Qu'est-ce que c'est ?

– Ça ? Ça traite de ce qui ne tourne pas rond dans la tête.

Il se tapota la tempe.

– Ça n'a pas l'air très chouette...

– Eh non ! C'est sur la sénescence.

– Quésaco ?

– Ça arrive à certains vieillards. Ils perdent leurs facultés mentales.

– Alors, vous êtes toubib ?

Todd lui adressa un sourire énigmatique.

– D'une certaine façon...

Concluant, comme il l'avait voulu, que c'était le genre de médecin qui sortait de l'ordinaire, la barmaid demanda :

– Vous savez les soigner, alors ? Ceux qui perdent leurs...

Cette fois, ce fut elle qui se tapota la tempe.

– C'est pour maman. Deux ans qu'elle n'est plus elle-même. Elle n'arrête pas de réclamer des bonbons – on lui donne nos rations, mais on ne peut pas en avoir plus, et elle fait toujours des histoires... et elle tricote. Tout le temps. Je détricote ses anciens ouvrages, pour qu'elle ait assez de laine pour continuer. Elle fait rien de rien, à part du tricot. C'est énervant. Vous pourriez faire quelque chose ?

– Pas pour le moment, hélas. Divers traitements sont à l'étude, mais cela prend du temps. Le cerveau est un organe complexe, vous savez, et on ne comprend pas tout, loin de là. Votre mère a de la chance d'avoir une fille comme vous qui la soigne avec autant de sensibilité, dit-il, galant.

Dix minutes d'écoute compatissante et de commentaires pseudoscientifiques lui valurent son second whisky (« C'est réservé aux habitués, donc ne dites rien ou mon compte est bon »), après quoi, il jugea qu'il était temps d'essayer ailleurs. En partant, il vit l'inspecteur Stratton marcher d'un pas décidé sur le trottoir d'en face. Cette armoire à glace était facile à reconnaître, dépassant d'une bonne tête tous les autres passants. Todd resta là, à le contempler pendant quelques instants ; même s'il ne portait pas d'uniforme, on pouvait deviner qu'il était flic rien qu'à sa façon de se tenir bien droit et à son pas mesuré.

Arrivé à l'angle d'Oxford Street, Stratton tourna à gauche. réalisant qu'il ne retournait pas au commissariat – Higgs avait dit qu'il venait de West End Central –, Todd estima que c'était une bonne idée de le suivre (presque tous les renseignements glanés ici ou là finissaient par s'avérer utiles). En outre, il était curieux.

Ce fut plus difficile que prévu. Pour commencer, il faisait encore jour et, même si le bonhomme semblait préoccupé, il monta et descendit de plusieurs bus, forçant Todd à s'esquiver et même, à deux reprises, à se planquer derrière des sièges. Ils allaient vers le nord, un coin de Londres qu'il ne connaissait pas. Ils quittèrent le West End, traversèrent la City, puis une partie de l'East End, après quoi Stratton monta dans un bus – qui devait être le dernier – allant à Tottenham. Quand il descendit enfin, Todd, restant à une prudente distance, le suivit dans la rue principale puis tourna à droite dans Lansdowne Road, une rue pleine de petites maisons jumelées de style Tudor, construites dans l'entre-deux-guerres, et qui lui rappelèrent celles de Norbury. Quelle tristesse, songea-t-il, de revenir tous les soirs ici, comme le faisait ce policier, comme l'avait fait son propre père, et comme il l'aurait fait lui-même s'il n'avait pas visé plus haut...

Il fit halte brusquement au moment où Stratton s'arrêtait, ouvrait un portillon, remontait la petite allée. Une seconde plus tard, alors qu'il cherchait encore sa clé, la porte s'ouvrit vivement et une femme apparut, parlant avec animation tout en ôtant et repliant une blouse en cretonne. Malgré la distance, sa vue étant en partie occultée par une haie de troènes, Todd put juger qu'elle était jolie quoiqu'un peu grassouillette et qu'elle était ravie de voir ce policier qui devait être son mari. Sous ses yeux, Stratton se pencha pour l'embrasser, puis lui posa pour rire son chapeau sur la tête. Elle poussa un petit cri et, balayant ce couvre-chef, se tapota les cheveux d'un air ennuyé avant de le suivre à l'intérieur de la maison.

Todd s'adossa à la haie et alluma une cigarette, déconcerté par ce badinage. « Ils sont amoureux », se dit-il. Bien entendu, c'était on ne peut plus normal, mais tout de même contrariant. Pourquoi, il n'en savait rien, mais c'était contrariant. Troublant, également, sa vive déception quand la porte se referma, cette impression d'être délibérément exclu de la lumière et chaleur d'un foyer heureux. Même si – et cela était bien étrange – c'était le genre d'endroit qu'il méprisait.

Perturbé, il remonta la rue et, tournant au coin, s'aperçut qu'une sente boueuse, creusée d'ornières et bordée de hautes palissades de chaque côté, séparait les jardins des maisons de Lansdowne Road de ceux des voisins. Il s'y aventura, tâchant d'évaluer à quelle hauteur devait se trouver celui des Stratton. Quand il se crut arrivé, il se dressa sur la pointe des pieds pour regarder par-dessus la clôture et vit, à travers une fenêtre, l'épouse de Stratton s'affairer dans un genre d'arrière-cuisine. Le jardin était bien entretenu, quoique banal : long d'une trentaine de mètres, avec un abri Anderson et deux pommiers sur une pelouse pelée, des plates-bandes, une petite cabane et un poulailler avec un enclos grillagé.

Il se baissa vivement quand elle approcha de la fenêtre, puis, se dressant une fois de plus, avec précaution, sur la pointe des pieds, il constata qu'elle se tenait, les yeux baissés, devant ce qui devait être un évier. Stratton, qui avait ôté son chapeau, arriva, l'enlaça par-derrière (il la dépassait d'au moins trente centimètres) et l'embrassa sur la tête. Todd la vit relever le menton et sourire, et là, comme elle pivotait sur elle-même, les regards des deux hommes se croisèrent. L'instant d'après, Todd sprintait dans la sente en direction de la rue principale, mais il n'y avait pas à s'y tromper : ce type l'avait regardé dans les yeux. Il s'attendait presque à entendre un cri de fureur et une galopade, mais rien. Une fois dans la rue principale, il se força à ralentir de façon à ne pas attirer l'attention au milieu de la foule qui grouillait sur le trottoir. N'importe comment, Stratton ne l'avait vu qu'une seconde et il était très difficile d'identifier quelqu'un dont on n'avait qu'entraperçu les yeux et le front.

Il trouva l'arrêt du bus et attendit, ouvrant l'œil au cas où Stratton se montrerait. Au bout de cinq minutes, ne voyant rien, il se sentit capable de se détendre. Quelques instants plus tard, le bus arriva et, ayant vérifié qu'il était censé retourner dans le centre-ville, il monta et s'assit, les coudes sur le dossier du siège précédent, à fumer et réfléchir, tandis que le véhicule se traînait devant maisons et boutiques.

Il se sentait maussade et exclu, et savoir que ce n'était pas totalement illogique n'arrangeait rien. « C'est facile pour lui, se disait-il. Il peut se sentir bien dans sa peau, avec sa maison et sa femme, parce qu'il n'a jamais été qu'une seule et même personne. » Il se demanda ce que c'était que d'avoir une épouse, d'aimer et d'être aimé sans faux-semblant. Il pensa à son infirmière aux yeux de velours et sourit. Elle était sienne, c'était sûr. Curieusement, il avait toujours eu de la répugnance pour l'idée d'amour – trop intime, trop sincère. Aujourd'hui, il avait changé d'avis. C'était grâce à *elle*. Quant à l'illusion de l'intimité, soit, du moins pour un temps limité ; à part des infections, on ne risquait rien. L'image de Stratton et son épouse persista dans son esprit, enchâssée dans une espèce de nuage, tandis que le bus avançait en direction de Stoke Newington et, à l'heure où il atteignit Shoreditch, il avait pris sa décision. Descendant au terminus de London Bridge, il traversa la Tamise et remonta King William Street dans le crépuscule, passa devant des palissades auxquelles il manquait des morceaux. Des pompiers auxiliaires menaient un troupeau de porcs glapissant à travers des ruines, et des gens se hâtaient d'installer volets et rideaux du black-out. Au bout, il trouva un bus censé aller à Soho et monta à bord.

Ce serait assez facile d'obtenir le bref réconfort d'un contact physique – à cette heure, l'endroit était plein de putains attirées par la perspective d'un gain facile avec les soldats étrangers. Il s'arrêta à Old Compton Street, devant le Swiss, et se demanda s'il voulait un verre d'abord – ça pouvait sembler bizarre de ne pas savoir, mais c'était ainsi. Il ouvrit la porte et, voyant l'endroit tapissé d'uniformes beige ou bleu-gris, le tout enveloppé de fumée, décida qu'il y avait trop de monde. Il était sur le point de refermer la porte quand une svelte silhouette féminine se détacha de la masse pour aller dans sa direction en se balançant légèrement sur ses chaussures à semelles compensées. Elle était visiblement jeune – la vingtaine – plutôt brune, avec des yeux noisette et de longs cils, mais une épaisse couche de poudre plâtrait sa figure et elle avait un rouge à lèvres sanguinolent. S'arrêtant en face de lui, elle prit la pause, se déhancha, et dit :

– Tu cherches quelqu'un, chéri ?

La lumière accrochant ses cheveux, il vit qu'ils étaient d'une chaude nuance de châtain, comme l'épouse de Stratton, et ce fut cela, surtout, qui le décida.

– Je crois que j'ai trouvé, pas vrai ?

– À la bonne heure, chéri. Alors, tu m'accompagnes ?

– T'as une piaule ?

– Oui, chéri. Trois livres. Plus, si tu veux un truc spécial.

– Juste du standard, mais à un tarif raisonnable : je suis pas un Américain...

La fille le considéra, la tête sur le côté.

– Bon, d'accord. Deux livres. À moins...

Elle lui toucha le bras.

– Tu peux pas faire un petit effort ? J'ai une amende à payer et comme j'ai pas beaucoup travaillé cette semaine, je suis fauchée... Tu regretteras pas.

Todd ne croyait guère à cette amende – c'était un truc usé, mais il dit :

– On verra. Avance, je te suis.

Elle partit à toute vitesse et il la suivit, à une discrète distance, jusqu'à une maison délabrée dans Frith Street où il hésita un moment à la suivre. Elle l'attendait dans un vestibule sale aux murs lépreux.

– Là-haut..., dit-elle.

Crasseuse, avec quelques meubles bon marché et un couvre-lit en chenille mité, la chambre avait de grandes taches de salpêtre aux murs. Deux cannes étaient calées dans un coin, l'une avec un ruban rouge qui pendouillait tristement du manche, et la cheminée croulait sous les bouteilles de bière vides.

– Comment tu t'appelles ? dit-il.

– Les affaires d'abord, chéri. J'embrasse pas et la capote est obligatoire. T'as le fric ?

Comme Todd lui tendait les deux livres, elle dit :

– Tu peux pas faire un peu mieux ? Ce serait chouette, tu sais !

Il sortit une demi-couronne de sa poche, la tenant entre le pouce et l'index.

– Si tu me dis ton nom...

– Pour une fortune pareille, dit-elle en raflant adroitement la pièce avant de s'écarter d'un pas dansant, je serai tout ce que tu voudras.

Todd l'observa, pensif.

– Ton nom, c'est Fay, dit-il. Et maintenant, viens ici et boucle-la.

15

L E LENDEMAIN MATIN, à dix heures trente, Stratton, ayant reçu les résultats de l'autopsie de Mlle Leadbetter – étranglée mais pas violée, c'était au moins ça –, était assis dans la pièce prêtée par l'hôpital à attendre la première des infirmières qu'on allait lui amener. À l'autre bout du couloir, Ballard s'apprêtait à interroger les aides-soignants, brancardiers et autres subalternes.

Stratton avait déjà réinterrogé les médecins, dont aucun n'avait eu rien d'intéressant à lui dire, et vu l'infirmière en chef. Mlle Hornbeck était une petite femme très digne à grosses lunettes qui avait expliqué que les infirmières lui seraient envoyées une à une, depuis les plus anciennes jusqu'aux stagiaires.

Il alluma une cigarette et, résistant à l'envie de donner au fauteuil pivotant – nouveauté exclusivement réservée, à Savile Row, au commissaire Lamb – un tour complet, se contenta de l'orienter vers la fenêtre qui donnait sur le potager de l'hôpital. Nettement mieux entretenu que son propre lopin qui avait bien besoin d'être désherbé. Puisque Jenny aurait, une fois de plus, sa soirée prise, il irait y passer deux heures après dîner. Dire que, la veille, il avait cru voir un homme les espionner par-dessus la clôture. Ce n'était qu'une impression – Jenny avait accusé son imagination –, mais il était certain qu'un type s'était posté là, même s'il ne voyait pas pourquoi on aurait voulu les épier.

Sans doute des gamins désœuvrés. Il tâcha de penser à

autre chose et était sur le point d'aller voir si quelqu'un n'attendait pas derrière la porte sans penser à frapper, quand celle-ci s'ouvrit sur une maigrichonne en uniforme bleu marine. Elle avait l'air toute desséchée, comme s'il aurait fallu l'arroser pour reconstituer pleinement sa personne.

– Je suis l'assistante-infirmière chef, déclara-t-elle d'un ton sinistre. J'espère que ça ne va pas durer longtemps. Nous sommes très occupées.

– Bien entendu ! dit Stratton en se levant. Prenez donc un siège...

À la fin de la matinée, il avait fini d'interroger les infirmières-majors ainsi que les infirmières hospitalières et s'était mis à descendre les degrés de la hiérarchie. Les infirmières les plus expérimentées, qui – grandes ou petites, grosses ou maigres – lui paraissaient être plutôt des monuments que de vraies femmes, avaient été remplacées par des jeunes en uniforme rayé, dont beaucoup avaient l'air harassé et arrivaient en coup de vent, ajustant leurs manchettes et repoussant des mèches sous leurs coiffes. Toutes, sans exception, parlèrent du Dr Reynolds avec déférence et exprimèrent de l'étonnement et des regrets, mais aucune n'eut rien à ajouter au peu que les médecins lui avaient déjà dit. Elles semblaient toutes connaître – de façon plus ou moins précise – les résultats de l'autopsie. Rien de surprenant : les hôpitaux devaient être des lieux propices à la fermentation des ragots. Au sujet de Leadbetter, elles avaient encore moins à dire – bien que compétente, la jeune femme semblait ne s'être fait aucune amie véritable ; en fait, elle semblait être passée quasiment inaperçue. Personne, apparemment, ne s'était approché de la salle d'opération désaffectée et aucun patient n'avait déserté son lit.

À treize heures, sa maigre réserve de cigarettes étant bien entamée, il alla respirer un peu d'air frais et déjeuner quelque part.

À seize heures, après la visite d'une stagiaire à l'air apeuré qui s'était faufilée avec une tasse de thé et avait vidé le cendrier, il reçut la jeune Maddox, employée au service de chirurgie hommes. C'était une fille aux joues roses, plate comme une limande et qui aurait été, sans cette expression calculatrice dans ses yeux bleu clair, assez jolie. Stratton, qui avait à ce moment-là renoncé à toute espèce de préambule, lança :

– Bon, que pouvez-vous me dire sur le Dr Reynolds ?

L'infirmière lorgna le paquet de cigarettes sur la table et dit avec coquetterie :

– Je peux... ?

Intéressant, songea Stratton. Non seulement c'était la première à n'exprimer ni consternation ni chagrin au sujet de la mort de Reynolds, mais c'était aussi la première à réclamer ouvertement une cigarette. Les autres s'étaient contenté de convoiter du regard le paquet en attendant poliment. Il le fit glisser sur la table – « Mille mercis » – et se pencha avec une allumette. À en juger d'après le cinéma qu'elle fit – un tas de grimaces et de moulinets élégants du poignet – elle n'était pas habituée à fumer. C'était donc une tentative pour faire distingué et elle correspondait à sa voix qui avait des accents prolo avec une touche d'affectation, comme ces gens qui ne sont pas habitués à répondre au téléphone.

Voilà qui cadrait tout à fait avec la description par l'infirmière en chef de la mijaurée qui veut se donner de l'importance – la première jusqu'à présent. Les autres avaient été nerveuses, timides ou tout simplement heureuses d'échapper temporairement au train-train quotidien et de souffler un peu.

– Eh bien ? dit-il. Quand avez-vous vu le Dr Reynolds pour la dernière fois ?

– Il y a trois jours, je crois.

– Que faisiez-vous le soir du mercredi 21 ?

La jeune fille fit encore des effets de poignet et inclina la tête vaguement de côté – sans doute pour imiter une vedette de cinéma.

– Que je réfléchisse...

Elle battit des cils. « Allons, chérie, on sait que tu n'étais pas en train de dîner au Ritz », songea Stratton.

– En fait, j'étais là, avoua-t-elle, visiblement déçue de ne pas avoir d'alibi plus reluisant. Au foyer des infirmières, avec d'autres filles.

– Toute la soirée ?

– Oui.

– Très bien. Vous étiez fréquemment en contact avec le Dr Reynolds ?

– Parfois, il venait dans le service de chirurgie hommes. C'est bien plus facile de soigner les hommes, ajouta-t-elle sur le ton de la confidence. Les femmes, quelle horreur...

– Il venait soigner des patients ?

– Eh bien...

Elle baissa la tête et s'essaya à un regard en dessous.

– Parfois...

– Je ne comprends pas. Ce n'était pas un chirurgien, n'est-ce pas... ?

– Non, mais certains patients étaient des personnes qu'il nous avait envoyées des urgences. Victimes des bombardements, accidentés de la route...

– Donc, il venait pour eux...

– Oui.

– Et les autres fois ?

Elle renversa la tête en arrière et souffla sa fumée vers le plafond.

– Les autres fois ?

– Vous avez dit qu'il venait *parfois* pour voir des patients. Et les autres fois, c'était pour quoi ?

– Oooh...

De nouveau, elle pencha la tête de côté, mais avec moins de conviction.

– Je ne sais pas si c'est à moi de le dire...

– Et comment ! éclata Stratton. On n'est pas là pour rigoler, mademoiselle ! Le Dr Reynolds est mort. Toute rétention d'informations pourrait avoir de graves conséquences et comme je ne suis pas ici pour vous voir déballer votre petit numéro d'actrice, je vous suggère de vous ressaisir et de coopérer...

La jeune femme, rougissante, marmonna un : « Excusez-moi », et se pencha pour éteindre sa cigarette dans le cendrier. Son dos rond et le temps qu'elle prit le mirent mal à l'aise. Il n'avait pas voulu être aussi hargneux. On avait dû dire à cette idiote qu'elle avait des faux airs de Veronica Lake et la pauvrette ne s'en était jamais remise.

Quand elle releva la tête, Stratton vit la peur dans ses yeux et comprit qu'elle n'avait pas voulu parler, mais n'avait pu s'en empêcher. Évidemment, elle pouvait n'avoir rien à dire, mais à ce stade, Stratton ne pouvait risquer de laisser passer une information.

– Videz votre sac, dit-il.

Elle se mit à parler d'une voix entrecoupée, presque dans un murmure :

– Parfois, il venait voir une infirmière. Il faisait semblant que c'était pour autre chose, mais en fait...

– Qui ?

– Marchant.

Stratton regarda son papier.

– Fay Marchant ? dit-il, sans préciser que c'était le prochain nom sur sa liste, et que la jeune fille devait attendre dans le couloir.

– Oui. Elle travaillait aux urgences, avant. On ne travaille pas toujours au même endroit, vous savez, et...

– Pourquoi venait-il la voir ? demanda Stratton d'une voix neutre.

– Il... Écoutez, elle ne sait pas que je suis au courant. Si jamais elle l'apprend, elle ne m'adressera plus jamais la parole... Ça ne s'est produit que deux fois. Je les ai aperçus par hasard, et puis quand il est revenu, j'ai vu comment elle le regardait, et...

– Quand vous les avez aperçus, que faisaient-ils ?

– Ils étaient dans la « salle blanche ».

– Quoi ?

– La salle blanche. Là où on vide les bassins hygiéniques...

Elle eut une petite moue dégoûtée.

– Ah oui. Bien sûr. Mais normalement, ce n'est pas la place d'un médecin, n'est-ce pas ?

– Non. Voilà pourquoi c'était étrange. La porte étant entrouverte, je les ai vus...

– Que faisaient-ils ?

– Il l'enlaçait. Il l'a embrassée.

– Sur les lèvres ?

L'infirmière secoua la tête – à regret, apparemment.

– Sur la joue, mais il la serrait dans ses bras.

– Quand était-ce ?

107

– Il y a deux semaines, je crois. Ou une dizaine de jours. Je ne me rappelle pas exactement.

– Je vois. Et Mlle Leadbetter, vous la connaissiez ?

– De vue, mais… pas vraiment.

– Croyez-vous qu'elle avait un rapport quelconque avec le Dr Reynolds ?

– Un rapport de ce genre, vous voulez dire ?

Le témoin eut un mouvement brusque de la tête – retour de la femme fatale.

– Pas de danger !

– Comment cela ?

– C'était une petite souris grise. Elle ne sortait jamais, ne se maquillait pas…

– Pas de fiancé ?

– Non. Elle ne s'intéressait pas à cela. Bien trop sérieuse.

La jeune femme se pencha en avant, lascive, émoustillée.

– On dit qu'elle a été étranglée, inspecteur. C'est vrai ?

– Nous n'avons pas encore les résultats de l'autopsie.

– Ben, ça me dépasse – c'est bien un crime sexuel, hein, quand on étrangle ?

– Pas toujours, mademoiselle. Vous devriez peut-être passer moins de temps au cinéma, ajouta-t-il gentiment.

Il se leva pour la raccompagner.

– Merci, vous avez été très utile.

Comme il ouvrait la porte, il vit, adossée au mur opposé du couloir, une svelte jeune femme aux cheveux bruns et brillants soigneusement ramassés sous sa coiffe. À sa vue, Mlle Maddox devint rouge tomate et poussa un petit cri avant de filer. L'autre la regarda fixement, puis se tourna vers Stratton, les yeux écarquillés. Il lui rendit la pareille pour montrer qu'il ne s'expliquait pas du tout ce comportement, et dit :

– Mademoiselle Marchant ?

Elle lui sourit.

– Oui, inspecteur.

Fay Marchant, songea Stratton, était très belle. Grands yeux chocolat bordés de longs cils, lèvres pleines et teint d'ivoire. Stratton jeta un regard discret à ses jambes tout en la suivant dans la pièce. Sous les épais bas noirs, elles semblaient harmonieusement proportionnées, tout comme, sous l'uniforme, l'était le reste de sa personne.

108

Il s'installa dans le fauteuil.

– Cigarette, mademoiselle ?

De nouveau, ce sourire.

– Merci.

Une fois la cigarette allumée – cette fois, sans manières – il dit : « Parlez-moi du Dr Reynolds » et, accoudé au bureau, mit son menton dans ses mains dans l'attitude de celui qui est prêt à entendre des aveux.

– Eh bien, hésita-t-elle, ce fut un grand choc pour nous tous. Et sa pauvre femme... Je ne le connaissais guère, évidemment. Bien sûr, je savais qui il était, car j'avais travaillé aux urgences avant d'être mutée au service de chirurgie hommes.

– Vous saviez qu'il était marié ?

– Euh... oui ! Enfin, ce n'était pas un secret.

– Mais vos rapports avec lui... vous le connaissiez très bien, n'est-ce pas ?

Elle fronça les sourcils.

– Que voulez-vous dire ?

– Vous avez été vue dans une posture...

Il s'interrompit exprès pour voir si son visage la trahirait, mais elle semblait juste intriguée.

– ... plutôt intime avec le Dr Reynolds.

– Ah ? Qui vous a dit... ? Oh !

Se rappelant à l'évidence le comportement étrange de Mlle Maddox, Fay ajouta :

– Bien sûr, j'ai compris. Oh, Seigneur... Je n'avais pas réalisé...

Elle contempla la surface cirée du bureau, puis releva la tête et, le regardant droit dans les yeux, déclara :

– Nous étions dans la salle blanche, n'est-ce pas ? À l'époque, je m'étais demandé... Je comprends qu'elle ait pu interpréter, inspecteur, mais... ce n'est pas cela.

– Vraiment ?

– C'est difficile à comprendre, quand on ne travaille pas ici.

– Essayez !

Stratton lui adressa un sourire encourageant.

– Eh bien... j'étais de nuit et l'un de nos patients, un vieux monsieur qui avait été grièvement blessé au cours d'un bombardement – il avait subi des opérations mais était très mal en point, et on avait fait notre possible...

Elle le regarda comme s'il pouvait en douter.

– J'en suis sûr. Que s'est-il passé ?

– Il est mort. Ma supérieure avait appelé le chirurgien et on avait fait de notre mieux, mais sans résultat. Le Dr Reynolds est venu et...

– Pourquoi ? On l'avait appelé, lui aussi ?

Fay fit signe que non.

– Il l'avait soigné aux urgences, au début de son hospitalisation, et savait que ça n'allait pas fort. Et il venait me voir de temps en temps, au cours de sa tournée. Pas pour... ce que vous pensez, mais juste... nous avions des affinités.

Elle lui lança un regard implorant.

– Quelle sorte d'affinités ?

– Des affinités intellectuelles. Quand j'ai appris qu'il était mort comme ça...

– Comment ?

– À la suite d'une agression. Tout seul. C'est horrible.

– D'après vous, c'est ce qui s'est passé ?

– Pourquoi, ce n'est pas cela ?

– C'est ce qu'on s'efforce de savoir. Lui connaissiez-vous des ennemis ?

– Non !

Fay paraissait scandalisée.

– Bien sûr que non !

– Vous aviez des affinités intellectuelles. Pas affectives ni physiques ?

– Non. Enfin, si, affectives, mais jamais physiques. On était amis, pas...

– Mais il vous a embrassée, tout de même !

– Oui, à cause de ce patient. Sa mort m'avait bouleversée, et... En principe, je ne réagis pas ainsi – la mort d'un patient, c'est affreux, mais on s'habitue. Seulement, celui-ci était chez nous depuis longtemps, et c'était un vieux monsieur adorable. Un veuf, mais sa fille venait le voir.

– ... la nuit ?

– Non, c'était quand j'étais de service, le jour.

Stratton se promit de vérifier que ceci concordait avec le tableau de service, et elle ajouta :

110

– Je venais de commencer les nuits, on met un certain temps à s'habituer. Ça peut être fatigant. Je ne me plains pas, mais parfois, on craque. Juste avant l'aube, on peut se sentir laminée, surtout quand quelqu'un vient de mourir et que tout vous semble vain, sans espoir. Mon fiancé a été tué à Tobrouk, vous savez, et c'est ça le pire : voir la dépouille d'un être qu'on a connu tout en sachant que c'est juste son apparence, parce qu'il n'est plus… Ronnie – mon fiancé – avait dû être ainsi. Vous allez me trouver stupide, mais si le patient vous inspirait de la sympathie… et je l'aimais bien, ce vieux monsieur ! Je suis allée dans la salle blanche pour passer un moment seule avec moi-même, et le Dr Reynolds m'a vue. Il a essayé de me réconforter c'est tout. Vous me croyez, n'est-ce pas ?

– Je peux concevoir ces choses-là, dit Stratton, compatissant.

– C'est donc que vous ne comprenez pas vraiment…

Fay paraissait résignée.

– Écoutez, inspecteur, je pourrais avoir de gros ennuis si jamais ma chef l'apprenait. C'est sans rapport avec la mort du Dr Reynolds, et je ne voudrais pas que sa femme pense qu'il y a eu… quelque chose… entre nous.

Sa voix se brisa et Stratton s'aperçut qu'elle luttait contre ses larmes. S'il s'agissait d'une comédie, c'était drôlement bien joué et voir cette femme pleurer le décontenança, comme cela le décontenançait toujours – et pourtant, il aurait dû être habitué, car c'était fréquent dans son boulot ! Il tira son mouchoir – propre, ce matin-là, Dieu merci –, et le tendit par-dessus le bureau.

– Ma question va vous être pénible, je sais, mais tâchez de ne pas vous troubler. Nous pouvons être discrets, vous savez…, ajouta-t-il avec une galanterie gauche. Où étiez-vous dans la soirée du mercredi 21 ?

– Au foyer des infirmières, répondit-elle sans hésiter. J'y ai passé toute la soirée. Avec Mlle Maddox et d'autres…

Elle lui adressa un sourire larmoyant.

– Cela, elle n'a pas dû vous le dire.

– Mlle Leadbetter était-elle là ?

– Non, je ne crois pas. Elle était de nuit. Je venais de réintégrer l'équipe de jour.

– Donc, elle dormait le jour ?

– En effet.

– Vous la connaissiez bien ?

Fay fit signe que non.

– Je ne crois pas que c'était quelqu'un de facile à connaître. Peu bavarde – réservée. Et même un peu hautaine, mais c'était peut-être juste de la timidité. Je ne vois pas qui aurait pu vouloir sa mort.

Après son départ, Stratton s'installa pour prendre quelques notes et rassembler ses idées avant de faire entrer la suivante. Au sujet de cette pauvre petite Leadbetter, le commentaire de Fay rejoignait celui de Mlle Maddox et de plusieurs de leurs collègues – personne ne la considérait comme assez remarquable pour motiver un meurtre, mais nulle n'avait été apparemment assez proche d'elle pour parler en connaissance de cause… Et si elle était censée avoir dormi au sous-sol, que fabriquait-elle donc dans la salle d'opération désaffectée, dans les étages supérieurs ? Ayant passé un moment à regarder dans le vague tout en donnant de petits coups de crayon au bureau, il dut s'avouer qu'il ne faisait rien de plus productif qu'imaginer les seins de Fay. Chassant à regret cette image émouvante – il aurait bonne mine si l'une des infirmières ou, horreur, leur chef, entrait pour le surprendre à bayer aux corneilles d'un air libidineux –, il se força à réfléchir à la nature de ses relations avec le Dr Reynolds. Son instinct masculin le poussait à la croire, parce qu'il en avait envie, parce qu'elle était belle et séduisante ; et parce qu'il n'aimait pas Mlle Maddox, la moucharde qui minaudait. Son instinct de flic, toutefois, lui faisait tout remettre en question. Certes, l'attitude de Maddox suggérait qu'elle était tout à fait capable d'inventer quelque chose à partir de rien. Peut-être était-elle jalouse de Fay, mais cela ne signifiait pas qu'elle était, sur cette question-là, une menteuse. Et – point en sa faveur – elle s'était retenue de décrire l'étreinte à laquelle elle avait assisté comme une partie de jambes en l'air.

Pour Fay, il était vrai que le visage d'une femme n'était pas un indice de ce qui se passait à l'intérieur, et que la beauté physique n'était pas forcément une garantie d'honnêteté. Il se rappela la photo de Reynolds qu'on lui avait donnée (on était en train d'en faire des doubles au commissariat, pour les enquêteurs). Il n'était pas laid, mais ce n'était pas non plus un Apollon. Enfin, certaines en pinçaient pour les moches. De préférence riches, avec de l'influence, mais toute infirmière n'était-elle pas censée vouloir épouser un médecin justement pour cette raison ? Et pour une femme sans scrupules, le fait qu'un médecin fût déjà marié ne devait pas...

Retour à la case départ : il ne croyait pas Fay sans scrupules. Elle ne s'était pas vengée de la méchanceté de Maddox, à part un léger coup de griffes. Il s'interrogea sur sa vie mondaine. Son fiancé avait été tué à Tobrouk... donc en 1942. Elle n'avait pas parlé d'un autre garçon, mais une fille aussi ravissante n'avait pas dû rester seule longtemps – sauf si c'était son choix, bien entendu. Les infirmières vivaient en communauté et devaient être rentrées avant une certaine heure. Cependant, on pouvait parier qu'il y avait une fenêtre de salle d'eau ou autre par laquelle elles pouvaient se faufiler si nécessaire...

Tout cela méritait réflexion... et il pourrait y réfléchir au moment où il s'échinerait dans son potager. Il se leva pour accueillir le témoin suivant.

16

A SIX HEURES DU SOIR, Stratton – après avoir vérifié le tableau de service avec l'infirmière en chef et découvert que Fay avait dit la vérité à propos de ses horaires et ceux de Leadbetter – se retrouva avec un tout nouveau sujet de réflexion. Interrogées séparément, deux infirmières affectées aux urgences avaient fini par suggérer timidement que Reynolds n'était peut-être pas l'excellent médecin qu'on lui avait décrit. L'une avait cité un « accident » où le Dr Reynolds avait apparemment pris un coma diabétique pour un coma éthylique ; l'autre (jolies gambettes mais faciès aplati de sympathique pékinois) avait à contrecœur confirmé. Stratton se rappela qu'Arliss (qui, certes, n'était pas toubib, ni même d'une intelligence moyenne) avait commis la même erreur l'an passé, et qu'à l'heure où le médecin de la police avait été appelé dans sa cellule, le type était très mal barré et avait dû être amené aux urgences.

Ensuite, il décida de rappeler Fay pour l'interroger à ce propos. Il se rendit au service de chirurgie hommes et demanda à l'infirmière-major la permission de la voir. Celle-ci le toisa comme s'il venait de lâcher un vent et dit : « Encore ? » mais appela la jeune fille.

Ils revinrent dans la petite pièce en silence. Fay semblait inquiète. Une fois installé, Stratton lui demanda :

– D'après vous, le Dr Reynolds était compétent ?

Elle se mit à rougir.

– Je ne crois pas être qualifiée pour répondre à cette question.

– Néanmoins, votre opinion m'intéresse.

– Eh bien...

La jeune femme regarda vers la fenêtre, fuyant son regard.

– Ça restera entre nous, dit Stratton.

– Nous avons beaucoup de travail en ce moment, donc tout le monde peut...

– Commettre une erreur ?

– Oui. Un blessé est arrivé l'an dernier, alors que j'étais aux urgences. Un ado de seize ans. C'était après un raid aérien et il avait une coupure au pied. Rien de grave – en fait, on aurait pu le soigner au poste de secours... Nous avions beaucoup de monde, cette nuit-là. Il était venu avec sa mère ; le Dr Reynolds s'en est occupé avant de le renvoyer. Il était un peu... enfin, il leur a dit que c'était faire beaucoup d'embarras pour pas grand-chose. Bref, ce garçon est revenu deux jours plus tard, très mal en point, et il est mort dans la nuit. Septicémie. J'ai eu beaucoup de peine pour sa mère.

– Il y a eu d'autres faits de ce genre ?

– Je me rappelle celui-là, mais... Il m'est arrivé de le trouver parfois un peu, enfin, dédaigneux, mais ça peut arriver à tout le monde quand on est surchargé de travail, et... les médecins sont des êtres humains, inspecteurs. Ils ne sont pas infaillibles.

– Êtes-vous certaine de n'être pas influencée par vos sentiments ? dit-il.

– Je ne crois pas, répondit-elle, d'un air malheureux. Je m'efforce d'être juste à son égard.

– Vous avez couché avec lui ?

Elle secoua la tête longuement, tout en contemplant le sol. Stratton ne savait toujours pas s'il devait la croire.

Ensuite, Ballard vint lui signaler ses dernières découvertes – c'était maigre.

– On a localisé le chef du sergent Leadbetter et envoyé un télégramme, mais sinon, rien de neuf... Oh, et vous avez reçu un message du service dactyloscopique, inspecteur, au sujet de la salle d'opération... Ce n'est pas les empreintes digitales qui manquent, mais tout est taché, brouillé. Inexploitable.

Stratton, qui mordillait le bout de son crayon afin de ne pas réduire davantage son stock limité de cigarettes, le sortit de sa bouche et le jeta sur le bureau.

– Foutaises !

– Oui, inspecteur.

– Bon... À demain, même lieu, même heure. Vous avez fini votre journée ?

Le jeune homme acquiesça.

– J'ai un programme pour la soirée.

– Ah, oui...

Stratton savait qu'il fréquentait Gaines, une jeune femme policier bien roulée qui travaillait au commissariat de Marlborough Street depuis un certain temps, mais – sachant ces choses-là défendues – trouvait plus facile de feindre l'ignorance. Comme cela aurait automatiquement entraîné le renvoi de la jeune femme, il supposa que le mariage ne figurait pas dans ce « programme ». Peut-être avaient-ils décidé d'attendre la fin de la guerre pour se mettre en ménage.

– Euh... Je ne vais pas vous poser de questions, donc inutile de m'en dire plus.

– Merci, inspecteur.

– Alors, salut !

Stratton se leva pour aller chercher son chapeau.

– Amusez-vous bien.

– Je n'y manquerai pas, inspecteur. Bonne nuit.

Après avoir dîné seul, Stratton alla dans son potager où il passa deux heures agréables – bien qu'éreintantes – à sarcler, repiquer des poireaux et à butter les patates nouvelles. Satisfait de son travail, il emballa des fèves et les premières carottes dans du papier journal et retourna chez lui d'un pas lourd. Il n'avait pas les idées plus claires au sujet de Fay ou de l'infirmière assassinée, mais au moins il s'était débrouillé pour mener une discrète enquête sur les erreurs de diagnostic et on lui avait promis d'autres renseignements. Demain, il aurait les premiers résultats de l'enquête de voisinage qui donneraient peut-être quelque chose...

17

Q UEL CHOC ! Higgs lui avait parlé de l'infirmière quand il était arrivé au boulot et, pendant un instant horrible, il avait cru que c'était sa chérie à lui et qu'un autre l'avait eue le premier. Mais ensuite, il avait jeté un coup d'œil sous le linceul, quand personne ne regardait et, malgré la tuméfaction et la cyanose, il avait vu aussitôt que ce n'était pas elle à cause des cheveux roux. Était-ce celle qui l'avait dévisagé le jour où il avait vu Fay pour la première fois – il ne devait pas y avoir énormément de rousses dans cet hôpital... Si oui, tant mieux – un souci de moins. Il se demanda, l'espace d'un instant, pourquoi elle avait été assassinée, puis écarta cette pensée de son esprit.

Il s'était mentalement préparé à voir l'inspecteur Stratton et fut soulagé de découvrir, une fois introduit dans la pièce du second étage, qu'il serait interrogé par un brigadier. C'était apparemment celui qui se trouvait parmi les décombres le jour où Higgs et lui étaient allés chercher le Dr Reynolds, mais ce n'était pas sûr.

Les questions – il avait comparé ses notes ensuite avec Higgs, pour vérifier – étaient d'une grande banalité : connaissait-il le Dr Reynolds, Mlle Leadbetter, que faisait-il à l'heure de leurs décès, avait-il remarqué quelque chose de suspect... Le tout n'avait pas duré plus de cinq minutes.

Le moment était venu de passer à la prochaine étape de son plan, mais c'était presque le soir quand il en eut l'occasion. Journée chargée : vingt et une autopsies en rafales. Des

117

victimes de bombardements pour la plupart, pleines de poussière, en guenilles, déchiquetées, écrabouillées – chacune devait être munie d'une plaque d'identité et il mettait ses quelques affaires dans une pochette qu'il attachait au cadavre. Pendant qu'ils rangeaient, il annonça à Higgs :

– Au fait, je vais bientôt partir. On m'a rappelé sous les drapeaux.

– Pas possible ? Ils ont mis le temps ! Pour être honnête, en voyant débarquer un jeune comme toi, j'ai été surpris que tu sois pas déjà à l'armée. Celui-là, il doit avoir les pieds plats, je me suis dit...

– C'est que j'ai pas mal bougé, dit Todd, restant dans le flou. Ils ont mis un moment à me trouver.

Higgs fit la grimace.

– Je parie que t'étais pas trop pressé... ?

– Je ne sais pas. Chacun doit faire sa part.

– Toi, tu la fais, ta part ! Franchement, je me demande comment on va se débrouiller sans toi. T'en as parlé à Byrne ? Il pourrait peut-être faire quelque chose...

– Non. Ce n'est pas un emploi pour réserviste, et je ne veux pas me défiler. Vous trouverez bien quelqu'un.

– Fichtre oui ! fit Higgs, morose, et qui lui apprendra le métier ? Je te l'ai jamais dit, mais t'as pigé plus vite que tous les autres et je suis ici depuis presque vingt ans.

Après un silence, il ajouta d'une voix plus bourrue qu'à l'ordinaire :

– Tu va me manquer, mon vieux.

Très attentif à ses gestes, il éteignit sa cigarette entre deux doigts et coinça ce qu'il en restait derrière son oreille.

– Bon, dit-il brusquement, au boulot.

– Je te rejoins...

Todd resta dehors pour finir sa clope. Il voulait passer un moment tout seul. Flatteurs, ces compliments – c'était toujours agréable de quitter un boulot sur des éloges. Il était en train de les savourer, songeant que cela augurait bien de l'avenir, quand il entendit des cris provenant du trottoir, au-dessus.

– Unwin ! Unwin !

Relevant la tête, il vit en tendant le cou la silhouette en raccourci du médecin roux, Wemyss, celui qui avait de la fortune. Se rappelant que Unwin était le nom d'un des autres jeunes médecins, il tenta un coup d'œil et vit un homme empâté aux cheveux bruns gominés. Wemyss parut lui donner quelque chose – de l'argent, peut-être, ou des cigarettes – mais Todd n'entendit pas ce qui se disait. Puis il s'en alla en riant, et l'autre s'écria :

– Rendez-vous au Cambridge Arms, alors ! avant de s'éloigner.

Personne ne l'avait vu. La courette était profonde, étroite, et assez bien cachée de la rue, sauf à regarder directement par-dessus la grille. Le Cambridge Arms. À sa connaissance, le seul pub de ce nom se trouvait dans Newman Street. Il n'aurait jamais cru que c'était fréquenté par des médecins, mais c'était peut-être la raison pour laquelle Wemyss et Unwin (et éventuellement le troisième larron, Betterton) l'avaient choisi. Si c'était bien leur antre, cela lui faciliterait beaucoup les choses. Si le rendez-vous était pour aujourd'hui, il pourrait être fixé dès ce soir.

Il finirait de ranger dans la morgue, puis annoncerait son départ au Dr Byrne. Ensuite, le moment serait venu de se concentrer sur la suite de son plan.

18

… et les poules pondent toujours très bien. Tante Doris vient tantôt, on va voir L'Homme en gris, *avec Margaret Lockwood et James Mason. Comme il y a des semaine qu'on n'est pas allées au cinéma, c'est la fête…*

Jenny reposa sa plume, mit ses coudes sur la table de la cuisine et son menton sur ses poings. Et maintenant, que dire ?

Nous sommes toujours très occupées au Centre, et…

Et l'an prochain, vous aurez peut-être un petit frère ou une petite sœur. Monica serait peut-être contente et au moins elle serait assez grande pour l'aider – à condition qu'elle soit là, bien sûr.

Il ne fallait pas penser à cela. Ses règles avaient encore bien le temps d'arriver et, si elle se tracassait, ça ne ferait que les retarder. « Je ne suis pas enceinte, se dit-elle. Tout va bien. » Et comme ça ne pouvait pas faire de mal, elle remit ses coudes sur la table et, joignant ses mains en prière, ferma les yeux.

Elle fut interrompue par une voix criant : « Hou-hou ! » par la fente de la boîte aux lettres. L'instant d'après, sa sœur Doris apparaissait dans la cuisine, les joues rouges et palpant sa coiffure.

– Jen ! M. Ingram a téléphoné – il vient la chercher !

– Oh, Dieu soit loué… Enfin ! C'est merveilleux. Quand ?

– À deux heures. Le Dr Makepeace a finalement réussi à joindre son unité hier – ils sont à Southampton, pour soutenir la Marine ou que sais-je… Mme Ingram est ravie –, je suis sûre qu'elle va s'en tirer maintenant qu'il est de retour. On ira au cinéma une autre fois. Pourras-tu lui rapporter des vêtements du Centre ? Tu l'as vue – elle a la peau sur les os. Sur elle, mes nippes flotteraient.

Jenny soupira.

– Et les miennes, donc ! Je verrai...

Elle réussit à dégoter un corsage et une jupe convenables, ainsi qu'un cardigan. Plus tard, dans la cuisine de Doris, elle soumit le tout à son examen.

– J'espère que c'est à sa taille. J'ai pris ce qu'il y avait de plus petit.

– Ça ira. Je monte lui apporter.

Doris était revenue dans la cuisine et préparait du thé quand on frappa à la porte. Elle alla dans le vestibule et Jenny, curieuse de voir ce M. Ingram, la suivit. Ouvrant la porte, elles virent, planté sur le seuil, un petit homme étroit de carrure, vêtu de beige, qui tenait un paquetage. Sa figure était triangulaire, large au niveau des tempes et s'effilant jusqu'au menton pointu, ses lèvres comprimées et ses yeux d'un bleu dur, concentré. Il avait un air contraint, comme s'il pouvait éclater à tout instant. Même le petit nœud serré de sa cravate avait un air agressif. Jenny fit un pas en arrière, un peu effrayée.

– Bonjour, monsieur Ingram, dit Doris.

– Merci d'avoir recueilli Elsie dans votre maison, déclara M. Ingram.

À l'évidence, il ne croyait pas utile de se présenter.

– Je suis venu la chercher, elle vous fera plus d'embêtements...

Il eut un sourire soudain, dévoilant de petites dents blanches avec une canine pointue de chaque côté.

Jenny fit un autre pas en arrière. Il avait incontestablement un aspect menaçant, même s'il essayait de faire l'aimable.

– Quels embêtements, monsieur Ingram ? Venez donc prendre une tasse de thé. Mme Ingram est en train de se reposer à l'étage.

– J'voudrais pas déranger.

Son accent, comme celui de son épouse, trahissait ses origines populaires. Affreux, songea Jenny, qui parfois redoutait – surtout chez Mme Chetwynd quand elle allait voir les enfants – d'avoir le même.

– Mais comment donc ! On était en train de prendre le thé, n'est-ce pas, Jenny ? dit Doris, avec trop d'enthousiasme.

– C'est vrai.

Jenny sentit que sa voix, comme celle de sa sœur, était trop joviale.

« Cet homme ne te fera pas de mal, se dit-elle. Il n'est pas méchant, juste nerveux, sans doute – comme nous tous. » Elle le débarrassa de son chapeau et de son manteau, tandis que Doris, visiblement tout aussi déconcertée, retournait à la cuisine d'un air affairé pour servir le thé.

Il accepta une tasse, mais refusa de s'asseoir. En fait, il resta adossé à un placard, si bien que les deux sœurs se sentirent obligées de rester également debout, l'une contre l'évier, l'autre contre la gazinière, sans savoir que dire.

Elles se regardèrent discrètement et, tacitement, convinrent qu'il valait mieux en dire le moins possible.

– Mme Ingram va bien, déclara Doris d'un ton badin. Ce fut un énorme choc, bien entendu, mais c'est un miracle qu'elle n'ait pas été blessée.

– Je suis certaine qu'elle va se rétablir complètement, renchérit Jenny. C'est bien ce que le docteur a dit, n'est-ce pas, Doris ?

– Combien je vous dois pour lui ? demanda M. Ingram. Je vais vous rembourser.

Il semblait sur la défensive, comme si on avait pu le soupçonner de ne pas vouloir payer.

– Pas de problème, répondit Doris, interloquée. Le Dr Makepeace a dit qu'il enverrait la facture. Vous avez un endroit où loger votre épouse ?

– On se débrouillera.

Il y avait tant d'hostilité dans sa voix qu'aucune des deux sœurs n'osa demander des précisions.

– Le médecin lui a donné quelque chose ?

Doris fit non de la tête.

– Elle a juste besoin de repos, d'après lui. Il a dit qu'il n'y avait pas à s'en faire, n'est-ce pas, Jen ?

Ce n'était pas *tout à fait* ce qu'avait dit le Dr Makepeace, mais c'en était assez près pour ne pas être un gros mensonge.

– Oui. De toute façon, je suis sûre que vous voir sera le meilleur des remèdes. Je suis sûre qu'elle va descendre bient...

Entendant des pas dans l'escalier, M. Ingram fit volte-face. Il tournait le dos à Jenny, mais celle-ci put voir par-dessus son épaule que Mme Ingram se tenait sur le seuil. Elle avait mis le corsage et la jupe rapportés du Centre, avait fait l'effort de coiffer ses cheveux fins, avec ce résultat qu'on voyait dépasser les ourlets roses de ses oreilles – Jenny songea à ce bébé chimpanzé qu'elle avait vu, un jour, au zoo. Sans doute sur le conseil de Doris, la pauvre femme avait mis du rouge à lèvres, mais maladroitement.

Pendant un moment, le silence fut absolu. Mme Ingram contempla son époux. Sa bouche forma un O muet et Jenny remarqua que du rouge à lèvres avait déteint sur ses dents.

– Ah, vous voici, dit Doris. Saine et sauve...

M. Ingram fit un pas vers sa femme qui se recula, toute frêle, dans le couloir. Doris, perplexe, passa devant lui en répétant : « Vous voici... »

– C'est bon, Elsie, dit M. Ingram en avançant à son tour. Je suis là.

Mme Ingram cligna des yeux rapidement.

– Qui êtes-vous ? fit-elle.

Les mots venaient lentement, comme si elle n'était pas habituée à parler.

– *Quoi* ? Eric, bien sûr...

– Qui vous envoie ?

– Je suis venu te chercher, chérie. On s'en va...

Jenny s'imaginait-elle des choses ou ce ton cordial, pressant, dissimulait bien une menace ?

– On s'est parlé tout à l'heure au téléphone, tu te rappelles ?

Mme Ingram secoua la tête.

– Je ne comprends pas. Qui êtes-vous ?

– M. Ingram est venu pour vous ramener...

Doris s'interrompit brusquement et Jenny comprit à son expression qu'elle avait été sur le point de dire : « pour vous ramener à la maison. »

– Pourquoi ?

La voix de Mme Ingram était stridente et pleine de crainte. Avant que M. Ingram – ou quiconque – puisse répondre, elle se tourna vers Doris.

– Vous avez dit que mon mari venait. Et il me l'a dit aussi. Lui-même, au téléphone.

Dans le silence déconcerté qui suivit, Jenny vit M. Ingram se pencher en avant et paraître se mouvoir au ralenti, comme s'il s'efforçait de marcher à travers un blizzard invisible.

– Allons, Elsie, dit-il. Mme Kerr en a bien assez fait pour nous. Allons...

– Non !

Jenny vit sa sœur tressaillir au moment où Mme Ingram, en reculant, lui donnait un coup de pied à la cheville.

– Il m'appelle Elsie, mais il ne me connaît pas, dit-elle à Jenny.

Elle avait la parole plus facile, à présent.

– Mon mari va venir, dit-elle à M. Ingram. Il se sera fait du souci pour moi. Si vous êtes encore là, il va se fâcher. Il n'aime pas ce genre de manigances.

– Quelles manigances ? demanda Jenny, abasourdie.

– Ça ! Ces inconnus...

M. Ingram piqua un fard et Jenny s'aperçut qu'il avait les poings serrés le long du corps.

– Allons viens, Elsie...

– Mon mari, déclara Mme Ingram, n'aime pas la débauche. Et moi non plus.

– Mais je suis ton mari !

– Non. Qu'est-ce qui vous a donné cette idée ?

Ce fut dit avec une telle certitude que Jenny se tourna vers M. Ingram et dit :

– Vous êtes bien son mari, n'est-ce pas ?

M. Ingram la regarda d'un air éberlué.

– Bien sûr !

– C'est vrai ? fit Doris en écho.

– Évidemment !

Il tenta de s'emparer d'Elsie qui baissa vivement la tête derrière Doris.

– Maintenant, tu viens avec moi, et...

– Non !

Mme Ingram, se réfugiant derrière Doris, s'écria :

– Ne le laissez pas m'emmener !

– Écoutez, dit Jenny, s'adressant au côté droit de Mme Ingram qui était tout ce qui dépassait de la silhouette plus importante de sa belle-sœur. Vous avez subi un gros traumatisme. Il y a de quoi avoir les idées embrouillées. Pourquoi ne pas nous asseoir et...

– Pas la peine de s'asseoir. Allons, Elsie, ces personnes en ont bien assez fait. On s'en va.

Le visage de Mme Ingram apparut derrière l'épaule de Doris.

– Cet homme, dit-elle d'une voix forte, pointant le doigt sur lui, n'est pas mon mari. Je n'ai rien à faire avec lui. Mon Eric sera très fâché.

– Pour l'amour du ciel ! s'exclama M. Ingram.

Il saisit le poignet de la pauvre femme qui s'agrippa à la rampe.

– Je ne veux pas aller avec lui ! Je ne veux pas ! Appelez la police !

– Quoi ?

M. Ingram lâcha Elsie et Jenny constata qu'il lui avait laissé une marque au bras.

– Écoutez, ma chère, dit Doris en lui enlaçant les épaules, pourquoi ne pas...

– Pourquoi faites-vous ça ?

Mme Ingram se déroba brutalement et jeta à toute l'assistance un regard farouche, peureux.

– Pourquoi l'aider ? gémit-elle, le visage strié de larmes. Je ne vous ai rien fait ! Je ne comprends pas. Ce n'est pas mon mari. Il fait semblant !

Elle se tourna vers Doris.

– Pourquoi vous n'appelez pas la police ? Ils nous débarrasseront de lui.

– Écoutez, ma chère, dit Doris, et si vous remontiez dans votre chambre, le temps qu'on arrange ça ?

– Il n'y a rien à arranger ! tonna M. Ingram. C'est ma femme et on s'en va !

– De grâce ! intervint Jenny. Laissons-la remonter dans sa chambre.

Mme Ingram semblait si sûre d'elle et si bouleversée, qu'il semblait cruel de la forcer à partir avec M. Ingram (si toutefois c'était bien M. Ingram – soudain Jenny s'avisa qu'il n'avait fourni aucune preuve).

Il y eut un long silence, les deux sœurs échangeant un regard impuissant, après quoi M. Ingram lança :

– Bon sang, Elsie, cette comédie a assez duré ! Ressaisis-toi et viens !

Mme Ingram se recroquevilla sur elle-même, toujours cramponnée à la rampe, et se mit à hurler. Des cris insoutenables, dignes d'un animal pris au piège qui souffre et ne comprend pas pourquoi. Jenny prit l'homme par le bras.

– N'insistez pas. Vous voyez bien que ça aggrave les choses...

– Non !

Il la repoussa si rudement qu'elle vacilla en arrière et se cogna la tête contre le mur.

Comme elle tressaillait, elle entendit Doris tenter de calmer Mme Ingram par des « tut-tut » rassurants et lui dire : « Et si vous alliez vous allonger là-haut, ma chère ? » tout en cherchant à lui faire lâcher la rampe. Pour une femme d'aspect aussi fragile, elle était d'une vigueur étonnante.

– Non, haleta-t-elle. Non, par pitié... Je ne veux pas aller avec lui.

– Pas de problème, dit Doris. Vous pouvez rester ici.

– Comment ça « rester ici » ? Bien sûr que non, elle...

– Assez ! dit Jenny, avec une autorité qu'elle ignorait posséder.

Comme l'homme la regardait avec surprise, elle lui prit de nouveau le bras et l'orienta vers la cuisine.

– Je suis désolée, dit-elle, mais vous voyez bien qu'elle n'est pas elle-même. Ses épreuves auraient bouleversé n'importe qui. Si vous allez attendre là-bas, nous pourrons peut-être essayer de régler ça.

– D'accord, dit-il de mauvaise grâce.

Jenny lui ferma la porte au nez et s'y adossa en se frottant le crâne. Mme Ingram s'était retirée à l'étage et on entendit la porte de sa chambre claquer, puis le bruit d'une chose tirée par à-coups sur le parquet, comme si elle essayait de se barricader de l'intérieur. Doris regarda en l'air, haussa les sourcils et fit signe à sa sœur de la suivre jusqu'au fond de la maison.

– Ta tête, ça va ? dit-elle à voix basse. Ça a fait boum !

– Je n'en mourrai pas, chuchota Jenny. Que se passe-t-il ? Soit, c'est son mari, soit...

– Moi non plus, je n'y comprends rien. Mais elle n'est en état d'aller nulle part, pas vrai ? Écoute...

On entendait encore des heurts et des raclements à l'étage. Doris tressaillit.

– Mon parquet... !

– Et maintenant, qu'est-ce qu'on fait ? On ne sait pas si c'est bien lui, n'est-ce pas ?

– Ne compte pas sur moi pour lui demander sa carte d'identité.

– Ça ne prouverait rien – il n'y a pas de photo.

– Jen, c'est forcément lui ! Pourquoi prétendre être M. Ingram, si ce n'est pas vrai ?

– Je l'ignore, mais elle semble si sûre d'elle...

– Elle s'est pris sa maison sur la tête, non ? De toute évidence, elle n'est pas encore remise. D'ailleurs, j'ai parlé à ce type au téléphone, souviens-toi... La voix était la même. Cela dit, il ne m'a pas fait bonne impression.

– À moi non plus.

– Sale type. Je parie qu'il la bat... Et je ne crois pas qu'il ait un toit pour l'abriter.

– Non... Il n'y a pas des voisins qui pourraient l'identifier ? Comme ça, on en aurait le cœur net.

Doris fit signe que non.

– Le préposé à la défense passive a posé la question, tu te rappelles ? Et les voisins immédiats ont été tués. Mais c'est forcément lui. Le Dr Makepeace a bien retrouvé sa trace, non ?

– Oui... Je suppose. À moins que ce soit un de ses camarades.

– Pourquoi se ferait-on passer pour lui ? C'est ridicule !

– C'est cette situation qui est ridicule. On va devoir le faire partir.

– *Moi*, tu veux dire... Il n'a sans doute qu'une permission de quarante-huit heures.

– Il peut revenir demain, non ?

– C'est dingue...

– À qui le dis-tu !

– Bon, on tourne en rond. Viens... Je ne veux pas y aller toute seule.

Elle n'eut pas à le faire. M. Ingram apparut, comme vibrant sous l'effet d'une violence contenue, pour leur dire qu'il ne savait pas « ce qu'elle avait dans le corps » et qu'il reviendrait le lendemain matin. Après quoi, il leur jeta un regard mauvais et s'en alla.

– Comme si c'était notre faute ! gémit Doris. Qu'est-ce que je vais faire ?

– Demande au Dr Makepeace. Il aura peut-être le temps de venir la voir.

– Si elle le laisse entrer dans sa chambre...

– Et si tu allais lui téléphoner ? dit Jenny. Moi, je monte...

Jenny frappa à la porte de la chambre.

– C'est moi, Jenny. Je peux entrer ? Il est parti...

Elle poussa la porte. Comme c'était prévisible, quelque chose de volumineux en bloquait l'ouverture. Sans doute la commode, songea-t-elle, surprise qu'une personne aussi petite eût la force de déplacer un meuble aussi encombrant.

– Il ne va pas revenir, n'est-ce pas ? Il affirme être mon Eric, mais ce n'est pas vrai. Il lui ressemble et parle comme lui, mais ce n'est pas lui.

– En êtes-vous sûre ? demanda Jenny, sa joue contre le battant.

– Oui ! Ce n'est pas lui. Je ne sais pas pourquoi vous croyez le contraire.

– Eh bien, nous ne le connaissions pas physiquement. Doris dit que c'est bien l'homme à qui vous avez parlé au téléphone.

– Oui, mais ce n'est pas lui ! Il ne va pas revenir, hein ?

– Non, ma chère.

Jenny renonça.

– Je vais chercher du thé, dit-elle. Je peux le laisser sur le palier, si vous ne voulez pas sortir.

Doris était assise dans la cuisine, la tête entre les mains.

– Qu'a dit le Dr Makepeace ?

– Il va venir. Et elle, qu'est-ce qu'elle a dit ?

– Elle n'a pas voulu m'ouvrir. Je lui ai dit que j'allais lui apporter du thé, mais je crois que ça lui est égal.

Doris hocha la tête, désespérée.

– J'ai été bien inspirée de la prendre chez moi...

– Ne dis pas ça ! Tu as voulu bien faire.

– Crois-tu ?

Doris lui lança un regard découragé.

En rentrant chez elle, Jenny tâcha de s'imaginer dans des situations où elle aurait été incapable de reconnaître Ted, mais en vain. Mme Ingram avait affirmé que cet homme ressemblait à son mari – et parlait comme lui – mais n'était pas lui. Sauf si elle avait raison – un sosie, peut-être ? –, tout cela était complètement absurde.

Elle préparerait le dîner – un vilain morceau de haddock qui était tout ce que le poissonnier avait –, puis elle en parlerait à Ted. Il aurait forcément une suggestion sensée. L'avantage avec lui, c'était qu'on pouvait se fier à son jugement. Il savait écouter, avait l'art de mettre les choses en perspective et il trouvait presque toujours des solutions. Dommage qu'elle n'eût qu'un bout de poisson pustuleux à lui donner en échange.

19

L A VOIX de Richard Tauber chantant « Je t'ai donné mon cœur » accueillit Stratton à son retour à la maison. Il était démoralisé : deux jours s'étaient écoulés depuis qu'il avait fini d'interroger les infirmières, l'enquête de voisinage n'avait rien donné et Lamb était sur son dos. Jenny faisait la cuisine et ça sentait le poisson – pas de façon franchement agréable. Elle l'embrassa et lui prépara une tasse de thé tandis qu'il allait se rafraîchir à l'étage.

Quand il redescendit et se fut confortablement installé au salon avec son journal et ses pantoufles – Tauber avait fini ses gazouillis et roucoulades –, elle déposa sa tasse sur le grillage de l'abri Morrison et dit, de but en blanc :

– Ça pourrait t'arriver, de ne pas me reconnaître ?

Perplexe, il répliqua : « Bien sûr que non, idiote ! » et se remit à lire un papier sur l'avancée (ou pas – l'article était d'un vague commode) de l'armée sur Cherbourg.

– Je veux dire, insista Jenny, tu n'aurais jamais de doute sur mon identité, n'est-ce pas ?

– Hummm...

– Et si tu avais perdu la mémoire ?

– Voyons... (Stratton abaissa son journal.) Dans ce cas, je serais ravi de me faire dorloter par une belle inconnue... De quoi s'agit-il, au juste ?

– C'est très bizarre...

Résigné, Stratton replia son journal et le déposa sur l'abri, à côté de sa tasse.

– Cet après-midi, on devait aller au cinéma, mais M. Ingram avait téléphoné à Doris – le Dr Makepeace avait réussi à contacter son unité, à Southampton. On lui avait accordé une permission pour aller chercher sa femme. Celle-ci lui avait parlé et, d'après Doris, elle était tout heureuse d'entendre son mari, mais quand il est arrivé, elle... Elle ne l'a pas reconnu. Elle voulait qu'on alerte la police.

– Mais elle avait bien reconnu sa voix au téléphone, non ?

– Oui, justement ! C'est le plus étrange.

– Et c'était bien le même ?

– Doris affirme que c'était bien la même voix qu'au téléphone, celle que Mme Ingram avait reconnue, mais je ne comprends pas comment on peut reconnaître quelqu'un au téléphone et pas quand il se trouve devant soi. À moins que ce ne soit effectivement pas lui, mais je n'arrive pas à imaginer pourquoi il se prétendrait son mari...

– Une blague ?

– Ted, c'est sérieux !

– Je sais. Mais c'est peu probable, non ? Le Dr Makepeace l'a revue ?

– C'est prévu pour tantôt. J'ai dit à Doris que j'irais chez elle ce soir, après le repas.

– Bon sang, protesta Stratton, agacé. Tu es obligée ?

– Je ne peux pas la laisser tomber, n'est-ce pas ? Ça ne serait pas juste.

– Bon, d'accord...

Se rendant compte qu'il avait parlé de mauvaise grâce, il ajouta :

– Le problème, c'est qu'avec le Centre et cette satan... cette pauvre femme, on ne se voit plus.

– Je sais, chéri. En plus, le mari a un sale caractère, Ted. Il ne m'a pas fait du tout bonne impression.

– Pour l'amour du ciel, Jenny ! N'importe qui serait de mauvaise humeur dans sa situation.

– Oui, mais il a été... grossier et... Il l'a attrapée par le bras et, quand j'ai voulu m'interposer, il m'a repoussée.

– Ah ?

Stratton se redressa vivement.

– Il t'a fait mal ?

– Je me suis cogné la tête contre le mur, c'est tout.

– Viens donc, que j'embrasse cette bosse…

Jenny se percha sur l'accoudoir du fauteuil et se laissa aller contre lui.

– À l'avenir, garde tes distances, d'accord ? S'il n'a qu'une permission de quarante-huit heures, ils seront partis demain et vous pourrez toutes deux oublier cette histoire.

– Mais à supposer…

– Il n'y a rien à supposer, Jenny ! Le Dr Makepeace va régler cette affaire et ce type l'emmènera où il veut – point final.

– Mais…

Stratton lui mit un doigt sur les lèvres.

– Pas de « mais » ! S'il est une chose qu'on apprend dans la police, c'est à ne jamais s'interposer entre un mari et son épouse. À moins qu'elle le demande, après quoi, en général, elle le regrette…

– Mais elle ne croit pas être sa femme, Ted !

– Écoute, ça finira forcément par s'arranger, avec le temps. Ou bien, elle décidera qu'il vaut mieux que l'ancien…

– Pour l'amour du ciel !

Jenny quitta ses genoux et lui jeta un regard furibond.

– Bon, je retourne dans ma cuisine. Tu mettras les rideaux du black-out plus tard ?

Bien que s'étant quasiment désintégré, le haddock nauséabond demandait à être mastiqué pour être avalé, et s'efforcer de respirer par la bouche en même temps, afin de ne pas sentir l'odeur, était difficile. Jenny livrait visiblement le même combat car, au bout de quelques minutes, elle reposa sa fourchette.

– Vraiment, je suis déshonorée, Ted…

– Que veux-tu, ma chérie, ce n'est pas ta faute. On ne peut pas mettre une sauce… du Viandox, par exemple ?

La jeune femme pouffa de rire.

– On ne met pas du Viandox sur du poisson !

– Et ce chutney de tomates que tu as fait l'an dernier ?

– Ah ça…

Jenny lui lança un regard dubitatif.

– Il m'en reste un pot…

132

Contre toute attente, l'apport de chutney s'avéra un succès, de même que le pudding – des fruits en conserve avec la crème du lait et un peu de sucre en poudre. Plus tard, ils étaient en train de boire leur thé et Stratton fumait quand elle déclara :

– Tu te souviens de George, Ted ?

– George ?

– Le chat de maman.

Stratton lui sourit.

– Je me souviens. C'est quand je suis venu chez toi pour la première fois.

– Exact, tu me faisais la cour et on était tous en train de prendre le thé quand George est venu – il avait déambulé dans toute la maison en miaulant et personne ne s'était rendu compte de rien jusqu'au moment où tu nous as dit qu'il allait avoir des petits. Nous qui lui trouvions un petit bedon...

Stratton se mit à rire.

– Les têtes que vous avez faites !

– On n'en revenait pas. Tu nous as aidés à arranger un coin tranquille dans la cabane du jardin, tu te rappelles ? Avec de vieilles couvertures... Il est entré là-dedans, tout content et, quand on a regardé le lendemain, il y avait quatre chatons. On n'a pas cru bon de changer son nom et il a continué à s'appeler George...

– J'avais oublié ce détail...

– Tu sais ce qu'a dit maman, ensuite ?

– Des amabilités sur moi et le chat, j'imagine ?

Jenny eut un sourire.

– Non. Je ne te l'ai jamais raconté – de peur que tu n'attrapes la grosse tête. Elle a dit que tu ferais un bon mari car tu t'étais occupé de George.

– Vraiment ?

– Oui. Et tu t'es pas mal occupé de nous, en effet.

– Bah...

Stratton, content mais un peu gêné, déclara :

– Je ne t'ai jamais arrangé un coin tranquille dans le jardin.

– Idiot ! Bref, j'ai pensé que je ne te l'avais pas dit et que c'était un tort. Voilà, c'est fait.

– Eh bien, merci. C'est très agréable...

Comme Jenny faisait la vaisselle avant d'aller chez sa sœur, Stratton, la voyant évoluer dans la cuisine, songea que « agréable » n'était pas tout à fait le mot juste, mais il n'en voyait pas d'autre. Flatteur, touchant, valorisant... Il s'approcha d'elle par-derrière et l'embrassa sur la joue.

– En quel honneur ?

– Je t'aime, tu sais, dit-il. Je ne le dis pas souvent, mais je t'aime.

Jenny tourna la tête, surprise, et il vit qu'elle avait rougi.

– Tant mieux, dit-elle, parce que je t'aime aussi.

– Donc, tout est pour le mieux.

Il relâcha son étreinte, lui tapota le derrière et s'en alla reprendre sa lecture du journal.

Une fois Jenny partie, il tâcha de s'intéresser à l'avancée de l'armée russe sur Minsk. Au bout d'un moment, se sentant incapable de se concentrer pour des raisons qui lui échappaient, il alluma la TSF pour écouter J. B. Priestley parler de la conduite de l'après-guerre, mais ce n'était pas plus passionnant. Pour finir, il éteignit et se mit à regarder dans le vide, songeant vaguement au Dr Reynolds, à l'infirmière Leadbetter et à Mme Ingram, sans parvenir à aucune conclusion. À l'heure où Jenny revint, il avait renoncé et somnolait.

– M. Ingram a de nouveau téléphoné juste avant l'arrivée du Dr Makepeace, dit-elle en ôtant son foulard et se tapotant les cheveux. Doris a surpris leur conversation – Mme Ingram a reconnu la voix de son mari et lui a demandé pourquoi il avait envoyé un inconnu à sa place. Puis, M. Ingram a parlé à Doris. Elle est certaine que c'est bien la même voix et, d'ailleurs, il a parlé de sa visite... Elle n'a pas su quoi dire. Ils ont jugé préférable qu'il ne vienne pas demain – elle est trop bouleversée.

– Qu'en dit le docteur ?

– Quand Doris lui a parlé du coup de fil, il n'a pas eu l'air de la croire – comme si elle cherchait à faire des histoires. Quand on a dit que ce n'était peut-être pas son mari...

– Vous n'avez pas dit ça ?

– Euh... si. Il m'a regardée comme si j'étais une parfaite idiote.

– Pas étonnant...

– Trop aimable ! Je sais que *toi*, tu trouves cette idée saugre-
nue, mais on ne sait pas la tête qu'il a, pas vrai ? Et il aurait
très bien pu voler la carte d'identité de M. Ingram...

– Dans quel but ?

– Je ne sais pas... Parce qu'il est tombé amoureux d'elle et
qu'il voudrait l'enlever ?

– Là, tu te laisses vraiment emporter par ton imagination.
Sois logique. Si...

– Oh, les hommes et leur *logique* ! C'est toujours pareil.
Vois dans quel état est le monde avec votre logique ! Et c'est
forcément elle qui déraille, pas lui. C'est toujours la faute de
la femme...

Jenny était plus venimeuse qu'à l'ordinaire. Stratton se
demanda s'il y avait autre chose qui la tracassait, mais il
décida – pour préserver la paix dans son ménage, mais aussi
au cas où il serait en cause – de ne pas lui poser de question.

– Du calme ! dit-il avec douceur.

– Je suis calme. Le Dr Makepeace nous a traitées toutes les
trois comme des hystériques.

– Eh bien, je te trouve un brin hystérique, en ce moment.

– Merci bien !

Jenny, qui tournait le dos à la cheminée, fit un pas de côté
et se laissa choir dans le fauteuil.

– Ce qui m'inquiète le plus, c'est que – même si le Dr Makepeace nous prend pour des idiotes – il ne comprend pas
davantage la situation. Il lui a donné un fortifiant – un truc
pour la tranquilliser – et nous a dit que tout allait s'arranger
et qu'il ne fallait pas en faire une montagne.

– Il a sans doute raison, tu sais.

– Oh, je savais que tu dirais cela. Tu ne l'as pas vue. Elle
demandait sans arrêt pourquoi son mari n'était pas venu la
chercher et elle pleurait à chaudes larmes. Et nous, qu'est-ce
qu'on pouvait dire ? C'était horrible.

– Qu'en pense Donald ?

– Il était allé au pub. D'après Doris, il en a marre...

– Pas étonnant. Écoute, s'empressa d'ajouter Stratton, je
comprends ton inquiétude, mais ce n'est pas si grave... enfin,
Mme Ingram sait qui elle est, n'est-ce pas ? Donc, le reste va
lui revenir. Le cerveau est une drôle de chose... Regarde, toi-

même..., dit-il en lui adressant un clin d'œil, tu m'as bien
épousé !

Quand ils allèrent se coucher, il sentit qu'un câlin et un
brin de réconfort s'imposaient. Non qu'elle fût privée sur ce
plan-là, mais elle parut plus gaie, ou du moins rassérénée.
– C'est si bizarre, murmura-t-elle, allongée dans ses bras
dans l'obscurité.
– Je sais. (Stratton lui caressa les cheveux.) C'est absurde,
mais comme bien des choses, non ?
– Peut-être. Mais au moins, moi, je sais que tu es toi.
– Heureusement, car je ne permettrais pas à mon épouse
de coucher avec des inconnus.
– C'est juste...
Jenny bâilla. Au bout d'un moment, elle ajouta, avec
méfiance.
– Te-ed ?
– Oui-i ?
– Non, ce n'est rien.
– Bien vrai ?
– Oui.
– Bon, du moment que tu ne t'apprêtais pas à me dire que
tu projetais de t'enfuir avec le facteur...
Jenny ricana.
– Vu la façon dont tu te comportes, je pourrais me laisser
tenter... Enfin, s'il était plus joli garçon. Bonne nuit, Ted.
– Bonne nuit, mon amour.

20

T ODD laissa un peu de temps passer après l'étrange pot
d'adieu qui avait eu lieu dans le bureau de la morgue – un
doigt de whisky pour chacun dans divers récipients collectés
par Mlle Lynn, dont l'un au moins semblait avoir contenu
des fluides organiques, et le Dr Byrne présidant cette petite
cérémonie comme une veillée funèbre. Il donna à sa logeuse
un préavis d'une semaine et se trouva une autre chambre
meublée – dans Eversholt cette fois, à côté de la gare d'Euston. Elle était aussi déprimante que l'ancienne, mais plus
proche de l'hôpital, ce qui était appréciable.

Après avoir abandonné à la fois son emploi et le personnage de Sam Todd, il s'était rasé la moustache et teint les
cheveux en plus foncé. Il l'avait déjà fait avec une prépara-
tion achetée en pharmacie, mais celle-ci étant devenue
introuvable, il s'était débrouillé tant bien que mal avec le
fond du flacon et un peu de cirage. Le résultat n'était pas si
mauvais, même s'il faudrait veiller à ne pas prendre la pluie.

Maintenant deux semaines avaient passé et il brossait son
veston après avoir récupéré son pantalon sous le matelas.
Une journée – ou plutôt une soirée – à marquer d'une pierre
blanche : sa première sortie dans le monde sous l'identité du
Dr James Dacre, bachelier en médecine, bachelier en chirurgie. Déjà, il avait l'air plus solide : carrure plus large, dos plus
droit, port de tête plus altier. Lui et Fay Marchant formeraient un joli couple – oui, un très joli couple… Mais tant
qu'elle n'aurait pas été correctement établie, sa nouvelle

identité resterait une chose fragile, à traiter avec précaution. Mais, tout d'abord...

– Ma parole, dit-il à son reflet, de cette voix plus chic, plus nette qui était la marque du professionnel. J'ai entendu malgré moi votre conversation... Vous êtes du Middlesex, n'est-ce pas ?

Il serra la main d'un interlocuteur invisible.

– Dacre. J'ai fait mes études en Écosse. J'avoue que je suis rudement content de tomber sur vous...

Il vissa son chapeau sur sa tête, adressa un clin d'œil au miroir et quitta la pièce pour se rendre au Cambridge Arms, le pub où il avait passé ses soirées à surveiller les trois médecins. À présent, le Dr Dacre était prêt à entrer en scène.

Il s'était renseigné et – autre bon présage – aucun d'eux n'avait fait ses études à St-Andrews. Bien entendu, l'une de leurs relations pouvait être un ancien de cette fac, mais un rapport indirect serait facile à gérer... De toute façon, pour cette première rencontre – prétendument fortuite – ce serait lui qui poserait la plupart des questions.

Une fois gagnée leur confiance – il avait assez d'argent pour leur payer des pots –, il serait sauvé, mais il ne faudrait pas être trop présomptueux. Blaguer pouvait aider à se sortir de situations délicates, à condition de ne pas en faire trop. Et gare à sa voix ; il faudrait avoir l'air naturel, pas emprunté.

Les médecins n'étaient pas encore là quand il arriva – pas une mauvaise chose car cette rencontre aurait d'autant plus l'air d'être le fruit du hasard. Peut-être étaient-ils de garde ? Dans ce cas, il devrait revenir le lendemain. Ce serait agaçant, mais pas catastrophique. Il en profiterait pour jouir de la première apparition publique du Dr Dacre. Il choisit un coin au comptoir à partir duquel on pouvait facilement embrasser du regard toute la salle. À en juger par ce qu'il avait vu, ce pub attirait une clientèle plus calme que la faune qui fréquentait les établissements de Rathbone Place et Soho. Surtout des hommes d'affaires, certains avec des femmes – pas des putains – dans leur sillage, quelques vieux habitués et, dans un coin, deux soldats américains reconnaissables à leurs blousons d'aviateur.

Observant ce spectacle à travers le halo de fumée et le brouhaha des conversations, voyant s'ouvrir toutes ces bouches, se lever tous ces coudes, il songea : « On dirait des poissons qui évoluent au hasard dans l'eau trouble d'un aquarium sans savoir ce qu'ils cherchent, se fiant uniquement à l'instinct. » Tandis que lui, l'être supérieur, le requin qui flaire l'odeur du sang et ne frappe qu'à coup sûr, savait exactement ce qu'il faisait.

Cinq minutes plus tard, Wemyss, Betterton et Unwin entraient et allaient s'asseoir à une table à l'écart. Dacre attendit qu'ils se soient installés, chacun avec une pinte de Scotch Ale d'une pâleur suspecte qui était tout ce qu'on pouvait commander, et se mit à les étudier subrepticement.

Pendant ces deux semaines d'observation, il avait cherché à savoir lequel des trois serait le plus facile à aborder. Le riche, Wemyss, était facile à repérer avec sa haute taille et ses taches de rousseur, ses cheveux roux déjà clairsemés aux tempes. Betterton était grassouillet, il avait le visage reluisant et des lèvres charnues, caoutchouteuses. Unwin, lui, avait un nez long et une expression sardonique. Dacre avait écarté ce dernier très rapidement parce qu'il semblait à la fois indifférent aux flatteries et enclin à faire des remarques incisives. Il avait pensé à Betterton, mais après l'avoir vu à diverses occasions pointer un doigt boudiné sur la surface en cuivre martelé de la table ronde pour appuyer son point de vue, il ne l'avait pas retenu lui non plus. Restait Wemyss. La façon dont ce dernier se prélassait dans son fauteuil, en laissant reposer sa tête contre l'un des panneaux du black-out fixés aux fenêtres, suggérait une paresse foncière. Bien entendu, ce pouvait être juste de la fatigue, mais quand il prenait la parole, c'était toujours avec une mollesse qui tendait à prouver qu'il était prêt à tomber d'accord avec ses interlocuteurs, contester demandant trop d'efforts. Peut-être parce que sa fortune personnelle le dispensait d'avoir à gagner sa vie, ce veinard. Wemyss était la clé idéale pour s'immiscer dans ce cercle.

La chance était avec lui. Au bout d'une demi-heure, durant laquelle le pub était devenu trop bruyant pour qu'on puisse prétendre avoir surpris par hasard une conversation, Wemyss se leva et alla rapporter les verres vides au comptoir.

Dacre jeta un coup d'œil à leur table. Betterton et Unwin étaient plongés dans une discussion – Betterton figurant un genre de diagramme sur la table à l'aide d'allumettes et d'un paquet de cigarettes ratatiné. Espérant qu'il ne s'agissait pas d'une question médicale compliquée sur laquelle on pourrait lui demander de se prononcer plus tard, il s'arrangea pour se placer près de Wemyss, manœuvrant en sorte que cette grande perche lui donne un coup de coude juste au moment où il levait le bras pour boire.

Dacre, qui tenait donc son verre avec une maladresse voulue, postillonna de façon exagérée tandis que de la bière éclaboussait leurs manches et le revers de son veston.

– Désolé, mon vieux ! dit Wemyss d'une voix traînante qui réussissait à être à la fois penaude et condescendante. Je ne vous avais pas vu. Quel gâchis – laissez-moi vous en offrir une autre...

– Inutile...

Dacre contempla ses vêtements tachés d'un air consterné.

– Si, j'insiste !

– Ah, dans ce cas... (Dacre lui sourit.) Merci.

Il palpa ses poches.

– J'ai peur de ne pas avoir de mouchoir.

Wemyss lui prêta le sien.

– Ça devrait éponger le plus gros...

– Vous êtes bien aimable, dit Dacre en s'essuyant.

– C'est moi le fautif, protesta Wemyss.

Le barman servait un autre client, et Dacre comprit qu'il fallait vite enchaîner avant que l'autre, son devoir accompli, ne rejoigne ses confrères. Impossible d'avoir recours au « J'ai entendu malgré moi votre conversation » – avec ce boucan, ça n'aurait pas été crédible.

Ce fut le barman, venu provisoirement stationner devant Wemyss et voyant les verres vides, qui sauva la situation. Alors qu'il n'avait que de la bière en rayon, la force de l'habitude lui fit dire :

– Qu'est-ce que je vous sers, docteur ?

Une fois la commande passée, Dacre s'exclama :

– Bonté divine ! Vous ne travaillez pas au Middlesex, par hasard ?

– Mais si...

De la tête, Wemyss indiqua sa table.

– Avec mes deux autres compères.

– Ça alors, quelle surprise !

Dacre lui tendit la main.

– James Dacre. J'ai été formé en Écosse. St-Andrews.

– Vraiment ?

L'expression de son interlocuteur passa de l'intérêt poli mais obligé à une authentique curiosité.

– Wemyss. Enchanté. Qu'est-ce qui vous amène dans ces parages ?

– Rien... (Dacre se fendit d'un petit sourire humble.) Du moins, se reprit-il, rien pour le moment. J'aimerais bien me rendre utile. Pour l'armée, on m'a mis au rancart. J'aurais voulu intégrer les paras, mais...

Il s'interrompit, exprès.

– Mais ? fit l'autre.

– Cardiomégalie, hélas...

Wemyss sourcilla et Dacre, réalisant en un éclair qu'il n'avait jamais entendu ce terme, se demanda s'il l'avait prononcé correctement.

– Je ne me doutais de rien avant cet examen. Pas d'arythmie, de palpitations, rien...

Il haussa les épaules.

– On se sent un peu crétin, quand on vous l'annonce... Et vous ?

– Ils nous ont gardés.

– Ah ?

Dacre insuffla une note de surprise à sa monosyllabe.

– Besoin de sang frais...

À son tour, Wemyss haussa les épaules.

– Vous savez ce que c'est.

– Mmm...

Buvant sa dernière goutte de bière afin de ne pas avoir à répondre trop vite, Dacre déclara :

– Vous ne devez pas chômer, j'imagine ?

– Comme vous dites. (Le médecin fit la grimace.) Il nous manque même un homme, par-dessus le marché.

– Bombardement ?

– Le pauvre bougre s'est fait assassiner. Enfin, à ce qu'on prétend.

– Pas possible ! Que s'est-il passé ?

141

– Personne ne sait vraiment. Il aurait été frappé à la tête pendant le black-out. Et puis, une infirmière a réussi à se faire étrangler – dans l'enceinte de l'hôpital.

Dacre haussa les sourcils.

– Seigneur ! Un patient pris de folie ?

– Qui sait ? Écoutez...

Wemyss l'observa longuement, comme s'il réfléchissait, puis dit :

– Et si vous veniez vous joindre à nous ? Ces deux-là – il jeta un coup d'œil à Betterton et Unwin, qui le regardaient à présent d'un air intrigué – doivent avoir soif.

Ravi de voir comme l'embryon d'une complicité entre eux, Dacre répondit :

– Si ça ne vous gêne pas. Je vais vous aider.

– Entendu, merci.

Tenant le troisième verre en plus du sien, Dacre joua des coudes à la suite de Wemyss jusqu'à la table d'angle. Betterton et Unwin levèrent des yeux curieux, et Wemyss, déposant les pintes, déclara :

– Dacre. Un ancien de St-Andrews. On a fait connaissance au bar.

– James Dacre. J'espère que je ne dérange pas. À qui est ce verre-là ?

Betterton se leva.

– À moi, je pense... Betterton. Ravi de vous rencontrer. Lui, ajouta-t-il, comme son compagnon, qui s'était également levé, n'avait pas l'air décidé à parler, c'est Unwin. Un taciturne.

Des poignées s'ensuivirent, mais Unwin ne desserrait toujours pas les dents. Ne voulant ni leur forcer la main ni se montrer sans-gêne en prenant un siège, Dacre déclara :

– Si j'interromps votre conversation, dites-le ! Je ne me vexerai pas. C'est juste que je me sens un peu désœuvré, en ce moment.

– Vous devez être le seul toubib dans ce cas, à Londres, répondit Unwin. Comment se fait-il ?

– Eh bien, comme je l'expliquais tout à l'heure, je n'ai pas été jugé apte au service, et le boulot que j'avais en Écosse ne s'est pas concrétisé – une confusion dans des paperasses à laquelle personne n'a rien compris, y compris moi-même !

142

Dacre eut un petit rire.

– Je dois dire que je n'ai pas fait trop d'efforts...

Il avait préparé ce petit discours. Les histoires de documents égarés ou détruits étaient si courantes que, comme pour les récits de bombardements, tout le monde avait les siennes et on pouvait parier que le détail de ses mésaventures les aurait vite ennuyés.

– Je me suis trouvé une piaule à Euston – un taudis, mais ça ira pour le moment... Bref, voilà où j'en suis.

Il avait vu juste. Unwin leva les yeux au ciel, compatissant silencieusement à ses ennuis bureaucratiques, et dit :

– Bon, prenez donc un siège...

Wemyss, levant son verre pour porter un toast, déclara :

– À la vôtre !

– À la vôtre ! dit Betterton, levant le sien.

– À l'avenir ! ajouta Wemyss, trinquant avec Betterton. S'adressant à Dacre, il expliqua :

– Il vient de se fiancer.

– Félicitations, dit Dacre. Je me suis marié moi-même l'an dernier. Et j'en suis très heureux.

C'était entièrement improvisé, et aussitôt il regretta d'avoir parlé sans réfléchir. Bien entendu, c'était une nouvelle différence entre son nouveau moi et Todd, ce qui était une bonne chose et lui donnait une respectabilité supplémentaire, mais si ça se savait, ses chances avec sa chérie risquaient d'en être compromises. Pour préparer le terrain, il ajouta :

– Enfin, on se voit rarement – elle habite chez ses parents dans le Suffolk. Je trouve qu'il y a bien trop de sémillants aviateurs américains là-bas, à mon goût.

Détail inspiré : au besoin, sa femme pourrait avoir une liaison avec un Américain, lui brisant le cœur, ce qui réveillerait la nature compatissante que cette fille devait forcément posséder. Pas mal.

– Gardez la vôtre sous le coude ! conseilla-t-il à Betterton qui eut un sourire.

– Oh, c'est bien mon intention... Grâce à Wemyss, ici présent...

Il repêcha dans sa poche une clé munie d'une petite étiquette.

Dacre haussa ses sourcils pour marquer son étonnement.

– Ce veinard de Wemyss a une suite au Clarendon, expliqua Unwin.

Dacre émit un sifflement. Le Clarendon était un hôtel chic dans le West End.

L'intéressé prit un air légèrement penaud.

– Je n'y habite pas ! C'est mon père qui l'a réservée au début de la guerre, dit-il. Il est retourné à la campagne l'an dernier, mais l'a gardée pour quand il vient. Le reste du temps...

Wemyss haussa les épaules.

– Disons que j'ai toujours cette clé à portée de la main. Autant que ça serve.

– Tout à fait d'accord, dit Dacre, qui rangea cette information dans un coin de sa tête, pour plus tard. Ce serait dommage de gâcher cela.

– Je vous serai obligé de garder le secret, déclara Wemyss. Je n'ai pas envie que ça se sache, ou sinon tout le monde va me la réclamer.

Dacre opina, et Wemyss se tourna vers les deux autres.

– Je viens de lui parler de Reynolds et de cette malheureuse infirmière.

– Sale affaire, dit Betterton avec vivacité. Même si on ne sait pas exactement ce qui s'est passé.

– Atroce. (Dacre hocha la tête.) Quand est-ce arrivé ?

– Il y a environ trois semaines. Vous ne chercheriez pas du travail, par hasard ?

– Eh bien, justement... Je...

– Vous n'avez pas envie de chausser les pompes d'un mort ? demanda Unwin.

– Euh...

Dacre hésita.

– Il y a de ça, mais ces choses-là doivent passer par des canaux officiels, non ?

– Sans doute, répondit Wemyss, mais on est débordés, et avec ces V1...

– Si les autorités constituées attendent qu'une chose arrive par les voies officielles, intervint Betterton, elles devront attendre jusqu'au Jugement dernier...

Il s'interrompit tout à coup, au moment où le bruit assourdi d'une explosion, quelque part au nord, faisait vibrer

144

légèrement le bâtiment et délogeait la peinture du plafond. Mettant la main sur sa pinte pour la protéger des écailles tachées de nicotine, Unwin déclara :

– Et si je ne suis pas sourd, nous ne sommes peut-être pas si éloignés du jour du Jugement dernier...

– Bon, dit Betterton. *Carpe diem*, alors...

Espérant que *carpe diem* n'avait pas aussi une signification médicale qu'il ignorait, Dacre déclara :

– Je bois à ça !

Après quoi, il ajouta :

– Au fait, qui est le chef, là-bas ?

Quarante minutes plus tard, Dacre quittait le pub, et – en dépit du black-out – descendait la rue d'un bon pas avec allégresse, brandissant sa torche. Il avait appris que le responsable était le professeur Haycraft, persuadé Wemyss de lui fournir une introduction dans les prochains jours et prouvé qu'il était vraiment un brave garçon en soutirant une autre demi-pinte pour chacun au barman. L'entreprise avait payé et la soirée était une réussite totale. Il avait lâché juste la bonne dose d'informations pour les laisser tirer leurs propres conclusions et découvert pas mal de choses sur eux. Il avait également sorti, sous prétexte de noter le nom du service de Wemyss, une feuille de papier à lettres à l'en-tête du prestigieux Athenaeum Club qui laissait apparaître un « Mon cher James » griffonné avec assurance. Le papier était volé et la lettre un faux, mais à voir leurs coups d'œil, il comprit que le but était atteint : ce que les gens s'imaginaient valait dix fois ce qu'on pouvait leur raconter.

Tout en marchant, il retourna la conversation dans son esprit. Unwin avait décrit le professeur Haycraft comme un « sympathique vieux fossile » et les autres avaient approuvé. Cela devait signifier que ce professeur était un paresseux qui ne prendrait pas la peine de contrôler ses références. Le fait qu'il devait être plus occupé qu'à l'ordinaire et troublé par les récents événements aiderait.

L'expérience lui avait appris que toutes les fois où c'était possible, il fallait aller directement au sommet par le chemin le plus rapide et le plus direct. Non seulement les responsables étaient aptes à prendre des décisions, mais ils y étaient habitués. Ils pouvaient se permettre d'être plus compréhensifs et larges d'esprit car ils n'avaient pas de comptes à rendre... Et, une fois qu'on était admis par le chef, tout le monde s'inclinait... Ces trois-là l'avaient déjà adopté, n'est-ce pas ? Donc, ils seraient trois à le présenter comme étant le Dr Dacre. Persuadez A, B, C et D, et tous les autres suivront. Il était bel et bien en route pour les sommets. Être médecin ! C'était une sensation merveilleuse, grisante. Et il y avait Fay Marchant, qui était prête à être croquée par lui... Oh, il allait bien s'amuser.

21

Dix jours après la rencontre de Dacre avec les médecins, Stratton quitta le bureau du commissaire Lamb avec le cœur lourd. Même s'il avait réussi à régler les dossiers du vol dans les entrepôts de l'intendance, des vols de pneus de l'armée et de plusieurs autres affaires au cours de ces trois dernières semaines, Lamb lui avait lancé, pour conclure, que sa patience avait des limites, donc pouvait-il se remuer et conclure cette « histoire » à l'hôpital ? Assis à son bureau avec une tasse de thé tiède, il songea que si les limites de la patience de Lamb étaient vite atteintes, c'était qu'il n'en avait guère, au départ – un peu comme Hitler. Même si on avait trouvé, semblait-il, l'arme utilisée contre Reynolds – à sa grande surprise, l'analyste du ministère de l'Intérieur avait signalé qu'il y avait deux cheveux appartenant à la victime sur l'une des briques ensanglantées ramassées par Ballard –, l'enquête de voisinage n'avait rien donné, comme n'avaient rien donné ses propres interrogatoires à l'hôpital, à part établir que Reynolds avait été un peu trop affectueux avec Fay Marchant. Toutefois, si Reynolds avait été frappé avec une brique, cela signifiait qu'il n'y avait pas eu préméditation même si c'était un acte délibéré – l'agresseur avait tout simplement pris le premier objet à sa portée. Le meurtre de Mlle Leadbetter indiquait, au contraire, une intention criminelle, car l'assassin l'avait sans doute tout d'abord attirée dans la salle d'opération.

Après avoir triomphé des tergiversations des collègues de

Reynolds à l'hôpital, lui et Ballard avaient établi une liste des erreurs médicales du défunt et visité les veuves et parents affligés afin de pouvoir écarter toute idée de vengeance. Mlle Leadbetter n'ayant jamais travaillé aux urgences, il était improbable qu'elle eût arrangé ou couvert une faute de Reynolds. La semaine précédente, Stratton était allé voir Mme Beck, la mère de l'enfant qui avait succombé à la septicémie. Matinée déprimante. La mère, cheveux gras et teint grisâtre, était misérable et paumée dans son logement sale, encombré, aux vitres fêlées, aux murs noircis par la suie et souillés par la poussière de brique provenant des proches immeubles bombardés.

– Le docteur avait dit que ça allait s'arranger, déclara-t-elle.

– C'était le Dr Reynolds ? demanda Stratton.

Mme Beck le regarda comme si elle n'avait pas compris la question.

– Un docteur a dit, répéta-t-elle, que Sammy irait bien. C'est ce qu'il a dit.

– Mais vous ne connaissez pas son nom ?

Elle secoua la tête.

– C'est ce qu'il m'a dit.

– Est-ce tout... ?

– Qu'il n'y avait pas à s'en faire, et... Ils lui avaient mis un pansement... C'était une vilaine entaille, mais j'aurais jamais pensé... Peut-être que l'infection s'y est mise après, j'en sais rien. Je l'aurais ramené plus tôt, mais le docteur avait dit que ça s'arrangerait tout seul, alors j'ai pas voulu l'embêter...

– Que s'est-il passé quand vous êtes revenus à l'hôpital ? Vous avez vu le même ?

Mme Beck opina.

– Il a jeté un coup d'œil à mon Sammy et l'a emmené. Je l'ai plus jamais revu. J'ai demandé à le voir, mais on m'a pas laissée passer. Rentrez chez vous, qu'ils disaient. Je suis revenue le lendemain matin, comme ils avaient dit, et on m'a dit qu'il était mort.

– Vous avez revu le médecin ?

Mme Beck secoua de nouveau la tête, avec le même manque de compréhension désespérant.

– Sammy était mort, non ? Dans la nuit.

– Et votre époux, il était là ?

– Il est en France. Je lui ai écrit, pour Sammy. Le docteur avait dit qu'il irait bien, dit-elle d'un ton morne. Si seulement...

Elle leva sur Stratton un regard pitoyable.

– Vous avez fait de votre mieux, dit-il doucement. J'en suis sûr.

Il se leva de sa chaise branlante.

– Merci d'avoir accepté de me parler.

Elle le regarda en clignant des paupières et le raccompagna en traînant les pieds. Elle ne devait avoir guère que la quarantaine, mais bougeait comme une vieille femme. Stratton prit congé et était sur le point de redescendre l'escalier quand soudain elle déclara, d'une voix pressante :

– C'est un bon garçon. Jamais il ne s'est mis dans son tort.

Il se retourna.

– Je suis sûr que vous pouviez être fière de lui, madame Beck, et je vous exprime toutes mes condoléances.

– À quoi bon des condoléances ! dit-il ensuite à Ballard. Je suis prêt à parier ma dernière chemise que Reynolds ne lui a jamais présenté ses excuses – l'idée n'a même pas dû l'effleurer. Sa façon de dire : « Si seulement... » C'était lourd... Elle n'est pas parvenue à exprimer la fin de la phrase – toutes ces choses : si seulement le docteur avait eu raison, si seulement la plaie ne s'était pas infectée, si seulement elle l'avait ramené plus tôt à l'hôpital, si seulement elle avait eu le courage de faire un scandale...

– Justement, inspecteur. Les gens ne veulent pas faire de scandale. Comme ceux que j'ai vus aujourd'hui...

– Qui donc ?

– Les Green. La veuve et la sœur du diabétique qu'on a pris pour un ivrogne. Je ne les vois pas matraquer Reynolds avec une brique !

– Et il faut vivre avec ça jusqu'à la fin de ses jours. Avec l'idée que, si on avait protesté... Mais c'est sûrement pour la même raison que Mme Beck ne m'a pas demandé pourquoi j'étais là. Elle a juste supposé que j'avais le droit de l'interroger sur le drame de son existence...

– Les gens respectent l'autorité. Blouse blanche, toque universitaire, col romain, les uniformes... Si quelqu'un en uniforme vous donne un ordre, surtout en ce moment... Et c'est tant mieux. Pour nous, je veux dire...

À présent, assis dans son bureau, Stratton réfléchissait à cette conversation quand on tambourina à la porte.

– Entrez ! s'écria-t-il.

Les coups continuèrent à pleuvoir. Il haussa le ton :

– J'ai dit : « Entrez » ! Inutile de démolir la porte.

Celle-ci s'ouvrit et Arliss – évidemment – apparut, au garde-à-vous, avec l'air suffisant de celui qui a des informations d'un intérêt capital à délivrer.

– Qu'y a-t-il, bon sang ? fit Stratton, agacé.

L'autre se racla la gorge avant de déclarer :

– Message téléphonique, inspecteur. De Mme Reynolds.

Il opina, content de lui.

– Qu'a-t-elle dit ?

– C'est très important, inspecteur. Elle a à vous parler. C'est urgent.

– En ce cas, j'y vais tout de suite. Pouvez-vous me trouver une voiture et m'amener Mlle Harris, si elle est disponible ?

Arliss continuait à le regarder fixement, mais sans bouger.

– Exécution ! aboya-t-il. Remuez-vous ou vous allez prendre racine !

Arliss s'en alla, le laissant prendre son calepin et son chapeau. Mme Reynolds allait-elle lui livrer l'indice qu'il recherchait ?

22

CHEZ MME REYNOLDS, ce fut un homme qui répondit à la porte. La cinquantaine onctueuse, il se présenta comme étant :

– Alec Dearborn. Le frère de Blanche... Mme Reynolds.

Reconnaissant le nom d'un fabricant bien connu, Stratton dit :

– Les brosses à cheveux ?

– En effet. J'espère que vous ne rendrez pas cela plus pénible que nécessaire, ajouta-t-il avec autorité. Mme Reynolds est bouleversée.

Comme Stratton se hâtait de le rassurer, il songea : « Donc, voilà ce qui explique la grosse baraque – c'est elle qui a le fric, pas Reynolds. »

L'homme les mena au salon et resta, muet et protecteur, au côté de sa sœur qui se tenait devant la cheminée. Stratton constata que, malgré son calme apparent, Mme Reynolds avait maigri et l'endroit présentait un aspect négligé avec ses appuis-tête salis et ses surfaces non cirées.

D'entrée de jeu, elle déclara en brandissant un morceau de papier crasseux : « Voici ce que j'ai trouvé. »

Stratton examina le message écrit au crayon – d'une écriture ronde d'écolière – qui avait pâli, mais on distinguait les mots : *Quitte à 6, essentiel te voir. RV sortie secondaire. Dispositions à prendre très vite. F x.*

– Où ?

– Dans l'une de ses vestes. La poche intérieure.

151

– Je vois. Vous savez qui pourrait être « F » ?

– Non, mais c'est une femme, n'est-ce pas ?

Stratton hésita.

– Probablement, dit-il doucement.

– Enceinte, bien sûr. « Dispositions à prendre… » Qu'est-ce que ça pourrait signifier d'autre ?

– Pas de conclusions trop hâtives, s'empressa de dire Stratton. Il y a peut-être une explication toute simple.

– Je n'en vois pas.

D'après la tête que faisait Dearborn, lui-même n'en voyait pas non plus. *Idem* pour Stratton, mais il n'était pas prêt à l'admettre.

– Sûrement quelqu'un de l'hôpital, ajouta Mme Reynolds. C'est un indice, n'est-ce pas ? Cette « F », elle pourrait être mêlée à sa mort, non ?

– Eh bien… (Stratton choisit ses mots avec soin.) Si elle était enceinte – qu'elle ait, ou non, eu l'intention de garder l'enfant…

– Elle n'en voulait pas. « Dispositions à prendre. » C'est-à-dire un avortement, n'est-ce pas ?

À son côté, Dearborn, opinant vigoureusement du chef, se racla la gorge.

– Elle s'était mise dans le pétrin et voulait forcer Duncan à transgresser la loi.

– Pas forcément, madame Reynolds. Et si elle était enceinte, le Dr Reynolds n'était pas obligatoirement le père.

– Pourquoi lui demander cela, alors ? Ou bien, elle essayait de le pousser à s'enfuir avec elle…

– Je vous le répète, je ne crois pas souhaitable de tirer des conclusions trop hâtives. Votre trouble est compréhensible, mais…

– Et moi qui ne me doutais de rien, dit Mme Reynolds d'un ton morne à son frère. Je nous croyais heureux. On ne pouvait pas avoir d'enfants – enfin, moi, je ne pouvais pas – mais j'étais une bonne épouse… Cette femme a tenté de le piéger, non ? Pour l'avoir à elle toute seule. Comment peut-on être aussi… aussi… effrontée. Elle devait bien savoir qu'il était marié !

Elle se tourna vers Stratton d'un air égaré.

– Je suis tombée là-dessus il y a deux jours. Depuis, je suis restée ici, à le contempler. Ça me hante. Il devait me mentir quand il disait travailler, alors que...

Sa voix se brisa dans des sanglots. Manifestement à court d'arguments, Dearborn esquissa des gestes d'apaisement de ses mains boudinées et il incomba à Mlle Harris de passer un bras consolateur autour de l'éplorée.

– Ne vous mettez pas dans des états pareils, lui chuchota-t-elle.

Mme Reynolds ravala ses larmes et se tamponna les yeux avec son mouchoir.

– Excusez-moi, c'est le choc... C'est comme si toute ma vie était fondée sur un mensonge. Je croyais qu'il m'aimait, même si je ne pouvais pas lui donner d'enfant, mais elle lui a mis le grappin dessus, qui sait depuis combien de temps... et dire que tout cela n'était qu'une comédie...

– Non, Blanche..., murmura Dearborn, sans succès. Non...

– Nous n'en savons rien, dit Stratton fermement.

– Mais vous découvrirez la vérité, n'est-ce pas ?

– Oui. Je vais emporter ce papier et nous verrons.

– Je dois savoir. Je n'en ai aucune envie, mais je dois savoir. Je n'arrive plus à dormir, depuis...

– Je comprends, madame Reynolds. On enquêtera. Pardonnez-moi, mais je dois vous poser cette question : la nuit où le Dr Reynolds... est mort... quelqu'un était avec vous ?

– Ça, par exemple !

Le frère, qui avait regardé jusqu'à présent ses pieds, releva vivement la tête.

– Est-ce vraiment nécessaire ?

– Hélas, oui, dit Stratton. Ce sont les règles.

Mme Reynolds secoua la tête puis, écarquillant les yeux, déclara :

– J'étais ici. Je vous l'ai déjà dit. Toute seule, mais une voisine est venue collecter de l'argent pour soutenir l'armée et je lui ai donné quelque chose. Quand... ? Je ne m'en souviens pas.

– Vous pouvez me dire son nom ?

Dearborn commença à protester, mais sa sœur lui toucha le bras.

– Laisse, Alec... ils ne font que leur devoir. Mme Loomis-Browne. Numéro 24.

Stratton nota et, sur les dernières petites tapes réconfortantes de Mlle Harris et l'assurance qu'une enquête sérieuse aurait lieu, il serra la main de Dearborn et ils prirent congé.

– Vous ne la croyez pas dans le coup, n'est-ce pas, inspecteur ? demanda Mlle Harris, une fois dans la voiture.

Ils étaient allés chez Mme Loomis-Browne, qui avait confirmé sa visite à Mme Reynolds entre dix-huit heures trente et dix-neuf heures.

– Pas vraiment. Cela dit, les femmes peuvent tuer leur conjoint pour moins que ça... Enfin, puisque c'est elle qui a de la fortune, elle est de toute façon à l'abri du besoin...

– J'ai une brosse Dearborn, déclara la jeune fille. Très bon article. Mais si elle l'avait tué, elle ne vous aurait pas montré ce message, n'est-ce pas ? Ça lui donne un mobile.

– En effet.

– L'auteur pourrait-il être l'une de ses patientes ?

– Ç'eût été possible, mais ce n'est pas le cas.

La jeune fille écarquilla les yeux.

– Alors, vous savez qui c'est ?

– Disons, répondit Stratton, l'air sombre, que j'en ai une assez bonne idée.

23

−**D**ÉSOLÉE, ma chère, c'est du goudron. On n'a plus de lait !

Jenny regarda le breuvage trop infusé que lui présentait Mme Haskins.

– Tant pis ! Quand on n'a pas le choix... Merci...

Elle avait déjà passé plusieurs heures infructueuses au Centre à tenter de joindre le bureau de l'Assistance, l'hôpital et la morgue au sujet d'une disparue et était sur le point de faire une pause bien méritée, quand les portes battantes au bout du couloir s'ouvrirent à la volée, livrant passage à un M. Ingram vitupérant.

– Madame Stratton ! brailla-t-il en se précipitant sur elle, poursuivi par plusieurs dames indignées. Je dois la voir ! Par pitié, aidez-moi à la voir...

Il se pencha par-dessus la table et chuchota d'une voix rauque :

– Je ne devrais pas être là. J'ai demandé, insisté, mais ma hiérarchie n'a pas voulu, alors...

Jenny leva la main. Elle avait peut-être eu peur de lui, mais savait reconnaître un homme désespéré et celui-ci était à bout de nerfs.

– C'est bon, dit-elle à Mme Haskins. Je le connais. Si vous voulez bien m'excuser (elle fit signe à l'homme qu'elle était en train d'aider), je vais l'emmener voir son épouse.

– Vous la connaissez ?

– Elle loge chez Doris, ma sœur. Une bombe a détruit leur maison.

Mme Haskins la prit par la manche et l'entraîna à l'écart.

– Il a débarqué ici comme un fou furieux, dit-elle à voix basse. Vous êtes sûre qu'il a toute sa tête ?

– Il s'inquiète pour sa femme, murmura Jenny. Elle est hébergée par ma sœur et est un peu bizarre.

– Lui aussi est un peu bizarre, on dirait... Eh bien, bonne chance, ma chère. Je ne vous envie pas – soyez prudente.

M. Ingram suivit Jenny au-dehors, puis, pris d'une impulsion, lui saisit la main.

– Vous permettez ? dit-elle, en se dégageant sèchement.

– Pardonnez-moi, madame Stratton, mais je suis très inquiet, après ce qui s'est passé...

– Ça ne m'étonne pas, mais à présent...

– Non ! Ce qui s'est passé... *il y a cinq minutes* ! Je suis allé chez Mme Kerr – elle n'était pas là, sinon elle aurait ouvert elle-même, alors j'ai appelé Elsie par la boîte aux lettres et attendu qu'elle vienne. Elle n'arrêtait pas de me parler, me demandant pourquoi j'avais été si long, disant qu'elle s'était crue abandonnée, et qu'elle était si contente – tout cela pendant qu'elle était dans le couloir, qu'elle ouvrait la porte, toute joyeuse, mais à l'instant même où elle m'a vu – vlan ! – elle m'a claqué la porte au nez. La seconde d'avant, tout allait bien... ! Je ne comprends pas. J'ai l'impression de devenir fou.

– Je suis désolée. Moi non plus, je n'y comprends rien. Personne.

– Vous ne pensez pas... Et si vous veniez avec moi là-bas ?

Jenny avait de gros doutes sur l'utilité de cette démarche, mais se sentant tenue d'agir, elle dit :

– Bon, j'ai une clé. Je vais chercher mes affaires et je vous accompagne...

En chemin, M. Ingram déclara :

– Le docteur avait dit qu'elle irait bien, d'après Mme Kerr. Elsie a toujours eu les nerfs fragiles, mais jamais à ce point.

Jenny soupira.

– Eh bien, ce fut une terrible épreuve, surtout pour quelqu'un d'aussi... sensible.

« Sensible », à son avis, était plus valorisant que « nerveux », et n'était pas placé aussi bas sur l'échelle glissante des affections mentales qui finissaient dans le trou noir de la démence. Madeleine, la fille de Doris, avait plusieurs fois émis l'avis – à grands renforts d'yeux levés au ciel – selon lequel l'un des deux devait être cinglé et qu'il n'y avait qu'à décider qui ; pas très utile, mais elle n'avait que seize ans... Sollicités, Ted et Donald avaient sorti un « laissons faire le temps » (Donald avec moins de patience que Ted, mais c'était son foyer, après tout).

Au comble de leurs élucubrations, Jenny et Doris avaient conçu une théorie, fondée principalement sur le film *Hantise*, selon laquelle M. Ingram tentait volontairement de faire passer Mme Ingram pour folle avec la complicité d'un comparse, de façon à la faire enfermer et à pouvoir s'emparer de son argent (à supposer qu'elle en eût). Il était peut-être en train de les berner ? Ou bien, c'était lui qui était fou et qui se prenait pour Eric Ingram. Cette idée semblait si extravagante qu'elles en avaient presque ri.

– Je ne comprends pas, disait M. Ingram. Vous ne croyez pas...

Il fit halte, lui toucha le bras.

– ... qu'elle est en train de me punir pour une faute que j'aurais commise ? Parce que je me suis toujours efforcé d'être un bon époux, madame Stratton. Et si ça ne s'arrange pas, est-ce qu'elle devra aller à... à... ?

Jenny comprit de quoi il parlait – le grand asile d'aliénés à Barnet. Il cligna des yeux pour refouler ses larmes, et dit :

– Je ne veux pas la perdre.

– Bonté divine, ça n'ira pas jusque-là ! répondit Jenny avec autant d'entrain qu'elle en était capable. Voyez les choses du bon côté. Elle a bien reconnu votre voix au téléphone, non ?

M. Ingram resta bien en retrait tandis qu'elle ouvrait la porte d'entrée.

– Ohé ! Madame Ingram ! C'est Jenny Stratton... Je viens vous voir !

N'entendant ni réponse ni le moindre bruit, la jeune femme – ne sachant guère si elle avait raison – s'avança prudemment dans le couloir et jeta un coup d'œil d'abord dans la cuisine, puis au salon. Ne trouvant personne, elle se tint au pied de l'escalier et se remit à appeler. Toujours rien. Le cœur battant, elle posa le pied sur la première marche. Et si Mme Ingram avait fait une bêtise ? Des images de ce que ce terme de « bêtise » pouvait recouvrir – le corps frêle, perdu dans la chemise de nuit de Doris, pendu à une corde ; ou effondré contre la porte de la salle de bains, les poignets tailladés et les mains rouges de sang ; ou encore simplement couché dans le lit, tout marbré de bleu, inanimé – assaillirent son esprit. « C'est toi, l'idiote », se dit-elle. Elle monta lentement les marches, traversa le palier, s'arrêta devant la chambre et frappa à la porte.

En l'absence de réponse, elle la poussa avec précaution et regarda à l'intérieur. Les rideaux du black-out étaient tirés, mais elle pouvait distinguer la silhouette de Mme Ingram, blottie sous l'édredon – seuls le dessus de sa tête et ses yeux étaient visibles. Malgré la pénombre, il était évident qu'elle était terrorisée.

– Il n'est pas avec vous, hein ? chuchota-t-elle.

– Non, je suis seule.

Jenny s'avança jusqu'au pied du lit.

– Le méchant homme est venu. Il tient mon Eric. Je le sais. Je l'ai entendu parler, mais quand j'ai ouvert la porte, il n'était plus là. On a dû lui faire quelque chose...

– Qui ça, « on » ?

– L'homme et ses complices. Ils cherchent à m'attraper. Ils ont capturé Eric. Ils vont lui faire une chose atroce, et...

– Madame Stratton ?

La voix de M. Ingram retentit dans le hall d'entrée.

– Tout va bien ?

Entendant des pas dans l'escalier, Jenny alla à la porte et cria :

– Ne montez pas !

– C'est Eric ! s'exclama Mme Ingram en repoussant l'édredon.

Bien qu'échevelée, elle était habillée de pied en cap. En une semaine, elle avait encore perdu du poids, de sorte que ses joues étaient flasques et ses clavicules saillantes.

– C'est bien lui ? Ou l'autre ?

Avant que Jenny n'ait pu fermer la porte, M. Ingram entra. Mme Ingram poussa un cri perçant et se cramponna à l'édredon.

– Vous l'avez fait entrer !

Elle pointa sur Jenny un doigt accusateur.

– Vous faites partie de la bande !

– Elsie, par pitié...

– Pour l'amour du ciel, dit Jenny, sortez !

Poussant M. Ingram dehors et marmonnant un « Attendez en bas », elle claqua la porte et s'y adossa.

– Vous l'avez fait entrer, répéta Mme Ingram.

Ses yeux, après avoir exprimé la folie, avaient une expression apeurée.

– Je vous faisais confiance, à toutes les deux. Mais j'ai compris votre manège. Vous participez à la traite des Blanches. J'ai entendu parler des gens de votre espèce. Vous séquestrez des filles, vous les piégez...

Jenny ouvrit de grands yeux.

– Mais non. On cherche seulement à vous aider.

– Dans ce cas, pourquoi ne pas appeler la police pour le faire arrêter ?

Mme Ingram regarda Jenny avec une soudaine perspicacité.

– Ou auriez-vous peur qu'on vous arrête, vous aussi ?

– Bien sûr que non !

– Alors, qu'attendez-vous ? Il y a un téléphone ici – ils ont laissé mon Eric me parler, et...

Mme Ingram s'interrompit, l'air dubitatif.

– Si c'était bien Eric, et pas celui qui se fait passer pour lui. Je ne pouvais pas savoir, puisque je ne le voyais pas. Et ils ont écouté notre conversation. Les Allemands sont capables de cela, vous savez.

– Les Allemands ? fit Jenny en écho, de plus en plus éberluée. Mais nous... Madame Ingram... L'homme qui était là... Il est anglais. Vous l'avez entendu parler.

Mme Ingram secoua la tête.

– Vous avez fait venir des gens qui vont m'emmener.

– Il n'y a personne. Je vais vous montrer. Je vais ouvrir les rideaux – vous pourrez voir le jardin et toute la rue...

159

Jenny s'avança jusqu'à la fenêtre et commença à ôter les punaises retenant les rideaux noirs. Ce faisant, elle coula un regard par l'interstice – ce serait bien sa veine si un innocent passant pouvait être catalogué comme « l'un d'entre eux ». Ne voyant personne, elle ôta l'ultime punaise et repoussa les rideaux avec un grand geste du bras.

– Vu ? dit-elle.

La confirmation parut rabattre le caquet à Mme Ingram qui lui tourna le dos et alla se terrer, comme un rat, sous l'édredon. Jenny retourna au rez-de-chaussée. M. Ingram se tenait dans l'embrasure de la porte, les épaules basses. De sa personne émanaient des ondes d'agressivité.

– Alors, elle descend ?

– Je suis désolée. Elle divague. Elle croit qu'il y a des gens qui l'espionnent – qui cherchent à la kidnapper. Elle nous prend pour leurs... complices.

– C'est ridicule. Je veux savoir ce qui se trame. Je sais, ajouta-t-il très vite, que ce n'est pas votre faute, mais...

Il secoua la tête, l'air écœuré.

– Je sais, mais... Enfin, je vais faire du thé.

Il la suivit dans la cuisine, tendu, les poings serrés, et elle en était désagréablement consciente. Même si ce n'était pas un costaud, sa colère et son désespoir semblaient remplir la pièce, empoisonner l'atmosphère. Ils étaient si proches qu'elle pouvait sentir sa brillantine et sa sueur, et elle n'avait pas eu le temps de se mettre à une prudente distance, de l'autre côté de la table, qu'il lui attrapait le bras, la faisant sursauter.

Jenny tenta de se dégager, mais il tint bon, la meurtrissant. Les phalanges et les doigts qui lui tenaient le poignet étaient tout blancs.

– S'il vous plaît..., dit-elle. Ça ne vous avancera à rien.

– Je veux juste vous montrer que je suis son mari. C'est vrai. Je peux le prouver...

Il la lâcha et, comme elle battait en retraite derrière la table en se massant le bras, il sortit de son blouson une liasse de papiers écornés.

– Ma carte d'identité. Et voici une photo d'Elsie.

Il les fit glisser sur la table. Jenny pencha la tête pour regarder, tout en veillant à garder ses distances. La photo – lui et

Elsie riant, affalés dans des transats, à la plage – semblait avoir pas mal circulé.

– Quoi qu'elle en pense, je ne suis pas cet... cet autre homme.

– Évidemment, dit Jenny, mais (elle hésita, contente de le voir soulagé, mais redoutant de le mettre de nouveau en colère) je ne crois pas que ce soit une bonne idée de... d'essayer de la revoir... aujourd'hui, en tout cas.

– Qu'est-ce que je vais faire ?

Sa satisfaction d'avoir été cru – reconnu pour la personne qu'il était – avait fait long feu. À présent, ses yeux étaient ternes, pleins de ressentiment, comme ceux d'un homme qui a réalisé l'ampleur de la catastrophe et s'apprête à ployer sous le poids de ce fardeau.

– Je ne devrais pas être ici. On va croire que j'ai déserté. Qu'est-ce que je dois faire ?

Son dernier mot fut presque un mugissement.

Jenny prit une décision. Elle ne se fiait pas à son caractère – en plus du reste, une voix discrète mais tenace lui soufflait qu'il devait être sexuellement frustré. Mais comme il était plus de dix-huit heures, Doris allait bientôt rentrer et Donald aussi. Elle était bien capable de le tenir en respect pendant une dizaine de minutes. Il suffisait de rester de ce côté de la table, et de lui parler sans relâche.

– Écoutez, dit-elle. Asseyez-vous, vous devez être fatigué...

– Oui.

Il se passa la main sur la figure.

– Je suis crevé. J'ai pas dormi depuis des semaines...

Heureusement, Doris et Donald arrivèrent en même temps, cinq minutes plus tard. Jenny contourna la table, en passant bien au large de M. Ingram, et se précipita à l'extérieur pour un conciliabule à voix basse durant lequel elle expliqua ce qui s'était passé tandis que Donald bougonnait des « Nom d'une pipe ! » en roulant des yeux. Radouci par la révélation de Doris selon laquelle celle-ci avait dégoté des lames de rasoir neuves, il finit par accepter, après avoir bien râlé, d'emmener M. Ingram au pub. En vérité, elles ne savaient que faire de lui, et d'ailleurs il semblait avoir bien besoin d'un verre.

– Désolée, déclara Jenny, une fois les deux hommes partis, mais je ne savais pas quoi faire. Je n'ai pas voulu le dire devant Donald, mais elle parlait de traite des Blanches, d'Allemands, que sais-je... Elle a vraiment perdu la boule.

Doris soupira et Jenny remarqua pour la première fois combien elle avait l'air fatigué.

– Je sais. Elle est de plus en plus bizarre. Et on ne peut pas discuter avec elle... Enfin, je suis tout de même contente qu'il soit parti. Je ne peux plus supporter ces scènes. J'ai fait la queue toute la journée, ou en tout cas, c'est mon impression. Je te jure, Jen, je suis si épuisée que j'en pleurerais, parfois. Je sais que c'est pire pour certains, mais...

Elle tira un mouchoir de sa manche et se moucha.

– Ça va ? demanda Jenny, inquiète. Ce n'est pas ton genre de pleurnicher.

– Ça ira, répondit Doris avec fermeté. Te tracasse pas.

Elle prit une chaise et se mit à fourrager dans son sac à main.

– Tiens, voilà..., dit-elle en poussant un petit paquet sur la table. Lames de rasoir. Pour Ted, alors ne garde pas tout pour toi !

– Oh, Doris, comment as-tu fait... ? Il va être ravi !

– Eh bien, fit-elle, bourrue, dis-lui de les faire durer. Il paraît que l'usine Gillette a été bombardée.

– Mme Ingram va se faire du souci. Je monte, des fois qu'elle s'imaginerait que tu as été parachutée pour l'enlever... Reste ici et repose-toi...

– Tu sais, dit Jenny, une fois de retour, tandis qu'elles prenaient le thé. Mme Ingram m'a encore demandé d'alerter la police.

– Mauvaise idée. Ce n'est pas de leur ressort, et elle pourrait, au final, être embarquée... tu sais où.

Elles échangèrent un regard. Jenny comprit que sa sœur avait la même pensée que M. Ingram – pensée qui l'avait elle-même effleurée plusieurs fois au cours de ces dernières heures. Leur tante Ivy avait passé les vingt dernières années de sa vie à l'asile de Barnet. Plus jeunes, les trois fillettes avaient dû accompagner leur mère dans ses visites mensuelles. Jenny savait que Doris non plus n'avait pas oublié la tristesse de ces lieux, les promenades dans le parc, quand leur mère s'efforçait de trouver quelque chose à dire tandis que tante Ivy, qui ne parlait pas, cherchait désespérément à leur plaire en filant dans les buissons pour en rapporter des poignées de terre, des mégots et une fois, ô horreur, un écureuil mort.

Tante Ivy était morte avant qu'elles n'aient rencontré l'homme de leur vie. Jenny n'avait pas jugé souhaitable de parler d'elle à Ted – sa mère, en fait, l'en avait dissuadée, tout comme elle en avait dissuadé Doris et Lilian. Aujourd'hui encore, elle aurait eu du mal à s'exprimer sur ce sujet et, à en juger par sa mine, Doris ressentait la même chose.

– C'est bien ce que j'ai pensé, dit-elle en conclusion. Mais j'hésite à demander à Ted d'aller lui parler. Après tout, il l'a sauvée...

– Sauf qu'elle ne s'en souvient pas ! D'ailleurs, réfléchis : si Ted va la voir en disant : «Je suis l'inspecteur Stratton», sachant que c'est ton mari, elle va croire le monde entier contre elle ! Pour elle, ce sera une preuve...

Doris poussa un gémissement.

– Ah, je n'en peux plus ! Et si Donald revenait avec M. Ingram ? Il ne peut pas dormir ici, il n'y a pas de place.

– Emmène-le au Centre. Écoute, Doris, si ça continue, veux-tu que je la prenne chez moi... ?

– Pas question ! Tu as assez à faire. Ce ne serait pas juste de demander à Ted de se débrouiller avec elle. C'est déjà assez pénible pour Donald et Madeleine, et moi, je suis là...

– Bon, si jamais tu changes d'avis...

Jenny jeta un coup d'œil à la pendule.

– T'en fais pas, dit Doris. Je vais me débrouiller. Un petit coup de pompe... Rentre chez toi. J'ai la tambouille à faire.

– Si tu es sûre... Je vais plutôt retourner au Centre. Je les ai laissés bien en plan...

Doris se leva.

– Sûre et certaine. Viens ici, toi...

Contournant la table, elle alla prendre Jenny dans ses bras.

– Merci, sœurette...

La seule chose de bien dans cette affaire, se dit Jenny par la suite, c'était qu'elle avait cessé de s'inquiéter, pendant trois bonnes heures, de sa possible grossesse. Depuis une dizaine de jours, elle se disait que c'étaient les soucis et la fatigue qui lui détraquaient le système, ou qu'elle s'était trompée dans les dates, mais à présent – aujourd'hui, en fait – il n'y avait pas à s'y tromper : elle avait bien *toute une semaine* de retard.

24

N E SACHANT si Fay Marchant était toujours de garde, Stratton décida de ne retourner à l'hôpital que le lendemain. Ce serait agréable d'être rentré chez soi à une heure raisonnable, pour changer, même si Jenny n'était pas là.

En remontant Lansdowne Road, il fut hélé par Donald qui venait dans sa direction avec un inconnu.

– J'étais passé te chercher. Tu viens prendre un verre ? M. Ingram et moi allions justement au Swan...

Stratton regarda M. Ingram en se demandant si ça allait pour lui, et même s'il avait toute sa tête. D'après Jenny, c'était un agressif, mais ça ne se voyait pas, sauf à prendre en compte le fait que ce petit homme avait l'air d'un boxeur (poids plume) sonné qui tâche d'être à la hauteur de la situation, sans savoir de quoi il retourne. Sans doute avait-il eu une autre confrontation avec sa femme.

– Comment allez-vous ? dit-il, cherchant à gagner du temps.

Devinant son hésitation, Donald lui adressa une grimace par-dessus la tête de M. Ingram, à décrypter comme un : « T'avise pas de me laisser tomber, mon salaud ! »

Le pub était plein à craquer, comme souvent en début de semaine, quand il y avait encore de la bière. L'épaisse fumée était encore plus âcre que d'habitude et irritait les yeux. Planté devant le comptoir pris d'assaut, Donald réussit, tout en payant les trois demis sans rien renverser, à le mettre au courant de la situation par une série d'apartés.

– Je ne sais pas quoi faire, conclut-il. Heureusement que t'es là, parce que je ne sais pas quoi lui dire...

– Moi non plus ! fit Stratton. Mais j'espère qu'elles ont décidé qu'il est bien celui qu'il prétend être, car je n'ai aucune envie de l'interroger.

Donald leva les yeux au plafond – « Ah, les femmes ! » – et dit :

– Il a déserté. Mais tu l'ignores.

– Vaut mieux ! répondit Stratton, maussade.

Formant un drôle de trio avec leurs verres, ils réussirent, ayant trouvé dans le Football Club de Tottenham Hotspur un terrain d'entente, à éviter de parler de Mme Ingram pendant dix bonnes minutes.

Ils étaient au milieu d'une discussion bon enfant sur l'opportunité d'emprunter des joueurs ailleurs, histoire de compléter l'équipe, quand Stratton reçut une claque dans le dos assez forte pour le projeter en avant et lui faire renverser de la bière.

– Hé là !

– Oh, formidable, marmonna Donald. Formidable...

Le cœur de Stratton se serra. Il avait essayé d'ouvrir l'œil, mais avec toute cette foule et cette fumée, impossible de voir qui était là. Leur beau-frère s'avança encore, lui donnant des coups de coude dans les côtes.

– Qu'est-ce que tu fais ici ?

– Une envie de changement. Comment va le bras armé de la loi ?

– Il serait plus présentable, s'il ne s'était pas cochonné...

– Désolé, vieux.

Voyant M. Ingram, apparemment pour la première fois, Reg ajouta :

– Je ne crois pas avoir eu le plaisir...

– Voici M. Ingram, dit Donald.

– Aaah..., fit Reg, *aaah...*

Stupéfait, Stratton le vit fermer un œil, pencher la tête de côté et considérer le petit homme comme quelqu'un aux prises avec un problème au moment de fixer des étagères. Au moins, avec une bière en main, il ne pouvait pas se croiser les bras.

– Vous savez, lança Stratton, dans le but de faire diversion, qu'on a pris Caen ? L'armée de Monty a délivré la ville, et...

Il n'alla pas plus loin.

– Ah, monsieur Ingram ! dit Reg d'une voix sonore. Alors, on a des problèmes à la maison, paraît-il ?

Donald ressentit, plutôt qu'il ne vit, un grand tremblement parcourir la frêle carcasse de M. Ingram. Sa pomme d'Adam fut prise d'un mouvement frénétique et ses mâchoires se durcirent, mais il ne parla pas. Pas plus que Donald, qui fusillait Reg du regard. Avant que Stratton n'ait eu le temps de trouver une réplique, Reg ajouta sur le même ton enjoué :

– Votre bourgeoise habite chez les Kerr, pas vrai ?

– Oui, répondit M. Ingram à voix basse en contemplant le fond de son verre, pitoyable.

– Faut pas trop vous biler, continua Reg, apparemment imperméable aux ondes d'hostilité qui émanaient de ses beaux-frères comme une haleine plus que fétide. Aujourd'hui, on sait mieux soigner les malades mentaux. J'ai appris ça pendant la Première Guerre mondiale. Je me rappelle...

« Fais quelque chose, se disait Stratton. Cogne-le, renverse sa bière, marche-lui sur le pied – agis ! » Paralysé, il continuait à fixer Reg, qui, ayant pris une pose professorale, régalait M. Ingram avec une histoire sur un homme dans son régiment, pendant la guerre de 14-18, qui avait perdu l'usage de la parole à cause de l'« obusite ».

– Donc, vous voyez, conclut-il, avec des méthodes mo...

M. Ingram se racla la gorge. Reg le considéra et, levant le doigt comme pour gronder un élève qui pose des questions avant l'heure, il ajouta :

– ... avec des méthodes modernes, on peut...

– Je m'en vais, dit M. Ingram brusquement.

Fourrant son verre dans la main libre de Donald, il lança :

– Je dois me trouver une piaule.

– Pourquoi vous ne..., commença Stratton, mais il les avait déjà quittés, se faufilant à travers la cohue telle une anguille.

Après un silence chargé, Donald s'écria :

– À quoi tu joues, bon sang ?

Reg lui lança un regard blessé.

– Tous ces trucs sur les malades mentaux... Qu'est-ce qui t'a pris ?

– J'essayais de me rendre utile, mon vieux. Pas la peine de me parler comme ça.

– Te rendre utile ? dit Stratton. Pourquoi ne pas lui conseiller tout de suite d'acheter une camisole de force ?

– Pas besoin d'être...

– Si, justement ! dit Donald. Des fois, tu me dépasses, Reg. Tu me dépasses...

– Tout ce que j'ai voulu dire, dit Reg en les regardant comme s'il cherchait à raisonner deux enfants particulièrement obtus, c'est que si ça n'est pas soigné, ces gens-là peuvent devenir violents.

– Violents ! Tu ne peux pas le savoir, puisque ni toi ni Lilian n'avez mis les pieds chez moi depuis qu'elle est là, mais Elsie Ingram est une petite chose squelettique qui n'ose pas ouvrir le bec et qui risque autant de devenir violente que toi de... de...

Là, l'inspiration manqua à Donald. Stratton, qui aurait pu fournir un tas de comparaisons appropriées (payer une tournée, sortir une blague vraiment drôle, passer toute une soirée sans être horripilant) n'en fit rien, mais il hocha la tête en signe d'approbation.

– Je vois, dit Reg. Bon, dans ce cas, je crois qu'il n'y a rien de plus à ajouter. Alors, si vous voulez bien m'excuser...

– Là, c'est foutu, dit Donald en le regardant s'en aller. Doris va me tuer.

– Mais non, protesta Stratton. Pas quand elle aura entendu toute l'histoire. Et je suis sûr que Jenny sera de notre avis. D'ailleurs, tu as dit toi-même que Lilian n'est pas venue chez toi, donc...

– Tu ne crois pas... Ce qu'il a dit des maladies mentales. Tu ne crois pas qu'il a raison ? Elle n'est pas vraiment... *folle* ?

Il y eut un silence pénible, pendant lequel ils réfléchirent à cette éventualité, puis Stratton dit :

– Raconte pas de bêtise. Reg n'a jamais rien dit d'intelligent dans sa vie. Reg, c'est Reg, nom d'une pipe ! C'est vrai, ajouta-t-il, que c'est plus plausible que l'idée d'un imposteur. Bon, je ne sais pas pour toi, mais moi, je prendrais bien un autre verre – c'est ma tournée ! Et maintenant, pour l'amour du ciel, parlons d'autre chose...

25

A U SERVICE de chirurgie hommes, c'était le chaos. Infirmières et auxiliaires tiraient des armatures de lit jusqu'au fond de la salle pour les assembler et, dès que c'était fait, les patients assez valides pour être déplacés y allaient, transportés sur des civières ou des chariots, ou tout bonnement à pied. Stratton, qui se sentait plus pimpant grâce à sa nouvelle lame de rasoir, se tenait sur le seuil et observait la scène. On était visiblement en train de dégager les abords immédiats de la porte afin d'accueillir un nouveau contingent de blessés. Il y avait des paravents autour de trois des lits, et les âcres odeurs de chair brûlée et de sueur surpassaient celle du phénol. Les patients pouvant se mettre sur leur séant regardaient, éberlués, ce flot d'infirmières qui faisaient la navette en apportant bouillottes, couvertures et seringues sur des petits plateaux.

Nul ne lui prêtait la moindre attention jusqu'au moment où il tendit la main pour arrêter une petite jeune qui courait avec un seau plein de compresses sales. À son contact, elle pivota sur elle-même – un tourbillon de rayures – l'air si terrifié et tendu qu'il crut qu'elle allait hurler.

– Que se passe-t-il ? lui demanda-t-il.

– Explosion, bafouilla-t-elle. Un arrivage de grands brûlés... Partez ! Mlle Bateman...

– C'est elle que je dois voir. Où est-elle ?

– Elle n'est pas...

La jeune fille, qui avait presque encore l'air d'une gamine, secoua la tête farouchement.

– Peut-on savoir ce qui se passe, ici ?

L'infirmière-major, une haute colonne bleu marine, surgit, silencieuse au point qu'il aurait pu la croire montée sur roulettes s'il n'avait vu les poteaux qui lui servaient de jambes. La petite poussa un cri perçant et détala.

– Je vous prierai de partir, inspecteur, déclara l'infirmière-major. Vous le voyez, nous sommes très occupées.

– Certes, dit Stratton, qui avait l'impression d'avoir rapetissé, et je suis navré de vous déranger, mais je souhaite parler de nouveau à Mlle Marchant.

Elle lui lança un regard capable d'arrêter une pendule.

– Maintenant ?

– Oui, répondit Stratton avec toute la fermeté dont il était capable. Malheureusement, je…

L'autre l'attrapa par le bras pour l'entraîner à l'écart tandis qu'un homme passait sur un chariot. Il avait sur la face, les bras et le torse un genre de seconde peau bleu foncé, mal ajustée, et deux tampons blancs sur les yeux. Stratton le dévisagea, c'était plus fort que lui.

– Violet de gentiane, lui dit l'infirmière. La plupart sont dans un état pire. Les vêtements sont incrustés dans la peau.

– Je suis désolé, répéta Stratton, mais je dois…

– Oh, très bien.

Elle avait dit cela avec plus d'amertume et de dégoût qu'il ne l'aurait cru possible en trois mots – et il ne pouvait pas lui en vouloir, mais avait-il le choix, avec Lamb qui le tarabustait ?

– Attendez ici, dit-elle, et elle disparut derrière un ensemble de paravents.

Quelques instants plus tard, Fay Marchant apparaissait, s'essuyant le front du revers de la main. Elle lui adressa un pâle sourire et il put constater que, même si elle était toujours d'une beauté perturbante, il y avait des marques bleues sous ses yeux splendides.

– Vous vouliez me voir, inspecteur ?

– Oui, mademoiselle.

Stratton se dirigea vers la porte.

– Si nous pouvions…

– Mademoiselle Marchant !

L'infirmière-major était réapparue – apparemment à la vitesse de l'éclair – à leur hauteur.

– Où allez-vous donc ainsi ?

– L'inspecteur...

– Vous êtes sur le point de quitter le service, mademoiselle ! Et vos manchettes ?

Le teint ivoire de Fay vira au cramoisi.

– Excusez-moi...

Sa supérieure lui lança un regard suggérant que la pauvre fille n'avait aucune pudeur.

– C'est inexcusable, infirmière ! Inexcusable. Mettez-les tout de suite et ne partez pas d'ici avant d'avoir une tenue correcte. Sous aucun prétexte on ne doit quitter le service sans manchettes. Comment obtenir le respect des patients si on ne joue pas le jeu ?

À l'entendre, songea Stratton en attendant Fay Marchant qui était allée mettre ses manchettes, on aurait pu croire qu'elle se baladait en négligé affriolant. Fugitivement distrait par cette vision, il fut tiré de sa rêverie par un mugissement de douleur et se sentit penaud.

Fay revint, reçut un bref signe d'approbation de sa chef, et ils quittèrent le service. Tout en marchant dans le couloir, Stratton coula un regard à la jeune fille, qui semblait au bord des larmes. Non seulement elle venait de se faire engueuler par sa hiérarchie, mais il en avait été témoin. Pour détendre l'atmosphère, il lança :

– Pfff ! Quel dragon !

– Oh, non ! dit Fay, loyale. Elle avait raison. J'aurais dû y penser, mais... Je n'ai guère dormi cette nuit. On est censées prendre notre service à huit heures, mais ils nous ont appelées en pleine nuit, quand on a amené les blessés...

– Dans ce cas, vous allez être contente de pouvoir souffler...

Ils arrivèrent au bureau que Stratton avait réussi à réquisitionner pour deux heures et s'installèrent de part et d'autre de la table. Fay parut très soulagée d'avoir l'occasion de s'asseoir et Stratton devina qu'elle était tout simplement trop éreintée pour redouter ses questions. Il sortit le papier de sa poche et le fit glisser sur la table.

Fay le déplia et le fixa du regard longuement. Puis, d'une voix découragée, elle dit simplement :

– Oui... Où l'avez-vous trouvé ? ajouta-t-elle en le repoussant dans sa direction.

– Mme Reynolds me l'a donné. C'était dans l'une des poches de M. Reynolds.

– Oh, non...

Fay se pencha en avant et, les coudes sur la table, se prit la tête dans les mains.

– Elle sait... qui... ?

– Non. Enfin, pas encore.

– Écoutez, dit-elle d'un air las, relevant la tête. Ce n'est pas ce que vous croyez.

– Ah bon ? Il y avait plus que des « affinités » entre vous et le Dr Reynolds, n'est-ce pas ?

La jeune fille acquiesça tristement.

– C'était... Oh, Seigneur. Tout ce que je pourrais dire aura l'air affreusement sordide, n'est-ce pas ? Mais il ne s'agissait pas de cela.

– Non ? Alors, de quoi s'agissait-il ?

– Je me sentais seule, inspecteur. À la mort de mon fiancé, je me suis repliée sur moi-même. Mais à la longue, j'ai commencé à avoir l'impression que ma vie se réduisait à mon travail, que je n'avais plus de prénom, parce que plus personne ne le prononçait... Il n'y avait plus que l'hôpital dans ma vie, et tout ce que je faisais, c'était vider des bassins et récurer des saletés. Je ne me cherche pas d'excuses, mais c'est comme ça...

– Jusqu'au jour où le Dr Reynolds est arrivé ?

– Oui, mais j'avais rompu, inspecteur, avant...

– Avant sa mort ?

– Un mois avant, environ.

– C'est assez vague. Vous n'avez pas une date... ? Quand cela avait-il commencé ?

– À Noël. On avait donné un concert pour les patients...

Soudain ressuscitée, Fay leva les yeux au ciel. Encouragé par cette réaction, Stratton dit :

– Comme s'ils ne souffraient pas assez... ?

Fay eut un sourire.

– Ah, c'est sûr qu'ils ont dû souffrir en entendant Mlle Bateman chanter « Goodnight Sweatheart », je vous le garantis !

– Et quelle fut votre contribution ?

– J'étais au dernier rang. On a donné la « Lambeth Walk » et « Run, Rabbit »… (Elle secoua la tête.) Atroce.

– Et le Dr Reynolds ?

– Il n'a pas participé. Certains médecins figuraient dans le spectacle, mais lui était juste spectateur. C'est après qu'on a parlé. Certaines personnes ont dû aussitôt se remettre au travail, mais la tradition veut qu'il y ait un repas où les médecins servent les infirmières, et nous y sommes allés. J'ai exprimé le souhait de changer de tenue et de m'échapper, et il m'a invitée à prendre un verre pour le nouvel an – quelque part, loin de tout ça. J'ai cru que c'était par politesse, mais il s'en est souvenu. Il m'a emmenée au restaurant, puis danser. C'était merveilleux – il me semblait revivre – et voilà comment tout a commencé. J'ai bien eu des scrupules, mais…

– Une chose en entraînant une autre…

– Oui, mais ce n'est pas ce qu'il paraît… ce billet. Les « dispositions à prendre ». Je sais qu'on pourrait croire…

– Croire quoi ?

– Que j'avais des ennuis. J'ai cru que je l'étais, mais ce n'était pas le cas.

– Vous vous êtes crue enceinte ?

La jeune fille opina d'un air malheureux.

– Oui.

– Donc, par « dispositions à prendre », qu'entendiez-vous ?

– Je voulais dire… qu'il fallait qu'on se parle… de ce que je – nous – nous allions faire.

– C'est-à-dire ?

– On n'a pas… On en a parlé, et Duncan m'a conseillé d'attendre quelques jours, pour être sûr, ce que j'ai fait et…

La jeune fille rougit.

– Tout s'est arrangé.

– Vous aviez envisagé un avortement ?

Fay hésita.

– Le Dr Reynolds est mort. Il ne risque plus d'être poursuivi en justice. Et vous non plus, si vous n'avez rien fait.

– Mais je n'ai rien fait ! Ça n'a pas été nécessaire. Juré, inspecteur !

– Mais vous en avez parlé...

– Oui. Il a dit qu'au besoin, il pourrait me trouver un endroit où...

– Il avait déjà fait cela, à votre avis ?

– Quoi, fréquenter d'autres filles ?

– Arranger des avortements. Mais oui, cela aussi...

– Je ne crois pas. Enfin, je n'en sais rien, en fait. Mais je n'ai jamais entendu de ragots...

– Connaissiez-vous le nom de cette clinique ?

– Je ne sais même pas si elle existe. Il avait juste parlé d'un « arrangement ».

– Quand avez-vous écrit ce billet ?

Fay réfléchit.

– La date exacte, je ne m'en souviens pas, mais c'était juste après Pâques, parce que j'avais pu m'absenter deux jours pour aller voir mes parents. Ils habitent Cheltenham.

Stratton fit un rapide calcul mental : avril, mai, juin, juillet... trois mois et demi. Les grossesses de Jenny s'étaient-elles vues, à ce stade-là ? Il ne se rappelait pas. Fay était bien proportionnée, mais mince comme un roseau, donc...

La jeune fille, qui semblait avoir deviné ses pensées, déclara sèchement :

– Je n'attends pas d'enfant, inspecteur !

Stratton cherchait à masquer son embarras en griffonnant des bêtises dans son calepin, quand elle ajouta, d'une voix suppliante :

– Inspecteur, je sais que vous devez me poser ces questions, mais vous ne me croyez tout de même pas mêlée à sa mort ?

Cela, se rappela-t-il, ressemblait beaucoup à la question de Mme Reynolds.

– Je ne sais pas quoi penser, répondit-il, sincère. Mais – il brandit son crayon à l'appui de son propos – je finirai bien par découvrir la vérité. Donc, ajouta-t-il brusquement, si vous avez autre chose à me dire...

Une fois la jeune fille partie, il réalisa qu'il ne savait toujours pas si elle avait dit la vérité. En partie, sans doute, mais toute la vérité ? Avait-elle été enceinte ? En plus d'être un médecin incompétent, Reynolds avait-il été un avorteur ?

Après avoir passé un moment à rêvasser, soupesant toutes les éventualités mais sans jamais parvenir à une conclusion, il remit son calepin dans sa poche et repartit vers le commissariat.

26

L E DR DACRE, à présent affecté au service des urgences, se
tenait à l'intérieur de sa tanière et s'épongeait la figure
avec son mouchoir. C'était l'une des anciennes réserves de
linge. Située en étage, la pièce n'était plus propre à cet usage
depuis que sa fenêtre avait été soufflée par une bombe et que
les draps, rêches et rapiécés mais irremplaçables, étaient
devenus abrasifs à cause des éclats de verre. À présent, on y
entreposait des béquilles et des prothèses. Mollement pendu
derrière la porte, il y avait un mannequin articulé grandeur
nature qui servait aux élèves infirmières à s'exercer à faire
attelles et pansements, et Dacre prit place – dans une demi-
pénombre, grâce à une planche mal fixée qu'il avait réussi à
repousser – parmi les mains et les pieds en bois dépassant des
étagères.

Trois jours après son entrée en fonction, il s'était approprié la clé dans le bureau de l'infirmière en chef. Ici, dans un
placard plein d'appareils orthopédiques, il cachait un dictionnaire médical qu'il consultait à la lueur de sa torche électrique chaque fois qu'un patient présentait des symptômes
bizarres lui arrivait sans qu'il puisse le fourguer à son collègue plus âgé, le Dr Ransome. S'absenter pour grimper en
trombe quatre volées de marches n'était pas toujours facile,
mais tout le monde était si occupé qu'on ne lui avait jamais
demandé où il allait. En outre, cela lui donnait l'occasion de
chercher Fay. Il l'avait aperçue deux fois, mais toujours parmi
un groupe d'infirmières et il voulait la voir seule. Une ren-

contre fortuite, ou prétendument fortuite, était ce qu'il fallait, et plus les jours passaient, plus sa frustration grandissait. Il ne voulait pas dévoiler ses intentions en interrogeant des médecins à son sujet – cela éveillerait la curiosité, déclencherait des remarques grivoises et il n'en était pas question : Fay ne devait pas être partagée avec quiconque, même pour rire.

Tout le reste allait comme sur des roulettes. Au cours de ces deux semaines – sauf ce jour épouvantable où il avait failli injecter à un enfant une dose mortelle d'insuline avant de s'en apercevoir à temps – les choses s'étaient déroulées aussi bien qu'il l'avait imaginé et il commençait à s'amuser.

Grâce aux recommandations de Wemyss, le sacro-saint « entretien » avec le professeur Haycraft avait été d'une facilité presque risible. L'expression d'Unwin – un « vieux fossile » – le résumait à merveille : distrait et l'air résigné, c'était la cible idéale. Après avoir répondu à des questions élémentaires sur sa formation et son expérience, Dacre lui avait montré ses pseudo-références. La phase la plus périlleuse de l'entrevue : si Haycraft avait décidé de contacter l'un des professeurs de St-Andrews, il aurait eu des problèmes. En fait, le bonhomme s'était contenté d'opiner en disant :

– Tout semble en ordre. Franchement (là, il se fendit d'un sourire contrit), « À cheval donné, on ne regarde pas les dents ». D'ailleurs, je connais McDermott, dit-il en pianotant sur le document du dessus. Quelqu'un de bien...

– Oui, monsieur le professeur...

– Il vous tarde, je suppose, de voir où vous allez travailler ? Haycraft se leva.

– Je vais vous faire moi-même les honneurs de la maison. Laissez-moi une minute, le temps d'aller parler à ma secrétaire. (Petit rire.) Elle me tient la bride, vous savez !

Quand il quitta la pièce, Dacre en profita pour faucher du papier à lettres à en-tête sur le bureau – à toutes fins utiles. Il avait repris sa place quand Haycraft revint.

– Permission accordée, mais juste pour dix minutes... En route !

Sa secrétaire n'était sans doute pas un dragon, mais plutôt un prétexte commode quand Monsieur le Professeur n'avait pas envie de faire quelque chose et Dacre ne demandait qu'à y croire.

Alors qu'ils gagnaient sans hâte les urgences, il eut l'impression de participer à une marche solennelle. Haycraft avançait tels ces officiers de marine qu'on voit au cinéma arpenter le pont supérieur, le torse bombé, les mains dans le dos. À sa vue, le silence se faisait, tout le monde se mettait au garde-à-vous et Dacre savourait cette gloire par procuration.

– Je dois dire, déclara le professeur tout en déambulant dans le couloir, que votre venue tombe à pic. Ce n'est pas du tout régulier, mais il nous manquait vraiment une paire de bras...

– J'ai bien compris. Le Dr Wemyss m'a parlé du pauvre Dr Reynolds. Et de l'infirmière, bien sûr...

– C'est épouvantable... épouvantable. Ça ne s'était jamais produit. Vraiment, je me demande... (il secoua la tête, songeur) où va notre civilisation... Enfin, ajouta-t-il, au moment où ils tournaient à l'angle pour descendre, nous sommes l'institution clé du secteur 5 et, à ce titre, le principal point de réception des urgences de la zone. Nous gardons deux cents lits pour les blessés. Dès qu'ils peuvent être déplacés, soit ils rentrent chez eux, soit nous les transférons dans un autre hôpital. Nous avons un poste de secours pour les blessés légers. Tous les blocs opératoires sont à présent au sous-sol, bien entendu, et nous avons un générateur de secours en cas de coupure de courant...

Ils atteignirent les lourdes portes battantes du service, et Dacre prit habilement les devants pour en ouvrir une à l'intention du professeur.

– Merci. Et maintenant, aux premières loges ! Comme vous pouvez le voir, nous avons tout... Mademoiselle Radford !

Une grosse quinquagénaire aux joues roses s'était précipitée devant les rangées de patients en attente pour se poster juste à sa hauteur.

Elle se dandina légèrement quand Haycraft s'adressa à elle, comme si elle s'empêchait à grand-peine de faire la révérence.

– Voici le Dr Dacre. Il va venir à notre secours – très prochainement, j'espère.

Se tournant vers Dacre, il ajouta :

– N'est-ce pas ?

– Oh, mais absolument, dit Dacre de tout son cœur. À votre service.

À ce moment-là, il avait oublié qu'il n'était pas médecin et ne demandait qu'à monter au créneau pour soigner les malades. Il adressa à Mlle Radford un sourire radieux et en reçut un en retour. Pour lui montrer qu'il voyait autant la femme en elle qu'une incarnation de l'autorité, du dévoue-ment – enfin, de toutes les qualités d'une infirmière –, il la toisa de haut en bas et de bas en haut : yeux, lèvres, seins, yeux, s'attardant à chaque étape un peu plus longtemps qu'il n'aurait dû – mais sans vulgarité ni provocation. Simple, mais efficace, comme d'habitude.

– Splendide ! dit Haycraft. Nous allons tout de suite… vous mettre sur le gril…

Il observa un silence pour permettre à ses auditeurs de rire à cette fine plaisanterie, ce qu'ils ne manquèrent pas de faire.

– Le Dr Ransome est là ?

– Hélas, il est très occupé pour le moment, professeur. Il a dû aller voir l'interne en chirurgie.

– Peu importe. Ransome, indiqua-t-il à Dacre, est le respon-sable de ce service. Vous ferez sa connaissance plus tard. On va tout de même faire un tour… Infirmière, ouvrez la voie !

Mlle Radford fonça vers le rang de paravents en bois qui dissimulaient les patients qu'on était en train de soigner, et les deux hommes la suivirent.

– On a dû rajouter des lits ici, expliqua Haycraft. Et main-tenant…, dit-il en s'approchant d'une jeune femme rousse aux cheveux raides et ternes, aux dents protubérantes, qui était assise, l'air abattu, dans l'une des alcôves temporaires. Qu'en dites-vous ?

Dacre sentit son scrotum se ratatiner et son estomac se contracter. Jusqu'à présent, son assurance avait été celle d'un acteur qui a appris son texte. Il croyait s'être préparé au moment où il aurait à démontrer ses compétences pratiques, mais à présent, son script envolé, il devait improviser.

– Il s'agit de Mlle…

L'infirmière jeta un coup d'œil à l'un des nombreux tableaux accrochés au mur. La plupart étaient couverts d'illi-sibles gribouillis, mais l'un d'eux était resté vierge, à l'excep-tion d'un nom en haut.

– Mlle Kendall.

Conscient d'être l'objet de regards attentifs, Dacre s'avança vers la malade. Rien ne la désignait comme souffrante, hormis son air accablé.

– De quoi souffrons-nous ? dit-il.

– Voilà, docteur...

Mlle Kendall ôta son manteau et – horreur ! – se mit ensuite à déboutonner son corsage, révélant la naissance de ce qui était visiblement de très jolis seins, puis un soutien-gorge pigeonnant, et enfin une éruption impressionnante au niveau de l'abdomen. Dacre, qui se sentait atrocement rougir, ne put qu'ouvrir de grands yeux quand Mlle Kendall se mit torse nu et se retourna à demi pour lui montrer que l'éruption avait aussi gagné son dos.

– Ça date de ce matin. Qu'est-ce que ça démange !

Dacre tâcha désespérément de la regarder dans les yeux, et il remarqua alors qu'elle était très maquillée. Une prostituée... ? Syphilis secondaire ? Son cerveau travaillait à toute allure. Il y avait un test, la réaction de Bordet-Wassermann... Et il devrait examiner son... Oh, Seigneur ! Il fallait réfléchir. « Du calme, réfléchis. » Peut-être n'était-ce pas une maladie vénérienne, mais un truc très contagieux. Les boutons avaient l'air assez enflammés, mais – il fit deux pas en avant pour examiner ce dos – ne semblaient pas suppurer, ce qui était sans doute un bon point... Peut-être une chose toute simple, comme la rougeole ou la varicelle, que tout médecin digne de son salaire diagnostiquerait instantanément – mais seuls les enfants étaient touchés, non ? Dieu tout-puissant, il était complètement paumé... Son cœur battait si fort qu'il se demandait comment on pouvait ne pas l'entendre.

– Alors ? fit Haycraft dans son dos. Qu'est-ce que vous en dites ?

« Du calme. Gagne du temps... *Du temps.* » Le professeur avait bien affirmé qu'il n'avait que dix minutes, n'est-ce pas ? Elles devaient être largement écoulées.

– Eh bien...

Souriant, il affronta le professeur, qui avait sorti sa pipe et était occupé à la bourrer de tabac. Tout en se mettant à parler, il s'arrangea pour découvrir son poignet, puis gesticula afin de mettre sa montre en évidence.

– Souvent, il m'arrive de penser qu'être un bon médecin, c'est savoir s'abstenir d'intervenir...

Haycraft haussa les sourcils.

– ... mais, s'empressa-t-il d'ajouter, avec un nouveau moulinet, dans ce cas précis...

– Bonté divine !

Le regard attiré par un reflet métallique, le professeur avait ôté son pouce du fourneau et consultait maintenant sa propre montre.

– Navré, Dacre, mais je dois retourner là-haut, ou bien... (il eut un gloussement) je vais me faire gronder. Je vous laisse entre les mains compétentes de Mlle Radford. Je ne doute pas qu'elle fera un guide bien meilleur que moi. Remontez quand vous aurez fini, que l'administration puisse vous arranger ça...

Il lui tendit la main.

– Bienvenue à bord !

Ravie du compliment, l'infirmière sautillait quasiment en l'escortant vers la sortie. Laissé seul avec Mlle Kendall, Dacre poussa un soupir de soulagement – sans doute audible, car elle lui lança un regard perçant et dit :

– Ben quoi, il vous a à la bonne, non ?

Décontenancé par ce manque d'égards, il lui lança un :

– Reboutonnez-vous !

– Vous n'allez pas m'examiner ?

– Vous n'en avez pas ailleurs, si ?

– Non, vous avez tout vu.

– Bon, dans ce cas...

À présent qu'il n'y avait plus de témoins, il y voyait plus clair et pouvait se concentrer. Diagnostic. Interrogatoire.

– De quand date cette éruption ?

– De ce matin, je vous dis...

– Et ça démange ?

– Oui.

– On peut vous donner quelque chose pour ça, dit-il, se rappelant la lotion calmante à la calamine que sa mère utilisait contre les piqûres d'orties quand il était enfant. Avez-vous de la fièvre ?

– Comment je le saurais ?

– Vous avez chaud ? demanda Dacre, qui se prenait au jeu.

181

– Non, je crois pas.

– Ça vous est déjà arrivé ?

Mlle Kendall fit signe que non.

– Vous avez eu d'autres symptômes ?

– J'ai vomi.

– Quand ?

– Cette nuit. Trois fois. Un truc que j'ai mangé.

– C'est-à-dire ?

– Du homard en conserve. Oh, et du pain avec de la margarine...

Ah, ah ! se dit Dacre, se rappelant ses lectures sur les intoxications alimentaires. Ce serait facile comme tout.

– Maman avait gardé le homard spécialement pour moi.

– Depuis longtemps ?

– Environ six mois.

– Il avait bon goût ?

– Ben... Ça m'a bien paru un peu bizarre, mais comme c'était la première fois...

– Vous avez été seule à en consommer ?

– Oui. Maman l'avait gardé en mon honneur, pour ma permission... Je travaille dans une ferme, vous savez. J'avais hâte de rentrer chez nous, dit-elle tristement, et maintenant tout est gâché...

– Ne vous en faites pas, vous serez vite sur pied, déclara Dacre avec chaleur. Que faisiez-vous avant la guerre ?

– J'étais coiffeuse.

Voilà qui expliquait les peintures de guerre. Il se demanda si elle se maquillait à la ferme.

– Ça doit vous changer, les vaches et les cochons...

– Si vous saviez, docteur ! Ça pue !

Elle l'avait appelé « docteur ». Il jubilait.

– Vous êtes sûre que votre maman n'en a pas mangé ?

– Non, non... Mais aujourd'hui, elle va peut-être finir les restes...

– Une fois à la maison, dites-lui de tout jeter ! Quant à vous, défense de manger quoi que ce soit pendant les prochaines vingt-quatre heures, mais veillez à boire abondamment – eau ou thé, rien de plus fort.

– Vous ne me donnez pas de médicaments ?

Dacre observa un silence. Il ne savait pas du tout ce qu'il convenait de prescrire. Le souvenir d'une émission radiophonique lui fit dire :

– Non. Voyez-vous, votre estomac et vos intestins sont irrités ; ils doivent se reposer avant de pouvoir se remettre à fonctionner normalement.

– Oui, docteur.

Mlle Kendall semblait déçue.

À ce moment-là, Mlle Radford rappliqua et se tint, à une distance respectueuse, juste devant le paravent.

– Je crois que nous avons trouvé le coupable, lui annonça-t-il gaiement. Homard en conserve. On n'en mangera plus, n'est-ce pas ? ajouta-t-il à l'adresse de Mlle Kendall.

– Non, docteur.

– À la bonne heure. Vous pouvez rentrer chez vous.

– Et les démangeaisons, docteur ? Vous avez dit que vous pouviez me donner quelque chose.

– Ah oui, bien sûr. Lotion à la calamine. Ça se trouve en pharmacie.

Mlle Radford chargea une infirmière d'aller chercher du papier et il griffonna un : « Lotion à la calamine » en grosses lettres capitales sur la feuille qu'il donna à la jeune fille.

– Voilà ! Si vous suivez mes conseils, vous vous porterez comme un charme dans quelques jours.

Une fois sa première patiente partie, Dacre se tourna vers Mlle Radford. À présent qu'il l'avait jaugée, il estimait que le mieux avec elle, c'était de se faire passer pour un charmant anticonformiste, facile à vivre et poli. Il avait commencé par quelques nouveaux coups d'œil de haut en bas – toutes les femmes sont sensibles à la flatterie – et par rappeler ce qu'il avait déjà dit – qu'un médecin ne devait jamais en faire trop (sauf quand c'était une question de vie ou de mort, bien sûr).

– Comme je le disais tantôt (il lui adressa son sourire le plus éclatant), il me semble qu'il vaut mieux laisser faire la nature chaque fois que c'est possible. Après tout, cette vieille dame connaît son boulot, non ? Vous savez, les gens nous éviteraient bien des soucis s'ils étaient moins négligents. Après tout, on a assez à faire dans les circonstances actuelles… De plus (là, il lui fit la grâce d'un clin d'œil espiègle) rien ne vaut les soins d'une bonne infirmière formée à la vieille école. Mais, ajouta-t-il, plus grave, je suis sûr que vous n'avez pas le temps de m'écouter pontifier. Vous allez pouvoir me mettre au courant ?

– Bien sûr ! dit Mlle Radford. Mais...

Elle décrocha le tableau au mur.

– Avant cela, il faut remplir sa fiche...

– Seigneur !

De nouveau, Dacre sortit son stylo plume.

– J'allais oublier. Une petite minute.

L'infirmière parut légèrement perplexe et resta où elle était.

– Ce ne sera pas long, déclara-t-il d'une voix ferme, tout en priant pour qu'elle parte.

C'était l'instant qu'il avait le plus redouté. Il n'avait pas manqué une occasion d'examiner ces tableaux, mais la plupart des médecins avaient une écriture illisible et la moitié de ce qui était noté, l'était en latin. Il aurait bien voulu puiser l'inspiration dans les autres tableaux accrochés au mur, mais en présence de cette femme, ce n'était guère possible.

– Enfin..., commença-t-elle, et là – pile au bon moment, Dieu merci – une infirmière passa la tête.

– S'il vous plaît, mademoiselle Radford, le Dr Ransome vous demande. Il y a...

Le reste, il ne l'entendit pas, l'infirmière-major s'étant éclipsée après lui avoir lancé un dernier regard intrigué. Il respira à fond et se pencha pour consulter les tableaux complétés. Du charabia pour lui, avec ces + éparpillés un peu partout, quelques chiffres et ce qui semblait être des fractions. La signature en bas était peut-être « Ransome », mais s'il n'avait pas connu ce nom, il n'aurait pas su le déchiffrer. Et puis zut ! Jusque-là, il s'était débrouillé, non ? Presque tous les médecins avaient une écriture de cochon et lui-même ne ferait pas exception. Il gribouilla quelques lignes, ajouta deux + (si cette éruption ne méritait pas un +, alors quoi ?), puis signa de son nom, d'une indéchiffrable façon, en bas. Remettant le tableau au mur, il jugea que le document avait l'air aussi authentique que les autres – et d'ailleurs, quelles raisons Mlle Radford aurait-elle de s'y référer ? Après tout, Mlle Kendall avait été renvoyée chez elle.

Il jeta un coup d'œil à l'extérieur de l'alcôve et vit que l'infirmière-major revenait dans sa direction, s'arrêtant en chemin pour donner ses instructions à ses subordonnées. Il vint à sa rencontre.

– C'est fait ! N'oubliez pas, mademoiselle (sourire effronté) que je suis le petit nouveau, ici, donc à votre merci...

– Oh, docteur !

La bonne femme parut très impressionnée par cette idée.

– Vous verrez que c'est très simple, en fait...

– Il ne faudra pas vous étonner si je pose un tas de questions. Pour moi, il ne faut jamais présumer de rien.

Il avait passé une bonne partie de l'après-midi à suivre Mlle Radford et avait réussi, à quatre heures de l'après-midi, au moment du thé, à la réduire à un état d'adoration gloussante. Elle lui avait présenté l'infirmière en chef et le Dr Ransome, chef des urgences, un petit homme corpulent qui clignait des yeux telle une chouette derrière ses lunettes à grosse monture et était visiblement enchanté de le voir. Ensuite, il était remonté pour passer le reste de la journée cloîtré d'abord avec Mlle Potter, la secrétaire du professeur Haycraft (qui, avec ses yeux de biche et ses manières contrites, n'avait rien d'une harpie), puis dans les locaux de l'administration où sa nomination avait été officialisée.

Ayant serré une dernière fois la main du professeur, il était rentré chez lui pour se préparer à sa première journée de travail. Ce soir-là, seul dans sa chambre, avec une unique bouteille de bière pour faire la fête, il avait arrêté une méthode.

Dans la mesure du possible, veiller à ce que tout patient avec des symptômes compliqués soit vu par le Dr Ransome. Toute personne semblant devoir être admise pourrait – à condition qu'il ait fait une ébauche de diagnostic – être traitée à l'intérieur des services et, en cas de doute, il demanderait son opinion au Dr Ransome. On ne pouvait pas s'attendre à ce qu'un jeune médecin ait tout vu et, de plus, le vieux bonhomme serait flatté par tant de déférence. Le plus important avec les patients, c'était l'assurance. L'indécision, que le Dr Ransome pourrait – si l'affaire était bien présentée – interpréter comme une preuve de sérieux et de conscience professionnelle, associés à un léger manque de confiance en soi, serait prise par le profane pour de la faiblesse – donc, n'en rien montrer. Être attentif, à l'écoute des malades, était plus important que les guérir. Encore un peu d'entraînement avec le vieux stéthoscope, et il serait peinard.

En dernier lieu, il avait décidé de se trouver une planque où il pourrait consulter son antisèche et, au besoin, se calmer. C'était ce qu'il faisait à présent, ayant réussi *in extremis* à diagnostiquer une appendicite. Il feuilleta le dictionnaire à la recherche du terme : « torsion testiculaire ». Le Dr Ransome, avant d'être appelé ailleurs, avait orienté son attention sur un patient qui, d'après lui, pouvait souffrir de cela, mais il n'avait aucune idée de ce que ça pouvait bien être – sinon un truc horrible. Voir ce malheureux se tordre de douleur dans son lit, le visage tout luisant de sueur, l'avait fait détaler vers son manuel, selon lequel on devait s'attendre à voir une grosseur et une douleur intense pouvant entraîner vertiges et vomissements...

Il n'était pas très pressé d'examiner les couilles de ce type, mais ça pourrait aller. Après tout, mis à part ces cas extrêmes, les gens qu'il voyait commençaient à ressembler, non plus à des être humains mais à des ensembles d'organes. Il en apprenait un peu plus chaque jour et étudiait la nuit. La médecine, avait-il découvert, était tout autant une affaire de bon sens que de savoir spécialisé. Mlle Radford le vénérait, il avait remarqué les regards adorateurs de plusieurs infirmières, les patients avaient confiance en lui et maintenant, certaines des choses qu'il inscrivait sur les tableaux avaient même un sens pour lui ! Il allait se fumer une petite sèche – Wemyss l'avait présenté à un buraliste du coin qui favorisait les médecins, donc il était bien approvisionné –, puis retournerait dans l'arène. En somme, la question de Fay mise à part, les choses prenaient tournure : il était estimé, respecté, et chaque jour plus compétent.

27

L E LENDEMAIN, Dacre se dirigeait sans se presser vers le service de chirurgie hommes, où il avait été appelé par l'un des internes en chirurgie. Il en transpirait d'inquiétude, redoutant d'avoir omis de déceler quelque chose ou négligé de suivre une procédure d'urgence vitale. Enfin, entre toubibs on se serrait toujours les coudes, pas vrai ? Après tout, les bavures du Dr Reynolds avaient toujours été couvertes et, avec tout ce travail, tout le monde pouvait se tromper, non ? Il se creusait les méninges, tâchant de se rappeler tous les patients qu'il avait vus au cours des dernières quarante-huit heures. Réduits comme ils l'étaient à présent aux parties concernées de leur anatomie, il ne se souvenait d'aucun visage. Respirant à fond, il poussa la porte du service. Des infirmières se déplaçaient vivement parmi les lits où des hommes d'âges divers étaient sagement bordés. L'exception était un jeune qui avait un genre d'arceau au-dessus de la moitié inférieure du corps pour le soulager du poids des draps et des couvertures, et c'était auprès de ce lit que le chirurgien, M. Hambling, attendait. Le cœur serré, Dacre reconnut ce patient : c'était M. Doherty, la torsion testiculaire. Au souvenir du scrotum enflé et écarlate qui semblait presque palpiter sous ses yeux, il se sentit mal. Il adressa un vague sourire à M. Hambling qui ne lui fut pas retourné.

– Docteur Dacre ?
– Oui.
– Venez avec moi.

Dacre le suivit en dehors du service.

– Je viens d'exécuter une orchidectomie sur cet homme.

Son cerveau travailla à toute allure. Une orchi... oh, *merde* ! Il lui avait coupé les couilles.

– Quoi... ?

– Vous auriez dû nous dire que c'était un cas d'urgence.

– Mais je croyais que... ce sont toujours des urgences, non ?

– Ça, je le sais ! rétorqua l'autre, cassant, mais vous êtes censé nous mettre au courant, pour qu'on puisse se préparer.

– Toutes mes excuses, répondit-il avec humilité. À l'origine, c'était le patient du Dr Ransome, mais il a été appelé ailleurs, et... à vrai dire, je me suis demandé au début si ce n'était pas une simple infection. Mais j'ai cru bon de le faire monter sans attendre le Dr Ransome, au cas où...

– Quels étaient les symptômes ?

– Douleurs, enflure, vomissements, fièvre...

– Je vois. Le testicule était foutu. J'ai dû pratiquer l'ablation.

Se sentant défaillir, Dacre s'adossa au mur du couloir. Au moins, le type n'en avait perdu qu'un.

– La gangrène, mon vieux, dit Hambling avec impatience, prenant son expression pour de l'incompréhension.

– Oui, dit Dacre qui se sentait sur le point de vomir. Bien sûr...

– J'ai attaché l'autre à la cloison scrotale, afin que ça ne se reproduise pas.

La tête lui tournait. Ressentant une douleur véritable à l'entrejambe, il ferma les yeux. À sa grande surprise, la main du chirurgien se posa sur son épaule.

– C'est bon, fit ce dernier d'une voix radoucie. Vous n'aviez jamais vu ça, hein ?

Dacre confirma d'un signe.

– Un choc, évidemment. Le service trois pièces... Pas très agréable. Et inhabituel chez un homme de cet âge – ça atteint plutôt les jeunes garçons. Alors, sans rancune ? Du moment que les procédures seront suivies à l'avenir...

Dacre ravala sa salive.

– Oui. Désolé. Je suis nouveau. J'ai l'impression de... patauger, parfois.

– Évidemment. C'est compréhensible. Vous en faites pas. Bon, je vous laisse récupérer...

Lui ayant tapé sur l'épaule, Hambling retourna travailler.

Dacre resta immobile. La gangrène. Le type aurait pu y passer, et cela par sa faute. La vision du visage tourmenté du malade dansa sous ses yeux. Il battit des paupières. « Arrête ! Tous les médecins doivent ressentir cela à certains moments. » Le tout, c'était de rester objectif. Ne pas se montrer trop délicat, et encore moins émotif. C'était quelque chose qu'il avait réussi à maintenir à distance pendant des années – céder aujourd'hui reviendrait à tout gâcher.

Tout frémissant, il s'écarta du mur et s'apprêtait à retourner aux urgences – après une escale dans sa tanière, pour une rassérénante pause cigarette – lorsqu'on le percuta et il entendit une chose métallique se fracasser par terre. Peut-être parce qu'il n'était pas encore très ferme sur ses jambes, il se laissa retomber mollement contre le mur, tressaillant au contact du carrelage.

– Désolée, docteur, fit une voix douce et anxieuse.

Relevant la tête, il eut comme un coup au cœur. C'était bien *elle*, toute rayonnante devant lui, comme auréolée de lumière. De près, elle était encore plus ravissante que le jour où il l'avait vue pour la première fois, près des ruines. Elle était *parfaite* ! Et maintenant, ses beaux yeux exprimaient une grave inquiétude.

– Vous... ça va ? dit-elle. Vous êtes tout pâle.

– Oui...

Oh, il ne s'était pas trompé ! Fay Marchant était aussi aimable et sérieuse qu'il l'avait supposé. Et elle s'exprimait bien – sa voix était aussi charmante que le reste. Pas de doute : c'était l'élue.

– Il n'y a pas de mal, répondit-il d'une voix énergique et gaie. Ça va passer...

– Sauf votre respect, vous ne devriez pas vous asseoir, en attendant... ?

– Non, non.

Il se redressa avec un sourire brave.

– Ce n'est rien. Pas d'inquiétude. Vous avez fait tomber quelque chose ?

– Oui.

Il admira sa chute de reins quand elle se baissa pour ramasser le plateau et la seringue.

– Mon Dieu, il faudra tout restériliser et il y avait des fioles... J'espère qu'elles ne sont pas cassées.

Dacre regarda les lames du plancher.

– Je ne vois rien. Que contenaient-elles ?

– De la morphine. Pour nos grands brûlés.

– Eh bien, elles doivent être quelque part. Elles ont dû rouler...

Tout en disant cela, il avait repéré du coin de l'œil quelque chose qui brillait près de la plinthe, à quelques pas. Fay, qui regardait ailleurs, ne l'avait pas vu.

Pris d'une impulsion, il dit :

– Regardez par là... (Il lui désignait le côté opposé.) Moi, je vais regarder par ici.

Elle lui obéit et il se pencha pour inspecter les bords des lames du parquet. Là, il trouva deux petits flacons de verre intacts et un troisième brisé. Glissant les fioles intactes dans sa poche, il ramassa les morceaux de verre et, se tournant vers la jeune fille qui survolait le sol du regard, de l'autre côté du couloir, dit :

– Hélas, c'est fichu. En tout cas, celle-ci... Les deux autres ont dû disparaître ici...

S'agenouillant, il désigna une fente le long de la plinthe. L'air consterné, elle vint examiner l'endroit.

– Ma chef va me tuer !

– Mais non. Tout le monde peut avoir un accident. Ne suis-je pas bien placé pour le savoir ? ajouta-t-il d'un air contrit, et il eut un sourire dubitatif en retour. Comment vous appelez-vous ?

– Marchant.

– Je veux dire : votre prénom.

– Ooh...

Elle eut un petit rire.

– La force de l'habitude... Fay.

– Vous travaillez au service de chirurgie hommes ?

Elle acquiesça.

– James Dacre.

Il lui tendit la main. Les yeux de la jeune fille s'écarquillèrent.

– Oooh ! fit-elle, avec coquetterie. J'ai entendu parler de vous.

Déjà, elle flirtait ! Il avait toujours su qu'elle serait sienne. Ce serait du gâteau – si elle avait entendu dire qu'il était marié, il pourrait tourner cela à son avantage... Il lui raconterait une histoire à fendre le cœur et elle en voudrait à cette femme adultère, aurait pitié de lui.

– Merci d'avoir volé à mon secours, dit-il.

– Comment ça ? J'ai foncé sur vous !

– Oui, mais ensuite vous avez volé à mon secours. Enfin, vous avez essayé...

Elle rit.

– Pas précisément !

– Voudriez-vous encore me secourir, plus tard ?

Elle haussa les sourcils, amusée par cette formulation ambiguë.

– Comment l'entendez-vous ?

– Oh, Seigneur...

Dacre se permit un gloussement nerveux.

– Je me suis mal exprimé. Je ne voulais pas...

Il eut un sourire timide, de façon à lui montrer qu'elle l'attirait, mais qu'il n'avait pas voulu tenir des propos déplacés.

– Je m'enferre, hein ? Ce que je voulais dire, c'est que j'ai besoin d'aide.

– D'aide ?

– Oui. Vous comprenez, je suis nouveau ici, et je viens de me faire engueuler par M. Hambling. Donc, comme vous voyez, nous sommes tous deux dans le pétrin. Question de procédure. Je ne connais pas encore toutes les ficelles.

– Quel patient ?

– M. Doherty.

– Oh...

Voyant ses joues rosir légèrement, Dacre s'empressa d'ajouter :

– Deux semaines que je suis là, et déjà je fais des bêtises...

– M. Hambling ne mâche pas ses mots, hein ?

Content de voir une amorce de connivence, il dit :

– Alors, m'aiderez-vous à me soustraire à son courroux, à l'avenir ?

191

– Si je peux. Mais...

– Je n'en doute pas. À quelle heure finissez-vous ?

– Vingt heures. Quand j'ai de la chance.

– Je peux vous offrir un verre ?

La jeune fille parut y réfléchir et dit :

– Oui, avec grand plaisir.

Il était sur le point de répondre quand elle écarquilla les yeux en regardant quelque chose derrière lui et chuchota :

– Ma chef... elle vient !

– Oh ! Bon. Vraiment, vous ne voulez pas que je lui parle ? Au sujet du...

Il désigna le plateau.

– Non ! Merci de m'avoir aidée.

– Bon, dans ce cas... Entrée principale – ce n'est pas grave si vous êtes en retard.

Il lui adressa un clin d'œil complice et reprit sa route, adoptant une allure délibérément décontractée, en direction de l'escalier. Merveilleuse, merveilleuse chance ! Et en plus, il avait la morphine. Il aurait arrangé cette rencontre que ça n'aurait pas été mieux. Fay Marchant : sa chérie. Du moins, elle serait très bientôt sa chérie, et...

Comme il tournait à l'angle, son cœur faillit cesser de battre. Higgs arrivait droit sur lui.

28

HUIT JOURS de retard. Jenny posa la jatte pleine d'œufs sur la marche et s'adossa au chambranle de la porte du jardin. C'était une plaisante matinée ensoleillée – ça changeait agréablement de toute cette pluie – et elle avait toujours plaisir à regarder les poules, du moins c'eût été le cas si elle n'avait été aussi inquiète.

– Évidemment, vous vous en fichez, vous ! leur dit-elle.

Elle s'était mise à leur parler, mais seulement quand il n'y avait personne pour l'entendre. Elles étaient cinq – des Buff Orpington, de grosses mémères ébouriffées au plumage doré. Elle n'aurait jamais su comment s'en occuper si Ted, en bon fils de paysan, ne l'avait conseillée.

Très mignonnes bien qu'assez stupides, ces bestioles, et elle s'y était attachée. Il fallait espérer que Ted n'insisterait pas pour en tuer une à Noël, mais elle ne voulait pas lui en parler de peur de lui donner des idées. Noël ! Si elle était enceinte – et, à moins d'un miracle, ce devait être le cas –, alors, elle serait à trois mois de l'accouchement. « Je ne saurai pas faire face, songea-t-elle. Tout recommencer de zéro. Pas maintenant. Ce n'est pas juste. »

Elle sortit la lettre de Mme Chetwynd de son tablier. Depuis que c'était arrivé, hier après-midi, elle avait dû la lire une douzaine de fois. La défroissant, elle la parcourut une fois de plus : … *pensé qu'il fallait vous dire que Monica a eu ses règles pour la première fois. On a eu une petite conversation à ce sujet, et je lui ai fourni des serviettes périodiques et une ceinture. Elle*

m'a dit que vous lui aviez tout expliqué et j'ai pensé que vous aime-
riez être au courant, alors j'ai proposé de vous le dire car elle semblait
un peu gênée à l'idée de vous l'annoncer dans une lettre...

Au cas où Ted l'aurait lue... C'était compréhensible, mais
tout de même, elle aurait aimé l'apprendre de Monica elle-
même. Elles avaient discuté de « ces choses » quand les
enfants avaient été à la maison l'an dernier, mais c'était elle
qui aurait dû être là-bas, présente, quand c'était arrivé, pour
la rassurer et expliquer qu'il n'y avait pas à en faire une
histoire, que c'était inhérent à la condition féminine
comme... avoir des enfants. Jenny fit la grimace. Elle avait
entendu parler du gin et de bains chauds, mais se demandait
si ça marchait, et les solutions alternatives – brindilles d'orme,
seringue, etc. – étaient trop dangereuses. On pouvait en mourir.

Elle fourra la lettre dans sa poche et regarda fixement les
poules, s'efforçant de contenir ses larmes. Elle ne pleurait
pas souvent, mais là... Rien n'allait comme il fallait. Monica
était... sa fille, pas celle de Mme Chetwynd, et ce genre de
chose était... – « Arrête ! se dit-elle. Monica et Pete sont sains
et saufs, tu devrais t'estimer heureuse. » Dans le sillage de
cette pensée, vint aussitôt – comme si souvent ces jours-ci – le
ressentiment intérieur croissant, nourri de toutes ces années
passées à ne pas se plaindre, à prendre son mal en patience, à
« faire aller », à cacher ses peines et à remercier le sort... Sans
oublier le fait d'être tombée enceinte par sa propre faute.

– Ce n'est pas juste ! répéta-t-elle, cette fois à haute voix. Et
crotte !

– Madame Stratton ?

Se retournant, elle vit la tête de la voisine apparaître au-
dessus de la clôture et espéra que Mme Nairn, dont la voix
chevrotante rappelait Larry l'Agneau, le personnage d'une
émission radiophonique enfantine, n'avait pas entendu cette
grossièreté. Apparemment non, car elle avait son habituelle
expression affable.

– J'ai reçu un colis de la sœur de Bill qui vit en Amérique.

– Quelle chance...

– Spam, corned-beef, bas nylon... de tout.

– Vous êtes gâtée !

Jenny regretta, et pas pour la première fois, de ne pas avoir de famille aux États-Unis. Le frère de Ted envoyait des produits de la ferme familiale dans le Devon, mais ce n'était pas pareil. *Des bas nylon...* Elle espéra que sa jalousie ne se voyait pas trop.

– Je pourrais vous échanger une boîte de Spam contre des œufs. Bill rentre demain, en permission, et je voudrais faire un gâteau.

– Mais bien sûr ! répondit Jenny, l'empressement remplaçant la jalousie. Si vous voulez... Prenez !

Elle lui passa la jatte.

– Extra-frais !

Mme Nairn plongea la main dans son tablier et en sortit la boîte.

– Voici !

– Merci, madame Nairn. Dites à Bill de passer, voulez-vous ? Je sais que Ted serait bien content de le voir.

La brave femme disparut et Jenny resta au soleil, à retourner la boîte dans ses mains. Pete adorait le jambon en conserve... Quelque chose – la présentation aux couleurs vives, peut-être – lui rappela des vacances au bord de la mer, avant la guerre. Monica et Pete, à la fête foraine, ravis et leur faisant de grands signes de la main tout en caracolant sur les fiers, quoiqu'un peu miteux, chevaux du manège...

C'était bon de penser aux jours heureux. Même M. Ingram avait gardé sa photo de vacances... La photo ! Si Mme Ingram la voyait, peut-être serait-elle convaincue ? Sauf si M. Ingram en avait d'autres, ce devait être la seule qui restait après le bombardement – la seule preuve tangible, matérielle, visuelle ! Si Mme Ingram la voyait, elle pourrait comparer... Et si on organisait une petite fête ? Le seul problème était que M. Ingram, qui avait quitté si brusquement le pub – grâce à son imbécile de beau-frère –, semblait s'être évanoui dans la nature. Personne n'était venu le chercher, mais Ted prétendait qu'il y avait beaucoup de déserteurs, donc peut-être n'avait-on pas le temps de courir après tous... Si seulement M. Ingram pouvait donner un coup de fil à Doris. On organiserait un petit goûter et si Mme Ingram voulait bien descendre, elle pourrait voir la photo et tout lui reviendrait – les blagues, les choses intimes...

Il faudrait passer chez Doris pour lui faire cette suggestion. À présent, Donald bataillait pour que Mme Ingram fût conduite à l'asile. Le Dr Makepeace n'avait pas abordé le sujet, mais Donald était à bout de patience et allait sans doute bientôt lui en parler. Doris refusait d'en discuter et Jenny, sachant qu'elle pensait à la tante Ivy, la soutenait : une fois dans un endroit pareil, la seule façon d'en sortir, c'était les pieds devant. Ted était si accaparé par son travail qu'elle n'avait pas voulu l'embêter... En outre, elle n'en voyait pas l'utilité : lui et Donald avaient dû en parler, donc mis au pied du mur, il prendrait très certainement le parti de son beau-frère.

L'autre chose était qu'elle se sentait éloignée de lui pour le moment. Pas seulement à cause de son travail à lui, mais surtout à cause de sa grossesse. Ce n'était pas encore le moment d'aller voir le Dr Makepeace, et elle ne voulait pas le dire à Ted avant d'en être sûre et certaine. Avec Monica, puis Pete, elle lui avait appris la nouvelle aussitôt et il s'était montré ravi, mais là... Ce n'était pas ce qui avait été convenu – ni ce qu'ils désiraient. Jenny croisa les doigts. Attendons encore quelques jours. Il y avait une petite chance, encore maintenant...

Ridicule comme une boîte de Spam pouvait vous rendre plus optimiste. Elle tourna son visage au soleil, jouissant de cette douce chaleur. Même si elle était enceinte, Ted ne serait peut-être pas trop mécontent. Après tout, il aimait les enfants – il avait toujours été gentil avec eux, même quand ils étaient tout petits, chose rare de la part d'un homme. En tout cas, un souci partagé... Peut-être devait-elle lui en parler, après tout.

– Profitez bien du soleil, les filles ! murmura-t-elle aux poules, et elle rentra chez elle d'un pas léger.

$$29$$

Dacre faillit s'étrangler, tourna les talons et, ouvrant la première porte qui se présentait, entra et la referma derrière lui. Noir complet – un placard, sûrement. Le cœur battant à tout rompre, il resta planté là comme un piquet, puis, n'entendant ni cris ni coups de poing contre la porte, tendit les mains et se trouva confronté à une forêt de manches à balais. Tant que personne ne viendrait chercher une brosse dure, il serait à l'abri. Les tempes palpitantes, trempé de sueur, il tremblait dans cette obscurité qui sentait le désinfectant, et ses pensées défilaient. Higgs ne pouvait pas être à sa recherche, sinon il l'aurait su. D'ailleurs, ce type ignorait qu'il était encore dans l'hôpital – donc, ne s'attendant pas à le voir, l'aurait-il reconnu, rasé de près, les cheveux teints en noir... ? Que fichait-il donc dans ce couloir ? La seule occasion où un employé de la morgue pouvait avoir à monter dans les étages, c'était quand il devait aller au laboratoire, et il y avait un escalier distinct.

Peut-être un message à transmettre ? Peut-être... « Bon sang, se dit-il, ça n'a aucune importance ! » Bougeant avec précaution pour ne pas déranger les chiffons et boîtes de savon, il sortit son mouchoir et s'essuya le front. Tout de même, si Higgs – ou, grands dieux, le Dr Byrne – avait pris l'habitude de se balader dans le coin, il devrait être sur ses gardes.

Comme il rangeait le mouchoir dans sa poche, ses doigts touchèrent une petite chose dure. Il mit un moment à se rappeler ce que c'était : l'une des fioles de morphine. Pourquoi les avoir prises ? L'habitude, oui – il s'était toujours fait un devoir de piquer tout ce qui semblait pouvoir servir un jour. Était-ce la seule raison ? Mieux valait ne pas y réfléchir. L'essentiel était d'être toujours prêt. Il espérait que Fay n'aurait pas d'ennuis. Enfin, il lui revaudrait ça, ce soir. Leur premier rendez-vous… Avec chagrin, il songea qu'elle le connaîtrait seulement sous l'identité de James Dacre. Ce serait lui qu'elle aimerait. Il ne pourrait jamais soulager sa conscience – non seulement elle le mépriserait, mais elle irait sans doute à la police. Rechercher l'intimité d'un être était un risque, mais le jeu en valait la chandelle. Se remémorant la conversation sur la chambre d'hôtel de Wemyss, au Clarendon, il se demanda s'il ne pourrait pas subtiliser la clé. La lui demander, à ce stade, serait présomptueux. En outre, Wemyss pourrait avoir des scrupules à la prêter à un homme marié et, surtout, nul ne devait connaître ses projets relatifs à Fay. Ce type en parlerait forcément et les ragots se propagent comme feux de brousse. La pensée l'effleura que, si Fay avait parlé de leur rendez-vous – peu probable, ce genre de chose étant mal vue, mais possible –, elle pouvait avoir appris pour son « mariage ». Dacre se renfrogna. La situation pouvait s'avérer délicate. Inutile de faire des plans pour gérer ça – il faudrait improviser.

Wemyss avait dit garder sa clé « à portée de la main » – donc sans doute dans la poche de son veston – ce serait assez facile de l'en extraire dans la salle de repos. Et il l'avait aussi prié d'être discret sur son existence, ce qui signifiait que Fay n'était pas au courant, donc il pourrait se faire passer pour le légitime possesseur de cette chambre – de mieux en mieux…

Il fallait se secouer. Higgs devait être loin, maintenant. Il sortit sa main de sa poche et se mit, très lentement, à compter jusqu'à cent. À quatre-vingt-dix-neuf, il entrouvrit la porte et jeta un coup d'œil : la voie était libre. Il prit plusieurs inspirations profondes et, réintégrant le couloir, retourna aux urgences d'un pas tranquille.

Après cette frayeur, le reste de la journée ne s'était pas trop mal passé – à part un instant délicat, quand il n'avait pas su déceler une fracture du péroné – et il avait hâte – très, très hâte – d'aller prendre ce verre avec Fay. Il y aurait peut-être plus... Normalement, il n'aurait jamais envisagé d'emmener à l'hôtel une fille bien – ce qu'elle était, assurément – mais puisqu'elle lui était destinée, plus vite il profiterait d'elle, mieux ce serait pour l'un comme pour l'autre. Sortir la clé de la poche de Wemyss avait été l'affaire d'une seconde. Il la garda dans sa main tandis qu'il se hâtait de rentrer chez lui pour se faire beau : au cas où, il avait intérêt à enfiler une chemise propre et à brosser son costume.

Dès l'instant où Fay était venue à lui en sortant de l'hôpital, il avait su, curieusement, que tout irait bien. Il était arrivé en avance exprès, pour qu'elle n'ait pas à l'attendre en courant le risque d'être vue par sa chef, et elle lui en fut reconnaissante, ce qui mit aussitôt une bonne ambiance. Elle était encore plus belle avec ses cheveux détachés et s'était manifestement pomponnée car elle portait un manteau chic, des hauts talons et du rouge à lèvres.

La jeune fille ne demandait qu'à braver le black-out et les bombardements pour suivre le mince faisceau de sa torche qui les mena jusqu'à un pub, près de Regent's Park, où ils ne risquaient guère d'être reconnus et où il réussit à se faire servir deux gins.

– Comme vous êtes ravissante, dit-il, alors qu'ils s'installaient dans un coin et qu'elle ôtait son manteau, révélant une élégante robe bleue.

– Merci. C'est agréable de tomber l'uniforme.

– J'imagine. Des ennuis, aujourd'hui ?

– Réprimande de ma chef. J'ai connu pire. À dire vrai, tout est chamboulé depuis l'assassinat de cette pauvre infirmière.

– J'en ai entendu parler. Vous la connaissiez ?

– À peine. C'est affreux, une chose pareille, surtout à l'hôpital. (Elle frissonna.) J'y penserai toujours en entrant dans une salle d'opération.

– Parlons d'autre chose... Vous travaillez depuis longtemps là-bas ?

– Trois ans. Depuis mes débuts dans la vie active.

– Vous devez connaître l'endroit comme votre poche.

– Oh, loin de là ! Mais j'ai travaillé dans la plupart des services, c'est vrai. Pour me former.

– Lequel préférez-vous ?

– C'est à peu près égal. Les seuls patients que je n'aime pas sont ceux qui promettent de ne pas vous embêter – c'est toujours les pires. Il faut aller chercher ceci ou cela, les aider à se redresser, à se rallonger, à boire leur thé...

– Vous n'aviez pas la vocation ?

– Oh, non ! Beaucoup de filles ont des idées romantiques sur le métier et la désillusion est terrible. Mais vous devez le savoir.

– Vous, vous n'avez jamais eu d'idées romantiques ?

Elle secoua la tête.

– Mon père est médecin. C'est lui qui m'a suggéré ce métier. Un type de la vieille école : pour lui, les infirmières doivent être des filles solides et obéissantes. Il a raison, bien sûr, mais ce n'est pas drôle de se faire traiter comme une demeurée sans jamais pouvoir répliquer...

– Si ça peut vous consoler, dit Dacre en s'esclaffant, moi aussi il m'arrive d'être traité comme un imbécile. Pas plus tard que ce matin...

– C'est le style de M. Hambling. Ce n'était pas votre faute, puisque vous ne saviez pas.

– Mais j'aurais dû savoir ! C'est là où vous pourriez m'être utile, voyez-vous... J'aimerais que vous me parliez en détail de cet établissement.

– Mais vous en savez déjà plus que...

– Oubliez ça ! Vous savez, l'un de nos professeurs avait coutume de dire qu'un médecin ne devrait jamais, au grand jamais, faire des suppositions. Humilité et ouverture d'esprit, disait-il, sont les clés de la guérison. Je n'ai jamais oublié.

Dacre, qui s'était dit que Fay, étant infirmière, ne lui poserait pas de questions sur ses études, jugea plus prudent d'enchaîner, de peur qu'elle change d'avis.

– Il disait aussi que le patient devait être notre professeur. Et qu'on pouvait apprendre beaucoup d'une infirmière. Donc, vous voyez...

– Eh bien, je ferai de mon mieux...

Une heure durant, Fay parla de l'hôpital et de son travail. Au bout d'un moment, elle parut oublier qu'elle avait affaire à un médecin et commença même à évoquer diverses procédures médicales. Il acquiesçait, l'encourageait, lui donnait la réplique, posait parfois des questions, et quand elle alla aux toilettes, il prit un crayon et du papier et nota les points essentiels.

– Quelle bavarde je fais ! dit-elle en reprenant sa place. Je ne vous ai pas ennuyé, j'espère ?

– Au contraire ! C'est un plaisir de vous écouter – et de vous regarder. Vous feriez un merveilleux professeur.

– Et vous serez un merveilleux médecin. (Elle rosit.) Je veux dire... vous l'êtes déjà, mais...

– On peut toujours s'améliorer. Disons que j'espère en devenir un bon, avec le temps...

Il tapota son verre.

– Je retourne au bar... ?

Comme il déposait les boissons sur la table et lui offrait une cigarette, elle effleura la cicatrice à la base de son pouce.

– Qu'est-ce que c'est ?

– Un chien m'a mordu quand j'étais enfant.

– Vous avez dû déguster...

– Et comment ! J'ai failli rendre mes parents sourds. J'aimerais pouvoir vous dire que c'était en terrassant un monstre menaçant une vieille dame de ses crocs, mais en fait il s'agissait d'un roquet.

– Ce sont souvent les plus hargneux, non ?

– Tout de même, c'est plutôt minable, non ? Oh, à propos, je ne suis pas objecteur de conscience. L'armée m'a recalé en raison d'une faiblesse cardiaque, donc vous voyez, je ne suis vraiment pas un héros. Je préfère que vous sachiez tout de suite le pire...

– En effet, c'est terrible ! protesta-t-elle en riant. Vous auriez pu me dire que vous aviez deux épouses, cinq maîtresses et quinze enfants, par exemple...

– Ah...

Là, il mit les doigts sur la main de Fay, qui reposait sur la table.

– Je ne voulais pas vous le dire, mais ce ne serait pas bien : je suis marié.

La jeune fille baissa la tête et tenta de se dégager, mais il tint bon.

– Écoutez-moi jusqu'au bout, je vous prie. Je suis marié, mais seulement sur le papier. Ma femme vit dans le Suffolk, chez ses parents, et je la vois rarement. Loin d'elle, j'ai constaté qu'elle ne me manquait pas, et, pour être franc, j'ai commencé à me demander si je l'avais jamais aimée. Vraiment aimée. Comme elle l'aurait mérité. C'était un coup de foudre, mais si j'avais pris le temps de réfléchir, comme il se doit... j'aurais renoncé. C'est dommage, mais je ne pense pas que nous étions faits l'un pour l'autre...

Il lui lâcha la main, et ajouta :

– Vous pouvez partir, si vous voulez. Je vous raccompagnerai à l'hôpital, mais je ne voulais pas commencer par avoir des secrets vis-à-vis de vous...

La jeune fille le regarda dans les yeux, comme si elle guettait un signe.

– Je ne pars pas, finit-elle par dire. Je sais que... ce sont des choses qui arrivent. Les gens s'éloignent l'un de l'autre et... Je peux vous dire quelque chose ? Vous venez de parler de secrets, et je n'avais jamais dit cela à personne, en fait, c'est tout juste si je me l'étais avoué à moi-même, mais...

Elle hésita et Dacre, de peur de rompre l'intensité de ce moment en intervenant, se contenta de rester à sa place, les yeux rivés sur elle, à attendre.

– J'étais fiancée. Il a été tué à Tobrouk. Ce fut très romantique, parce qu'on avait si peu de temps à passer ensemble – des moments volés...

Elle rit, gênée.

– Vous savez ce que c'est. Et quand il m'a demandé en mariage, j'ai été si heureuse... Mais quand il est parti et que je me suis retrouvée de nouveau seule, j'ai essayé d'imaginer notre vie commune, avec des enfants, et je n'ai pas pu. Évidemment, je me répétais que c'était parce que j'ignorais tout du mariage... Je me disputais avec moi-même à ce sujet. C'est fou, non ? Se disputer avec soi-même. Surtout quand on finit par se donner tort ! conclut-elle en riant.

– Non, dit Dacre. Il me semble que vous avez été plus clairvoyante que moi.

– Vous êtes gentil, mais je n'en suis pas si sûre. Si j'avais été réellement clairvoyante, j'aurais refusé ces fiançailles tout de suite. J'avais l'intention de rompre, et j'ai tenté de lui écrire, mais ça m'a semblé si mesquin que j'ai attendu de le revoir, et c'est là que la nouvelle...

Elle baissa les yeux.

– C'était une porte de sortie, et personne ne l'a su... Oh, sa mort ne m'a pas réjouie, mais... Je me suis sentie coupable de n'avoir pas voulu ce mariage. Horrible, non... ?

– Fay, regardez-moi...

Elle releva la tête, battit des paupières et s'essuya furtivement les yeux.

– Ne pleurez pas, dit-il doucement. Ce n'est pas si terrible. Je suis flatté de ces confidences – d'être jugé digne de cette confiance par vous.

– Oui, j'ai confiance en vous. Mais vous, c'est différent. Je ne peux pas imaginer que cet échec soit votre faute.

– Et pourtant... (Dacre prit un air sombre.) Il n'y a jamais un seul coupable et, d'ailleurs, je ne lui en veux pas. Mais...

Son visage s'éclaira.

– Je suis heureux de vous l'avoir dit. J'aimerais qu'on soit honnêtes l'un envers l'autre. Vous savez, c'est à cause de mon père que je suis devenu médecin, moi aussi. La façon dont il est mort. Un ulcère perforé. Il souffrait énormément. J'avais quinze ans. J'aurais tout donné pour pouvoir l'aider.

– C'est affreux.

– Oui, affreux. On ignorait qu'il était malade, et... Enfin, je crois que je n'oublierai jamais.

– Pas étonnant. Pauvre homme.

– Oui.

Comme elle tendait la main pour lui prendre les doigts, en les serrant un peu, Dacre songea qu'il y avait, en fait, un grain de vérité dans ses propos. C'était bien son père qui avait décidé du fait qu'il serait médecin, mais par sa vie, pas par sa mort. L'histoire sentimentale était bien passée, elle aussi. Il avait eu raison de penser qu'elle ne serait pas trop curieuse – un autre genre de fille aurait posé un tas de questions, mais Fay paraissait prendre ses propos pour argent comptant. Il n'avait même pas eu à inventer une liaison entre sa femme imaginaire et un Américain. Elle l'avait cru, parce qu'elle était naturellement compatissante et, en retour, s'était confiée à lui... Jusqu'où allait sa compassion ? se demanda-t-il en tripotant la clé dans sa poche. Après tout, elle se fiait à lui, n'est-ce pas ? Ses confidences en attestaient. Devait-il forcer sa chance ? Même si elle déclinait l'invitation, il lui montrerait ainsi qu'il avait de l'argent et des relations, pas vrai ?

Il débattit des pour et des contre tandis qu'ils revenaient vers l'hôpital, bras dessus bras dessous, dans le noir. Ils ne se parlaient plus et Dacre songea que, pour une fois, le black-out était comme un cocon, pas une menace. Les V1 tombaient plus loin, à présent – au-delà de la Tamise – et, sans la lueur qui apparaissait chaque fois qu'une porte de pub s'ouvrait, ou les chuchotements et rires d'un couple se pelotant sous un porche, ils auraient pu se croire tout à fait seuls. Ce fut la vision furtive de cette étreinte qui le poussa à poser la question.

– Vous savez... il est encore tôt. Vous n'avez pas envie d'aller ailleurs ?

– Dans un autre pub ?

– Je pensais à plus raffiné. Le Clarendon, vous connaissez ?

– L'hôtel ? (Elle parut surprise.) Mon Dieu, non...

– Qu'en dites-vous ? J'ai la clé dans ma poche. Enfin, pas la clé de l'hôtel, mais d'une chambre. La 135, pour être exact. Ma famille la loue à l'année...

D'un geste preste, elle lui lâcha le bras et fit un pas en arrière. Sur le coup, il crut qu'elle allait le gifler, mais elle se contenta de dire :

– Pour quoi faire ?

– Eh bien, pour avoir un point de chute en ville... Oh, je vois ce que vous voulez dire ! Pour boire un verre, rien de plus. Je jure de bien me conduire.

– Vraiment ?

– Vous avez ma parole.

Durant la courte balade jusqu'à l'hôtel, il sentit croître son excitation. Allait-il vraiment pouvoir coucher avec elle, si vite ? Souffrant de la proximité de ce corps, du contact de cette hanche frôlant la sienne, il avait bien du mal à ne pas l'entraîner sous un porche pour la clouer au mur. « Patience, se disait-il. Tu vas l'avoir... »

Vaste et sonore, le hall du Clarendon était imposant avec ses colonnes de marbre et ses grappes de fauteuils en cuir. La jeune fille à son bras, Dacre passa à toute allure devant le vieux portier et, le menton hautain, avança au pas de charge jusqu'aux ascenseurs. À mi-chemin, Fay s'arrêta.

– James, dit-elle doucement, je me demande. Ces gens...

Elle lui désigna la réception, où plusieurs larbins en livrée les observaient avec curiosité.

– Ils sauront que je ne suis pas votre femme, et...

– Vous en faites pas ! dit-il en lui serrant le coude de plus belle. Ils me connaissent.

– Justement ! Je ne crois pas que ce soit une bonne idée.

– Fay...

Il l'attira derrière la plus proche colonne, et là, à l'abri des regards, la coinça contre le marbre et l'enlaça.

– Allons, chérie..., lui souffla-t-il à l'oreille.

L'espace d'un instant, elle parut réagir favorablement, puis :

– Non, James !

Il se pressa contre elle, butina son décolleté si chaud et sentit la douceur de ses seins à travers la robe.

– Je vous en prie, arrêtez !

Elle luttait pour le repousser, et cette résistance ne fit que l'aiguillonner.

– Tu es si belle, chuchota-t-il d'une voix rauque, en glissant un genou entre ses jambes. Si adorable... Oh, Fay !

– Non ! Je vous en prie, arrêtez, vous me faites peur.

D'une main, il lui prit la gorge et la força à relever le menton.

– Embrasse-moi, chérie...

– Bonsoir, monsieur. Que puis-je pour vous ?

Lâchant sa proie, il pivota sur ses talons. Un employé se tenait devant lui, l'air respectueux mais déterminé.

– Rien, merci.

Revenu à lui, il adopta un ton détaché, à la façon d'un familier du lieu.

– Je n'aurai pas besoin de vous, ce soir. En fait, nous partons...

Soucieux d'éviter toute autre confrontation, il prit la jeune fille par la main et l'emmena au-dehors, suivi à une discrète distance par cet individu.

Sur le seuil, il se retourna.

– Bonne nuit, dit-il.

– Bonne nuit, *monsieur.* Bonne nuit, *madame.*

Une fois loin de l'hôtel, Fay dégagea sa main.

– Qu'est-ce qui vous a pris ?

– Pardon, Fay.

Il continuait à regarder droit devant lui.

– Je me suis emballé…

– Devant tout le monde ! Vous m'avez traitée comme une putain !

– Personne ne pourrait penser ça de vous, protesta-t-il, cherchant désespérément à reconquérir le terrain perdu. Je vous présente toutes mes excuses…

Et il était sincère. L'authenticité de son émotion l'étonna et il en resta bouche bée.

– Vous m'aviez donné votre parole !

– Je sais. Un moment d'égarement.

– Ça, vous pouvez le dire ! s'exclama-t-elle d'un ton dégagé.

Surpris, il tourna la tête pour la regarder et vit, malgré la pénombre, que non seulement elle souriait, mais qu'elle avait un air de secret contentement. « Elle n'est pas fâchée ! se dit-il, le cœur en fête. Elle est contente de me faire cet effet-là. Peut-être pourrai-je me faire pardonner, après tout ? »

Fay ne parla plus avant d'être arrivée à l'hôpital et Dacre, ne sachant pour une fois pas quoi dire, jugea qu'un silence penaud était préférable. Elle se tourna vers lui et, dit, à sa grande surprise :

– Merci pour cette charmante soirée.

– Charmante ? Au risque de me répéter… je suis vraiment navré, Fay.

– Vous m'avez déçue. Je dois pouvoir vous faire confiance, James, mais si vous vous comportez ainsi…

– Ça ne se reproduira pas, c'est promis. Sauf si vous le désirez…

– Comment pourrais-je désirer être…, dit-elle, ajoutant, au moment où il croyait que tout était perdu : pas en public, en tout cas.

– Bien sûr…

– Alors, n'en parlons plus.

Il y eut un silence, et il l'entendit reprendre son souffle. Malgré leur proximité, il distinguait à peine ses traits, mais elle semblait froncer légèrement les sourcils.

– Pourrai-je vous revoir ? dit-il.

– Oui, avec plaisir. (Elle pouffa.) Si vous promettez d'être sage.

– C'est promis... juré !

Il leva la main pour lui effleurer la joue. Mais, la sentant se dérober légèrement, au lieu d'essayer de l'embrasser, il lui donna une petite tape.

– Je file avant qu'on puisse nous voir...

– Vous n'allez pas avoir de problème pour rentrer ?

– Oh, non. Il y a une fenêtre dans les toilettes. Enfin, si ça peut s'appeler des toilettes – on n'a rien de correct au sous-sol. C'est pratique, tant qu'on n'atterrit pas dans l'un des seaux...

– Seigneur ! Faites attention, alors...

– Oui... Bonne nuit, James.

– Bonne nuit, Fay.

Elle le laissa pour tourner à l'angle du bâtiment et il resta là, à prêter l'oreille, jusqu'au moment où il n'entendit plus ses pas. C'était le moment de rentrer à la maison. En chemin, il éprouva une étrange, une confuse sensation, difficile à identifier. Du soulagement ? Oui, car Fay ne l'avait pas rejeté, mais autre chose, aussi. Il y avait une chaleur en lui. Pas une chaleur physique, et pas comme le bonheur qui était un sentiment plus violent et subit qu'il associait aux moments de triomphe. Se rappelant le jour où il avait suivi et vu le policier baraqué chez lui, avec son épouse – dans leur intimité –, il se demanda s'il n'était pas en train de connaître le genre de bonheur qui était le lot de l'espèce humaine. Curieux, dans la mesure où il n'avait pas couché avec elle, mais c'était seulement une question de temps. Elle était nerveuse, soucieuse de sa réputation comme toutes les filles bien. Mais elle lui avait pardonné, n'est-ce pas ? Elle savait qu'il la désirait et, pendant un bref instant – si bref ! –, elle avait failli lui céder, il en était sûr.

Il imagina leur couple – lui, le médecin, le père de famille, nanti d'un foyer, d'une vie où il serait respecté et aimé... Pendant un moment, cela parut possible. Puis il comprit que

207

non, si tout devait être fondé sur l'imposture. Sauf s'il y avait moyen d'esquiver le problème...

Forcément, ce moyen existait. Il n'aimait pas se sentir impuissant, cela le mettait en colère. Pourquoi ne pourrait-il obtenir ce qu'il désirait ? Comme les autres. Le policier baraqué. Enfin, les autres choses qu'il avait désirées, il les avait bien obtenues, non ? En travers de sa route, il y avait eu des gens et des circonstances, mais il s'était débrouillé pour les contourner. Il ne savait pas comment, mais il le ferait, nom de nom ! Il aurait la vie qu'il désirait – *méritait* – et cette vie comprenait Fay.

Il songea à elle tandis que, allongé sur sa misérable paillasse, il se donnait du plaisir, se rappelant le contact de ce corps contre le sien, sa chaleur et sa douceur, son parfum. Ensuite, il tenta de se concentrer sur un chapitre de *Soins psychiatriques*, mais il était agité, encore émoustillé malgré sa petite séance. Enfin, il parvint à s'endormir, mais se réveilla à l'aube. Choisissant de mettre à profit ce temps, il se cala contre ses deux minces oreillers et reprit son manuel. À vrai dire, jusqu'à présent tout ce jargon psychiatrique ne lui avait pas appris grand-chose qu'il ne sût déjà, même s'il n'avait encore vu qu'une poignée de personnes réellement atteintes de maladies mentales. Mais il y avait sans doute plus à apprendre... comme discipline, la psychiatrie était encore balbutiante et les spécialistes peu nombreux. De plus, on n'avait pas à examiner physiquement les patients, ni à s'inquiéter de n'avoir pas détecté une péritonite. Oui, plus il y pensait, plus ça l'intéressait. Et avec Fay à ses côtés... Car elle ne lui échapperait pas – il y veillerait.

Le lendemain matin, aux toilettes, alors qu'il se lavait les mains avec une intense concentration après avoir laissé une infirmière appliquer de la pommade sur un individu dévoré par la teigne, l'idée lui sembla tout à fait excellente.

Il entendit une porte s'ouvrir derrière lui, mais ne releva pas la tête. Il avait lu que cette affection pouvait être très contagieuse et, ayant examiné ce patient, avait bien l'intention de se récurer à fond. Du coin de l'œil, il vit une blouse blanche se laver les mains à côté de lui. Il n'en pensa rien de particulier, jusqu'au moment où l'eau cessa de couler et où les mains cessèrent de bouger, mais l'inconnu resta planté là. Tournant la tête, il constata que c'était le Dr Byrne.

30

Doris se débrouillait toujours pour garder ses rideaux bien propres, songea Jenny. Même aujourd'hui, avec toute cette poussière et autres saletés. Les meubles du salon – y compris les frêles guéridons – reluisaient et elles avaient réussi à préparer quelques canapés pour cette petite réception, avec un peu de beurre et un concombre provenant du potager de Ted. Il y avait même un très petit cake aux fruits confits. Jusqu'à présent, tout allait bien, ou du moins pas trop mal, en cela que M. Ingram avait téléphoné à Doris et accepté de venir, et que Mme Ingram, après avoir répugné à se retrouver dans la même pièce que « cet individu », était à présent perchée sur le divan au côté de Doris.

M. Ingram, à qui Jenny avait appris son rôle, était calé dans le fauteuil de Donald, de l'autre côté de la petite table à thé. Il avait réussi à se raser et à mettre des vêtements de civil – un pantalon et un chandail avachi qui semblait avoir été tricoté avec des cannes. Elle ne savait pas où il dormait et il n'avait rien apporté. Il était agité, repoussait les peaux de ses pouces avec les ongles de ses index, et l'une de ses jambes tressautait sans arrêt, apparemment à son insu.

– Du moment que je sais qu'elle va bien, le reste n'aura pas d'importance, lui avait-il dit. Ensuite, j'irai me livrer.

À présent, on aurait dit un comédien nerveux dans une pièce pas très bonne. Mme Ingram était présentable, malgré son regard terne. Un tremblement dans ses gestes faisait craindre le pire pour la porcelaine, mais elle paraissait suivre la conversation. Doris, sur une suggestion de sa sœur, avait lancé le sujet des vacances en parlant d'une excursion d'une journée en bateau à aubes jusqu'à la station balnéaire de Southend, avant la guerre, et elle en était à raconter le concert sur la jetée.

– On connaît, hein, Elsie ? dit M. Ingram. On a vu Arthur Askey, tu te souviens ?

Mme Ingram bougea un peu sur le divan, mais garda les yeux sur sa tasse posée dans sa soucoupe.

– Tu ne te souviens pas, Elsie ? Le petit train qui allait jusqu'au bout de la jetée...

Mme Ingram releva la tête. Elle ne regarda pas son mari dans les yeux, mais en direction des genoux de celui-ci – l'un d'eux était toujours agité de spasmes.

– Moi, je me souviens, dit-elle. Mais vous, comment pouvez-vous être au courant ?

– J'étais avec toi ! On est allés à Shoeburyness, au camping, tu te souviens ? À Southend pour voir le front de mer illuminé. Une année, on a même réussi à aller à Eastbourne. En 1939, en juillet. Il y avait un kiosque à musique et des terrains de boules. On a pris le bateau pour aller au phare, et on est allés à Hastings.

Mme Ingram claquait des dents.

– Tu te souviens, Elsie ? On a vu des pêcheurs faire sécher leurs filets sur la plage, et tu as dit...

– Comment pouvez-vous savoir ce que j'ai dit ? demanda-t-elle d'une voix troublée. Qui vous l'a dit ?

– Personne, chérie. J'étais là ! Ensuite, on est allés déguster des glaces. Au salon de thé. Et les fleurs, Elsie...

Une note de désespoir perçait dans la voix de M. Ingram.

– Tu te rappelles, comme tu aimais les fleurs ? Les parterres étaient si bien entretenus. Bien entendu, Southend t'avait plu aussi, mais il n'y avait pas d'aussi beaux massifs...

Mme Ingram secoua la tête et le fusilla du regard.

– Pourquoi ne pas lui montrer la photo ? proposa Jenny.

M. Ingram la tendit.

– Regarde, Elsie, tu te rappelles ? C'était pendant notre lune de miel.

Mme Ingram lui arracha le cliché.

– Où avez-vous pris ça ?

Elle le montra à Doris.

– C'est lui… mon Eric.

– Je sais, répondit Doris. Il est là, devant vous.

– Non, ce n'est pas lui.

– Mais c'est le même ! Le même…

– Non !

Mme Ingram rafla de nouveau la photo et se leva. Gesticulant à l'intention de M. Ingram, elle lança :

– Où avez-vous trouvé ses habits ? Qui vous les a donnés ?

– C'est les miens, Elsie !

M. Ingram se leva.

– Par pitié, ma chérie.

– Ne m'appelez pas « chérie » ! J'ai raccommodé ce pantalon de mes propres mains. Comme vous pouvez le voir.

– Justement ! dit M. Ingram qui désigna un endroit près de son genou sauteur.

– Il l'avait déchiré, dit Mme Ingram, quand il…

– Je suis tombé de l'échelle, expliqua M. Ingram, tout excité. J'étais en train d'accrocher des guirlandes de Noël, et je me suis pris une gamelle. Elle a si bien travaillé que ça se voit à peine.

– Je ne l'ai pas fait pour vous, déclara Mme Ingram d'une voix sévère. Mais pour lui. Où avez-vous pris ça ?

Sa voix était stridente, frémissante de terreur.

– Vous avez volé ce pantalon en même temps que la photo ? Qu'avez-vous fait de lui ?

Voyant que la conversation allait dégénérer, Jenny se leva et dit vivement :

– Qui veut un petit amuse-gueule ? Ou alors, du cake ?

– Oh, oui, du cake ! dit Doris avec une gaieté d'écolière.

– Suis-je bête ! fit Jenny en regardant le plat. J'ai oublié le couteau. Un instant…

Elle sortit en vitesse du salon, laissant Mme Ingram se lamenter derrière elle. En se lavant les mains dans la cuisine (simple prétexte pour rassembler ses pensées), elle entendit le mari dire plaintivement : « Je n'ai rien fait, Elsie, je te le jure. » Elle aurait bien voulu pouvoir s'entretenir avec Doris au sujet de ce qu'il convenait de faire, mais pas question de laisser les autres seuls.

Ne trouvant pas le couteau à gâteau à sa place habituelle, elle était sur le point de chercher dans les autres tiroirs, quand le souvenir très net de l'avoir disposé sur le plateau, à côté du plat, ajouté au soudain silence dans la pièce à côté, la figea sur place. Elle revint juste à temps pour voir Mme Ingram, debout sur le tapis, tenant d'une main tremblante la photo, de l'autre le couteau pointé sur M. Ingram. On aurait dit des personnages de cire composant une scène : M. Ingram avait les mains levées dans un geste d'apaisement et la bouche de Doris formait un O presque parfait.

– Qu'il ne m'approche pas, dit Mme Ingram d'une voix forte. Je ne me laisserai pas faire.

M. Ingram avait l'air si ridicule, campé devant la cheminée, les yeux baissés sur ce couteau tremblant comme s'il s'agissait d'une baïonnette, que Jenny faillit en rire.

– Elsie, du calme, dit M. Ingram. Ça n'est pas nécessaire.

– Ne me dites pas ce qui est nécessaire !

Elle semblait au bord de la crise de nerfs. Doris lui prit le bras.

– Tout va bien, il ne va pas...

– Lâchez-moi !

Repoussée brutalement, Doris poussa un petit cri, et Jenny vit un filet de sang sur son poignet.

– Ce n'est rien, lui dit Doris. Un accident – simple égratignure...

Une égratignure ? En tout cas, ça saignait pas mal – il en avait dégouliné sur sa jupe et le flux ne paraissait pas vouloir s'arrêter. Ignorant Mme Ingram, qui semblait pétrifiée, Jenny banda la main de sa sœur avec une serviette. La vue de ce sang bien rouge transperçant le tissu d'une blancheur immaculée parut frapper l'attention de M. Ingram, car il fit un mouvement brusque en avant, manquant de justesse la table, et attrapa le poignet de sa femme.

Cette dernière tenta, en vain, de le repousser et tous deux tanguèrent pendant un moment, envoyant valser plusieurs tasses et soucoupes.

– Bas... les... pattes ! disait d'une voix haletante et farouche Mme Ingram.

Doris poussa un cri – M. Ingram lui avait donné un coup de pied par inadvertance – puis, comme ce dernier empoignait les épaules de Mme Ingram et la projetait sur le divan, le couteau à gâteau vola dans les airs et atterrit avec un cliquetis dans le foyer de la cheminée.

– J'en ai assez ! Assez ! On en a tous assez !

M. Ingram tremblait sur place, le visage congestionné. De toute sa taille pourtant modeste, il dominait son épouse assise, qui se recroquevilla.

– Assez !

Il se pencha et lui cria à la figure :

– Arrête ! As-tu une idée de ce que j'endure par ta faute ?

Il attrapa un coin de la photo et tira dessus, essayant de lui faire lâcher prise.

– C'est moi, là ! Eric ! C'est moi !

Mme Ingram, qui tenait bon, émit un petit jappement quand le cliché se déchira et M. Ingram, son équilibre compromis, fit malgré lui un pas en arrière et heurta la table, faisant s'entrechoquer le service à thé.

– J'en ai ma claque ! Tu comprends ? Je ne supporterai pas plus longtemps cette comédie. Si c'est le divorce que tu veux, te gêne pas ! On ne nous le refusera pas quand je dirai ce qui se passe. Et là, ajouta-t-il avec une méchanceté puérile, tu n'auras réellement plus de mari. Plus de M. Ingram et on verra si t'es contente…

Tout au long de cette tirade, Mme Ingram l'avait dévisagé avec des yeux terrorisés, sans même chercher à détourner la tête alors qu'il l'arrosait de postillons, mais à la fin elle se prit la tête dans les mains et poussa une longue plainte funèbre.

– Pleure, vas-y, pleure ! – moi, j'en ai ma claque !

Doris, plaquant sa main bandée sur sa poitrine, se mit debout en regardant Jenny avec une expression qui était aussi proche des pleurs qu'on peut l'être quand on ne verse aucune larme. Se sentant incapable d'en supporter davantage, Jenny dit d'une voix forte, par-dessus les lamentations bruyantes de Mme Ingram :

– Monsieur Ingram ! Eric ! Par pitié… Ça ne sert à rien.

L'homme s'en prit à elle, le visage déformé par la douleur.

– Ah bon ? Vraiment ? Qu'est-ce que je devrais faire, alors ? La laisser continuer à… cette ridicule…

Sa voix mourut et Jenny comprit qu'il luttait pour ne pas pleurer. Il s'essuya les yeux après la manche de son grotesque chandail, puis contempla le service à thé dévasté avant d'avoir l'air de se rappeler son statut d'invité.

– Pardon, dit-il d'une voix radoucie. Pardon…

Jenny secoua la tête.

– C'est moi qui devrais vous demander pardon. C'était une mauvaise idée, mais j'ai cru que ça marcherait, si vous pouviez lui rappeler les bons moments ensemble et lui montrer la photo. Je comprends maintenant mon erreur.

M. Ingram contempla une fois de plus les dégâts avec une expression de dégoût.

– Ce n'est pas vous, c'est elle. Tenez… !

Il jeta deux billets d'une livre dans la direction de Doris.

– J'y retourne.

– À l'armée ?

– Oui. Peu importe ce qui arrivera. Tout ça ne rime à rien. Regardez-la…

Jenny regarda Mme Ingram, qui était toujours assise sur le divan et se balançait d'avant en arrière, la figure dans ses mains.

– Elle n'y peut rien, monsieur Ingram.

– Si, mais elle ne fait aucun effort. Quant à moi…

Il leva les mains en signe de défaite, puis, chargeant son gros sac sur son épaule, partit en laissant claquer la porte derrière lui.

Les deux sœurs se dévisagèrent. Mme Ingram, entendant ce bruit, coula un regard prudent entre ses doigts. La photo déchirée, froissée, se trouvait à ses pieds.

– Il est parti ?

– Oui, répondit Doris d'une voix accablée. Et ça m'étonnerait qu'on le revoie.

– Tant mieux !

Repérant la photo, Mme Ingram s'en empara et resta là, ce bout de papier dans les mains. Elle avait repris son attitude rigide et semblait aussi vivante qu'un meuble, tandis que les deux sœurs ramassaient les morceaux et les rapportaient à la cuisine.

– Elle va rester ainsi pendant une bonne demi-heure, déclara Doris. Coupée de tout. Tu sais, je suis sûre qu'elle peut contrôler cela – c'est seulement quand une chose ne va pas, qu'une situation lui déplaît qu'elle se fige…

– Au moins, elle ne nous dérangera pas, dit Jenny en rassemblant les débris de porcelaine. Trois tasses et deux soucoupes, hélas…

– Je ne pourrai jamais les remplacer, fit Doris, qui déroula la serviette pour se passer la main sous l'eau froide.

– Je vais faire tremper la serviette. Tu as mal ?

– Pas trop. C'est surtout le choc.

– Je sais ! Heureusement que ce n'était pas un couteau de boucher.

Doris, qui se tenait devant l'évier, se retourna pour la regarder.

– Tu ne crois pas qu'elle aurait pu… ? C'est vrai qu'elle n'a pas demandé pardon…

– Non, mais…

Jenny s'aperçut qu'elle ne savait que penser. Peu désireuse d'approfondir, et sentant planer le spectre de tante Ivy, elle emporta la serviette ensanglantée dans l'arrière-cuisine et s'affaira à la rincer, avant de chercher du savon, de la lessive en paillettes et du sparadrap pour Doris. Ça lui apprendrait à avoir des idées de génie. La prochaine fois, elle fermerait son clapet.

– Tu sais, dit Doris un peu plus tard, alors qu'elles avaient fini de faire la vaisselle et de ranger, peut-être qu'elle devrait être, en effet, placée… *quelque part.*

– C'est bien joli, mais tu te rappelles ce que disait maman ? Que l'état de tante Ivy n'avait fait qu'empirer du jour où on l'avait mise… où tu sais. C'est alors qu'elle a cessé de parler.

– Ah bon ? Je ne me rappelle pas.

– Et qu'elle s'en voulait d'avoir signé les papiers, qu'elle et papa auraient dû la prendre à la maison et la soigner.

– Ça n'aurait pas été possible, Jen. Je suis inquiète – et si Mme Ingram agressait quelqu'un d'autre ? Madeleine ou…

– Mais non ! Pourquoi ferait-elle ça ?

– Elle nous croit tous du côté de son mari, non ?

– S'il ne revient pas – s'il va se livrer et qu'on le boucle comme déserteur, je ne vois pas comment il pourrait en être autrement – ça ne sera pas un problème.

– Si, si elle croit qu'on projette (Doris baissa la voix jusqu'au murmure) de la faire enfermer… où tu sais.

– On ne peut pas attendre encore quelques jours ? Je t'en prie ! Je ne peux pas supporter l'idée qu'on l'interne…

– Bon, d'accord. Mais seulement quelques jours. Et dans ce cas, ajouta Doris d'un air déterminé, mieux vaut ne pas parler de ce qui vient de se produire.

31

L E CHOC fut tel que, sur le moment, Dacre cessa de respirer. La pression atmosphérique parut changer autour de lui, il eut un étourdissement et faillit s'évanouir. Mais il se força à rencontrer le regard de Byrne et à répondre à son signe de tête avant de s'incliner de nouveau au-dessus du lavabo pour continuer à se laver les mains. « Sois naturel ! Il est médecin, toi aussi – quoi de plus normal ? Pas de panique ! » Le cœur battant, il constata du coin de l'œil que Byrne était toujours là et que, loin d'aller s'essuyer les mains, il ne bougeait pas. On n'entendait que le glouglou de l'eau et le tintement du tube du stéthoscope contre le bord du lavabo. Les murs carrelés semblaient amplifier ces bruits qui grondaient à ses oreilles et se répercutaient dans sa tête. Pourquoi ne bougeait-il pas ? « Va-t'en ! Essuie-toi les mains et *taille-toi* ! »

Mais Byrne ne bougeait pas. S'obligeant à tourner la tête, Dacre constata qu'il observait fixement sa cicatrice. « Oh, merde ! C'est pas vrai ! » Il continua à se savonner énergiquement les mains, pour cacher son pouce. « Mais non, il ne t'a pas reconnu. Il prend son temps, voilà tout. » Mais pourquoi ne s'essuyait-il pas les mains, ou ne parlait-il pas ?

Byrne était toujours là, à côté de lui. Dacre, à force de se décaper les mains, commençait à voir des taches grises et floues danser sur la porcelaine du lavabo. « Pour l'amour du ciel, garde ton calme. » La tête sur le point d'éclater, il se rinça les mains, fit les quelques pas nécessaires pour atteindre la serviette sans cesser de sentir cette présence silencieuse et vigilante, et quitta les toilettes. À une allure normale, tout en retenant son souffle et en s'attendant à être interpellé. Mais Byrne ne s'approcha pas de lui, ne le héla pas non plus. Il était toujours devant la rangée de lavabos, le front plissé, quand la porte se referma toute seule.

Une fois dans le couloir, Dacre marcha d'un pas aussi vif que possible sans courir en direction de l'escalier, puis, sentant une montée de bile, il plaqua une main sur sa bouche et se dirigea vers la plus proche porte, qui s'avéra être – miséricorde ! – le placard où il s'était déjà caché, la première fois. Il se pencha par-dessus ce qu'il espérait être un seau et vomit avec violence. Dans ce noir presque total, il ne pouvait pas voir s'il avait bien visé, mais, à en juger par le bruit, le plus gros était allé dans le récipient et non sur ses chaussures.

– Nom de nom ! marmonna-t-il en s'appuyant sur une pile de boîtes, pris de faiblesse.

Il était tout tremblant et eut à peine la force de sortir son mouchoir pour s'essuyer le front.

Il tenta de revoir ces moments dans son esprit, comme les passages d'un film. Byrne avait bien été là – ce n'était pas son imagination. Et il avait semblé observer très longuement ses mains, mais peut-être n'était-ce qu'une impression... Un choc, la peur pouvait fausser notre jugement. Cela avait-il duré quelques secondes, seulement ?

Il leva les mains devant lui. Ses yeux s'étant habitués à la pénombre, il pouvait constater que la cicatrice à son pouce et la peau tout autour, avaient rougi, irritées par cette vigoureuse friction. C'était, très certainement, le genre de chose dont Byrne pouvait se souvenir, et il avait dû la voir assez souvent en six mois, à l'époque où « Todd » lui passait flacons et éprouvettes... Byrne mettait toujours des gants pour pratiquer ses autopsies, mais, en ces temps de pénurie, il n'y en avait pas pour tout le monde.

En tout cas, il avait bel et bien le front soucieux, quand Dacre était sorti des toilettes. Était-ce qu'il tâchait de se rappeler où il avait vu cette cicatrice, ou une semblable ? Pas de problème, à condition qu'il ne se rappelle pas *qui* avait cette cicatrice-là, ou sinon, qu'il croie à une simple coïncidence. Après tout, Byrne – comme Higgs – ne s'attendait pas à le voir là, et encore moins en blouse blanche avec un stéthoscope au cou. Bien entendu, son apparence avait dû lui rappeler son ancien assistant, Sam Todd, mais la teinture de cheveux et l'absence de moustache avaient dû l'égarer...

Et si Byrne lui demandait des explications ? Pourrait-il prétendre qu'il n'avait pas été mobilisé, en fin de compte, et avait pris un emploi subalterne dans une autre partie de l'hôpital ? Non. Ce serait bien trop facile à vérifier – et comment expliquer le stéthoscope ? « Et merde ! » Il donna un coup de poing à la pile de boîtes ; le contenu rigide lui envoya des ondes de douleur à travers ses phalanges et il tressaillit.

Peut-être valait-il mieux filer, avant que Byrne ne donne l'alerte. Si jamais il la donnait... Il pouvait quitter l'hôpital, rassembler ses quelques affaires dans sa piaule, les fourrer dans sa malle et monter dans un train... Aller recommencer ailleurs. Mais cela signifiait laisser la moitié de ses précieux documents aux mains de la secrétaire du professeur Haycraft. Et puis, abandonner Fay – or, pas question de renoncer à la fille idéale, maintenant qu'il l'avait trouvée.

À cette idée, et à la pensée de tout le travail accompli, il éprouva une sainte colère. Pourquoi détaler ainsi, la queue entre les jambes ? Si Byrne lui demandait des explications, il pourrait faire feu de tout bois. En fait, une réaction indignée pourrait même suffire à semer le doute dans son esprit... Après tout, ce serait à lui de prouver l'imposture. Et si Byrne hésitait, il aurait alors l'avantage moral. Le tout serait de faire face.

D'ailleurs, ça n'arriverait peut-être pas. Bien plus calme à présent, plus résolu, il sortit du placard et retourna aux urgences.

Le reste de la matinée se déroula à merveille, d'un point de vue médical. Et heureusement, car il était sur des charbons ardents et avait du mal à se concentrer. Chaque fois qu'il quittait le chevet d'un patient, il s'attendait à trouver Byrne derrière le paravent telle une figure vengeresse, mais le temps passant et rien ne se produisant, il commença à se détendre.

À midi, il alla fumer dans son antre. Pas question de déjeuner – son estomac était encore trop chamboulé. Assis à même le plancher poussiéreux, la cigarette aux doigts, il s'efforça de se convaincre que Byrne ne l'avait pas reconnu et qu'il souffrait de délire paranoïaque. Il avait lu des choses là-dessus dans *Introduction à la médecine psychologique*. Certes, ce n'était pas pareil, car ses propres craintes étaient bel et bien fondées...

L'essentiel était de conserver son sang-froid et, au besoin, de s'assurer que Byrne ne pourrait pas lui mettre des bâtons dans les roues. À cette fin, ce ne serait pas une mauvaise idée d'avoir un atout caché – au cas où. Se rappelant la morphine, il tira de sa poche les deux petites fioles, à présent soigneusement enrobées d'ouate, et les soupesa dans sa main. « Après tout, un homme averti en vaut deux... »

La journée s'écoula et il commença à se sentir moins vulnérable. Son dernier patient fut une adolescente de quinze ans, amenée par sa mère, et qui se plaignait de maux d'estomac. La petite, visage de pleine lune inexpressif, était à l'évidence une imbécile. Tout aussi évident – même pour Dacre – était le fait qu'elle était enceinte jusqu'aux yeux et en train de ressentir les premières contractions. Lorsque sa mère, qui ne semblait qu'un brin plus futée, finit par comprendre, elle flanqua son poing dans la figure de Dacre. Le coup fut aussi violent qu'inattendu. Il vacilla en arrière en se tenant la joue et s'écrasa contre Mlle Radford qui, toute frémissante d'indignation, s'était élancée pour intervenir.

– Madame Parker ! Ça suffit !

– N'approchez pas ou je porte plainte !

Dacre, par terre, luttait, tout étourdi, pour se mettre sur son séant, tandis que la mère – « Espèce de garce... garce ! » –, balançant son volumineux sac à main telle une faux, fonçait en avant, ensanglantant le nez d'un très vieil aide-soignant qui tomba sur une petite table dont un pied se brisa, faisant rouler au sol un cendrier qui répandit ses mégots. Dans une impressionnante démonstration de force, Mlle Radford, qui ne s'était arrêtée que le temps d'ordonner à l'infirmière la plus proche de nettoyer immédiatement, empoigna la femme – bien plus corpulente qu'aucun témoin de la scène – par les épaules et la secoua.

Les patients qui attendaient leur tour baissèrent vivement la tête quand le sac à main vola à travers la salle, s'ouvrit brusquement au contact d'un banc et répandit son contenu dans un large arc de cercle. Comme cela comprenait une petite barre de chocolat, tous les enfants, ainsi que plusieurs adultes, retrouvèrent par miracle leur vitalité et se jetèrent dessus. Mme Parker shoota dans les tibias de Mlle Radford pour se libérer et se mêla à la bagarre en vociférant, tandis que son idiote de fille pleurnichait et se tenait le ventre.

– Prends ça, sale petit voleur !

Mme Parker flanqua une baffe au petit garçon qui avait réussi à enfourner presque toute la barre et qui se mit alors à brailler.

– Ah, quel toupet !

La mère de l'enfant s'avança en brandissant le poing sous le nez de Mme Parker.

– Traiter mon fils de voleur, quand on a une fille qui n'est qu'une sale...

À cet instant, l'enfant, qui était devenu subitement silencieux, eut un renvoi et vomit copieusement. Tout le voisinage, y compris les infirmières qui s'étaient ruées afin de tenter de dissoudre cette mêlée, fit un bond en arrière pour éviter d'être éclaboussé.

– Dégoûtant ! hurla Mme Parker.

Elle se précipita sur sa fille, qui poussait à présent des cris perçants, et, l'attrapant par le poignet, se mit à la traîner vers la porte.

– Viens, Iris ! On va pas se laisser insulter par une bande de voleurs !

Un détachement d'infirmières, soutenu par deux vigoureux brancardiers, lui donna la chasse, poursuivi par la claudicante Mlle Radford. C'est alors que Dacre, qui s'était redressé et était sur le point d'aller essayer de se rendre utile, remarqua une seringue sous le banc le plus proche. Tous les regards, y compris ceux du petit garçon malade et de sa mère aspergée, convergeaient vers la bousculade au seuil de la porte. À côté de lui, il n'y avait que le vieux garçon de salle qui se balançait sur ses genoux et essuyait son nez sanglant après la manche de sa tunique en psalmodiant des : « Nom d'une pipe, sacré nom d'une pipe », comme si c'était une forme de prière.

La seringue semblait vide. Dacre tendit le bras et l'empocha, se piquant par la même occasion.

– Flûte !

Heureusement, son cri fut noyé sous les cris et les injures et il se releva avant de s'avancer, aussi lentement que possible, vers le groupe de belligérants. Par chance, quand il arriva, l'infirmière Dunning avait ceinturé solidement Mme Parker et la poussait, avec l'aide des deux brancardiers, le long du couloir. Les autres infirmières, houspillées par Mlle Radford, mettaient de force la fille glapissante sur un chariot pour la conduire à la maternité.

Une fois le vacarme apaisé et l'ordre restauré, Dacre, obéissant à Mlle Radford, s'assit près du bureau de cette dernière pour se faire examiner. L'infirmière, bien qu'essoufflée et toujours boitillante, s'en était par miracle tirée sans une seule mèche de travers.

– Un bel hématome que vous aurez là, dit-elle. C'est désolant, docteur. Vous devez être édifié ! Certaines personnes ne sont que des porcs…

– Eh bien, dit-il avec un sourire en coin, je n'avais jamais rencontré un porc avec un tel crochet du droit. À croire que c'était moi le séducteur de sa fille !

Les yeux de l'infirmière-major s'en écarquillèrent d'horreur.

– Oh, qui aurait une idée pareille ! Cette petite devrait être en maison de correction.

– Un peu tard, non ?

– Oui, euh… C'est une honte. Quant à la mère… Et maintenant, si vous voulez bien rester tranquille quelques instants, je vais aller chercher de la lotion d'hamamélis.

– Dites donc, vous ne devriez pas vous reposer ? Elle a dû vous faire mal. J'examine votre tibia ?

– Grands dieux, non !

Mlle Radford balaya cette proposition d'un petit rire.

– Un bleu ou deux. Rien du tout…

Elle s'en alla et Dacre, regardant autour de lui, reçut comme un énorme coup au plexus solaire en voyant le Dr Byrne, debout dans l'embrasure de la porte, qui l'observait.

32

L E COMMISSAIRE Lamb le fit attendre pendant plusieurs minutes, debout devant son bureau, tandis qu'il lisait un message inscrit sur un papier placé sous ses yeux. Ou plutôt, tandis que, raide comme un piquet dans son fauteuil, il gardait les yeux baissés avec une inertie telle que Stratton s'imagina se penchant pour le toucher et le voyant alors s'effondrer, un poignard oriental planté entre les omoplates, comme dans les romans policiers.

Il était dix-sept heures trente et Stratton avait passé une bonne partie de l'après-midi au tribunal pour y témoigner dans l'affaire de la gnôle. Il avait obtenu des condamnations mais ne croyait guère avoir été convoqué pour des félicitations.

Enfin, Lamb releva la tête et Stratton constata, à voir son air fébrile et courroucé, qu'il était a) bien vivant, b) plus que jamais le sosie de George Formby, le comique, et c) impatient d'engueuler quelqu'un.

– Vous n'êtes qu'une chiffe !

Instinctivement, Stratton regarda autour de lui, tout en sachant qu'il n'y avait personne d'autre.

– *Moi*, commissaire ?

– Oui, *vous* ! Qu'est-ce que vous foutez ? Ça fait plus d'un mois qu'on en est au point mort dans les deux affaires de l'hôpital.

– Nous faisons notre possible, commissaire. Nous avons une arme et...

– Vous avez une *brique*. Mais pas la moindre idée de l'identité des meurtriers.

– C'est exact, commissaire, mais...

Il n'alla pas plus loin. Lamb se lança dans sa tirade, ponctuée par le pianotement enfiévré de son index sur le plateau de la table, d'où il ressortait que les deux enquêtes étaient menées en dépit du bon sens et par des incapables.

– Bon sang, conclut-il, le Dr Reynolds était un médecin ! Pas un... un petit voyou. Il faut aboutir, et vite ! Est-ce clair ?

– Oui, commissaire, mais c'est hélas un peu plus compliqué que... enfin, qu'avec un voyou. Il pourrait y avoir des fautes professionnelles. Des avortements.

Lamb parut indigné.

– C'était un médecin, pas une vieille bique dans une impasse...

– Oui, mais ça arrive, commissaire. Ce ne serait pas le premier.

Lamb eut un geste agacé, comme pour chasser une mouche.

– Ne touchez pas à cela. Ça ferait mauvais effet et il est inutile de ternir la réputation de la victime. Il a une famille. Élucidez cette affaire rapidement... Celle de l'infirmière aussi.

Stratton quitta le bureau du commissaire pour regagner le sien en traînant les pieds. Le mieux pour sa carrière serait de coincer un truand pas très malin avec un casier judiciaire chargé en « vols avec voies de fait » et de lui arracher des aveux pour les deux crimes. Et pourquoi pas ? Les enquêtes qu'il avait fait mener dans les cliniques au sujet du Dr Reynolds n'avaient rien donné et, de toute évidence, il ne pourrait pas continuer dans cette voie sans se prendre une volée de bois vert de la part de Lamb. Il était sur le point de téléphoner pour procéder à un recoupement concernant l'affaire des bons d'essence volés quand il entendit un pet sonore dans son dos.

– Bonsoir, mon vieux ! dit-il, sarcastique.

Pivotant dans son fauteuil, il aperçut Arliss sur le seuil. La pièce se remplissait rapidement d'une odeur âcre, façon brise légère passant sur un champ de choux.

– Oh, c'est vous ! Vous pourriez peut-être trouver un autre moyen de vous annoncer, la prochaine fois.

– C'est pas ma faute ! Avec tous ces fichus légumes que ma bourgeoise me fait bouffer.

– Dites-lui d'y aller mollo, avant qu'on soit tous asphyxiés. Alors, de quoi s'agit-il ?

– Message du Dr Byrne, inspecteur. De l'hôpital. Il veut vous causer.

– Quoi, maintenant ?

– Le plus tôt possible, il a dit...

– Quand avez-vous reçu ce message ?

– Cet après-midi, pendant que vous étiez sorti. Et ensuite, vous étiez chez le grand manitou, ajouta Arliss, pieusement. Là, j'interviens pas...

– Oh, très bien. Et maintenant, dit Stratton en s'emparant de son chapeau pour s'éventer, pourquoi ne pas disparaître, pendant que je peux encore respirer ?

Un appel à la morgue de l'hôpital ne donna rien et Stratton, supposant que le Dr Byrne était occupé, décida de se rendre sur place puisqu'il y avait urgence.

33

Pendant un long moment, Dacre le regarda aussi. Byrne ne s'avança pas, ne parla pas non plus, mais, levant la main avec une lenteur sidérante, il recourba l'index pour lui faire signe d'approcher.

En proie à un soudain et violent mal de tête, et à une nausée qui lui fit redouter de vomir pour la seconde fois de la journée, Dacre sourcilla et, s'efforçant de ne pas trembler, pointa un doigt sur sa propre poitrine d'un air étonné. Byrne acquiesça énergiquement. Avec une décontraction calculée, Dacre se leva, défroissa ostensiblement son pantalon et l'épousseta de haut en bas, avant d'aller tranquillement à la porte.

– Je dois vous voir, déclara Byrne.

– Maintenant ?

Dacre aurait voulu adopter le ton de la perplexité, mais ce fut plutôt un coassement qui sortit. Se raclant la gorge, il lança :

– Comme vous pouvez le voir, on est plutôt occupés pour le moment...

Il désigna son œil et ajouta :

– Une altercation...

– Il n'est pas question de ça ! Mon bureau. Dans dix minutes.

Byrne tapota le cadran de sa montre.

– Je vous attendrai.

– Très bien.

À quoi bon discuter ? Il n'avait pas envie d'un autre scandale en public et – pour le moment, du moins – Byrne avait l'avantage. Il le regarda s'éloigner dans le couloir et songea qu'il aurait bien pu invoquer cette blessure pour partir à dix-huit heures pile. D'une certaine façon, cette idiote et sa mère étaient la Providence : le personnel en parlerait pendant des jours et personne ne se rappellerait sans doute son bref échange avec le Dr Byrne. Ni le Dr Ransome ni Mlle Radford – les deux seules personnes capables de s'interroger sur la présence inattendue du légiste aux urgences – n'étaient là.

Dacre se rassit. Peut-être l'infirmière-major était-elle allée lui chercher une tasse de thé, en plus de la lotion... ? Il avait certes besoin de se requinquer, mais, surtout, d'être seul pour réfléchir à la marche à suivre. Il s'en tiendrait à son plan original – l'attaque étant la meilleure des défenses – mais en cas d'échec, il faudrait autre chose. « Réfléchis, bon sang, réfléchis... » Il avait la morphine et la seringue, non ? Sa main se glissa dans sa poche intérieure : les fioles n'étaient pas brisées, Dieu merci. Pouvait-il ? Et, même si la réponse était oui, *comment* faire ? Il ne pouvait pas lui faire ingurgiter de force ce truc ni le ligoter et, de toute façon, Higgs étant forcément dans les parages...

Et zut ! Non. Ça ne se passerait pas comme ça. Il trouverait un moyen de s'en sortir. Jusqu'à présent, il s'était toujours débrouillé, non ? Ou du moins, il gagnerait assez de temps pour réussir à filer. Ce fumier de Byrne. Juste au moment où tout allait si bien, ce saligaud venait tout gâcher.

– Voilà, docteur...

Mlle Radford versa un peu de lotion sur du coton hydrophile.

– Si vous voulez bien relever la tête...

Dacre tâcha de ne pas se crisper quand elle lui tamponna le visage.

– Ça devrait aller. Mlle Dunning va vous apporter une tasse de thé – ou quelque chose de plus fort ?

– Non, ça va. À vrai dire, je voudrais juste me retrouver au calme. Mon service est terminé, donc... à moins que vous n'ayez besoin de moi... Et si vous le buviez, ce thé ? Je suis sûr que vous en avez bien besoin.

Seul aux toilettes, Dacre s'enferma dans l'une des cabines et s'assit en tripotant les petites fioles dans sa poche. Dans cinq minutes. Il se prit la tête dans les mains. Le pendule de ses sentiments alla de la colère au désespoir – pourquoi ne pas essayer ce truc sur lui-même et qu'on n'en parle plus ? – avant de revenir en arrière. Avec précaution, il remplit la seringue et la contempla. Pas question de renoncer maintenant, de se détourner piteusement de la vie qu'il s'était créée – et de Fay – tel un chien battu. Il remit la seringue dans sa poche, secoua sa tête douloureuse si violemment que, l'espace d'un instant, il faillit s'évanouir, puis, sortant de son réduit, il resta un moment sous l'ampoule électrique. *Allons, allons...*

Tu peux le faire. Et tu vas le faire. Elle était bien là, cette brutale bouffée d'excitation – ce qu'il savait aujourd'hui être l'adrénaline – qui lui fit redresser l'échine. Si Byrne voulait jouer les justiciers, il n'aurait que ce qu'il méritait.

Quittant les toilettes, il gagna l'escalier menant au sous-sol.

34

L E SOUS-SOL de l'hôpital était d'un calme sinistre, seulement troublé par le ronron du générateur. En cette fin juillet, il faisait encore clair au-dehors, mais ici, dans ce corridor aveugle, il aurait pu tout aussi bien être minuit. Ces couloirs étaient assez angoissants, éclairés qu'ils étaient par quelques ampoules faiblardes protégées par du grillage. Ce qui, ajouté à la couleur verdâtre des murs, avait tout pour vous rendre claustrophobe.

Stratton était sur le point de quitter le couloir principal pour se rendre à la morgue quand il entendit des pas rapides, légers, venant vers lui et, tournant au coin, il se retrouva nez à nez avec Fay Marchant, qui poussa un « Oh ! » surpris.

– Désolé, dit-il. Je ne voulais pas vous faire peur.

– Oh, mon cœur...

La jeune fille eut un rire nerveux et, quand elle reprit la parole, ce fut sur un ton légèrement plus haut que dans son souvenir :

– Inspecteur Stratton ! Vous cherchez quelqu'un ? Parce qu'il n'y a personne, par ici. C'est-à-dire, ajouta-t-elle inutilement, à part nous...

– J'ai rendez-vous avec le Dr Byrne.

– Ah... Dans ce cas, j'espère que vous le trouverez.

– Je suis sûr qu'il est dans son bureau.

– Je n'ai pas eu l'impression que c'était allumé. C'est désert...

Elle eut un frisson exagéré.

– J'aime pas trop. Ça fait peur…

– Bon, je ne vous retiens pas. Vous devez être occupée.

– En fait, je viens juste de finir. Je retournais au dortoir…

– Eh bien, bonsoir.

– Bonsoir, inspecteur.

Stratton la regarda s'en aller et se demanda si elle avait dit vrai. Après tout, elle venait du côté opposé aux seuls escaliers d'accès au sous-sol qu'il connaissait… Il y avait des portes sur l'extérieur, bien entendu, des courettes et autres ; donc peut-être était-elle entrée par là. Soudain, il se demanda si Byrne pourrait lui dire quelque chose sur Reynolds et Fay – et, si oui, quoi exactement. Fay avait affirmé qu'il n'y avait pas de lumière dans son bureau, mais autant vérifier. Elle semblait nerveuse, mais c'était peut-être à cause de ce corridor, sacrément angoissant. Ou le fait de lui rentrer dedans. Les policiers avaient le don de déstabiliser les gens. Il n'aurait pas cru ça d'elle, mais…

Était-ce son imagination, ou le bourdonnement s'était-il amplifié ? Ça devait provenir d'un peu plus loin, au bout du couloir – la chambre froide où les corps étaient conservés. L'idée de tous ces cadavres, raides et bleuâtres dans leurs compartiments, le mit mal à l'aise.

Il se remit en chemin. Plus tôt il trouverait Byrne, plus vite il pourrait s'en aller.

35

– Alors, de quoi s'agit-il ?
Dacre avait adopté un ton délibérément léger, comme pour suggérer que c'était un petit problème pouvant se régler en deux minutes.

Le Dr Byrne s'effaça pour le laisser entrer dans son bureau et referma la porte à clé avant de répliquer :

– Je crois que vous le savez fort bien...

Il marqua une pause avant d'ajouter, avec une emphase atroce :

– Monsieur Todd.

Dacre eut un pincement au cœur. Curieusement, il ne s'était pas attendu à une attaque aussi frontale. Il prit un air surpris.

– Je vous demande pardon ?

– La comédie est finie, mon vieux.

– Quelle comédie ? Vous devez me prendre pour un autre.

Byrne se fendit d'un demi-sourire.

– Non. C'est vous qui vous prenez pour un autre. Un certain Dacre, apparemment.

– Je ne comprends pas. Je suis le Dr Dacre !

– Vous êtes Sam Todd, et vous vous faites passer pour le Dr Dacre.

– *Quoi ?*

Sincèrement furieux à présent, Dacre lança d'une voix qui devenait progressivement plus forte et plus grave :

– Avez-vous perdu la tête ?

231

– J'ai eu un doute (autre fin sourire). En fait, je me suis interrogé toute la journée, mais votre main… Comme vous le savez, mon métier me porte à me rappeler ce genre de choses, monsieur Todd.

– Pourquoi m'appelez-vous ainsi ?

– Parce que c'est votre nom. Du moins, je suppose. Il y en a peut-être encore un autre…

– Foutaises ! Je ne vais pas rester planté ici, à vous écouter…

Dacre pivota sur ses talons et fit mine d'aller vers la porte, Byrne juste derrière lui.

– J'ignore vos intentions, mais je vous jure que…

– Votre main, mon vieux.

Elle était sur la poignée de la porte. Les deux hommes y posèrent leurs regards. Formant un contraste avec la blancheur des phalanges de Dacre, la cicatrice était bien visible.

– Cette cicatrice…

Dacre se croisa les bras.

– Un chien m'a mordu quand j'étais petit. Et alors ?

– Je l'ai reconnue.

– Ça, c'est vous qui le dites. Écoutez, mon ami…

Là, Dacre adopta un ton condescendant, comme s'il avait affaire à un enfant attardé.

– Ce n'est qu'une cicatrice. Je ne suis sûrement pas le seul à avoir été mordu dans sa vie.

– C'est une marque très caractéristique – identique à celle de M. Todd, mon ancien assistant. Vous avez réussi à modifier votre apparence et votre voix, mais c'est bien vous. Expliquez-vous.

– Il n'y a rien à expliquer. Vous faites erreur, c'est tout.

– Non. Vous faire passer pour un médecin, tromper les autorités, pratiquer illégalement la médecine… C'est grave.

– Oui, renchérit Dacre, farouchement, c'est grave. Mais je n'ai rien à voir avec cela. Je suis le Dr Dacre. Je peux le prouver. Je ne vois pas pourquoi je devrais le faire, mais s'il le faut, pour défendre ma réputation… Et croyez-moi, vous passerez pour un imbécile à ce moment-là.

– Je veux bien risquer de passer pour un imbécile, si c'est pour démasquer un criminel. J'ignore ce qui vous motive – vous devez souffrir de troubles psychiques – mais je ne peux pas permettre...

– Quel toupet ! s'écria Dacre.

Un jet de salive atterrit sur le visage de Byrne qui se recula d'un pas.

– Pour qui vous prenez-vous ?

– Moi, je sais qui je suis.

Byrne tira un mouchoir de sa poche et s'essuya la joue.

– La question est : « *Vous*, qui êtes-vous ? »

Dacre inspira à fond ; cela ne cadrait pas avec son plan. Au lieu de se mettre à douter, l'autre semblait de plus en plus sûr de lui.

– Je suis le Dr Dacre. J'ai obtenu mon diplôme à St-Andrews et exercé...

– En ce cas, pourquoi avoir travaillé à la morgue, sous un autre nom ?

– Mais non ! Vous vous faites des idées. Écoutez, continua Dacre, adoptant à présent un ton d'homme du monde, le genre sensé. Je comprends ce qui a dû se passer. Vous êtes surmené à cause de... (là, Dacre leva les yeux au ciel), et quand on est surmené, on peut parfois dérailler...

– Je ne déraille pas, soyez-en assuré, répondit l'autre avec raideur. Je sais ce que mes yeux voient...

– Comment cela ? Puisqu'on ne s'était jamais rencontrés avant aujourd'hui ! Alors ?

Une étincelle dans l'œil de Byrne lui fit comprendre, avec une brusque, une écœurante crispation de ses tripes, qu'il avait commis une erreur fatale. Avant même que son interlocuteur ait rouvert la bouche, il devina ce qui allait en sortir.

– Si on ne s'était jamais vus, déclara Byrne, triomphant, comment saviez-vous qui j'étais ? Je ne me suis pas présenté et vous ne m'avez posé aucune question, n'est-ce pas ?

36

D ANS LA FRACTION de seconde où Dacre hésita – devait-il prétendre qu'on lui avait décrit le légiste, ou… ou quoi ? – il comprit que Byrne triomphait.

– Eh bien, dit-il, allez-vous vous expliquer, ou devrai-je…

À ce moment-là, l'instinct l'avait emporté sur toute forme de pensée consciente et Dacre le poussa brutalement, des deux mains. Déstabilisé, le légiste, bouche bée, tituba en arrière, glissa et tomba, se heurtant la tempe à l'angle vif du bureau.

Dacre considéra la forme effondrée en blouse blanche. Le sang formait une tache sombre sur le côté de la tête chauve, cireuse.

– Oh, merde…

S'agenouillant, il tapota la figure du blessé. Pas de réaction. Au bout de quelques secondes, il se releva, chancelant, en se tenant au bord du bureau, et regarda dans la cour, par la fenêtre. Personne. On ne l'avait pas vu. Il alla en vacillant tirer le rideau, puis revint dans la demi-pénombre allumer la lampe sur le bureau.

Byrne n'avait toujours pas bougé. Dacre se pencha au-dessus de lui. Il respirait, juste assommé. Là était sa chance. Puisque la morphine ne devait pas tuer immédiatement, on n'aurait aucune raison de penser que le coup avait précédé l'injection… Le tout était de faire croire qu'il se l'était injecté lui-même, avant de tomber… Byrne était-il droitier ? Sûrement, mais il jeta un coup d'œil au bureau pour vérifier. Oui, le stylo plume et l'encre étaient à droite du sous-main, avec une feuille de papier où était écrit : GER 1212. Pas de nom, mais GER devait être Gerard Street, donc, ça ne pouvait pas être loin d'ici... Merde ! Le commissariat – où était-ce ? Savile Row, donc le numéro pouvait être... Et si Byrne les avait déjà appelés... Pour vérifier, il aurait fallu passer par le standard de l'hôpital, ce qui était hors de question.

Et si la police était déjà en route ? Il fallait agir et filer. La porte était toujours fermée à clé, heureusement, mais les barreaux de la fenêtre signifiaient que c'était la seule issue... Bon. Au travail. Il sortit la seringue de sa poche et, se plaçant derrière Byrne, retroussa au maximum la manche gauche de la blouse et du veston, puis défit les boutons de manchette et retroussa la manche de chemise. Il tenta de lui faire plier les doigts, mais le légiste remua et se mit à marmonner. *Te réveille pas, surtout...* Dacre tapota le bras dénudé aussi fort qu'il l'osait pour faire saillir une veine, mais sans succès. Il lorgna l'unique trace bleuâtre visible au creux du coude et, orientant l'aiguille, transperça la peau et abaissa le piston. Byrne tressaillit et sa gorge émit comme un gargouillis. *Te réveille pas, je te dis, te réveille pas...*

Voilà ! Il retira la seringue et, l'essuyant avec son mouchoir, essaya de la glisser dans la main droite de Byrne. Les doigts la saisirent pendant une fraction de seconde – était-ce assez ? – avant de lâcher l'objet qui roula par terre. Dacre contourna sa victime en rampant pour voir de quoi elle avait l'air de face.

Aussitôt, il vit que les yeux du légiste étaient dilatés et fixés sur lui. Les lèvres étaient retroussées dans une grimace, montrant des dents jaunâtres et une gencive supérieure rose-orangé qui formait un contraste horrible avec la face blanche. Pourquoi n'était-il pas mort ? Dacre eut un recul, horrifié, au moment où l'autre se penchait vers lui et, levant son bras droit tremblant, cherchait à l'agripper par le revers de son veston. N'attrapant que du vide, le bras retomba, la main frappa le parquet avec un bruit sourd, les doigts fléchirent faiblement comme cherchant quelque chose de leur propre initiative.

Se reculant encore un peu pour se placer à ce qu'il jugeait être une prudente distance, Dacre contempla sa victime, épouvanté. Byrne émit quelque chose qui était mi-gargouillis mi-grognement et continua à le dévisager. Pourquoi ça ne marchait pas ? Pourquoi ne crevait-il pas ? La dose était peut-être insuffisante... Et s'il s'en sortait ?

Sous ses yeux, les doigts cessèrent de bouger, les paupières se fermèrent rapidement et définitivement, comme si on avait abaissé un store. Les lèvres revinrent à leur position initiale et les traits semblèrent se figer dans la sereine apparence du sommeil. Dacre pouvait l'entendre respirer – un ronflement d'asthmatique. Qu'est-ce qui clochait ? Pourquoi n'était-il pas mort ? Cela prenait peut-être plus de temps qu'il l'avait imaginé, mais il ne pouvait pas rester là, à attendre...

Aucun bruit en provenance du couloir. Le numéro de téléphone sur le bureau n'était peut-être pas celui du commissariat, après tout. Higgs, ou bien son propre remplaçant – si on l'avait remplacé – devait être quelque part, mais sauf si les règles avaient changé, ils n'avaient pas les clés du bureau. Seuls le Dr Byrne et Mlle Lynn les avaient. Dacre se leva et orienta la lampe sur la petite bibliothèque renfermant quelques livres de médecine. *Toxicologie.* Voilà. Il prit le volume et, se mettant de nouveau par terre, leva le bras pour s'emparer de la lampe et la mit près de lui, afin de pouvoir lire. Morphine... Morphine... Là. *L'alcaloïde principal de l'opium qu'il compose dans une proportion allant de cinq à vingt pour cent...* Symptômes, où étaient les symptômes ? *La susceptibilité individuelle varie énormément chez les adultes... Plusieurs cas sont connus, où une dose d'un grain d'hydrochloride de morphine fut fatale...* Eh bien, Byrne avait reçu bien plus, donc... Quoi d'autre ? *Si la morphine est injectée par voie hypodermique, les symptômes apparaissent au bout de trois ou quatre minutes...* Bien... *À une phase d'excitation* – pas chez lui, heureusement, sans doute à cause du coup à la tête – *succèdent incapacité à l'effort, vertiges, somnolence, sommeil, stupeur, « insensibilité »... la respiration se ralentit, le pouls est faible... les muscles des membres sont flasques et relâchés, la mâchoire inférieure pend, les sphincters sont détendus, la peau est glacée... Si des vomissements interviennent avant que la stupeur s'installe, il y a bon espoir de rétablissement...*

Dacre cessa de lire et, avançant à quatre pattes, la lampe en main, il alla voir de nouveau Byrne. Certes, la stupeur semblait installée, mais il respirait toujours bruyamment, quoique plus lentement, désormais... Qu'en conclure ? Il prit sa main – relâchée, oui, un vrai poids mort – et tâta le pouls : presque imperceptible. À l'évidence, le poison agissait, mais combien de temps cela prendrait-il ? Et s'il vomissait... Minute. Dacre considéra Byrne pendant un moment, la tête de côté, réfléchissant, puis il le prit par les épaules et l'écarta du bureau pour l'allonger par terre. S'il dégueulait, il s'étoufferait. Et maintenant, ce n'était plus qu'une question de temps.

Il chercha les clés du bureau dans la poche – il lui faudrait les emporter s'il voulait refermer la porte en partant, on ne pouvait faire autrement. À moins que... il coula un regard sous la porte, afin de voir si l'espace était suffisant pour qu'on les glisse par-dessous, quand il entendit des pas. Il eut un recul et s'accroupit, le cœur battant, les mains moites, aux aguets. On venait dans sa direction. Du calme. Garde ton calme. Sans doute quelqu'un allant dans un bloc opératoire, aucun rapport avec Byrne. *C'est ça, continue...*

Les pas s'arrêtèrent et le rai de lumière sous la porte s'effaça. Dacre retint son souffle. Les petits coups secs le firent sursauter.

– Docteur Byrne ? C'est l'inspecteur Stratton...

Donc, Byrne avait bien téléphoné, il lui avait tendu un piège, mais un contretemps avait dû retarder le policier qui n'était qu'à un mètre cinquante de lui. À ce moment-là, Byrne émit un bruit de gorge. Dacre tendit le bras, manquant perdre l'équilibre, pour placer sa main sur sa bouche. Le visage du légiste était juste hors du rond de lumière projeté par la lampe. Elle n'était pas orientée vers la porte, mais... et si Stratton voyait la lumière ? Impossible d'éteindre, ça attirerait encore plus l'attention, ou bien le policier pouvait entendre le clic de l'interrupteur. *Et merde !* Son cou était désagréablement proche de l'abat-jour et ses mollets, peu habitués à cette position, l'élançaient. *Va-t'en, pour l'amour du ciel, va-t'en...*

Il sentait le souffle humide de Byrne sous sa paume, mais du moins n'entendait-on plus qu'un faible soupir. Du bruit. Stratton devait essayer d'ouvrir.

– Docteur Byrne ?

Il souffrait, sans oser bouger. Il tenta de soulager ses jambes en déportant son poids sur le bout des doigts écartés de sa main gauche, mais ils étaient si moites qu'il renonça de crainte de glisser. Enfin quoi, ce type allait bien partir ? Les pieds bougèrent, firent quelques pas – *oui, oui, c'est ça, barre-toi* – puis s'arrêtèrent brusquement, une porte s'étant ouverte – celle de la salle principale de la morgue, apparemment.

– Qu'y a-t-il pour votre service ?

Higgs. Et s'il avait la clé ou envoyait en chercher une ? Il était pris au piège. Byrne produisit un autre bruit, plutôt un ronflement cette fois, et Dacre, tout son corps frémissant sous l'effort, se mit sur un seul genou. Tendant sa main gauche désormais libre, il pinça les narines de Byrne. Ce serait trop tard pour le sauver, non ? Si on allait chercher une clé ou défonçait la porte, il pourrait prétendre avoir tenté de lui porter secours, mais ça n'expliquerait pas la porte ver-rouillée, ni pourquoi il n'avait pas appelé à l'aide ou tout sim-plement ouvert à l'inspecteur. Son esprit se frayait un chemin rapidement parmi les solutions possibles, toutes aussi peu plausibles les unes que les autres.

La sueur s'accumulait sous ses aisselles, dégoulinait de son front, lui piquait les yeux. Ses deux mains sur le visage de Byrne, il ne pouvait pas s'essuyer et les muscles de ses jambes allaient flancher. Impossible de maintenir cette position – il devait bouger, et là... Encore une seconde, se dit-il. Reste tranquille. Puis une autre seconde, et une autre, et une autre...

37

S TRATTON s'arrêta devant la porte du bureau de Byrne.
N'entendant rien, il frappa.

– Docteur Byrne ? C'est l'inspecteur Stratton.

Rien.

Il cria de nouveau, moins dans l'espoir d'une réponse que
pour rompre ce silence sinistre.

– Docteur Byrne ?

Toujours rien.

Il mania la poignée de la porte. Fermée à clé.

– Qu'y a-t-il pour votre service ?

Celle de la morgue, à quelques mètres de là, venait de
s'ouvrir et Higgs, l'assistant du Dr Byrne, était apparu, tenant
un épais sandwich.

– Excusez', inspecteur, dit-il de façon indistincte, j'vous
avais pas remis...

– Le Dr Byrne est dans les parages ?

– Il était là...

Higgs secoua son sandwich en direction du bureau, faisant
tomber une feuille de laitue.

– ... à mettre au point ses notes avec Mlle Lynn. C'était
il y a... oh, environ une heure. Elle, je sais qu'elle est partie – sûrement qu'il doit l'être aussi...

Il se pencha pour ramasser la feuille et, l'examinant, déclara : « Y a pas de petites économies », et l'avala.

– Vous ne l'avez pas vu partir ?

– Non, désolé inspecteur.

– Vous n'avez pas la clé du bureau ? J'ai un message à lui laisser.

– Ben, non. Le Dr Byrne en a une, et Mlle Lynn... mais ils doivent en avoir une, là-haut. J'irais bien moi-même la chercher, mais je dois rester au cas où il y aurait un arrivage...

Stratton consulta sa montre : dix-neuf heures passées. Si Byrne avait décidé de ne pas l'attendre, ce n'était donc pas si urgent, en fin de compte. Sinon, il aurait laissé un message plus détaillé au commissariat. Refoulant au fond de lui la pensée qu'Arliss – si c'était lui qui avait pris ce message – était tout à fait capable d'avoir omis une part capitale de l'information (ou d'avoir compris tout de travers), il déclara qu'il reviendrait le lendemain matin et repartit vers l'escalier.

38

D ACRE étouffa un soupir. Quand il entendit la porte de la morgue claquer et le flic s'éloigner, il sentit tous les muscles de son visage et de son corps se dénouer, se décontracter. N'entendant plus rien, il ramena son genou et, assis par terre, tremblant, endolori et trempé de sueur, il ôta ses mains de la face de Byrne. Pendant quelques instants, il fut incapable de bouger, puis, tournant lentement le buste vers le bureau, il entreprit de se remettre debout. À présent, il n'y avait plus qu'à filer avant de se faire pincer. La plus grande menace, c'était Higgs qui pouvait bien, avec la chance qui était la sienne aujourd'hui, le reconnaître. Et s'il se déchaussait ? Non, idée stupide. Si jamais on le voyait se balader en chaussettes, ça paraîtrait curieux et, après tout, Higgs devait n'avoir aucune idée des soupçons de son chef, sinon il en aurait fait part à Stratton. De toute façon, étant donné sa personnalité, Byrne n'était pas homme à partager ses pensées avec ses subalternes, sauf absolue nécessité. En outre, le Dr Dacre avait bien le droit de se trouver sur son lieu de travail, non ? Personne ne contesterait cela. Le tout était de s'éloigner au plus vite de cet endroit.

À présent, Byrne ne bougeait plus. Ce devait être la « stupeur » dont parlait le livre. Le livre ! Il contourna le bureau sur la pointe des pieds, le ramassa et le remit en place après l'avoir essuyé avec son mouchoir. Il essuya aussi la lampe et, la tenant avec son mouchoir, la replaça doucement sur le bureau qu'il essuya également. Fourrant le papier avec le numéro de téléphone dans sa poche, il éteignit, attendit d'être habitué à la pénombre avant de se diriger vers la porte. Phase la plus difficile – on ne devait pas l'entendre. Il marqua une pause dans l'obscurité presque totale, essuya ses mains moites sur son mouchoir et s'efforça de contrôler sa respiration. Jusque-là... Il chercha les clés dans sa poche et faillit les laisser tomber. Avec ce manque de lumière et ses doigts qui tremblaient, il dut s'y reprendre à plusieurs fois pour introduire la clé dans la serrure.

Bon, et maintenant, pas de précipitation, prends ton temps... La porte grinçait-elle ? Il ne se rappelait pas. On verrait bien. Tournant la clé, il entreprit, avec une lenteur infinie, de l'ouvrir. Aahhh... pas un bruit. L'ayant entrebâillée, il se glissa à l'extérieur, la referma – le clic de la gâche lui fit retenir son souffle, mais personne ne vint – la verrouilla et, se penchant vivement, il essuya les clés avec son mouchoir puis les projeta, comme on fait des ricochets, sous la porte. Il entendit un léger raclement, puis rien. Sans doute avaient-elles été stoppées par le petit tapis qui se trouvait sous le bureau. Parfait : on croirait qu'elles étaient tombées de la main du légiste.

Il inspira à fond, puis, sans regarder ni à droite ni à gauche, s'éloigna d'un pas décidé sans écouter les instructions paniquées de son cerveau qui lui disait de courir. Il passa devant la morgue – pas de fenêtres, Dieu merci – et conserva la même allure jusqu'au moment où il tourna au coin. Aucune porte ne s'ouvrit, personne ne cria... On n'entendait que le ronron régulier du générateur. Une fois hors de vue, il parcourut à toutes jambes le reste du dédale, grimpa quatre à quatre les marches de l'escalier extérieur, et s'éloigna dans le crépuscule.

39

E XTÉNUÉ, il s'arrêta près de la roulante tenue par des auxiliaires féminines qui servaient du thé. Il ne savait ni combien de temps il avait marché, ni où il était – il avait juste quitté l'hôpital et titubé aussi vite que possible dans le crépuscule. À présent, il faisait noir et, pourtant, il avait continué, plus lentement à cause du black-out, quoique toujours au hasard, dans le seul but de s'éloigner au maximum de l'hôpital.

Tenant la tasse à deux mains – cette nuit de juillet était douce, mais, malgré son effort, le voile de sueur froide sur son corps lui donnait des frissons –, il contempla les ruines de l'autre côté de la rue. Ce n'était pas récent : il n'y avait ni démolisseurs ni ambulance en vue, et les tas de décombres semblaient être là depuis longtemps.

Se retournant vers la roulante, il vit, dans la vague lueur émanant du passe-plats, deux préposés à la défense passive en cotte bleue.

– Deux maisons écroulées dans la rue d'à côté, déclarait l'un. Trois disparus. On creuse encore.

Comme c'était facile, songea-t-il avec aigreur, de tuer en propulsant un V1 dans les airs. Il ignorait comment se lançaient ces engins-là, mais ça devait être sacrément plus facile qu'assassiner de ses mains... S'il avait bien tué le Dr Byrne. Peut-être était-il, à cette minute même, en train de récupérer, avec à son chevet le policier baraqué prêt à prendre des notes... l'alerte était donnée, son signalement circulait...

Non, impossible, il avait reçu trop de morphine... Toute une nuée de « Et si ? » bourdonnait dans sa tête tels des frelons et le souvenir de sa main sur la bouche de Byrne, de cette peau glacée, de cette sensation quand, lui pinçant les narines, il avait senti le souffle du moribond luttant pour sa survie, lui donna la nausée, si bien qu'il vida le fond de sa tasse dans le caniveau.

« Je n'aurais pas dû. Le rôle d'un médecin est de préserver la vie, pas de détruire. Le Dr Dacre n'aurait jamais tué exprès... » Mais à quoi pensait-il ? Il *était* le Dr Dacre.

– Je suis le Dr Dacre, dit-il à haute voix.

– Enchanté !

Une voix d'homme, interrogative. Les gars de la défense passive – ils devaient s'être rapprochés de lui.

– Charlie Horden, défense passive, déclara le plus âgé.

L'autre, un peu en retrait, le dévisageait.

– Z'êtes pas ici pour le...

Horden fit un signe de tête, sans doute en direction des immeubles bombardés.

– Si ? D'habitude, on n'envoie pas de...

– Oh, non... Je...

Je m'enfuyais car je crois avoir assassiné un homme.

– J'avais besoin de prendre l'air...

– Ça va ? Sauf votre respect, vous avez l'air un peu...

Quoi ? De quoi avait-il l'air ? Il scruta son interlocuteur. Était-ce une évidence ? Pouvait-on deviner ?

– Tout va bien, répondit-il. Mais comme je me sentais un peu oppressé, j'ai eu envie de marcher...

Même dans la faible lumière de la roulante, il vit la surprise sur le visage de l'autre.

– ... et je me suis un peu perdu. Où sommes-nous, exactement ?

– Victoria. Chapel Street, pour être exact.

Il avait dû faire des kilomètres. À sa montre, il était minuit passé. « Pourquoi m'enfuir ? C'est inutile. Personne ne m'a vu. Byrne est mort – bien sûr qu'il est mort – et rien ne me rattache à lui. M'enfuir maintenant, ce serait tout laisser – Dacre, Fay, tout... »

– Docteur ?

La voix le fit sursauter.

– Je vous demandais d'où vous venez...

– Piccadilly.

Il avait dit le premier endroit lui passant par la tête, mais
très bien – il saurait comment rentrer chez lui depuis Piccadilly.

– Auriez-vous la bonté de m'indiquer la direction ?

Les lèvres pincées, Horden réfléchit.

– Ben, vous avez loupé le dernier train. Le mieux, c'est de
remonter vers le parc. Au bout, vous prenez à gauche, c'est
Grosvenor Place qui vous mènera jusqu'à Hyde Park Corner.
Piccadilly, ce sera sur votre droite.

Le type lui lança un regard dubitatif.

– Ça ira ?

Il leva les yeux au ciel.

– Ça m'étonnerait que ce soit fini...

Comme par un fait exprès, une explosion retentit, au loin.
Dacre haussa les épaules.

– Je vais tenter ma chance. Marcher me fera du bien.

Il lui adressa un petit sourire et alla reposer sa tasse sur la
roulante.

– Espérons-le ! lança Horden dans son dos. Bonne chance !

Bonne chance, songea Dacre en remontant Grosvenor Place.
S'il avait vraiment de la chance, Byrne serait mort. Il avait
oublié presque toutes les indications, mais le chemin ne semblait pas trop compliqué et il pourrait toujours interroger un
passant. Attention – s'adresser à des gens, c'était courir le
risque d'être plus tard reconnu. Les mains dans les poches, il
avança en traînant les pieds et s'efforça de penser à quelque
chose – n'importe quoi, dès lors que ce n'était pas la face de
Byrne, avec sa peau cireuse et son teint bleuâtre.

40

L E LENDEMAIN MATIN, Stratton quitta son domicile de bonne
heure pour se rendre directement à l'hôpital. Pour une
fois, c'était un soulagement de partir au travail et il en éprouva
des remords. Il faudrait se faire pardonner auprès de Jenny sa
fatigue permanente, son mutisme – d'ailleurs, elle-même
n'était pas plus gaie. Sans doute à cause de cette satanée
Mme Ingram ; Jenny et Doris étaient à bout de nerfs et devaient
marcher sur des œufs. Il faudrait en parler. Même si ça ne
résolvait rien, l'atmosphère pourrait en être quelque peu
détendue – sachant qu'on ne pouvait rien contre les bombes,
la pénurie et toutes ces choses qui vous laminaient le moral.

Les couloirs au sous-sol, côté morgue, étaient silencieux
– les seuls bruits étaient celui du générateur qui semblait plus
assourdi que la veille et ceux, distants, des allées et venues à
proximité des blocs opératoires.
Quand il frappa à la porte du bureau de Byrne, Higgs passa
la tête, les traits fripés par la fatigue et comme de la détresse.
– Inspecteur ? (Il parut s'alarmer.) Ah oui, vous êtes venu
hier soir. Il y a eu, hélas, un accident...
– Quoi ?
– Le Dr Byrne. Il... euh, il est mort.
– *Mort* ? répéta Stratton, bêtement. Vous en êtes sûr ?
C'était le bouquet.
– Hélas, oui.
– Où ?

– Ici, inspecteur. Mlle Lynn l'a trouvé ce matin. J'ai demandé au Dr Ransome, qui travaille aux urgences, de venir...

Éprouvant le besoin de faire un commentaire, il ajouta :

– C'est épouvantable...

Stratton ôta son chapeau.

– Je vais entrer...

– Bien, inspecteur.

Ce qu'il remarqua en premier, ce fut l'odeur – en se relâchant, le cadavre s'était vidé. Le corps – une tempe sombre, ensanglantée – était étendu au sol, près du bureau. Une manche retroussée révélait un bras blanc. À cette vue, l'attitude de Stratton passa de la désinvolture à la pitié. Il avait beau haïr sa froideur et son souci du protocole, cet homme avait été après tout un collègue – estimable, sinon aimable. Or, à présent il était mort, dans des circonstances indignes de surcroît et nul ne méritait cela.

Le médecin en blouse blanche, d'un certain âge, qui était penché au-dessus de lui, se redressa brusquement.

– J'avais dit de ne laisser entrer personne tant que le professeur Haycraft n'est pas venu !

– C'est la police, docteur. L'inspecteur Stratton.

– Je ne vous avais pas demandé d'appeler la police !

– Il ne l'a pas fait, expliqua Stratton. Le Dr Byrne m'avait laissé un message hier, me demandant de passer. Je suis venu dans la soirée, mais le bureau était fermé et j'ai cru qu'il était parti.

– Je vois. (Le médecin lui tendit la main.) Dr Ransome.

– Stratton, inspecteur principal.

Après la poignée de main, Stratton demanda :

– Qu'est-il arrivé ?

– Eh bien...

Ransome parut embarrassé.

– Je ne suis pas absolument certain...

– Quoi, aucune idée ? Crise cardiaque ? Apoplexie ?

– Mieux vaut attendre l'autopsie. Là, on aura une idée plus nette de... de...

Le docteur laissa sa phrase en suspens, constatant que le regard de Stratton s'était reporté sur le sous-main où était posée une seringue. Puis, ce dernier sortant son calepin, l'affolement remplaça l'appréhension dans son regard.

– Enfin, il n'est sûrement pas utile de...

– Était-ce là quand vous êtes arrivé ?

Le Dr Ransome opina, l'air malheureux.

– Dans cette position ?

– Oui.

– Non, dit Higgs. Par terre. Je l'ai vue en entrant. Mlle Lynn était arrivée en coup de vent pour me prévenir, dans un état affreux – à peine si elle pouvait parler – et quand je suis arrivé, je l'ai mise sur le bureau – pour pas qu'on marche dessus.

– Et où était cette seringue, au juste ?

– Environ à...

Higgs regarda autour de lui et fixa un point à égale distance du fauteuil, qui avait été repoussé, et du cadavre.

– Là !

– Donc, cette seringue – ou son contenu – a pu jouer un rôle dans cette mort ?

– Oui.

Le Dr Ransome parut encore plus malheureux.

– C'est possible, mais je le répète, on ne le saura avec certitude que...

– Oui, vous l'avez dit, l'interrompit Stratton, comprenant que le médecin, croyant au suicide, aurait voulu attendre d'en avoir confirmation par l'autopsie avant de contacter la police.

Byrne avait-il été sur le point d'avouer le meurtre de Reynolds, et si oui, pourquoi ?

– Inutile de me rappeler que le suicide est illégal, inspecteur, répliqua Ransome, cassant. Je pensais à sa veuve.

– Sa femme est morte, dit Higgs. L'an dernier.

Baissant la voix, il ajouta :

– Cancer.

– Il y a peut-être un rapport, dit Stratton.

Ransome lui adressa un regard sinistre.

– Nous n'en savons rien.

– Non, en effet. Savez-vous, enchaîna Stratton en s'adressant à Higgs, s'il avait des enfants ?

Ce dernier opina.

– Un fils. Dans les forces armées.

– Quelle arme ?

– RAF, inspecteur.

– Il vivait seul ?

– Je crois.

– Bon. Il vous a paru comment, hier ?

Higgs parut surpris.

– Normal, inspecteur. Comme d'habitude. Et, inspecteur…
si je peux me permettre…

– Oui ?

– Le Dr Byrne n'approuvait pas le suicide. Les gens qu'on
a eus ici, qui s'étaient… Il disait que c'étaient des faibles. Des
mauviettes…

– Oui, dit Stratton, qui se rappela avoir entendu à plusieurs
reprises le légiste qualifier de « névrosés » les suicidés. C'est
vrai… Et cela ? dit-il en désignant la contusion à la tête.

– Il s'est sûrement fait ça en tombant, déclara Ransome. En
soi, ça n'aurait pas suffi à le tuer.

– Aucune idée du contenu de cette seringue ?

– Ça pourrait être beaucoup de choses…

– Par exemple ?

– Un opiacé, peut-être. Au risque de me répéter, fit le
Dr Ransome d'un air irrité, l'autopsie devrait éclaircir ce
point.

– A-t-il laissé un mot d'explication ?

– Rien.

Derrière lui, Higgs hocha la tête, pour faire chorus.

– En êtes-vous absolument certain ?

– Pour autant que je sache, répondit le médecin, sur la
défensive. Comme c'est sa secrétaire qui l'a trouvé, il se peut
qu'elle ait pris la lettre, si lettre il y a…

– Je lui parlerai dans une minute.

Comme Stratton s'agenouillait auprès du cadavre, il entendit le tic-tac de la montre de Byrne, un minuscule pouls
mécanique. Il scruta la tache sombre au creux du coude
dénudé.

– Le point d'injection ?

Ransome soupira.

– Semble-t-il.

– D'autres marques du même genre ?

– Je n'en ai pas vu, dit le médecin avec raideur.

De toute évidence, il avait compris le sens de la question. La toxicomanie n'était pas chose inconnue parmi les médecins et les infirmières – après tout, ils avaient facilement accès à toutes sortes de drogues.

– A-t-il été trouvé dans cette position ?

– Moi, je ne l'ai pas déplacé !

Ransome paraissait outré.

– M. Higgs ?

– Il était comme ça quand je l'ai vu, inspecteur, et je ne crois pas que Mlle Lynn aurait pu le déplacer si elle l'avait voulu.

– S'il est bien tombé de son fauteuil, dit Stratton en se relevant, c'est une étrange façon de finir, allongé sur le dos. Je ne vois pas comment il aurait pu s'assommer en tombant, d'ailleurs.

Il scruta l'angle du bureau et vit une marque sur le bois sombre, près du bord.

– Bien que... On dirait qu'il s'est cogné là. Il faudra vérifier. Pouvez-vous procéder à un prélèvement de ceci ? demanda-t-il à Higgs. S'il y en a assez.

L'assistant parut dubitatif.

– Je vais voir...

– Le Dr Byrne a pu bouger, bien sûr, dit Ransome.

– Vraiment ?

– C'est possible.

– Depuis combien de temps est-il mort ?

– Difficile à dire. La rigidité cadavérique existe au niveau de la mâchoire et du cou, mais la pièce n'est pas froide... depuis trois heures, dirais-je. Au minimum.

– Donc, c'était peut-être...

Stratton consulta sa montre.

– Disons, à cinq heures moins le quart ?

– Peut-être bien.

S'adressant à Higgs, il demanda :

– Vous avez passé toute la nuit ici ?

– Oui, inspecteur.

– Avez-vous parlé au Dr Byrne après mon départ ?

– Non, inspecteur.

– Vous ne l'avez pas entendu partir ?

– Non, inspecteur. Comme je vous l'ai dit, je croyais qu'il était déjà parti.

– Et ce matin ?

– Le bureau était fermé à clé. Comme il devait être au tribunal à dix heures, j'ai pensé qu'il y était allé directement.

– N'était-ce pas inhabituel ? Vous ne m'aviez pas dit qu'il ne serait pas là ce matin.

– Euh… non, mais…

Higgs eut un regard qui disait, très clairement, que ce n'était pas à lui de poser les questions.

– Beaucoup de travail, cette nuit ?

Higgs fit non de la tête.

– Pas tellement, donc j'ai roupillé… mais je me réveille toujours dès qu'on m'amène quelqu'un.

– Ça ne doit pas être très confortable, de dormir à la morgue.

– On s'y fait. On avait un aide, pour les gardes de nuit, mais il est parti, lui aussi… la semaine dernière.

– « Lui aussi » ?

– Comme Sam Todd.

– Quand est-il parti, celui-là ?

– Oooh…

Dans son effort pour se rappeler, Higgs plissa tout son visage.

– Il y a bien cinq semaines. Mobilisé. Oui… Je me rappelle, parce qu'il me l'a annoncé le lendemain du jour où cette pauvre infirmière a été assassinée.

– Hum…

Regardant autour de lui, Stratton vit un trousseau de clés dans un coin, par terre.

– Qu'est-ce que ça fait là ?

Comme Higgs faisait mine d'aller les ramasser, il l'en empêcha d'un geste.

– Vous les reconnaissez ?

– Les clés du Dr Byrne. Il a dû les laisser tomber. Mince, inspecteur, il faudrait prévenir le tribunal que le docteur ne viendra pas. Mlle Lynn n'est pas en état de le faire, je crois…

– Où est-elle, au fait ?

– Dans la morgue. Je lui ai donné une goutte de cognac.

– Je vais aller lui parler. Vous, téléphonez au tribunal.

– C'est comme si c'était fait, inspecteur.

Une fois le bonhomme parti, le Dr Ransome se tourna vers Stratton.

– Ce pourrait être un accident, vous savez.

– On ne se fait pas une injection hypodermique par hasard, docteur.

– Non, mais c'était peut-être une expérience. Ou bien, se sentant souffrant, il a pu vouloir se soigner.

– En se trompant sur le dosage ?

– C'est possible.

– Possibilité parmi bien d'autres.

– Enfin, vous ne pouvez tout de même pas trouver cette mort suspecte ?

– Je n'en sais rien, docteur.

– Vous réalisez l'effet sur la réputation de l'hôpital ? Après le Dr Reynolds…

– C'est navrant, mais qu'y puis-je… ? À part ne pas crier la nouvelle sur les toits… Vous ne m'aviez pas annoncé la venue du professeur Haycraft ?

– Higgs allait le chercher quand vous êtes arrivé.

– Dans ce cas, je crois que ce serait une bonne idée d'aller vous-même lui expliquer la situation.

– Je me dois à mes patients, inspecteur. Je travaille aux urgences et je vous assure que nous ne chômons pas !

– L'un de vos collègues pourrait…

– Je n'ai pas vu mon collègue ce matin. Il était en retard et je suis venu ici presque aussitôt…

– Ça ne devrait pas vous prendre trop de temps, docteur. Si vous voulez bien aller dire au professeur de venir pour…

– Entendu, mais ensuite, il faudra que je reprenne mon travail.

– Dernière chose : ça vous embêterait de demander à Mlle Lynn ses clés ? Je vais devoir fermer la pièce.

– Mais…

Le Dr Ransome désigna d'un grand geste le trousseau au sol, puis se ravisa.

– Oh, très bien.

Il s'en alla, et Stratton regarda une fois de plus autour de lui. Le stylo plume était à droite du sous-main. La pipe, les allumettes et le cendrier étaient à gauche, mais c'était logique, s'il écrivait de la main droite. Faisant la grimace, Stratton tenta de se rappeler les fois où, entrant dans ce bureau, il avait trouvé Byrne en train de travailler. Oui, il était bien droitier, donc c'était logique de pratiquer l'injection dans le bras gauche... S'il avait envoyé une lettre à son fils avant de se supprimer, l'affaire serait close. Ballard pourrait se charger de vérifier. Bien entendu, il pouvait n'y avoir aucun rapport avec Reynolds, mais dans ce cas, pourquoi Byrne avait-il demandé à lui parler de toute urgence ? Ou bien, c'était au sujet d'un cadavre qu'il avait examiné hier, mais Higgs n'avait rien dit... Cela devrait être assez facile à vérifier d'après les notes du médecin. Plus facile que s'il avait fallu – à Dieu ne plaise ! – faire dégeler tous les cadavres pour les réexaminer.

Quand Ransome lui eut tendu les clés avant de s'empresser de retourner à l'étage, Stratton ferma la porte et se rendit à la morgue. Mlle Lynn était en train de renifler dans un mouchoir, assise au milieu des cadavres sous leurs linceuls. Debout à son côté, Higgs lui tapotait gauchement et sans succès l'épaule. À sa vue, elle releva la tête. Ses yeux étaient bordés de rose.

– Mademoiselle Lynn ? Inspecteur Stratton. Vous avez dû avoir un choc terrible en le découvrant... Je vais, hélas, devoir vous poser quelques questions. Prête ?

Mlle Lynn renifla une fois de plus et opina.

– Et si vous alliez lui chercher du thé ? dit-il à Higgs qui, visiblement soulagé d'abandonner le rôle du consolateur, accepta aussitôt.

– Alors...

Stratton regarda autour de lui, mais, comme il n'y avait pas d'autre chaise et qu'il ne voulait pas dominer cette pauvre Mlle Lynn, il s'appuya gauchement à la paillasse la plus proche où – Dieu merci – il n'y avait pas de cadavre.

– À quelle heure êtes-vous entrée dans le bureau du Dr Byrne ?

– Vers huit heures vingt-cinq. Comme tous les jours.

– Et il était couché par terre ?

– Oui. Il était...

Elle frissonna.

– Enfin, vous l'avez vu.

– Il était sur le dos, n'est-ce pas ?

– Oh, oui. Je ne l'ai pas touché.

– Mais vous avez deviné qu'il était mort ? Pas juste tombé, ou assommé ?

– Dans mon métier, on voit beaucoup de cadavres, inspecteur. Je sais les reconnaître.

Cela fut dit avec dignité et autorité, et Stratton ne vit aucune raison de ne pas y croire.

– Il y avait quelque chose près de lui ?

– Une seringue, par terre… et ses clés.

– Où étaient-elles ?

– Près du tapis. À trente centimètres environ de la tête. Du côté de la porte.

Cela signifiait que Higgs, en ramassant la seringue, avait dû par inadvertance shooter dans le trousseau. Ou bien le Dr Ransome, sans s'en apercevoir. Stratton se demanda s'il était possible de glisser les clés sous la porte, depuis le couloir.

– Vous avez touché à quelque chose ?

Mlle Lynn réfléchit un moment.

– Non. J'en suis sûre.

– Avez-vous examiné la pièce ? Le bureau ?

– Succinctement, sans doute. Mais je me rappelle juste avoir tourné les talons…

– Et ensuite ?

– Je suis allée à la morgue où j'ai annoncé la nouvelle à Higgs, qui est venu ici avant d'aller chercher le Dr Ransome.

– Vous-même, êtes-vous revenue dans ce bureau ?

Mlle Lynn fit non de la tête.

– Je suis restée dans le couloir. J'ai préféré attendre le retour de Higgs, au cas où quelqu'un d'autre viendrait et verrait le Dr Byrne.

– Vous avez bien fait. Quelqu'un est-il venu ?

– Non, je n'ai vu personne.

– Et maintenant, la question délicate : aviez-vous des raisons de croire que le Dr Byrne se droguait ?

Les yeux de Mlle Lynn s'écarquillèrent.

– Mais non ! Quelle idée !

– Vous l'auriez deviné, dans ce cas ?

Mlle Lynn parut outrée.

– J'ai bien conscience, ajouta Stratton doucement, que c'est très improbable, mais veuillez bien réfléchir, je vous prie.

– Eh bien... Je l'aurais su, s'il s'était fait des injections, à cause des marques aux bras. C'est un travail salissant, inspecteur, et on se trouve parfois dans toutes sortes d'endroits déplaisants. J'ai vu maintes fois le Dr Byrne retrousser ses manches et se laver les mains jusqu'aux coudes.

– Certes. Mais s'il prenait quelque chose par voie orale ?

– Je l'aurais su. Je peux vous assurer que je n'ai jamais rien noté de fâcheux. C'était un homme entièrement voué à son travail.

– Oui, dit Stratton.

Voyant qu'on attendait plus de conviction de sa part, il ajouta, hypocritement :

– Il va nous manquer. Étiez-vous avec lui, hier ?

– Oui. Toute la journée.

– À quelle heure êtes-vous partie ?

– Dix-huit heures trente.

– Et vous avez emporté les clés chez vous ?

– Oui, comme d'habitude.

– Comment le Dr Byrne vous a-t-il paru, hier ?

– Pareil à lui-même. Il y avait beaucoup de travail, et... non, rien d'extraordinaire.

– Depuis combien de temps travailliez-vous pour lui ?

– Presque cinq ans. Je crois l'avoir connu aussi bien qu'on pouvait connaître un homme aussi secret – à l'exception de sa défunte épouse, bien sûr. Il n'était pas du genre à s'extérioriser.

– Avait-il été bouleversé par la mort de sa femme ?

– Mais oui ! Il l'aimait beaucoup. Toutefois, son travail n'en a jamais souffert. La question est sans doute prématurée, inspecteur, mais savez-vous qui va pratiquer l'autopsie ?

– Pas encore, non. L'un de ses collègues, je suppose.

– Parce que...

– Oui... ?

– Eh bien...

La secrétaire fit la grimace, gênée.

– Un jour, il m'a dit... Il m'a dit qu'il faisait parfois ce mauvais rêve : il mourait subitement et on demandait au professeur Manning de réaliser l'autopsie. Pour lui, il bâclait son travail…

– Ah ! Eh bien, je verrai ce que je peux faire… Mais je ne vous promets rien ! s'empressa-t-il d'ajouter.

– Je comprends. Merci. Je sais que ça signifierait beaucoup pour lui. Je sais… enfin, qu'il pouvait être un peu bourru, parfois, mais c'était un homme bon. À la mort de ma mère, il a été si compréhensif… je n'oublierai jamais.

Stratton songea, tout en allant téléphoner au commissariat depuis la cabine de la morgue, qu'il s'était souvent demandé ce qui se passait dans la caboche d'un type aussi froid que Byrne – eh bien, comme il avait commencé à le soupçonner, il y avait bien plus en lui, tant en termes d'imagination que de compassion, qu'il ne l'aurait cru. Et l'anecdote sur le professeur Manning était un argument décisif contre l'hypothèse du suicide – ou alors, Byrne aurait laissé des instructions précises.

S'il s'agissait d'un meurtre, cela portait le total à trois : d'abord un médecin, puis une infirmière et maintenant le légiste. Il avait beau chercher, il ne voyait pas de point commun entre eux, sinon le fait qu'ils travaillaient dans le même établissement. Trois méthodes différentes et aucune des victimes, apparemment, ne connaissait les autres… Oui, Fay Marchant fréquentait le Dr Reynolds, mais elle n'avait pas de rapport avec les autres, n'est-ce pas ? Évidemment, il l'avait vue dans le couloir de la morgue, la nuit où le Dr Byrne était mort. Mais pourquoi diable aurait-elle voulu étrangler Mlle Leadbetter ? Même si cette dernière connaissait sa liaison avec le Dr Reynolds et avait voulu la faire chanter, l'adultère n'était pas un crime… et, d'ailleurs, dans ce cas, Fay aurait deviné, étant donné la vitesse à laquelle les rumeurs se propageaient dans l'hôpital, que Leadbetter n'était pas la seule à avoir remarqué quelque chose. Stratton secoua la tête : tout aurait dû concorder, mais voilà, rien ne concordait – rien du tout.

41

– **V**OUS EN ÊTES SÛR, Stratton ?
– Non, commissaire. Mais il faut en avoir le cœur net. Il avait demandé à me voir d'urgence.
– Et pourtant, il est rentré chez lui...
– Justement, commissaire ! Je ne crois pas qu'il ait quitté l'hôpital.
Lamb poussa un profond soupir.
– Je vais envoyer quelqu'un et on téléphonera à Scotland Yard, au service des empreintes. Tâchez d'être discret, n'est-ce pas ?
Stratton s'imagina parcourant le couloir en tapant des pieds et en arrachant ses vêtements, tout en hurlant à tue-tête : « À l'assassin ! »
– Je ferai de mon mieux, commissaire.
– Bien. C'est tout ?
– Il nous faudra un légiste.
– Un légiste ?
– Je ne vais pas faire l'autopsie moi-même.
– Je sais ! rétorqua Lamb, très sec. On va se débrouiller.
– Je ne sais pas si c'est possible, mais la secrétaire du Dr Byrne m'a appris que ce n'était pas le grand amour entre lui et le professeur Manning, donc... il conviendrait peut-être... s'il y a quelqu'un d'autre...
– Bon sang ! Il est mort, non ? Qu'est-ce que ça pourra bien lui faire ?
– Je sais, commissaire, mais tout de même...

– Ça tombera comme ça tombera ! On ne va pas demander aux uns et aux autres de modifier leur emploi du temps juste pour satisfaire les caprices d'une petite dactylo…

Si jamais il s'avérait qu'il avait eu tort au sujet de Byrne, il devrait en manger son chapeau… Et puis, merde ! se dit-il en prenant la tasse de thé tiède que lui tendait Higgs. Avec un peu de chance, il n'aurait pas à le faire…

Il téléphona à Ballard pour lui demander de contacter l'armée de l'air afin de localiser le fils de Byrne, puis demanda à Mlle Lynn de lui montrer les conclusions des autopsies des jours précédents. Il n'y avait rien de notable dans le genre avortements sabotés, infanticides ou autre, ce qui semblait exclure l'hypothèse selon laquelle Byrne aurait pu avoir à lui parler d'une mort suspecte.

– Comment aurait-il pu avoir accès à des drogues ou poisons ? demanda-t-il à Mlle Lynn. Je suppose que vous n'avez rien, ici… ?

– Il aurait dû se rendre à la pharmacie de l'hôpital. Pour de la morphine ou une substance équivalente, il aurait dû signer le registre. Mais il n'avait pas la moindre raison (elle désigna les corps sous les linceuls) d'en demander…

Stratton notait qu'il faudrait enquêter sur ce point, quand le professeur Haycraft s'annonça en frappant à la porte : fins cheveux clairsemés, lunettes de travers posées si bas sur le nez qu'elles semblaient lui pincer les narines, et l'air très détaché. Stratton ne fut guère surpris quand, à la fin de l'explication, le bonhomme demanda avec l'air hésitant d'un simple spectateur :

– Qu'est-ce que je peux faire pour vous ?

– Eh bien, nous devrons attendre le rapport du légiste – quelqu'un va venir pratiquer l'autopsie dès que possible. En fonction de ce rapport, il faudra peut-être interroger de nouveau le personnel…

– Encore !

– Hélas, oui – si c'est nécessaire. Et bien sûr – sans vouloir être brutal –, vous allez devoir recruter un remplaçant.

Haycraft lança un regard aux formes vagues qui les entouraient comme s'il venait seulement de les remarquer.

– Oh, Seigneur ! Oui, oui, bien entendu. Je vous fais toute confiance. Et je suis certain que vous comprenez combien il serait souhaitable que ça ne se sache pas trop, surtout s'il n'est pas nécessaire d'enquêter, et cetera... Après ce qui s'est déjà passé... Vous comprenez, j'en suis sûr.

– Bien entendu, professeur, répondit Stratton.

Il aurait bien aimé qu'on cesse de faire comme si c'était sa faute.

Dix minutes plus tard, Arliss – *encore* lui ! – ramena ses fesses et se mit dûment en faction devant la porte du bureau où, dès qu'il crut que Stratton avait le dos tourné, il parut s'endormir sur place. Son apparition fut suivie, presque aussitôt après, par celle d'un médecin à l'air extrêmement inquiet, qui avait tout – aux yeux de Stratton – d'un écolier qui vient d'abandonner ses culottes courtes.

– Vous désirez ? lui demanda-t-il.

Le jeune homme racla sa longue gorge.

– Ferguson... du Guy's Hospital. Je viens voir le Dr Byrne. Je suis venu le plus vite possible – il est là ?

Où veux-tu qu'il soit, mon bonhomme ?

– Toujours dans son bureau. Inspecteur Stratton, de la police judiciaire, dit-il en lui tendant la main.

L'autre fit un pas en arrière.

– Je ne comprends pas. De quoi s'agit-il ?

– On ne vous l'a pas dit ?

Ferguson secoua la tête.

– On m'a juste demandé de me presser.

– Eh bien..., annonça Stratton avec un maximum de tact. Le Dr Byrne est mort. Vous allez devoir l'examiner.

Le jeune homme pâlit et passa une main fébrile dans ses cheveux.

– Non, impossible... Non, pas moi... Écoutez, inspecteur, c'était mon prof... Il... Il faudrait quelqu'un de plus expérimenté, de plus...

Il lui lança un regard implorant.

– C'est urgent. Higgs va vous assister.

Higgs, qui avait considéré le nouveau venu avec une horreur non dissimulée, contemplait à présent ses chaussures. Mlle Lynn étreignit le bras de Stratton.

– Inspecteur, vous ne voudriez pas... Enfin, je ne peux pas...

– C'est bon, répondit ce dernier pour la rassurer. Monsieur Ferguson, vous pourrez vous débrouiller sans secrétaire ?

Le jeune homme avala sa salive et se tourna vers Mlle Lynn.

– Vous travailliez pour lui ?

– Oui.

– Il était... ses conférences... merveilleuses. C'est ce qui m'a décidé à me spécialiser dans ce domaine.

– Eh bien, je suis sûr que vous avez fait le bon choix, et que le Dr Byrne serait d'accord, déclara Stratton d'un ton brusque. Par ici, je vous prie. Vous allez devoir examiner d'abord le corps *in situ*...

Ferguson cligna des yeux.

– Oh ! Oui. Oui, bien sûr.

Arliss, qui avait à présent des croûtes jaunes aux coins des yeux, s'effaça pour les laisser passer. Ferguson entra le premier dans le bureau, ne jeta qu'un coup d'œil au cadavre avant de se tourner vers Stratton, le regard suppliant.

Stratton fit non de la tête et referma la porte derrière lui. La pomme d'Adam du jeune homme entra en convulsion.

– Oh, non...

– Ça va aller. Je reste avec vous.

– Merci. Bon... J'y vais, hein ?

Il sortit un calepin et s'agenouilla auprès du cadavre.

Stratton lui fit un bref exposé de la situation puis, craignant une répétition de sa conversation avec le Dr Ransome – en pire – et préférant aller droit au but, il déclara :

– Il y a une seringue sur le bureau. Si vous regardez son bras gauche, vous verrez qu'il semble s'être injecté – ou s'être fait injecter – quelque chose. Nous aurons besoin d'un rapport toxicologique complet.

Quelques minutes plus tard, Higgs apparaissait dans l'embrasure.

– C'est quand vous voudrez, docteur. Les instruments sont prêts.

Visiblement horrifié à l'idée d'utiliser les instruments de Byrne sur la personne de celui-ci, Ferguson regarda Stratton qui opina pour l'encourager.

– Je suis sûr que c'est ce qu'il aurait voulu...

– Très bien, inspecteur, dit Higgs. J'ai apporté le brancard dans le couloir, si vous êtes prêt à le déplacer ?

Ferguson, qui semblait incapable de parler, se contenta d'acquiescer. Voyant qu'il n'était pas en état d'organiser les choses, Stratton demanda à Arliss d'apporter la civière. Ce qu'il fit, avec une lenteur exaspérante et, se penchant pour soulever le cadavre, il laissa échapper une salve de petits vents sonores.

– Tout de même ! s'exclama Stratton.

– Désolé, inspecteur...

Arliss lui jeta un regard plein de ressentiment.

– J'ai toujours mal au bide...

– On l'aurait deviné, répliqua Stratton, acide. Quand vous aurez fini ce cinéma, vous pourrez peut-être vous magner... ?

Mlle Lynn se tenait dans le couloir, la tête basse, et serrait son calepin contre sa poitrine à la façon d'un soldat qui présente les armes, au moment où la civière, accompagnée par les pétarades d'Arliss et les « chut » de Higgs, était transportée vers la morgue, Stratton et Ferguson fermant la marche.

42

Dix jours de retard. Debout dans le vestibule, Jenny nouait son fichu. Elle venait de prendre sa veste à la patère quand Doris apparut avec un panier plein de provisions.

– Ah, tu es là, Dieu merci !

Jenny gémit.

– Quoi, encore ? Qu'est-ce qu'elle a fait, cette fois ?

– Rien, rien. Seulement... Don n'est pas encore rentré et je suis un peu à cran depuis notre réception catastrophique... J'ai besoin de soutien moral, voilà tout ! J'ai fait la queue toute la matinée et, à l'idée de me retrouver en tête à tête avec elle, à la maison...

– Toujours aussi spéciale ?

– Elle ne me parle plus.

– En ce cas, ça m'étonnerait qu'elle soit mieux disposée à mon égard, mais on peut toujours essayer. Allons-y...

Jenny parvint à empêcher sa sœur de penser à Mme Ingram – après tout, que dire de plus sur cette malheureuse ? – jusqu'à chez elle.

– Regarde, elle a mis les rideaux du black-out dans la cuisine...

– Bon sang !

Doris ouvrit la porte avec sa clé et tenta de la pousser, mais ça résistait.

– Merde, alors !

– *Doris* !

262

– Enfin, tout de même… Une petite minute, Jen…

Se penchant, Doris entrouvrit la boîte aux lettres et regarda par la fente.

– Ça sent quelque chose…

Posant le sac à terre, Jenny se pencha à son tour et renifla.

– Le gaz !

Les deux femmes appliquèrent leur épaule contre le battant et poussèrent. Au bout de quelques secondes, la porte commença à céder.

– Il y a quelque chose qui bloque. Une couverture, on dirait…

– Ah, d'accord !

Jenny pesa de tout son poids contre la porte qui, très lentement, se mit à s'ouvrir.

– Voilà !

Elle se faufila dans le couloir et se jeta contre celle de la cuisine qui s'ouvrit si facilement – les bords de cette couverture-là n'étant pas fixés – qu'elle faillit tomber en avant, Doris sur ses talons.

L'odeur malsaine, entêtante, lui donna aussitôt le vertige. Voyant Mme Ingram, qui avait mis l'une des chemises de nuit de sa sœur, étalée sur un édredon, devant le four, avec un oreiller sous la tête et apparemment dans le coma, elle dit :

– Je vais couper le gaz – toi, ouvre les portes et fenêtres…

– Fais attention, Jen.

– T'inquiète…

Se penchant au-dessus du corps inerte, elle ferma le robinet avant de se mettre à gifler Mme Ingram non sans un certain plaisir. Son visage était d'un inquiétant rouge cerise.

– Madame Ingram, m'entendez-vous ?

Celle-ci bougea la tête et marmonna quelque chose d'incompréhensible.

– Il faut l'emmener au jardin, Doris… l'air frais.

Soulevant par les aisselles la malheureuse – qui, Dieu merci, ne pesait pas lourd –, elle se mit à la traîner vers la porte. Au bout d'un moment, Doris lui prêta main-forte.

– Toutes les fenêtres sont ouvertes ? demanda Jenny, haletante.

– Au rez-de-chaussée, oui. La porte du jardin aussi.

– Bien. Prends les jambes.

Elles la transportèrent tant bien que mal jusqu'au jardin et la calèrent contre l'arbre le plus éloigné de la maison. La maintenir debout n'était pas chose facile, car ses genoux ployaient.

– Tu ne crois pas qu'on devrait la faire marcher ? suggéra Doris.

– On peut toujours essayer...

La prenant chacune par un coude, elles tâchèrent de la faire avancer. Elle titubait, comme ivre, la tête ballottant.

– Tu as vu son teint ?

– Oui. Et elle est glacée, toute moite... Je vais chercher une couverture ?

– Pas tout de suite. Je ne crois pas pouvoir la soutenir toute seule.

– D'accord. Ça fait du bien, cet air frais. Ma tête...

– Je sais. Imagine comme elle doit se sentir...

Comme par un fait exprès, Mme Ingram trébucha sur le côté et, prise d'un haut-le-cœur, vomit sur une plate-bande.

– C'est bon signe...

– Si tu le dis...

Doris regarda ses plants souillés d'un air sombre.

Mme Ingram s'affaissa entre elles en bredouillant. Par-dessus sa tête, Doris grommela :

– Aujourd'hui, elle s'est surpassée...

– Je sais, Doris, mais c'est difficile pour elle...

– Et pour moi, alors ! J'aurais dû le prévoir, après l'autre jour...

Jenny fit « chut » puis dit : « Ça va mieux, maintenant ? » à Mme Ingram.

Celle-ci se pencha de nouveau pour vomir.

– Ne dis donc pas de bêtises. Comment pouvais-tu prévoir ? Ou alors, je suis tout aussi coupable. Tu ne peux pas endosser toute la responsabilité...

– Oui, mais... C'est ce qu'on n'arrête pas de se dire, non ? « On ne pouvait pas prévoir »...

– Car c'est la vérité ! Le Dr Makepeace n'a rien vu venir non plus... Et nous, on est de simples mères de famille, pas des...

Jenny articula le dernier mot de façon exagérée.

– ... psychiatres.

264

Après avoir passé une demi-heure à faire marcher Mme Ingram dans le jardin, celle-ci ayant repris son teint normal et ne vomissant plus, elles jugèrent qu'on pouvait la laisser s'asseoir. Jenny la cala contre la porte tandis que Doris allait chercher un transat.

— Je suis désolée, murmura Mme Ingram comme on l'aidait à s'y installer. Vous ne direz rien, n'est-ce pas ?

Les deux sœurs échangèrent un regard.

— Mais non, dit Jenny en tapotant son épaule osseuse. Restez bien tranquille, je vais aller vous chercher un gilet et une bonne tasse de thé. Il ne faut pas prendre froid.

Dans la cuisine, l'odeur de gaz s'était en partie dissipée.

— Tu étais sincère ? demanda Doris en remplissant la bouilloire.

— Quoi ?

— Quand tu as promis de garder le silence.

— Je ne vois pas comment ça serait possible. Si on en parle au Dr Makepeace, il devra faire un rapport, non ?

— On ne la poursuivra pas en justice, tout de même ? Pas après ce qu'elle a subi ?

— Je n'en sais rien. Ça dépend si on la juge responsable, ou non, de ses actes. C'est l'expression consacrée – d'après Ted. Ça veut dire : être capable de discerner le bien du mal.

— Elle qui ne reconnaît même pas son propre mari !

— Ça m'étonnerait qu'on l'inculpe, mais c'est une éventualité. Et si on ne l'inculpe pas, ce sera pour la conduire... tu sais où.

— Oh, mon Dieu... On est coincées, non ? Tu crois qu'on peut allumer le gaz sans danger ?

— J'en sais rien. On devrait...

Entendant grincer le portillon, Jenny se figea.

— Don ! chuchota Doris, en regardant par la fenêtre. J'avais oublié qu'il rentrait de bonne heure, aujourd'hui. Ne dis rien !

— Mais la porte... Et tes affaires ! On a laissé le panier dehors.

— Que se passe-t-il ? dit Donald en arrivant. La porte était grande ouverte, il y a des couvertures partout, et...

Il repéra quelque chose derrière la porte de la cuisine.

– C'est quoi, ça ?

Il tendit le bras et Jenny entendit le bruit d'un papier qu'on déchire.

– « Attention au gaz… » C'était punaisé à la porte.

Jenny et Doris se regardèrent – dans leur hâte ni l'une ni l'autre n'avaient rien remarqué.

– Qu'est-ce qu'elle a donc foutu ? Non, me dites pas – c'est pour ça que toutes les fenêtres sont ouvertes, non ? Elle a voulu se supprimer. Nom de nom…

– Don, je t'en supplie, dis Doris. Moins fort…

Donald désigna l'édredon, qui était toujours par terre.

– Elle avait mis la tête dans le four, hein ?

– Oui.

– Et maintenant, où est-elle ?

– Dehors. On a pensé qu'elle avait besoin de prendre l'air.

– Dommage qu'elle se soit ratée.

– Don ! On ne dit pas des choses pareilles !

Redoutant une dispute, Jenny déclara qu'elle allait chercher les provisions et quitta la pièce. Elle déposa le panier dans le vestibule et retourna au jardin pour voir comment allait Mme Ingram.

L'air encore plus petite et plus frêle que jamais, Elsie Ingram était assise tellement au bord du transat que, si elle n'avait été si légère, il aurait basculé. Elle contemplait fixement le gazon pelé à ses pieds.

– Comment vous sentez-vous ? lui demanda Jenny.

Relevant à peine la tête, Mme Ingram répondit :

– Je vous demande pardon. Tout ce dérangement…

Puis, elle se remit à contempler l'herbe.

C'était extraordinaire, songea Jenny, cette politesse exquise dans ces circonstances-là… À la réflexion, elle aurait sans doute eu la même réaction. Et cette femme avait laissé un mot, non ? Alors même qu'elle les croyait tous impliqués dans une conspiration contre sa personne. Les gens étaient étranges.

– Aucune importance, dit-elle. Ce sont des choses qui arrivent.

Regardant le haut du crâne de Mme Ingram, elle pensa que c'était une réflexion bien ridicule – *ce sont des choses qui arrivent* – car justement, ça n'arrivait pas, du moins pas aux personnes de sa connaissance. On était censé tout endurer, surtout en ces temps de guerre. Mais, songea-t-elle, agacée, que dire ? C'était déjà assez gênant comme cela.

De nouveau, Mme Ingram releva la tête, cette fois d'un air bizarre, un peu comme si elle se dévissait le cou, de façon à regarder Jenny d'un seul œil – comme ses poules.

– Vous n'allez pas lui dire, hein ?

– À qui ?

– Cet homme...

– Ah, oui... Enfin, non ! Bien sûr que non.

– Et à la police non plus ? Ils sont tous dans le coup, vous savez. Personne ne me croit.

Se redressant, elle la regarda droit dans les yeux.

– Vous-même, vous ne me croyez pas, hein ?

– Eh bien...

Sentant ses joues s'embraser, Jenny détourna les yeux.

– En fait... Je ne sais pas quoi croire.

Au moins, songea-t-elle, c'était la pure et simple vérité.

– Écoutez, dit-elle, ne voulant – ni ne pouvant – s'expliquer davantage, pourquoi ne pas rester un peu ici, au bon air ? Vous vous sentirez mieux. Je vais voir où en est le thé...

– ... comme si elle n'en avait pas déjà assez fait !

La fureur de Donald était tout à fait audible du couloir et, craignant que Mme Ingram n'entende, Jenny referma la porte du jardin.

– Alors, toujours vivante ? lui demanda-t-il en la voyant. Elle ne s'est pas pendue au pommier ?

– Don, arrête !

– Elle semble un peu remise, dit Jenny, le plus calmement possible – les sarcasmes, chez lui, n'étaient jamais bon signe. Tu crois qu'on peut déjà rallumer le gaz ?

– Et merde ! dit Donald.

– Arrête ces grossièretés !

– Excuse-moi, mais on a bien le droit d'être chamboulé quand on ne peut même pas se faire une tasse de thé dans sa propre maison sans risquer de tout faire exploser.

– On n'est pas les plus mal lotis, dit Doris pour le calmer. Au moins, on a toujours notre maison.

– Oui. Si c'est toujours notre *maison*, pas un asile de fous. Là où *elle*, elle devrait être ! ajouta-t-il en désignant le jardin d'un signe de tête.

Tressaillant, les deux sœurs échangèrent un regard.

– Elle va peut-être se rétablir, dit Doris d'une voix faible.

– C'est ce que tu répètes depuis des semaines. Elle est folle à lier, et plus vite tu l'admettras, mieux ça ira. Elle doit partir, Doris. J'en ai ma claque. Demain, elle aura débarrassé le plancher, sinon..., ajouta-t-il en leur lançant un regard perçant, je raconterai ce petit épisode à Ted. Parce que vous n'aviez pas l'intention de le faire, pas vrai ?

– Don, non ! dit Jenny. Il devrait signaler la tentative de suicide, après quoi elle serait inculpée, ou bien emmenée à...

– À l'asile, justement !

– Chut, elle va t'entendre...

– Je m'en fiche. J'en ai soupé de cette bonne femme !

– Je t'en prie, dit Jenny, désespérée. Cesse de crier. Et si je la ramenais chez moi ?

– Ted sera ravi ! Quelle joie de rentrer chez soi après une dure journée de labeur pour trouver une folle dans sa maison...

Refoulant la pensée que, tôt ou tard, il découvrirait qu'il y avait non seulement une folle sous son toit, mais un bébé en route, par-dessus le marché, Jenny déclara :

– Je m'occuperai de ce problème-là en temps et en heure. Et cela te soulagera, Doris...

– Mais elle sera toujours là, pas vrai ? dit Donald.

– Je ne vois pas comment faire autrement...

– Je vous ai dit quoi faire ! Sa place est dans une institution. Bon sang, je vais téléphoner moi-même au Dr Makepeace...

– Non ! s'écrièrent-elles en chœur.

– Qu'est-ce qui vous prend ? Il y a un mois, vous ne la connaissiez pas, et aujourd'hui...

– Donald...

La voix de Doris était sereine, et Jenny comprit qu'elle allait lui parler de tante Ivy. Comme elle cherchait son approbation du regard, Jenny hocha la tête.

Lorsque Doris eut fini de parler de leurs visites à leur tante aliénée et des regrets de la famille, Don, qui avait écouté avec une expression sévère, déclara :

– Pourquoi ne m'en avoir jamais parlé ?

– Eh bien... ce n'était pas très plaisant, et... Personne dans la famille n'est ainsi, n'est-ce pas, Jen ?

– Oh, non. Juste elle.

– Ted est au courant ?

Jenny fit signe que non.

– Notre mère nous avait toujours déconseillé d'en parler, et on s'était dit...

– Oh, bon sang !

Donald leur lança un regard écœuré et se leva de table.

– Elsie Ingram n'est même pas de la famille. Si vous voulez savoir ce que j'en pense, je pense que vous êtes aussi folles qu'elle, et que j'en ai assez...

Il fit mine d'aller vers la porte.

– Où vas-tu ? demanda Doris.

– Je sors ! Et, ajouta-t-il depuis le couloir, je ne veux pas la trouver ici à mon retour.

La porte d'entrée claqua derrière lui et les deux sœurs se regardèrent.

– Beau succès, n'est-ce pas ? dit Doris, sarcastique. Moi qui croyais qu'il comprendrait... J'ai eu tort de parler.

– Ça valait la peine d'essayer...

– Maintenant, il va m'en vouloir de lui avoir caché tout ça.

– Tu pourrais avoir des secrets plus graves... Écoute, je vais emmener Mme Ingram chez moi. Comme ça, j'aurai tout le temps de l'installer dans la chambre de Monica avant le retour de Ted.

Tandis qu'elle revenait chez elle en essayant de bavarder avec Mme Ingram qui se traînait tristement à son côté telle une prisonnière, Jenny se surprit à espérer, pour la première fois de sa vie, que Ted rentrerait tard – le plus tard possible – à la maison.

43

APRÈS AVOIR ENVOYÉ Arliss chercher une chaise pour Mlle Lynn, Stratton resta adossé à la porte de la morgue, à faire la liste des vêtements de Byrne à mesure que Higgs les ôtait. Il s'efforçait de ne pas regarder le corps de plus en plus dénudé et, voyant que Ferguson en faisait autant et que ses mains tremblaient en disposant les instruments, il décida d'intervenir avant de le laisser officier : il ne fallait rien louper. Une fois le corps nu sous un drap, il dit au jeune légiste :

– Une goutte de cognac, peut-être ? On ne dira rien à personne.

Ferguson acquiesça sans mot dire, et Stratton fit signe à Higgs d'aller en chercher.

– Tenez...

Higgs tendit un verre bien rempli à Ferguson qui s'en empara d'une main tremblante et le vida d'un trait.

– Mlle Bateman a bien voulu me confier la bouteille..., expliqua Higgs.

L'alcool parut réconforter Ferguson, au moins au point d'amener deux taches roses sur ses joues blanches comme la craie.

– Merci, dit-il en rendant le verre.

Redressant ses maigres épaules, il ajouta :

– Alors, on s'y met ?

Stratton s'éclipsa au moment où Higgs ôtait le drap. Il alla examiner le jour sous la porte du bureau de Byrne et, utili-

270

sant ses propres clés, constata qu'on pouvait bien les glisser par-dessous. Puis il resta dans le couloir, à rédiger ses notes et à se demander quand le service des empreintes pourrait envoyer quelqu'un. Assise à son côté, Mlle Lynn fumait. À en juger par son attitude et l'expression de son visage, elle devait s'efforcer, tout comme lui, de ne pas entendre les bruits de la scie découpant le crâne.

Si Byrne vivait effectivement seul, comme l'avait affirmé Higgs, il n'y aurait personne pour dire s'il était rentré la veille au soir – et à quelle heure. Sauf si des voisins l'avaient aperçu, ou alors le préposé à la défense passive. Il faudrait demander à Ballard de vérifier. Et puis, il y avait la présence de Fay Marchant dans le couloir. Si la mort de Byrne avait un rapport avec celle de Reynolds, peut-être la jeune femme était-elle impliquée ? Vengeance ? Elle lui avait semblé assez calme, mais... Enfin, à quoi bon spéculer ?

Au bout d'une vingtaine de minutes, la silhouette corpulente du commissaire divisionnaire Dewhurst, muni de sa mallette renfermant son matériel, apparut au fond du couloir.

– Bonjour, commissaire. Je dois dire que je ne m'attendais pas à vous voir en personne...

Le chef du bureau de dactyloscopie lui lança un regard noir par-dessous ses sourcils broussailleux.

– Inspecteur Stratton ?

– Oui, commissaire.

– J'ai tenu à venir moi-même. Je connaissais le Dr Byrne, ajouta-t-il, bourru. Brave homme. Très compétent. Puisque vous croyez que c'est nécessaire, d'après le commissaire Lamb, allons-y...

En son for intérieur, Stratton soupira.

– Effectivement, je le crois, commissaire. Si vous voulez bien me suivre...

Stratton le regarda examiner la pièce.

– Je suppose que le bureau et le fauteuil sont le plus important et (Dewhurst indiqua la seringue) ceci...

Recouvrant sa main d'un mouchoir, il ramassa l'objet.

– Je l'emporte pour analyse.

– Bien, commissaire. Je pense que ce serait une bonne idée d'emporter ça aussi...

Stratton désigna les clés restées par terre, dans l'angle.

– Très bien. Et j'aurai besoin de prendre les empreintes de Byrne également, bien sûr, ainsi que celles des personnes qui fréquentaient régulièrement ce bureau – afin de pouvoir les éliminer.

– Il y a Higgs – l'assistant de la morgue – et sa secrétaire, Mlle Lynn. Le Dr Ransome, du service des urgences, est venu ce matin – Higgs était allé le chercher quand Mlle Lynn a trouvé le corps...

– Donc, lui aussi. Et vous, vous n'avez touché à rien ?

Réprimant une soudaine et violente envie de déclarer que, non seulement il avait mis ses doigts partout, mais de surcroît uriné sur le tapis, Stratton répondit :

– Non, commissaire.

Dewhurst eut un bruit de gorge dubitatif. « Ma parole, songea Stratton, dans une minute il va suggérer que je l'ai tué moi-même ! »

– Je ne suis pas bête à ce point. Il y a aussi le Dr Ferguson.

– Ferguson ?

– Le légiste. Il est venu pratiquer l'autopsie.

– Connais pas. Il sait ce qu'il fait ?

– Il est très jeune, mais c'était un élève du Dr Byrne – je ne doute pas de sa compétence. Si je puis me permettre, commissaire, vous connaissiez bien le Dr Byrne ?

– Sur un plan professionnel, oui. Je l'admirais.

– Pour vous, était-il homme à se suicider ?

– Je n'aurais jamais cru ça de lui.

Dewhurst émit d'autres borborygmes, signes cette fois de réflexion, et ajouta :

– Difficile à dire. On ne sait jamais ce qui se passe dans la tête d'un homme.

Retournant à la morgue pour voir comment se déroulait l'autopsie, Stratton trouva Higgs en train d'essuyer la cavité thoracique du Dr Byrne.

– Bon boulot, inspecteur, dit-il, en connaisseur. Net et précis. Rapide.

Il considéra le cadavre d'un air satisfait.

– Le Dr Byrne aurait été fier de lui.

– Où est-il ?

– Aux toilettes. Je crois qu'il s'est senti un peu… Ne vous en faites pas, on a tout ce qu'il nous fallait.

Quelques minutes plus tard, Ferguson revenait, l'air pâle et s'essuyant la bouche avec un mouchoir.

– Bravo ! lui dit Stratton.

Le jeune homme eut un sourire embarrassé.

– Merci, inspecteur.

– Pouvez-vous me donner l'heure du décès ?

– Pas avec précision, mais autour de quatre ou cinq heures.

– Donc…

Stratton consulta son calepin. Mlle Lynn disait être arrivée à huit heures vingt-cinq.

– Entre trois heures et demie et quatre heures et demie ?

– Environ.

– Quoi d'autre ?

– Eh bien, pas d'odeur émanant de l'estomac, les poumons étaient engorgés, importante lividité de la peau au niveau des parties inférieures…

– C'est normal, non, si le corps était allongé sur le dos ?

– Oui, mais dans le cas présent je ne peux pas être entièrement sûr…

Stratton releva la tête de ses notes.

– Pouvez-vous me donner une estimation ?

– Eh bien, étant donné la présence de la seringue et la trace de piqûre au bras… cela correspondrait assurément à une overdose de morphine, mais on n'en aura la certitude qu'après analyse des prélèvements.

– Bien ! On veillera à ce que les résultats vous soient communiqués dès que possible. Avez-vous trouvé d'autres traces de piqûre ?

Ferguson fit signe que non.

– Je vois où vous voulez en venir, inspecteur, mais rien ne laisse supposer que le Dr Byrne était accro à la morphine ou toute autre substance.

Par-dessus l'épaule de son interlocuteur, Stratton vit que les yeux de Higgs s'étaient écarquillés et qu'il branlait énergiquement du chef pour confirmer.

273

– De plus, poursuivit le légiste, les toxicomanes s'y prennent toujours de la même façon.

– Si...

Stratton hésita, ne sachant s'il souhaitait vraiment une réponse à la question qu'il allait poser.

– Oui ?

Il se jeta à l'eau.

– Si ce que vous dites est vrai, croyez-vous qu'il aurait pu être sauvé ?

– Un lavage d'estomac au permanganate de potasse est souvent efficace. Ou s'il avait vomi, bien sûr... mais là encore, il gisait sur le dos.

– Si c'était bien de la morphine, il aura fallu combien de temps pour que ça agisse ?

– Tout dépend de la dose. Dans le cas d'un enfant...

– Dans ce cas précis !

– Un certain temps... Six ou sept heures, peut-être, mais c'est purement théorique, bien sûr.

– Bien sûr. Donc, l'injection a pu se faire à...

Stratton jeta un coup d'œil à ses notes.

– Huit heures... ou huit heures trente ?

– Possible. Mais, je vous le répète, c'est seulement...

– Je comprends, docteur. Où, demanda-t-il à Higgs, vivait le Dr Byrne ?

– À Wimbledon, inspecteur.

– Et à quelle heure s'en allait-il, en général ?

– Il n'avait pas d'horaire particulier. Tout dépendait de son travail. Il était très consciencieux.

– Donc, selon toute probabilité, raisonna Stratton tout haut, il n'est pas rentré chez lui. Ce qui signifie...

Higgs, dont les pensées allaient visiblement dans le même sens, acheva sa phrase :

– S'il n'est pas rentré chez lui, inspecteur, il était peut-être dans son bureau au moment où vous êtes arrivé. On aurait pu le sauver, peut-être.

– Si j'étais allé chercher la clé, à l'étage.

– C'est que. . on ne savait pas, hein ?

– Non.

Stratton savait qu'il ne servait à rien de faire des suppositions gratuites, mais tout de même... Dans un roman ou un film, le héros, se doutant de quelque chose grâce à une inspiration aussi subite qu'inexpliquée, aurait défoncé la porte. Bon, lui-même avait bien trouvé l'endroit réfrigérant, ça oui, mais quoi de plus normal dans une morgue ? Oh, merde… et s'il y avait eu quelqu'un, dans ce bureau, avec Byrne ?

– Avez-vous entendu marcher dans le couloir avant ou après mon arrivée… juste avant, ou juste après ?

Sous l'effet de la réflexion, Higgs grimaça, puis secoua la tête. Cela signifiait qu'il n'avait pas entendu Fay Marchant, alors qu'il devait être éveillé à ce moment-là, puisqu'il buvait son thé. Donc, soit son ouïe n'était pas aussi fine qu'il le croyait, soit son prétendu léger « roupillon » avait été un bon somme – rien d'étonnant, dans la mesure où le pauvre travaillait pratiquement vingt-quatre heures sur vingt-quatre depuis une semaine, même si sa couche n'était qu'une table de dissection rendue à peine plus confortable par un sac en jute bourré de paille. « Moi, s'il m'a entendu, songea Stratton, c'est que j'ai crié et frappé à la porte. »

L'apparition du commissaire divisionnaire Dewhurst interrompit le cours de ses pensées.

– Terminé ! Je suppose que vous voudrez aller regarder là-bas ?

La façon dont cela avait été dit suggérait une curiosité déplacée. Stratton acquiesça en espérant que son agacement ne le trahissait pas.

– Aucune empreinte sur le dessus du bureau. On l'a essuyé. J'ai trouvé deux empreintes partielles sous le bord, mais j'ignore si on pourra les exploiter. Et, ajouta le spécialiste, j'ai trouvé des choses sous le sous-main. Des photos. Je n'en vois pas l'intérêt, mais si le Dr Byrne les a contemplées avant…

Il haussa les épaules.

– J'ai pensé que vous voudriez y jeter un coup d'œil.

Incapable de trouver une réplique dénuée d'animosité, Stratton acquiesça de nouveau et, laissant Dewhurst préparer son rouleau et son tampon encreur, il monta à l'étage pour arracher des urgences un Dr Ransome furieux qu'on lui prenne ses empreintes digitales. Ensuite, il se retira dans le bureau pour examiner les photos. Au nombre de quatre, elles avaient été mises les unes sur les autres près du télé-

275

phone. La première montrait le Dr Byrne en train de dicter à Mlle Lynn, qui était assise à côté de lui, le crayon en l'air. La seconde et la troisième étaient presque identiques. À l'évidence, elles avaient été prises à la morgue et montraient un groupe de personnes debout derrière un corps couché sur une table de dissection et recouvert d'un linceul : le Dr Byrne, flanqué d'un Higgs à l'air sombre et d'un policier à casque et pèlerine, que Stratton ne connaissait pas. La seule différence entre ces deux photos, à ses yeux, étaient la silhouette brouillée à gauche, sur la seconde. De sexe masculin, cheveux clairs, avec comme une moustache, la silhouette était de profil et semblait sortir du cadre.

À la différence des autres, la quatrième n'avait pas été posée – personne ne regardait en direction du photographe, mais tous semblaient observer quelque chose (sans doute un cadavre) vers le bas, en hors champ : Higgs, Byrne, Mlle Lynn (assise à droite), et un autre homme, de profil, très ressemblant à la silhouette brouillée sur la troisième photo. Byrne les avait peut-être glissées sous le sous-main pour les protéger de la poussière, mais en ce cas, pourquoi ne pas les avoir mises dans un tiroir ? Ou alors, c'était pour les cacher aux regards de quelqu'un… Mais pourquoi ? Et pourquoi essuyer son bureau ?

Il les retourna, mais on n'avait rien écrit au verso. L'inconnu ne ressemblait guère à Reynolds. La moustache, pour commencer, et les cheveux n'étaient pas assez foncés. Ouvrant la porte, il alla parler à Mlle Lynn, qui stationnait toujours tristement dans le couloir, sous la surveillance d'Arliss qui était en train de se torcher les oreilles avec ses auriculaires. Stratton lui ayant lancé un regard furieux, il ôta ses doigts, les renifla et les essuya sur sa tunique. Bougonnant un « Seigneur, donnez-moi la patience ! », Stratton alla demander à la jeune femme de venir, ce qu'elle fit à regret.

– Vous les connaissiez ? dit-il en lui présentant les clichés.

– C'était pour le livre du Dr Byrne.

– Un manuel ?

– Non, un livre sur son travail, destiné au profane. Il prenait des notes. Celle-ci (elle désigna celle la représentant avec le Dr Byrne) fut prise ici. On peut voir l'extrémité de la bibliothèque, à droite.

– Et les autres ? Qui est-ce ?

Stratton montrait la silhouette floue. L'ayant scrutée un moment, la jeune fille répondit :

– Todd. Il a travaillé ici.

Pointant le doigt sur l'individu de profil sur la quatrième photo, elle ajouta :

– Là, c'est encore lui.

Elle eut un pâle sourire.

– Il n'aimait pas trop être photographié.

Stratton se rappela Higgs disant que Todd était parti *le lendemain du jour où la pauvre infirmière avait été assassinée.* Todd l'avait-il assassinée, et Byrne l'avait-il découvert ? Était-ce pour cela que les photos étaient cachées ? Mais dans ce cas, pourquoi Byrne avait-il attendu aussi longtemps avant de lui en parler (si c'était bien l'objet de son coup de fil) ? Et comment Todd avait-il appris que Byrne était au courant ? Byrne le lui aurait-il dit, ce qui lui avait valu d'être tué ? Absurde. Et puis, pourquoi Todd ne s'était-il pas enfui juste après avoir tué Leadbetter ? D'après Ballard, personne n'avait omis de se présenter aux interrogatoires. Il faudrait voir avec lui.

Mlle Lynn contempla sans mot dire les photos, puis déclara tristement :

– Il ne finira jamais son livre, maintenant…

– Non. Vous avez son adresse personnelle ?

– Je vous la note…

La jeune femme ouvrit un tiroir et sortit un classeur.

– Ça vous ennuierait, dit-elle une fois l'adresse recopiée, si je conservais ces photos ?

– Pour le moment, il vaut mieux que je les garde…

Voyant son air déçu et résigné, il ajouta :

– Mais si le photographe a les négatifs, vous pourriez peut-être lui demander des tirages ?

Mlle Lynn lui remit l'adresse.

– Je pense que je le ferai, dit-elle. J'aimerais garder un souvenir de lui.

44

D ACRE s'habilla machinalement, puis, campé devant son miroir, il aspergea son visage tuméfié avec précaution tout en se demandant s'il oserait retourner à l'hôpital. Après le complet désastre de la veille, il sentait un abîme, noir et menaçant, s'ouvrir sous ses pieds. Émergeant d'un écheveau de cauchemars horribles, confus, il avait eu le pressentiment d'une existence vide dans un vide temporel, se prolongeant pendant des jours, des mois, des années, jusqu'au jour où il se regarderait dans la glace et n'y verrait plus rien... L'aiguille affolée de sa boussole intérieure, d'ordinaire si fiable, oscillait entre prendre la fuite ou risquer la confrontation en retournant à l'hôpital. Se prenant la tête dans ses mains humides, il la secoua, tâchant de se débarrasser de ses doutes, puis, se rappelant soudain la moiteur de la bouche de Byrne sous sa paume, il détourna le visage avec un frisson d'horreur et empoigna la serviette élimée pour se frictionner énergiquement.

S'il choisissait la fuite, pourquoi ne pas l'avoir fait la veille ? C'était simple, il aurait suffi de continuer à marcher... en laissant tout derrière lui. *Non.* Il avait bien fait de rester – si Byrne était mort, toute fuite aurait paru extrêmement suspecte. Fermant les yeux, il inspira à fond.

Fay, ou du moins penser à elle, l'avait aidé, la veille, n'est-ce pas ? Elle avait paru personnifier son intuition, telle une balise, et c'était seulement le Dr Dacre qui pouvait espérer la séduire. « En outre, songea-t-il, qui que je puisse être, je ne suis pas un lâche. »

Déjà en retard, il descendit les marches deux par deux et se précipita dans la rue. En se pressant, il pourrait être là-bas dans dix minutes. Byrne ne pouvait pas avoir survécu. Il avait consulté le manuel de toxicologie, n'est-ce pas ? Sauf si, bien sûr, Higgs avait eu une raison d'aller dans le bureau... Il repensa à ses propres gardes de nuit à la morgue – il n'avait jamais eu besoin d'aller là, mais... C'était ce qu'il se répétait en chemin, mais sa détermination faiblissait quand même et, quand il arriva à Fitzrovia, il ne savait plus quoi penser.

Il ralentit et se tint, indécis, à l'angle de Howland Street. Ce type de la défense passive, la veille, connaissait son nom, n'est-ce pas ? Enfin, celui de Dacre. Et si on mettait en circulation son portrait-robot et qu'il l'identifiait ? La lueur de la roulante était assez vague, mais...

Il sursauta en sentant une main s'abattre sur son épaule.

– Dacre ?

Pivotant sur lui-même, il vit Wemyss lui sourire.

– Pardon, je n'avais pas l'intention de te surprendre. Qu'est-ce que tu fiches ici ?

– Je... Je suis en retard. J'ai fait la bringue hier.

Dacre eut un sourire d'excuse.

– Soirée arrosée.

Wemyss examina sa tempe contusionnée.

– Tu n'y es pas allé de main morte, on dirait !

– Ça, c'était aux urgences...

– Un patient mécontent ?

– Si on veut.

– Mais ce n'est pas ça qui te rend nerveux, j'espère ? T'inquiète, on te défendra... Au fait, tu as raté une belle pagaille !

– Ah bon ? C'est-à-dire ?

– Ransome t'en dira plus mais... c'est Byrne. Le pauvre bougre a été retrouvé mort dans son bureau, ce matin.

Dacre se sentit inondé de soulagement, mais réussit à convertir *in extremis* son sourire gêné en un air soucieux.

– Byrne ?

– Toi, on voit que tu n'as encore zigouillé personne ! C'est
– ou plutôt, *c'était* – notre estimé légiste.
– Que s'est-il passé ?
– Pas clair. On parle d'une overdose. Plutôt improbable,
mais possible, je suppose. Deux médecins en deux mois...
sans compter l'infirmière. Tu parles d'une déveine !
– Et toi, que fais-tu là ?
– Je suis allé au débit de tabac. C'est la révolution là-bas – la
plupart des infirmières semblent croire qu'on va tous y passer –,
alors, j'ai préféré m'éclipser.
Il tapota sa poche.
– Bon, allez viens...
Dacre se remit à marcher en direction de l'hôpital, Wemyss
à son côté. Si grand était son soulagement qu'il écoutait à
peine son collègue lui parler des bruits qui couraient dans
l'hôpital.
– ... l'une de nos stagiaires, dans tous ses états, s'est mise à
se lamenter, disant qu'un maniaque allait décimer le personnel. Sa chef a dû la gifler. Elle délirait ferme, je dois dire. Ça
va, mon vieux ? T'as l'air un peu... bizarre.
– Pardon. J'ai mal au crâne...
– Du moment que tu t'es amusé. Oh, et tu ne dois pas le
savoir non plus, mais quelqu'un a balancé une bombe sur
Hitler.
– Bravo.
– Ça a raté, hélas – mais au moins, ils auront essayé. Si tu
veux mon avis, les nazis commencent à craquer... Bon sang,
tu en tiens une bonne, hein ? Il faudrait reboire – si tu pouvais faucher une bonne bouteille...

En dépit des efforts de Mlle Radford, les urgences étaient
plongées dans le chaos. Les infirmières étaient, soit à cran,
soit en train de jouir du drame sans vergogne, et il flottait
dans l'air un parfum d'hystérie à peine refoulée. Les patients
attendaient, assis sur des chaises, et le Dr Ransome était
introuvable.
– Dieu soit loué ! s'exclama Mlle Radford. J'ai pensé que,
peut-être – avec ce qui s'était passé hier – votre tête...
– Je suis un peu déphasé, dit Dacre, content de cette excuse
toute trouvée, mais il n'y a pas à s'inquiéter. À qui le tour ?

L'infirmière-major lui désigna un homme âgé dont la cheville était monstrueusement enveloppée dans ce qui semblait être un couvre-lit.

– Ulcère.

– Ah…

– Avant tout, docteur, je dois vous dire… Il s'est passé une tragédie, hier…

– À ce qu'on m'a dit. Le légiste, n'est-ce pas ? J'ai croisé le Dr Wemyss et il m'a raconté…

Visiblement soulagée de n'avoir rien à expliquer, Mlle Radford déclara :

– C'est tellement bizarre. J'ai dit aux infirmières qu'elles ne sont pas là pour en discuter, mais après le Dr Reynolds et la pauvre Leadbetter… Vous imaginez la situation, j'en suis sûre.

– Bien entendu.

Dacre prit un air sombre.

– J'essaierai d'étouffer les ragots dans l'œuf. Il ne faut pas bouleverser les patients. (Il lui sourit.) Du moins, pas plus que nécessaire…

– Merci, docteur. Je savais que vous comprendriez. Le Dr Ransome…

La voix de l'infirmière s'amenuisa jusqu'au murmure :

– … est au sous-sol. Apparemment, ils ont besoin de ses empreintes digitales.

– Ses empreintes digitales ? répéta Dacre, alarmé.

Le policier baraqué devait être revenu pour voir Byrne tôt dans la matinée. Et même si Dacre avait deviné qu'une enquête aurait lieu si le légiste était bien mort, il n'avait pas envisagé qu'on relèverait des empreintes digitales. Il tâcha de se rappeler s'il avait bien tout essuyé. De toute façon, on n'avait aucune raison de vouloir ses empreintes – personne ne l'avait vu descendre à la morgue… non ?

– Pourquoi diable leur faut-il les empreintes digitales du Dr Ransome ?

– C'est lui qui a examiné le Dr Byrne. La police… j'imagine que c'est pour s'assurer…

L'infirmière-major fit la moue.

– C'est absurde ! Si seulement ils pouvaient partir… Cela fait naître toutes sortes de folles rumeurs…

Elle parut perdre le fil de sa pensée momentanément, puis ajouta :

– C'est bien à lui que vous parliez, hier ?

Bon sang, songea Dacre. On l'avait repéré.

– Au Dr Ransome ?

– Au Dr Byrne. Je vous ai vus près de la porte.

Jugeant que c'était dit sur un ton intrigué et non accusateur, Dacre déclara de la voix de celui qui vient de se rappeler une chose importante :

– Mais c'est exact ! Je lui ai parlé, en effet...

Voyant qu'elle attendait plus, il ajouta, d'un ton perplexe :

– Bien entendu, je ne le connaissais guère, mais il m'a fait bonne impression.

L'infirmière, clairement déchirée entre le respect et la curiosité, lui jeta un regard interrogateur.

– Il ne venait guère chez nous, dit-elle, et comme il était visiblement là pour vous, je me suis demandé...

Dacre, qui s'était creusé désespérément les méninges en prévision de ce moment, déclara, pris d'une subite inspiration :

– C'était au sujet de la torsion testiculaire. M. Hambling m'avait dit avoir dû pratiquer l'ablation, et...

Il la regarda par en dessous.

– Comme j'avais l'impression d'avoir raté mon affaire, j'ai demandé au Dr Byrne si ça ne l'ennuierait pas d'examiner le testicule mort – juste pour clarifier les choses dans mon esprit. C'était la première fois que je voyais cela, vous savez. Je sais que ce n'est pas régulier, mais je ne voulais pas embêter le Dr Ransome.

Comme il l'espérait, l'infirmière trouva louable cette soif de savoir.

– Évidemment, docteur. Je comprends bien !

– Il a été assez aimable pour me donner son opinion. Et maintenant...

Il considéra l'affluence.

– Je crois qu'il vaut mieux se mettre au travail...

Dacre, qui travaillait avec une concentration fiévreuse, venait d'en finir avec l'ulcère à la jambe et examinait une femme qui devait s'être cassé le poignet, quand Mlle Radford passa la tête derrière le paravent.

– Le Dr Ransome est de retour. Il voudrait vous parler.

– Très bien. Il faudrait prévoir une radio pour le poignet de Mme... Atkins... J'y vais...

La face de chouette du Dr Ransome était toute violacée et sa petite personne semblait vibrer d'indignation.

– Ah, vous voilà enfin ! dit-il en le voyant s'approcher.

– Désolé, dit Dacre avec humilité. Comme je l'ai expliqué à Mlle Radford, j'ai...

Il effleura sa tempe contusionnée.

– Oui, oui ! fit Ransome, irrité. On m'a expliqué. Mais vous n'êtes pas *malade*.

À cette idée, son petit nez crochu se plissa de dégoût.

– Et justement ce matin... Vous êtes au courant, n'est-ce pas ?

Il hocha la tête, puis posa sur lui un regard perçant.

– Il paraît que le Dr Byrne était venu vous voir, hier ?

Soulagé d'avoir pu tester son explication sur Mlle Radford, Dacre la resservit à Ransome qui la reçut en clignant des yeux et opinant du chef.

– Bien, bien, marmonna-t-il. Alors, il vous a paru comment ?

– C'est que...

Dacre hésita exprès, comme s'il ne savait trop que répondre.

– Je ne peux pas dire « comme d'habitude », puisque c'était la première fois que je le voyais, mais je l'ai trouvé parfaitement normal.

– Et voilà ! dit Ransome sur un ton sans réplique, comme pour conclure une discussion. De toute évidence, c'est une horrible bévue et moins on en dira, mieux cela vaudra. Et maintenant, pour l'amour du ciel, au travail...

Tout en traversant la salle, Dacre sentit comme une grosse bulle d'espoir monter dans sa poitrine. Si le Dr Ransome avait examiné le cadavre et jugé qu'il n'y avait rien de louche... Byrne étant un médecin, un collègue, on couvrirait son « suicide ». Le policier baraqué n'était apparemment pas d'accord, mais si le légiste ne signalait rien de particulier, alors il n'aurait pas de preuves, n'est-ce pas ? À moins que ce numéro de téléphone... Dacre palpa la poche où il avait mis le bout de papier. Il fallait découvrir à quoi il correspondait : cela pourrait se faire d'une cabine publique. Même si c'était bien le numéro du commissariat, Byrne ne pouvait avoir dit quelque chose, car sinon on serait venu l'arrêter, non ? Donc, tout allait bien – il était le Dr Dacre, et pour tout le monde. Se frottant les mains brusquement, il s'écria :

– À qui le tour ?

Une femme entre deux âges se leva. Elle lui rappela ces légumes nouveaux qu'on photographie pour les journaux parce qu'ils présentent une vague ressemblance avec une tête humaine.

– Par ici, je vous prie.

Tout sourires, il la conduisit derrière la rangée de paravents.

45

M<small>LLE</small> L<small>YNN</small> étant retournée s'asseoir dans le couloir, Stratton regarda dans la corbeille à papier – cure-pipes et bouts de papier, rien d'intéressant. Il glissa les photos dans sa poche pour les examiner plus tard. Mlle Lynn pouvait-elle mentir en affirmant n'avoir pas trouvé de mot ? Tout de même, ils n'avaient pas pu être amants ? Certes, l'homme était veuf, mais... Pour commencer, elle était trop maigre et pâle comme un linge... mais il les aimait peut-être ainsi. Songeant aux formes de Jenny, à sa peau douce et laiteuse, il jugea que ce serait comme faire l'amour à une planche à repasser. Et Byrne n'était pas non plus une gravure de mode. Enfin, les goûts et les couleurs... Mais non, il n'y croyait pas. Mlle Lynn, quoique clairement dévouée à son chef, n'avait en rien montré qu'elle était amoureuse de lui. Et apparemment, son état de choc était réel.

Stratton retourna à la morgue pour rappeler à Ferguson et Dewhurst qu'il aimerait avoir les résultats des analyses au plus vite, puis il alla à la pharmacie de l'hôpital où une brève conversation avec l'employé médusé et un coup d'œil au registre démontrèrent que le Dr Byrne ne s'y était pas procuré de la morphine – ou toute autre chose, d'ailleurs. Certes, on devait pouvoir se fournir autrement au sein de l'hôpital – certains produits étant, après tout, conservés dans les services – mais il ne voyait pas comment Byrne aurait pu s'y prendre sans attirer l'attention.

Il rentra au commissariat en traînant les pieds, suivi d'un Arliss revêche, et s'installa à son bureau pour réfléchir.

Le brigadier Ballard avait réussi à localiser le fils du Dr Byrne à la base aérienne de Lyneham.

– J'ai parlé à l'adjudant-major, chef. Il va lui annoncer la nouvelle et, bien sûr, il aura une permission spéciale. Il habite Hanwell, j'ai l'adresse. Pas de téléphone, mais c'est bien plus près que le Wiltshire. Vous voudrez lui parler ?

– Pas pour le moment. Mais il nous faut savoir si quelqu'un a vu Byrne chez lui, hier soir – voisins ou autres...

Stratton lui tendit l'adresse à Wimbledon.

– C'est notre priorité. Trouver comment on pourrait entrer chez lui, et puis...

Il hésita, réalisant qu'on ne pouvait pas faire grand-chose de plus en attendant les résultats d'analyse.

Devinant ses doutes, Ballard déclara :

– Vous ne croyez pas au suicide, inspecteur ?

– Je n'en sais rien. Il y a du louche, mais je n'arrive pas à mettre le doigt dessus. Et si jamais je me trompe, ajouta-t-il, maussade, le commissaire Lamb va me tordre le cou !

Si Ballard fut surpris par cet aveu de faiblesse, il n'en montra rien.

– Vous ne vous trompez jamais, inspecteur. Votre instinct...

– Oh, mon instinct ! Pour ce que ça sert, sans preuves à l'appui...

– Le rapport du légiste vous en fournira peut-être, inspecteur.

– Espérons-le. (Stratton soupira.) Ce qui pourrait nous donner une idée de ce qui a bien pu se passer. Oh, on a trouvé ceci sous le sous-main...

Il repêcha les photos dans sa poche et les étala sur le bureau.

– Pour un manuel qu'il était en train d'écrire, apparemment. C'est drôle, de les avoir mises là.

– Qui est-ce ?

Ballard désignait le moustachu dans le vague.

– Todd, semble-t-il. L'ancien assistant de la morgue. Ici aussi, c'est lui...

– J'ai dû l'interroger après la mort du Dr Reynolds. Pourtant, je ne m'en souviens pas.

– Pourquoi vous en souviendriez-vous ? Enfin, vous pouvez toujours vérifier.

Ballard sortit son calepin.

– C'est là, inspecteur. Je ne vois rien de significatif.

– Il est parti juste après le meurtre de l'infirmière. Simple coïncidence, sans doute.

Livré à lui-même, Stratton commença à trier les détritus sur son bureau dans l'espoir de mettre un semblant d'ordre avant d'aller faire son rapport à Lamb. Se rappelant sa rencontre avec Fay Marchant dans le couloir de la morgue, la veille au soir, il s'efforça de se rappeler ce qu'elle avait dit, au juste... Qu'elle rentrait au dortoir des infirmières... Oui, elle venait de finir sa journée de travail. Il nota cela dans son calepin, avec l'heure approximative de leur rencontre. Ce n'était pas tout à fait le chemin, sauf si elle venait d'un des blocs opératoires au sous-sol, ce qui était bien possible. Là encore, elle avait été en contact avec le Dr Reynolds et, en tant qu'infirmière, pouvait se procurer facilement de la morphine. Il n'avait pas vu son nom dans le registre de la pharmacie, mais il y avait d'autres moyens... Si Byrne avait eu un problème de santé et qu'elle l'avait convaincu qu'une piqûre... Non, ridicule. Si Byrne la soupçonnait de quelque chose, il ne se serait sûrement pas laissé piquer par elle, donc comment aurait-elle fait ? Elle... ou toute autre personne ?

Si Byrne avait voulu lui parler de Reynolds – hypothèse la plus plausible, étant donné l'absence de quelque chose de louche dans les récentes archives de la morgue – et que Fay était impliquée, alors peut-être avait-elle eu vent de cela et... quoi ? Elle n'avait aucune raison de tuer Reynolds. En fait, il allait l'aider à avorter, donc elle avait intérêt à ne pas l'éliminer. Mais elle avait bien nié avoir été enceinte, non ? Peut-être Reynolds, effrayé sans raison, avait-il décidé de rompre, et elle, furieuse, l'avait assommé... Mais elle avait dit que le billet où elle demandait à le voir d'urgence datait de Pâques, et elle avait dû découvrir peu après qu'elle n'était pas enceinte... Alors, pourquoi Reynolds aurait-il attendu plus de deux mois pour rompre ? L'indécision, peut-être, ou la volonté de trouver le bon moment pour lui dire, ou parce qu'il voulait, malgré son anxiété, continuer à coucher avec elle ? Il n'y avait pas qu'une seule explication. Et même si c'était bien ce qui s'était passé, Stratton ne pouvait imaginer cette jeune femme, d'après le peu qu'il savait d'elle, en meurtrière... Bien que... S'il y avait une chose dont il était certain, c'est qu'on ne sait jamais de quoi les gens sont capables. Et ce n'était pas parce qu'on a de jolies gambettes et des yeux de velours qu'on est au-dessus de tout soupçon. Mais une infirmière, bon sang... ! Vu le cours des choses, cela la rendait plus susceptible d'être une victime qu'une meurtrière. Toute l'affaire avait quelque chose de bizarre, mais allez dire cela au commissaire Lamb... Il se leva, tira sur sa cravate et se força à avancer dans le couloir en direction du bureau de son supérieur.

Il était encore sous le coup de l'engueulade quand il arriva à la maison, tard – son supérieur avait tenu à tout passer en revue – et souffrant des prémices d'une sacrée migraine.

Comme il ouvrait la porte, il entendit des voix de femme à l'étage. Croyant que c'était Doris ou Lilian, il cria : « Bonsoir ! » Puis, il y eut un cri étouffé, un bruit de porte et Jenny apparut dans l'escalier, l'air agité, un doigt sur ses lèvres.

– Qu'est-ce qu'il y a ?

Elle secoua la tête et, dévalant les marches, le poussa dans la cuisine et referma la porte.

– Ted, je te prie de m'excuser, mais...

La lumière se fit en lui.

– Tu as fait venir cette bonne femme ici ?

– Arrête, avec tes « bonne femme » ! Je n'ai pas pu faire autrement, Ted. Doris l'hébergeait depuis des lustres et elle...

– Qu'est-ce qui l'y obligeait ? Cette femme devrait être à...

– Ne commence pas, Ted. Je t'en prie. Elle est toute seule, son mari ne veut plus entendre parler d'elle, il est retourné à l'armée, et...

– Pourquoi ne pas m'avoir prévenu, nom de nom ?

– Plus bas !

– Alors, pourquoi ?

– Je n'ai pas voulu t'appeler de chez Doris. Pour ne pas t'embêter... De toute façon, tu n'aurais pas dit oui, pas vrai ?

– La question n'est pas là, Jenny. J'estime que sa place n'est pas chez nous. Ni chez Doris. C'est un problème qui nous dépasse. Dans quelques instants, tu vas m'annoncer qu'elle dormira avec nous dans l'abri Morrison.

– Mais non ! Elle sera très bien au premier.

– Bien sûr ! Moi, si le toit de ma maison m'était tombé dessus dans mon sommeil, je ne serais pas tranquille.

– Elle dormait bien au premier, chez Doris – c'était son choix... Ces dernières semaines, ça n'a pas trop bardé par ici – j'ai mis un lit de camp sous l'escalier, au cas où elle changerait d'avis. Enfin, à quoi bon se disputer ? Elle est là, maintenant. Je te demande juste de ne pas lui dire que tu es dans la police.

– Qu'est-ce qui serait acceptable pour elle ? Que je sois chauffeur de bus ? Dame pipi ?

– Oh, arrête ! Je ne sais pas. Moi, ce que j'en dis...

– J'aimerais savoir, puisque je suis censé être quelqu'un d'autre.

– Écoute, Ted...

La voix de Jenny se brisa, et elle parut au bord des larmes.

– Je ne vais pas la mettre dehors. Et si tu ôtais ta veste, pendant que je prépare à dîner ?

Ils continuèrent à se disputer à table, puis en prenant le thé au salon (pas de radio, ça aurait pu réveiller Mme Ingram), après quoi ils se déshabillèrent dans un silence hostile.

Une fois couchés, côte à côte, sans se toucher, dans l'abri Morrison, et la lumière éteinte, Stratton resta éveillé, à fulminer. Il avait cru que Jenny faisait semblant de dormir, mais au bout d'une dizaine de minutes, il entendit renifler et comprit qu'elle pleurait. Il compta jusqu'à dix dans sa tête, puis jusqu'à vingt, jusqu'à trente. Ce n'était pas juste. Rien n'était sa faute – ni la guerre, ni Mme Ingram, ni rien d'autre, et pourtant on faisait comme si c'était le cas. Il n'aimait pas que Jenny soit contrariée, ni qu'on trouble ainsi la paix de son ménage. Ayant compté jusqu'à quatre-vingts, les reniflements, toujours aussi étouffés, se prolongeant, il la toucha.

– Allons, ma chérie. Je te demande pardon. Mais c'est que... c'est trop.

– C'est tout ça..., fit Jenny en hoquetant, qui est trop.

– Je sais... Viens là.

– Il faut que je me mouche.

Elle se redressa, se cogna la tête au grillage de l'abri, et se mit à pleurer pour de bon.

– Allons, ce n'est rien... ça finira par s'arranger... Pardonne-moi.

– Oh, Ted..., dit-elle entre deux sanglots, qu'est-ce qu'on va faire ?

On va se débarrasser de Mme Ingram, fut la première idée qui lui vint à l'esprit, mais il ne la formula pas. À la place, il l'embrassa sur le front et dit :

– En premier lieu, il faudrait essayer de pioncer. Demain sera un autre jour...

Puis, il lui caressa le dos, jusqu'au moment où elle sécha ses pleurs et s'endormit.

Lui qui avait voulu « détendre l'atmosphère »... Ils s'étaient disputés, Jenny avait pleuré, et il avait l'horrible impression de n'avoir toujours pas été au fond des choses.

46

L E LENDEMAIN MATIN, rien n'avait changé, et Jenny, l'air pincé, s'occupa uniquement de Mme Ingram. Il était de mauvais poil en arrivant au boulot, ce qui empira quand il dut recevoir un vieil ivrogne qui ne cessait de répéter que son épouse essayait de l'empoisonner, jusqu'au moment où Arliss se pointa pour annoncer que le commissaire divisionnaire Dewhurst avait appelé et souhaitait lui parler. Stratton, jugeant que les symptômes du vieux étaient plus probablement imputables au delirium tremens, ordonna à Arliss de l'accompagner à l'hôpital puis alla téléphoner au bureau des empreintes.

– J'ai regardé ces éléments, déclara Dewhurst. Les empreintes sur la seringue correspondent à une main droite, mais sont trop brouillées pour être exploitées, hélas, et il n'y a rien sur les clés...

– Aucune empreinte du Dr Byrne ?

– Non. Vous aviez peut-être raison après tout, lâcha-t-il, à contrecœur. On n'a rien pu tirer des empreintes au bord du bureau – trop légères. On a éliminé la plupart de celles dans la pièce – le Dr Byrne, Higgs, la secrétaire – mais il y a un ensemble qu'on n'a pas pu identifier. En un seul exemplaire – doigts et paume partielle, main droite.

– Où avez-vous trouvé cela ?

– Sur la bibliothèque. Je vous préviendrai, si on parvient à l'identifier.

Sur ce, il mit fin à la conversation et Stratton se demanda

s'il devait se réjouir ou se désoler de ces nouvelles. Pour les clés, c'était étrange – Byrne n'avait pas de gants quand son corps avait été découvert et on n'en avait pas retrouvé sur lui... De toute façon, pourquoi aurait-il mis des gants dans son bureau ?

Stratton, pour avoir essayé, savait qu'on aurait pu glisser les clés sous la porte – mais si quelqu'un l'avait fait, il devait les avoir d'abord essuyées. Restait à espérer que Dewhurst trouverait le propriétaire de ces empreintes. Sinon, il faudrait interroger une nouvelle fois le personnel de l'hôpital. Et si c'était Fay Marchant ? Cela étant, on pouvait se demander pourquoi elle, ou tout autre individu décidé à tuer Byrne, aurait eu besoin de toucher la bibliothèque. Il irait voir plus tard. Quelque chose lui avait peut-être échappé.

Il retournait tout cela dans son esprit quand Ballard apparut, son calepin en main.

– Des nouvelles de Wimbledon ? lui demanda-t-il sans trop d'espoir.

– Le préposé à la défense passive ne l'a pas vu, inspecteur, ni aucun des voisins. Mais on a la clé de sa maison – la femme qui travaille pour lui... (Il feuilleta son calepin.) Une certaine Mme Evans. Trois fois par semaine. Je l'ai interrogée. Elle ne l'a pas vu depuis samedi dernier mais est allée faire le ménage hier matin et tout était comme d'habitude.

– Et le lit ? Il y avait dormi ?

– Elle a dit qu'il était fait, mais que le Dr Byrne le faisait souvent lui-même.

– Allons bon...

– Un homme très attaché à ses habitudes, d'après elle. Une vieille dame charmante – elle a été bouleversée d'apprendre... un monsieur si poli... elle n'en revenait pas. C'est à contrecœur qu'elle m'a remis ceci...

Là, Ballard produisit une clé munie d'une étiquette à bagages.

– Allons voir sur place, dit Stratton. Selon le bureau des empreintes digitales... représenté par le commissaire divisionnaire Dewhurst, rien de moins...

– Mazette !

– Comme vous dites. Il affirme qu'on ne peut rien tirer de la seringue et que les clés du bureau ont dû être essuyées.

– Mazette ! répéta Ballard. Vous l'avez dit au commissaire Lamb ?

– Non, et je n'ai pas l'intention de le faire avant d'avoir fureté un peu partout.

Évidemment, songea Stratton en faisant crisser les gravillons de l'allée qui menait à la résidence vaste et bien agencée de Byrne, dominant Wimbledon Common, s'être trompé n'était pas trop grave, tant que les gens montraient de l'incrédulité et de la compassion – l'exaspérant, c'était quand on avait admis d'emblée que vous alliez tout saloper, comme Lamb ne manquerait pas de le faire, si on ne lui apportait pas du concret.

– Moi, je vais à l'étage, déclara-t-il une fois dans le hall. Vous, jetez un œil par ici. Si quelque chose vous semble intéressant, criez...

– Oui, inspecteur.

Il monta les marches et se mit à ouvrir des portes – salle de bains, trois chambres, une pièce avec un grand bureau et un squelette articulé, suspendu à une sorte de potence et coiffé d'une casquette de collégien. Sans doute le cabinet de travail. Quoique bien rangée et astiquée – Mme Evans méritait visiblement son salaire –, la maison avait un aspect funèbre et le squelette n'arrangeait rien. Il n'y avait ni photos ni gravures aux murs, pas de fleurs, et rien pour indiquer que le maître de céans avait eu d'autres centres d'intérêt que son travail. Ouvrant une penderie dans l'une des chambres, Stratton vit une rangée de vêtements féminins sur des cintres – sans doute ceux de la défunte épouse. Byrne les avait-il conservés délibérément ou juste oubliés ? Il pencha pour la première hypothèse après avoir trouvé sous l'oreiller une photo sous cadre montrant une belle femme et un petit garçon. L'épouse et l'enfant, sans doute, songea-t-il, et il se demanda si Byrne contemplait ce portrait avant de s'endormir, s'il l'embrassait. Pauvre bougre. Un cancer, avait dit Higgs, donc elle avait été malade pendant un certain temps. Pauvre vieux. Lui qui ne pouvait même pas s'imaginer vivre sans Jenny, alors à l'idée de la voir souffrir ainsi...

Il remit la photo soigneusement en place et retourna dans le cabinet de travail où il commença à ouvrir les tiroirs. Tout était impeccable : les crayons bien taillés sur le plateau en laiton, les papiers empilés au cordeau, des fiches classées dans l'ordre alphabétique. Stratton contempla le squelette et se demanda ce qu'en pensait Mme Evans.

Sa rêverie fut interrompue par un bruit de voix dans le vestibule et, en redescendant, il trouva Ballard en train de parler à une version rajeunie du Dr Byrne.

– Inspecteur Stratton, police judiciaire…, dit-il.

– Frank Byrne.

Le jeune homme lui tendit la main.

– C'est donc vous qui enquêtez sur le décès de mon père.

– Toutes mes condoléances, déclara Stratton, qui ajouta avec circonspection : il y a une ou deux choses à clarifier.

– Je peux vous aider ? demanda l'autre. Parce que, ajouta-t-il avec véhémence, je puis vous affirmer que mon père ne se serait jamais suicidé.

– Qu'est-ce qui vous faire dire cela ?

– Il estimait que le suicide était un acte égoïste, condamnable. Illégal.

– Vous l'a-t-il dit ?

– Plus d'une fois. C'était sa conviction. Mon père était un homme de principes, monsieur l'inspecteur.

Stratton acquiesça.

– J'ai eu la chance de travailler souvent avec lui.

« Oh, oh, songea-t-il, te voilà bien pompeux. » Mais à en juger par l'expression ravie du jeune homme, c'était ce qu'il fallait dire.

– Alors, je suis sûr que vos pensées vont dans le même sens, déclara ce dernier.

– J'ai, en effet, jugé qu'il fallait creuser la question. Voilà pourquoi je suis ici. Afin de m'assurer qu'il n'y a rien pour indiquer une dépression nerveuse.

– Vous ne trouverez rien de tel, déclara Frank Byrne, catégorique.

– Votre père vous avait écrit récemment ?

– Pas depuis quelques semaines. En tout cas, rien dans ses lettres n'a pu me faire soupçonner qu'il était malheureux. Même après la mort de ma mère, il… Il n'exprimait guère ses sentiments ou autre… Il allait de l'avant – c'était **son** style. Toujours…

Le jeune homme grimaça, dans un effort pour achever sa phrase, puis renonça et tenta une autre approche.

– Quand il était à la maison – même avant, je veux dire –, il passait toujours beaucoup de temps dans son cabinet de travail. Le plus clair de son temps libre...

Stratton opina.

– Il était dévoué à son travail. Ce squelette à l'étage... (du coin de l'œil, il vit Ballard hausser un sourcil), c'est votre casquette de collégien ?

– Oui. Papa l'avait prénommé Alfie.

– Alfie ?

– Je ne crois pas que c'était son véritable nom – mais on l'appelait comme ça. Il y a une photo, quelque part, où papa fait mine de lui dicter des notes. C'est maman qui l'avait prise...

Humour plutôt spécial, songea Stratton. Ignorant le regard intrigué de Ballard, il déclara :

– On ne l'a pas encore trouvée.

– Ça ne devrait pas être trop difficile... Là-bas.

Frank Byrne indiquait le salon.

– Vous voulez bien nous montrer ?

Stratton ouvrit la porte.

– Bien sûr. Il y a un petit gadget, ici...

Le jeune homme traversa la pièce et appuya sur un panneau de bois encastré dans l'entourage en brique de la cheminée, qui pivota, révélant un espace.

– Cachette... Pour les préserver en cas d'attaque aérienne, si la maison était détruite.

– Astucieux...

Stratton jeta un coup d'œil. Pas de seringue ni de fioles ou tout autre truc de toxicomane – juste une enveloppe brune. Il en sortit un certain nombre de photos qu'il aligna sur le manteau de la cheminée. Photos de famille, à l'exception d'une seule, qui, comme les autres qu'il avait vues précédemment, avait été prise à la morgue et montrait Byrne et celui qu'il savait maintenant avoir été son précédent assistant, Todd, en train d'étudier des ossements qui semblaient dater d'avant le déluge.

– Encore lui, dit Ballard.

– J'ignore ce que ça fait ici, dit Frank Byrne. Papa a dû confondre…

Stratton, se rappelant que les photos dans le bureau de la morgue avaient été cachées sous le sous-main, se demanda si c'était bien le cas, mais il avait beau se triturer les méninges, il ne voyait vraiment pas ce que cette photo pouvait avoir d'important. Un bosseur comme le Dr Byrne pouvait chérir des photos de lui-même au boulot, mais pourquoi celle-ci en particulier ?

– Là, c'est moi, sur les genoux de papa, déclara Frank Byrne, désignant la photo d'un Dr Byrne plus jeune – mais à peine moins chauve – en compagnie d'un bambin potelé. Et voici ma mère…

Il indiqua un instantané montrant la séduisante blonde que Stratton avait déjà vue en photo dans la chambre.

– Et regardez, voilà celle où il fait semblant de dicter ses notes à Alfie.

– Monsieur Byrne, vous allez sans doute trouver ma question étrange, mais votre père prenait-il des substances… ?

Le jeune homme parut perplexe.

– Il ne prenait jamais rien. À vrai dire…

Il hésita et s'éclaircit la voix avant de continuer :

– Il n'avait pas confiance dans les médecins. Il ne l'a jamais dit ouvertement, mais je crois qu'il avait trop souvent vu les conséquences de leurs erreurs pour avoir une grande confiance dans le corps médical.

– Je voulais dire… des drogues.

– Mon père ? Vous plaisantez ? Qui prétend cela ?

– Personne, mais nous pensons que la cause de son décès serait une overdose.

– J'avais compris, mais si c'était le cas, il me semble très difficile de croire qu'il ait été lui-même l'auteur de cette injection.

– Je vois. Mais vous comprenez bien qu'on doit s'en assurer…

Ayant eu la permission d'emporter les photos, ils retournèrent à la gare pour prendre le train. Après avoir marché d'un bon pas pendant un moment en silence, Ballard déclara :

– Inspecteur, vous ne croyez pas... cette photo avec Todd... il l'avait peut-être gardée à cause de... pour raison sentimentale ?

– Vous voulez dire... ? fit Stratton, que cette idée n'avait pas effleuré.

– Oui, inspecteur. Ce sont des choses qui existent.

– Je suppose, oui. Ce serait une explication. Des gens se suicident pour moins que ça. Et, bien entendu, le fait d'avoir été marié n'exclurait pas cette hypothèse, mais je n'aurais jamais pensé...

– On ne sait jamais, inspecteur.

– C'est vrai. On devrait peut-être parler à ce Todd. Enfin, attendons les résultats de l'autopsie.

Il grimaça.

– Je n'ai pas envie de me lancer sur cette piste à moins que ce ne soit absolument nécessaire. Le fils a peut-être raison – Byrne aurait confondu... Même si...

Même si, lui disait une voix intérieure, ce serait bien extraordinaire de la part d'un homme aussi méticuleux.

– En outre, il y a l'absence d'empreintes sur les clés.

– Ça, c'est curieux, inspecteur.

– Et pas qu'un peu, si vous voulez mon avis !

Sur son bureau, Stratton trouva un message lui demandant d'appeler le Dr Ferguson, du Guy's Hospital.

– C'est bien ce que nous pensions, déclara le jeune légiste. Morphine par voie intraveineuse. Et une sacrée dose.

– Pouvez-vous être un peu plus précis sur l'heure du décès ? demanda Stratton qui prenait des notes.

– J'avais estimé... Comme je vous l'avais dit, tout dépend du délai d'action de la drogue. Je crois plus sûr de m'en tenir à mon estimation originale.

– Qui était...

Coinçant le combiné contre son oreille, Stratton feuilleta son calepin.

– Entre trois heures trente et quatre heures trente du matin, et l'injection a pu se faire à huit heures ou huit heures trente du soir ?

– Oui, ça semble raisonnable.

À l'entendre, on aurait pu croire que c'était la supposition de Stratton et non la sienne.

– Et le coup à la tête ?

– Il a dû se faire ça en tombant. Ça correspond au sang sur le bureau.

– Mais il était allongé sur le dos... ?

– C'est étrange, mais pas impossible.

– Ce coup a-t-il pu précéder l'injection ?

– Impossible à dire, mais il y a eu épanchement de sang, et l'hématome a visiblement eu tout le temps de se former, donc je dirais que cela s'est passé plusieurs heures avant la mort.

– C'était assez pour l'assommer ?

– Je n'en serais pas surpris. Assez pour provoquer une commotion, en tout cas. Le choc a été sévère.

Stratton le remercia, raccrocha, puis se mit à dresser une liste de questions. Il venait d'écrire *Fay Marchant*, suivi de trois points d'interrogation assortis d'un pense-bête – revoir le registre de la pharmacie, à la recherche de son nom – quand Ballard apparut avec deux tasses de thé.

– Alors, bonne pêche, chef ?

– Merci. Non, pas terrible...

Stratton poussa le calepin dans sa direction.

– Jetez un coup d'œil là-dessus.

– Mouais...

Le brigadier survola la page du regard.

– Peu probant, hein ?

– Rien de concret. On sait juste que Byrne a tenté de me parler dans l'après-midi précédant sa mort, qu'il n'était pas déprimé, encore moins suicidaire, et que lui – ou *quelqu'un d'autre* – a essuyé les empreintes sur son bureau et les clés... Mais je repense à ce que vous avez dit, au sujet de cet assistant – ça ne coûte rien d'essayer. Tâchons de le trouver.

– Il n'a pas été mobilisé ?

– Je crois bien, si.

Stratton récupéra son calepin et tourna les pages.

– Il y a cinq semaines, selon l'autre assistant, Higgs. Je me demande pourquoi il est parti aussi tard. Ce n'était pas un emploi de réserviste.

– Boulette administrative, sûrement. C'est fréquent, paraît-il...

– Sans doute. Et, comme de bien entendu, on ne sait pas dans quelle arme ?

– Non, mais il doit encore faire ses classes, pas vrai ? On devrait trouver assez facilement. Je m'en occupe tout de suite.

– Bien. Quant à moi, je vais aller voir Lamb...

Stratton leva les yeux au ciel.

– Après quoi, j'irai à l'hôpital poser des questions à propos de cette morphine égarée.

Plus tard, quand il repartit d'un pas accablé pour l'hôpital, ses oreilles bourdonnaient encore de cette injonction cinglante de Lamb : « C'est déjà un beau fiasco. Alors, tâchez de ne pas faire pire ! »

47

I L ALLA directement au sous-sol afin d'examiner la bibliothèque du Dr Byrne. Il ne s'attendait pas vraiment à faire des découvertes et, en effet, il n'y avait là rien de notable. Ensuite, il monta affronter la dame à lunettes de l'administration. Quand il s'annonça, elle l'aborda avec tout l'enthousiasme d'une truite confrontée à un hameçon dépourvu d'appât. Apprenant que la mort de Byrne n'était peut-être pas, en fin de compte, un suicide, elle souleva tant d'objections quand il voulut interroger le personnel qu'il alla aussitôt trouver le chef de clinique à l'accent distingué, la laissant bouche bée et ressemblant plus que jamais à un poisson.

Ayant effacé le ricanement maîtrisé du chef de clinique en l'informant qu'il menait de nouveau une enquête criminelle, Stratton se fit prêter une pièce pour y conduire ses interrogatoires. Il chargea le bonhomme de prévenir le professeur Haycraft et, le laissant couiner et tripoter ce qui devait être – il en aurait parié une semaine de salaire – une cravate d'école privée, il alla consulter les archives de la pharmacie où il trouva la signature de Fay pour trois fioles de morphine à la bonne date – ce qui, à défaut d'autre chose, prouvait qu'elle ne les avait pas fauchées – avant de se rendre d'un pas énergique au service de chirurgie hommes.

Il trouva Mlle Bateman au chevet d'un homme grassouillet à l'air efféminé qui, bien qu'ayant visiblement la cinquantaine, avait des cheveux d'une blondeur suspecte. C'était l'heure des visites et elle était lancée dans une conversation animée avec une rombière peroxydée qui, à en juger par la ressemblance, devait être la mère. En fait, on pouvait même se demander qui des deux l'était – la mère. Stratton se racla la gorge et l'infirmière tourna la tête dans sa direction.

– Oui ? Vous désirez ? Oh..., dit-elle d'un ton las en le reconnaissant. C'est vous...

– Hélas, oui. Je peux vous parler ?

– S'il le faut, répondit-elle, de mauvaise grâce.

Elle s'excusa auprès de la rombière qui faisait toujours de grands gestes et le mena à son bureau, au fond de la salle.

– J'espère que ce ne sera pas long. Deux de mes infirmières manquent à l'appel – la varicelle, c'est bien notre chance – et une autre a fait sa valise pour rentrer chez elle en vitesse. Donc, nous sommes plutôt débordées.

– Je comprends. Je n'abuserai pas de votre temps. Vous avez appris pour le Dr Byrne, je suppose ?

– C'est affreux. Les nouvelles se répandent très vite dans les hôpitaux, comme vous pouvez l'imaginer.

Elle jeta un regard noir autour d'elle, comme pour surprendre des infirmières à cancaner.

– Qu'avez-vous entendu dire ?

– Qu'il s'était suicidé, le pauvre, répondit-elle à voix basse. Ce n'est pas cela ?

– On n'a pas encore de certitude. D'où ma présence ici. C'est au sujet de la morphine. Il ne vous en manque pas ?

L'infirmière haussa les sourcils.

– Il est mort de cela... ?

– Hélas, oui. Il vous en manque ?

Mlle Bateman fit non de la tête.

– On fait très attention, inspecteur. Il y a toute une procédure à respecter, vous savez.

– J'en suis conscient, mais si vouliez bien faire un effort de mémoire...

L'infirmière parut s'affaisser légèrement et Stratton s'aperçut que, sous la carapace amidonnée, il y avait une femme très fatiguée. Pendant un instant, il eut la tentation de l'entourer de son bras, mais son bon sens lui souffla que c'eût été un geste déplacé et peu apprécié (sauf, bien sûr, par les patients et les infirmières à proximité, qui tous, chacun à sa façon, faisaient mine de ne pas écouter la conversation).

– L'une de nos infirmières a eu un accident. Elle était allée chercher des drogues et a laissé tomber trois fioles de morphine. Je l'ai réprimandée, bien entendu. On ne peut pas se permettre de gâcher des produits précieux par négligence.

Ce souvenir ressuscita la carapace amidonnée et, redressant l'échine, elle darda sur un lui un regard furieux comme pour le décourager de suggérer qu'il conviendrait d'apprendre aux filles à jongler.

– Une infirmière ne doit pas courir dans les couloirs.

– Quand était-ce ?

– Il y a deux jours.

– Que sont devenues ces fioles ?

– Perdues, hélas. Elles sont tombées entre deux lames de parquet. Cette fille ne regardait pas où elle allait et...

Mlle Bateman eut un geste d'impuissance.

– Disparues...

– Où cela s'est-il passé ?

– Dans le couloir, juste à côté. Vous devriez interroger Mlle Marchant. C'est elle...

Stratton ne croyait pas s'être trahi, pourtant l'infirmière lui lança un regard perçant et dit :

– Vous aviez déjà demandé à la voir, n'est-ce pas ? Au sujet du pauvre Dr Reynolds. Vous vouliez l'interroger une seconde fois.

Il lui adressa son sourire le plus mielleux.

– En effet. Pour un point de détail.

Elle n'eut pas l'air de le croire tout à fait, mais n'insista pas.

– Alors, je vais la chercher ?

– Si vous le voulez bien. C'est probablement sans importance, mais je dois vérifier.

Elle réapparut quelques minutes plus tard, Fay Marchant dans son sillage. La jeune fille, toute pâle, contempla le sol pendant que sa supérieure prenait congé de Stratton. Elle et lui gardèrent le silence pendant qu'elle s'éloignait. Fay semblait tendue – plus anguleuse, curieusement – et, comme elle l'accompagnait dans le couloir pour lui montrer où les fioles étaient tombées, elle lui parut se mouvoir avec raideur, et moins de grâce que dans son souvenir.

Elle regarda autour d'elle d'un air indécis.

– C'est par ici, je crois.

Elle se tourna vers la gauche et fit quelques pas, Stratton sur ses talons.

– Comment est-ce arrivé ?

– Bêtement. J'étais pressée et j'ai heurté quelqu'un... Le plateau m'a échappé des mains. Il a atterri par là... (elle désigna un point, un peu plus loin) et tout s'est répandu par terre.

Stratton remarqua qu'elle rougissait ; des taches roses marbraient son cou.

– Et ensuite ?

– On a cherché, j'ai ramassé le plateau et la seringue, mais je n'ai pas vu les fioles. Enfin si, une seule, mais elle était cassée, et il... enfin, poursuivit Fay, l'air très mal à l'aise, la personne que j'ai heurtée a dit qu'elles avaient dû tomber dans la fente, là-bas...

– C'était qui ? demanda Stratton, qui se rappelait que la chef avait parlé des infirmières courant dans les couloirs et avait l'impression que Fay lui avait tu ce détail. S'agirait-il d'un médecin, par hasard ?

– Oui. Il a été très gentil, et pourtant c'était ma faute.

Stratton se demanda pourquoi elle n'avait pas cité le nom – il était presque sûr qu'elle savait qui c'était. Laissant cela pour le moment, il déclara :

– Et il vous a aidée à les chercher, donc ?

– Oui. C'est lui qui a compris où elles avaient dû passer.

Il alla inspecter l'endroit indiqué et, s'accroupissant, scruta la fente entre le plancher et la plinthe, sous le regard de Fay. On ne voyait rien, mais il serait facile d'ôter les lames pour en avoir le cœur net.

– Vous les voyez ?

– Non.

– Moi non plus. Mais elles sont forcément là – comme il me l'a dit, ça ne peut pas être ailleurs.

Stratton se releva et se tourna vers la jeune fille qui recula d'un pas, l'air inquiet.

– Je ne les ai pas prises, dit-elle. Je n'aurais jamais fait ça.

– Mais je ne vous accuse pas ! Donc, le médecin vous a dit cela... que les fioles étaient tombées par là.

– Euh... oui.

– Qui était-ce ?

– Oh...

Les rougeurs s'avivèrent.

– Le Dr Dacre. Des urgences.

– Dacre, répéta Stratton.

Évidemment, c'eût été trop beau si ça avait été le Dr Byrne.

– Il est nouveau. Il a remplacé le Dr Reynolds.

Sa voix était ferme, mais son malaise manifeste. Stratton se demanda si c'était d'avoir fait tomber son plateau, ou parce que Dacre remplaçait le Dr Reynolds, ou à cause de leur propre rencontre dans le couloir de la morgue – peut-être un composé de tout cela.

– Ah ! Lui avez-vous dit ce que contenaient ces fioles ?

– Euh... oui.

La jeune femme parut interloquée.

– Je voulais les retrouver. J'avais peur de me faire gronder.

– Je comprends. Et maintenant, dit-il doucement, je vais aller chercher quelqu'un pour démonter cette lame de plancher, car nous devons en avoir le cœur net, mais auparavant, où alliez-vous avant-hier soir, quand on s'est rentrés dedans, tous les deux ?

– Je vous l'ai dit : je retournais au dortoir des infirmières. Ma journée était terminée.

– Ce n'est pas le chemin le plus court...

– J'avais dû apporter quelque chose à un bloc opératoire. Le dossier d'un patient, pour l'un de nos chirurgiens. Mlle Bateman me l'avait demandé.

Elle regarda autour d'elle comme pour chercher une confirmation.

– Je n'ai pas vu M. Hambling – c'est son nom – mais vous pouvez toujours demander à ma chef.

– Je n'y manquerai pas. Avez-vous entendu du bruit dans le bureau de la morgue en passant ?

– Non. La porte était fermée.

– Très bien. Oh, avant de vous en aller... auriez-vous quelque chose à me dire au sujet de tout ceci ?

Fay le regarda pendant un moment, les yeux écarquillés, puis fit non de la tête.

– Je n'y suis pour rien, dit-elle tristement. Pour rien...

Stratton, qui aurait bien arraché lui-même la lame de parquet, était toutefois conscient que Lamb – à juste titre, cette fois – l'étriperait si jamais il osait le faire, et il retourna au commissariat pour solliciter un mandat.

– *Perquisitionner ?*
Lamb, qui avait abandonné le numéro « ma-patience-a-des-limites » pour avoir l'air de celui qui s'efforce de faire face bravement aux coups du sort, haussa le ton d'un cran.
– Mais oui, commissaire. Je ne vois pas comment faire autrement.
– Au cas où vous ne l'auriez pas remarqué, inspecteur, les V1 en font assez comme ça sans que vous en rajoutiez !
– À moins que vous n'ayez d'autre solution, commissaire…, dit Stratton, qui savait fort bien que ce n'était pas le cas. J'ai pensé, ajouta-t-il avec humilité, que si vous le demandiez vous-même, cela pourrait nous faire gagner du temps… pour le mandat.
Lamb, retrouvant sa voix « restons-stoïque-sous-le-feu-de-l'ennemi », déclara :
– Oh, très bien. Attendez dehors.
Stratton, qui n'avait aucune envie d'arpenter le couloir tel un homme qui attend la naissance de son premier-né, décida d'aller voir s'il pouvait dénicher un paquet de clopes. Le buraliste du coin, qui le connaissait, sortit vingt Players de dessous le comptoir (« Vos préférées, inspecteur »). Mais à son retour, sa bonne humeur retrouvée fut bientôt dissipée par l'attente d'une demi-heure que Lamb lui fit subir avant de sortir dans le couloir.
– Le mandat est à Marlborough Street. Vous le prendrez sur le chemin. Emmenez Arliss et, de grâce, de la discrétion !
– Je ferai de mon mieux, répondit Stratton, avec un air docile qui parut réveiller la méfiance de son supérieur. Merci, commissaire !

Arliss et le mandat collectés, il retourna affronter Miss Face-de-Truite – l'administratrice – qui parut encore moins contente de le voir – enfin, avec Arliss et son sourire idiot, rien de surprenant. Lui fourrant le mandat sous le nez, il sollicita une aide pour ôter les lames du plancher. Cette aide arriva vingt minutes plus tard sous la forme d'un brancardier sénile, armé d'un pied-de-biche, qui avait l'air du type assumant stoïquement un destin de raté bien mérité. Quand Stratton proposa de faire le boulot lui-même, il refusa (et aucune chance pour qu'Arliss, qui se tenait bien en retrait, les mains dans le dos, ne lève le petit doigt). L'écartant du bras, et soufflant comme un phoque, le bonhomme mit dix bonnes minutes à ôter la lame de parquet.

– Rien…, dit-il.

Tous trois scrutaient l'épaisse couche de poussière.

Il n'y avait là qu'une carte à jouer et un bout de crayon mâchouillé. Pas de fioles, pas de bris de verre.

Le brancardier recloua la lame tandis qu'Arliss prenait un air désobligeant et que Stratton parcourait le couloir à la recherche de fentes le long du mur. Il en trouva deux un peu plus loin et jugea bon de retirer ces lames-là aussi – Fay n'avait pas semblé se souvenir avec exactitude de l'endroit de la collision. Bougonnant, son aide s'exécuta, éveillant l'intérêt d'une bande d'infirmières qui s'arrêtèrent pour plaisanter avec lui tandis qu'il faisait de vaillants, mais peu discrets, efforts pour regarder sous leurs jupes. Il finit par s'en étouffer au point qu'il se plia en deux pour tousser, ce dont Stratton profita pour s'emparer du pied-de-biche et faire le travail lui-même.

Finalement, les mains et manchettes grises de poussière, il dut reconnaître qu'il n'y avait rien. Les infirmières ayant poursuivi leur chemin en gloussant, le petit vieux se remit assez pour pousser un énorme bâillement, décrochant le haut de son dentier qui tomba, révélant des gencives ratatinées – après quoi, il déclara qu'il n'y avait strictement rien à voir et qu'il avait perdu son temps. Stratton le remercia et, ordonnant à Arliss de l'aider, il le laissa remettre les lames en place (on pouvait toujours rêver), descendit aux urgences pour voir s'il pouvait trouver le Dr Dacre et clarifier la situation.

– C'est vous, l'inspecteur, n'est-ce pas ?

Mlle Radford semblait aussi harassée que Mlle Bateman. Elle le toisa avec méfiance, comme on toise un chien lunatique qu'on vous a demandé de caresser.

– Inspecteur Stratton, police judiciaire.

Il lui tend la main.

– Désolé de débarquer comme cela, mais j'aurais besoin de parler avec le Dr Dacre, s'il est disponible.

L'infirmière-major fronça les sourcils, puis son visage s'éclaira.

– Bien sûr... le Dr Ransome a dû vous dire...

– Me dire... ?

– ... que le Dr Dacre a été le dernier à parler à... (elle baissa théâtralement la voix) au pauvre Dr Byrne.

– Ah bon ? Quand cela, au juste ?

– L'après-midi du jour où... où c'est arrivé. Le Dr Byrne était venu ici... Ce n'est pas pour cela que vous voulez voir le Dr Dacre ?

– C'est que... Dans des affaires pareilles, il ne faut rien laisser au hasard...

Il avait dit cela sur le ton raisonnable d'un professionnel en invitant un autre à la discrétion, et Mlle Radford répondit vivement qu'elle comprenait très bien et allait envoyer chercher tout de suite le Dr Dacre.

Stratton considéra les files de patients qui attendaient, avec résignation, d'être soignés. En entendant leurs murmures, ponctués ici et là d'une toux sèche, en voyant ces visages grisâtres aux traits tirés, les nez qui coulaient, les cheveux raides et ternes, les habits rapiécés, souillés par la poussière de briques, les pansements de fortune – les seules touches de couleur étant le rouge d'un furoncle ou d'une simple écorchure –, il songea : « On ne pourra plus tenir très longtemps. C'est inhumain. On est épuisés – il n'y a plus ni couleur, ni courage, ni gaieté. » Comment élever des enfants dans un monde pareil ? Un jour, Monica et Pete pourraient très bien se retourner contre lui et dire : « Pourquoi devrait-on t'écouter ? » et il n'aurait pas de réponse. Après tout, leur génération – et la précédente – aurait pu difficilement faire pire : deux guerres et la moitié du pays en ruine... Penser aux enfants lui rappela sa dispute conjugale, la veille, à propos de Mme Ingram. Jenny n'avait pas tort de dire que cette femme n'avait pas d'amis, nulle part où aller, mais tout de même... Il était d'accord avec Don, elle était mûre pour l'asile, mais Jenny avait paru si à cran, si... – c'était quoi, le mot ? – *fragile*, ah oui, qu'il était content de ne pas avoir insisté. Il faudrait reprendre cette discussion plus tard. Mais au fait, pourquoi Byrne avait-il voulu parler à Dacre ? Si c'était pour une faute professionnelle, comme celle dont s'était rendu coupable Reynolds, ayant causé la mort d'un patient... Il entendit prononcer son nom et leva les yeux pour voir un jeune homme très brun, de taille moyenne, qui se tenait devant lui, en blouse blanche, avec un stéthoscope au cou et un hématome à la tempe.

– Docteur Dacre...

L'homme sourit et lui tendit la main.

– Mlle Radford m'a dit que vous vouliez me voir.

– Inspecteur Stratton, police judiciaire. Comme je sais que vous êtes très occupé, je vais tâcher d'être bref.

– Pour être franc, je ne suis pas mécontent de ce répit... (Il eut un grand sourire.) C'est qu'on fait le plein, en ce moment...

– Que vous est-il arrivé ? demanda Stratton en désignant l'hématome.

– Petite altercation... avec une grosse femme dotée d'un punch puissant qui s'est un peu énervée en apprenant qu'elle allait être grand-mère.

– Ah. Et le père ?

– Qui sait ? La future maman n'était pas tout à fait là, si vous voyez ce que je veux dire.

De l'index, il se tapota la tête.

– Ouh là là...

Stratton se surprit à sourire niaisement. Ce type devait être populaire – surtout auprès des femmes. Pas en raison de son assurance, ni de sa politesse ou de son physique avantageux – son charme était tout entier dans l'autodérision.

– Enfin... (Le jeune homme haussa les épaules.) Ainsi va le monde. Que puis-je pour vous ?

Réalisant que c'était à lui de mener l'entretien, Stratton se racla la gorge pour se donner le temps de se ressaisir et dit :

– J'ai appris que vous aviez été mêlé à un petit incident, il y a deux jours... de la morphine égarée.

Dacre sourcilla.

– Comment cela ?

– À l'étage. Une infirmière plutôt jolie... Fay Marchant.

– Ah oui !

Il eut un sourire.

308

– On ne l'oublie pas de sitôt, pas vrai ? Mais il s'en est passé tellement en l'espace de quarante-huit heures... Voyons... Bon, on s'est heurtés – c'était entièrement ma faute – et elle a laissé tomber ce qu'elle avait dans les mains. Un plateau, avec une seringue hypodermique et de la morphine. J'ai retrouvé l'une des fioles – en miettes – mais les autres avaient disparu, sans doute entre les lames du plancher.

– On les a démontées, mais sans résultat.

– Ça, c'est de la conscience professionnelle ! Mais je ne comprends pas... Normalement... (Il parut déconcerté.) Elles sont forcément là.

– Vous ne les avez pas ramassées ?

– Moi, non ! Quand on a besoin de morphine, il nous suffit de...

Il prit l'expression d'un écolier qui quémande.

– « S'il vous plaît, maîtresse... » On n'est pas obligés de faucher !

– Et vous êtes sûr que ça s'est glissé entre le sol et le mur ?

– Mais oui ! À vrai dire, j'étais plutôt distrait. Mlle Marchant est charmante et je crains d'en avoir profité pour l'inviter à prendre un verre, ce soir-là.

– Elle ne m'en a rien dit, déclara Stratton, qui dut reconnaître *in petto* qu'à sa place, il en aurait fait autant.

– Forcément ! C'est contraire au règlement, vous savez.

De nouveau, Dacre eut un sourire chaleureux.

– On a passé un bon moment, d'ailleurs. Mais je suis certain que vous n'êtes pas homme à colporter les ragots, inspecteur ! Je ne voudrais pas qu'elle ait des ennuis.

Songeant à Ballard et à la jeune Gaines – eux aussi collègues – et content que le témoin eût adopté ce ton « nous autres, gentlemen... », Stratton déclara :

– Non, bien entendu. Mais cela ne nous dit pas où est passée cette morphine.

Dacre prit l'air pensif.

– Je suis nouveau ici, mais ce bâtiment a dû pas mal souffrir. Pas directement, mais tout ceci... (il leva les yeux en l'air) tend à ébranler les fondations. Il y a peut-être une fente cachée sous la fente...

– Possible. Mais avec toute cette poussière...

– Oui, mais à moins de démonter tout l'hôpital... Comme je vous l'ai dit, j'avais un peu la tête ailleurs, donc ça a pu rouler plus loin et être ramassé par quelqu'un. Ce n'est pas impossible. Je sais que ça peut paraître inquiétant, et je regrette de ne pas pouvoir vous aider...

– Bon, bon...

Stratton poussa exprès un gros soupir. Malgré toute la sympathie que lui inspirait ce type, il n'avait pas manqué de noter que ce dernier se croyait soupçonné d'avoir *volé*, et non empoché par inadvertance, les fioles. Et il commençait à trouver cette décontraction un peu suspecte – le regard était un tantinet trop insistant.

– Et maintenant, l'autre affaire..., dit-il.

– L'autre affaire ?

– Le Dr Byrne est bien venu vous parler, le jour de sa mort ?

– Oh... oui. En effet. On a échangé quelques mots.

– À quel sujet ?

– Médical.

– C'est-à-dire ?

Dacre hésita et contempla ses chaussures, puis eut un sourire juvénile.

– Vous voulez vraiment le savoir ?

– Pourquoi pas ?

– C'était au sujet d'une torsion testiculaire.

– *Quoi ?*

– Sans trop entrer dans les détails, c'est quand le cordon qui amène le sang au testicule est tordu, ce qui coupe l'irrigation. Si le phénomène dure, il peut en résulter la nécrose du testicule et des tissus alentour, ce qui s'est hélas produit en ce cas. C'est très jouissif, bien entendu, et...

– Bon, je vois le tableau, s'empressa de dire Stratton.

Il avait commencé à se sentir mal dès le début de cette explication, et ne tenait pas à en savoir davantage.

– Et Byrne est venu vous parler, parce que... ? dit-il, sans trop savoir s'il souhaitait entendre la réponse.

– Je n'avais jamais vu ça – le malheureux souffrait le martyre et je n'avais pas bien compris l'urgence de la situation. Bien entendu, l'ablation a été nécessaire – à cause de la gangrène, mais on a pu sauver l'autre – et j'ai demandé au Dr Byrne s'il voulait bien examiner le testicule mort, afin que, la prochaine fois...

– La prochaine fois ? fit Stratton d'une voix éteinte. C'est fréquent ?

– Ça touche seulement les enfants et les hommes jeunes – de moins de vingt ans, en général.

Il eut droit à un regard compatissant.

– Inutile de vous inquiéter, inspecteur. Quoique, un coup de poing bien placé puisse parfois...

Stratton, qui résistait à l'envie de se tenir l'aine, leva la main.

– Pardon. Enfin, comme je vous le disais, je me faisais du souci... C'est important d'établir le bon diagnostic, et...

– Je vous crois sur parole, dit Stratton qui s'empressa d'ajouter : mais assez là-dessus. Comment vous a-t-il paru ?

– Difficile à dire. Je ne l'avais jamais vu. Il n'était pas agité, ni... Inspecteur, ça va ?

– Je crois que je vais aller prendre l'air..., dit Stratton, qui était incapable de chasser de son esprit des images abominables et souffrait de ce qui ne pouvait être qu'une douleur imaginaire à l'entrejambe.

– Bonne idée. Ne vous en faites pas, ça va passer.

– Merci. Bon, je vous laisse...

Fourrant son calepin dans sa poche et plaquant son chapeau sur son crâne, il sortit en vitesse pour aller s'adosser au mur le plus proche où il se mit à respirer à fond tout en concentrant son attention sur une vieille affiche – POUR VOTRE GORGE, FUMEZ DES CRAVEN A – de l'autre côté de la rue.

– Très jouissif, se marmonna-t-il à lui-même.

C'était ce que Dacre avait dit.

– Et merde !

Au bout de quelques minutes, l'envie de vomir diminuant, il alluma une cigarette et jeta quelques notes sur son calepin. Soudain, il avait l'impression d'assister à une partie d'échecs dont la stratégie lui échappait. Était-il aveugle ? Qu'est-ce qu'il ne voyait pas ?

À sa montre, il était dix-sept heures passées. Ça suffisait pour aujourd'hui. Il allait chercher Arliss, retourner au commissariat pour voir si Ballard avait retrouvé la trace de ce Todd, avant de rentrer chez lui pour dîner et s'accorder une heure de jardinage dans sa parcelle du potager communautaire.

« Quand même, se dit-il, j'ai bien mérité d'avoir un peu la paix. »

Là, avec un pincement au cœur, il se rappela Mme Ingram. La paix, il ne risquait pas de l'avoir, du moins pas dans son propre foyer. Il irait dans son potager, et puis au pub. Pas question de revivre une soirée comme celle de la veille.

48

D ACRE était content de lui. Son exposé volontairement
détaillé des symptômes d'une torsion testiculaire avait
réussi au-delà de ses espérances. En outre, l'inspecteur l'avait
à la bonne – c'était visible. Après avoir appris avec émotion,
en téléphonant d'une cabine publique, que GER 1212 était
bien le numéro du commissariat central – il avait raccroché
en vitesse –, il avait passé un certain temps à répéter ce qu'il
dirait quand on l'interrogerait, et tout lui était venu naturellement, au mot près, avec la juste dose de spontanéité.

Il regarda le flic s'éloigner, puis tourna les talons pour
affronter la file de patients.

– Et maintenant, à qui le tour ?

Deux heures plus tard, il avait terminé son travail et réinté-
gré son garni. Comme Fay pouvait avoir terminé sa journée
en même temps que lui, il avait envisagé d'aller lui parler,
avant de se raviser. Inutile de se faire remarquer – l'inspecteur pouvait très bien être encore en train de fureter. Il la
verrait demain. Il voulait savoir ce qu'elle avait dit. Certes, il
n'y avait aucune raison de croire que leurs versions des faits
ne concordaient pas, mais autant vérifier. En outre, cela lui
donnerait un but – il était grand temps qu'il l'ait de nouveau
toute à lui. Penser sans arrêt à elle le perturbait et ça, ce
n'était pas bon. Il fallait s'assurer d'elle et le plus tôt serait le
mieux, même si, vu le fiasco au Clarendon, il faudrait y aller
mollo avec le sexe.

Sur le chemin du retour, il s'était arrêté dans un bistro pour dîner de friands et d'une tasse de thé. À présent, il était installé dans son unique fauteuil, les reins calés contre son oreiller raplapla plié en deux, une bière à portée de main, et *La Médecine psychologique* sur les genoux. Voilà deux heures qu'il lisait – certains passages étaient ennuyeux, simplistes, d'autres fascinants, surtout le chapitre relatif aux hallucinations où il tomba sur un paragraphe qui le fit bien rire.

Le psychiatre français Joseph Capgras (né en 1873, Verdun-sur-Garonne) a donné son nom au syndrome de Capgras. Décrit pour la première fois dans un article de 1923 comme « l'illusion des sosies », c'est un trouble rare où le sujet croit qu'un proche, en général un membre de sa famille, a été remplacé par un imposteur très ressemblant. Ce syndrome apparaît en général chez des patients diagnostiqués comme schizophrènes. Moins souvent, il peut résulter d'une lésion cérébrale...

Il découvrit le cas de « Mme M. », qui prétendait que toute sa famille avait été remplacée par des doubles, puis écarta son livre et prit une bonne gorgée de bière. À supposer qu'on puisse parler d'un syndrome de Capgras à l'envers, tout son entourage, sain d'esprit ou pas, en souffrait. On pourrait l'intituler : le Syndrome de Dacre – ou, plutôt, utiliser son véritable nom. Pendant quelques instants, ses lèvres formulèrent l'hypothèse silencieusement, après quoi il rit de sa folle audace.

On n'évoquait aucun traitement. Cela se soignait-il ? Si, auprès de certains, les gens réels passaient pour des imposteurs, alors peut-être que lui-même – enfin, le Dr Dacre – n'était pas moins réel que les « vrais » médecins ? Quelle idée étrange... Mais sa semaine l'avait été – étrange. Stratton devait être tenace, mais il ne lisait pas dans les pensées, et tant qu'il ne soupçonnait rien, Dacre ne courait aucun risque. Il l'avait bien possédé, non ?

La psychiatrie était décidément la voie à suivre. Il serait capable de comprendre les autres comme personne. En comparaison, les gens ordinaires seraient aveugles, maladroits. Il pourrait faire œuvre de pionnier. Le père de la psychiatrie moderne – titre ronflant. Lever le voile sur la compréhension du cerveau... non, de l'âme. Voilà qui sonnait mieux. Il deviendrait un grand médecin. Révéré, consulté par des commissions et des gouvernements, décoré...

Il se renversa contre son dossier et ferma les yeux, imaginant la médaille qu'un monarque reconnaissant épinglerait sur sa poitrine, admirant avec fierté son épouse, parée de ses fourrures et fanfreluches, Fay – Mme James Dacre, la femme de l'éminent professeur...

Comment avait-il pu croire qu'il se contenterait d'être un simple médecin ? Ceci, songea-t-il en étreignant le manuel, c'était l'avenir... Ah, être loin du Middlesex et de ce flic fouineur, de cette chambre minable, et vivre dans une demeure cossue au milieu d'un parc, avec Fay à ses côtés. Plus tôt il s'y mettrait, mieux cela vaudrait. Pour commencer, il allait lui annoncer qu'il avait demandé le divorce à sa femme. Pas avant une bonne semaine, toutefois... Il ne fallait pas la mettre au pied du mur...

49

–J' AI PAS ENCORE RETROUVÉ la trace de Todd, inspecteur...
– Ah ?

Stratton, qui venait d'informer Ballard des progrès – ou plutôt l'absence de progrès – de la veille, considéra son brigadier à travers le poussiéreux rayon de soleil, troublé par la fumée de cigarette, qui avait réussi à s'infiltrer par la vitre sale du bureau.

– Selon le service administratif de l'hôpital, il est né en mai 1912, ce qui lui fait trente-deux ans.

– Pourquoi n'avait-il pas été mobilisé ?

– Ça a été différé pour raisons familiales, semble-t-il.

– C'est-à-dire ?

– Je n'en sais pas plus, inspecteur. Je n'ai pas réussi à trouver l'information.

– Il doit y avoir quelque chose d'officiel.

– Oui, mais pour être honnête, ils ont été plutôt vagues. J'ai eu l'impression qu'ils avaient égaré le papier.

Stratton secoua la tête, écœuré.

– À la bonne heure ! Quoi d'autre ?

– J'ai découvert qu'il y avait deux Samuel Todd nés en mai 1916. L'un à Gravesend – mort à l'âge de deux ans – et l'autre à Bristol. Il a été tué en service actif en 1941, quand le *Repulse* a sombré.

– C'est tout ?

– Oui, inspecteur.

– Bon, essayez de voir pour le reste de l'année 1912, et si

316

rien ne sort, 1910, jusqu'à... Je ne sais pas... 1918. Il peut avoir falsifié les dates pour une raison quelconque.

– Oui, inspecteur... Ou... Ce n'est qu'une suggestion, inspecteur...

– Quoi ?

– Ce n'est peut-être pas son nom. Après tout, il y a eu des précédents. Par exemple, ce type qu'on a arrêté, il y a quelques mois, qui se faisait passer pour un pilote de la RAF, et, l'an dernier, celui qui se prétendait général de brigade.

– Ah oui... Thompson, non ? Mais il était fou à lier. Et de toute façon... se faire passer pour un gradé est une chose, mais pourquoi mentir pour travailler comme grouillot dans une morgue ?

– Fascination malsaine pour les cadavres ?

– Vous voulez dire, la possibilité d'avoir des rapports avec des mortes... ? Seigneur ! On a bien besoin de ça. Cela pourrait expliquer pourquoi Byrne cachait ces photos – Todd n'aurait pas été mobilisé, mais viré pour sa moralité, et son patron gardait ces photos au cas où... Mais pourquoi ne nous en avoir rien dit ?

– Par discrétion. Pour ne pas nuire à la réputation de l'hôpital, dans l'hypothèse où ça s'ébruiterait. D'ailleurs, il n'a pas été viré. D'après l'administration, il a bien été appelé sous les drapeaux, c'était officiel.

– Ils ont vu ses papiers ?

– Ça non plus, ils ne l'ont pas retrouvé dans son dossier.

Stratton haussa les sourcils.

– Je vois. Vous avez sa dernière adresse ?

– Oui, inspecteur. Et j'ai demandé à l'un des flics du coin d'aller voir la logeuse. Mme (il feuilleta son calepin)... Barnard. D'après ses déclarations, il est parti le 25 juin, ayant soi-disant trouvé un emploi dans le nord.

– Elle n'en sait pas plus ?

– Non. Mais elle semblait le croire exempté pour raison de santé.

– Ah oui ? Bon, ça donne l'impression qu'il a dû partir en catastrophe. Certes, ça n'explique pas la présence de ces photos sous le sous-main. Ou bien c'était une habitude de Byrne...

– Bizarre, inspecteur. Et il en avait une chez lui...

– Oui... Et il y a cette disparition de morphine à tirer au clair, en plus !

Stratton soupira.

– Il faudra sans doute arracher tout le plancher et procéder à une perquisition générale, par-dessus le marché. Je vais essayer de trouver des renforts, puis retourner à la morgue pour voir si Higgs saurait quoi que ce soit sur Todd... ou s'il l'aurait surpris à faire des trucs... (Stratton leva les yeux au ciel) *spéciaux* avec les mortes...

Une nouvelle demande à Lamb, qui avait à présent ajouté des soupirs sonores à son répertoire, lui permit de s'adjoindre Piper, Watkins et la jeune Harris au Middlesex.

Après une nouvelle confrontation décourageante avec l'administration, Stratton emmena son équipe, à laquelle s'était joint le vieux brancardier, chez Hornbeck, l'infirmière en chef. À son grand soulagement, celle-ci se révéla bien plus serviable que la vieille chipie de l'administration et accepta de procéder à un inventaire afin de voir s'il ne manquait pas d'autres fioles de morphine. Ayant délivré ses instructions, il se sentit assez confiant pour laisser les autres arracher le plancher et alla trouver Mlle Bateman. Cette dernière ayant confirmé que, le soir du décès de Byrne, Fay avait bien été chargée d'aller porter un dossier à un chirurgien opérant au sous-sol, il la remercia et descendit à la morgue.

– On va nous prêter le Dr Ferguson..., déclara Higgs, l'air satisfait.

Accroupi contre le mur dans la salle principale, il tenait l'une des cigarettes de Stratton entre le pouce et l'index, le bout incandescent pointé vers sa paume. La lumière crue, verdâtre sur son visage parcheminé et son gabarit de jockey lui donnaient l'air d'un gamin vieilli avant l'heure.

– Il viendra cet après-midi. Et Mlle Lynn a accepté de rester.

– Tant mieux, dit Stratton qui avait pris la seule chaise. J'ai des questions à vous poser sur Sam Todd.

– C'est-à-dire ?

– Parlait-il souvent de lui-même ?

Higgs tira une bouffée et regarda dans le vide pendant un temps qui parut très long. Deux fines volutes de fumée finirent par sortir de ses narines.

– Pas souvent, mais je ne lui ai jamais raconté ma vie, moi non plus. Qu'est-ce qu'il a fait ?

– Rien, à ma connaissance... Qu'est-ce qu'il vous a dit ?

– Qu'il avait pas mal bourlingué. C'est pourquoi l'armée venait seulement de le coincer...

– C'est la raison qu'il a évoquée ?

– Oui. C'est pas grave, hein ? Ça a beaucoup traîné, mais on ne rappelle les « vieux » que depuis un an, à peu près...

– Quel âge a-t-il ?

– Sais pas. Vingt-sept ans ? Vingt-huit ? Dans ces eaux-là... Ils doivent tout avoir là-haut, non ?

– Il ne vous a rien dit d'autre ?

– J'me souviens pas...

De nouveau, il prit une bouffée.

– Euh... attendez ! Il m'a dit avoir travaillé pour le gouvernement. Dans un ministère...

Stratton prit note.

– Lequel ?

– Aucune idée...

Il tira sur son lobe d'oreille, pensif.

– Non. Si jamais j'ai su, j'ai oublié...

– À Londres ?

– Sûrement. Il m'a dit qu'il habitait Shepherd's Bush.

– Quand cela ?

– Avant de venir travailler ici. Mais c'était un brave gars, inspecteur – pas un tire-au-flanc.

– Comment s'entendait-il avec le Dr Byrne ?

Higgs parut surpris.

– Comme tout le monde. Vous connaissiez le Dr Byrne, hein ? Il avait plus de temps pour les morts que pour les vivants. On était habitués...

Exhalant la fumée, il ajouta :

– Mais il va me manquer. C'était un as...

– Avez-vous vu un jour Todd se comporter bizarrement avec un cadavre ?

– Quoi... faire des cochonneries, vous voulez dire ?

– Oui.

– Jamais ! Ça, je connais – on a eu un type quand je bossais à Southwark, il y a quelques années... Je l'ai pris sur le fait... et dénoncé aussi sec ! Pas de ça chez nous...

Il jeta un regard sévère à la forme gisant sur une table de dissection, comme pour mettre un invisible maniaque sexuel au défi d'y toucher.

– Et le Dr Byrne ne l'aurait pas raté.

– Pour vous, le Dr Byrne n'avait aucune raison d'être mécontent de lui ?

– Aucune. Et ça se serait vu, inspecteur. Le Dr Byrne a toujours respecté les morts, et tout le monde devait en faire autant... Mais je pige pas : Todd a fait quelque chose de mal ? J'vois pas comment il pourrait avoir un rapport avec... ce qui s'est passé. Il est bien parti ?

– Mais oui, répondit Stratton avec un soupir. Il est parti. Et vous n'avez pas eu de ses nouvelles ?

– Non. Je l'aimais bien, mais je ne vois pas pourquoi il m'aurait écrit.

– À qui aurait-il pu écrire ?

– J'en sais rien. Il m'a jamais parlé de sa vie privée.

– Vous ne l'avez pas interrogé ?

Higgs écarta ses mains.

– C'était pas mes oignons, hein ?

Au bout de trois mois, deux femmes travaillant ensemble n'auraient plus eu de secret l'une pour l'autre, songea Stratton en retournant au commissariat. À condition qu'elles s'apprécient, bien sûr. Comme Jenny et Doris. La veille, il était rentré tard, après avoir trop bu au Swan, et Jenny l'avait grondé parce qu'il faisait du bruit, ce qui avait provoqué une autre dispute à voix basse. « Elle croit bien faire, se dit-il, mais c'est ridicule. On n'est plus chez soi. » Mme Ingram devait s'en aller. Il allait mettre les choses au point dès ce soir.

D'après Higgs, Todd avait travaillé dans un ministère – et pour savoir où, ce serait coton... Depuis le début de la guerre, ces services-là rechignaient à délivrer des informations – fût-ce à la police – et quand on suggérerait qu'un employé avait pu user d'une fausse identité, ce serait la panique, ce qui n'arrangerait rien. Il réfléchit à une idée qui avait surgi sans y avoir été invitée à l'instant où Higgs avait parlé : solliciter l'aide du colonel Forbes-James, des services spéciaux. Leur dernière rencontre, en 1940, n'avait pas été des plus détendues ; Forbes-James lui avait fait clairement comprendre que sa carrière serait fichue si jamais il divulguait la moindre information concernant leur enquête. Dans une tentative futile pour conserver un lambeau de dignité, Stratton avait insinué que lui aussi savait des choses sur Forbes-James susceptibles de le couler – même s'il n'avait pas de preuves. Ensuite, il avait regretté, mais ça n'avait pas eu de conséquences – en fait, le commissaire Lamb avait même dû, de très mauvaise grâce, faire son éloge. Et aujourd'hui, il se demandait s'il ne pourrait pas, sans en parler à Lamb, l'appeler à l'aide...

Tout en y réfléchissant, il arriva au commissariat, passa devant Arliss qui, accoudé au guichet, causait avec Cudlipp, et alla trouver Ballard, qui était au bureau des dépositions, en train d'essayer d'arbitrer un concours de langue verte entre deux prostituées que Stratton avait connues à l'époque où il faisait sa ronde : la Grande Rouquine et la Petite Annie.

– Elle veut que j'lui file le fric, mais elle peut toujours se brosser ! hurlait Annie.

Redressant ses épaules pour arriver à la hauteur de l'autre, elle gémit :

– J'lui donnerais pas ma pisse, à c'te sale vache !

La Grande Rouquine, dont les cheveux étaient d'une improbable nuance de rouge magenta, et qui avait à ce moment-là un teint presque assorti, brailla :

– Bas les pattes, sale menteuse ! Ton fric, j'me torcherais pas avec – j'aurais trop peur d'attraper des morpions !

– Ça suffit !

Stratton l'empoigna par le bras.

– Soit vous vous parlez poliment, soit je vous coffre pour trouble à l'ordre public.

– Oh, inspecteur Stratton, dit la Grande Rouquine avec d'horribles minauderies. J'suis si contente de vous voir ! J'suis sûre que vous comprenez mes sentiments.

– J'ai pas le temps, hélas, dit Stratton, mais je connais quelqu'un qui l'aura...

Retournant vivement à la porte, il l'ouvrit à la volée et cria :

– Arliss !

Ce dernier se traîna à contrecœur dans le corridor.

– Vous réglez ça, OK ? dit Stratton en lui désignant les deux femmes qui étaient, malgré les efforts de Ballard pour les séparer, toujours en train d'essayer de se griffer à la figure. J'ai besoin de Ballard. Exécution ! ajouta-t-il comme Arliss s'avançait en bougonnant. Par ici, Ballard...

Les laissant se débrouiller, Stratton et Ballard se dirigèrent vers le bureau.

– J'ai parié sur la rousse, inspecteur... mais l'autre, quelle tigresse !

– Ainsi, vous n'aviez pas encore eu le bonheur de rencontrer Annie ?

– Non, inspecteur. C'est quelque chose...

– À présent, vous savez ce qui manquait à votre existence...

Faisant signe à son brigadier de s'asseoir, Stratton s'installa lui-même à son bureau.

– Merci, inspecteur, fit l'autre, reconnaissant, qui sortit son mouchoir pour s'essuyer la figure.

– Et maintenant, quoi de neuf ? Vous avez avancé ?

– Pas vraiment. Les archives n'ont rien donné. Un Sam Todd né en 1914 – mineur au Pays-de-Galles, dans un patelin au nom imprononçable. Un autre né en 1917, famille émigrée en Australie en 1928... C'est tout.

– Et s'il était revenu ?

– On enquête, inspecteur. Ça pourrait prendre un certain temps.

– Bon. Higgs, lui, n'avait pas grand-chose à raconter : Todd avait un comportement normal. Si Byrne avait cru le contraire, il nous en aurait parlé.

– Sauf si Todd savait quelque chose sur *lui*, inspecteur.

– C'est vrai...

Straton se massa la mâchoire.

– Laissons cette hypothèse pour le moment. D'après Higgs, Todd aurait travaillé dans un ministère.

Ballard se renfrogna.

– Pour leur tirer les vers du nez, à ceux-là...

– Eh oui ! Et je ne veux pas faire intervenir Lamb, sauf absolue nécessité. Cependant, j'ai eu une idée...

Fourrageant dans le tiroir de son bureau, il tomba sur les photos qu'il y avait mises la veille et les étala.

– Vous savez, ce visage (il tapota la photo de Todd) m'est familier, et j'ignore pourquoi.

– Vous l'avez déjà vu...

– Je sais, mais ce n'est pas cela.

– Son physique est banal. Moi non plus, je ne me souviens pas de lui, et pourtant je l'ai interrogé.

Une fois son brigadier parti, Stratton regarda de nouveau dans son tiroir et trouva ce qu'il cherchait sous un monceau de paperasses. Douloureusement conscient que ses motifs pour emprunter cette voie-là étaient ambigus, il hésita quelques minutes – le temps d'un cigarette – avant de décrocher le téléphone.

– TATE GALLERY 2346, je vous prie.

– Tout de suite, inspecteur.

Au bout d'un moment, il entendit une voix féminine, très distinguée, répéter le numéro.

– Je désire parler au colonel Forbes-James, s'il vous plaît. Inspecteur Stratton, commissariat central...

50

I L CROIT SÛREMENT que je les ai prises...
Avachie devant la petite table du pub, Fay se mordillait la lèvre inférieure. Ses dents, remarqua Dacre, étaient blanches et bien rangées.

– C'était un accident, dit-il en la regardant dans les yeux. Je le lui ai dit. Il n'a aucune raison de te soupçonner.

À force de traîner dans les parages du service de chirurgie hommes – où il avait été déconcerté de voir qu'on démontait le plancher –, il s'était débrouillé pour la prendre à part et lui donner rendez-vous pour le soir même.

– Moi qui étais certaine qu'il mettrait la main dessus ! Je n'avais aucun doute. J'ai même désigné l'endroit – enfin, celui de notre collision...

– Je lui ai dit que c'était un accident, Fay.

– Et en plus, il t'a embêté. Il m'a demandé qui était l'autre personne, et j'ai bien été forcée...

Visiblement, elle n'envisageait même pas qu'il ait pu empocher les fioles. Sa seule crainte était qu'on la blâme. Louant en secret le bon cœur de cette petite et son propre bon sens – pas une fois, elle ne lui avait reproché l'épisode du Clarendon –, il déclara :

– Ce n'est pas toi qui m'es rentrée dedans, mais l'inverse. Et tu as bien fait de parler.

– Avec ce plancher qu'on décloue, ça a été l'enfer toute la journée. Mlle Bateman n'avait plus sa tête...

– Elle t'a mené la vie dure ?

– Pour elle, c'est moi la responsable.

– Tu veux que j'aille lui dire deux mots ?

– Surtout pas ! Ça ne ferait qu'envenimer les choses. Elle croirait que je suis allée me plaindre... Déjà que les autres infirmières jasent dans mon dos. Ce n'est pas méchant – enfin, pour certaines –, mais c'est dur de se concentrer sur son travail...

Ses yeux papillotèrent et elle fixa son attention sur le dessus sale de la table.

– Fay...

Dacre était pris au dépourvu. Le jour où il avait subtilisé la morphine, il n'aurait jamais pensé qu'elle pût être soupçonnée de vol et, à présent, il était déconcerté par la violence de ses sentiments : une culpabilité profondément enfouie remontait en lui, telle l'épave d'un navire naufragé ressurgissant des flots dans toute son horreur. Sur le coup, il se sentit submergé et comprit qu'il ne s'agissait pas seulement de Fay, mais de son père, sa mère... tout ce qu'il avait fait.

Il eut un gémissement, et Fay lui lança un regard surpris.

– Pardon, dit-elle, je ne voulais pas t'accabler avec ça...

– Oh, Seigneur !

Se forçant à sourire, Dacre fit un suprême effort pour refouler cette bouffée d'émotions. Il ne fallait jamais – *jamais* – se laisser déborder.

– Au contraire, je suis heureux que tu m'en parles. Tu te souviens de ce qu'on s'était dit – l'importance d'être parfaitement honnêtes l'un envers l'autre ? En outre, tu en baves, alors que tout est ma faute. C'était juste un petit élancement... ma tête.

Il effleura sa tempe meurtrie.

– J'ai oublié de prendre de l'aspirine avant de sortir...

– J'en ai peut-être... (Fay fouilla dans son sac.) Mais tu allais me dire comment ça t'était arrivé... tiens !

Elle sortit un petit flacon qu'elle secoua au-dessus de sa paume pour en extraire deux comprimés.

– Quelle bonne infirmière tu fais...

Il lui raconta l'histoire de la future maman simplette et de sa mère, imitant toutes les voix et ajoutant quelques touches de son cru. À la fin, elle en riait aux larmes.

– Ça, alors... C'est extraordinaire que la mère n'ait pas compris – même si la fille ne se doutait de rien...

– Eh oui. Elle n'aurait jamais imaginé que celle-ci, une faible d'esprit, puisse tomber enceinte. Certains s'imaginent que les débiles mentaux n'ont pas de vie sexuelle.

– Qui sait ? On a peut-être abusé d'elle ? (Fay semblait bouleversée.) Et ça, c'est dégoûtant !

– Oui, dit-il avec gravité. Surtout une fille qui ne sait pas distinguer le bien du mal... Enfin, je suis bien placé pour donner des leçons, moi..., s'empressa-t-il d'ajouter.

– Oh, ça ne fait rien, protesta-t-elle. Ce n'était pas pareil. Mais...

Tout à coup, elle avait l'air nettement mal à l'aise.

– Sa mère aurait dû mieux la surveiller. L'avoir à l'œil. Avec tous ces soldats...

– Il me semble que ça explique sa colère. Contre elle-même, je veux dire. Sauf qu'elle ignorait qu'elle était en colère, et comme c'est sans doute le genre à rejeter toujours la faute sur autrui... C'est tombé sur moi. Bref...

Voyant qu'elle avait rougi, il décida de changer de sujet.

– On reboit quelque chose ? Si on doit devenir des habitués, j'aurais intérêt à aller baratiner la fille au bar, non ?

Fay, qui avait le dos au comptoir, se retourna sur le sac d'os d'un âge indéterminé, aux cheveux raides et ternes, qui était en train d'essuyer un verre avec un torchon crasseux d'un air apathique. Ensuite, elle lui lança un regard incrédule.

– Je la complimenterai, dit-il.

– Sur quoi... ?

– Il va falloir ruser, admit-il. Je sais... je m'imaginerai avoir affaire à toi. Ce sera plus facile.

Content de la voir rougir de nouveau – de plaisir cette fois –, il alla rapporter les verres au comptoir et revint quelques minutes plus tard avec d'autres boissons.

– Formidable ! dit Fay. Que lui as-tu dit ?

– C'est mon secret. À la tienne !

Ils trinquèrent et il la fit rire de nouveau en lui parlant d'un vieux monsieur qui s'était présenté aux urgences, ce jour-là, la main bandée, accompagné de sa femme qui apportait l'extrémité sectionnée de son index dans un bocal de vinaigre.

– Tout comme un cornichon ! Il l'avait mis en conserve,

croyant qu'on pourrait le lui recoudre. Quelle déception pour eux ! On a soigné le bonhomme, après quoi elle a tenu à rapporter ça à la maison. Il doit trôner sur la cheminée, sous le portrait du roi...

– Oh, non...

Elle soutint son regard un moment, l'œil pétillant de gaieté, puis son sourire faiblit et elle redevint grave.

– Qu'y a-t-il ?

– C'est que...

– Une cigarette t'aiderait ?

Elle opina et le regarda avec attention en sortir du paquet, les allumer et lui en tendre une.

– Au sujet des autres infirmières qui jasent dans mon dos – ce n'est pas seulement pour la morphine. Quand le Dr Reynolds... quand il est mort... tu n'étais pas encore là, mais la police nous a toutes interrogées. L'avez-vous vu, où vous trouviez-vous... Tu dois connaître.

– J'ai vu ça au cinéma.

Dacre sourit et ajouta :

– « Alors on veut pas causer ? » en imitant l'accent américain de façon approximative.

Fay lui adressa un pâle sourire en retour.

– À peu près. Je n'ai pas spécialement envie de t'en parler, car ce n'est pas à mon honneur, mais puisque je tiens à être honnête...

Dacre ouvrit la bouche, mais elle le fit taire d'un geste.

– Je t'en prie, laisse-moi essayer... Quand l'inspecteur Stratton m'a questionnée sur la morphine, c'était la troisième fois qu'il me parlait. Il m'avait demandé de revenir parce que... Parce que j'étais amie avec le Dr Reynolds.

Elle s'interrompit pour voir sa réaction.

– James ? Tu as l'air...

Il avait l'impression d'avoir reçu un coup. Il déglutit.

– *Amie ?*

Elle rougit et baissa les yeux.

– Oui.

– Eh bien...

Dacre la dévisagea, sans trop savoir ce qu'il était en train de dire.

327

– ... ce n'est pas étonnant qu'il soit tombé amoureux de toi.

– Oui, mais il ne fallait pas. Il était marié. Enfin, pas séparé...

Dans un flash, il songea que cela expliquait son regard angoissé quand il avait parlé de savoir distinguer le bien du mal.

– On fait tous des bêtises, dit-il machinalement. Moi-même, j'en ai fait une en me mariant, et aussi la dernière fois qu'on s'est vus. Nul n'est parfait. Et une belle femme est forcément plus exposée aux tentations...

– Tu es très gentil, mais...

Les yeux rougis, elle chercha dans son sac un mouchoir, puis s'excusa et quitta la table.

Une fois seul et capable de réfléchir, il eut envie de rire. Quelle ironie ! Le boulot de Reynolds *et* sa petite amie ! Voilà ce qui s'appelait chausser les pantoufles d'un mort... Il prit une autre gorgée de bière et faillit s'étouffer. Si Reynolds avait couché avec elle... Idée écœurante. Mieux valait ne pas savoir. Il écarterait cela de son esprit. Il fallait qu'elle soit neuve, tout juste sortie de sa boîte. À lui, rien qu'à lui – voilà comment elle devait être. De toute façon, ce type était mort, de l'histoire ancienne, et ne comptait pas puisqu'il n'était plus une menace. Toutefois, si elle avouait avoir eu des rapports charnels avec lui, humblement, ce ne serait pas une mauvaise chose pour l'avenir – la vertu reconquise est d'autant plus difficile à attaquer. Oui, c'était décidé : si elle avait fauté, il serait magnanime et elle ne l'en aimerait que plus. Mais il ne la harcèlerait pas de questions : il fallait passer pour un être compréhensif, pas une brute.

Mais à supposer que l'inspecteur Stratton fût au courant ? Cette pensée manqua le faire de nouveau suffoquer. Cela pouvait, potentiellement, compliquer la donne. Enfin, un homme averti en valait deux. Il faudrait se renseigner.

– Ça va, maintenant ? demanda-t-il quand elle revint, plus calme.

– Oui, excuse-moi.

– Tu n'as pas à t'excuser.

– J'espère que tu ne penses pas...

– ... du mal de toi ?

Il fit non de la tête.

– Parce que, à vrai dire, tu ne pourrais pas avoir plus mauvaise opinion de moi que je n'en ai de moi-même. Le fait d'être soumise à la tentation n'est pas une excuse.

– Il ne faut pas penser ainsi. Ce n'était pas ta faute. Reynolds a mal agi. Cela dit, je doute que l'inspecteur voie les choses de cette façon. Tu ne lui as rien dit, j'espère ?

– Bien obligée ! Je ne voulais pas, mais l'une de mes collègues avait remarqué que... enfin, ce qui se passait, et elle lui en a parlé. Ensuite, la femme de Reynolds – sa veuve – a trouvé un billet signé de ma main dans l'une de ses poches : il devait avoir oublié de le jeter... ! Je m'en suis tellement voulu quand j'ai su qu'elle... Perdre son mari, c'est déjà horrible, mais apprendre...

– C'était sérieux, cette relation entre vous ?

– Eh bien... assez sérieux. Mais il n'avait jamais parlé de la quitter...

– C'est ce que tu aurais voulu ?

– Non ! Il m'emmenait au restaurant, au pub, mais... J'aimais ces attentions, mais... Qu'est-ce que tu dois penser de moi ? Ce n'est pas une excuse. Quand il est mort, même si j'avais déjà rompu, j'en ai été bouleversée et devoir prétendre que je le connaissais à peine... De plus, Maddox – la collègue qui m'a dénoncée – a dû en parler et j'ai peur que Mlle Bateman sache... avec la morphine... Je vais sans doute perdre mon emploi.

Dacre mit la main sur les siennes.

– Fay, ils recherchent cette morphine à cause du Dr Byrne, pas du Dr Reynolds, et je suis bien certain que l'inspecteur ne te soupçonne en rien, même s'il est au courant de ton... amitié avec Reynolds. Je ne voulais pas t'effrayer, mais seulement te rappeler que les policiers sont payés pour avoir l'esprit soupçonneux.

– Je l'ai rencontré dans le couloir de la morgue, ajouta-t-elle, effondrée. La veille du jour où on a retrouvé le corps du Dr Byrne.

– Mais...

Dacre fut si déconcerté qu'il faillit dire : « Mais je ne t'ai pas entendue ! », ce qu'il changea hâtivement en :

– Mais que faisait-il là ?

– Il avait un rendez-vous, si j'ai bien compris. C'était forcément à la morgue, puisqu'il ne pouvait aller nulle part ailleurs, à part aux blocs opératoires. Il m'a demandé où j'allais. J'ai répondu que je retournais au dortoir des infirmières. Comme je venais d'apporter quelque chose au chirurgien, c'était donc le chemin. Mais il m'a encore interrogée là-dessus hier, et je ne crois pas qu'il m'ait crue.

Elle avait dû passer juste au moment où il poussait Byrne dans le bureau – raison pour laquelle il n'avait pas entendu ses pas, qui, puisqu'elle ne portait pas d'escarpins, n'avaient pas dû faire le clic-clac caractéristique.

– Tu n'as rien entendu ? À travers la porte du bureau du Dr Byrne ?

– L'inspecteur m'a posé cette question. Rien du tout.

Rassuré, il lui étreignit la main et dit :

– Je suis sûr qu'il te croit. Il faudrait être fou pour t'imaginer capable de nuire à quelqu'un.

– Qu'en sais-tu ? Tu me connais à peine.

– Ce que je sais de toi me suffit.

– Écoute, dit-elle gauchement, en retirant sa main. Je suis désolée de t'embêter avec tout cela. Ce n'est pas ton problème et...

– Fay ! Ce n'est peut-être pas mon problème, mais je m'inquiète pour toi ! Je sais qu'on ne se fréquente pas depuis longtemps et, pourtant, c'est ainsi. Et je crois que tu t'intéresses à moi, sinon tu ne m'aurais pas raconté cela, n'est-ce pas ?

– Oui. C'est un soulagement de pouvoir se confier, à vrai dire. À quelqu'un qui a confiance en moi...

L'ombre d'un sourire effleura son visage.

– À la bonne heure ! Je suis sûr que tu dramatises.

Le sourire s'effaça.

– Je n'en sais trop rien... C'est si horrible d'être soupçonnée, et...

– Et... ? fit Dacre, sentant qu'il y avait autre chose.

– Oh...

Soudain, le regard de la jeune fille se fit opaque, comme si on avait fermé des volets, et il se demanda ce qu'elle avait failli dire.

– Rien. Je suis bête. C'est qu'on finit par se sentir coupable, avec tous ces policiers...

– Je vois ce que tu veux dire, répondit-il d'un air profond. Tu aurais presque envie d'avouer tout ce que tu as jamais fait, comme piquer des sous dans le porte-monnaie de ta mère, ou le singe en peluche de ta petite sœur... ?

– Toi, tu as une petite sœur ?

– Non. Ni de grand-mère.

– Moi, si. Elle est auxiliaire dans l'armée de terre. Ma sœur, pas ma grand-mère... Quoique je suis sûre qu'elle aimerait en être !

Elle pouffa.

– Elle est dans le coup, ta grand-mère ?

– Et comment ! Elle organise des ventes de charité pour la Croix-Rouge. Elle récolte plein de fric – personne n'ose lui refuser.

– Allons ! Finis ton verre et je te raccompagne. Avec tous ces problèmes, il ne faudrait pas que tu aies des ennuis pour être sortie en douce, hein ?

– Oh, mon Dieu, non ! dit-elle tristement. Ce serait une catastrophe.

Le retour à l'hôpital fut plaisant – quelques détonations lointaines – rien d'alarmant. Bras dessus, bras dessous, ils suivaient le petit point lumineux de la torche de Dacre sur le trottoir. Arrivés devant l'entrée du sous-sol, ils se firent face.

– Puis-je t'embrasser ? lui dit-il. Je promets de ne pas en profiter.

Elle hésita.

– De grâce, fais-moi confiance, je tiens trop à toi pour mettre en péril notre amitié.

Mettant les mains sur ses épaules, elle leva son visage et se laissa embrasser sur la bouche. Ses lèvres étaient douces, vaguement parfumées, et ensuite elle resta immobile, sans parler. Sentir ce souffle lui rappela, l'espace d'un instant, celui du Dr Byrne moribond et il se recula avec répulsion.

– Qu'y a-t-il ? murmura-t-elle.

– J'ai cru entendre quelqu'un.

Elle prêta l'oreille un moment, et dit :

– Moi, je n'entends rien, mais je ferais mieux d'y aller, on ne sait jamais.

– La fenêtre de la salle d'eau sera ouverte ?

– Oh, oui. On la laisse toujours entrebâillée.

– Bien.

De nouveau, il l'embrassa, cette fois sur la joue.

– Bonne nuit, Fay. Merci pour cette charmante soirée... et pour ces confidences. Demain, ça ira mieux, c'est promis !

– Ça ne dépend pas de toi, chuchota-t-elle. On peut seulement l'espérer. Bonne nuit, James.

Elle tourna les talons et disparut dans les ténèbres.

Dacre remonta lentement en direction d'Euston Road, puis il décida qu'il avait bien mérité de prendre un bus. Il s'installa dans l'obscurité du véhicule camouflé tout en songeant à la bouche de Fay. Quelle bêtise de tout gâcher en pensant à Byrne, alors qu'elle était si adorable... Avait-il compris – dans le secret de son subconscient –, quand il l'avait choisie entre toutes, qu'elle s'était compromise avec Reynolds ? Avait-il capté un signal de sa part, sans vraiment en avoir conscience ? Elle prétendait avoir rompu avant son décès... peut-être parce qu'il insistait trop pour coucher avec elle. Ce serait logique – voyez comment elle avait réagi au Clarendon. Tant mieux si Reynolds était mort, alors. Il se demanda où elle se trouvait, cette nuit-là. Le fait qu'elle eût été si proche, en train de passer dans le couloir tandis qu'il assassinait Byrne, c'était horrible. Enfin, l'inspecteur ne pouvait tout de même pas la soupçonner ?

Elle était innocente. Elle était Fay. Et, en sa compagnie, il se sentait réel : une vraie personne. Parfois, il avait l'impression de porter un déguisement, parfois – comme maintenant, avec elle –, le Dr Dacre devenait inséparable de lui-même, comme s'ils ne faisaient plus qu'un. Mais à présent, ici, Dacre semblait avoir honte de lui, ce qui était encore plus pitoyable et indigne que jamais. Il n'avait pas tué au nom du Dr Dacre, n'est-ce pas ? Il avait tué pour pouvoir continuer à être Dacre... Et c'était Dacre que la jeune fille aimait, pas l'autre. Si nécessaire, il tuerait de nouveau pour les protéger tous les deux – non, tous les *trois*.

Sentant qu'on lui tapait sur l'épaule, il faillit bondir sur son siège, mais ce n'était que la poinçonneuse qui – tant physiquement que par son attitude – aurait pu être la sœur jumelle de la revêche serveuse du pub.

51

L
E COLONEL Forbes-James ne travaillait pas au QG du MI5
mais dirigeait sa section B5(b) depuis un appartement
dans Dolphin Square, au bord de la Tamise, non loin du Parlement. Le lendemain matin, Stratton alla directement là-bas
et, après avoir traversé ce qui restait du jardin, il gravit les escaliers pour être accueilli par une svelte et blonde téléphoniste.
Ce n'était pas celle qui était là quatre ans plus tôt, mais elle lui
ressemblait tellement par sa beauté hautaine, glaciale, qu'il ne
pouvait en être tout à fait certain. Forbes-James devait avoir
accès à un stock, songea-t-il en s'installant pour attendre,
comme on l'en avait prié, sur une chaise d'apparence fragile.

Il lorgna subrepticement la téléphoniste quand elle alla lui
chercher une tasse de thé dans la cuisine. Ses cheveux, son
maintien, les longues jambes fuselées gainées de bas de soie
et ce très léger soupçon de parfum de luxe, tout cela réveilla
en lui le souvenir douloureusement clair de Diana Calthrop,
la belle espionne avec qui il avait travaillé en 1940[1]. Sur le
coup, il fut tenté de l'arrêter pour lui demander ce que
Diana était devenue, mais il jugea que cette question pouvait
paraître étrange ou même impertinente.

Un moment, il ferma les yeux, comme pour la faire apparaître par la seule force de sa volonté. Puis, entendant la
porte du bureau, il les rouvrit, espérant contre toute

---

1. Voir *La Guerre de Stratton* (Albin Michel, 2008).

333

attente… Mais ce n'était que Forbes-James qui se tenait sur le seuil.

– Stratton… entrez.

Il était encore plus sémillant que dans son souvenir et, même si ses tempes commençaient à grisonner, il n'avait guère changé. Les yeux ronds, quoique toujours brillants, semblaient circonspects.

– Vous avez parlé d'une personne disparue…, dit-il en s'effaçant.

– Oui, colonel. Merci de me recevoir aussi vite.

– C'est tout naturel. Asseyez-vous… enfin, si vous trouvez de la place…

Le bureau était toujours aussi chaotique – des papiers étaient entassés en équilibre précaire un peu partout, y compris sur le divan. Mais – le regard de Stratton glissa, involontairement, vers l'endroit où le tableau représentant le jeune éphèbe nu avait été exposé – il y avait un changement : on l'avait remplacé par ce qui semblait être un anodin paysage champêtre, ponctué de vaches aux formes curieuses. Ce tableau-ci était moins grand que le précédent et on pouvait voir l'endroit où l'autre avait été accroché car le papier peint n'était pas de la même nuance. Stratton vit le regard de Forbes-James suivre le sien, après quoi le colonel se pencha au-dessus de son bureau et se mit à remuer les monceaux de documents.

– Elles ne rangent jamais, grommela-t-il. Je devrais mettre ça… (il désigna des chemises en carton sur le fauteuil) par terre… Prenez donc place…

Stratton s'exécuta, et il y eut une courte pause tandis que la téléphoniste venait apporter le thé et voler au secours de son chef qui, geste que Stratton connaissait bien, palpait vainement ses poches et soulevait des objets sur son bureau, à la recherche d'un briquet.

– Cigarette ? dit-il. Il y en a sur la cheminée…

– Merci, colonel.

Stratton se leva et négocia son chemin à travers le foutoir pour atteindre les cigarettes.

La jeune fille ayant disparu après avoir fait le service, Forbes-James déclara :

– L'homme dont vous avez parlé au téléphone… que savez-vous de lui ?

Sortant son calepin pour se rafraîchir la mémoire, Stratton expliqua la situation, puis, inspirant à fond, déclara sur le plus neutre des tons :

– Je me demande, colonel, s'il n'y aurait pas eu une espèce de... de liaison entre le Dr Byrne et Todd. Cela expliquerait la présence de la photo cachée dans sa maison.

Le colonel le dévisagea pendant un moment, ses lèvres se pinçant de façon presque imperceptible.

– Oui, dit-il avec affabilité. Ce serait une explication, mais ce pourrait être aussi une preuve à l'appui de tout autre chose.

– Bien entendu, colonel, ce n'était qu'une théorie...

Forbes-James dit : « Je vois », et les deux hommes se contemplèrent pendant ce qui ne fut que quelques secondes, peut-être, mais qui parut, du moins à Stratton, durer bien plus longtemps. Il ne savait trop s'il fallait dire quelque chose ou attendre qu'on lui adressât la parole, et espérait que son silence ne serait pas interprété comme de l'hostilité ou – pire – une sorte de menace voilée. Il en était encore à se poser la question, lorsque le colonel dit :

– Autre chose ?

– Seulement ceci...

Stratton sortit de sa poche deux des photos prises à la morgue et les lui remit.

– Hum... Pas très clair, non ? Ce pourrait être n'importe qui.

– C'est bien le problème, colonel.

– Oui... Votre supérieur sait que vous êtes ici ?

– Non, colonel...

Stratton laissa son regard errer vers la gauche, en direction du paysage champêtre qui avait remplacé le nu. Le silence qui s'ensuivit fut encore plus pesant que le précédent. Se sentant transpercé par le regard de son vis-à-vis, il était sur le point de dire qu'il savait bien que c'était une affaire perdue d'avance et qu'il s'excusait de lui avoir fait perdre son temps, quand l'autre déclara :

– Et vous souhaitez que je vous aide, c'est cela ?

– Je vous en serais très reconnaissant. L'administration – vous devez le savoir – est souvent réticente à fournir des renseignements, surtout dans ces circonstances, quand un pseudo semble avoir été utilisé...

– ... qui n'est pas forcément Todd. Vous avez envoyé quelqu'un à sa dernière adresse connue ?

– Oui, colonel. Il a dit à sa logeuse avoir trouvé un boulot dans le nord. Elle le croyait exempté de l'armée pour raison médicale.

– Ah, vraiment ? Visiblement, elle ne s'est pas donné la peine de vérifier... Ce serait en effet plutôt délicat pour vous d'obtenir cette information – pas de fumée sans feu, etc. Vous ne soupçonnez rien de tel, n'est-ce pas ?

– Subversion ? Non, colonel. Je ne vois pas pourquoi il se serait fait engager dans une morgue, si c'était le cas – l'endroit aurait été mal choisi.

Le colonel pencha la tête de côté et le considéra pendant un temps suffisant pour le rendre de nouveau nerveux.

– Ça dépend... Bien que, je vous l'accorde, ça semble peu probable. Je suis, ajouta-t-il, prêt à vous aider – même si ça ne sera pas facile...

– Merci, colonel.

– Si vous découvrez quoi que ce soit d'autre, faites-le-moi savoir aussitôt. Et – du moins pour le moment – je considérerai cette affaire comme ne regardant que ce service. Je vais faire procéder à des enquêtes discrètes, montrer ceci – il tapota les photos – à droite et à gauche. Téléphonez-moi dans une semaine.

– Merci, colonel.

– Bon...

Le regard de Forbes-James s'attarda sur lui pendant un instant, après quoi il détourna la tête comme pour le congédier. Stratton se leva.

– Je vous remercie du fond du cœur, colonel.

– Gardez votre gratitude pour plus tard. On n'a encore rien trouvé.

– Non, colonel, mais merci quand même.

Stratton savait qu'il était temps de se retirer, mais pendant un moment d'égarement, son désir de poser des questions sur Diana étant plus fort que son bon sens, il resta où il était.

– Oui ? dit le colonel avec un rien d'âpreté.

– Euh... colonel... Je sais que ce n'est pas le moment, mais... comment va Mme Calthrop ?

336

Le sourire de Forbes-James, qui n'atteignit pas ses yeux, avait un caractère bien plus redoutable que la bonhomie menaçante exhibée par n'importe quel gangster et suffit à lui rappeler que les manières de son interlocuteur resteraient impeccables en toutes circonstances.

– Elle vous était très sympathique, n'est-ce pas ?

– Eh bien, colonel, je me suis demandé... Ce fut sans doute très éprouvant de découvrir ce cadavre...

– Certes, mais – que je sache, en tout cas – elle se porte à merveille.

– Elle n'est pas ici, alors ?

Tout en parlant, Stratton mesura à quel point il aurait voulu la revoir et il espéra que sa déception ne se voyait pas.

– Non, elle est dans le Hampshire, chez sa belle-mère. Je crois, ajouta le colonel en pesant ses mots, qu'elle est en train de fonder une famille.

– Formidable..., dit Stratton, conscient d'en faire un peu trop dans le genre jovial.

En redescendant l'escalier, il songea qu'il venait de se mettre, irrévocablement, dans la position du débiteur vis-à-vis de Forbes-James. Il fallait espérer que ça en vaudrait la peine. Il avait eu tort d'évoquer Diana, mais sa présence dans ce bureau lui avait semblé si tangible...

Et aujourd'hui, elle attendait un enfant dans le Hampshire. Il ne pouvait l'imaginer enceinte, c'était trop... quoi ? Il l'ignorait, mais cette idée le mettait mal à l'aise. Il voulait se souvenir d'elle telle qu'elle avait été. Certes, il n'y avait rien de mal à être enceinte, du moment qu'elle était contente. Stratton se demanda si le père était son mari, ou Claude Ventriss qui – quatre ans plus tôt, en tout cas – avait été son amant. « C'est pas tes oignons, mon pote », se dit-il. Baissant la tête contre le vent méchant qui soufflait par rafales au-dessus du fleuve, il se dirigea vers Westminster.

Quel merdier... Todd, Byrne, Reynolds, l'infirmière Leadbetter, Fay, et l'image de Diana qui troublait son cerveau déjà bien fatigué... tout était embrouillé dans sa tête comme... l'idée d'une chose embrouillée ramena dans son esprit la description par le Dr Dacre d'une torsion testiculaire avec tant de violence qu'il en eut la nausée. Jugeant qu'il avait besoin de s'asseoir à l'abri du vent pour se ressaisir, il s'engagea dans une rue latérale et trouva un petit square protégé où deux bancs faisaient face à une statue équestre délabrée. Tout en allumant une cigarette, il pensa qu'il pourrait lui écrire. Trouver son adresse serait assez facile – il irait dans une bibliothèque consulter le Bottin mondain – le Burke ou le Debrett... Mais pour dire quoi ? *Je pense à vous et j'espère que vous allez bien...* Quelle idée stupide ! « Elle ne doit même pas se souvenir de moi », se dit-il.

Il se força à réfléchir à sa conversation avec le colonel et se demanda si lui – ou son service – serait capable de dénicher quelque chose sur Todd. Il aurait peut-être dû avoir pitié de Forbes-James – passer son existence à cacher ses inclinations sexuelles... Voyant une belle fille élancée traverser le square en roulant des hanches, il essaya de s'imaginer en train de regarder un homme de la même façon, mais rien à faire... C'était si difficile d'imaginer des choses diamétralement opposées à ses propres goûts, en particulier quand il s'agissait de sentiments...

Parfois, c'était comme si le monde entier, malgré les apparences, s'était mis à fonctionner avec une logique propre, voire pas de logique du tout. Si seulement son intuition avait pu lui indiquer une direction particulière, au lieu de lui donner l'impression que tout allait de travers...

De nouveau, il regarda la jolie fille – de dos, elle était tout aussi bien. Elle avait atteint le trottoir et s'apprêtait à traverser quand, se sentant sans doute observée, elle se retourna et lui adressa un sourire modeste qui lui rappela Fay. La grossesse, songea-t-il. Quoi, la grossesse ? Il répondit d'un sourire, puis sortit son calepin et se mit à le feuilleter pour tomber sur les notes qu'il avait prises au cours du second interrogatoire. Elle avait déclaré avoir écrit son billet – se croyant enceinte – « peu après Pâques ». Il lut : *FM a eu 2 jours de congé à ou vers Pâques, allée voir ses parents Cheltenham.* Il avait tout bonnement supposé que c'était la vérité, sans jamais vérifier. Il faudrait le faire et le plus tôt serait le mieux.

Jetant sa cigarette d'une chiquenaude, il l'écrasa et, poussant un gros soupir, se leva pour aller attraper le bus 24 qui allait à Tottenham Court Road. De là, il n'aurait plus qu'à marcher un peu pour atteindre l'hôpital.

52

DOUZE JOURS avaient passé, et elle n'avait toujours pas pris rendez-vous avec le médecin. Il lui dirait juste d'attendre, de toute façon. Avec Monica et Pete, elle avait eu des nausées matinales mais ne savait plus quand cela avait commencé. Il y avait un moment précis où elle avait senti dans son corps qu'elle était enceinte... mais quand ?

Elle contempla le tas de chaussettes à ses pieds, puis jeta un coup d'œil à Elsie Ingram qui semblait somnoler sur le sofa. Elle ramassa une autre paire et se renversa contre le dossier du fauteuil. Aujourd'hui, elle ne faisait plus que repriser des reprises... Donc, malgré tout le soin apporté, il restait des épaisseurs aux orteils et aux talons. Ted avait toujours mené la vie dure à ses chaussettes – c'était encore pire au début de leur mariage, quand il faisait ses rondes, mais au moins on pouvait en racheter facilement. Tant qu'elle aurait des brins de laine...

Enfin, on pouvait écouter la TSF tout en reprisant. À présent, c'était de la musique – du jazz. Un genre que Ted appréciait d'avantage qu'elle, mais c'était une compagnie. Le son n'était pas très fort, mais tout de même, si Mme Ingram pouvait dormir... Une fois de plus, elle jeta un coup d'œil à son invitée et crut voir tressaillir une paupière. C'était horrible d'être surveillée subrepticement à longueur de temps. On se sentait espionnée chez soi. « Je suis sûre qu'elle essaie de lire dans mes pensées, songea-t-elle. Elle déploie des antennes invisibles comme un insecte. » Et Doris avait subi ça

339

pendant plus d'un mois ! Elle-même ne se sentait pas capable de tenir un jour de plus. Elle s'en voulait de son exaspération mais, franchement, il y avait de quoi vous rendre fou. Les lettres à M. Ingram, adressées aux bons soins de l'armée – trois, jusqu'à présent – n'avaient rien donné. D'après Ted, il ne fallait pas s'inquiéter – on n'avait pas dû les lui donner s'il était aux arrêts pour désertion.

Depuis que cette femme était là, on ne pouvait plus lui adresser la parole, à lui. C'était pire qu'à l'époque où les enfants étaient en bas âge – au moins, elle savait quoi faire quand ils se mettaient à brailler. Mme Ingram, avec ces pleurnicheries *continuelles* à fendre l'âme, c'était tout autre chose... En plus, Ted était revenu hier très tard, puant la bière. Il avait fait du boucan dans l'entrée et s'était rebiffé quand elle avait tenté de le raisonner. Elle avait été surprise – et plus qu'un tantinet contrariée – par son agressivité. En général, l'alcool le mettait de bonne humeur avant de l'assommer.

Elle soupira et regarda de nouveau Mme Ingram, dont la tête était désormais très légèrement orientée dans sa direction. Elle était prête à parier qu'à l'instant où elle regarderait la chaussette dans sa main, cette bonne femme rouvrirait les yeux pour la dévisager. Franchement, on ne se sentait plus maîtresse de ses pensées...

Ce devait être sa faute puisqu'elle avait bien voulu la recueillir, mais qu'aurait-il fallu faire, sinon – à part parler au Dr Makepeace à propos de... l'« institution » ? Pour sa part, elle sentait déjà faiblir sa résolution – tante Ivy ou pas.

Elle irait en toucher deux mots à Doris. Ce n'était pas bien, mais l'état de Mme Ingram semblait empirer et, si jamais elle leur refaisait le coup du gaz, ici, et que Ted l'apprenait, il faudrait le signaler. Elle irait là-bas un peu plus tard – et à son retour, elle aurait encore tout le temps de préparer le dîner.

Sélectionnant une autre chaussette, elle reprit son raccommodage. Le Dr Makepeace, ayant avoué son étonnement de constater que Mme Ingram « ne reprenait pas le dessus », s'était mis à parler de la « manie de la persécution » et à affirmer qu'on ne comprenait pas encore parfaitement le fonctionnement du cerveau. Appliquant le talon contre la surface lisse de l'œuf à repriser, Jenny songea que la « manie de la persécution » n'était pas vraiment le terme adéquat pour qualifier le problème de Mme Ingram – enfin, quand votre maison vous tombe sur la tête, n'est-il pas légitime de se sentir persécuté ?

Ce n'était pas dans *Le Médecin chez soi*, même si « Démence et maladies mentales » s'y trouvaient. Elle avait passé une triste demi-heure à lire comment les femmes pouvaient être affectées par ce qu'on appelait les « crises de la vie » : puberté, ménopause, grossesse. Mais Mme Ingram était trop vieille pour le premier point, trop jeune pour le second, et, son mari étant absent depuis des mois, elle ne risquait pas de tomber enceinte. On évoquait la syphilis, l'alcoolisme, les tumeurs et le surmenage, mais « lésions cérébrales » était le seul chapitre en rapport avec le problème et, s'il y avait eu lésion, on ne l'aurait quand même pas laissée sortir de l'hôpital ? Le plus parlant était un renvoi à la monomanie. *L'intérêt du patient est polarisé sur une illusion ou une fausse croyance...* Rien sur les soins à apporter, toutefois, et...

– Aïe !

Elle laissa choir son ouvrage sur ses genoux. Une goutte de sang bien rouge perlait au bout de son index, là où l'aiguille avait glissé. Elle la contempla pendant une seconde, puis, jugeant qu'un pansement n'était pas nécessaire, se suça le doigt. Telle la Belle au bois dormant..., songea-t-elle. En ce moment, elle n'aurait pas été contre l'idée de dormir pendant un siècle, à condition que Ted la réveillât ensuite avec une tasse de thé. Elle examina son doigt, puis se remit à le sucer. Il faudrait un pansement, en fin de compte. C'était le moment de s'arrêter. Ensuite, elle aurait tout le temps de nourrir les poules, puis d'aller bavarder avec Doris avant de tenir sa permanence au Centre, et elle serait de retour à temps pour préparer le dîner de Ted – avec un peu de chance.

Elle se leva et remit toutes les chaussettes non reprisées dans sa corbeille à ouvrage.

– Je vais m'absenter un moment, madame Ingram, dit-elle gaiement. Ça ira ?

Mme Ingram, qui avait rouvert les yeux, lui lança un regard craintif.

– Il ne va pas revenir, n'est-ce pas ?

– Mais non. Il est très loin, il ne peut rien contre vous. Vous êtes en lieu sûr, promis. Mais vous... (Jenny lui lança un regard insistant.) Vous n'allez pas faire de bêtise, n'est-ce pas ? Promettez-le-moi.

– Oh, non ! répondit lentement Mme Ingram. Je ne ferai pas de bêtise.

53

S TRATTON trouva le vieux Savage en train de déclouer les dernières lames du plancher dans le couloir menant au service de chirurgie hommes avec l'aide d'un jeune empoté boutonneux qui maniait son marteau avec une hargne inutile.

– Tout a été démonté des deux côtés, déclara-t-il. Que dalle ! On peut s'arrêter là, non ? Moi, j'ai des trucs à faire. *Lui,* vous pouvez le garder, ajouta-t-il en désignant le jeune qui s'était relevé et, les mains dans les poches, s'amusait à donner des coups de pied au radiateur.

– Je suis sûr qu'on pourra se débrouiller nous-mêmes, répondit Stratton. Où sont mes hommes ?

– Dans les services. Il y en a un là-dedans (il indiqua le service de chirurgie hommes), l'autre à la salle « Lister ». Et la femme est en bas, dans la « Sophie Jex-Blake ».

– Bon, merci bien…

Stratton descendit au bureau de l'infirmière en chef qui lui assura qu'on avait inventorié tout le stock de morphine présent au sein de l'hôpital.

– J'espère que vos gens vont conclure leur perquisition le plus tôt possible, ajouta-t-elle. Tout cela est très perturbant pour les patients. Quant au raffut là-haut… J'espère que vous avez trouvé les fioles de morphine…

– Hélas, non…, dit-il.

Les sourcils de l'infirmière se haussèrent au-dessus de ses lunettes en écaille de tortue.

– ... mais il y a sûrement une explication.

Les sourcils gagnèrent encore quelques millimètres de hauteur.

– Comme vous dites, inspecteur... mais laquelle ?

D'abord, il trouva Watkins qui, sous prétexte d'examiner un tas de bassins hygiéniques, était en pleine conversation avec deux des plus jolies infirmières, puis Piper, qui sondait avec apathie une pile de draps dans l'un des placards à linge. Harris, il alla la chercher dans la salle du bas, où elle était en train d'examiner le meuble de chevet d'une femme hydropique avec une liseuse en tissu écossais sur les épaules. Aucun d'eux n'avait rien trouvé de suspect. S'étant informé des progrès de la perquisition, Stratton leur ordonna de continuer et retourna en chirurgie hommes afin de s'entretenir avec Fay Marchant. Il avait décidé de ne pas en parler à l'infirmière en chef, du moins pour le moment – Mlle Bateman ne manquerait pas de l'évoquer et, étant donné la nature de la conversation à venir, il ne voulait pas causer à la jeune femme plus de tracas que nécessaire. Il n'en demeurait pas moins que, si la morphine n'était pas sous le plancher, elle avait été empochée par elle ou bien par Dacre. Sauf, bien sûr, si quelqu'un d'autre l'avait trouvée par hasard derrière un radiateur... Ce qui signifierait : réinterroger toutes les personnes de ce fichu hôpital, et aussi tous les patients de passage... !

Mlle Bateman, le front soucieux, envoya une stagiaire chercher Fay qui se trouvait dans la cuisine. Voyant Stratton, cette dernière pâlit et prit un air apeuré qui semblait excéder le malaise normal et la vague culpabilité que les gens – même les plus innocents – ont tendance à éprouver en présence d'un policier.

– On va faire un tour ? lui dit-il.

Fay regarda sa chef qui opina d'un air sévère.

– Manchettes, Marchant...

– Oui, mademoiselle.

Fay étant allée remettre ses manchettes, Mlle Bateman déclara à Stratton :

– C'est la quatrième fois, inspecteur. Et si **vous** me disiez ce qu'elle est censée avoir fait ?

344

– Mais rien, mademoiselle ! J'ai juste quelques questions à lui poser au sujet de… l'accident, le moment où la morphine s'est égarée.

– Vous voulez dire qu'on ne l'a toujours pas retrouvée ?

– Non, hélas…

– Mais enfin, vous ne pouvez pas la soupçonner… ?

La réapparition de la jeune fille, à présent enveloppée d'une grande cape bleu marine, le dispensa d'avoir à répondre. Ils quittèrent le service pour aller dans le jardin de l'hôpital.

– Vous préférez marcher ou vous asseoir ? lui demanda-t-il en indiquant un banc.

Elle parut surprise.

– Ça m'est égal.

– Alors, marchons. Quel potager superbe ! À me faire honte du mien… Cigarette ?

– Merci.

Elle prit celle qu'on lui offrait et lui adressa un pâle sourire. Il y avait de la raideur dans ses gestes, comme si elle se tenait prête à fuir. En se rapprochant d'elle avec son briquet, il nota que ses mains tremblaient légèrement.

– Nous n'avons pas trouvé les fioles, déclara-t-il.

– Pourtant, c'est forcément là !

Sa voix était plaintive et tout son visage exprimait la panique.

– Vraiment ?

– Je ne les ai pas prises, inspecteur. Il faut me croire !

– Quelqu'un l'a fait. Et pourquoi devrais-je vous croire ? Vous n'avez pas toujours été parfaitement franche avec moi…

C'était lancer un ballon d'essai, mais visiblement elle ne s'en aperçut pas.

– Comment cela… ?

– Votre relation avec le Dr Reynolds…

– Mais je vous ai bien dit…

Ses beaux yeux bruns étaient implorants.

– Tout ? Je n'en crois rien, vous savez !

La jeune femme se détourna de lui et contempla tristement les rangées de crucifères.

345

– C'est une affaire très grave, ajouta-t-il doucement. Et je ne peux vous aider si vous ne me dites pas la vérité.

Fay porta la cigarette à ses lèvres. Elle tremblait comme une feuille, désormais. Priant pour ne pas se tromper, Stratton déclara :

– Vous étiez bien enceinte, n'est-ce pas ?

De façon presque imperceptible, elle opina.

– Que s'est-il passé ?

– Duncan…, chuchota-t-elle.

– Le Dr Reynolds ?

– Oui.

Les paroles suivantes furent prononcées d'une voix froide, dure, à travers des lèvres pincées.

– Il a fait le *nécessaire…*

Et merde, songea Reynolds, dégoûté. Quel genre d'homme est capable de pratiquer un avortement sur la chair de sa chair ? Même si, étant médecin, il savait s'y prendre… Stratton ne savait que trop bien ce que les gens sont capables de faire quand ils sont acculés, mais il aurait pu la faire admettre dans une clinique en prétextant que c'était pour sa santé, par exemple… Les avortements n'étaient pratiqués dans le cadre hospitalier qu'à titre exceptionnel, mais… il y avait des moyens. Reynolds avait dû s'affoler, ou vouloir faire des économies, ou… En tout cas, c'était un saligaud. Gardant une expression résolument neutre, il sortit son calepin.

– Ça s'est passé ici même, dans cet hôpital ?

La jeune femme fit non de la tête.

– Là où on avait l'habitude de se retrouver, tous les deux… L'appartement d'un ami à lui parti combattre à l'étranger. Il avait apporté… ses instruments.

C'était encore pire, songea Stratton. Sordide. Pauvre, pauvre Fay…

– Et ensuite, vous êtes allée vous reposer chez vos parents ?

– Oui. Je ne voulais pas… mon père est médecin. J'avais peur qu'il comprenne, mais je ne pouvais pas revenir ici, ni rester toute seule chez moi, au cas où il y aurait des complications. Donc, j'ai pensé… Bien sûr, mon père n'aurait pas approuvé, mais en cas de problème…

– Quand le Dr Reynolds a pratiqué cette… intervention, quelqu'un d'autre était là ?

– Non.

– Personne d'autre n'a participé ?

– Non.

– Quelqu'un était-il au courant ?

– Non.

– Est-ce la vérité ?

– Oui. Je vous ai peut-être menti à ce sujet, inspecteur, mais ceci est la vérité et je n'ai pas pris les fioles de morphine.

– C'est le Dr Dacre, alors ?

De surprise, elle ouvrit de grands yeux.

– Non, je suis sûre que non !

– Parce que vous ne l'avez pas quitté des yeux et ne l'avez pas vu faire... ou parce que vous le connaissez bien aujourd'hui et qu'il n'est pas – selon vous – capable d'une chose pareille ?

Elle piqua un fard.

– Il m'a invitée à prendre un verre, c'est tout.

– Bon... Et depuis, vous l'avez revu ?

– Oui. Hier soir.

– Affinités intellectuelles ? demanda-t-il, se sentant mesquin.

– Si vous voulez, répondit-elle avec froideur.

– Donc, quelle est la réponse à ma question précédente ?

– La même.

– Mais recherchant vous-même ces fioles, vous n'avez pas pu le surveiller pendant tout ce temps ?

– C'est vrai, mais il n'avait aucune raison de les prendre. Si je savais où elles sont passées, ajouta-t-elle d'une voix émue, je vous le dirais, je vous le jure !

– Je vois.

Stratton se tut et contempla le potager tandis que Fay s'agitait à côté de lui. Au bout d'une minute environ, elle demanda :

– Vous allez m'arrêter ?

– Non, mais je vais devoir signaler ce que vous m'avez dit.

Songeant à Lamb, il ajouta :

– Dans les circonstances actuelles, ça m'étonnerait qu'il y ait des poursuites, mais vous devrez aller faire une déposition au commissariat. Demain, par exemple.

La regardant dans les yeux, il dit encore :

347

– Si vous envisagiez de prendre la poudre d'escampette, je vous conseille de n'en rien faire.

– Je n'y pensais pas, inspecteur.

– Bien. Et maintenant...

Sentant que c'était le moment d'aller au fond des choses, Stratton glissa la main à l'intérieur de sa veste et sortit la photo qui lui restait de Todd à la morgue.

– Je voudrais que vous regardiez ceci. Reconnaissez-vous cet individu ?

– C'est le Dr Byrne.

– Et l'autre ?

– La photo n'est pas très nette... (Elle plissa les yeux.) Mais on dirait... Cette tête me dit quelque chose. Il travaille ici ? J'ai dû le voir, mais...

Elle se mordit les lèvres, laissant sa phrase en suspens. Stratton remarqua que deux plaques rouges venaient d'apparaître sur son cou.

– La dame, je ne la connais pas non plus. Qui est-ce ?

– Mlle Lynn, la secrétaire du Dr Byrne. Vous êtes sûre de ne pas reconnaître ce type-là ?

Il désigna la photo.

– Vous aviez commencé à dire quelque chose. Il vous rappelle quelqu'un ?

– Non, non. Un instant, j'ai cru le reconnaître, mais...

Elle secoua la tête.

– Il a dû me rappeler un patient. Il y a beaucoup d'allées et venues, et je ne suis guère physionomiste.

– Très bien.

Il remit la photo dans sa poche.

– Vous pouvez retourner à votre travail. On doit vous attendre.

– Oui...

Voyant qu'il ne bougeait pas, elle ajouta timidement :

– Vous ne venez pas ?

– Non, je vais rester un peu. Pensez bien à ce que je vous ai dit : il ne faudra pas vous défiler, mademoiselle !

Il la regarda traverser le jardin d'un pas si rapide qu'elle semblait se retenir de piquer un sprint. Une fois seul, il sortit son calepin et passa quelques minutes à compléter ses notes tout en réfléchissant. Il y avait le sujet de la mort de Reynolds,

348

sur laquelle il ne l'avait pas interrogée, mais, plus intéressante – du moins, pour le moment – était sa réaction devant la photo. « On dirait… », avait-elle dit, avant de se taire. Avait-elle été sur le point de prononcer un nom ? Quant au patient que la photo lui aurait rappelé, c'était de toute évidence un mensonge – il s'agissait d'une personne plus précise. Et elle n'était pas la seule à qui le visage de Todd était vaguement familier. Lui-même était dans ce cas – mais *pourquoi* ?

54

A YANT PRIS sa décision, Stratton rentra dans le bâtiment et alla aux urgences où il trouva Mlle Radford en train de parler à une femme couverte de plaques rouges au niveau des mains et des bras. Des lésions enflammées, à vif et sanguinolentes, conséquence de grattages continuels.

– Cas aggravé de gale..., déclara l'infirmière, s'étant éloignée. Très contagieux. Gardez vos distances – je vais devoir aller me laver les mains.

Tout en l'attendant, Stratton sortit une fois de plus la photo et se mit à l'étudier. Était-ce une simple association d'idées, comme celle qui lui valait de ressentir à ce moment précis des démangeaisons inquiétantes ? À en juger par l'attitude de Fay quand elle avait regardé la photo de près, c'était plus que cela, même si elle avait tendance à rougir facilement – il l'avait déjà remarqué. Mais c'était absurde – et de toute façon, comme l'avait fait remarquer Ballard, ce type ressemblait à plein de gens...

– Inspecteur...

L'infirmière était revenue.

– Que puis-je pour vous, *cette fois* ?

Ignorant l'allusion, Stratton lui donna la photo.

– Reconnaissez-vous quelqu'un ?

– Eh bien, le Dr Byrne, bien sûr, et elle, c'est sa secrétaire – j'ignore son nom. Quant à l'autre...

Mlle Radford pencha sa tête de côté et se pinça les lèvres sous l'effet de la concentration.

– Non… Je regrette, inspecteur.

– Pourquoi avoir hésité ?

L'infirmière parut surprise.

– Je réfléchissais.

– À quoi ?

– Euh, je sais que c'est idiot, mais j'étais en train de me dire que cet homme ressemblait au Dr Dacre. Sans la moustache, et les cheveux sont trop clairs. Ce n'est pas lui, bien entendu… je vous avais dit que c'était idiot.

– En êtes-vous bien sûre ?

Elle le regarda comme s'il souffrait d'une aberration mentale.

– C'est impossible ! Qu'aurait-il fait là-bas ? Ce n'était qu'une idée en l'air, inspecteur… En fait, ce n'est pas du tout lui. Je regrette de ne pouvoir vous être plus utile, mais le gardien de la morgue doit savoir qui c'est…

– Je n'ai pas réussi à le trouver, c'est pourquoi j'ai eu l'idée de m'adresser à vous…

C'était un piètre mensonge, et Mlle Radford lui réserva un accueil mitigé.

– Où est le Dr Dacre ?

– Oh, par ici, mais enfin… si c'est ce que j'ai dit… c'est ridicule !

– Ne vous en faites pas, ça n'a aucun rapport.

Stratton s'assit sur un banc.

– Je vais l'attendre ici, si vous le permettez…

Il alluma une cigarette et, renversant sa tête en arrière, ferma les yeux. Voilà, elles étaient maintenant deux… Certes, Fay n'avait pas explicitement affirmé cette ressemblance, mais cela expliquerait son comportement – et son propre sentiment lancinant. Mais, comme l'avait dit Mlle Radford, c'était – sinon impossible – du moins très improbable. Stratton rouvrit les yeux, ressortit la photo et l'examina, tâchant de se rappeler à quoi ressemblait au juste le Dr Dacre.

De toute façon, quel intérêt à se faire passer pour un employé de la morgue ? Mais là encore, si Fay n'avait pas pris la morphine – et, tout compte fait, elle devait sans doute dire la vérité sur ce point –, alors c'était Dacre. Mais, torsion testiculaire mise à part (Stratton tenta d'ignorer la façon dont son ventre, et ce qu'il y avait plus bas, semblait serré, comme comprimé par un poing), il lui avait paru… euh, aimable. Un peu charmeur, en fait. C'était parfois les plus dangereux. Si Todd alias Dacre – alias M. X – avait tué l'infirmière, Fay pouvait très bien être sa prochaine victime… Byrne devait avoir caché ces photos sous le sous-main – et celle chez lui – pour une bonne raison… Celle-ci ?

« Minute ! se dit-il. Ne tirons pas de conclusions hâtives. » Ce n'était sans doute qu'une coïncidence – deux hommes qui se ressemblent.

Fay fréquentait déjà Dacre avant la mort de Byrne – c'était Dacre qui l'avait affirmé. Si tous deux se connaissaient plus qu'ils ne l'avouaient, alors peut-être avaient-ils fait le coup ensemble… Mais, dans l'hypothèse où la mort de Leadbetter n'avait aucun rapport avec l'un ou l'autre, à quel moment Reynolds intervenait-il ? Il avait avorté Fay – qui portait son enfant. Même si elle prétendait le contraire, elle avait pu espérer qu'il quitterait sa femme pour l'épouser, et le refus de ce dernier aurait provoqué en elle une réaction de colère démentielle… ? Mais quel rapport avec Byrne ?

Il avait beau faire, il ne voyait pas comment les pièces du puzzle pouvaient s'imbriquer. Mais peut-être ne s'imbriquaient-elles pas. L'infirmière avait dû être tuée par un maniaque qui s'était enfui, et Reynolds par un inconnu qui en voulait à ses sous… Restait Byrne.

À quoi bon tourner autour du pot ? Tant qu'à se ridiculiser, autant se déplacer lui-même et constater de visu – tout de suite. Il alla au fond de la salle, jetant des coups d'œil derrière les paravents, et localisa Dacre qui était en train de parler à un homme à la tête bandée. Il resta en retrait pour ne pas être vu et, sous prétexte d'attendre la fin de la consultation, compara ce visage avec celui de la photo. Les cheveux étaient plus foncés, mais une bonne teinture… et la moustache avait disparu, mais il pouvait voir ce que les deux femmes avaient repéré. Si ça n'avait été que son impression à lui, il ne s'y serait pas arrêté, mais…

L'homme à la tête bandée s'en alla lentement en direction de la pharmacie de l'hôpital et Stratton vit le visage de Dacre perdre de son éclat, comme si on venait d'éteindre une ampoule intérieure. C'était tiré par les cheveux, comme théorie, mais pas impossible. Il avait lu autrefois quelque chose sur un médecin de l'époque victorienne dont on avait découvert, à sa mort, que c'était une femme. Et puis, il y avait cet Américain qui prétendait être un chef indien et qui avait fait du cinéma...

En se retournant, Dacre l'aperçut et, comme de bien entendu, son visage s'illumina.

– Fini ! dit-il. Vous vouliez me voir ?

– Je cherche l'un de mes hommes, Watkins. Vous ne l'auriez pas vu ?

– Pas récemment. Alors, la morphine est retrouvée ? Il paraît que vous avez démoli tout le couloir...

– Hélas, non. Mais effectivement, avec ces vieux bâtiments...

Il fit la grimace et tourna les talons, mais Dacre posa la main sur son bras.

– Inspecteur, je sais que cela ne me regarde pas, mais vous ne pouvez tout de même pas soupçonner Mlle Marchant. C'était un accident, tout bonnement. Ça aurait pu arriver à n'importe qui.

Stratton acquiesça.

– Si vous le dites...

Dacre eut un sourire radieux.

– Je sais qu'elle se fait beaucoup de soucis à ce propos. C'est une bonne infirmière. Très consciencieuse.

– Je n'en doute pas.

Stratton lui adressa un regard entendu.

– Eh bien, je ne vous retiens plus...

En montant au bureau du professeur Haycraft, il s'arrêta pour regarder une fois de plus la photo : la ressemblance était flagrante. Certes, ça ne prouvait rien, mais...

Mlle Potter, la secrétaire, était à son poste.

– Vous désirez ?

– Inspecteur Stratton, police judiciaire.

– Ah, oui... Voulez-vous parler au professeur Haycraft ?

Se rappelant l'adepte du je-m'en-foutisme qu'il avait rencontré à la morgue, Stratton déclara :

– Grands dieux, non ! C'est pour un point de détail. J'aimerais pouvoir consulter le dossier du Dr Dacre...

– Le nouveau ? (la secrétaire se renfrogna.) Il y a un problème ? Vous êtes sûr de ne pas vouloir parler au professeur ?

– C'est pour une vérification de détail. Je poserais bien la question à l'intéressé, mais ils sont débordés, là-bas. Ils n'ont plus une minute à eux... J'aimerais aussi voir le dossier de Samuel Todd – il a été employé à la morgue jusqu'à la fin du mois de juin.

– Bien sûr, inspecteur. Prenez donc un siège, je vous apporte ça.

Stratton recopia les informations relatives à Dacre – *James Walter Dacre, 1938, Université de Saint-Andrews, diplômé. Références : Professeur R.F. McDermott, Dr L.K. Synott. Adresse : 28 Eversholt St, N.W.* Il marqua une pause, se martelant les dents de son crayon, puis se pencha sur le dossier de Todd, qui avait donné comme adresse le 14, Inkerman Road, Kentish Town. Son dernier jour à l'hôpital avait été le 23 juin. S'il avait été mobilisé, il ne devait plus être à Kentish Town, mais ça vaudrait peut-être la peine de revoir sa logeuse à ce sujet – on ne sait jamais.

Mlle Potter aurait pu lui apporter une copie du registre médical pour lui permettre d'y chercher le nom de Dacre, mais il ne voulait pas jeter un pavé dans la mare en paraissant douter des qualifications des médecins. Ce qu'il lui fallait, c'était une bibliothèque publique. La plus proche sur son chemin, c'était celle à côté de Leicester Square – s'il se dépêchait, il arriverait juste avant la fermeture, après quoi il retournerait au commissariat pour voir comment se débrouillait Ballard.

Il prit le gros volume relié sur l'étagère et se mit à le feuilleter : *Curnow, Currie, Dacie, Dacombe, Dale...* Pas de Dacre. Les diplômes qu'il avait vus semblaient passablement authentiques. Il considéra le dos du registre pour s'assurer qu'il ne s'était pas trompé de date et revérifia. Mais alors qu'il fixait la page du regard, comme pour en faire surgir un *Dacre, James Walter,* il réalisa qu'il voyait peut-être les choses à l'envers : et si Dacre, au lieu d'être un médecin se faisant passer pour un employé de la morgue, était un employé de la morgue se faisant passer pour un médecin ? Était-ce possible ? Enfin, il aurait été démasqué aussitôt... non ? Bien entendu, s'il y avait eu un Dr Dacre, et s'il était décédé, cela expliquerait l'existence des diplômes, et son nom aurait été ôté du registre...

Cela expliquerait en tout cas pourquoi « Dacre » travaillait toujours, et pourquoi Sam Todd avait disparu sans laisser de traces. Mais si l'homme qui travaillait à présent aux urgences n'était pas Dacre, ni Todd, alors *qui* était-ce ?

55

S TRATTON retourna au commissariat où il trouva Ballard en train de laisser une note sur son bureau.

– Qu'est-ce que c'est ?

– C'est à propos de ce M. Todd qui avait émigré en Australie, inspecteur. Il y est toujours.

– Ah, bon. J'ai un autre boulot pour vous. Dr James Dacre. Voilà...

Il trouva la bonne page dans son calepin et la montra à son brigadier.

– Il faut se renseigner sur lui. Il a eu son diplôme en 1938, donc a dû naître en 1912, environ. Les études de médecine, c'est assez long, non ?

– Oui, inspecteur. Puis-je savoir pourquoi ?

– Oui, bien sûr, j'aurais dû vous le dire. Le Dr Dacre semble tout aussi mystérieux que notre M. Todd, à qui – entre parenthèses – il ressemble beaucoup, donc je pense que c'est notre meilleur espoir pour le moment. Et il n'est pas dans le registre médical – j'ai vérifié. Je vous suggère de téléphoner d'abord à la fac – voyez s'ils ont eu comme étudiant un certain Dacre qui aurait eu son diplôme en 1938. Ça pourrait hâter un peu les choses.

Ballard haussa les sourcils.

– Je m'y mets tout de suite.

– Mais auparavant, il y a autre chose. Fay Marchant a reconnu que le Dr Reynolds avait pratiqué un avortement sur elle...

– Il a tué son propre enfant ? (Le jeune homme prit un air écœuré.) Bon sang... comment peut-on faire ça... ?

– Moi aussi, ça me dépasse... Mais cela ouvre de nouvelles perspectives...

Stratton se leva.

– Bon, je suppose qu'il faut que j'aille en parler au commissaire Lamb.

– Bonne chance, inspecteur.

– Merci. J'ai comme l'impression que je vais en avoir besoin.

– Le fait est, commissaire, qu'il y a... un point d'interrogation, dirais-je, au sujet d'un des médecins.

– Ah ?

Lamb prit un air circonspect.

– Lequel ?

– Un certain Dacre.

– Quel rapport avec cette affaire ?

– Eh bien, commissaire...

Stratton fit un résumé de ses découvertes, omettant de parler du colonel Forbes-James.

– Ballard fait des recherches.

– Bien. Alors, on progresse, enfin ? Ce n'est pas une très bonne publicité pour l'hôpital, ça... J'espère que vous êtes discret ?

– Naturellement, commissaire.

– Et cette infirmière... Merchant ?

– Marchant, commissaire. Fay Marchant.

Autant se lancer, songea Stratton – tôt ou tard, il devrait être mis au courant.

– Vous vous rappelez sûrement, commissaire, que j'avais suggéré que le Dr Reynolds avait pu pratiquer une opération illégale...

– Je n'ai pas oublié, mais *vous*, vous devez vous rappeler que je vous avais dit de laisser tomber cet aspect-là...

– Oui, commissaire, mais le problème est que, apparemment, le Dr Reynolds a pratiqué une opération de ce type sur Mlle Marchant.

– Donc, cette fille couche avec n'importe qui.

Réaction typique, songea Stratton.

– Je ne dirais pas cela, commissaire. Mais elle a eu... des relations avec le Dr Reynolds.

– Bon sang !

De dégoût, les traits de Lamb se révulsèrent.

– Si je comprends bien, c'était lui le père ?

– En effet, commissaire.

– Vous en êtes absolument certain ? C'est tellement... franchement... il fallait qu'il soit très dépravé.

– Oui, commissaire, mais c'est la vérité.

– Croyez-vous que cela a un rapport avec sa mort ?

– C'est possible, si quelqu'un a su pour l'opération, et lui a fait du chantage...

– L'idée ne vous a pas effleuré que les maîtres chanteurs n'ont aucun intérêt à éliminer leur source de revenus ? déclara Lamb, acide.

– C'est vrai, mais s'ils se sont retrouvés au milieu des ruines, un soir, très tard, pour une remise d'argent, il y a pu avoir dispute...

– Possible. Qui vous a parlé de cet avortement ?

– Mlle Marchant. Je me suis demandé si Mlle Leadbetter, l'infirmière assassinée, avait pu être mêlée à cela, mais Marchant le nie.

– Elle est chez nous, n'est-ce pas ?

– Non, commissaire.

– Pourquoi cela ?

– Je n'ai pas voulu l'interpeller sur son lieu de travail.

– Ainsi, vous l'avez laissée filer ? À quoi pensiez-vous ?

– Elle ne s'enfuira pas, commissaire.

– Qu'en savez-vous ?

– Eh bien, elle se doute qu'on ne l'inculpera pas de quoi que ce soit. En ce qui concerne Leadbetter, je n'ai rien contre elle – et ce serait très improbable. Si Leadbetter avait su, pour l'avortement, elle n'aurait eu aucun moyen de prouver ses dires, donc à quoi bon l'assassiner pour cela ? D'ailleurs, Mlle Marchant m'a dit que Reynolds n'avait pas pour habitude de pratiquer ce genre de choses...

– Ah, c'est ce qu'elle a dit ? Et vous l'avez crue ? Jolie fille, je suppose ?

Choisissant d'ignorer cette dernière pique, Stratton déclara :

– Eh bien oui, je l'ai crue. D'ailleurs, Reynolds étant mort, on ne peut...

– Ce n'est pas la question ! Si Reynolds avait l'habitude de faire cela, alors son maître chanteur – si maître chanteur il y a – pouvait connaître l'existence de ces autres femmes...

– Oui, commissaire.

– À ce qu'on sait, cette infirmière...

– Mlle Marchant, commissaire.

– Marchant... à ce qu'on sait, elle est avec ce Dacre. Lui ou elle doit avoir empoché les fioles.

– Cela désignerait le Dr Byrne comme le maître chanteur. Et si Byrne a tué Reynolds, pourquoi ne pas nous avoir dit que ce décès était accidentel ? C'est lui qui nous a conseillé de fouiller le site, à la recherche de preuves matérielles. Je le connaissais et, pour moi, il était plutôt du genre à signaler quelque chose de suspect qu'à tenter d'en profiter. Et il détenait des photos de ce Todd – l'une d'elles était cachée chez lui. Il se peut que ce soit à la suite d'une confusion mais, d'un autre côté, c'est peut-être le signe qu'il savait quelque chose ou le soupçonnait pour une raison ou une autre.

– Et vous affirmez que cette Marchant fréquente ce Dacre ?

– Oui, commissaire. Par ailleurs, ajouta Stratton à contrecœur, je l'ai vue la nuit où le Dr Byrne a été assassiné. Dans le couloir de la morgue. J'allais chez le Dr Byrne et on s'est tamponnés...

– Dans ce cas, à quel jeu jouez-vous ? Il vous suffit de voir un joli minois et une belle paire de gambettes – et vous perdez tout bon sens. Appréhendez-la !

– Pour l'inculper de quoi, commissaire ?

– Consentement à son propre avortement. Qu'elle passe la nuit ici. Ça devrait la ramollir – et demain, j'irai l'interroger moi-même sur ce Dacre...

Quelle connerie ! se dit Stratton en allant chercher son chapeau. Oui, une belle connerie... Il aurait dû se douter de la réaction de Lamb, mais comment faire autrement ? Il détestait ce genre de conversation – c'était comme jeter en l'air toutes les pièces d'un puzzle dans l'espoir qu'elles formeraient en retombant une image cohérente. Et après, il fallait tenter de les faire tenir ensemble en maltraitant les gens... Le pire, c'était que le commissaire n'avait pas tort : il avait, en effet, tendance à juger les autres sur leur physique, du moins les femmes. Comme la plupart des hommes, sans doute. Combien l'apparence pouvait compter... Même quand c'était votre boulot d'être soupçonneux, on était toujours à la merci de ces choses-là.

56

DACRE consulta sa montre : six heures moins dix. Fay aurait bientôt terminé sa journée. S'il allait faire un petit tour là-haut, il la croiserait peut-être. La présence de l'inspecteur Stratton et de ses policiers fouineurs l'avait rendu nerveux, et il voulait savoir si on l'avait encore interrogée. Certes, elle n'aurait rien à dire sur lui, mais il ne voulait pas la mêler à cela. Il fallait aller la rassurer – après tout, c'était lui le fautif pour la morphine – et prendre rendez-vous par la même occasion. Il emporterait un dossier pour que ça semble officiel, au cas où on les remarquerait. Un paquet de notes sous le bras, il traversa d'un pas décidé la salle d'attente des urgences et il allait sortir quand Mlle Radford apparut.

– Docteur, voulez-vous venir ? Nous avons un jeune qui saigne du nez et ça ne s'arrête pas. On a tout essayé et le Dr Ransome n'est pas…

– Mais bien sûr… (Dacre lui adressa un sourire coupable.) J'arrive tout de suite, après avoir répondu à l'appel de la nature…

– Oh, je vois…

À l'idée que les médecins aussi avaient une vessie, elle rougit légèrement, ce qui était le but recherché.

– Mais, ce dossier…

– Ah, oui. Où avais-je la tête ?

Dacre le lui remit.

– Je ne sais plus ce que je fais, mais n'ayez crainte, je suis à vous tout de suite.

« Zut ! » se dit-il en montant les marches trois par trois. Enfin, ça n'aurait aucune importance tant que sa conversation avec Fay n'aurait pas l'air trop intime. Il tourna à l'angle et s'apprêtait à enfiler le couloir menant à la chirurgie hommes quand il la vit sortir du service en compagnie de l'inspecteur Stratton. Se plaquant contre le mur, et espérant que personne ne le repérerait en montant l'escalier, il vit le policier baraqué la prendre par le coude. Ce n'était pas brutal, et Fay ne résista pas, mais quelque chose dans ce geste lui fit comprendre qu'on l'embarquait... « Il l'emmène au poste, se dit-il. On va l'accuser du vol de la morphine ou... » Bon sang, et si c'était à cause de Reynolds ? Et il y avait aussi le fait qu'il l'avait croisée dans le couloir de la morgue le soir où Byrne... Son estomac se révolta. Enfin, on n'allait quand même pas l'accuser de meurtre ? Il frissonna, en proie à la nausée. On ne pouvait pas... Oh, merde, non ! marmonna-t-il en les regardant discrètement s'éloigner. Tout était sa faute, c'était lui qui l'avait compromise... *Sa* petite fiancée...

Fay ne pouvait l'avoir entendu – il était trop loin – mais elle s'était peut-être sentie observée car soudain elle se retourna et il vit, juste avant de se reculer, qu'elle était pâle comme un linge et avait les traits contractés. Une seconde plus tard, il entendit les pas précipités de quelqu'un montant l'escalier et une stagiaire des urgences apparut, l'air affolé.

– Oh... ! Docteur, je vous en supplie... Mlle Radford m'envoie vous chercher. C'est le jeune garçon – il y a du sang partout et...

– Calmez-vous, fit-il, sévère.

– Excusez-moi, docteur, mais Mlle Radford dit que c'est urgent.

De nouveau seul, il s'adossa au mur et s'efforça de se ressaisir en inspirant à fond. Il fallait aller examiner ce patient, et puis... et puis quoi ? Une fois de plus, il jeta un coup d'œil dans le couloir, mais ils étaient partis. Une chose à la fois. Il ne se lancerait pas à leur poursuite – inutile de faire un esclandre, et si jamais il ne retournait pas tout de suite aux urgences, Mlle Radford pourrait se poser des questions. Il allait finir son travail, après quoi il irait au commissariat dire au policier baraqué que... quoi ?

Rien à faire. Il n'arrivait pas à avoir les idées nettes, pour le moment. Pour commencer : ce jeune qui saignait du nez. Ensuite, il trouverait une solution pour Fay. « Je suis le Dr Dacre, se dit-il en redescendant l'escalier, et chaque mot résonnait dans son esprit à mesure que son pied touchait une marche – Je. Suis. Le. Docteur. Dacre. Je. Vais. Soigner. Un. Patient. – Tant que je ne panique pas, tout va bien. »

Un adolescent d'environ quatorze ans était perché au bord d'un lit, l'air agité. Dès qu'il le vit, toute l'attention de Dacre se concentra sur lui. Jamais il n'avait vu autant de sang – sa figure, ses habits, ses mains et les draps, tout en était trempé. L'infirmière Dunning, qui était penchée au-dessus de lui et lui pinçait vainement les narines, en avait jusqu'aux coudes et son tablier, d'habitude tout blanc, ressemblait à celui d'un tueur des abattoirs. Dans le coin, un seau contenant des compresses ensanglantées montrait qu'elle-même, ou l'infirmière-major, avait déjà tenté de lui boucher le nez, mais sans résultat.

– Je suis désolée, docteur, dit-elle. Ça ne marche pas. Si je serre trop, il ne peut plus respirer...

– Et ça, c'est le dossier ?

Il indiqua des pages constellées de sang sur le lit.

– Oui, docteur.

Machinalement, elle fit mine de les lui remettre, mais il la devança.

– Pour l'amour du ciel, restez auprès de lui...

Ramassant les feuillets, il s'aperçut que – taches de sang mises à part – ils étaient quasi vierges.

– Charlie Mortimer ? C'est vous, oui ? N'essayez pas de parler. Contentez-vous de bouger la tête.

Le jeune homme opina.

– Depuis combien de temps saigne-t-il ainsi ? demanda-t-il à la jeune infirmière.

– Il est arrivé il y a un quart d'heure environ.

– Et ça saigne toujours autant ?

– Oui, docteur.

Charlie Mortimer émit un reniflement. Les yeux exorbités, il se mit à tousser. Dacre passa une cuvette à l'infirmière.

– Lâchez-le...

Elle obéit et, à l'instant, comme si on avait ouvert un robinet à fond, le sang jaillit avec violence.

Charlie cessa de postillonner et, levant une main pour s'essuyer la bouche, il chercha à parler.

– Qu'y a-t-il ? dit Dacre.

– Hémo...

De nouveau, il se mit à postillonner. L'infirmière parut désapprouver.

– Hémo...

– Hémophile ? s'enquit Dacre, triomphalement, et Charlie Mortimer, l'air soulagé, hocha la tête vigoureusement. Il est hémophile, mademoiselle. Pincez-lui de nouveau les narines et ne bougez plus !

Passant la tête derrière le paravent, il rugit :

– Infirmière !

Mlle Radford surgit de derrière un des autres paravents et le rejoignit.

– Oui, docteur ? dit-elle, l'air un peu offensé.

– Ce jeune homme est hémophile. Pourquoi n'est-ce pas dans le dossier ?

– On n'en savait rien, docteur ! Il ne nous l'a pas dit.

– Vous deviez être trop occupée à lui pincer les narines... Il faut cautériser immédiatement si on veut avoir une chance de stopper ça, et lui faire une transfusion.

L'infirmière-major blêmit comme si elle venait de perdre elle-même quelques litres de sang.

– Je vais chercher tout de suite le Dr Colburn.

Et elle s'en fut, avec une vélocité inédite.

Dacre retourna auprès du malade.

– Bon, Charlie, ça va s'arranger. Je vais devoir prélever un peu de ton sang pour vérifier sa compatibilité avec celui que tu vas recevoir... Savez-vous s'il était accompagné, mademoiselle ?

La jeune infirmière, qui avait visiblement entendu l'échange assez vif, bien que mené à voix basse, lui jeta un regard apeuré.

– Mère ? Père ? Ou bien... ?

– Je crois qu'il était tout seul, docteur.

Charlie Mortimer, dont la peau – là où elle n'était pas rougie – semblait pâlir à vue d'œil, acquiesça.

– Depuis combien de temps saigniez-vous, quand vous êtes arrivé ? Répondez avec les doigts.

Charlie hésita, leva les deux mains, puis une nouvelle fois la gauche, et eut un geste vague pour signifier « plus ou moins ».

– Quinze minutes, en gros ?

Acquiescement.

– Vos parents savent que vous êtes ici ?

Signe de tête négatif.

À l'heure où Dacre réussit à connaître son adresse, un brancardier avait apporté un fauteuil roulant. Quelques minutes plus tard, le Dr Colburn arrivait et Charlie Mortimer, les narines toujours fermement pincées par la jeune Dunning, était emmené ailleurs.

Seul dans l'alcôve, Dacre tira le rideau et s'assit au bout du lit – le seul endroit à n'être ni trempé ni éclaboussé de sang. Il tremblait, se sentait flasque, en nage, comme si une digue intérieure avait cédé. Soulagement, peur, fatigue : il était submergé par tout cela à la fois.

Il redressa les épaules au moment où Mlle Radford se montrait.

– Toutes mes excuses, docteur, dit-elle humblement. Je puis vous assurer que cela ne se reproduira pas.

– Vous n'avez pas à vous excuser...

Il lui adressa un pâle sourire.

– C'est moi qui m'excuse. J'ai été un peu brusque, mais ces choses-là... c'est spectaculaire. Si j'avais su que c'était aussi grave, je ne me serais pas éclipsé, mais par la suite vous avez été très rapide... donc, espérons que tout ira bien.

– Oui, docteur. Merci.

L'ayant regardé avec un respect renouvelé, elle s'en alla.

– Oh, Seigneur ! marmonna-t-il, et il appliqua ses paumes moites contre son front en sueur. Oh, Seigneur...

« Je ne fais plus semblant, songea-t-il. J'ai réagi instinctivement – guidé par mes connaissances. Je n'ai pas eu besoin d'aller consulter un bouquin. J'ai su quelles questions poser, quoi faire. Selon toute vraisemblance, j'ai sauvé une vie. Je suis quelqu'un. Enfin... moi qui aspirais à cela depuis toujours ! »

Il resta assis pendant quelques minutes, à contempler le sang sur le drap : une grosse tache cernée d'éclaboussures et de traînées. Il y en avait aussi sur le paravent, le carrelage au mur, sous le lambris. À présent, il fallait sauver Fay, aller au commissariat. Son cerveau, d'ordinaire si agile, semblait avoir calé, il ne voyait plus que son petit visage terrifié quand Stratton l'avait emmenée – sa peur.

Il devait voler à son secours, prendre son chapeau et courir au commissariat. Oui, il allait le faire. Il était médecin, et Fay serait son épouse. Stratton devrait l'écouter. Il ignorait comment s'y prendre pour le convaincre – il y penserait en chemin. Mais, d'une façon ou d'une autre, il arriverait à lui démontrer qu'elle était innocente. Et si jamais ça ne marchait pas... il savait se débrouiller, non ? Il trouverait un moyen.

57

Dacre traversa Oxford Street et le quartier de Soho en direction de Savile Row. Son corps bourdonnait tel un câble électrique, mais il ne savait pas ce qu'il dirait une fois là-bas et, plus il avançait, moins il trouvait. Enfin, à l'angle de Poland Street et Broadwick Street, il s'arrêta et regarda autour de lui en se mordant les lèvres. Deux putains bavardaient sous l'affiche lacérée du « Virus du Gaspillage », un insecte d'aspect satanique dont le corps boursouflé était couvert de croix gammées. Sur le trottoir d'en face, des hommes entraient dans le pub. Ils n'avaient pas de soucis, eux... Leur existence était peut-être médiocre et ennuyeuse, mais du moins savaient-ils ce qui les attendait, ce qui était loin d'être son cas. Il devait reprendre le contrôle de la situation. Tout était affaire de psychologie. Reynolds, Byrne, la morphine... L'explication devait porter sur tout ou partie de cette trilogie. S'il n'y avait eu que la morphine, il aurait pu avouer avoir pris ces fioles... mais quelle raison invoquer ? Qu'il souffrait à cause des coups donnés par Mme Parker ? L'inspecteur avait vu ces marques, mais on ne se droguait pas pour de simples ecchymoses. Il devrait corser le tableau... des côtes fêlées. Bonne idée. Bien entendu, des radiographies pourraient montrer que c'était pure invention, mais on croirait forcément un médecin sur parole. De plus, c'était douloureux, surtout si on devait bouger, et naturellement il avait dû continuer à travailler. « Je n'ai pas voulu les laisser tomber, inspecteur, se murmura-t-il à lui-même. Aux yeux du public,

les médecins sont des surhommes. On n'est jamais malade
– ou du moins, on ne devrait pas. Ce serait un manque de
savoir-vivre. » Il dirait n'avoir pris que de faibles doses, pour
pouvoir dormir la nuit et continuer à exercer. Oui, c'était
plausible, surtout s'il avouait cela tristement, avec l'embarras
idoine. Cela pourrait passer, sauf que...

Minute ! La morphine, il l'avait fauchée *avant* l'esclandre
de Mme Parker ! Cela allait être plus difficile que prévu.
« Voyez-vous, inspecteur, je les ai mises dans ma poche. Par
inadvertance, je suppose. Et comme je crois vous l'avoir dit,
j'étais assez distrait par la beauté de Mlle Marchant, sans parler de la torsion testiculaire – c'est pour cette raison que
j'étais monté à l'étage, à l'origine, le chirurgien voulait me
voir. » Évoquer cette torsion avait si bien marché, la première fois – Stratton avait quasiment verdi sous ses yeux –
que cela préviendrait fatalement toute autre question. Étant
donné la gravité de cette affaire, Stratton lui demanderait
sans nul doute pourquoi il n'avait rien dit, jusque-là. Que
répondre ? « Eh bien, inspecteur, comme je vous l'ai dit, j'en
avais utilisé un peu à ce moment-là – ici, les côtes fêlées entre-
raient en jeu – et j'étais assez... Je vous présente mes excuses,
inspecteur. Je sais que c'est grave. Quand j'ai compris que
Mlle Marchant pouvait avoir des ennuis, j'en ai été horrifié,
car tout est ma faute... » Toute sa crédibilité reposerait bien
plus sur le ton qu'il emploierait que sur ses paroles. Il traversa Regent Street et tourna dans Burlington Street, se dirigea vers Savile Row tout en prononçant les mots à voix basse,
essayant diverses hésitations pour donner du poids à son
numéro de charmant étourdi.

Au moment de pousser la porte du commissariat, il se sentait exalté par le défi qui l'attendait. Pour la nuit où Byrne
était mort, il ne pourrait pas lui servir d'alibi, mais s'il avouait
avoir pris la morphine, la présence de Fay dans le couloir de
la morgue, ce soir-là, ne signifierait plus grand-chose, n'est-ce
pas ? Quant à Reynolds, il ne pouvait rien, car lui-même (ou,
plutôt Dacre) ne travaillait pas au Middlesex à cette époque-
là... Sauf si elle avait été quelque part avec Reynolds le soir
où il était mort, avant... Dacre tressaillit. Il ne voulait pas penser à ça. C'était un miracle si personne ne l'avait vu, car alors
il aurait eu à fournir une explication.

Il la sauverait et elle lui en serait reconnaissante. Forcément. Autour d'un bon petit repas – dans la limite des restrictions actuelles –, il s'excuserait de ne pas avoir avoué sa faute plus tôt, disant qu'il ne pensait pas lui attirer des ennuis, et elle (de soulagement, à défaut d'autre chose) lui pardonnerait aussitôt.

Un policier très vieux, à la lippe pendante, et qui aurait sûrement été à la retraite en temps de paix, se tenait au guichet. En s'approchant, Dacre huma un relent de brillantine rance et, une fois tout près, remarqua l'air massif du bonhomme et son regard éteint – le blanc des yeux était tout jaune.

– Je suis à la recherche de Mlle Marchant, dit-il. Est-elle ici ?

– Pourquoi voulez-vous le savoir, monsieur ?

– J'ai à parler au policier qui l'a amenée ici – l'inspecteur Stratton. C'est très important.

– L'inspecteur est parti. Si vous voulez lui parler, je vous conseille de revenir demain.

– Puis-je parler à Mlle Marchant ?

– Non.

– Mais elle est bien ici ?

– Êtes-vous un proche parent ?

Dacre faillit répondre oui, mais il réalisa que ce mensonge paraîtrait horriblement suspect à l'inspecteur qui en entendrait sûrement parler.

– Non, dit-il.

– Dans ce cas, je n'ai pas le droit de vous le dire…

« Vieux débris, songea Dacre, c'est comme si tu m'avais répondu oui. » Cela devait signifier, réfléchit-il tout en remerciant le chef de poste avant de quitter les lieux, qu'on allait l'inculper le lendemain matin.

Non, il ne le permettrait pas. Il avait besoin de réfléchir quelque part. Rebroussant chemin en direction de l'hôpital, il entra au Black Horse. Si la sympathique barmaid était là, elle veillerait à ce qu'il ait un verre – ou plusieurs.

Elle était bien là. Quatre fines plus tard, il commença à avoir les idées plus claires. Tout était la faute de Stratton. Pourquoi cet entêtement ? Ce qu'il possédait à présent était trop précieux – il ne le lâcherait pas. Toute sa vie, il avait travaillé pour parvenir à ce résultat, et aujourd'hui un sale flic cherchait à tout lui prendre – Fay, peut-être même *Dacre* –, à le dépouiller. Et ce serait pire qu'avant, car aujourd'hui il savait à quoi devait ressembler la vie. Et rien que d'imaginer Fay dans une cellule dégoûtante, parmi des prostituées et Dieu sait qui, il était furieux. Ça n'était pas prévu. Ça n'était pas juste. Personne ne lui avait jamais rien donné – au contraire. Eh bien, il ne se laisserait pas faire ! Il se battrait... jusqu'au bout, si nécessaire. Il l'avait déjà fait, non ? Eh bien, alors... Il recommencerait...

Ayant sifflé son quatrième verre, il le reposa brutalement sur la table et se releva en chancelant, avant de s'éloigner de la fumée, du bruit et des odeurs de transpiration pour retrouver l'air plus frais de la rue. *Je sais où tu vis, mon salaud.*

Marchant comme un robot, le corps engourdi par les brumes de l'alcool, il partit vers l'arrêt d'autobus. *Toi, tu ne perds rien pour attendre, ça va être ta fête.*

58

L E CŒUR LOURD, Stratton laissa Fay à la merci de Cudlipp et de la jeune Harris. Tout était sa faute – c'était idiot de lui dire qu'elle n'aurait à faire qu'une déposition. De toute évidence, elle se sentait trahie et on ne pouvait pas lui en vouloir. Sa résignation, quand Mlle Harris l'avait emmenée, le mettait encore plus mal à l'aise. Planté dans l'entrée du commissariat central, il se frotta les yeux dans une vaine tentative pour effacer l'image de ce regard plein de reproches et jugea qu'il était temps de rentrer avant de faire d'autres dégâts – même s'il n'avait aucune envie de rentrer, avec cette pauvre folle qui traînait chez lui. Il avait salué le chef de poste et venait de passer la porte, quand Ballard apparut sur les marches, hors d'haleine et brandissant un papier.

– Dieu merci, vous êtes encore là, inspecteur ! C'est au sujet de ce Dacre. J'ai réussi à joindre quelqu'un à St-Andrews. Un certain James Walter Dacre a bien fait ses études là-bas et obtenu son diplôme en 1938, mais – là, les yeux du jeune homme pétillèrent – il est mort en 39. Accident de la route.

– Donc notre homme a usurpé son identité. Pourtant, ces diplômes semblaient authentiques…

– Il a pu les voler. On m'a indiqué son plus proche parent : sa mère, Mme Beatrice Dacre, au 16 Buckingham Gardens, Norbury, SW.

– On la verra demain. Espérons qu'elle y est toujours. Pour

le moment, on va aller à l'hôpital pour voir si on peut le pincer. En route...

Au Middlesex, un Dr Ransome irritable et épuisé leur indiqua que Dacre avait fini sa journée. Ils ressortirent et Stratton consulta son calepin.

– Selon les dossiers de l'hôpital, il vit à Eversholt Street, près de la gare. Allons-y. C'est trop tard pour obtenir un mandat de perquisition à son domicile, mais on le trouvera peut-être sur place. Je commence à penser que c'était une bonne chose de mettre Fay Marchant en garde-à-vue : au moins, elle n'est plus à sa portée.

– C'est juste, inspecteur...

Comme ils se mettaient à marcher vers Euston Road, Ballard ajouta :

– C'est un quartier assez délabré pour un médecin. Il aurait pu choisir plus chic...

– Sauf qu'il n'est pas médecin.

– C'est vrai, mais tout de même...

Stratton savait ce qu'il voulait dire. Eversholt Street était une rue lépreuse qui, déjà avant la guerre, avait cet aspect crasseux, cette atmosphère anonyme et transitoire typique des abords des gares. La logeuse au numéro 28, Mme Draper, était une grosse femme à robe décolletée, avec une triple rangée de rides autour de la gorge et d'autres au niveau du sillon mammaire très comprimé. Elle les fit entrer dans un corridor sombre qui sentait le moisi et la paraffine. Ayant constaté que Dacre – ou du moins celui qui se faisait passer pour lui – n'était pas là, Stratton lui demanda quand il avait emménagé.

– Il y a quelques semaines seulement, inspecteur. Juste avant la fin juin. Il a payé un mois d'avance.

– Pourriez-vous vérifier la date ?

– Pourquoi ? C'est une maison honnête.

– Je n'en doute pas, madame Draper. Si vous vouliez bien consulter votre registre... ?

Mme Draper disparut au bout du corridor et revint quelques instants plus tard avec un volume. S'étant léché le doigt, elle le feuilleta jusqu'à la bonne page et le lui fourra sous le nez.

– Là... Le Dr Dacre est arrivé le 25 juin.

– Deux semaines avant de travailler à l'hôpital, déclara Stratton, une fois sur le trottoir.

Ils se dirigeaient vers Euston Road.

– Et deux jours après la démission de Todd... On devrait aller à Kentish Town (Il consulta son calepin.) Inkerman Road.

Inkerman Road n'était en fait qu'une rue tout aussi miteuse, bordée de maisons mitoyennes d'époque victorienne dont beaucoup avaient leurs fenêtres condamnées. Le numéro 14, qui avait pourtant conservé la plupart de ses vitres, s'ornait d'un petit balcon en fer forgé si affaissé qu'il semblait menacer de tomber à tout instant.

Un jeune homme trapu leur ouvrit.

– Nous cherchons Mme Barnard, déclara Stratton.

Le jeune les toisa, se retourna et beugla : « M'man ! » avant de disparaître.

– Il n'a pas l'air de nous trouver sympathiques, murmura Ballard.

– C'est clair...

– Vous voulez quoi ?

La femme-tonneau au gros nez qui se tenait sur le seuil, et s'essuyait les mains sur sa blouse, ne pouvait être que la maman.

– Madame Barnard ?

Prenant le grognement subséquent pour un oui, Stratton déclara :

– Un certain M. Todd a bien habité chez vous récemment... ?

– J'ai déjà répondu à l'autre flic. Il est plus là. Qu'est-ce qu'il a fait, d'ailleurs ?

– Rien, à notre connaissance, répondit Stratton avec affabilité. Quand est-il parti ?

Mme Barnard fit la moue.

– Oh... vers la mi-juin... Non... le 25.

– Vous en êtes sûre ?

– Oui. J'm'en rappelle parce que mon Jimmy a eu des soucis avec son cœur. Une maladie qu'il a... Ça se soigne pas. J'me suis fait un sang d'encre. Il est resté couché pendant trois jours.

– C'est lui qui nous a ouvert ?

– Oui.

Vu sa dégaine, songea Stratton, c'étaient plutôt les séquelles d'une bagarre ou d'une cuite – et le jeune homme avait dû faire durer son indisposition au maximum.

– Eh bien, dit-il, il me semble rétabli. M. Todd vous a-t-il dit pourquoi il partait ?

Après avoir réfléchi, Mme Barnard répondit :

– Il avait trouvé un nouveau boulot. Au nord.

– Vous êtes certaine qu'il n'a pas été incorporé ?

– Oh, non ! Il avait un certificat médical, comme mon Jimmy. C'est lui-même qui me l'a dit.

– L'avez-vous vu ?

Mme Barnard parut interloquée.

– Et pourquoi que j'aurais voulu le voir, son certificat ?

– Pouvez-vous nous montrer celui de votre fils, je vous prie ?

La femme prit l'air méfiant.

– Pour quoi faire ? Mon Jimmy est un brave garçon.

– Je n'en doute pas. Mais si vous le voulez bien…

– Bon, d'accord ! C'est dans sa chambre…

Deux minutes plus tard, elle revenait avec une boîte à biscuits cabossée, suivie de son fils qui avait pris un air particulièrement renfrogné.

– C'est là…

Elle força le couvercle. L'intérieur était vide.

– Intéressant, dit Stratton en repartant. À moins que Jimmy ait vendu son certificat à quelqu'un – chose possible, quoique improbable –, notre ami a dû le piquer pour son propre usage. Enfin, il faudra quand même vérifier qu'il existe bien, ce certificat… !

– Je m'en occuperai demain, inspecteur.

– Bien. Et maintenant… (Stratton réfléchissait tout haut.) Selon Higgs, Todd a été incorporé. Mme Barnard vient de confirmer qu'il était parti le jour même où le faux Dr Dacre s'est installé à Eversholt Street. Quelle coïncidence ! Si Dacre et Todd ne font qu'un, cela signifie qu'il était au Middlesex à l'époque de toutes ces morts. Bon, comme on ne peut plus rien faire ce soir, et Mlle Marchant étant en lieu sûr, je suggère que chacun rentre chez soi. On verra bien demain ce que Mme Dacre aura à nous dire.

Stratton consulta sa montre. S'il rentrait maintenant à la maison, il aurait le temps d'aller chercher Jenny au Centre. Ce serait un geste de réconciliation – elle y serait sensible – et peut-être pourrait-il la persuader d'aller passer un moment au pub ? Ce n'était pas trop son genre – pour elle, c'était le domaine des mâles –, mais, cette fois, elle accepterait peut-être et ils pourraient bavarder loin de Mme Ingram. Il pourrait tenter de la convaincre que cette bonne femme serait mieux ailleurs – avant qu'elle ne rende tout le monde marteau. Ils n'auraient pas besoin de s'attarder là-bas, et elle aurait encore tout le temps de préparer le repas... Bonne idée. L'enquête commençait à prendre tournure et, avec un peu de chance, ils retrouveraient une vie privée normale sous peu. Soudain réjoui à l'idée de débaucher sa femme, il donna à son brigadier une claque sur l'épaule et lui souhaita une bonne nuit.

59

L E TRAJET EN BUS le dégrisa, pas au point de le faire renoncer, mais assez pour lui faire comprendre qu'il ignorait ce qu'il ferait une fois chez Stratton. Étant descendu de la plate-forme, il resta planté sur le trottoir, indécis. Les passants, tête basse, le bousculaient. « Vous n'avez pas de soucis, vous ! songea-t-il en les suivant d'un regard furieux. Vous avez une vie, une femme. Personne ne tente de vous enlever tout ça. »

Et pourtant, rien ne lui venait à l'esprit, à part cette pensée désespérée, récurrente, qu'il devait reprendre le contrôle de son destin. À présent, trouver la maison… L'autre fois, quand il avait suivi le policier baraqué jusqu'à chez lui, il était descendu du bus, avait traversé la petite rue et… oui, ils étaient passés devant cette boulangerie, la maison avec cette haute haie – il s'en souvenait –, ensuite, on tournait à droite, puis…

Là, le numéro 27. Il ouvrit le portillon, remonta l'allée, saisit le heurtoir et frappa, plusieurs fois. Le bruit se répercuta à travers la petite maison, mais personne ne vint. *Il doit être ici, il doit…* C'était un homme marié, non ? Où pouvait-il être à la fin de la journée, sinon chez lui ? Au pub, peut-être ?

Il délibéra. Il pouvait difficilement se balader à la recherche de Stratton sans se faire remarquer. Il se mordilla les lèvres, ne parvint à aucune conclusion, puis entendant enfin des pas légers qui descendaient l'escalier, il frappa de nouveau. Et si l'épouse était là ? Il n'y avait pas pensé… Il était en train de se demander s'il fallait parler à travers la boîte aux lettres ou se contenter d'attendre, quand il vit une femme lui faire signe de l'autre côté du portillon.

– Ça va ?

C'était un filet de voix chevrotante.

– Je suis la voisine... M. Stratton n'est pas encore chez lui – c'est un policier, il a des horaires irréguliers. Mme Stratton doit être au Centre d'accueil, si c'est elle que vous cherchez.

– Je cherche M. Stratton.

– Alors, je ne sais pas quoi vous dire – on ne sait jamais quand il revient. Mais je peux lui transmettre un message, si vous voulez.

– C'est confidentiel...

La femme parut déçue.

– Il est peut-être au Swan, ou dans le potager communautaire. Si c'est urgent, allez au Centre, au cas où Mme Stratton saurait où il est.

– Merci. C'est de quel côté... ?

Il partit dans la direction indiquée et trouva sans peine le Centre – une ancienne école. Ne voyant personne, il s'aventura dans une classe où une femme triait des monceaux de vêtements.

– Vous désirez ?

– Je cherche Mme Stratton.

– Dans la cuisine. Au fond du couloir à droite, traversez la grande salle et ce sera sur votre gauche...

– Merci.

Suivant ces instructions, il se retrouva dans la grande salle qui, à en juger d'après les boiseries, les armoiries et la rangée de tristes peintures à l'huile – portraits d'hommes austères en habit académique – avait dû être le réfectoire. Il marcha sur le parquet et s'apprêtait à sortir côté cuisine, quand la porte par laquelle il était passé se rouvrit et une petite femme échevelée se précipita vers lui.

– Pouvez-vous m'aider ? Je vous en supplie !

La voix était stridente, affligée et, se rapprochant, il s'aperçut que le gros manteau de laine, qu'elle maintenait de ses bras croisés, était non seulement trop chaud pour la saison, mais trop ample pour elle. Ses cheveux pendaient sur un côté de son visage et son regard était affolé.

– Qu'y a-t-il ? demanda-t-il.

– Vous l'avez vue ?

Sans doute une victime des V1 à la recherche de ses proches, songea Dacre. Ses enfants, peut-être.

– Si vous cherchez quelqu'un, dit-il doucement, il y a une dame au bout du couloir qui pourra vous aider. Je vous emmène ?

– Non, non. Elle fait peut-être partie de la bande.

– De la *bande*... ?

– Oui. Vous voulez bien m'aider ? Je vous en supplie...

– Je ferai de mon mieux, dit-il.

Ça n'engageait à rien. La femme de Stratton n'allait pas se volatiliser et, comme le policier baraqué rentrerait forcément chez lui tôt ou tard, il pourrait toujours retourner là-bas. De plus, cette femme paraissait si pitoyable, si effrayée et hébétée qu'il ne pouvait pas l'abandonner.

– Oh, merci, merci...

– Vous ne voulez pas vous asseoir ?

Dacre indiqua la rangée de chaises contre le mur.

– Si, merci..., dit-elle.

Assise sur la pointe des fesses, tremblante, les genoux joints, elle ajouta :

– Vous voulez bien m'aider ? Je suis toute seule...

De toute évidence, elle n'avait plus de famille. Il contempla cette pauvre créature, toute grelottante à son côté, et dit :

– Qu'est-ce qui vous tracasse ?

– C'est elle. Eux. Ces gens-là...

– Qui ça, « eux »... ?

– Ces gens-là. Ils n'arrêtent pas de me l'envoyer...

– Qui envoient-ils ?

Elle le fixait du regard, comme paralysée par la terreur. « Commence par le commencement », se dit-il. Tâche de la raisonner. Elle avait peut-être été commotionnée – ce qui expliquerait son état.

– Je suis médecin. Que...

– Vous faites partie de la bande...

Elle se recula, tout en mesurant du regard la distance entre les deux portes de la salle, sans doute dans le but de fuir.

– Non, dit-il. Je n'en fais pas partie. Je peux vous aider.

– Qu'est-ce que vous en savez ?

Peut-être n'était-elle pas commotionnée. Peut-être était-ce plus grave.

– C'est que je fais seulement semblant d'être médecin. Il a bien fallu, pour leur échapper. Comment vous appelez-vous ?

– Ingram. Je vois bien que vous n'êtes pas vraiment médecin, à présent. Vous ne ressemblez pas à l'autre. Lui, il n'arrête pas de me poser des questions.

– Parlez-moi de lui.

– Makepeace. Lui, c'est leur docteur. Son docteur... à *elle* ! Il me donne des trucs, mais je ne les prends pas. Je vois clair dans son jeu.

– Vous avez tout à fait raison. J'en aurais fait autant.

– J'ai tout jeté aux toilettes, ajouta-t-elle avec des airs de conspiratrice.

« Délire paranoïaque, songea-t-il. Abonde dans son sens. »

– Bien, dit-il. À moi non plus, ils ne la font pas. J'ai réussi à leur échapper, vous savez. C'est pourquoi je puis vous aider.

– Tout a commencé quand ma maison a été bombardée. Enfin, à ce qu'ils disent ! Je ne sais plus très bien... Ils ont prétendu que ça s'était écroulé sur moi, mais comme ce sont des menteurs... Puis, leurs manigances ont commencé... soi-disant qu'ils voulaient m'aider, mais ils m'ont pris mon Eric, et j'ignore ce qu'ils en ont fait...

– Qui est Eric ?

– Mon mari. Il est à l'armée, ou il y était, avant... Il y a cet autre homme qui lui ressemble. Ils l'ont engagé à cause de cette ressemblance. Je ne sais pas comment ils ont cru pouvoir me tromper, parce qu'on devine toujours, n'est-ce pas ?

– Bien sûr ! Cet homme, il se prétend votre mari, n'est-ce pas ?

– Oui ! Mais je ne suis pas si naïve. Vous comprenez de quoi je parle ?

– Mais oui ! Sa voix... Il parle comme votre Eric ?

– Oh, ils ont pensé à tout ! De nos jours, on peut faire cela. La « perversion de la science », comme dit M. Churchill. Je ne comprends pas pourquoi ils agissent ainsi... je ne leur ai rien fait !

Dacre se rappela son manuel de psychiatrie. *Trouble rare... Le sujet croit qu'une certaine personne a été remplacée par un imposteur, qui lui est exactement semblable par son apparence et son com-*

379

portement... Enfin, une chose de cet ordre. Quel était le nom de ce trouble-là ?

– Qui a « pensé à tout » ?

– Eux...

Syndrome de...

– Comment s'appellent-ils ?

Le regard de Mme Ingram se fit soupçonneux.

– Je croyais que vous les connaissiez...

Cata... Capa...

– Oui, je les connais. Mais ils ont des comparses. Des agents. Vous voyez bien pourquoi...

Cap... Capgras, voilà ! Le syndrome de Capgras. Ça ne pouvait être que cela. Son premier diagnostic. Il était prêt à parier que personne d'autre n'avait compris de quoi il s'agissait. Eût-il été un vrai psychiatre, il aurait pu écrire un article. Une étude. Il se voyait faire une conférence dans un amphithéâtre plein d'étudiants.

– M. et Mme Kerr, autrefois. Aujourd'hui, Mme Stratton.

– Et l'inspecteur Stratton ?

– L'inspecteur ? Vous le connaissez ? Comment l'avez-vous connu ?

Dacre réfléchit à toute allure. L'agitation de cette femme était telle qu'il avait peur de s'en approcher : c'était une frayeur aussi instinctive que celle qui le prenait quand un oiseau entrait dans une pièce et se mettait à voleter autour de lui dans son effort pour ressortir : une terreur absolue, viscérale.

– Moi aussi, ils me persécutent...

– Ils ne m'avaient pas dit qu'il était dans la police. Oh...

Mme Ingram secoua la tête.

– Très ingénieux... Un policier ! Il faut aller la trouver...

Elle se leva, l'un des pans de son lourd manteau glissa et Dacre aperçut une chose longue et fine, enveloppée de papier journal, et dont le manche en bois dépassait. Bon sang... Il en eut la nausée. Qu'avait-elle en tête ?

– Venez ! dit-elle entre ses dents.

– On ne sait pas où elle est, dit-il, à court d'arguments. Après tout, elle n'est peut-être plus là.

– Si ! Elle a dit qu'elle venait ici. C'est elle qui me l'a dit. Je crois qu'elle est dans la cuisine.

– Pas pour le moment, mentit-il. Il n'y a personne là-bas. J'ai regardé.

– C'est qu'elle a dû sortir. On va aller l'attendre.

– Attendez !

Il lui saisit le poignet.

– Ce serait risqué. Ils sont plusieurs dans les parages... Ils doivent nous guetter.

– Ils ne savent pas que je suis ici. Et j'ai ça !

Elle le repoussa, sortit le petit paquet et se mit à le déballer. Dacre ouvrit des yeux ronds – un couteau à découper.

– C'est à elle. Je l'ai pris dans sa cuisine.

– Arrêtez ! Non...

Comme il levait la main pour lui saisir le bras de nouveau, elle eut pour se défendre un geste si vif qu'il ne comprit pas tout de suite, avant de sentir une douleur cuisante et de voir dégouliner du sang sur ses phalanges.

Voyant cela, Mme Ingram se recula, tenant le couteau devant elle.

– Si jamais vous faites partie de la bande...

Ses yeux étincelaient.

– Si jamais...

Dacre secoua la tête frénétiquement et leva les mains en signe de reddition.

– Non... Il me semble juste que ce serait trop risqué... pour le moment...

Ils se contemplèrent l'espace d'un instant, un peu haletants, puis se tournèrent en même temps vers la porte – des pas venaient de résonner dans le couloir. Mme Ingram fourra le couteau sous son manteau et, d'un geste féminin qui lui donnait l'air encore plus détraqué, fit mine d'arranger sa coiffure. Pendant un moment, ils restèrent côte à côte, sur le qui-vive, tels des soldats attendant d'être passés en revue.

La porte s'ouvrit, encadrant le policier baraqué, et au même moment, Mme Ingram pivota sur ses talons et courut à l'autre bout de la pièce.

– Attendez ! s'écria Dacre, qui se précipita à sa suite.

Mais il se sentit frappé dans le dos par un poids formidable qui le plaqua à terre.

– Arrêtez-la ! hurla-t-il. Il faut la rattraper !

60

L'EAU ÉTAIT GRASSE et déjà presque tiède. Comme elle soulevait les derniers plats hors de l'évier, Jenny décida de
remettre la bouilloire à chauffer avant de s'attaquer au reste.
Chaque fois qu'elle regardait la table, elle avait l'impression
qu'il y avait encore plus de vaisselle sale, mais c'était impossible, puisque Mme Haskins avait tout rapporté avant de s'en
aller. « C'est la fatigue », se dit-elle en s'essuyant les mains.
Celles-ci étaient si rouges et rêches – l'hiver dernier, elle avait
eu des crevasses au bout des doigts et son alliance lui avait
causé des irritations. Pourtant, elle ne l'avait pas ôtée. Jamais,
depuis son mariage, elle ne l'avait ôtée. « On dirait des mains
de vieille... », se dit-elle, lugubre. Une bonne paire de gants
aurait été utile – sa dernière paire en coton n'était plus repri-
sable. Où trouverait-elle de la layette ? Elle avait donné celle
de Monica et de Peter depuis belle lurette – le berceau aussi.
On lui attribuerait des coupons en plus, mais serait-ce suffisant... ? Le souvenir des vêtements de Monica et Peter,
bébés, la fit sourire. Si petits qu'ils semblaient faits pour des
poupées plutôt que pour de vrais bébés. Instinctivement, ses
mains se posèrent sur son ventre rebondi.

Chassant ce bref accès de sensiblerie, elle mit la bouilloire
sur le gaz et transvasa les restes dans une cuvette émaillée
destinée aux cochons. Devant ces reliefs dégoûtants, elle se
surprit à songer avec nostalgie, comme souvent, à leurs déli-
cieuses collations dominicales, avant la guerre : saumon en
conserve, cresson, pain blanc, tartelettes à la confiture et le

gros cake aux fruits confits... Qui eût cru qu'à trente-quatre ans elle rêverait de nourriture comme elle avait rêvé au grand amour...

Comme elle aurait aimé pouvoir aller dans une boutique bien achalandée pour s'acheter tout ce qui la tentait – dans la limite de son budget, bien entendu ! Fines étoffes pour se confectionner des robes, à elle et à Monica, lotion pour les mains, eau de Cologne – il n'en restait plus qu'un fond dans le flacon de Coty... Pete aussi avait besoin de vêtements, lui qui grandissait si vite... Adulte, il serait comme Ted : grand et costaud. Dire qu'il avait été un bébé si petit – deux kilos cinq seulement à la naissance.

Elle alla déposer encore quelques assiettes dans l'évier et se recula, chassant les mèches collées à son front du revers de la main. Au moins, elle-même et Doris avaient fini par prendre une décision au sujet de Mme Ingram : elles demanderaient au Dr Makepeace de lui trouver un lieu d'accueil. Ensuite, une fois ce problème réglé, elle annoncerait sa grossesse à Ted. Ils s'en sortiraient... À l'autre bout du couloir, il y eut un gros fracas, suivi d'une galopade. Elle soupira. Elle qui se réjouissait justement de pouvoir rentrer bientôt à la maison – ce n'était sans doute que des enfants qui chahutaient mais, comme la plupart des bénévoles étaient déjà parties, c'était à elle d'aller voir... Éteignant le gaz sous la bouilloire, elle se dirigea vers la porte. Les bruits de pas étaient plus sonores, et elle entendit des éclats de voix au second plan, sans pouvoir distinguer les mots. Franchement, les gosses étaient de plus en plus déchaînés, ces temps-ci, surtout... La porte s'ouvrit brutalement et cogna contre le mur.

– Madame Ingram, vous n'avez rien ?

Mme Ingram parut voler dans sa direction comme dans une sorte de brouillard, les traits crispés. Quelque chose – un couteau – brilla dans son poing. Instinctivement, Jenny porta les mains à son visage pour se protéger et sentit alors une douleur déchirante au ventre.

– Non, non, je vous en supplie...

Hurlant, elle se plia en deux, se toucha, et vit du sang sur son tablier, ses mains, le lino... Et cette douleur atroce ! *Le bébé*... Se tenant le ventre, elle s'écroula.

61

F ACE CONTRE TERRE, cloué au sol, le bras tordu dans son
dos, Dacre luttait pour respirer.
– Elle a un couteau ! Elle...
– Mais oui, on lui dira...
La voix de Stratton ne trahissait aucune émotion.
– Mais enfin...
Dacre s'efforça de remplir ses poumons oppressés.
– Elle va...
– Écoutez, *Docteur* (la voix du policier était grosse de sar-
casmes), le moment est venu de causer un peu. Je dois dire
que je ne m'attendais pas à vous revoir de sitôt, mais puisque
vous êtes là...
– Je vous en supplie ! Vous devez...
– Je *dois* quoi ? À part vous arrêter...
– *Non !*
Dacre se mit à se débattre furieusement, donnant des
ruades, mais c'était inutile. Il avait comme un poids d'une
tonne sur le corps et, chaque fois qu'il se contorsionnait, on
lui tordait un peu plus le bras, au risque de le casser.
– À votre place, je me tiendrais tranquille. Si vous tenez à
vos dents...
– Elle... a... un... couteau !
– Te fatigue pas, mon vieux. James Dacre, si c'est bien
votre nom, je vous arrête pour...

384

Un cri perçant provenant de la cuisine lui coupa la parole. Sentant qu'on lui tenait un peu moins fort le bras, Dacre se redressa.

– Qu'est-ce que... ?

Le reste de sa phrase se perdit dans un nouveau hurlement glaçant, suivi par des : « Non, non, par pitié ! »

– Jenny ? (Stratton venait de le lâcher.) Jenny !

– Je vous l'avais bien dit ! lança Dacre en le repoussant pour se relever tant bien que mal.

Stratton atteignit les portes avant lui et considéra les deux extrémités du couloir, affolé.

– Par ici ! dit Dacre. La cuisine... Je vous l'avais dit : elle a un couteau !

– *Non* !

Un autre cri, puis un coup sourd, comme celui d'un corps entrant en contact avec quelque chose de dur. Dacre sur ses talons, Stratton gagna le fond du couloir et se rua dans la pièce. Là, une femme gisait par terre, les mains sur son ventre tout ensanglanté. Le sang ruisselait sur sa jupe, ses jambes, ses souliers...

Dacre resta les bras ballants, stupide, tandis que Stratton se précipitait.

– Jenny ! Mon Dieu, que s'est-il passé ? Qu'est-ce qu'on t'a fait ?

Du coin de l'œil, Dacre vit une silhouette près de la cuisinière quitter la position accroupie et tituber en direction du couple. Il la vit brandir son couteau à deux mains et faire mine de frapper le policier... Alors, sans réfléchir, il se jeta sur elle, la frappa de biais si bien que le couteau ne toucha Stratton qu'à l'avant-bras. Mme Ingram, à présent à genoux, parut vouloir détaler tel un crabe, puis elle se redressa, passa la porte et traversa la cour à toute allure.

Dacre se redressa à son tour. Stratton était là, courbé au-dessus de la femme ensanglantée qu'il tenait dans ses bras. Lui aussi saignait – on pouvait voir la tache sombre s'étaler sur la manche de sa veste.

– Jenny, oh, Jenny...

Il releva la tête, le contempla comme s'il ne l'avait jamais vu, puis dit :

– Vous, ne restez pas planté là comme un piquet ! Puisque vous vous dites médecin – faites quelque chose ! Secourez-la !

62

C OMME ELLE ÉTAIT LOURDE contre lui, et comme son sang était chaud et poisseux...
– Sois tranquille, ma chérie. Je suis là, tout va s'arranger, pardonne-moi, on ne se disputera plus, c'est promis, tout va s'arranger...
C'était à peine s'il savait ce qu'il était en train de dire – il devait rêver, forcément. Mais non. Dacre fourrait contre eux des nappes, des serviettes... Il en pressait contre le ventre de Jenny, disant quelque chose...
– Tenez ça, appuyez fort... très fort !
Stratton tenta d'obéir, mais son bras droit ne voulait pas bouger. Surpris, il le contempla et vit qu'il y avait un couteau planté dedans. Ça doit être ce coup que j'ai ressenti, se dit-il, ahuri. Il fit mine de le retirer, mais Dacre l'en empêcha.
– Laissez ça ! Servez-vous de l'autre main ! brailla-t-il. Je m'en occuperai dans une minute. Je dois aller chercher du linge...
– Oui... oui... tout va bien, Jenny, ça va s'arranger...
Les taches rouges fleurissaient sur le linge grisâtre, s'étalaient. C'était un flux ininterrompu, et maintenant le sang dégoulinant de son propre bras se mêlait à celui de Jenny qui ne cessait de gémir. Il appuya sur les compresses de sa main gauche, comme on le lui avait ordonné, mais sans aucun effet, apparemment.
– Je ne veux pas te faire de mal, ma chérie, mais il faut stopper ça...

La voix de Jenny, faible et ténue, dans son oreille :

– J'ai mal... Ted.

– Je sais, ma chérie, mais tu vas voir, on va te soigner, c'est promis. Je vais m'occuper de toi, compte sur moi...

Elle se mit à trembler, violemment, entre ses bras.

– Le choc, déclara Dacre. Elle fait une hémorragie. Continuez à presser de toutes vos forces.

– C'est ce que je fais ! Qu'est-ce qu'on peut faire d'autre ?

– Je...

La porte s'ouvrit à la volée et quelqu'un poussa une autre clameur. Levant la tête, Stratton vit une femme sur le seuil, la main devant la bouche. L'homme se précipita vers elle et ils disparurent.

– Ambulance ! s'écria l'homme. Police ! *Vite...*

– Oh, Jenny, Jenny...

« Je devrais être à sa place, songea Stratton. J'aurais dû m'interposer, la protéger... »

De nouveau, l'homme était auprès de lui, tirant sur la manche de sa veste, brandissant une paire de gros ciseaux.

– Qu'est-ce que vous foutez ? gueula Stratton. C'est elle qu'il faut soigner !

– Vous, d'abord. Une artère doit être touchée, sinon vous ne saigneriez pas à ce point. Tenez-vous tranquille.

Travaillant vite, Dacre découpa la manche de la veste, puis sa chemise, après quoi, déchirant un torchon en deux, il confectionna un garrot juste au-dessous de l'aisselle.

– Ça devrait marcher... Et laissez ce couteau où il est !

Puis, il se pencha de nouveau sur Jenny, décollant les compresses.

– Non ! s'écria Stratton. Vous avez dit...

– Je dois l'examiner... Préparez-vous à les retirer... Là...

Il écarta le tablier et Stratton entendit un bruit de tissu qu'on déchire. Jenny commença à se débattre, faiblement, entre ses bras.

– Qu'est-ce que vous fabriquez ? gronda-t-il en le repoussant. Vous lui faites mal !

– Sa jupe... Désolé, mais c'est indispensable. Attendez...

De nouveau, Dacre empoigna les ciseaux.

– Et maintenant, je vais... Faites qu'elle bouge le moins possible...

– Écoute, Jenny, c'est un médecin, il va t'aider, t'inquiète pas, ma chérie...

Les bras de Dacre étaient cachés par la boule trempée de sang, mais on entendait les lames tailler dans le tissu, et, quelques instants plus tard, il ôta un linge noirci, qu'il jeta au sol – puis un autre.

– Ses vêtements... c'est mieux... Oh, Seigneur !

Stratton aperçut quelque chose de rosâtre et luisant, puis de grosses gouttes d'un rouge foncé – le sang n'étant plus étanché – se mirent à jaillir, après quoi on lui arracha le linge pour le presser de nouveau contre le ventre de la blessée. Les bras raidis, les épaules basses, Dacre pesait de tout son poids sur elle.

– Alors ?

– Hémorragie, fit Dacre, haletant. Je n'arrive pas à juguler. Il faut comprimer. Continuez à lui parler...

– Oui...

Stratton, qui se sentait mal, fit un effort pour parler.

– Jenny...

La tête de sa femme s'affaissa contre son épaule, de nouveau elle gémit et eut comme un bégaiement.

– Quoi ? Qu'as-tu dit, mon amour ? Parle... Parle-moi...

– Pete... Monica, dis... dis... Oh, Ted, le bé...

– Ingram, lança l'homme. Elle s'appelle Ingram.

– Qu'en savez-vous ? Vous la connaissez ?

– Non. Elle m'a dit son nom avant votre arrivée. Elle avait un couteau.

– Pourquoi ne pas l'avoir empêchée... ?

– J'ai essayé. Sans vous...

– Oui, dit Stratton, penaud. C'est ma faute... Oh, Jenny, pardonne-moi... Je ne savais pas... c'est ma faute.

Il aurait fait n'importe quoi pour l'aider – n'importe quoi – mais il n'y avait rien à faire, et c'était lui le fautif.

– Si seulement je l'avais écoutée, dit-il à Dacre. Elle ne voulait pas que je descende dans ce trou... la bombe... Elle ne voulait pas.

– C'est à elle qu'il faut parler, pas à moi...

389

– J'ai eu tort. J'aurais dû laisser cette pauvre folle là-dessous. Pardonne-moi, Jenny. Pardonne-moi...

Jenny marmonna quelque chose, mais il ne comprit pas quoi, ni même si c'étaient des paroles.

– Quoi, ma chérie ?

– Je vais...

– Mais non ! Tu vas rester bien sage, pendant que le docteur travaille...

Le regard de Stratton croisa celui de Dacre.

« Sauf que ce n'est pas un médecin », songea-t-il. Cela, il l'avait oublié. Il semblait si compétent, si sûr de lui...

Comme lisant dans ses pensées, l'autre déclara :

– C'est tout ce qu'on peut faire : tenter de maîtriser cette hémorragie. Les plaies au ventre sont les pires.

– Oui...

Cela rappela vaguement quelque chose à Stratton.

– Vous avez raison.

– Remettez vos mains ici. Appuyez de toutes vos forces. Je vais aller chercher du linge.

La pression se relâchant momentanément, Jenny poussa comme un miaulement et se tordit de nouveau entre les bras de son mari, ses pieds battant faiblement la mesure contre le plancher.

– Du calme, mon amour, tâche de rester tranquille... Je sais que ça fait mal, mais tu es courageuse...

Dacre se releva, s'éloigna et Stratton entendit des bruits de tiroirs ouverts brutalement. Il considéra Jenny, dont le visage était tourné vers le sien. Ses yeux étaient clos et il vit – l'avait-il jamais remarqué, jusque-là ? – le mauve délicat de ses paupières.

– Ma belle, mon amour, je t'en supplie...

– Le bébé... je vais...

– Chut...

– Non, écoute... Ted, je... Je...

Ses lèvres s'entrouvrirent dans un soupir, et Stratton s'aperçut qu'elles se décoloraient, devenaient bleues. Sous ses yeux, une grosse goutte de sang perla à l'une des commissures.

– Sa bouche ! Elle saigne de la bouche !

L'homme était revenu, un tas de torchons dans les mains.

– Ça sera mieux… Ôtez vos mains, que je… là…

Comme dans un brouillard, les nappes chiffonnées furent jetées de côté, formant par terre une mare de sang – rayures, motifs et bordures de dentelle souillés – pour être remplacées par les torchons dont les fibres s'imbibèrent aussitôt.

– Faites que ça cesse ! implora Stratton. Il faut que ça cesse…

– Je fais de mon mieux, répondit l'autre, l'air sombre. Où est passée cette ambulance… ? ajouta-t-il entre ses dents.

– Jenny… Mon amour… Jenny… Jenny…

I L SAVAIT qu'elle se mourait. Elle avait perdu trop de sang. Lui aussi devait en perdre, car il sentait ses forces l'abandonner – c'était de plus en plus difficile de la tenir. Elle se mourait et il était impuissant... Elle avait cessé de bouger et restait toute molle entre ses bras, mais il espérait encore – si seulement elle rouvrait les yeux et le regardait, si l'ambulance arrivait, si...

– Je vous en supplie ! dit-il.

Dacre était toujours agenouillé auprès d'elle, les bras rigides ; le sang affluait entre ses doigts écartés. Les torchons élimés, gorgés de sang, n'épongeaient plus rien...

Lentement, il secoua la tête.

– L'ambulance va arriver...

– Jenny...

– Bientôt...

– Jenny, mon amour... Ils arrivent, je te le jure...

– Continuez à lui parler...

– Jenny...

Un peu plus de sang, provenant de sa bouche, coula lentement sur son menton, serpenta le long du cou, comme si c'était sans conséquence, comme si elle n'en avait pas besoin... Comme pour tenter d'expulser quelque chose de sa gorge, elle émit un bruit rauque et vomit du sang.

– Relevez-lui la tête, dit l'homme. Qu'elle ne s'étouffe pas...

Stratton s'exécuta de son mieux, tandis que le jet de sang

392

formait un épais ruisseau qui éclaboussait la robe. C'était comme si on lui arrachait le cœur.

– Jenny...

Il appuya sa tête contre son cou.

– Jenny...

– Bon sang, laissez-la respirer !

– Pardon... Pardon, mon amour...

– Ah, j'aime mieux ça...

Le flux diminua quelque peu.

– Gardez cette pose – ce n'est pas fini.

– Par pitié, faites que ça cesse...

– Désolé, mon vieux. Je ne peux pas...

Brusquement, Dacre redressa la tête.

– Écoutez !

Stratton crut entendre, très vaguement, une sirène.

– L'ambulance..., dit Dacre d'une voix pressante. Et maintenant, écoutez-moi bien...

Il lui prit le poignet et lui fourra la main dans le tas de torchons accumulés contre le ventre de Jenny.

– Tenez tout ça ! Ne flanchez pas...

Puis il le lâcha et, toujours à genoux, se pencha sur lui pour examiner l'état du garrot. Sa figure était si proche que Stratton pouvait voir les pores de sa peau.

– Écoutez... Mme Ingram est dangereuse. Elle est en plein délire. Elle m'a parlé d'un couple... M. et Mme Kerr. Dites à la police d'aller chez eux... Vous avez compris ?

Stratton le dévisagea.

– Qu'ils aillent chez eux. M. et Mme Kerr sont peut-être en danger...

Stratton opina.

– C'est bien compris ?

– Oui.

– Bien...

Dacre se redressa et se remit debout.

– Et maintenant, je m'en vais.

– Oui.

Stratton continuait à le dévisager.

– Attendez ! dit-il.

Dacre recula en direction de la porte.

– Je dois m'en aller.

– Vous m'avez sauvé la vie, n'est-ce pas ?
– Peu importe, continuez à lui parler, et...
– Pourquoi êtes-vous ici ?
– J'étais venu vous tuer.
– Mais... vous m'avez sauvé la vie...
– Continuez à lui parler. Dites-lui que vous l'aimez.
– Oui... Attendez...

Dacre secoua la tête. On entendait plus distinctement la sirène.

– Je ne peux pas. Ils seront là dans une minute. Je dois m'en aller.
– Mais... qui êtes-vous ?

Une expression étrange passa sur le visage de l'homme. Ce fut seulement plus tard – des mois plus tard – que Stratton, en y repensant, fut capable d'identifier ce que signifiait cet air-là : la perplexité.

J ENNY mourut au moment précis où la sirène s'arrêtait.
Stratton lui caressait les cheveux quand un râle monta de
sa gorge et elle cracha un ultime jet de sang. Il vit ses paupières papilloter, il lui murmura qu'il l'aimait, et elle mourut.

Il restait là, penché sur elle, quand les ambulanciers firent
irruption dans la cuisine, suivis par la femme qu'il avait déjà
vue, et qui avait de nouveau la main devant la bouche. Il
tenta de les repousser quand ils voulurent lui voler Jenny.
Quelqu'un la recouvrit d'un manteau, ils apportèrent une
civière et parvinrent à lui faire lâcher prise. Peut-être s'était-
il évanoui car, ensuite, il se retrouva avec, contre ses lèvres,
un petit verre d'eau-de-vie qu'on voulait lui faire boire, mais
il avait tout vomi. Après quoi, on l'aida à se mettre debout
pour l'emmener dans une autre pièce où son bras avait été
examiné. Puis, il fut conduit à l'hôpital où on lui donna
quelque chose, car il se réveilla un peu plus tard, alité, dans
une pièce toute blanche. Là, il essaya de parler à un inspecteur – Doug Watson, du commissariat de quartier, un homme
qu'il connaissait un peu – de Mme Ingram, Doris et Donald.
Watson répondit qu'il était déjà au courant et, effectivement,
Stratton se rappelait vaguement lui avoir déjà parlé de cela au
Centre, pendant qu'on examinait son bras.

– Ne vous en faites pas, dit Watson. On la retrouvera. Ne
vous en faites pas.

Stratton s'efforça de parler de Dacre, mais les mots justes
ne venaient pas. C'était toujours confus dans sa tête, trop dif-

ficile à expliquer – chaque fois, il avait l'impression de sombrer dans un néant nébuleux. Il parvint à le prier de contacter Ballard à West End Central, puis tenta de fournir un signalement de Dacre, mais sans réussir à se rappeler de quoi cet homme avait l'air – il ne revoyait que le sang étalé sur sa veste, ses poignet, ses mains.

– Ne vous en faites pas, répéta Watson. Je m'en occupe... Au fait... (L'inspecteur se retourna sur le seuil.) Ce type, cet inconnu, il vous a sauvé la vie, vous savez...

Un jeune agent se tenait à son côté et on entendait des pas dans le couloir, des messes basses et des pleurs. Puis – il n'aurait su dire si c'était bien plus tard – Lilian et Reg se matérialisèrent à son chevet, pâles et silencieux. Lilian avait les yeux rougis.

– Ted, dit-elle. Ted...

Elle n'alla pas plus loin.

Stratton s'endormit alors qu'elle pleurait et que Reg lui tapotait l'épaule.

Puis, Donald arriva avec Doris, qui le prit dans ses bras et pleura tandis qu'il restait impassible, pareil à un bloc de bois. Donald l'écarta en disant :

– Viens, Doris, il a besoin de repos.

– Jenny est morte.

Stratton regarda Donald dans les yeux.

– Je sais, mon vieux. Je suis désolé...

– Où l'a-t-on emmenée ?

– Elle est ici.

– Elle est morte.

– Ted, je suis désolé...

– C'est ma faute.

Il ferma les yeux et reposa sa tête sur l'oreiller.

– Non, Ted, ne dis pas ça.

– C'est ma faute. Si je n'avais pas sorti Mme Ingram de ce trou... Jenny ne voulait pas. Elle m'avait demandé de ne pas y aller.

– Non... Tu ne pouvais pas savoir...

– Et nous, nous l'avons sauvée, pleurnicha Doris. Jenny et moi – quand elle a tenté de se suicider au gaz. On lui a sauvé la vie... Si on n'était pas arrivées à temps... Si seulement... Et on ne t'en a rien dit. On a cru bien faire, mais...

Le reste de sa phrase se perdit dans des sanglots.

– J'aurais dû te le dire, déclara Donald. Mais elles m'avaient convaincu…

– Ce n'est pas votre faute, dit Stratton. Vous ne pouviez pas savoir.

– Je t'avais dit que cette femme était dangereuse.

C'était Reg qui parlait. Stratton avait cru qu'il était reparti, mais il se tenait derrière Donald, qui se retourna.

– Tu ne peux pas la boucler, pour une fois ?

Reg fit un pas un arrière.

– Pas la peine de…

– Si, c'est la peine ! La ferme !

– Reg a raison, dit Stratton d'une voix lasse. Il avait dit qu'elle était dangereuse.

– Et alors ? Tu ne pouvais pas savoir. Aucun de nous…

– Moi, j'aurais dû le savoir ! éclata Doris. Ted, pardonne-moi… pardonne-moi !

Celui-ci la considéra d'un air désespéré.

– Non, Doris, c'est moi le fautif. J'étais rentré trop tard du boulot. Je suis allé la chercher. J'avais l'idée qu'on rentrerait à la maison ensemble, en passant par le pub… histoire de causer… et puis j'ai vu cet homme. Si je l'avais écouté, on serait allés la chercher, on serait arrivés à temps… C'est moi, le coupable.

65

D ACRE quitta le Centre en vitesse, s'arrêtant seulement pour attraper un pull en laine dans le tas de vêtements qu'il avait vu quand il avait demandé à voir Mme Stratton – après quoi, il prit la fuite. Une fois à bonne distance, il trouva un jardin public et s'enfonça dans un bosquet où il quitta sa veste et sa chemise ensanglantées pour enfiler le pull-over. Un peu trop juste et empestant la naphtaline, mais ça ferait l'affaire. Ensuite, il prit un bus pour revenir dans le centre de Londres et retourna au Black Horse, le pub de Fitzrovia où, sous le regard maternel de l'amicale barmaid, il acheva de se soûler après ce long – très long – intermède. Dans cet établissement bondé, entouré d'hommes chahuteurs – certains en uniforme, mais pas tous – qui s'excusaient à peine quand ils le bousculaient et de jeunes effrontées qui l'ignoraient totalement, il restait là, perché sur son tabouret, à songer à Jenny Stratton tout en s'efforçant de chasser de son esprit la figure du policier. Il avait échoué. Eût-il été un vrai médecin, Stratton n'aurait pas cherché avant tout à l'arrêter, il serait allé tout de suite voir sa femme qui ne serait pas morte. Il avait tout fait pour la sauver, mais cela n'avait pas suffi... Si seulement il avait réussi... là, il aurait fait ses preuves, une bonne fois pour toutes, et tout le monde aurait su... Mais il avait sauvé Stratton, n'est-ce pas ? Il avait agi machinalement : repousser la folle, confectionner ce garrot. Il aurait dû laisser Mme Ingram faire le sale boulot à sa place, avant de se saisir d'elle – on l'aurait alors pris pour un héros, et Stratton serait mort, comme son épouse. Mais non. Cette idée ne l'avait même pas effleuré. Même si cela lui aurait permis de préserver Dacre et de garder *Fay*... Quelle ironie ! « On croit se connaître et, pourtant, on ne peut pas prévoir comment on réagira dans une situation dramatique... Si seulement... »

Il y eut un bruit de verre cassé derrière lui, une gueulante, puis un jeune caporal de la RAF avec une putain lui rentra dedans et faillit le faire tomber. Il épongea la bière répandue sur son pull, déposa le mouchoir trempé sur le comptoir et quitta les lieux en s'appliquant à ne pas marcher de travers. Sa vie était gâchée. Aucun emploi à sa portée – un job sous-qualifié – ne serait digne de lui et il n'avait aucune chance de « rentrer dans le rang », puisqu'il était – officiellement – mort. Si jamais il tentait de se ressusciter, il se ferait très certainement prendre.

Titubant dans le crépuscule, indifférent à la foule qui se pressait autour de lui, il jeta un regard amer à un soldat en train d'embrasser sa petite amie – ou bien celle d'un autre – sous un porche. Jamais il ne reverrait Fay – impossible. Il ne pouvait plus rien pour elle. Il ne lui restait plus qu'à aller rechercher ses affaires à Eversholt Street et – à condition que la police ne soit pas en train de l'attendre là-bas – et... quoi ? Sur le moment, il se fichait bien d'être arrêté par la police. D'une certaine façon, cela serait un soulagement. Si on ne l'attendait pas chez lui, il pourrait passer la nuit dans un abri antiaérien et... le lendemain matin... ? De toute façon, il quitterait Londres. Ici, ce serait forcément la prison, si on le pinçait. Le Dr Dacre avait eu une situation sociale, des responsabilités, une honorabilité. Lui, il n'avait plus rien. Avant, chaque fois qu'il avait dû prendre la fuite, cela avait été une épreuve, mais là... Jamais il n'était tombé aussi bas. À présent, il était lessivé, fini... fini.

Il retourna à Eversholt Street et tentait de monter l'escalier sur la pointe des pieds quand il perdit l'équilibre et tomba, lourdement, contre la rampe. Mme Draper, volumineuse dans sa robe de chambre en chenille de coton et la tête hérissée de bigoudis, surgit dans le corridor au niveau inférieur et lui jeta un coup d'œil entre les barreaux.

– Je vous attendais ! La police est venue...

– Pardon, madame Draper.

Se sentant incapable de mener une conversation tout en restant debout, il s'assit sur les marches et lui adressa ce qu'il espérait être un sourire charmeur.

– Quand... ?

– Cet après-midi.

Elle lui lança un regard noir.

– Qu'est-ce que vous avez fait ?

– Mais rien ! Ils voulaient me parler de... (il eut un hoquet)... d'un de mes patients.

– Dans ce cas, pourquoi m'avoir interrogée sur vous ? Ils voulaient savoir à quelle date vous aviez emménagé...

– La routine, madame Draper. (Dacre eut un autre hoquet.) C'est tout.

Mme Draper secoua la tête.

– Vous êtes ivre. Il y a quelque chose de louche, je le sens. Et je ne laisserai pas ma réputation en souffrir !

– Aucun risque, madame Draper, je m'en vais !

Sortant une poignée de billets de sa poche d'un geste ample, il déclara :

– Je vous règle une semaine de plus, vous n'y perdez pas...

La logeuse sourcilla.

– Bon... mais je ne veux pas d'une autre visite de la police. C'est une maison respectable, et...

– Madame Draper ! protesta-t-il.

– Plus bas... Il y a des gens qui voudraient dormir.

Elle-même fut obligée de parler plus fort pour se faire entendre pendant l'explosion d'un V1 au loin.

– Pour l'amour du ciel, prenez ça... !

Il lui fourra deux billets dans la main.

– ... et laissez-moi aller faire mes bagages.

Saisissant la rampe, il se remit debout et vacilla sur lui-même.

– Je vous accompagne, dit-elle.

Mme Draper se tenait dans l'embrasure de la porte, les bras croisés, irradiant la réprobation et le surveillant au cas où il aurait tenté d'emporter ce qui ne lui appartenait pas. Il rassembla ses affaires aussi vite que possible, boucla sa valise et la transporta jusqu'à la porte, où Mme Draper lui barrait le passage. Il fit un demi-pas en avant mais, comme elle ne reculait pas, ils se retrouvèrent face à face – ou presque (elle faisait une tête de moins que lui).

– Vous puez la bière, dit-elle.

Il détourna la tête et se mit à réfléchir à toute allure, s'emballant comme un moteur qui n'arrive pas à démarrer, tâchant de trouver les mots appropriés.

– Hélas, je ne suis pas en... mesure... de... vous... expliquer. Rien de grave, je vous assure. Et maintenant, avec votre permission...

– Vos clés, docteur...

Il fouilla dans sa poche.

– Ah, oui... Les voici !

– Merci.

La logeuse s'effaça et le raccompagna au rez-de-chaussée. Au niveau du seuil, il pivota sur ses talons et la trouva juste dans son dos.

– Eh bien, au revoir, dit-il gauchement, reculant dans la rue.

– Bonsoir. Et ne revenez pas !

Il esquissa un geste triste, entre le signe d'adieu et le salut militaire, et se mit à traîner sa valise en direction de la gare.

Il se réveilla à l'aube, ankylosé et d'humeur grincheuse, après avoir mal dormi sur un banc, dans un abri. Il avait la bouche amère, mal au cœur et une migraine terrible. C'était comme si son cerveau, ayant rapetissé, cognait à chacun de ses mouvements contre les parois de son crâne. Il se mit sur son séant, craignant de bouger, tandis que les autres occupants rassemblaient leurs affaires et sortaient. Après avoir somnolé encore pendant deux heures, perdu dans des cauchemars horribles, il sentit la nausée décroître et, se retrouvant seul, prit ce qui restait d'argent dans sa poche pour le compter. Il y avait là de quoi se payer un billet de train pour quitter Londres et une demi-pension quelque part, pendant deux semaines. La suite...

Il s'inquiéterait de cette « suite » plus tard, une fois qu'il aurait trouvé un point de chute, songea-t-il en se remettant lentement debout. Euston était la gare la plus proche – il allait voir où l'on pouvait aller de là-bas. Vers le nord. Il monterait dans un train, après quoi il envisagerait la suite des opérations.

À Euston, il obtint un café – dégueulasse, mais il ne le recracha pas – au buffet de la gare, ainsi qu'un beignet qu'il mit dans sa poche pour plus tard. Faisant la queue au guichet, il s'aperçut, quand ce fut son tour, qu'il n'avait aucune idée de l'endroit où il voulait aller et annonça la première destination qui lui vint à l'esprit : Northampton.

– Départ dans dix minutes, déclara le guichetier. Correspondance à Bletchley.

Il voyagea dans le couloir parmi des groupes de soldats bruyants, se plaquant contre la vitre pour laisser passer des femmes à l'air harassé qui remorquaient des enfants récalcitrants et lui flanquaient leurs bagages dans les jambes. Son pull-over en laine le picotait et le faisait transpirer et il avait l'impression d'être dans un cauchemar. Tandis que le café cheminait dans son estomac, le mouvement du train lui donna de nouveau mal au cœur et il se demanda, au cas où il aurait encore envie de vomir, s'il parviendrait à atteindre les cabinets à temps ou s'il devrait essayer d'ouvrir une fenêtre.

Un soldat, tentant de se retourner dans cet espace confiné, le frappa à la poitrine avec son fusil.

– Pardon, mon vieux... Ça va ? Gueule de bois ?

Il opina, craignant d'ouvrir la bouche, et se fraya un chemin jusqu'aux toilettes au bout du compartiment, où il vomit. Il réussit à débloquer la petite fenêtre et passa un moment à aspirer de l'air frais jusqu'à ce que l'on tambourine à la porte. C'était une occasion comme une autre de se débarrasser de Dacre ; il prit sa carte d'identité et son livret de rationnement et, passant la main par la fenêtre, laissa le vent les emporter. Puis il ouvrit sa valise et chercha tout ce qui aurait pu le trahir. Il y avait deux manuels, qu'il jeta aussi, non sans regret. Ils restèrent suspendus en l'air, leurs couvertures écartées comme des oiseaux gauches et raides puis, se dévissant le cou, il les vit atterrir tandis que le train poursuivait sa route. Et lorsqu'il sortit des W-C, il n'était plus personne : juste une figure dans la foule.

À Bletchley, il attendit sur le quai tranquille tout en contemplant les publicités – Bovril, œufs en conserve, Haricots Bile – quand un vieillard en costume fatigué s'approcha en boitant et se planta tout près de lui d'un air abattu, comme s'il attendait de voir un défilé sans en avoir spécialement envie. Il émanait de lui une odeur ammoniaquée de corps malpropre et de chaussettes sales ; il avait un œil vitreux et l'une des commissures de ses lèvres se retroussait dans une sorte de rictus, comme tirée par un hameçon invisible, révélant des dents gâtées.

– T'as pas une sèche, mon pote ?

– Voilà…

Tâchant de ne pas le regarder, Dacre sortit son paquet de cigarettes – il n'en restait plus que deux – et lui en offrit une.

– Merci… T'as pas une allumette ?

– Si…

Le vieillard alluma sa cigarette, tira une bouffée et esquissa un horrible sourire.

– Hé ! Je te connais, toi !

Dacre fit un pas en arrière.

– Ça m'étonnerait.

– Tu te souviens pas de moi… ?

La voix était câline.

– Moi, je me souviens de toi !

– Je ne vous ai jamais vu.

– Mais moi, je te connais ! insista l'autre. Je te connais. Minute… Non, c'est pas ça…

Saisi par une brusque panique qui le prenait aux tripes, Dacre répéta :

– Je ne vous connais pas.

– Si… Un instant, que je réfléchisse… Je te connais bien.

– Non !

Dacre battait en retraite, criant presque, et des têtes se tournaient dans leur direction.

– Je-ne-vous-connais-pas ! bougonna-t-il.

Le vieux se colla de nouveau contre lui, ses lèvres s'écartèrent et Dacre se sentit agressé par un nuage fétide. Une fois de plus, de la bile remonta dans sa gorge et il plaqua sa main sur sa bouche.

– L'homme naît pour souffrir, déclara le vieillard. L'homme naît pour souffrir comme l'étincelle pour voler...

Dacre réussit à refouler le contenu de son estomac. Il en avait le souffle coupé. Était-ce un genre de messager ? Ange ou démon ? Sentant de nouveau la sueur perler, il tourna les talons et, redoutant de s'évanouir, s'éloigna aussi vite que possible. L'autre le poursuivait, le tirant par sa manche, répétant d'une voix plaintive, dolente :

– Mais je te connais, si ! Je te connais...

Dacre considéra la main aux ongles jaunes, longs et épais, qui le retenaient comme des griffes.

– Fichez-moi la paix ! dit-il en se dégageant d'une secousse. Vous avez votre clope, alors *du balai* !

– Oh, non, dit l'homme, penchant la tête de côté avec un sourire atroce. Je ne peux pas te laisser, car je sais qui tu es...

– Que voulez-vous dire ? Lâchez-moi !

– L'homme naît pour souffrir. Pour souffrir...

– Non ! Non !

Dacre avait le vertige, il ne tenait plus debout, son équilibre l'abandonnait, il tombait...

Soudain, le faciès de l'inconnu tomba aussi – un pur plongeon dans les ténèbres, et – tout à coup –, plus rien.

SECONDE PARTIE

66

AVRIL 1945, neuf mois après la mort de Jenny : Stratton contemplait fixement le modeste feu qui brûlait dans le salon de Mme Chetwynd sans réellement le voir. Il était dix heures du soir, Monica et Pete étaient allés se coucher, Mme Chetwynd ayant jugé plus raisonnable de ne les laisser repartir que le lendemain matin. Après un hiver terrible où il avait fallu endurer le verglas, la rupture de canalisations, les engelures et l'attaque incessante des V1, sans parler du temps que son bras avait mis à guérir ou de la mauvaise humeur de Ballard, due au fait que Dacre semblait avoir disparu sans laisser de traces, la dernière bombe – un V2 – était tombée fin mars et les enfants étaient enfin autorisés à rentrer chez eux. Doris et Lilian avaient promis de les surveiller, et d'ailleurs Monica, qui avait quinze ans, et Pete, qui en avait douze, seraient désormais assez grands pour s'occuper d'eux-mêmes.

Mme Chetwynd fit son entrée avec un plateau. Sa vieille gouvernante était morte l'année précédente et, les domestiques étant partis depuis longtemps, elle était, selon sa propre formule, « en train d'apprendre à se débrouiller toute seule ». Cette femme déjà maigre et anguleuse avait encore maigri depuis l'époque où elle avait recueilli les enfants. Son visage chevalin était plus marqué, ses cheveux plus gris – mais on aurait pu en dire autant de lui, songea Stratton. L'idée l'effleura qu'une fois les enfants partis, elle allait sans doute

407

se sentir seule dans cette grande maison. Comme lisant dans ses pensées, Mme Chetwynd déclara :

– Vous savez, je préférerais vendre pour aller m'installer dans un petit cottage, mais plus personne ne veut de ces grosses bâtisses, de nos jours.

– On pourrait en faire une école…

– Trop de travaux en perspective. Il faudrait tout changer et le toit est dans un état… C'est un gouffre financier, en fait…

Les yeux baissés, s'appliquant à verser le thé, elle ajouta :

– La présence de vos enfants m'a ravie, vous savez. Ils donnaient une âme à cet endroit.

– Je vous suis très reconnaissant, répondit Stratton, puis, trouvant que cela avait quelque chose de guindé, il dit encore : Vous avez été si gentille, surtout depuis…

Mme Chetwynd reposa la théière et le regarda en face.

– Depuis la mort de Mme Stratton. C'est une chose atroce, monsieur Stratton. Atroce…

– Oui, comme vous dites…, répliqua Stratton d'un ton brusque, avant de se tourner de nouveau vers la cheminée, incapable de supporter la bonté de ce regard.

– Les gens ne parlent jamais des défunts, n'est-ce pas ? Et ils ne veulent pas en entendre parler…

– C'est vrai, dit Stratton, qui songea au peu de conversations qu'il avait eues au sujet de Jenny, même au début.

– Ce n'est pas qu'ils aient oublié, vous savez. C'est qu'ils sont gênés et qu'ils ne veulent pas vous attrister.

– Je sais. (Stratton soupira.) Tout le monde a été très bon.

– Mais si vous voulez parler d'elle, il n'y a plus personne, n'est-ce pas… ?

Les yeux fixés sur le liquide pâle, Stratton prit conscience qu'il aurait ardemment souhaité parler de Jenny. Son chagrin n'en aurait pas été adouci, certes, mais cela aurait été… consolant. Même avec Donald, il n'avait pas… Il n'avait cessé de guetter le nom de Jenny dans la bouche de son beau-frère, ou l'occasion de… Pas de gloser sur les circonstances du drame, car c'eût été inutile et aurait risqué de soulever le couvercle de ce grand réservoir de fureur et de haine contre soi-même qui semblait logé dans sa poitrine. Mais il aurait aimé pouvoir parler d'elle, évoquer son allure, ce qu'ils faisaient ensemble, leurs petites joies.

– Non, dit-il, il n'y a plus personne...

– Eh bien, dit Mme Chetwynd, je vous écoute...

Stratton cilla. Il ne savait pas quoi dire. Puis, une image de Jenny dans la cour de la ferme dépendante de la propriété de Mme Chetwynd lui vint à l'esprit et il dit :

– C'était une vraie citadine. Quand on s'est connus, elle n'était jamais allée à la campagne... De temps en temps, on allait séjourner chez mon frère qui a une ferme dans le Devon, quand les enfants étaient petits – c'est là que je suis né. J'ai grandi sur ces terres, mais Jenny avait toujours peur des grosses bêtes. Elle ne voulait pas que les petits s'approchent trop des vaches... même ici ! Au début, elle se moquait de mon accent – il était plus prononcé, alors. Mais pas par méchanceté – elle n'était jamais méchante. C'est ce qui m'a frappé chez elle : cette gentillesse. Si ça n'allait pas, elle se demandait si c'était sa faute et cherchait une solution... Et quelle mère formidable ! Sa façon de s'occuper des enfants... de nous tous... Elle me manque énormément. La savoir dans la pièce, ou quelque part dans la maison... Quand je rentrais le soir, même si j'avais des problèmes au boulot, je savais que cela n'avait aucune importance, car du moment qu'elle était là, tout allait bien...

Là, Stratton s'aperçut qu'il ne pouvait plus parler – un énorme sanglot, impossible à contenir, lui nouait la gorge. Alors, se prenant la tête dans les mains, il se mit à pleurer, pour la première fois depuis le drame.

Mme Chetwynd s'éclipsa sans bruit et revint quelques minutes plus tard avec deux grands mouchoirs.

– Tenez...

– Merci. Je vous demande pardon.

Gêné de cet éclat, Stratton se moucha énergiquement et tenta de se ressaisir assez pour lui souhaiter bonne nuit avant de se donner davantage en spectacle.

À sa grande surprise, Mme Chetwynd reprit sa place et dit sur le ton de la conversation, comme si de rien n'était :

– Oui, c'était frappant chez elle : son tempérament maternel. Certes, je n'ai pas d'enfant moi-même, mais ça se sent, ces choses-là. Mon mari est mort à la guerre de 14. J'avais dix-huit ans quand on s'est mariés... On se connaissait depuis toujours, et jamais Edward n'a paru remarquer ma laideur... (Elle gloussa.) Mes parents ont dû être étonnés de se débarrasser de moi aussi vite, car je n'avais pas de dot ! Il a été tué en septembre 1915, à la bataille de Loos. Son frère, Alfred, un peu plus tard, à Arras. Leur mère ne s'en est jamais réellement remise – elle n'avait qu'eux...

Sensible à la délicatesse de cette intervention, Stratton demanda :

– Et vous n'avez jamais été tentée de vous remarier ?

Mme Chetwynd fit non de la tête.

– Edward était... C'était lui, et pas un autre, si vous voyez ce que je veux dire.

Cela avait été dit sans pathos, comme on constate un fait.

– Mais j'ai eu la consolation de savoir qu'il était mort pour sa patrie... (Son visage se rembrunit.) Pendant quelques années, du moins. Quand j'ai entendu M. Chamberlain annoncer à la radio que c'était de nouveau la guerre, j'ai pensé que mon Edward était mort pour rien. Qu'ils étaient tous morts pour rien.

– Oui, dit Stratton. J'ai pensé la même chose à propos de mon frère aîné. Il a été tué à Passchendaele.

– Toutefois, c'est différent. C'étaient des soldats. Pour vous, c'est plus dur... La façon dont votre épouse est morte... Les enfants n'en ont pas beaucoup parlé – en tout cas, pas à moi. C'est difficile à comprendre pour eux – enfin, pour n'importe qui ! Une mort si... injuste. Je suis désolée, s'empressa-t-elle d'ajouter, je ne devrais peut-être pas dire cela, mais je crois que c'est la raison pour laquelle c'est si dur pour eux. Une bombe qui frappe au hasard, ils auraient mieux compris, mais là...

– Oui, dit Stratton. Une bombe aurait été plus facile à admettre. Je ne sais pas comment je parviendrai jamais à leur expliquer..., ajouta-t-il, pris d'une impulsion qu'il ne s'expliquait pas tout à fait. Parce que ce n'était pas le hasard comme... comme je leur ai dit. Cette femme cherchait Jenny, et...

Il s'interrompit et contempla fixement son interlocutrice, dont le regard lui fit comprendre qu'il pouvait le dire.

– C'était ma faute.

– Comment cela ?

Il se lança dans une explication des événements qui avaient abouti à la mort de Jenny, depuis le début – ses mots se bousculaient et comme tout lui venait en même temps, il dut revenir en arrière à plusieurs reprises pour clarifier certains points – jusqu'à l'arrestation d'Elsie Ingram.

– Le pire, c'est que tout le monde se sent coupable. Doris affirme que c'est sa faute parce qu'elle aurait dû écouter Donald et accepter que Mme Ingram aille à l'asile, et parce qu'elle l'a secourue, quand elle a tenté de se suicider au gaz. Jenny n'avait pas voulu m'ennuyer avec cela, voyez-vous. Donald était pour qu'on me mette au courant, mais Doris et Jenny l'en avaient dissuadé, de peur que je sois obligé de le signaler, si bien qu'il se sent coupable... Et moi, je savais que Jenny s'inquiétait pour cette femme, mais j'étais tellement pris par mon boulot que, lorsqu'elle n'a rien dit à ce sujet, j'en ai été soulagé, pour être honnête. J'aurais dû l'interroger. La forcer à avouer... Et au Centre, si j'avais fait attention – si j'étais arrivé un peu plus tôt, elle serait encore de ce monde. Elle était enceinte, je ne l'ai su qu'après. Elle ne m'en avait rien dit. Le bébé aurait dû naître le mois dernier. Je regrette de ne pas l'avoir su. Elle avait essayé de me le dire, à la fin, mais je n'avais pas écouté... pas compris.

Il secoua la tête.

– Elle devait craindre ma réaction, car on s'était toujours dit qu'on n'en aurait que deux...

Il s'interrompit, secouant de nouveau la tête, de désespoir.

– Je ne peux pas leur dire que j'ai sauvé la femme qui a tué leur mère. Je ne pouvais pas prévoir, mais je crois qu'ils auraient trop de mal à comprendre... et qu'ils pourraient finir par me détester.

– Ça m'étonnerait, mais il me semble que vous devriez attendre un peu avant de leur dire tout cela. C'est à se demander si même un spécialiste aurait pu comprendre l'état mental de cette femme.

– Je regrette d'avoir fait de vous le messager des mauvaises nouvelles, dit-il, se rappelant le jour où il était arrivé, une semaine plus tard : Monica pleurait ; Pete était tout pâle, muet. Je me demande si je n'aurais pas dû les ramener pour les obsèques, mais...

411

– C'était mieux ainsi. Devoir revenir ici, ensuite – loin de leur famille –, cela aurait été une épreuve trop pénible. Monica a commencé à parler de sa mère il y a deux mois, mais pas devant Pete. Je crois... comme il est plus jeune... Lui, il n'est pas encore prêt. Monica s'est fait beaucoup de soucis à votre sujet, vous savez ! Elle n'arrêtait pas de dire qu'ils devaient rentrer pour ne pas vous laisser seul.

– C'est bien la fille de sa mère, déclara Stratton, touché au-delà de toute expression. Si affectueuse... C'est une brave petite...

– Comme son frère. Vous pouvez être fier d'eux. J'ai toujours eu l'impression – si vous me permettez ce commentaire – que vous formiez un ménage heureux et je suis certaine que vos enfants sont conscients de cela... de votre amour pour leur mère.

– J'aurais tout donné pour la sauver.

– Je crois qu'ils le savent. Maintenant, comme le temps nous manquera demain matin, j'ai ceci à vous dire : Monica et Peter vont beaucoup me manquer. S'ils veulent revenir – par exemple, pour les vacances scolaires –, je serai enchantée de les recevoir...

– C'est très généreux de votre part..., commença Stratton, mais Mme Chetwynd le fit taire d'un geste.

– Quelle générosité ? C'est pur égoïsme de ma part. J'apprécie leur compagnie. De plus (elle lui adressa un clin d'œil) s'ils viennent en été, ils pourront participer à la moisson. Et vous aussi, vous serez le bienvenu, si vous pouvez vous absenter de votre travail. Sinon, les enfants sont bien assez grands pour voyager tout seuls.

– Merci, dit Stratton. Et merci pour... pour m'avoir écouté, conclut-il sans conviction, sentant que ce n'était pas tout à fait ce qu'il avait voulu dire, mais n'ayant pas trouvé de meilleure formule.

– Je vous en prie...

Mme Chetwynd se leva et reprit son plateau.

– Bonne nuit, monsieur Stratton.

67

Dans le train, les enfants restèrent calmes, regardant par la fenêtre et parlant peu. Caché derrière son journal, Stratton les observait à leur insu. À présent qu'elle était plus grande, Monica avait tout de sa mère, hormis ses cheveux, noirs comme ceux de son père. Pete avait les yeux verts et les cheveux châtains de sa mère, mais ses traits et sa morphologie étaient ceux de son père. Leur troisième enfant aurait-il été un garçon ou une fille ? Et comment élever ces deux-là ? Ce n'était pas l'aspect pratique, son souci – Doris et Lilian veilleraient à ce qu'ils soient bien nourris et vêtus –, mais l'idée de devoir refaire connaissance. Quand ils étaient revenus une première fois, en 42, c'était Jenny qui avait assuré la transition – pas lui. Ils avaient « eu » leur propre guerre, dans le Norfolk, vécu des expériences dont il ne savait rien, sinon ce qu'ils exprimaient dans leurs lettres, et au cours de ces dix-huit derniers mois où ils avaient été réévacués, ils avaient encore changé, grandi...

Jenny aurait su quoi faire, comment se comporter avec eux. Une fois de plus, il se redemanda pourquoi elle ne lui avait pas dit combien l'état de Mme Ingram avait empiré – la tentative de suicide et ses incohérences – et se répondit à lui-même, comme toujours, que c'était à cause de son métier. Elle voyait en lui le policier, pas le mari : pas étonnant, puisqu'il se comportait comme tel – distant, inattentif, dédaignant ses craintes, ne lui demandant jamais ce qui n'allait

413

pas... S'il avait pu signaler cette tentative de suicide, Jenny aurait été encore en vie.

Mais cela n'expliquait quand même pas le fait de lui cacher cette grossesse – là-dessus, il ne pouvait se faire d'illusions. Elle attendait peut-être d'être fixée – elle en était aux premiers mois – mais il savait, au fond de son cœur, que la seule raison était la peur des reproches. Et elle n'avait pas tout à fait tort, mais aujourd'hui... « Oh, Jenny, songea-t-il, ça me serait égal d'en avoir *dix* de plus, si seulement tu étais là ! »

Le train se rapprochant de Liverpool Street, Stratton vit ses enfants contempler les ruines de la City, les cratères énormes laissés par les V2, les caves à ciel ouvert et les décombres, là où des quartiers entiers avaient été rasés, les églises calcinées. C'était encore pire que la dernière fois où ils étaient revenus à Londres. Devant ce désastre, il songea à ce qu'on disait à la radio sur Buchenwald et Belsen, les fosses communes et ces êtres squelettiques, hagards. C'était comme si le Seigneur lui disait : « Tu trouves que c'est affreux, tout ça – la guerre, les privations, les bombardements, la mort de ta femme ? Eh bien, vois donc de quoi je suis capable... ! »

Toute cette souffrance... Comment surmonter tout cela ? Rien ne serait plus jamais pareil. Il en avait vu, dans sa vie, mais si on lui avait dit jadis que des êtres humains seraient capables de faire ça à leurs prochains, il ne l'aurait pas cru. À présent, il savait l'Homme capable du pire. « Comment bâtir un monde meilleur à partir de ce chaos, pour nos enfants ? Par où commencer ? » À ce moment-là, pleurant intérieurement Jenny, cette vie de famille qu'ils n'auraient plus, et par extension, l'Humanité tout entière – il ne voyait pas de réponse à cette question.

68

DORIS les attendait à la maison, avec la théière sur la table de la cuisine. Elle avait même réussi à confectionner un biscuit de Savoie. Monica et Pete se montrèrent contents de la revoir, mais réservés – polis et peu loquaces, modérant leur gourmandise. La maison, nettoyée et astiquée par Doris et Lilian, était impeccable, elle aussi ; on aurait dit qu'elle retenait son souffle.

Après ce goûter, Stratton proposa aux enfants d'aller au potager. Pete refusa, se disant fatigué, mais Monica accepta. En chemin, elle parla de M. Roosevelt et déclara que c'était triste qu'il fût mort avant l'annonce de la victoire.

– Nous avons prié pour lui à l'école, ajouta-t-elle.

– Et pour maman, tu as prié ?

Elle le regarda, surprise.

– Ben, forcément !

Stratton lui montra les rangées de poireaux et de choux de printemps.

– Pas aussi beaux qu'à la ferme, j'imagine…

– Là-bas, c'est différent, dit-elle. Avec de l'engrais, les légumes sont plus gros. Mais c'est pas mal…

Elle l'avait dit si gentiment – à la manière de Jenny – qu'il sentit sa gorge se nouer.

– Je vais devoir bientôt repiquer les patates, déclara-t-il d'un ton bourru. Elles germent.

– Je pourrai t'aider, dit-elle en levant les yeux vers lui. Si tu veux bien… Je sais le faire, parce que j'ai aidé Mme Chet-wynd.

– C'était elle qui s'occupait du jardin ?

– Oh, oui… Après le départ du jardinier. Elle lui avait demandé de lui apprendre à semer des graines, et tout ça. Il ne devait pas la croire capable, et pourtant… Enfin, elle se débrouille moins bien que toi, ajouta-t-elle, loyale. On peut goûter les radis ?

– C'est un peu trop tôt. Je les ai mis il y a un mois seulement.

– Ceux-ci ont l'air mangeable ! dit-elle en désignant une touffe de feuilles plus grosse que les autres.

– Bon, alors, vas-y…

Elle arracha la botte avec précaution, en essuya la terre avec son mouchoir et la brandit :

– Tu vois !

– Ah, oui. Pas mal.

– Tu veux goûter ?

Stratton fit non de la tête.

– À toi l'honneur…

Elle arracha les feuilles et croqua.

– Ça pique !

– Te force pas à finir…

Elle mastiqua et déglutit.

– Si, si, que c'est bon… miam-miam… !

– Tiens, dit Stratton en sortant une tablette de chocolat qu'il avait gardée spécialement pour cette occasion. Pour faire passer…

Monica en cassa deux carrés.

– Merci, papa !

– Garde-la…

Le visage grave, presque scandalisée, la fillette hocha la tête.

– C'est pour toi et Pete !

– Bon, d'accord… Quel gendarme tu fais…, dit-il en empochant le chocolat.

– Non, pas vrai !

Là, il retrouva un peu de la gamine d'autrefois.

– Mais non, je plaisantais, ma chérie…

Et il lui ébouriffa les cheveux.

416

– Attention ! Tu me décoiffes...

Elle lissa ses longues boucles noires.

– Penses-tu...

Stratton fit le tour des plates-bandes pour se diriger vers la rhubarbe.

– Là, ça manque vraiment d'engrais. Elle aurait dû être prête en mars.

Monica vint considérer la chose d'un œil critique.

– Pas assez rose...

– Pour le moment... Mme Chetwynd te manque. N'est-ce pas, chérie ?

Monica hésita.

– Euh...

– C'est parfaitement normal, dit-il sans la regarder. Le contraire serait étonnant.

– Alors, on pourra lui écrire ?

– Mais bien sûr ! Et elle est prête à vous recevoir pour les vacances... Au début, ce sera forcément un peu bizarre, sans votre maman, mais on se débrouillera, pas vrai ?

En préparant ce petit laïus, Stratton avait cru qu'il pourrait le débiter naturellement, mais il y avait une note suppliante dans sa voix qui n'était pas voulue. Tout raisonnable qu'elle fût, Monica était encore une enfant orpheline de sa mère et il ne fallait pas la rendre responsable de leur fragile futur bonheur.

– Oui, papa, répondit-elle, les yeux obstinément fixés sur la rhubarbe.

C'était trop tôt pour parler de Jenny – leurs plaies étaient encore à vif. Et s'il avait pleuré devant elle... Pour le moment, autant ne pas insister. Et quant au petit frère, ou à la petite sœur, mort dans le ventre de Jenny, mieux valait n'en rien dire. Personne ne savait, sauf Mme Chetwynd. C'était trop dur. Il fallait qu'il garde ça pour lui.

Son regard se posa sur Monica. « Il ne faut pas l'accabler, se dit-il, et je m'en garderai bien. Ni maintenant, ni jamais. »

69

L E LENDEMAIN MATIN, en allant au travail, Stratton se surprit
à admirer les jambes d'une femme pour la première fois
depuis des mois. C'était parfaitement instinctif – un réflexe –,
mais il se sentit mal à l'aise et légèrement coupable. Non que
ce fût le signe qu'il oubliait Jenny – après tout, cela lui arrivait assez souvent quand elle était là et il n'en avait tiré
aucune conclusion – mais parce que cela soulignait qu'il était
en vie, lui. Et – ce constat le fit s'arrêter –, c'était la première
fois depuis des mois que ce sentiment latent de colère et
d'amertume commençait à décroître. Il s'était évertué à le
tenir à distance tout en le chérissant, parce que c'était
comme une épine dorsale qui lui permettait de tenir, plus
encore que les enfants. Certaines fois, quand il se réveillait en
pleine nuit, pétrifié dans son lit, la colère semblait remplir
son esprit si complètement, et avec une telle férocité, qu'il
n'y avait plus de place pour une pensée raisonnable. Parfois,
cela se produisait aussi dans la journée. Il était conscient qu'il
ne fallait pas se laisser déborder et, pourtant, planté comme
un piquet dans cette rue, il serra les poings comme pour se
raccrocher à ce sentiment, sachant qu'il ne pourrait pas sur-
vivre sans lui.

Mme Ingram avait été jugée « inapte à se défendre » et
incarcérée à Broadmoor. Doug Watson, l'inspecteur de Tottenham, s'en était excusé, mais cela valait sans doute mieux.
Il eût été à la fois inutile et barbare de pendre une femme si

418

manifestement folle, et d'ailleurs Jenny ne serait pas ressuscitée pour autant.

Il avait été déjà assez pénible d'entendre Reg répéter, malgré les avertissements de Donald, qu'il les avait bien mis en
garde contre Mme Ingram. Finalement, semblant comprendre qu'il risquait bien d'y perdre ses dents, il l'avait bou-
clée... Et pour Doris également, c'était dur, car elle avait
perdu non seulement sa sœur, mais sa meilleure amie. Combien de fois était-il entré dans une pièce pour les surprendre
à rire aux larmes, toutes les deux ?

Il était infiniment reconnaissant à Donald de son soutien
moral – et silencieux – au cours des neuf derniers mois : les
virées au pub et les matches de football, lors de ses rares
samedis de liberté.

Ballard aussi avait été un roc : patient, discret, et faisant le
boulot pour deux sans râler. C'était lui qui avait fouillé la
chambre d'Eversholt Street – en vain, car « Dacre » avait
décampé sans laisser de traces – et qui avait rendu visite à
Beatrice Dacre à Norbury pour l'interroger sur son fils. Voilà
comment on avait appris que l'individu qui était venu la voir
en se faisant passer pour un ancien camarade de son fils, et
qui était reparti avec les diplômes de James Dacre, s'était présenté sous le nom de Norman Thomas. Une enquête à l'école
du coin – un peu laborieuse, car, les archives étant évacuées,
on avait dû les pister jusque dans un sous-sol crasseux de la
mairie – n'avait pas permis de retrouver ce nom-là sur les
listes d'élèves. Celui que Beatrice Dacre avait cru reconnaître
sur la photo de classe était un certain John Walter Strang, qui
s'était noyé au large de la côte, en septembre 1932. Stratton
n'aurait pas insisté, malgré la coïncidence des deuxièmes pré-
noms – il avait vu la photo de classe et l'enfant, avec sa figure
en partie masquée par la visière de sa casquette, aurait pu
être n'importe qui – mais Ballard, agissant de sa propre initiative, avait creusé cette piste et découvert que, même si un
certificat de décès avait été délivré, aucun corps n'avait été
repêché.

Si John Walter Strang n'était pas mort, en tout cas il avait
disparu – sa mère, qui avait déménagé et vivait dans une
petite pension à Henley-on-Thames, le croyait mort, et quand
Ballard était allé la voir, elle s'était montrée sincèrement

intriguée par ses questions. Elle leur avait donné une photo de son fils, enfant, mais en dépit de la ressemblance, cela pouvait – la formule revenait fatalement – « être n'importe qui ». Ballard avait signalé que Mme Strang semblait avoir du mal à décrire son enfant, sinon pour expliquer qu'il avait gardé « des idées au-dessus de sa condition », alors même que la famille avait perdu toute sa fortune. Le fait que cette femme – selon Ballard – semblait se complaire dans sa déchéance sociale était, aux yeux de Stratton, bien plus révélateur. Quant à sa description du puzzle qu'elle était en train de réaliser – après avoir retourné toutes les pièces, de façon à ne pas avoir l'avantage de voir des zones colorées ou les contours de formes – c'était un assez bon symbole d'une existence résolument dénuée de toute joie. Hélas, comme le père était mort et que Strang n'avait pas de famille, sinon une tante et un oncle au Canada, il n'y avait personne d'autre à interroger.

Quant à Dacre, il avait disparu de l'hôpital aussi subitement que du meublé. À l'hôpital, l'incrédulité générale (l'équipe soignante le considérait comme compétent) avait fait place d'abord à la consternation puis à de l'acrimonie et à un sauve-qui-peut général, chacun rejetant la faute sur ses collègues. Fay, qui avait été relaxée par un commissaire Lamb exaspéré et était retournée chez ses parents, avait nié savoir où Dacre avait bien pu passer.

Le colonel Forbes-James, à qui Stratton avait téléphoné quand il avait repris le travail, lui avait annoncé que le signalement de Dacre semblait correspondre à celui de John Watson, qui avait travaillé dans un ministère entre octobre 1939 et janvier 1941. Ensuite, il était parti, « apparemment pour suspicion de faute professionnelle » et on n'avait plus entendu parler de lui. Comme Forbes-James l'avait fait remarquer, il avait pu en profiter pour dérober des cartes d'identité vierges et Stratton était prêt à parier que c'était bien ce qui s'était produit.

Quand il avait repris le travail, le commissaire Lamb lui avait demandé s'il voulait conserver cette enquête et Stratton avait répondu par l'affirmative. Mais en ce qui concernait « Dacre », on n'avait plus aucune trace de lui, et les enquêtes sur les meurtres de Reynolds et de Leadbetter en étaient au point mort. Au début, le traumatisme de la mort de Jenny l'avait anéanti, l'empêchant de penser à rien, puis il y avait eu cette colère bouillonnante en lui, ces nœuds à l'estomac, ce goût de bile, que l'absence totale de progrès sur ces affaires privait d'exutoire. Stratton ne savait pas très bien à quel point il en voulait à Dacre, ni même de quoi, et ces considérations le faisaient tourner en rond, si bien qu'il n'aurait su dire qui il détestait le plus : Dacre ou lui-même. Certes, Ballard pensait que cet imposteur était l'auteur des trois meurtres à l'hôpital, mais lui-même ne se fiait plus à son propre jugement professionnel en ce qui concernait Dacre. Tout ce qu'il savait, c'était qu'il ne retrouverait la paix qu'une fois ce type arrêté.

Ce soir-là, à la maison, une lettre l'attendait sur la table de la cuisine. Il était plus de dix heures du soir et il avait passé une longue et décourageante journée. Les enfants, comme toujours quand il devait rentrer tard, dormaient chez Doris, et il n'y avait pour l'accueillir que le dîner froid laissé par Lilian, mais il n'avait pas faim. Écartant son assiette, il mit la bouilloire à chauffer et fendit l'enveloppe.

À l'intérieur, se trouvait une simple feuille de papier, datée de la veille, sans adresse ni signature.

Cher monsieur Stratton,

Cette lettre va sûrement vous surprendre après tout ce temps, mais je voulais vous dire combien je suis désolé pour ce qui s'est passé, et ce n'est qu'aujourd'hui que je me sens capable de prendre la plume. J'ai fait le maximum pour sauver Mme Stratton. Je sais que ce ne sera guère une consolation, mais j'ai passé un certain temps à étudier le traitement de ces blessures-là, et je crois sincèrement que je n'aurais pas pu faire mieux, dans ce contexte.

Vous devez vous demander comment il se fait que j'étais au Centre à ce moment-là. Mon souhait était de vous parler en personne de Mlle Marchant, l'infirmière. Je vous avais vu l'emmener de l'hôpital et je craignais qu'on ne l'accuse d'avoir dérobé la morphine. Je puis vous assurer qu'elle n'y est pour rien : c'est entièrement ma faute. Mlle Marchant est innocente.

Mes lectures sur les maladies mentales m'ont amené à penser que l'agresseur de votre épouse, Mme Ingram, était alors en proie à une

forme de délire. Elle m'avait dit qu'elle croyait qu'on avait rem-
placé son mari par un imposteur. Elle croyait que vous-même,
Mme Stratton, vos proches parents, complotiez contre elle. En lui
révélant que vous étiez de la police (ce qu'elle ignorait, semble-t-il),
je crains d'avoir renforcé cette idée sans le vouloir. J'ai déjà eu
l'occasion d'étudier cet état de profonde confusion mentale, appelé
« Syndrome de Capgras ». C'est, heureusement, très rare.

Je ne saurais dire à quel point je regrette de n'avoir pas pu sau-
ver Mme Stratton. Croyez bien que, en dépit de ce que je vous ai dit
quand on s'est séparés, j'ai voulu bien faire.

L'enveloppe portait le cachet de la poste de Northamp-
ton… *En lui révélant que vous étiez de la police… j'ai renforcé cette*
idée sans le vouloir. Cette phrase lui sauta aux yeux, comme inscrite en rouge. C'était sa faute ! Si ce type n'avait pas dit ça,
Jenny eût été encore en vie. Mme Ingram avait le couteau,
selon Dacre, et Doris avait confirmé que c'était bien celui de
Jenny, mais elle ne serait pas passée aussi vite à l'action… Il
aurait pu la raisonner, prendre le dessus, la désarmer… Sauf
qu'il était trop occupé à essayer d'arrêter ce type, non ? Le
souvenir de ces affreuses minutes lui revint, aussi atrocement
net que si ça s'était passé la veille, et il se prit la tête dans les
mains avec un soupir.

La bouilloire se mit à siffler ; il alla préparer le thé comme
un automate, dans une semi-inconscience. « Je dois le retrouver, se dit-il. Qu'importe les conséquences, je dois le retrouver. »

70

S I LES HOMMES du service dactyloscopie de Scotland Yard, qui avaient fait preuve d'une diligence record pour l'un des leurs, ne tirèrent rien de la lettre, les graphologues, comparant l'écriture à celle de Dacre, puis à celle de Todd, déclarèrent que, dans les trois cas, il s'agissait de la même personne. Hélas, Mme Dacre n'avait pas gardé celle que « Norman Thomas » lui avait adressée...

Le lendemain, Stratton s'efforçait de terminer un rapport sur un vol à main armée chez un bijoutier. Il planchait dessus depuis une éternité, obsédé par cette fameuse lettre, quand finalement, renonçant à finir, il la sortit de son tiroir et la relut. Il fallait essayer de garder du recul – oublier son implication personnelle. L'émotion – fût-elle justifiée – ne servirait qu'à tout embrouiller. Que glaner de cette lettre ?

Pour commencer, Dacre avait été assez ému pour lui écrire : sans doute se sentait-il, d'une certaine façon, lié à lui. « Et moi aussi, je me sens lié à lui. Il était venu pour me tuer, mais a détourné le coup de couteau qui m'était destiné... » L'instinct du médecin aurait-il pris le dessus ? Après tout, il était bien resté pour essayer de sauver Jenny, n'est-ce pas... ? Mais ce n'était pas par altruisme qu'il était venu au Centre. La lettre affirmait que c'était pour disculper la jeune Marchant, qui ne devait donc pas lui être indifférente. Mais – le crayon de Stratton glissa sur le papier tandis qu'il s'efforçait de suivre le fil de ses pensées – ses sentiments pour elle ne l'avaient toutefois pas amené à se présenter au moment où la

423

jeune fille aurait pu encore croupir en prison. Donc, il s'intéressait à elle, mais le besoin de fuir avait été le plus fort. Se sentait-il coupable à ce sujet ? Après tout, il devait savoir qu'il n'y avait pas de preuves tangibles contre elle et le vol de médicaments, bien que réprimé par la loi – sa carrière d'infirmière en aurait sans doute été compromise –, n'était pas un crime grave...

Il prit le temps de relire... *j'ai passé un certain temps à étudier le traitement de ces blessures-là, et je crois sincèrement que je n'aurais pas pu faire mieux...*

Fierté professionnelle. Il tenait à ce qu'on pense du bien de lui – qu'on ne l'accuse pas de la mort de Jenny. Il avait écrit : *Je n'aurais pas pu faire mieux*, et non « un médecin qualifié n'aurait pas pu faire mieux ». Se prenait-il réellement pour un médecin, ou n'était-ce que de la mauvaise foi ?

Stratton se tapota les lèvres avec son crayon. Ensuite, il s'exprimait sur le cas de Mme Ingram. *J'ai déjà eu l'occasion d'étudier cet état de profonde confusion mentale, appelé « Syndrome de Capgras ».* « Ne résiste pas au plaisir d'étaler son savoir », nota-t-il. Mais ce genre de trucs ne devait pas se trouver dans n'importe quel livre pour étudiants en médecine... Les délires, c'était le domaine des psys...

Comment avait-il pu s'informer là-dessus ? En tant que patient, dans un asile ? Après tout, Dacre était aussi fou – à sa manière – que Mme Ingram. Cette explication était la plus évidente... mais ne devait pas être la bonne. Après tout, Dacre avait berné toute l'équipe soignante de l'hôpital et il se sentait assez sûr de lui pour écrire cette lettre – sinon pour la signer – et se présenter sous son meilleur jour : le médecin consciencieux. Il devait avoir trouvé un nouveau rôle quelque part. Et s'il passait son existence à tromper les autres, ce devait être un fin psychologue. *Mes lectures sur les maladies mentales...* Voilà qui suggérait de l'intérêt pour ce sujet-là, non ?

Il écrivit une dernière phrase, puis se mit à récapituler ce qu'il savait, griffonnant les noms dans l'ordre :

John Walter Strang, écolier (jusqu'en septembre 1932)
John Watson, employé dans ministère (octobre 1939 à janvier 1941)
Sam Todd, assistant à la morgue (avril 1944, juin 1944)

*Norman Thomas (nom sur la lettre à Mme Dacre – déjà uti-
lisé ?)*
James Walter Dacre, médecin (juillet 1944 à août 1944)

Quelle logique là-dedans ? Si tous ces gens n'étaient
qu'une seule et même personne, qu'était-il devenu entre septembre 32 et octobre 39, ou entre janvier 41 et avril 44 ?
Durant cette période, il aurait eu besoin d'une carte d'identité pour obtenir son carnet de rationnement, même si ces
documents pouvaient aisément s'obtenir « au cul du
camion » comme tout le reste, contre de l'argent. En termes
de statut social et de salaire, il y avait une nette progression.
Y avait-il, en ce moment même, dans un hôpital anglais, un
médecin n'étant pas tout à fait ce qu'il prétendait être… ?
Satisfait de sa déduction, il était sur le point de reprendre
le rapport sur le vol à main armée – Lamb commençait à
râler à ce sujet, et un tas d'autres rapports sur le trafic de
whisky, de cigarettes, de jambon et autres, attendaient sur
son bureau – quand Ballard passa la tête.
– Thé, inspecteur… ?
– Merci. Venez donc vous asseoir… J'ai jeté un coup d'œil
à ceci (il brandit la lettre) et j'ai eu une idée. Je crois qu'on
devrait chercher du côté des asiles…
– Ce serait un malade ?
– Non, je crois qu'il est devenu psychiatre.
– Pourquoi ? Si je peux me permettre…
Pour toute réponse, Stratton lui passa ses notes et récapi-
tula tous ses arguments. Le brigadier semblait dubitatif.
– Ce qui est sûr, c'est qu'il devait bel et bien savoir, pour
James Dacre, non… ? Enfin, qu'il était mort… Sinon, il ne
serait pas allé trouver sa mère. C'est pourquoi j'ai pensé que
ce devait être Strang. Pour prendre l'identité d'un *autre* doc-
teur, il fallait bien commencer quelque part… en connaître
un qui était mort. À votre avis, il aurait tué Reynolds pour lui
piquer son poste, inspecteur ? Ce serait une explication…
Stratton soupira.
– Je ne suis pas sûr que ça colle… Mais je crois qu'il a tué
Byrne qui l'avait démasqué. Ensuite, voyant qu'on arrêtait Fay
– sa chérie –, il s'est mis à paniquer. C'est pourquoi il est allé
me trouver pour me tuer. Il n'avait plus les idées nettes, et

peut-être était-il ivre… Mon petit doigt me dit qu'il n'hésiterait pas à tuer à nouveau pour parvenir à ses fins. Bref, pour en revenir à l'essentiel, un asile psychiatrique est une institution et il semble aimer ces établissements : cela lui donne l'impression d'appartenir à une communauté.

Ballard haussa les sourcils.

– Qui voudrait appartenir à une communauté de cinglés ?

– Si mon raisonnement est juste : le cinglé qui a pris le pouvoir à l'asile.

71

−C OMMENT RÉAGIRIEZ-VOUS, Ballard, si vous aviez embauché un type comme lui, pour découvrir ensuite que c'était un imposteur ?

– Je serais drôlement gêné, inspecteur...

– Je ne vous le fais pas dire ! Vous vous souvenez de l'attitude du directeur de l'hôpital ? J'ai eu comme l'impression qu'il aurait préféré ne pas savoir que c'était un imposteur. Et ensuite, il répugnait à admettre que c'était, en fin de compte, un médecin non dépourvu de qualités...

– Oui, c'est vrai ! Car ce Dacre doit en avoir, n'est-ce pas ? Pour s'être formé sur le tas...

– Il n'y a donc aucune raison pour qu'il n'ait pas trouvé un emploi équivalent en psychiatrie... Et il inspire confiance, ajouta Stratton, se rappelant sa propre réaction le jour où il avait fait sa connaissance. Un homme sensé, fiable... Le genre à accéder à des responsabilités assez facilement. Commençons par les asiles des environs de Northampton, puisque c'est de là qu'a été postée cette lettre. Ça n'est pas forcément significatif, mais on ne sait jamais... Il nous faut les noms de tous les membres des personnels...

Le téléphone sonna et il s'interrompit pour décrocher. La voix de Cudlipp annonça qu'une certaine Mme Strang souhaitait parler à Ballard au téléphone.

– Il est ici. Passez-nous la communication... C'est la mère de John Strang, dit-il à son brigadier. Elle désire vous parler...

427

Il lui tendit le combiné.

– Bonjour, madame Strang... que puis-je pour vous ? dit Ballard, puis, après un silence : Non, pas du tout. Vous avez bien fait.

Après un silence plus important, durant lequel il gribouilla dans son calepin, il ajouta un :

– Je vois... Quand... ? Très intéressant, merci... Mais bien sûr, nous n'y manquerons pas. Merci beaucoup.

Ayant raccroché, il déclara :

– Elle m'a dit avoir réfléchi... et s'être souvenue que son fils avait été mordu à la main droite. Il en avait gardé une sacrée cicatrice, apparemment. Elle se demandait s'il fallait nous en parler, quand une amie l'en a convaincue...

– Bravo pour cette amie.

– Le plus étrange, c'est qu'elle semblait un peu embarrassée, comme si ça lui était égal. Ce doit être le choc : croire son fils mort pendant des années...

– Il l'a trompée ! On ne peut pas lui en vouloir de ne pas tuer le veau gras !

– Vous vous rappelez avoir vu cette cicatrice, quand vous l'avez rencontré ?

Stratton fit la grimace, cherchant à se représenter les mains de Dacre, mais les images que cela ranimait en lui – les tas de torchons ensanglantés, le visage blanc de Jenny, ses râles, lui firent repousser ce sujet.

– Je vais demander à Mlle Marchant. Vous, contactez les asiles de fous !

Ballard ayant disparu, Stratton trouva le numéro des parents de la jeune fille et passa par le standard pour la joindre. Une femme à la voix distinguée répondit.

– Bonjour, dit-il, en tâchant de prendre son meilleur accent. Puis-je parler à Mlle Marchant ?

– Mais certainement. Qui la demande ?

– Inspecteur Stratton...

À l'autre bout du fil, il y eut comme un silence surpris.

– Seigneur... Ce n'est pas... elle n'a... Elle n'a rien fait de mal. Enfin, à l'hôpital, il n'y a...

– Mais non ! répondit-il d'une voix chaleureuse. Vous êtes Mme Marchant ?

428

– Oui… Excusez-moi… (Elle semblait émue.) Quelle horreur, ce médecin assommé, puis cette pauvre infirmière, et ensuite…

– Ne vous affolez pas, madame…

La mère de Fay était à l'évidence du genre émotif – elle devait être en train de s'éventer.

– Votre fille nous a beaucoup aidés, dit-il sur un ton rassurant, mais j'ai, hélas, besoin de lui poser une autre question. Au fait, qui vous a dit que ce médecin avait été assommé ? Cela n'a pas été divulgué dans la presse…

– Ma fille, sans doute. Elle n'aura pas à se présenter au tribunal, j'espère ?

– C'est une possibilité, déclara Stratton, avant d'ajouter avec un petit rire se voulant bienveillant : mais seulement comme témoin, bien entendu.

– Oh, Seigneur…

Une voix féminine se fit entendre à l'arrière-plan, puis la mère dit : « Ne quittez pas. »

– Allô… ? Que puis-je pour vous ?

– Ici l'inspecteur Stratton, mademoiselle Marchant.

– J'avais compris, dit la jeune fille, qui ajouta, avec une certaine froideur (sa mère devait être toujours là) de quoi s'agit-il ?

– C'est au sujet du Dr Dacre. Vous pourriez peut-être me dire… Avait-il des marques… à une main, par exemple ?

– Oh, je vois… (Son soulagement était perceptible.) En effet. Une trace de morsure.

– Main droite ou main gauche ?

– Que je me souvienne… main droite, il me semble.

– Vous en êtes sûre ?

– Oui.

– Comment est-ce ?

– En forme de croissant, à la base du pouce. Remontant vers l'index.

– Merci, mademoiselle. Pardon de vous avoir dérangée.

– Mais je vous en prie, inspecteur. Je ne devrais sans doute pas poser cette question, mais : connaît-on sa véritable identité ?

– Pas encore, mais vous nous avez bien aidés. Au fait, qui vous a dit que le Dr Reynolds avait été assommé ?

– Le Dr Dacre. Avec une brique…

– Il vous a dit comment il avait obtenu cette information ?

La jeune fille prit le temps de réfléchir.

– Non, aucune idée. Peut-être par le Dr Byrne. C'est important ?

– Non, non. Merci pour tout, mademoiselle.

– À votre service. Au revoir, inspecteur.

Fay raccrocha, et Stratton l'imagina bombardée de questions par une mère hyperanxieuse et cardiaque. Une chose était sûre : elle ne tenait pas son sang-froid de sa mère, songea-t-il en allant retrouver Ballard.

– La mère de Strang a-t-elle décrit cette cicatrice ?

Ballard consulta son calepin.

– En demi-cercle. Au pouce de la main droite.

– Ça concorde avec la description de Fay Marchant, et comme il lui avait donné une information post-mortem sur Reynolds… j'ai comme l'impression qu'on avance… Et cette liste ?

– Ça vient, inspecteur. Je vous l'apporte.

Ils se partagèrent la liste des hôpitaux psychiatriques et se mirent au travail. Au bout de deux heures et demie, Stratton, qui commençait à fatiguer, n'était toujours pas tombé sur un Strang, Watson, Todd, Thomas ou Dacre. Il en venait à se demander si son idée n'était pas complètement farfelue quand Ballard se pointa, l'air content de lui, ce qui n'était pas si fréquent.

– Alors, quel nom ?

– Aucun, inspecteur. Il y a bien un certain professeur Thomas, mais son prénom est Olivier et il travaille au même endroit depuis 1929… Toutefois…

Lui glissant le calepin sous le nez, Ballard indiqua un nom cerné de rouge.

– Ici. Et là…

Il feuilletait les pages.

– Il y a deux Dr Christopher Rice : l'un au Maudsley Hospital, travaillant avec des enfants – ils ont tous été évacués à la campagne –, l'autre à l'hôpital militaire de Northfield, près de Birmingham. Vous savez qu'on avait parlé d'usurpation d'identité. Or, cette usurpation a pu concerner une personne en vie et, avec tous ces bouleversements, mutations, changements d'adresse... De plus, Rice n'est pas un nom si courant, alors quand je suis tombé sur le second, j'ai demandé quand il avait accédé à ce poste. C'était à la mi-décembre. J'ai téléphoné au premier établissement, pour les interroger sur *leur* Dr Rice, qui était arrivé la semaine précédente – le 5. Curieux, non ?

– Ou alors, il s'agit d'une coïncidence. C'est possible, j'imagine, mais...

Voyant le sourire de Ballard s'épanouir, Stratton ajouta :

– Vous aviez autre chose à me dire, non ?

– Si !

– Vous jubilez, hein ?

L'autre opina avec ferveur.

– Alors, accouchez !

– Eh bien, inspecteur, une fois à ce stade, j'ai pensé à téléphoner de nouveau à Northfield pour me renseigner sur les documents que le Dr Rice avait présentés. Ils sont montés sur leurs grands chevaux à l'idée qu'on mette en doute leur organisation, mais ont vérifié et... c'est là où ça devient intéressant...

Ballard marqua une pause théâtrale.

– Oh, assez de cinéma... Parlez !

– Une lettre de recommandation émanait du professeur Haycraft, de l'hôpital Middlesex.

– Pas possible ! Et les autres ?

– Il n'y en a pas d'autre ! Quand elle s'en est aperçue, la secrétaire s'est mise dans tous ses états et a prétendu que ça s'était égaré au courrier. Vous savez ce que c'est – les bombardements...

– Ben, voyons... C'est commode ! Je ne sais pas ce que j'ai fait pour vous mériter, Ballard ! Voyez si vous pouvez localiser le véritable Dr Rice, voulez-vous ? J'ai deux mots à dire au professeur Haycraft...

72

—A<small>LORS</small>... ce n'est toujours pas fini... ?
Haycraf semblait plus détaché que jamais, comme s'il s'attendait à entendre l'inspecteur lui annoncer qu'il avait perdu son chien, ou que sa tante avait une crise de foie.

« Pauvre crétin, songea Stratton. Si tu t'étais donné la peine de faire ton boulot, le Dr Byrne serait encore en vie. »

– Juste une question, professeur, dit-il d'une voix aussi mielleuse que possible. C'est au sujet d'un certain Dr Rice – Christopher Rice – qui travaille à l'hôpital militaire de Northfield. Un psychiatre...

– Oui, et alors... ?

Haycraft semblait plus circonspect et Stratton l'imagina tenant le combiné du téléphone à bout de bras, comme de peur que ça lui explose à la figure.

– Je crois que vous avez écrit une lettre de recommandation pour lui...

– Vous me demandez si j'ai écrit une lettre de recommandation ?

« Non, je te demande si tu as enfilé une tunique de gym pour lui flanquer une fessée avec une brosse à cheveux... », songea Stratton.

– Oui, dit-il.

Durant le remue-ménage de paperasses ponctué de raclements de gorge qui s'ensuivit, Stratton s'aperçut qu'il grinçait des dents et il s'empressa d'écarter l'écouteur.

– Quel nom, dites-vous ?

– Dr Christopher Rice.

– Et vous dites qu'il est psychiatre ?

– Oui.

– Connais pas.

– Pourtant, vous avez écrit une lettre de recommandation fin novembre ou début décembre, à l'attention du Dr Reinhardt de l'hôpital miliaire de Northfield.

– Non. J'ai entendu parler du travail du Dr Reinhardt, bien entendu, mais cela n'a aucun rapport avec ce Rice.

– Donc, vous n'avez pas écrit de lettre ?

– Non. Cet homme a obtenu ce poste frauduleusement. Je ne peux pas laisser mon nom ni celui de l'hôpital être ainsi utilisés. Je vais en parler de suite au Dr Reinhardt.

– Je ne puis, hélas, vous y autoriser.

– Mais...

– Une enquête est en cours.

Stratton avait conscience d'avoir haussé le ton.

– Je vous prie instamment de n'en rien faire.

– Mais...

– Le Dr Reinhardt sera informé du fait que vous n'étiez pas l'auteur de cette lettre...

Le bonhomme marmonna quelque chose d'incompréhensible, puis déclara :

– C'est en rapport avec ce... Dacre ?

– Nous cherchons à le savoir...

– Vous me tiendrez au courant ? C'est une grave entorse à...

– Je suis tout à fait conscient de la gravité de la chose, professeur...

– Eh bien, je... je...

S'ensuivirent d'autres bredouillements, tandis que Haycraft – déchiré qu'il était entre le désir de revenir à son habituelle vague solennité et la conscience de son incurie – tentait de trouver le ton juste.

Stratton coupa court et raccrocha.

Il prit une profonde inspiration pour tâcher de se calmer, puis alluma une cigarette et se renversa sur son siège en attendant Ballard. Les yeux fixés sur une tache au plafond – au fil des ans, la nicotine en avait recouvert la surface d'une épaisse patine ocre – il songea : « Enfin, on avance. » En plus

433

de ces frissons d'espoir, il y avait d'autres choses présentes dans son esprit, vagues mais persistantes, comme la rumeur d'une radio mal réglée dans la pièce voisine, mais cela pourrait attendre. Chaque chose en son temps. Il se redressa et donna un grand coup de poing sur la table. « La chance a tourné ! dit-il à l'adversaire invisible. À partir de maintenant, c'est moi qui commande ! » Tout bien réfléchi, songea-t-il en massant ses phalanges endolories, il n'était que temps que la Vie – ou le Destin, ou Dieu, ou encore les trois – cessent de l'humilier. Le moment était venu de se remettre en selle.

73

INSTALLÉ dans le fumoir du club londonien du Dr Rice, Stratton se sentait assez intimidé. Ils avaient gravi le majestueux escalier au milieu de tableaux dont les sujets disparaissaient sous la patine des ans et la crasse, un fauteuil pareil à un trône les attendant à chaque palier. Tout était en acajou et cuir – et tout était marron, vert houx, ou rouge sang de bœuf. Le plafond était à caissons, il y avait des gravures 1900 satiriques aux murs, des statuettes en bronze représentant des moustachus juchés sur des chevaux de polo, quand ce n'était pas des bustes d'hommes d'État à l'air pas commode et au nez ébréché. Les vieux domestiques portaient des culottes de velours noir et savaient eux aussi qu'il n'était pas à sa place ici. « Fais pas le malin, semblaient dire leurs regards. On sait que t'es qu'un prolo, comme nous ! »

Le Dr Rice devait avoir la cinquantaine. Il avait un physique de sportif – mince et musclé, malgré une calvitie naissante –, mais des manières assez indolentes, chose curieuse pour un pédiatre et Stratton se demanda s'il passait à la vitesse supérieure dans la pratique de son métier. Quand on avait retrouvé sa trace, il se trouvait par hasard « en ville » et accepta aussitôt de le rencontrer. À présent, ils en étaient à boire un café infect.

– Désolé..., déclara le médecin en examinant la photo de Todd. Je ne le reconnais pas. Je l'ai peut-être déjà vu, mais...

Il eut un geste d'impuissance.

– Et ça ?

Stratton lui passa celle que Ballard avait fait retoucher – la moustache avait été supprimée et les cheveux noircis. C'était assez sommaire, mais ressemblant.

– Là, oui... Je suis certain de l'avoir déjà vu.

– Comment s'appelle-t-il ?

– Aucune idée.

– Mais vous êtes sûr de l'avoir déjà vu ?

– Ah, oui ! Mais pour commencer, si vous me disiez d'abord le *pourquoi* de votre démarche ? Votre brigadier a été plutôt vague, au téléphone.

– Il s'agit d'une affaire d'usurpation d'identité...

L'autre sourcilla élégamment.

– Dans ce cas, je coopère bien volontiers... J'ai rencontré cet individu alors que je séjournais chez ma nièce à Ferny Stratford, non loin de Bletchley. Son mari est médecin. Un jour, il a été appelé à la gare de Bletchley... Un homme y avait passé toute la journée sur un banc... On n'avait rien pu en tirer. Il semblait ne savoir ni qui il était, ni où il se trouvait. Le Dr Lonsdale – le mari de ma nièce – l'a ramené chez lui et m'a prié de l'examiner. Il était hébété, demandant sans cesse où il se trouvait. J'ai pensé à une commotion cérébrale, mais comme personne ne l'avait vu tomber, et qu'il n'y avait pas eu de bagarre sur le quai, le traumatisme avait dû se produire avant...

– Comment était-il arrivé là ?

– Sûrement par le train, mais les autres passagers étaient partis depuis longtemps et le personnel n'avait rien remarqué de spécial...

– N'y avait-il rien pour l'identifier ? Des affaires ? Son livret de rationnement ?

– Rien ! Pas le moindre document. Il avait bien une valise, mais qui ne contenait que des vêtements, un rasoir, des objets banals... On s'est demandé s'il n'avait pas été volé, mais il a dit qu'il ne se rappelait plus...

– Pas de ticket de consigne ?

– Non.

– Sa détresse aurait-elle pu être feinte ?

– Il avait des crises de larmes, des sueurs froides, des tremblements... Donc, ça m'étonnerait. Ma spécialité, ce sont les enfants, mais je pense être capable de reconnaître un homme au dernier degré de l'épuisement physique et mental, inspecteur...

– Je vois. Et ensuite... ?

– Eh bien, il s'est reposé, mais il semblait avoir perdu la mémoire : il ne savait plus son nom... rien – famille, occupation, ainsi de suite. *Idem* pour les événements extérieurs. Dans un cas de commotion cérébrale, ces troubles finissent par se dissiper, mais là, une semaine plus tard, ça n'avait pas évolué...

Il prit l'air soucieux.

– Très difficile, tout ça. Voyez-vous, inspecteur, la mémoire est... l'armature de la pensée. Sans mémoire, il n'y a rien – ni passé ni avenir. Pas d'identité, aucune possibilité de nouer des liens avec l'extérieur – le sujet est très isolé... Il m'a posé beaucoup de questions – sur mon métier, mais personnelles aussi. Au début, j'en fus surpris, mais je crois qu'il cherchait à se raccrocher à quelque chose. Il me plaisait, je dois dire. Ce n'était pas un imbécile, bien au contraire ! Et le sens de l'humour avec ça... Je crois que ma nièce avait le béguin...

– Avait-il des signes particuliers ?

– Une cicatrice ! À la main. Très visible... au pouce.

Jusque-là, Stratton n'avait fait qu'espérer – là, il sentit son échine se hérisser. Les pièces du puzzle s'emboîtaient...

– Il avait bien perdu la mémoire ?

– Effectivement. Quant à la cause... L'amnésie peut en avoir plusieurs. Je suis certain qu'il ne jouait pas la comédie... au début, en tout cas. Car ensuite... qui sait ? En général, la mémoire revient, sauf quand le sujet refuse – au fond de lui-même – de se souvenir. Le résultat est le même...

– Et ensuite ?

– Il s'est volatilisé dans la nature quelques jours avant la fin de mon séjour. On avait signalé sa présence à la police locale, au cas où quelqu'un le réclamerait... et nous avons naturellement signalé aussi sa disparition, mais on n'a plus jamais entendu parler de lui...

Il haussa les épaules.

– Avait-il emporté quelque chose ?

– « Volé », vous voulez dire... ? À ma nièce, non. Rien de valeur... elle a vérifié.

– Et à vous... ?

Le Dr Rice marqua un temps d'hésitation.

– Je ne sais pas... J'avais apporté quelques papiers – pour travailler – et ce n'est que bien plus tard, une fois rentré chez moi, que je me suis aperçu qu'il en manquait – surtout des lettres. Rien de très important, excepté quelque chose de relatif à mon nouveau poste. J'ai écrit à ma nièce pour lui demander de chercher, mais elle n'a rien retrouvé. Ce n'était pas très grave et, à dire vrai, je n'y ai plus repensé... Vous croyez qu'il les a embarqués ?

– C'est possible.

– Puis-je vous demander si vous avez pincé cet individu ?

– Pas encore, mais ça viendra.

– Eh bien, quand vous l'aurez, je serais intéressé de connaître son histoire. Son cas semble fascinant...

« Plus que tu ne le penses, mon vieux ! » songea Stratton, en descendant le grand escalier. Sur le perron, surmonté d'un portique de pierre avec colonnes à l'antique, il se rappela les paroles de Rice : « La mémoire est l'armature de la pensée. *Sans mémoire, il n'y a rien...* »

C'était Jenny qui avait le mieux cerné le problème de Mme Ingram en prétendant que cette dernière ne reconnaissait plus son mari au fond de son cœur – ou, pour le dire autrement, qu'elle avait perdu sa mémoire affective. Et lui qui l'accusait de manquer de logique. Quel idiot !

Debout sur les marches, il sentait sa colère – contre Dacre, lui-même, le monde entier – bouillonner en lui. Cette fois, il ne commettrait pas d'erreur. Il obtiendrait un mandat et irait à cet hôpital militaire démasquer ce salaud. Et cette fois, il agirait seul. Il avait un compte à régler.

74

L E TRAIN était bondé et l'atmosphère étouffante. Des soldats encombraient les couloirs, il y avait des fusils et des
paquetages un peu partout, et la fumée des cigarettes rendait
l'air irrespirable. Stratton finit par se trouver une place près
d'un groupe de marins chahuteurs.

En fait, la plupart des militaires descendirent à Rugby, lui
laissant tout le compartiment pour réfléchir. Il se demanda si
Dewhurst aurait assez d'empreintes pour comparer avec
celles de la morgue. D'après lui, une trace partielle de paume
et de doigts avait été relevée sur la bibliothèque du bureau,
mais il y en aurait peut-être d'autres ailleurs. Restait à espérer
qu'on n'avait pas trop bien nettoyé l'endroit. Certes, cela ne
prouverait pas que leur homme avait tué le Dr Byrne – plus,
si Ballard avait raison, Reynolds et Leadbetter – mais que
Todd, Dacre et Rice étaient une seule et même personne, et
ce serait un début... « Tu paieras pour Byrne, mon bonhomme, même si je dois être limogé ensuite, marmonna-t-il.
T'es bon pour la corde. »

L'hôpital de Northfield se révéla être à une huitaine de
kilomètres de Birmingham, trajet qu'il effectua à bord d'un
tram branlant, avant de continuer à pied sur une petite route
pentue. Au moment où il atteignait les grilles, il était fatigué,
en nage, et il lui fallut encore emprunter la très longue allée
bordée d'arbres avant d'arriver au bâtiment proprement dit.
En route, il s'arrêta pour vomir. La tête basse, les mains sur

les genoux, il se répéta qu'il n'y aurait pas de Mme Ingram, ici : ce lieu n'accueillait pas des fous dangereux, mais des soldats traumatisés, ce qui était tout différent.

La tour principale lui apparut avant le reste de l'institution – une grosse et sévère bâtisse victorienne en briques rouges. Stratton s'efforçait de chasser ce goût de fiel dans sa bouche, quand il entendit des rafales de mitrailleuses à distance. Il passa devant un groupe d'hommes en short et débardeur, qui, campés au milieu de la pelouse, et apparemment indifférents à ce raffut, se renvoyaient un gros ballon sans enthousiasme. D'autres, en costume bleu et cravate rouge, déambulaient parmi les massifs de fleurs qui bordaient cette pelouse. L'un d'eux, fixant du regard un rang de pétunias, se frottait l'aine assez vigoureusement pour mettre le feu à son pantalon.

L'aide-soignant au teint rougeaud qui lui ouvrit expliqua que le bruit provenait du champ de tir où l'usine d'armement locale testait sa production, de l'autre côté de la vallée.

– Très reposant, marmonna Stratton.

L'homme le conduisit à travers un dédale de couloirs en pierre, pavés de carreaux de mosaïque fendillés, qui desservaient des salles spartiatement meublées, où s'alignaient des lits en fer.

– Voilà ! déclara-t-il devant des portes intimidantes. Le fief des psychiatres... Le bureau du Dr Reinhardt est au fond.

Lorsque le Dr Reinhardt – tignasse argentée et lueur fanatique derrière son pince-nez miroitant – l'accueillit avec un fort accent germanique, Stratton dut se concentrer pour ne pas penser aux savants fous qu'on voyait au cinéma. Le lit à couverture grise à côté du bureau – « Parfois, on hypnotise le patient » – n'arrangeait rien. Stratton n'avait pas pris rendez-vous – exprès – et la méfiance du médecin était patente. Comment lui en vouloir ? Le pauvre avait sans doute été interné pendant une éternité dans un trou perdu. Stratton avait eu l'occasion de visiter des camps pour étrangers au début de la guerre, et leurs baraquements en bois pleins de courants d'air, avec leurs litières en paille et pas de poêle l'hiver, n'étaient pas précisément des palaces.

Il fit de son mieux pour le rassurer, présenta son mandat et parla des documents volés et des références frauduleuses, mais le Dr Reinhardt l'interrompit.

– Vous faites erreur : le Dr Rice m'a fait une excellente impression. Nous sommes actuellement en train de créer une communauté thérapeutique et il nous a aidés à lancer notre groupe de parole, où l'on encourage l'expression personnelle... Ce projet en est à un stade critique et ne peut être troublé...

Stratton ne voyait guère ce que ce charabia pouvait bien signifier, mais le terme d'« expression personnelle » ne faisait pas très militaire.

– Nous avons de très bonnes raisons de croire que votre Dr Rice est un imposteur, dit-il.

– Impossible ! Je suis bien placé pour le savoir...

– Il en a berné d'autres avant vous, docteur, et...

Plaçant ses deux mains sur le bureau, Stratton se pencha pour donner plus de poids à ses paroles :

– Nous pensons qu'il a fait encore pire.

– Pire ?

– Je ne peux pas vous en dire plus, mais c'est grave.

– Ses références sont impeccables.

– Ce ne sont pas les siennes. On vous a présenté de faux documents. J'ai parlé au professeur qui vous aurait adressé cette lettre de recommandation, et je puis vous assurer qu'il n'y a pas d'erreur. Manifestement, aucun contrôle n'a été exercé...

« Prends ça », ajouta Stratton *in petto.*

– Je n'ai pas jugé cela utile.

– Dommage. Bien entendu, ajouta Stratton avec affabilité, nous ne souhaitons pas vous causer d'embarras, mais cela pourrait mettre l'armée en difficulté et, comme vous l'avez dit vous-même, il ne faudrait pas compromettre vos projets...

Il s'interrompit pour s'assurer que la menace avait été comprise.

– Êtes-vous en train d'affirmer qu'il n'a aucun diplôme, qu'ils s'agit d'une pure et simple imposture ?

– Tout juste. Et maintenant, peut-être pourriez-vous me le décrire physiquement ?

– Mais enfin, vous devez bien...

– Modifier son apparence est chose facile, docteur Reinhardt.

– Eh bien, taille… corpulence moyennes… rasé, cheveux clairs… Je ne vois rien de spécial…

– Pas de signe particulier ? Cicatrices ?

– Je n'ai pas remarqué…

Le Dr Reinhardt prit un air malheureux.

– Les patients l'adorent, inspecteur.

– Je n'en doute pas. Où est-il ?

Le Dr Sturgiss, un homme plus jeune mais aussi mal coiffé que le Dr Reinhardt, et qui n'était manifestement pas conscient de la gravité de sa mission, le guida à travers le bâtiment et jusque dans une cour carrée, sombre, où des hommes en bleu élaguaient un arbre rabougri.

– Cela fait partie de la thérapie de groupe ? demanda Stratton.

– Oh, non. Le jardinage, comme la menuiserie, entre dans le cadre de l'ergothérapie, mais nous encourageons les groupes, cela stimule l'esprit d'équipe…

– Je comprends. Et comment ces hommes voient-ils le Dr Reinhardt ?

– À vrai dire, beaucoup sont réservés. L'accent allemand…

– Et le Dr Rice ?

– Oh, ils l'aiment bien. Même les imbéciles. C'est notre vedette. Il sait mettre de l'ambiance…

Sturgiss ouvrit une porte et ils se retrouvèrent dans une salle où des individus, cette fois en beige, jouaient aux cartes tout en fumant sous la surveillance de deux aides-soignants. Même si l'atmosphère semblait, à première vue, détendue, on pouvait voir de près que les visages étaient contractés et les regards inquiets.

Ceux qui se trouvaient à proximité de la porte se turent, et un silence nerveux se propagea dans la salle. Quand un homme penché sur son puzzle releva les yeux, Stratton vit qu'il était borgne et que la moitié de sa figure était recouverte d'un greffon épais, luisant et jaunâtre, comme la peau caillée du lait. Qu'avait-il pu subir, celui-là ? Quel psychiatre pourrait jamais comprendre son état d'esprit, sans être passé par une épreuve semblable ? L'homme près du patient au puzzle, qui avait cessé de griffonner frénétiquement à la vue de Stratton, l'observa avec une haine intense avant de reprendre son occupation maniaque. Les autres restaient aussi raides et sur le qui-vive que des chiens flairant une menace et l'atmosphère parut se charger d'électricité.

– Le Dr Rice est là…, déclara Sturgiss en indiquant une autre porte. En pleine séance…

Ils traversèrent la salle, leurs pas résonnant sur le parquet, et Stratton jeta un coup d'œil à travers la petite fenêtre vitrée ménagée dans la porte. Il y avait là huit hommes assis en cercle et, légèrement à l'écart, un type qui ressemblait – hormis la couleur des cheveux – beaucoup au Dr Dacre. Pour la première fois, le Dr Sturgiss, qui n'avait posé aucune question, parut soucieux.

– Vous ne pouvez pas attendre ? Le Dr Rice aura fini dans…

Il consulta sa montre.

– … cinq minutes.

– D'accord, répondit Stratton.

Si ces gars-là étaient du genre de ceux qui l'entouraient, débarquer là-dedans eût été suicidaire.

– Je ne voudrais pas déranger…

Les autres continuaient à les dévisager et Stratton, gêné, regarda par terre. La tension était à son comble. Il se savait être dans un espace restreint, cerné de trente assassins potentiels, tous entraînés pour la guerre et, en dépit de ces groupes de parole et autres balivernes, susceptibles de dérailler à tout moment. Un surveillant corpulent, qui se trouvait au fond de la salle, se leva lourdement de sa chaise et s'approcha.

– Un problème, docteur ?

– Non, non… ! répondit le Dr Sturgiss d'une voix joviale. Ce monsieur a deux mots à dire au Dr Rice.

L'autre opina, puis s'éloigna parmi les joueurs de cartes, se penchant au-dessus des tables, tapotant une épaule par ici, un dos par là.

– C'est bon, les gars. Tout va bien…

La tension retomba légèrement, mais les hommes, quoique ayant repris leurs parties, restaient aux aguets et lui jetaient des regards.

Mme Ingram était-elle dans ce genre d'endroit, jouant aux cartes ou penchée sur un puzzle ? Il l'imaginait toujours en

443

train de hurler dans une cellule capitonnée, de tambouriner contre les murs dans une crise de folie furieuse, mais ce n'était peut-être pas le cas... Et, derrière cette petite porte, il y avait cet homme qui avait tué Byrne, qui avait voulu l'éliminer mais lui avait sauvé la vie, tentant aussi de sauver celle de Jenny, mais qui avait également conforté Elsie Ingram dans sa paranoïa en le dénonçant comme policier... Il se sentit envahi par un état de confusion, ses bonnes résolutions faiblissaient, son esprit commença à divaguer. Il serra les poings. Que n'avait-il emmené Ballard ? C'eût été un soutien, et sa bonne bouille...

Il entendit qu'on repoussait des chaises dans la petite pièce et tenta de se ressaisir. Quelques instants plus tard, la porte s'ouvrait et les hommes en beige sortirent à la queue leu leu, lui coulant des regards interrogatifs avant d'aller se mêler aux joueurs de cartes. « À toi, se dit Stratton, fais ton boulot. Ne pense à rien d'autre... »

L'endroit étant vide, ils entrèrent. Le Dr Rice, toujours assis, était en train de noter quelque chose, mais releva la tête quand Sturgiss se racla la gorge.

– M. Stratton désire vous voir..., dit-il avant de se retirer, les laissant face à face.

Dans l'œil de Rice passa une lueur, vite remplacée par un regard vaguement poli, comme si on avait refermé un volet.

– Un instant, dit-il.

D'un bond, il se leva de sa chaise et alla à la porte, restée ouverte. L'espace d'une seconde, il se tint bien droit, à la façon d'un adjudant, puis, sans laisser à Stratton – qui avait compris, mais trop tard, ce qui allait arriver – le temps de réagir, il beugla :

– À l'attaque !

75

L E CHARIVARI fut instantané. Dans une débauche de coups de sifflets stridents – les surveillants tentant d'appeler des renforts – chaque homme, brusquement ramené à son cauchemar personnel, un bombardement où un officier, surgissant tel un diable à ressort, lui hurlait des ordres, passa à l'action. Certains couraient à travers la pièce en se recroquevillant, la tête dans les épaules, jetant des regards effarés autour d'eux. D'autres criaient et, les yeux exorbités, commençaient à se planquer derrière le mobilier. D'autres encore escaladaient les tables et les chaises, comme si on leur avait ordonné d'avancer, avant de se figer, décontenancés, inexpressifs. L'un d'eux, qui ululait, se tapait la tête contre une vitre blindée, tandis qu'un autre, un géant, se jetait sur Stratton qui se retrouva à terre, le souffle coupé et craignant d'avoir les reins brisés. Pesant de tout son poids sur lui, ce type lui tenait les jambes en tenaille et lui bourrait le visage de coups de poing lorsque deux garçons de salle, munis de menottes en cuir, réussirent à l'emmener.

Comme il se relevait, groggy, Stratton vit Rice s'enfuir par la cour carrée. Il fit un pas de côté pour éviter un homme qui tombait, sa tête heurtant le parquet dans un craquement, le dos cambré et les yeux révulsés, tout agité de soubresauts, et se lança à la poursuite du fugitif.

Le Dr Rice dispersa les jardiniers en bleu et disparut par une petite porte. Prenant le même chemin, Stratton se retrouva en train de galoper dans un couloir, les oreilles pleines de cris, de jurons, de portes qui claquaient et de coups de sifflets. Au détour du couloir, il vit sa proie s'enfuir à l'extérieur par une autre porte et traverser la pelouse en direction d'un bois, à environ huit cents mètres. Au-delà de ce bois, on entendait crépiter des mitrailleuses. Rice allait vers l'endroit où l'usine d'armement testait sa production.

– Oh, non ! Tu te défileras pas !

Ce salaud n'allait pas le semer – son compte était bon ! Il tâcha d'accélérer – l'écart se creusait – mais il était hors d'haleine, souffrait d'un point de côté... Pourquoi Ballard n'était-il pas là ? Plus jeune, plus en forme, ce gamin aurait été capable de le rattraper, tandis que lui, il allait le perdre, se retrouver dans la ligne de mire d'une mitrailleuse, et...

Rice s'affala de tout son long dans l'herbe. Si subitement que, sur le coup, Stratton crut qu'une balle... Mais l'autre se mit à genoux, se releva. Alors, malgré son épuisement, Stratton fournit un suprême effort et, comblant son retard au point de se propulser tel un joueur de rugby, il l'attrapa par les genoux et le plaqua au sol.

– C'est toi qui l'as tuée ! grogna-t-il.

Un genou au creux des reins de Rice, il le saisit par les cheveux et se mit à lui cogner la tête contre le sol, de plus en plus fort.

– Tu l'as tuée !

Pour lui, ce n'était plus un être humain, juste un punching-ball. S'allongeant au-dessus de lui, il l'étrangla d'un bras, évacuant sa colère contre lui-même, le monde entier, et lui tira cruellement la tête en arrière, épousant sans en être conscient le rythme des rafales qui se répercutaient dans la vallée.

– Tu-l'as-tuée ! Je-vais-te-buter !

Il le sentit battre des bras et des jambes, l'entendit râler dans un effort pour respirer, après quoi – et Stratton mit un moment à s'en rendre compte –, son corps devint tout flasque.

– Oh, non...

Il lui avait brisé la nuque. Se dégageant, il le repoussa, le retourna sur le dos. L'autre avait la figure barbouillée de sang, le nez écrasé, les yeux pochés et les lèvres fendues. Stratton le gifla avec violence.

– Si jamais tu crèves…

Un œil s'entrouvrit, la tête se souleva légèrement.

– Tu… tu as voulu me tuer, fit la voix dans un râle.

– Non… non.

Sa fureur épuisée, Stratton était frappé de stupeur. Il contempla ses mains qui tremblaient d'épuisement, ses phalanges ensanglantées. Alors, s'agenouillant dans l'herbe, il se mit à pleurer.

Au bout d'un moment, sentant qu'on lui touchait la jambe, il regarda de ce côté-là et vit les doigts terreux de Rice. De nouveau l'œil s'entrouvrit, et Rice murmura : « Pleure pas… » avant de perdre connaissance.

Stratton essuya ses larmes et regarda autour de lui. À distance, près de la bâtisse, il y avait une brochette d'hommes en blouse blanche – des médecins, sans doute – qui le regardaient. Il était mûr pour la camisole de force… Sur le coup, il faillit en rire, puis un râle le ramena aussitôt au Centre, au moment où Jenny… si bien qu'il prit l'homme dans ses bras.

– Je suis là, chuchota-t-il, t'en fais pas…

Combien de temps restèrent-ils ainsi, il n'aurait su le dire. Au bout d'un moment, le bruit des armes automatiques se tut, il entendit des voix, se retrouva face à une rangée de jambes de pantalon – un pantalon de costume et trois pantalons de serge bleu. En relevant la tête, il vit les visages inquiets d'un inspecteur et de trois policiers. Il sortit son badge et le tendit au plus gradé. Sans mot dire, l'inspecteur y jeta un œil, opina, et le lui rendit.

À présent, ils faisaient cercle autour de lui, à une prudente distance. Stratton donna au blessé une petite secousse.

– Tu m'entends… ?

Une fois de plus, la paupière s'entrouvrit et la tête remua faiblement.

– John Walter Strang, je vous arrête pour usurpation d'identité.

Rice secoua la tête comme pour protester et, pendant une poignée de secondes, Stratton se demanda s'il n'y avait pas erreur sur la personne.

– Vous êtes bien John Walter Strang, n'est-ce pas ? Nous savons que vous avez une cicatrice au pouce, à la main droite.

L'un des agents se pencha et confirma d'un signe de tête.

– C'est votre mère qui nous en a parlé...

L'œil entrouvert s'écarquilla, sous l'effet du choc, mais juste un instant.

– C'est bien John Walter Strang, votre véritable nom ?

Le visage ensanglanté semblait irradier le mépris.

– Lui, c'est... personne. Je sais... qui je suis.

– Mais John Walter Strang était bien votre nom à la nais-sance ?

Signe affirmatif.

– Et vous vous êtes aussi servi des noms de James Dacre... Sam Todd... John Watson... ?

Il confirma, à chaque fois.

– Norman Thomas ?

– Oui...

Les lèvres fendues esquissèrent un semblant de sourire.

– Vous en oubliez...

– Vous nous les direz plus tard, au commissariat. Mais d'abord, j'ai une question à vous poser. Messieurs..., dit-il au cercle de policiers. Si ça ne vous fait rien...

L'inspecteur leva les yeux au ciel et fit signe aux autres de s'éloigner.

– Pourquoi avez-vous voulu me tuer ? demanda Stratton, une fois sûr qu'on ne pouvait plus l'entendre.

– Aider... Fay.

– Vous l'aimiez à ce point ?

– Pas de... sens.

– Même maintenant ?

– Rien n'a... de sens.

– Vous aviez dit à Mme Ingram que j'étais de la police.

– Je croyais qu'elle savait.

– Non. Cela a aggravé son cas, l'a poussée au crime. Sans cela, vous n'en auriez pas parlé... dans votre lettre.

– Elle avait déjà... le couteau. Je ne sais pas. Je regrette. Vous n'allez pas le croire... mais c'est... la vérité. J'aurais pu être... un bon... docteur. Je voulais sauver... les gens. C'était pas du cinéma...

– Je sais, dit Stratton. Merci.

76

R ÉCAPITULONS...
– Au commissariat de Birmingham, Stratton cochait les noms sur sa liste.

– John Salter, Thomas Collis, Frank Patmore et Thomas Stanbridge. En plus de ceux qu'on connaissait déjà. Il y en a d'autres ?

De l'autre côté de la table, son vis-à-vis – bien amoché mais parlant désormais quasi normalement – fit signe que non.

– Tout y est...

– C'était qui, votre préféré ?

Il parut réfléchir, mais pas longtemps.

– J'aimais bien Rice, mais c'était Dacre, je crois. James Dacre.

– À cause de Mlle Marchant ?

– Oui, mais aussi parce que c'était mon premier docteur... Quand j'ai découvert que j'étais capable d'en être un.

Logique. C'était la première fois que ce type avait joui d'un véritable statut social. Et puis le Dr Dacre avait l'admiration – et peut-être même l'amour – de Fay Marchant. Cela faisait beaucoup. Voilà pourquoi Dacre avait été prêt à tuer pour conserver tout cela. Stratton fit glisser sur la table son paquet de cigarettes.

– Servez-vous...

– Merci.

Ils en étaient à siroter du thé dans la petite pièce. Le prisonnier, à qui on avait pris ses empreintes et qui avait été vu par le médecin (ce dernier avait tiqué devant son état physique, mais n'avait rien dit) était resté réservé mais calme. Stratton jugea qu'il était temps de le bousculer un peu. Depuis leur dernier « échange » dans l'herbe, l'homme n'avait fait aucun effort pour s'insinuer dans ses bonnes grâces, ce qui rendait les choses bien plus faciles. S'en félicitant, il s'apprêta à lui porter le coup de grâce.

– Vous savez, monsieur Strang... (Une très légère expression de contrariété passa sur le visage de ce dernier.) Je crois qu'il serait temps que vous me parliez de cette morphine...

C'était la première fois qu'il lui donnait un nom, et son choix avait été mûrement réfléchi. S'il lui avait donné du « docteur Rice », l'autre aurait automatiquement endossé le rôle du psychiatre, ce que Stratton ne voulait justement pas, car ce Rice, tout comme Dacre, était plus intelligent que lui, en plus d'être d'une classe sociale supérieure. Il avait pris cette décision au cours du trajet en voiture, voulant se garder d'adopter un ton déférent. De plus, il espérait que le fait d'appeler cet homme par le nom de Strang – qui était, après tout, un simple criminel – les éloignerait de cette expérience commune qui était la mort de Jenny.

– Je ne vois rien à ajouter, répondit le prévenu.

– Oh, si, monsieur Strang – là encore, ce petit air contrarié. Par exemple, dans votre lettre, vous affirmiez avoir subtilisé cette morphine, mais sans dire *pourquoi*...

– Par distraction. Pure et simple distraction.

Frappé par ce ton charmeur Stratton réalisa qu'il s'était peut-être adressé à Strang, mais que c'était Dacre qui répondait. Et quoi de plus normal ? C'était Dacre qui était amoureux de Fay...

– Comme vous le soupçonniez, je ne cherchais qu'à trouver le moyen de sortir avec elle...

Il eut un petit rire d'autodérision.

– Ensuite, il y a eu cette histoire de torsion testiculaire – je n'en avais jamais vu, et quand le chirurgien m'a sonné les cloches... en plus de...

Stratton, qui se rappelait en détail les aspects de « cette chose-là », réprima un frisson.

– Je n'ai compris qu'après que Mlle Marchant pourrait avoir des ennuis et, à ce moment-là, je me sentais... idiot, à vrai dire. En outre, j'en avais consommé un peu. Cette femme qui m'avait agressé...

Il se frotta la joue et grimaça.

– Elle n'y était pas allée de main morte !

– Je n'en doute pas, répondit Stratton, dont le propre visage, après les coups du colosse qui lui était tombé dessus, était resté sensible, mais je ne vous crois pas. Vous savez, nous avons une très bonne raison de penser que c'est elle qui a pris cette morphine.

L'autre prit un air alarmé.

– Non, inspecteur, c'était moi ! C'est moi, le coupable.

– Vous vous en êtes servi pour tuer le Dr Byrne ?

Il fit non de la tête.

– Bon. L'infirmière, en revanche...

– Mlle Marchant n'a rien à voir avec cela ! Vous le savez bien.

– Non, je ne sais rien de tel. Et je vous soupçonne de ne pas savoir grand-chose d'elle...

L'homme prit une expression décontractée – le numéro du gentleman. Il ouvrit la bouche, comme pour parler, mais – peut-être découragé par la tête de son interlocuteur – se ravisa. Se rappelant les précautions qu'il avait prises avec Fay, Stratton se sermonna : « Arrête ! Ce n'est pas le moment de faire du sentiment. Fais ton boulot, et basta ! »

– Elle couchait avec le Dr Reynolds..., dit-il.

Le calme avec lequel l'homme encaissa cela indiquait qu'il était déjà au courant, mais Stratton aurait parié qu'il n'en savait pas plus.

– Hélas, ajouta-t-il, sans cesser de le dévisager, ils avaient été imprudents et elle était tombée enceinte.

L'autre baissa la tête et contempla la table.

– Reynolds, en sa qualité de médecin, a procédé à... la petite intervention... (Stratton se pencha en avant.) Sur la chair de sa chair...

Le type tressaillit comme si on l'avait frappé, mais garda les yeux baissés.

– Peu après, le Dr Reynolds fut victime d'un accident. Mais vous êtes au courant, n'est-ce pas, puisque vous travailliez alors à la morgue sous l'identité de Sam Todd ? À propos, on a relevé un ensemble d'empreintes digitales là-bas – sans pouvoir les identifier, mais à présent qu'on a les vôtres, j'imagine que ça va s'arranger, non ? Voilà au moins une chose que vous ne pouviez pas changer...

Stratton s'interrompit, guettant une réaction – en vain. Pour les meurtres, il ne pouvait procéder qu'à des coups de sonde au hasard, faute de preuves. Eh bien, on allait tordre un peu la vérité – histoire de voir ce que cela donnerait.

– Vous dites l'avoir rencontrée le jour où vous l'avez heurtée dans le couloir – le jour où la morphine a disparu, mais moi, je commence à me demander si vous ne la connaissiez pas avant... si vous n'étiez pas complices...

Enfin, l'autre releva la tête.

– Non ! Je vous l'ai dit : on ne se connaissait pas...

– Il est vrai, poursuivit Stratton, pensif, que sortant avec un médecin – Reynolds – pourquoi aurait-elle daigné remarquer un employé de la morgue ? Bref (il poussa un profond soupir), cette histoire d'avortement est sordide, vous l'imaginez bien...

Il s'interrompit, pour lui laisser le temps d'imaginer.

– Si le Dr Byrne en a eu vent et a menacé de les faire virer... Vous avez dit vous-même que vous étiez prêt à tuer pour la protéger, mais bien entendu, si vous ne la connaissiez pas à ce moment-là... Comme vous le savez, certains ont un instinct de conservation très développé. Vous, par exemple ! Et le plus curieux, c'est que cela n'a rien à voir avec la force physique. Tout est là-dedans (il se frappa le front). Reynolds a dû se disputer avec Byrne – le supplier de ne pas les dénoncer. Et je sais que Fay a demandé à Reynolds de partir avec elle, mais... (là, il adopta un ton sarcastique) la conscience de ce monsieur s'est réveillée, apparemment, car il a refusé. C'était un homme marié. Les amants ont eu une discussion la nuit où Reynolds est mort, et...

Il laissa l'insinuation planer avant de reprendre :

– Si vous vous rappelez – et forcément, puisque vous étiez sur place –, c'est Byrne qui a affirmé que le décès de Reynolds était suspect. À vrai dire, nous aurions nous-mêmes cru à un accident – une chute – mais là... Reynolds étant hors jeu, Mlle Marchant devait traiter avec Byrne, n'est-ce pas ? Et avant, bien sûr, il y avait cette Mlle Leadbetter, l'autre infirmière... Mlle Marchant était bouleversée, très en colère – Byrne menaçait toujours de la dénoncer, et pour l'autre jeune fille, il avait peut-être deviné... La pauvre, elle devait se sentir aux abois... La nuit où Byrne est mort, elle a été vue à proximité de son bureau. Par moi-même.

Là, Stratton s'interrompit et contempla le prévenu qui battit des paupières, mais sans changer d'expression.

– Elle semblait... agitée. Ce qui s'expliquerait si elle venait de tuer le Dr Byrne avec une ampoule de morphine. Elle a dû le prendre par surprise, réussir à l'assommer d'abord. Une infirmière, c'est costaud...

Stratton s'interrompit pour boire un peu de thé et alluma une cigarette, sans en offrir.

– Vous devez vous demander pourquoi, alors que nous l'avions placée en garde-à-vue pour l'interroger, nous l'avons relâchée, mais c'était pour l'autre affaire : l'avortement. Nous ne faisions que la soupçonner de ce meurtre, mais aujourd'hui, grâce à un témoin qui vient de se signaler, nous allons pouvoir l'inculper. La seule ombre au tableau, c'était vous, monsieur Strang. Naturellement, nous voulions vous parler du reste – l'usage de faux dans le but d'obtenir un emploi est un délit grave –, mais je voulais être certain, à titre personnel, qu'on pouvait vous éliminer... de cela. Or, à présent que je vous connais mieux, je m'aperçois que l'explication que vous donnez à votre geste de prendre la morphine est... peu satisfaisante. Vous serez soulagé d'apprendre que je ne vous crois pas coupable du meurtre du Dr Byrne et que je vais donner à mes collègues de Londres l'ordre d'arrêter Fay Marchant... Alors, soulagé ?

– Euh... oui... oui. Je suis soulagé, répéta l'homme machinalement.

Bien au contraire, il avait l'air traqué d'un rat pris au piège.

– Parfait ! fit Stratton, jovial. Eh bien, je vous laisse. Entre autres choses, j'ai besoin de savoir où l'on pourra vous faire dormir, ce soir. Gardez-les...

Il désigna le paquet de cigarettes.

– Et s'il vous faut du feu, il y a un agent dans le couloir qui se fera un plaisir de vous dépanner...

77

L AISSÉ SEUL, l'homme se prit le visage dans les mains. Quelle idée d'envoyer cette lettre ! C'était pour aider Fay, bien sûr, mais aussi pour se vanter... Et Stratton avait vu clair en lui, l'avait compris. Et cette manie de l'appeler sans arrêt Strang, pour le faire sortir de ses gonds...

Il s'était déjà demandé si cela aurait été un soulagement de se confier à un étranger, mais alors il n'avait imaginé que de l'incrédulité, puis de l'admiration devant tant d'audace. Pas ceci... Aujourd'hui, il était revenu à la case départ. C'était même encore pire. En plus d'être une nullité, John Strang était un délinquant, un imposteur. Quant à Fay... ça ne pouvait pas être vrai, n'est-ce pas ? Cette liaison avec Reynolds, oui, mais l'avortement... et le meurtre de cette autre infirmière ? Impossible. Stratton avait parlé d'un témoin... Tout partait en quenouille, échappant à son contrôle. À l'instant où il l'avait vu, à l'hôpital, il avait compris qu'il était perdu, voilà pourquoi il avait couru vers le champ de tir. Et quand Stratton avait commencé à lui cogner la tête par terre, il n'avait presque rien senti, tant il était scindé de son moi physique. À présent, il avait mal partout... et il y avait sa mère. Insisterait-elle pour le voir ? C'était elle, la cause de tout. Il ne voulait pas la revoir – jamais.

Son esprit travaillait fiévreusement, révisant les paroles de l'inspecteur. Stratton allait arrêter Fay. C'était déjà assez grave la première fois, quand il croyait que c'était juste pour la morphine, mais là... ! Et elle avait été vue dans le couloir, elle le lui avait dit elle-même... Quant à cet avortement... Il en avait la nausée. Reynolds avait dû la forcer, c'était la seule explication, ou bien recourir à une ruse... Quel salaud ! Il avait bien mérité son sort. Entendre parler d'elle comme d'une vulgaire traînée l'avait mis en colère. Non, ce n'était pas une putain. Dacre savait cela. Dacre était bon juge...

Mais il n'était plus le Dr Dacre. Ni le Dr Rice. On l'avait laissé en compagnie de son ancien moi inutile. Relevant la tête, il considéra les murs de ciment brut, le mobilier spartiate, le cendrier en fer-blanc... C'était fini. Sauf que : *il pouvait encore la sauver.* Fay aimait Dacre, pas Strang, mais Dacre ne pouvait plus l'aider, alors que Strang... Ce serait la seule bonne action de ce dernier, sa rédemption. Ensuite... qu'importe ce qu'il deviendrait... Soudain, il se mit à rire. Comme c'était amusant de penser que, alors qu'il avait mis tous ses espoirs en Dacre, en Rice, ce serait le nom de Strang qui serait dans le journal – et qu'il serait célèbre sous sa véritable identité.

78

U NE FOIS aux toilettes, Stratton constata dans la glace que lui aussi avait un bel œil au beurre noir – cadeau du géant qui l'avait massacré. Son nez avait également pas mal enflé ; il le palpa avec précaution, se demandant s'il avait été cassé pour la seconde fois. « Enfin, de toute façon, pour ce que ça change… », se dit-il. Et puis, Jenny ne serait pas là pour se moquer de lui quand il rentrerait à la maison. À propos, il faudrait appeler Doris pour lui demander de s'occuper des enfants puisqu'il allait découcher cette nuit.

Cela fait, il alla fumer dehors. Tandis qu'il était adossé au mur, derrière le commissariat, cette vague sensation qu'il avait déjà éprouvée s'amplifia – la TSF lointaine, réglée sur la bonne station, le volume à fond. Mais bien sûr ! Jetant sa cigarette, il rentra pour demander au brigadier de garde de contacter West End Central. Il fallut quasiment une vingtaine de minutes pour expliquer la situation au commissaire Lamb qui se racla la gorge d'abondance et posa des questions idiotes, sous l'œil du brigadier qui n'en revenait pas de la durée de cet échange. Enfin, Lamb accepta. Ensuite, Stratton demanda à parler à Ballard, qui sembla lui en vouloir d'avoir été tenu à l'écart, et lui donna ses ordres. Pour finir, il demanda au brigadier, éberlué, de lui trouver un toit pour la nuit, le remercia, et alla retrouver Strang.

– Bonne nouvelle, on vous a trouvé une cellule, monsieur Strang ! dit-il, cordial. Il y a du monde, mais vous aurez une pièce à vous... Venez, on va vous y conduire...

Strang ouvrit de grands yeux, mais ne fit rien pour se lever.

– Un problème ?

L'angoisse qui se peignit sur le visage du prévenu était, du moins l'espérait-il, un fidèle reflet de son tumulte intérieur.

– Attendez !

– Très bien...

Stratton resta debout, interdit. Strang paraissait tourmenté, comme si on extirpait une part vitale de lui-même avec des instruments de torture.

– Vous ne pouvez pas arrêter Fay, inspecteur. Elle est innocente.

– Ah ?

Stratton haussa un sourcil incrédule.

– Je sais qu'elle sortait avec le Dr Reynolds, mais cela ne signifie pas... Elle n'aurait pas fait ça.

– Qu'en savez-vous ?

– Je le sais, parce que c'est moi qui ai tué le Dr Byrne.

– Ah, vraiment ?

– Il m'avait reconnu. Cette cicatrice..., fit l'homme en levant sa main droite.

Stratton acquiesça.

– Et alors ? Un tas de gens ont des cicatrices.

– Il m'avait repéré aux toilettes. J'étais en train de me laver les mains, et c'est là qu'il a vu... J'ai cru qu'il ne ferait pas le lien, mais il est venu me voir plus tard, aux urgences. C'était juste après mon agression par la mère de la patiente enceinte... Il a dit qu'il avait à me parler, alors j'ai compris...

– Et ensuite ?

– Eh bien... j'avais la morphine et une seringue... Elle était tombée pendant l'agression. Je l'avais discrètement ramassée...

– Pourquoi ?

– Comme ça. C'est utile de piquer des trucs – ça peut toujours servir.

– Et vous avez jugé « utile » de tuer le Dr Byrne ?

– Pas tout de suite. Je suis allé la remplir de morphine aux toilettes. Je voulais me supprimer.

– Pourquoi ?

– Parce que j'en avais marre d'être traqué... Ça m'arrive, parfois. La déprime, la sensation qu'il n'y a pas d'issue...

Soudain, l'amertume remplaça l'autoapitoiement.

– Parce que j'ai échoué. Je suis un bon à rien, inspecteur. Un minable.

– Mais non ! protesta Stratton, sincère. Vous n'êtes pas un minable.

L'autre cilla, surpris.

– Tout le personnel de l'hôpital vous prenait pour un bon médecin... enfin, jusqu'au jour où il s'est avéré que vous n'étiez pas médecin du tout. D'ailleurs, si vous étiez si minable, vous ne me diriez pas tout ça, non ? Vous auriez laissé Mlle Marchant être jugée, et peut-être pendue, pour le meurtre du Dr Byrne. J'aurais pu marcher...

– Non, non ! C'est moi qui l'ai tué. Fay n'a rien fait.

– Vous voulez passer aux aveux ?

– Oui.

– Très bien.

Stratton alla à la porte et requit la présence d'un collègue. Ensuite, il déclara :

– John Walter Strang, je vous arrête pour le meurtre du Dr Arthur Mills Byrne, et je vous avertis que tout ce que pourrez dire pourra être retenu contre vous. Avez-vous compris ?

– J'ai compris.

– Bon, pouvez-vous commencer par le début... ?

Deux heures plus tard, la déposition était terminée et signée – laborieusement et non sans quelque hésitation – John Walter Strang.

Ensuite, Stratton envoya l'agent chercher du thé, après quoi, seul avec le prévenu, il demanda :

– Vous n'avez rien d'autre à dire ?

Strang, tassé sur sa chaise, l'air épuisé, lui jeta un regard vitreux.

– Vous n'avez pas dû oublier, ajouta Stratton. Le Dr Reynolds... Mlle Leadbetter, l'infirmière.

Strang opina avec lassitude et fit l'effort de se redresser, mais c'était comme si on l'avait débranché et il y avait comme un grand vide dans son regard. Ce type ne semblait pas avoir assez d'énergie pour répondre, mais il était prêt à essayer – il fallait lui reconnaître cela.

– Alors... ?

– J'ai frappé Reynolds. Je l'avais vu parmi les ruines. Je voulais prendre sa place en tant que médecin. Et maintenant, vous pouvez m'inculper...

– Pas encore. Pourquoi Reynolds ?

– À cause de Fay.

– Donc, vous la connaissiez avant de la heurter dans le couloir, le jour où vous avez pris la morphine ? Quand vous étiez seulement assistant à la morgue ?

– Non ! Je l'avais déjà vue, c'est tout... Je... je la désirais.

– Mais comment pouviez-vous savoir qu'ils sortaient ensemble ?

– Je les avais vus... dehors.

– Quand ?

– De temps en temps.

– Mais qu'est-ce qui vous faisait penser qu'ils étaient amants ?

– Sa façon de la regarder...

– Je vois. Connaissiez-vous Reynolds ?

– Pas personnellement. Je sais qu'il travaillait aux urgences.

– Donc, dit Stratton, sceptique, vous avez tué un homme que vous ne connaissiez pas dans le but de vous emparer de sa situation sociale et de sa maîtresse ?

– C'est bien ce qui est arrivé, non ?

– En effet, mais ce n'était pas gagné d'avance...

– En tout cas, ça a marché !

– Comment l'avez-vous tué ?

– Je l'ai frappé par-derrière. Tout simplement.

– Avec quoi ?

– Une brique. Ramassée par terre.

– Que faisait Reynolds au milieu de ces ruines ?

– Je n'en sais rien. Je l'ai vu...

– Il faisait nuit noire !

– Non, il y avait un clair de lune.

– Mais ça n'aurait pas suffi à l'éclairer depuis la rue.

– Je l'ai reconnu.

– Alors, c'est que vous deviez être tout près. Et lui, il ne vous a pas vu ?

– Non.

– Pourtant, il a bien dû vous entendre enjamber les gravats... Je dois vous avouer, déclara Stratton sur le ton neutre de celui qui commente la météo, que la différence entre votre description du meurtre du Dr Byrne et ce cinéma que vous êtes en train de me faire, est tout à fait étonnante. Vous devriez peaufiner les détails... Alors, il ne vous a pas entendu approcher ?

– En tout cas, il ne s'est pas retourné.

– Et vous n'avez rien dit, avant de le frapper ?

– Non.

– Combien de fois l'avez-vous frappé ?

– Trois fois.

– Vous en êtes sûr ?

– Je ne peux pas en être certain, mais je crois...

– Comment saviez-vous qu'il serait à cet endroit ?

– Il...

Stratton perçut comme une hésitation.

– Il sortait du pub. Je l'avais suivi.

– Lequel ?

– Le Cambridge Arms, dans Newman Street.

– Un établissement fréquenté par le personnel de l'hôpital. Bizarre... (Là, Stratton décida d'inventer.) Personne ne s'est rappelé l'avoir vu là-bas, ce soir-là...

– Il n'était pas resté longtemps...

– C'est-à-dire ? À quelle heure est-il parti ?

– Juste avant la fermeture.

– Et vous l'avez donc suivi ?

– Oui.

– Vous l'avez suivi jusque-là pour l'assassiner ?

– Oui.

– Tout de suite ? Vous prétendez qu'il n'y a pas eu de paroles échangées... Pourquoi avait-il pris ce chemin-là, à votre avis ? Marcher parmi les décombres... C'était dangereux, dans le noir.

– Un raccourci, je suppose. Il avait pas mal bu.

– Tiens ? Vous avez dit qu'il n'était pas resté longtemps dans ce pub.

– Euh, une impression...

– Il avait l'air ivre ?

– Non, mais…

– Pas surprenant, monsieur Strang, car selon le rapport d'autopsie, il n'avait pas d'alcool dans le sang ! Il est étonnant que vous ne vous rappeliez plus cela, mais c'est vrai qu'il s'en est passé des choses, depuis… En outre, le Dr Byrne nous avait dit que Reynolds était mort entre… (Stratton sortit et feuilleta son calepin) deux et six heures du matin. Les pubs de ce quartier fermant à vingt-deux heures trente, à moins que vous n'ayez tourné en rond sur place pendant quatre heures, votre histoire ne tient pas debout. En fait, elle est indigne de vous !

Stratton remit son calepin dans sa poche et fit mine de s'en aller.

– Enfin, c'était bien essayé. Au fait, je ne crois pas que vous ayez tué non plus Mlle Leadbetter…

– Mais…

– Bon. Et si vous me disiez où on l'a tuée ?

– Dans la salle d'opération. L'une de celles qui sont désaffectées.

– Laquelle ?

– Je…

Vaincu, Strang hocha la tête.

– À quoi bon, inspecteur ? Vous ne me croyez pas non plus pour Reynolds. Mais pourquoi… ? Je ne comprends pas.

– Je ne devrais pas vous dire cela, mais je vais le faire, parce qu'il y a… nous avons… certaines choses en commun. Si je ne vous crois pas, c'est que Mlle Marchant m'a pratiquement avoué avoir tué le Dr Reynolds, sans que je ne m'en rende compte sur le moment. Elle savait que Reynolds avait été frappé avec une brique – information tenue secrète. Les ragots sont une chose – et je suis bien certain que tout le monde à l'hôpital devait savoir qu'il avait été assommé, mais le détail sur l'arme du crime ne figurait pas dans les notes du Dr Byrne, car cela n'avait pas été corroboré par l'autopsie, et la presse avait seulement parlé d'une mort suspecte. Quand j'ai demandé à Mlle Marchant comment elle l'avait appris, elle m'a répondu : « C'est le Dr Dacre qui me l'a dit. » Or, si Mlle Marchant savait que l'homme qui se faisait passer pour le Dr Dacre était en fait l'assistant de la morgue, ça serait logique – Todd aurait pu entendre le Dr Byrne dire quelque

461

chose dans ce sens... –, mais elle n'en savait rien. Par conséquent, monsieur Strang, il semble bien qu'elle était toute
prête à vous rouler dans la farine, non ?

Strang le dévisagea. Il était pâle comme un linge.

– Vous paraissez choqué... C'est vrai que toute votre...
« carrière » repose sur le fait que les gens sont dupes de ce
qu'ils voient – l'uniforme, l'autorité... Mais vous aussi, non ?
Vous avez pensé – tout comme moi, je l'avoue – que, dans la
mesure où Mlle Marchant était une infirmière, et de surcroît
une très jolie fille bien élevée, c'était un ange. Dévouée,
altruiste... Qu'elle ne pouvait pas mal faire. Vous l'avez peut-
être bernée en lui faisant croire que vous étiez médecin,
monsieur Strang, mais elle aussi, elle vous a trompé...

En quittant la pièce, Stratton se demanda pour quelle raison, au juste, il lui avait dit la vérité sur Fay. Il avait beau se
répéter que cela n'avait pas tellement d'importance, il ne
pouvait s'empêcher de voir dans son geste une volonté de
vengeance, certes méprisable, mais qu'il se sentait incapable
de regretter.

79

-U N APPEL de Dewhurst, inspecteur.
    – Passez-le-moi...
Heureux d'avoir retrouvé son bureau, Stratton se cala dans
son fauteuil.
  – Stratton ?
  – Oui, commissaire...
  – Enfin, de bonnes nouvelles ! Les empreintes non identi-
fiées à la morgue correspondent à celles de votre type...
Strang. On n'a rien pu tirer de celles trouvées sur le bureau
du Dr Byrne, mais celles sur la bibliothèque sont identiques à
celles de Strang. Ce n'est pas énorme, mais...
  – J'ai des aveux, commissaire.
Stratton fit attention à se garder de tout triomphalisme.
  – Du Dr Dacre/alias Strang. C'est lui qui a tué Byrne.
  – Pas possible ! Formidable ! Toutes mes félicitations !
Tenez-moi au courant pour la suite...
Au moins, songea Stratton en raccrochant, ces félicitations
étaient authentiques, alors que le commissaire Lamb lui en
avait fait à contrecœur, comme d'habitude. Frank Byrne
l'avait remercié, lui aussi – soulagé d'apprendre que son père
ne s'était pas suicidé, même si un assassinat n'avait rien de
tellement plus réjouissant ; à tout prendre, en cas de suicide,
le défunt aurait au moins décidé de sa mort.
Fay Marchant se trouvait pour le moment en garde à vue à
Cheltenham – inculpée d'entrave à la justice. Parallèlement,
Lamb, malgré l'annonce de la mort de Mussolini et le reste,

fulminait parce que Piccadilly ressemblait à une caserne et que la moitié de ses effectifs avait été déployée ailleurs alors que les cellules étaient pleines à craquer. Ce n'était pas faux – les cellules regorgeaient de soldats ivres et agités, de diverses nationalités, qui avaient commencé à faire la fête prématurément et dont les rugissements montaient du sous-sol, en plus de leur lot de voyous, prostitués des deux sexes, cambrioleurs et autres, qui ne demandaient manifestement qu'à se joindre à cette liesse. Le hic, c'était que – selon Lamb – Stratton était le seul à pouvoir séparer le bon grain de l'ivraie, ce dont ce dernier n'avait aucune envie.

Il descendit l'escalier avec Ballard, accompagné par un chœur qui venait d'entonner une chanson paillarde sur l'air de *Quel ami fidèle et tendre.*

> *La vie n'est que déceptions,*
> *Morne et triste comme la tombe,*
> *Papa a des couilles en plomb,*
> *Maman, une descente d'organes...*

Parvenant apparemment à ignorer ce vacarme, le brigadier de garde était en train de déchiffrer les légendes d'une bande dessinée confisquée à un soldat américain, et il semblait captivé par les scènes de violence gaiement colorées. Arliss, assis auprès de lui, la tête appuyée au mur, avait les yeux mi-clos.

– Qu'est-ce que vous foutez ? beugla Stratton pour couvrir ce boucan. Vous peignez la girafe ?

– Pardon, inspecteur...

À la vue de son visage tuméfié, Arliss écarquilla les yeux.

– Beau coquard, inspecteur !

– Merci, Arliss. Allons, qu'on fasse le tri... À qui le tour ?

> *Sœur Sue vient de se faire avorter*
> *Pour la dixième fois...*

En dépit de leurs efforts – acharnés dans le cas de Ballard, faibles dans le cas d'Arliss – pour obtenir le silence, les braillements se poursuivirent par intermittence jusqu'à la fin de la journée et, à l'heure où Stratton s'en alla, l'atmosphère confinée, la fumée de tabac et le brouhaha lui avaient valu une sacrée migraine.

En descendant du bus, il jugea qu'il avait bien besoin d'une demi-pinte au Swan et d'une petite causette avec Donald, s'il était là. Hélas, Reg y était aussi et, après une demi-heure d'outrecuidantes et vaines spéculations sur (a) comment Stratton avait écopé de ce coquard, et (b) quand on arriverait à Berlin pour capturer ou tuer Hitler, il décida qu'il était grand temps d'aller chercher les enfants chez Doris avant de rentrer chez lui.

Debout devant la fenêtre de la cuisine, il regarda Monica et Pete s'amuser dans le jardin en songeant à Jenny. Ensuite, une fois les enfants au lit, il alluma la TSF et suivit le discours de Churchill à la Chambre des communes tout en se demandant s'il y aurait une annonce spéciale pour la fin de la guerre. À un moment donné, il avait dû s'assoupir, car il s'aperçut que la radio était éteinte et que Monica se tenait devant lui en chemise de nuit, l'air soucieux.

– Ça va, papa ?

Stratton se frotta le visage.

– Ça va, ma chérie. Quelle heure est-il ?

Elle jeta un coup d'œil à la pendule sur la cheminée.

– Minuit dix. Hitler est mort, papa.

– Ah ?

– On l'a dit à la radio. À l'instant. Tu crois que c'est vrai ?

– Eh bien, si on l'a dit à la radio...

– Mais c'est peut-être pas vrai ! Et s'il se cachait ? Il pourrait revenir dans quelques années, et alors la guerre reprendra...

– Mais non, mon chou. Où trouverait-il des soldats et des chars, pour commencer ?

– Mais comment être sûr que c'est bien lui, et pas un sosie ?

– On a dû vérifier, tu penses...

– Il paraît qu'il y a un autre homme à la tête de l'Allemagne. Choisi tout spécialement par Hitler. Un amiral, qui va poursuivre le combat.

Contemplant le visage inquiet de sa fille, Stratton déclara :

– Il peut toujours parler... n'empêche qu'ils sont vaincus. Ils ne pourraient pas continuer...

– C'est vrai ?

Monica semblait en douter.

– Bien sûr. Ils vont devoir se rendre.

– Mais les Japonais se battent encore, pas vrai ?

– Oui, mais plus pour longtemps.

– Bien vrai ?

– Bien vrai...

Stratton se releva en se massant la nuque.

– Et maintenant, au lit ! dit-il. On en saura plus demain...

80

D EUX JOURS plus tard, couché sur le flanc, Strang contemplait la pénombre étouffante de sa cellule. C'était comme être enfermé dans un coffre-fort – comme s'il était une chose, pas un individu. Un numéro. Et il serait un numéro jusqu'à la fin de ses jours, avec cette odeur de merde et de sueur imprégnant ses vêtements et jusqu'à sa peau. On lui avait pris sa ceinture, ses lacets, et même les boutons de son manteau. On devait faire cela à tout le monde, par mesure de précaution.

Il avait échoué. Bien sûr. Strang était voué à l'échec... Fay ne l'avait pas aimé, elle avait joué la comédie – son subconscient ayant compris qu'il n'était pas Dacre, pas digne d'être aimé et, pour finir, elle l'avait méprisé. Il était nul. Lui qui croyait la protéger alors que, depuis le début, cet inspecteur avait su... À présent, il comprenait : dès le début, l'inspecteur avait cherché à lui faire avouer le meurtre de Byrne et à s'assurer aussi que Fay ne le connaissait pas à l'époque où il se faisait passer pour Todd. Et il était tombé dans le panneau. En réalité, il n'avait fait que trébucher sur le cadavre de Reynolds, une nuit d'insomnie. En passant aux « aveux », il s'était complètement emmêlé dans l'horaire...

Avec Fay, ç'avait été le coup de foudre. Il avait vu ce qu'il souhaitait voir. Même quand elle lui avait parlé de Reynolds, même quand Stratton avait parlé de l'avortement... il lui avait trouvé des excuses. Ça ne pouvait pas être sa faute, on l'avait forcée... Mais il n'en demeurait pas moins qu'elle avait tenté de rejeter la faute sur lui. Il avait beau lui chercher des excuses, telle était la vérité. Peut-être avait-il pressenti dès le début que c'était une simulatrice et avait-il été attiré par elle justement pour cette raison... ?

Mais comme elle était belle ! Si seulement elle avait pu être sincère... Il n'avait plus rien dans sa vie. Sa mère... Mais il ne se laisserait pas approcher par elle.

Des taulards criaient du fond de leurs cellules – quelque chose sur Hitler et la fin de la guerre. Les gardiens semblaient peu empressés à les calmer. Si seulement ils pouvaient se taire ! Qu'est-ce que ça pouvait bien lui faire, la fin de la guerre ? Il ne profiterait pas de la paix.

Où pouvait-elle être ? Dans une cellule, elle aussi ? Qu'allait-elle devenir ?

Il ne pouvait plus penser à elle, ni à rien d'autre. « Je suis vide, se dit-il. Un zéro. »

Il se coucha sur le côté, se recroquevilla, ferma les yeux. « Tout ce que je voulais, songea-t-il, c'était me faire une place au soleil. »

81

L E LENDEMAIN MATIN, Stratton acheta le journal avant de monter dans le bus. Le gros titre disait : HITLER MORT – DÖNITZ, NOUVEAU FÜHRER. Sans doute l'amiral de Monica... *La radio allemande a délivré cette nouvelle au monde à 22 h 25, cette nuit, dans les termes suivants : « Le QG du Führer indique que notre Führer, Adolf Hitler, a succombé cet après-midi à son poste de commandement à la Chancellerie du Reich en combattant le bolchevisme jusqu'à son dernier souffle. »*

Stratton parcourut le reste de la colonne. On n'y disait pas comment Hitler était mort, et il se demanda s'il avait été tué par les Russes, ou même des Allemands. Dommage, songea-t-il en se rappelant les films sur les camps de concentration, il aurait mérité de tâter de sa propre médecine. Enfin, bon débarras ! Le problème était qu'ayant appris pendant cette longue épreuve à ne pas se bercer d'illusions et à s'attendre au pire, les Anglais ne savaient plus comment prendre les bonnes nouvelles.

– Dire que ce salaud n'aura pas de procès, disait une passagère. J'aurais bien aimé l'entendre tenter de se défendre, après ce qu'il a fait !

Fay Marchant avait maigri – Stratton le remarqua en s'installant en face d'elle dans la petite salle. Comparée à Harris, la robuste femme policier qui se tenait près de sa chaise, elle avait l'air d'un spectre. Son tailleur bleu flottait sur elle et elle était émaciée. Ses yeux d'un brun velouté semblaient encore plus grands, creusés qu'ils étaient par des cernes. Elle avait un air déterminé, blindé, comme si elle avait décidé de garder son calme à tout prix. Stratton en fut interloqué – c'était comme porter un coquillage à son oreille sans entendre la mer. Lui offrant une cigarette, il déclara :

– Vous savez pourquoi vous êtes là, n'est-ce pas ?

– Oui, inspecteur, mais ce que je ne comprends pas, c'est qu'on ait tout à coup décidé de m'arrêter sans la moindre preuve. C'est sûrement une erreur – voilà pourquoi je n'ai pas demandé d'avocat. Je suis certaine que nous allons pouvoir régler cela entre nous...

Elle lui sourit.

– Commençons par cet homme que vous connaissez sous le nom de James Dacre. Parlez-moi de votre amitié, en commençant par le commencement...

– Je vous l'ai déjà dit : on s'est heurtés dans un couloir de l'hôpital...

– Vous ne l'aviez jamais vu auparavant ?

– En effet...

– Jamais ?

– Non !

La jeune femme semblait perplexe.

– Connaissez-vous un certain Todd ? Sam Todd ?

– Je ne comprends pas... c'est le véritable nom de James ?

Stratton ignora la question.

– Ainsi, vous affirmez que vous n'aviez jamais rencontré le Dr Dacre avant de le heurter dans ce couloir ?

– Oui, mais quel rapport avec...

– C'est quelque chose que vous m'avez dit, mademoiselle...

Stratton gardait exprès un air détendu.

– Au téléphone. Vous m'avez dit que le Dr Reynolds avait été assommé avec une brique. Ce n'était pas dans les journaux, ni dans le rapport d'autopsie – d'ailleurs, les légistes n'ont pas coutume de crier une telle information sur les toits. Quand je vous ai demandé comment vous l'aviez su, vous m'avez répondu : par le Dr Dacre. C'est seulement bien plus tard que j'ai réalisé que vous ignoriez alors – et notre pseudo-Dr Dacre l'a confirmé, comme vous venez de le faire vous-même – qu'il avait travaillé à la morgue en tant qu'assistant. Todd était son nom d'emprunt, à l'époque – il en a eu beaucoup. Donc, en ce qui vous concerne, il n'y avait aucune raison pour que le Dr Dacre fût en possession de cette information. Et aucune raison que vous la déteniez... sauf si vous en saviez bien plus sur la mort du Dr Reynolds que vous ne l'aviez affirmé. Une brique, c'est un drôle de choix pour tuer, mademoiselle... Ça ne donne pas beaucoup d'amplitude au geste – à la différence d'un club de golf ou d'un tisonnier – et vous auriez dû asséner plusieurs coups puissants pour arriver à vos fins. Cependant, le recours à cette arme – ce n'est pas les briques qui manquaient sur place – suggère que ce n'était pas prémédité, ce qui, bien entendu, est un point en votre faveur. Par ailleurs, mon brigadier, en consultant le compte en banque du Dr Reynolds et le vôtre, a constaté qu'il y avait eu des transferts de fonds de l'un à l'autre l'an dernier, entre Pâques et début juin – le dernier, quinze jours avant le décès du Dr Reynolds. Donc... vous pourriez peut-être commencer par m'expliquer ce qui s'est réellement passé ? Si vous coopérez, il se peut que j'oublie que vous m'avez menti à plusieurs reprises, sinon... J'aimerais bien vous aider, mais hélas, ça ne dépend pas de moi. Mon supérieur me trouve un peu trop coulant avec vous...

Stratton laissa en suspens le reste de sa phrase, avec sa menace voilée.

La jeune femme resta sans bouger quelques instants, les mains jointes sur la table, puis déclara :

– La nuit où Duncan – le Dr Reynolds – est mort, j'étais présente, mais ce fut un accident.

– Je vois...

Stratton sortit son calepin.

– On était sortis ensemble. Enfin, on s'était retrouvés dans cet appartement dont je vous ai parlé, à Holborn.

– L'adresse ?

– Bedford Row, numéro 34.

– Vous y avez passé toute la soirée ?

– Quand j'ai dit que j'étais restée au dortoir des infirmières, c'était vrai – enfin... Je me suis éclipsée vers neuf heures trente –, j'avais arrangé mon lit pour faire croire que j'y dormais. Ce n'était pas la première fois, et on n'avait jamais remarqué mon absence. Personne ne m'a vue – les

471

filles dormaient, ou étaient au boulot. Duncan m'attendait à l'appartement. On s'est disputés.

– À quel sujet ?

– J'étais bouleversée. Depuis que... c'était arrivé... il m'évitait et je me sentais... j'étais malheureuse, sans avoir personne à qui parler. Je l'avais menacé d'écrire à sa femme, s'il ne voulait pas me revoir – et j'aurais tenu parole, tant j'étais désespérée. J'espérais qu'il serait... comme avant... mais il a été d'une froideur ! Quand je suis arrivée là-bas, il s'est comporté comme si je n'étais qu'une gêneuse, comme si je n'avais aucun droit sur lui... tout de même, je ne lui demandais pas de quitter sa femme, seulement...

– De vous payer ! Il est tout à fait exact que vous ne vouliez pas qu'il quitte son épouse. Elle a de la fortune, et je ne crois pas qu'il aurait de toute façon divorcé. Mais *elle*, en revanche, elle aurait pu le plaquer si elle avait été au courant... Oh, une liaison, ça se pardonne, mais cette grossesse, puis l'élimination préméditée du fœtus alors qu'elle-même n'avait jamais pu concevoir... Mais tout cela, vous le savez, n'est-ce pas ? Voilà pourquoi il avait accepté de vous donner autant d'argent. Sauf que ce soir-là, il a refusé, n'est-ce pas ? Il vous a mise au défi d'aller voir sa femme. Vous avez pu le menacer de signaler cet avortement, mais cela vous aurait valu des ennuis, pas vrai ?

Stratton se cala contre le dossier de sa chaise et croisa les bras.

Fay, dont la perplexité avait fait place à l'indignation pendant cette tirade, s'écria :

– C'est faux ! Archifaux ! Je voulais seulement être réconfortée, entendre dire qu'il m'aimait, et... Comment vous expliquer ? Être abandonnée, après avoir subi tout cela... J'ai tenté de lui dire combien j'étais malheureuse, mais...

– Ne gaspillez pas votre salive. Je n'en crois pas un mot.

– Vous ne pouvez rien prouver.

– Oh, que si ! Nous avons vos relevés bancaires.

– Cet argent, il me l'a donné. Je n'avais rien demandé.

– Pourquoi aurait-il fait cela ?

– Il avait pitié de moi.

– Ainsi, vous prétendez qu'il vous a donné de très fortes

sommes avant de mourir de façon accidentelle. Change de disque, chérie...

Stratton la considéra, l'air interrogatif, et jugea qu'il était temps de tenter un nouvel assaut.

– Figurez-vous que mon brigadier, malgré toutes ses occupations, a quand même trouvé le temps d'aller parler à de jeunes médecins du Middlesex, et savez-vous ce qu'il a appris ? Que le Dr Dacre leur avait dit qu'il était marié. On sait combien les nouvelles vont vite dans un hôpital, surtout quand il s'agit d'un jeune et sémillant médecin. Toutes les infirmières devaient rêver de lui... bien sûr, le fait qu'il fût marié en aurait découragé la plupart... sauf vous ! Ou bien, c'est lui-même qui vous l'a dit. Après tout, vous l'aviez bien embobiné depuis le premier jour, n'est-ce pas ? Peut-être aviez-vous instauré un climat d'intimité en lui faisant des confidences... ? Un homme marié avait tout pour vous plaire, n'est-ce pas ? Vous projetiez de recommencer votre manège avec lui – en évitant de tomber enceinte, évidemment. Vous auriez pu en tirer quelque chose – certes, pas autant que du Dr Reynolds... Vous vous êtes crue maligne mais, en réalité, c'est lui qui vous a trompée, comme il a trompé tout le monde.

Le regard de la jeune fille se fit plus perçant et sa bouche adopta un pli dur, amer. Elle n'était plus jolie, seulement vindicative.

– Le Dr Wemyss a dit à mon brigadier qu'il avait un jour égaré la clé de sa chambre à l'hôtel Clarendon. Et puis, par miracle, le lendemain, elle était revenue dans sa poche ! Ses amis, le Dr Betterton et le Dr Unwin, les seuls à être au courant pour cette clé, nièrent l'avoir empruntée sans sa permission – c'est seulement en parlant avec mon brigadier que ce monsieur s'est souvenu que Dacre était au courant, lui aussi. Avez-vous une idée du jour où cette clé avait disparu ?

L'expression de Fay indiquait qu'elle ne savait que trop bien, mais elle garda le silence.

– Eh bien, je vais vous le dire : c'est le soir où le bon docteur vous a emmenée prendre un verre. Mon brigadier – il est efficace, le bougre ! – a envoyé quelqu'un enquêter dans cet hôtel, et le personnel s'est souvenu de vous ! Flatteur, non ? On ne voit pas souvent de femme défendre sa vertu aussi farouchement – dans le hall. Parce que c'est votre vertu que vous défendiez, n'est-ce pas ? Vous soupçonniez votre nouvelle proie d'être riche, mais vous n'alliez pas céder avant que l'affaire ne fût dans le sac. Malin, ça... Il fallait monter sur les planches, au lieu d'être infirmière. Ou vous faire prostituée. Se prostituer, c'est honteux, mais nettement moins qu'être maître chanteur !

Fay se cabra, les joues embrasées comme si on l'avait giflée.

– Comment osez-vous !

– Vous êtes pire qu'une prostituée, Fay... Vous êtes une meurtrière.

– Non !

Elle avait hurlé avant d'éclater en sanglots. Harris lui mit la main sur l'épaule.

– Pleurer ne servira à rien, déclara Stratton. Vous ne partirez pas d'ici avant d'avoir dit la vérité.

La femme policier lui tendant un mouchoir, Fay y enfouit son visage, recroquevillée sur elle-même. Au bout de plusieurs minutes, le flot de larmes se tarit et, après quelques reniflements et hoquets, on ne l'entendit plus.

Stratton soupira.

– Et maintenant, reprenons depuis le début. Vous avez accompagné le Dr Reynolds à cet appartement. Et ensuite ?

– Ce n'était pas juste, déclara la jeune femme d'une voix blanche. Cet argent, je le méritais après ce que j'avais enduré par sa faute, mais il ne voulait plus m'en donner. Il disait des horreurs. Je n'en revenais pas... J'ai essayé de discuter, mais rien à faire. Pour finir, il a décidé de me raccompagner, disant que sa femme allait s'inquiéter...

– Quelle heure était-il ?

– Je ne sais pas. Tard. Après minuit. Comme il n'y avait pas le téléphone dans cet appartement, il a dit qu'il allait appeler son épouse de l'hôpital. Sur le chemin, on n'a pas cessé de se disputer...

– Ça ne devait pas être facile, dans le noir...

– On avait nos lampes de poche, mais ça a pris un certain temps. Une fois près de l'hôpital, Duncan m'a dit de rentrer au dortoir... il allait passer par la grande entrée pour téléphoner. On était toujours en pleine dispute et il a dit... il a dit...

– Oui ?

– Il m'a traitée de traînée. Là, j'ai perdu mon sang-froid. Je l'ai poussé – pas très fort, mais la chaussée étant déformée, il est tombé à la renverse et j'ai entendu… il avait dû se cogner à quelque chose… Il a poussé comme un grognement, et ensuite, à la lueur de ma lampe, j'ai vu… il n'y avait pas de sang – il était tombé à la renverse, donc s'il s'était entaillé, ça aurait été au niveau du cuir chevelu… il n'avait pas de chapeau. Il m'a traitée de garce, que c'était ma faute, que je l'avais entraîné… Il ne criait pas, non, il se contentait de grommeler… des horreurs. J'étais si bouleversée que je ne savais plus ce que je faisais. Là, il est parti en titubant à travers les ruines, en se tenant la tête, et je l'ai suivi. J'ai dit qu'il ne pouvait pas me traiter ainsi, et lui il me disait d'aller au diable, qu'il ne voulait plus me revoir. J'ai trébuché… c'est là que j'ai ramassé les morceaux de brique – et j'ai commencé à les lancer sur lui. Je ne voyais plus ce que je faisais, il était devant moi, et tout à coup, il est tombé. J'étais tellement en colère que je l'ai frappé, et puis… je ne sais plus. Mais je ne voulais pas… je n'avais pas l'intention… j'étais tellement furieuse…

Stratton croyait qu'elle allait se remettre à pleurer, mais abattant ses poings sur la table, elle cria :

– Cette ordure ! Je suis bien contente qu'il soit mort. Quant à Dacre…

Son visage se figea et, l'espace d'un moment, elle eut presque l'air diabolique.

– Comment a-t-il pu me faire ça ? Et me compromettre avec cette morphine… Ce n'était pas juste.

– Et Mlle Leadbetter ?

– Elle !

La voix de Fay était pleine de mépris.

– Cette sale morveuse… Elle m'a vue rentrer. Elle se trouvait dans la salle d'eau au moment où je me suis faufilée par la fenêtre. Elle a vu la terre sur mes mains, le sang… J'ai dit que c'était un accident, que je m'étais égratignée, mais quand tout l'hôpital a su pour Duncan… cette petite garce de Maddox avait dû cafter… Je n'ai compris que plus tard, mais c'est elle qui avait dû en parler à Leadbetter, parce que cette dernière m'a dit d'aller à la police, ou sinon elle irait à ma place. Elle disait que j'avais eu tort, que c'était mal, immoral, mais moi, je sais que c'était de la jalousie, parce qu'elle n'arrivait pas à attraper un homme. Il fallait bien que je l'empêche...

Stratton la dévisagea. Pour cette jeune femme, les autres n'étaient que des moyens pour arriver à ses fins, ou des obstacles à balayer. Quel gâchis. Une fille si belle et si intelligente...

– Faisons une pause, dit-il. Je vais aller chercher du thé.

La jeune Harris faisant un pas en avant, Stratton la dissuada d'un geste.

– J'y vais !

Ces confessions le rendaient malade, il avait besoin de s'absenter. Fermant la porte derrière lui, il alla demander à Arliss d'apporter du thé, et à Ballard de venir prendre la déposition. Il aurait dû se sentir fier – après tout, il venait d'élucider trois affaires criminelles, n'est-ce pas ? – mais à présent que l'adrénaline était retombée, il n'éprouvait plus que lassitude et dégoût. À quelle tâche s'atteler, désormais – à celle d'oublier Jenny ? Il avait cru que le fait de pincer Dacre aurait allégé son sentiment de culpabilité, sinon son chagrin, mais en fait, cela ne changeait rien. Repensant à ces dernières semaines, il réalisa qu'il y avait eu des moments où il n'avait pas pensé à elle et comprit qu'à l'avenir ces minutes seraient appelées à devenir des heures, voire – même si c'était difficile à imaginer – des journées entières. Cette idée avait beau lui répugner, son bon sens lui disait que c'était inévitable. « Mais elle sera quand même là, se dit-il. Dans mon cœur. À jamais. »

82

LE JOUR de la victoire, comme Stratton l'avait prédit, il régna une ambiance de folie au commissariat. Il avait prévenu Doris qu'il ne savait quand il pourrait rentrer et, dès le début de la journée, les faits lui donnèrent raison. Il y avait déjà des foules immenses dans Piccadilly, avides d'informations et, quand on annonça à la radio que l'Allemagne avait capitulé sans conditions, bien des gens, au lieu de rentrer chez eux, commencèrent à faire la fête. Tandis que de plus en plus de quidams venaient se joindre à ces noceurs, les sirènes des bateaux ou des remorqueurs sur la Tamise se mêlaient aux hourras et aux chants.

En un rien de temps, le bureau des dépositions fut plein de soldats hurlant, de putains pleurant de joie, de flics exténués qui s'étaient fait piquer leur casque, d'enfants égarés, de chiens errants, sans oublier Freddie l'exhibitionniste qui n'avait pu se retenir à la vue d'un si large public et qui – comme à son habitude – arguait de problèmes de vessie.

Compte tenu de ces hordes qui patrouillaient dans Piccadilly, escaladaient les réverbères et dansaient la gigue autour de la statue d'Éros toujours barricadée, le commissaire Lamb avait décrété que tout le monde resterait à son poste jusqu'à nouvel ordre.

– On n'aurait jamais pu passer, de toute façon..., déclara Ballard, philosophe.

Ils s'étaient accordé cinq minutes de pause pour monter

477

sur le toit du commissariat et contempler la marée de pavillons britanniques qui flottaient au vent, parmi les rubans rouges, blancs, bleus.

– Enfin, quel soulagement, inspecteur…

– Le mot est faible. J'aurais bien aimé que ma Jenny voie ça…

Stratton n'avait pas voulu dire cela tout haut, mais c'était venu tout seul.

Ballard se racla la gorge. Notant son embarras, Stratton désigna la place et dit :

– En tout cas, eux, ils s'amusent, hein ?

– Oui, inspecteur. Ça balance…

– Quand ce sera fini, vous aurez sans doute une petite fête en privé avec Mlle Gaines, pas vrai ?

Le jeune homme eut un grand sourire.

– Je m'en fais une joie, inspecteur. Et…

– Oui ?

– Merci. Pour votre « ignorance », si vous voyez ce que je veux dire…

– Oh, je vois très bien. Ça fait un bail, vous deux… Quand allez-vous faire d'elle une honnête femme ?

– À vrai dire, j'avais l'intention de la demander en mariage justement lors de cette petite fête.

– Parfait. Je suis sûr que vous ferez un bon mari… Si vous n'oubliez pas, ajouta-t-il en songeant à Jenny, de laisser vos soucis au commissariat, une fois en famille.

– Je ferai de mon mieux, inspecteur.

– Bien. Allez, redescendons dans l'arène…

Pendant les vingt-quatre heures suivantes, durant lesquelles un gros orage dispersa les fêtards qui allèrent se mettre en vitesse à l'abri, Stratton eut à peine une minute pour souffler, encore moins pour penser et, à l'heure où Lamb lui déclara le lendemain, en fin de journée, qu'il pouvait disposer, il s'aperçut qu'il avait à peine l'énergie de se frayer un chemin à travers la foule compacte pour aller prendre son bus. L'orage étant passé, le soleil brillait et, au milieu des banderoles et des serpentins bariolés qui semblaient se brouiller sous ses yeux fatigués, les oreilles bourdonnantes de chansonnettes plus ou moins obscènes, il réussit à se caser dans le véhicule bondé et effectua le trajet debout, pressé contre des individus dont beaucoup hurlaient à tue-tête. Quand il descendit au niveau du Swan, à Tottenham, il avait l'impression d'avoir des bleus partout.

Les portes du pub étaient grandes ouvertes et des gens buvaient de la bière sur le trottoir. Il s'efforça de repérer Donald au milieu du nuage de fumée, mais ce fut ce dernier qui, l'apercevant du sein de la cohue, lui hurla :

– Attends ! Je t'apporte à boire !

Stratton s'adossa au mur, offrit son visage au soleil et ferma les yeux. Des images de la semaine – la population en liesse, le visage désespéré de Strang, celui, venimeux, de Fay – repassaient dans son esprit tel un film au ralenti. Le – très difficile – entretien qu'il avait eu avec la mère de Strang, quelques jours plus tôt, lui avait appris que ce dernier n'avait jamais eu la chance de pouvoir aller en fac, la famille ayant sombré dans l'indigence. Ainsi, faute de pouvoir changer le monde, Strang avait choisi de se réinventer. Quelle pitié...

Donald apparut, hilare, apportant deux pintes. Il lui en fourra une dans la main.

– À la victoire ! dit-il en levant son verre.

– À la victoire !

Prenant une lampée, Donald ajouta :

– En plus, Reg n'est pas là ! Trop occupé à superviser les préparatifs pour le feu de joie, sur le terrain communal. Content comme tout...

– Au moins, ça l'occupe, dit Stratton. Lui qui errait comme une âme en peine depuis que la garde a été démantelée...

– À qui le dis-tu ! Dieu sait à quoi il va s'employer désormais...

– J'imagine qu'il va me donner des cours de jardinage... Enfin, santé !

Trois pintes plus tard – les pubs avaient été réapprovisionnés –, ils rentrèrent en chantant.

– J'ai pu me procurer des drapeaux chez le buraliste, déclara Donald. Les gosses m'ont aidé à les accrocher. Excités comme des puces... Ils ont ramassé des chiffons pour en bourrer la marionnette d'Hitler... pour le feu de joie. C'est Monica qui a fait sa tête. Elle sait dessiner, ta fille...

– Oui, je sais, répondit Stratton qui songea que sa propre maison serait dépourvue de décorations.

Enfin, au moins les enfants s'amusaient... Chassant ces sombres pensées, il se remit à chanter.

– Papa, tu as bu ! déclara Monica, sévère, tandis que, bras dessus, bras dessous, les deux beaux-frères arrivaient chez Doris en titubant. Avec ton coquard, ça te donne un drôle de genre...

– Oui, ma chérie, répondit Stratton, penaud. Pardon... J'ai bien cru que je ne pourrais pas rentrer du tout, et ensuite j'ai vu Donald au Swan...

– Ben voyons, c'est ma faute ! protesta Donald.

Il embrassa Doris qui poussa un gémissement et se mit à rire en s'éventant de la main.

Le feu de joie fut un succès, il y eut des pétards et des chants, et Reg s'amusa comme un fou à surveiller la cuisson du cochon à la broche.

– Mais où ont-ils dégoté un cochon entier ? s'étonna Stratton.

– Mieux vaut ne pas demander, répondit Donald en lui adressant un clin d'œil.

Un peu plus tard, la nuit étant venue, quelqu'un apporta un gramophone et les trois adultes s'installèrent dans l'herbe pour siroter leurs verres, tout en regardant Madeleine danser avec son nouveau petit ami parmi des douzaines d'autres couples, tandis que les plus jeunes gambadaient et faisaient les idiots.

– On pourrait partir en vacances, déclara Doris. Tous ensemble, comme au bon vieux temps. Vous vous souvenez de notre séjour à Eastbourne – chez Mme Jenkins ? On pourrait retourner là-bas.

– À condition qu'elle y soit toujours, dit Donald.

– Évidemment ! Ce serait comme au bon vieux temps...

Réalisant ce qu'elle était en train de dire, la jeune femme regarda Stratton.

– Excuse-moi, Ted... Ce ne serait pas pareil sans Jenny, et je comprends que tu n'aies pas envie de retourner là-bas. J'ai parlé sans réfléchir...

– Mais non ! (Stratton lui sourit.) Je comprends. Moi aussi, j'aimerais bien revoir Eastbourne.

– Oh, Ted...

Doris lui prit le bras et Stratton lui tapota la main.

– T'en fais pas, ma grande. Profitons de cette soirée...

Ils gardèrent le silence pendant une minute, puis un jeune homme mit un nouveau disque et Donald dit :

– Viens, Doris, on danse... !

– Pour que tu m'écrabouilles les orteils ?

– Allez, quoi !

Il se leva et la força à en faire autant.

– Il y a une éternité que je n'ai pas écrabouillé tes petons.

Doris fit la grimace.

– Ça me manquait... Et d'ailleurs, c'est quoi cette musique de sauvage ?

– On se débrouillera. C'est moi qui mène...

– Hélas, trois fois hélas..., marmonna-t-elle en se laissant néanmoins faire.

Monica devait avoir vu que son père était seul, car elle vint se laisser choir dans l'herbe, à côté de lui.

– C'est une tenue, ça ? dit-il, remarquant qu'elle avait pour une fois l'air d'un garçon manqué, avec son visage barbouillé de suie et ses jambes maigrichonnes.

– Et après ? dit-elle, toute joyeuse. T'as vu tante Doris et oncle Donald ?

Ces derniers étaient engagés dans ce qui ressemblait à un concours de coups de tibias. Doris clopinait et protestait vivement.

– Oh, mes aïeux...

– Tu aurais pu danser avec maman, dit Monica, tristement. Elle aimait danser.

– Oui, c'est vrai. Enfin, je ne suis pas certain qu'elle aimait danser *avec moi*. Elle disait toujours que je ne valais guère mieux que ton oncle !

– Ce soir, elle n'aurait pas dit ça. Tu penses beaucoup à elle, papa ?

– Oui.

– Moi aussi.

– Et Pete, à ton avis ?

– Lui aussi, mais il n'aime pas parler d'elle. Moi, c'est différent. Je n'ai pas beaucoup parlé d'elle à Mme Chetwynd, parce que...

Elle s'interrompit, cherchant ses mots.

– Parce que... ?

– Parce que... D'abord parce qu'elle ne connaissait pas beaucoup maman, et puis aussi j'avais peur de la vexer. Elle s'occupait si bien de nous, comme... comme...

– Une seconde mère ?

– Oui ! Pam, ma copine à l'école, elle en a bavé, mais nous, on a eu de la chance. Grâce à toi et à maman... vous aviez veillé à tout !

Stratton lui sourit.

– On a fait de notre mieux. Alors comme ça, tu avais peur de froisser Mme Chetwynd en lui parlant de maman ?

– J'avais peur de l'enquiquiner...

– Je suis sûr que non, ma chérie, déclara Stratton, émerveillé par la maturité de sa fille, même si ses scrupules étaient excessifs en la matière.

Il l'entendit étouffer un soupir et sentit qu'elle se redressait, comme si elle se préparait à lui présenter une requête.

– Et nous deux, on pourra parler d'elle, parfois ?

Il eut l'impression qu'elle avait répété son petit couplet, comme lui-même avait répété le sien, quand les enfants étaient rentrés à la maison, et il se sentit plus ému qu'il ne l'aurait cru possible. Résistant à une envie impérieuse de fondre en larmes, il déclara :

– Mais bien sûr ! Ça me fera très plaisir...

– Bon, très bien, dit-elle, calmement, glissant sa main dans la sienne.

Au bout d'un moment, la voyant croiser le regard d'une camarade, il dit :

– Et si tu allais rejoindre tes copines ?

– Ça ne t'embête pas ?

– Penses-tu ! T'en fais pas pour moi – tout va bien.

Une fois seul, il s'essuya les yeux discrètement, puis alluma une cigarette et, s'allongeant dans l'herbe, appuyé sur un coude, il s'aperçut qu'il ignorait le titre de ce morceau de musique qui lui était pourtant agréablement familier. C'était gai, exubérant, plein de vie et, tout en l'écoutant – malgré les rires et les cris de tous ces gens –, il eut l'impression d'être tout seul, comme coupé du reste du monde, avec pour unique compagnie ces notes qui semblaient fuser vers lui comme des jets de lumière. Cette musique le réchauffait, le réconfortait – enfin, la bière devait y être pour quelque chose... Il passa encore un moment à l'écouter, puis se leva et contourna les danseurs pour aller rejoindre l'adolescent au gramophone.

– Qu'est-ce que c'est ? lui demanda-t-il.

Le gosse, un rouquin dégingandé penché sur une boîte d'aiguilles, releva la tête.

– La musique..., répéta Stratton. Qu'est-ce que c'est ?

– Fats Waller.

– Comment s'appelle cette chanson ?

– « Ain't Misbehavin ». Pourquoi, vous aimez pas ? Je peux mettre autre chose après, mais j'ai pas beaucoup de disques...

– Si, ça me plaît, dit-il. C'est chouette.

Le gosse acquiesça et sourit.

– Sensass, hein... ?

Stratton lui rendit son sourire et ils restèrent ainsi, côte à côte, tout au bonheur simple d'écouter, jusqu'à la fin du morceau.

TRÈS BRÈVE NOTE SUR LE SYNDROME DE CAPGRAS

Le syndrome de Capgras est un trouble dans lequel le patient est convaincu que les personnes de son entourage ont été remplacées par des sosies. Appelé aussi « l'illusion des sosies », il fut décrit pour la première fois par le psychiatre Jean-Marie-Joseph Capgras (1873-1950) dans une étude publiée en 1923 avec son assistant Jean Reboul-Lachaux.

Si ce syndrome affecte surtout les schizophrènes, il peut aussi être en rapport avec des lésions cérébrales ou la démence. Très rare, il touche plutôt les femmes que les hommes, certains patients croyant même que leurs animaux de compagnie ou des objets de leur quotidien ont été également remplacés par des doubles.

Aujourd'hui, le traitement inclut thérapie cognitivo-comportementale, neuroleptiques ou antidépresseurs – toutes choses qui, en 1944, à l'époque où s'inscrit ce récit, n'étaient pas disponibles.

REMERCIEMENTS

Que soient remerciés ici Jane Burch, Jade Chandler, Tim Donnelly, Stephanie Glencross, Jane Gregory, George Harding, Liz Hatherell, Jane Havell, Elizabeth Hillman, Maya Jacobs, Fenella Mallallieu, Jemma McDonagh, Claire Morris, Sebastian Sandys, Gillian Sheath, June et William Wilson, Jon Wood, Daphne Wright et Gaby Young pour leur enthousiasme, leurs conseils et leur soutien.

Composition Nord Compo
Impression CPI Bussière en janvier 2012
à Saint-Amand-Montrond (Cher)
Éditions Albin Michel
22, rue Huyghens, 75014 Paris
www.albin-michel.fr
ISBN 978-2-226-21855-1
ISSN 0290-3326
N° d'édition : 18928/01. – N° d'impression : 114192/4.
Dépôt légal : février 2012.
Imprimé en France.